Face au Styx

Du même auteur

Le Syndrome de Fritz (trad. du russe), Noir sur Blanc, 2002 ; rééd. Libretto, 2012.

Svinobourg (trad. du russe), Seuil, 2005.

Furioso, éditions Musica Falsa, 2008.

Repas de morts, Allia, 2011.

Dimitri Bortnikov

Face au Styx

Rivages

Retrouvez l'ensemble des parutions
des Éditions Payot & Rivages sur
payot-rivages.fr

L'auteur a bénéficié du soutien du CNL, du Conseil départemental des Bouches-du-Rhône dans le cadre d'une résidence au sein de l'association Peuple & Culture Marseille, ainsi que du soutien du Conseil régional d'Île-de-France dans le cadre d'une résidence à la médiathèque L'Écho, ville du Kremlin-Bicêtre.

1

Encore hier elle était bien vivante. bien debout, élégante. et là – elle bouge plus, touchée par l'ongle fourchu de la mort. et cette dame aime les chats, il paraît… chat de race. bleu de Russie. pauvre Norma… quand la mort caresse les bêtes.

La première fois – quand la mort l'a touchée – elle a juste frémi. elle feulait tout doucement. elle rampait. elle cherchait un coin sombre. voulait pas être touchée.

La deuxième fois quand la mort l'a touchée – elle s'était redressée, griffes dehors, terribles, vraies arêtes de poisson. et puis très debout et bien haute – vrai puma qui s'apprête et. ne voit pas l'ennemi… n'arrive pas à le voir. l'ennemi est partout.

Quand la mort l'a touchée la troisième fois – au petit matin – elle n'a pas pu, c'était trop… elle criait, Norma ! aveugle, elle rampait vers moi ! vers l'homme. elle s'était trompée de route, mon Dieu ! dans le noir de ses yeux elle rampait, oui et loin de l'ennemi, loin de la main de la mort, de sa lourde paluche. quelle caresse…

Et puis elle n'est plus. Norma, Norma… elle était sage comme le chat du pape. et puis élégante… elle miaulait jamais, sinon en latin. *Ave miaoux Dei* ! et puis passait lentement. aveugle, jamais égarée, regardait quelque chose et passait. et puis c'est fini. et c'est loin déjà.

Il faisait beau ce matin-là, et même très. les piafs en chœur, les premières feuilles et tout… chez le véto ç'a été, oui, c'est toujours bizarre quand on achève la bête qui meurt. qui n'y arrive pas toute seule. le véto a fait une piqûre et voilà elle bougeait plus. criait plus. il la caressait un peu. il aime les animaux. ça se voit. et Norma, détendue et plus grande que jamais ! on aurait dit un grand saut. oui. morte en vol ! j'ai vu les renards comme ça, abattus en course, et puis immobiles… sur le côté. et puis j'ai fait avec mes bras comme un nid. un berceau pour elle et le toubib l'a posée dedans. « Il y avait un garçon dans la salle d'attente, son chat comme le vôtre souffrait beaucoup. il souffre plus… et le petit sait pas quoi faire… »

Il était toujours là ce garçon. je suis venu – il était là. je sors – toujours pareil, toujours avec son chat. toujours le tenait dans ses bras, son chat mort. bon tigré. le véto l'a piqué et le garçon savait pas quoi en faire, lui. il pouvait pas partir, lui ! il restait là, sage, silencieux dans la salle d'attente. avec la paume de sa main il caressait le chat. la tête, en haut et en bas, encore, puis encore. il n'arrêtait pas ! et l'œil de la bête s'ouvrait et se fermait ! je n'ai pas pu lui dire pour les yeux de son chat – il fallait les fermer ! – mais, non, pas pu, et puis j'ai fermé les yeux de Norma avec la paume de ma main et suis sorti.

Il faisait si beau… c'était une belle journée, tout soleil, tout printemps. mais justement j'avais oublié mes lunettes chez le véto. vieilles, toutes cassées, lunettes d'Œdipe, quoi ! alors je suis retourné, et le garçon était là. n'arrivait toujours pas à fermer les yeux de son chat. ça s'apprend peut-être pas. toujours dans ses bras, et toujours les caresses… les yeux du chat s'ouvraient et puis se refermaient et puis s'ouvraient encore et puis sans fin ! je me suis assis à côté et j'ai pris sa main, et puis – on a réussi. c'était comme un rêve. j'ai pris sa main et avec nos deux mains on l'a fait. « Comme ça – je lui ai dit – comme ça. c'est fini, fini… il faut sortir. » il m'a dit – « oui », tout doucement – « oui. merci. » et puis on est sortis tous les deux. vraiment dans un rêve, tout doucement, et tout s'est arrêté, tout était calme, immobile et léger comme nos deux chats dans nos bras.

Je lui ai demandé où il habitait. il n'a rien dit, il n'a pas entendu peut-être, et puis – si. il a tout entendu, il a regardé à gauche, et à droite comme avant de sauter d'un train et a montré avec son menton à gauche. vers la rue des Roses. « D'accord – j'ai dit, là – faut que tu rentres… direct chez toi. » il m'a regardé. pour la première fois il m'a regardé. j'ai déjà vu des yeux comme ça, oui, mais je sais pas ni où ni qui… et puis je voulais rentrer. j'ai commencé à avoir peur de ce que j'avais dans mes bras. elle est devenue complètement raide, Norma. j'ai tourné le dos à ce garçon, et je suis parti. sans me retourner ni rien. j'ai pas demandé s'il y avait un adulte chez lui. son père, ou sa mère, un grand quoi… et puis je ne sais pas s'il est encore resté longtemps ou rentré tout de suite. je ne sais rien, peut-être il a erré encore avec le chat mort dans ses bras. je l'ai plus jamais revu. et pourtant c'est le même quartier. rue des Roses. rue des Acacias…

La nuit tombée j'ai enterré Norma dans le jardin. c'est bien les HLM, on peut y enterrer les choses. j'en suis sûr, si un être puissant vient là et frappe la terre avec son pied – mille choses, mille bêtes et une vont en sortir ! mais là – c'est l'heure pour cacher les choses. à la petite pelle, oui. et puis j'ai arrosé un peu sa tombe. la terre était encore froide, on n'était qu'au sous-sol du printemps. eh bien à la fin, très à la fin, j'ai versé un peu de vodka sur le sol, à la russe, et voilà, plus de Norma. comme hier c'était. j'imagine une rose trémière, étonnée, elle s'y balancera en été peut-être… d'abord fort et puis plus lentement et puis immobile et enfin plus rien.

Norma, Norma… c'est la plus belle, la plus sage, la plus chatte de toutes. c'était ! oui, de tous les griffes et coussinets qui rôdent là. il y a aussi Belmondo. il avait été baptisé Œdipe, lui ! roux, boiteux, insolent ! et puis une fois coupé il s'est mis à sauter par la fenêtre ! un Belmondo quoi ! la voisine du troisième se plaignait ! amèrement ! burqa mouillée jusqu'au nombril ! « Votre vermisseau poilu vient voir ma chatte ! ma Zulma ! » on aurait dit qu'il avait sauté sa fille, Œdipe ! ou la maîtresse elle-même ! horreur ! « Une fois je suis entrée dans ma chambre et ils étaient là ! tous les deux en train de faire leur mour-mour, câlins et tout ! fourbir les raspapouilles ! et la mienne ! elle aussi ! Zulma ! plus petite qu'une cuillère ! c'est pas vrai ! et dès qu'il m'a vue, votre diable, il a tiré une telle tronche ! gueule de pierre ! et puis il a fait “Brrr !” et Zulma a fait “Mrrr !” et puis – hop ! il saute par la fenêtre ! sans merde ni bonjour ! et c'est haut ! » holà ! mes trente excuses ! j'implore ses pardons jusqu'à la cheville ! je dis que je vais lui parler ! il va falloir lui recouper les roubignoles à ras les moustaches ?! le circoncire ?! quand même, Madame ! Œdipe circoncis ! vous voulez qu'il demande la patte de Zulma !? je le promets ! mais elle insiste ! faut le rechâtrer ! elle refuse sa fille à Œdipe ! mariage à Taj Mahal ! mais non ! elle crache sur mon paillasson ! et depuis – plus obsédante qu'une morve d'hiver elle monte la garde ! kalachnikov entre ses cuisses maigres ! mijote la chose ! je plaisante pas ! derrière le rideau ! venez voir ! je vois d'ici ses babouches qui dépassent ! et Zulma ?! elle est triste comme la reine de Saba, elle ! et Belmondo ? il boite plus, lui ! il monte depuis encore plus haut ! il m'a fait son « Brrr ! » une fois ! impressionnant ! et puis il a repéré une autre reine, je crois.

Mais tout a commencé bien avant. ça a commencé avec le Vieux. cet hiver.

Il m'a ramassé dans une bibliothèque. il était grand pour un vieux. il n'était pas voûté, lui. il avait les yeux fous. les yeux égarés. je ne sais pas s'il voyait quelque chose, mais il m'a repéré. sa tristesse m'a vu. il m'a parlé un peu. il m'a invité chez lui. rue des Fleurs. il m'a offert un thé, lui. j'avais faim. il m'a offert une soupe. il l'a concoctée lui-même ! il en était fier ! un moment il m'a fait penser à mon père. mais je cherchais pas un père. je ne cherchais ni à aimer mon père ni à le haïr. j'avais besoin d'argent. il m'a parlé de sa femme, elle venait de mourir dans un hôpital. quand j'ai fini la soupe, sa main était calme. à côté de la mienne. j'ai vu nos deux mains. il a vu aussi. et puis il m'a parlé de ses enfants. même âge que moi, à peu près. trois filles. il a dit qu'elles sont gentilles, mais viennent rarement. et puis il a dit que je pouvais rester autant que je voulais. et puis ses chats... Norma, Œdipe ! il serait tranquille comme ça. il serait content de me retrouver ! oui, il partait voir une de ses filles. à Tours. je serais heureux de voir la lumière chez moi, il a dit. il m'a regardé. longuement. il m'a pas touché.

Voilà comment ça a commencé. et Norma était déjà vieille, voyait rien, et là c'est fini.

Bientôt le Vieux reviendra... c'est étrange, d'ailleurs, un vieux aux chats. il sait pas que Norma est morte. je lui ai rien dit. il m'a laissé le numéro du fixe de chez sa fille à Tours. il faut que j'appelle. oui. je vais le faire avant de partir.

J'ai tout vu ici. j'ai enterré Norma. il fallait partir.

Je n'ai que deux courtes semaines avant qu'il ne revienne. si je trouve pas autre chose – je vais partir comme ça. sortir et c'est tout. avant – j'ai deux semaines naines devant moi. et voilà, tête basse, en cul-de-jatte, m'agitant du drapeau blanc je suis parti pied gauche à la CAF ! pied droit à l'ANPE ! j'ai connu ça, moi ! c'était plus romantique ! tous les chiens galeux étaient ensemble ! même meute ! taillables et corvéables ! à merci et miséricorde ! on se grattait le dos de nos misères l'un contre l'autre ! sagement on s'endormait à l'accueil comme les popes qui couvent les œufs de Pâques ! on était heureux, mais vrai ! comme les tsars assis sur leurs couilles ! et c'est fini là ! c'est Pôle emploi maintenant ! et c'est vite fait ! on vous baise recto verso et fini les raspapouilles ! pas de papotage ni prélude ! pas de préliminaires ! au suivant ! et pas de café dans les machines ! et toujours pas de boulot !

Avec moi – c'est pétaudière toujours. si vous voyez un, qui au lieu d'embrasser les joues les serre et là où il faut serrer les mains – les baise fort – vous me voyez, moi ! quel genre de truc je pourrais bien faire !? on peut me promener en laisse ou sans, en ours savant ! dansant ! même récitant du Pouchkine en langue des signes… ou je peux ouvrir une boutique d'épitaphes, au Père-Lachaise ! à l'antique ! rue du Repos ! les concocter et vendre ! en gros et au détail ! tarif famille ! forfait et tout ! tristes, drôles et rabbiniques ! antiques et romantiques ! à la Falstaff ! genre « Je vous avais bien dit que j'étais malade » ! oui ! ça pourrait marcher ! et courir même ! au moment de tristesse on ouvre grand le morlingue ! ça dure pas mais quand même ! jolie épitaphe ça se trouve pas comme une crotte de nez ! me voici prêt à tout comme un vrai bon à rien ! maternité, fraternité, égalité et la brouette ! je veux du travail, moi ! sinon – je braque quelque chose ! et pas le kebab d'en face ! entre kebab et banque je vois pas double, moi ! l'agence la plus proche ?! BNP ! je n'ai qu'à traverser la rue !

Deux jours passent et je trouve la niche. chambre de bonne en échange de service. classique, quoi ! quel service !? tout, mais tout ! et garde d'enfants et massage et repassage de rides et pliage et garde nocturne de vieilles à domicile et berçage de caniches et curage d'oreille, papotage et ménage ! mais mon Dieu ! j'ai jamais pensé que l'homme, ce tonneau fainéant, puisse avoir tant d'occupations ! je suis venu à l'église américaine, et là, au sous-sol – y a de tout ! suis devenu Argus en un coup d'œil ! autant d'annonces ! fallait lire vite ! à mille yeux ! et puis appeler ! et puis parler du fond du cœur ! roucouler à la colombe du Jourdain ! et puis rendez-vous pris – voler en faucon pèlerin !

Avant de partir de chez le Vieux j'ai arrosé les fleurs et puis j'ai versé des croquettes au Belmondo. ça m'est arrivé, deux fois, d'arroser Belmondo et jeter les croquettes aux fleurs, mais bon ! je suis parfois comme absent, c'est vrai. mais là – j'ai tout bien fait. à César ce qui est à César et tout… mais je ne l'ai pas appelé. j'espère que ça se passe bien là-bas. avec sa fille. ses trois filles… et puis j'ai fait un tour d'appart. j'ai rien pris. il y avait rien à prendre. sinon la tristesse dans ses yeux quand il reviendra, le Vieux. il rentre demain. j'ai laissé la lumière allumée. la lumière et la clef. et puis je suis parti. j'ai claqué la porte. drôle de bruit, comme un claquement de dents derrière moi…

J'ai eu dix rendez-vous en deux jours. jolie moisson, non ? j'ai pu trier même ! doigt dans le nez refuser certains trucs même ! ça me fait plaisir, personnellement, de dire « non ». même si mon « non » est parfois « peut-être » ! même si je n'ai pas de propositions – mon « non » a la gâchette facile !

J'ai écarté les Scandinaves tout de suite. bio à mort, toilettage de chiens, massacre des girafons, tout ça… puis – socialisme à visage plus humain qu'humain, c'est un peu trop même pour l'ex-post-soviet que je suis ! et puis ils sont bien délavés, les Scandinaves, plusieurs siècles dans le même lave-linge ! plus d'encre dans la photocopieuse de leur utérus ! mais en étant grands ils sont bien gentils avec les nains ! faut reconnaître !

J'ai rayé les Anglais aussi. à la Ivan le Terrible ! les meilleurs Anglais sont en Russie – disait Ivan ! en Sibérie, depuis le XVIe siècle ! en train de ramasser la neige à la petite pelle ! et ça tombe et retombe là-bas ! Elizabeth Ire écrivait à Ivan IV « Entre faire la Manche et l'Océan – l'Océan ! » suicidaires, quoi. comme les Japonais ! pareil ! ce sont les Anglais d'Asie ! îles symétriques !

Je n'ai gardé que la vieille France. cheveux blancs combien nobles ! les babouchkas qui rôdent ! les vieilles somnambuliques qui pètent la forme ! qui font des rondes toute la nuit à dévisser la tête à vingt hiboux ! les enfants veulent pas les attacher au lit ! dis donc ! on n'est pas des nazis ! tout de même ! mais les maisons de retraite sont trop chères ! et puis, c'est bien comme ça ! elle est chez elle, maman ! dans ses forêts de souvenirs… vous savez bien ! on y perd le pied parfois ! oui oui. très bien ! je prends deux somnambules ! deux funambules nocturnes ! deux nuits par semaine ! les Russes sont coulés pour des choses bizarres ! charges héroïques et tout ! promenades près du Styx ! bras dessus bras dessous ! on gambadera à souhait ! le tour de la chambre ! en faisant le signe de croix pour dégourdir les bras ! chemin de croix ! quatorze stations sans s'asseoir ! je suis partant des deux pieds ! et au matin vous allez pas la reconnaître, votre mamouchka ! elle – si ! elle vous reconnaîtra enfin ! je commence dès demain !

C'est là-bas que j'ai rencontré pour la première fois Samouraï. sur un parvis d'église américaine ! rencontre à la Siegfried ! elle était si grande cette fille ! si droite ! vraie Japonaise. vrai Samouraï sans sabre ! mais avec un immense sac à dos ! plus gros qu'un parachute ! elle m'a taxé une cigarette et on a bavardé un peu. elle cherchait son copain… il a disparu dans Paris y a deux mois. elle parlait bien français, elle ! elle faisait *Ohhh, Mmm,* exclamations à la japonaise ! et puis des grimaces ! « Il m'a abandonnée à côté du Louvre… il est pas français, lui ! comme toi, il est russe ! tu connais des Russes ici ? si tu le vois – dis-lui que Tomo l'attend ! Tomoko le cherche… je me promène tous les jours autour du Louvre, moi ! » ah oui ! d'accord. j'ai compris. elle n'était pas amie avec sa tête, elle ! c'est sûr ! mais elle était triste. les fous sont rarement tristes. celle-là était calme… parlait bas. et puis sa façon de dire « il m'a abandonnée »… comme on abandonne un chien. mais les chiens ne parlent pas. une Française normale aurait dit « il m'a larguée », sinon rien, aurait pleuré peut-être ! de rage, quand les larmes sont des grincements de dents ! mais pas comme ça ! si confiante… si perdue et droite ! et puis, pas si vite, Dimitrius ! dis donc, t'es devenu méfiant comme un bouquetin de Mandchourie ! tu dis – folle, mais c'est peut-être ta propre folie qui en reconnaît une autre ! regarde par la fenêtre et tire, tire comme un shérif en brame ! la santé, elle se fout de la folie. elle reconnaît rien, la santé ! elle cherche rien. elle est aveugle, la santé ! l'homme tombe, elle trébuche sur lui et s'arrête et se penche ! comme la bonté… oui. et c'est rare, mon Dieu, très ! et puis tu t'es bien ébouillanté avec les barjottes ! un corbeau mordu par un serpent a peur d'un ver de terre !

On a pris un café, elle-moi, c'est pas facile d'en trouver un. quai d'Orsay ! on a marché pas mal avant. je me suis écroulé, moi, mais pas elle, ah non ! toujours droite, tranquille, grand oiseau malade ! oiseau qui n'attend que des pierres…

Je ne savais pas, mais du tout que ce soir-là on s'était liés elle-moi. Russe en vadrouille et fille samouraï. et pas pour une clope ! pour un long moment ! peut-être pas plus long qu'un coup de cils d'un ange, d'un dieu ou d'un démon, ou du destin, je ne sais pas… qu'importe le matricule, mais c'était fait ! c'est bon. une cordée devenue, elle-moi ! broches à glace, corde et tout… mais pas pour l'ascension ! non. pour une descente… ça – oui, un truc bizarre, une descente à la hauteur de l'Everest, mais sous terre !

Et puis faut s'intégrer, Dimitrius ! fromage et Marseillaise trois fois par jour ! faut la raser ta barbe à la Tolstoï ! fait pas froid ici ! ton samovar et tout ! les bottes en feutre ! surtout range bien ton âme à la con ! bien trop slave ! moujiks, on les aime bien ! mais chez eux ! dans leur isba à la patte de poule !

Les lettres de motivation, CV, ce genre de gribouillage… il fallait bien tourner, visser, à coups de marteau, ah oui, mais pas trop fort quand même ! quand on pète parmi les nains – faut s'accroupir ! que rien ne dépasse ! tant qu'on a des graines – faut semer de chaque poche ! faut les prendre en tenailles ! à la Borodino ! bataille de Koursk ! des particuliers – c'est bien, mais faut frapper aux tripes ! au centre ! à l'administration ! assistance sociale, mairie et d'autres tranchées ! s'engager à la russe ! sur deux fronts ! jeune cadre dynamique, bilingue comme un serpent à sornettes, plus sociable qu'une pie – cherche à s'occuper de limaces au bout du scotch ! entrer par deux côtés ! chatières et soupiraux ! prise mâle prise femelle ! jouer de deux flûtes ! à chaque sourd son cornet ! et à la fin je n'ai eu que deux réponses ! deux ! tu t'engages à mort ! tu te portes volontaire ! tu dis – me voilà, je suis prêt, pas de missions impossibles ! t'étales tes balafres et médailles et tutti quanti, mais en toute modestie ! et rien ! ils tordent leur groin ! ils ne veulent pas de toi ! mais pourquoi !? groin héroïque, toi ! oui, mais à trois trous ! c'est ça ! c'est tout bête ! c'est trop pour eux !

Eh bien deux rendez-vous tout de même… ça m'a bien croqué deux matinées ! et voilà enfin, à la mairie, un entretien, yeux à terre, groin bas, face à trois fonctionnaires, genre gauche tarama, aussi beaux que des gerboises ! chauves et ébouriffés à la fois ! trois Blancs qui vous posent les questions grises ! trois éminences grises – c'est un peu trop ! et puis un Noir est venu, leur a dit « Allons, faut manger » et les cardinaux se sont animés et puis – « On vous appellera. » bien ! et puis tu sors, ni poisson ni écrevisse, ni couilles ni utérus ! rien n'est sûr et toujours « Cela dépend » ! je vais me tatouer « Cela dépend » sur les paupières !

Deux jours passent, je me suis mis à traduire la liturgie d'Ivan le Ouf, dit – le Terrible. et puis ça a bien marché. roulait même ! il était à ma gauche, le tsar ! et il dictait et moi – je gribouillais ! belle époque ! tsar à gauche, on se parle sans méfiance ! à cœur tordu ! sabre droit ! et slavon du Tsar coulait ! langue à nœud coulant ! et puis j'ai revu Samouraï, on se baladait, j'ai vu que ça n'allait pas trop, elle s'est mise à délirer, mais soft, ça roulait encore, sans excès…

Et puis ils m'appellent et voilà deuxième partie du ballet. une heure et demie j'ai été macéré comme un cornichon hors pair pour à la fin dire juste « D'accord. on vous prend. comme remplaçant. » et je peux vous dire, amis – j'ai été heureux et sans presque ! les avaros sont arrivés après ! les emmerdes sont comme du raisin ! ça pousse en grappes ! l'équipe était bizarre, voire tous contre moi ! je comprends ! je dis rien. on n'est pas tous conçus par le même doigt, n'est-ce pas ?! alors – patience d'un âne et surtout parle pas trop.

« Mais je le sens pas ce gars… qu'est-ce qu'il est venu faire là ! bizarre lui, tu ne trouves pas ! toujours calme, dis donc ! en vieux singe dans son coin… parle pas ! rit pas ! ne sourit que des yeux ! en cannibale, bien repenti ! mais l'œil ! son œil – c'est pas végétarien ! il mange à peine ! si – oui, se souvient même pas de ce qu'il a bouffé il y a une heure ! c'est un rouskof, et figure-toi, il picole pas, lui ! imagine ! mais du moins, j'espère qu'il bat sa femme ! heureusement il fume, lui ! sinon – soit il est malade, soit il est juif ! franchement moi je préfère qu'il soit malade ! bon… sans rigolade je te dis – toutes les emmerdes, les vraies arrivent toujours par ceux, comme ça… par les tranquilles ! dans leur coin ! ça se mouille pas, mais ça finit par agiter les eaux ! et je t'assure quand on touille bien, ça déborde bien et tu verras – par celui-là les avaros vont arriver ! par ce gentil ! j'ai déjà mal au crâne quand je le vois ! »

Oui, je vous entends très bien ! j'écoute tous vos regards ! tous vos clins d'œil ! vrais pets furtifs ! eh oui – vous avez bien raison. mon calme ne durera pas. pas très longtemps ! vous dites « cet Oursikov… vrai parano ! » mais oui, mais pas assez ! jamais assez ! et puis je vous connais pas, ni vous ni votre pays ! même avec mes amis je suis sur la pointe des pieds ! Christ lui-même a eu des amis et puis ça s'est terminé comment ?! ça se termine toujours pareil… oui. par la fête qui tourne mal !

J'ai eu ma fête moi aussi ! le pot de départ d'une collègue. pot de chambre aux souvenirs ! trente ans ! d'abord avec toutes les brebis galeuses, repris de justice et tout ! puis avec les vieux. aimer, ça laisse des rides, ça ! elle était gentille, n'empêche ! elle m'a appris à me servir de leur ascenseur ! bien plus ésotérique que la vision de l'escabeau de Jacob !

Les avaros, ça vient comme l'hiver. tout doux d'abord ! par un petit flocon ! mouche d'hiver, puis deux, puis trois et voilà – dans une congère jusqu'au cou ! ça a commencé avec mon chicot. ça a commencé dedans. rage de dents terrible ! mais les vieilles m'attendaient ! ménage et tutti frutti ! et je suis allé, et j'ai rempli ma mission. djinn housekeeper ! succube de compagnie, je voyais triple ! en une vieille – trois ! voilà la trinité ! les féministes transent toute leur vie là-dessus et moi – comme ça, juste mal au chicot et voilà, ba-da-bam ! – la vision qui s'ouvre ! Dieu-la-Vieille et moi – devant, à genoux avec l'aspirateur !

J'ai tenu comme ça trois jours, trois nuits ! Stalingrad-Bérézina – dans la même gueule ! je rugissais comme un verrat châtré au chalumeau ! mais j'ai tenu bon quand même ! et puis et puis je me suis retrouvé dans les chiottes en train de couiner *Ô notre Père !* en russe et en français ! et en slavon aussi ! j'ai mis la liturgie slavonne et j'ai poussé à fond et puis au moment des béatitudes – ça m'a calmé un peu et puis – non. et puis encore et plus fort et puis – pire et je me suis retrouvé à quatre pattes en train de brailler ! tout gentiment ! poussant des petits cris aigus, comme cette ânesse de Buridan qui voit l'Ange au glaive en feu ! tête pas commode ! lui barrant la route ! et ce crado gros-gras, son barjo de maître, prophète ouf qui voit que dalle – la frappe ! fouaille yeux et bouche ! et yeux encore ! gauche ! droite ! knoute à mort sa fidèle compagne ! allez la vieille peau ! en avant !

Je gémissais comme un cure-dent de Satan qu'il enfonce entre ses dents ! et même là – pas envie de rencontrer un dentiste ! ah non ! pas encore ! même à quatre pattes ! même ayant le manche dans le cul qui grince des dents ! fameux démon de Gerasa aurait plus envie de filer un rencard à Jésus que mon croc pourri à un tire-chicot ! anesthésie ?! dans mon enfance on arrachait les chicots sans rien ! anesthésie ?! tu parles ! tout sans rien ! sinon – bonbon ! mais bien après ! deux femmes t'attachaient et puis te tenaient ! tendrement ! au cas où ! et le mec en blouse blanche, en King Kong roulant ses yeux, se penchait sur ta gueule ouverte ! voilà la vision ! et c'était normal ! même édenté comme un nouveau-né – je tremblerai encore ! on exorcisait les possédés sans rien à mon époque ! le mien… démon de mon chicot, était d'une vieille école, lui ! il m'a bien mis à genoux, lui.

Et puis vint le troisième jour et c'était fini. je me suis réveillé sans douleur ni rien. comme si de rien n'était ! pour vérifier – j'ai croqué une grosse pomme ! et rien ! mon chicot est devenu le croc d'enfer ! ho ! je pourrais mordre dans les billes de billard, moi ! à défaut de diamants ! et pour la première fois depuis trois jours je me suis fait un vrai thé ! bien noir, à la pomme. les Russes appellent ça – thé à la pope.

J'avais dix adresses, dix vieilles, dix codes. ah oui, les codes ! c'était le plus pénible pour mes neurones en tire-bouchon ! les codes ! je suis plutôt dans les lettres, moi ! les chiffres c'est pas mon truc ! mais on apprend. j'ai tout noté ! codes, noms, étages ! dans un petit carnet d'abord, et chaque fois – sur ma main gauche ! pour mieux apprendre ! en vrai chrétien – que ta ma main gauche fasse ce que ta main droite ne saurait pas ! j'ai ce carnet encore ! je ne l'ouvre jamais, et même si – c'est juste pour savoir que tout ça n'était pas un rêve… délire et cieux ! – ces lettres, noms et chiffres ! c'est même pas à fermer les yeux ! les courses, les tâches ! ménage et repassage, poussière, carreaux et patati ! tout est bien là ! elles sont toutes mortes déjà ! mais toutes ! en gros et en détail ! – toutes descendues du manège ! et dans mes gribouillis – mi-russes, mi-fous, le reste est en français ! dedans – vous êtes encore vivantes ! manège, ça tourne encore ! ça tourne ! vous êtes bien là, assises ! tigre, éléphant, avion ! je sais comment ça marche… âge, temps et tout ! on le sait tous, mais là – entre mes yeux – vous êtes toujours vivantes ! et ça tourne le manège ! petite musique de Barbarie ! ça tourne.

Mes vieilles somnambules, les fantômes handicapés. un mot gentil là-dessus et je passe. les temps qui courent… les vieux c'est comme les morts, on en dit que du bien, sinon – silence de Brutus ! prenons Marquise ! elle l'est vraiment ! les titres et tout ! ses grands ancêtres, il paraît, grattaient le dos à Pierre le Grand ! faut que je relise Saint-Simon ! j'ai confiance en madame, mais quand même ! Marquise ! elle a été mariée cinq fois ! elle a eu trois fils ! tiens, comme le Vieux avec ses trois filles… et puis non. pas pareil ! elle a survécu à deux de ses garçons. au bout du rouleau les utérus les plus généreux réclament les cœurs des gosses, mais pas elle ! pas elle ! même au lit – elle est debout et droite comme de Gaulle ! aucun de ses fils ni petits-fils ni leurs chiens ne vient la voir. aucun. désert de l'Égypte ! ils m'ont parachuté, débrouille-toi ! et je m'en sors pas si mal au fond ! deux fois par semaine, au matin je chevauche jusque chez elle. boulevard de Breteuil ! je gare mon âne, une patte à terre je prie sainte Barbe aux seins ivres pour pouvoir supporter tout ça et puis je cours en haut ! je la bonjoure au lit et c'est parti ! je la peigne et lentement ! ensuite on joue aux dames. son mouchoir brodé en guise de damier ! on est face à face et on éternue à tour de rôle ! mon printemps c'est le rhume ! elle – jamais ! mais elle prise, elle ! éternue comme un Breton, elle ! la vieille école ! elle est coquette parfois ! ah oui, comme seules peuvent être les vieilles femmes qui ont beaucoup souffert.

Son dernier mari avait la plus grande collection de cornets acoustiques en Europe ! je dirais dans le monde même ! et ça traîne et partout ! on dirait la forêt magique des cornes caduques ! et pourtant elle entend mieux qu'un chat ! quand elle s'endort, je m'assois dans son fauteuil. je me repose, les yeux ouverts, comme une chouette, et puis je m'endors un coup et quand j'ouvre les yeux, je me retrouve en bouc célibataire dans un palais de contes où tous les maris du monde avant de mourir viennent perdre leurs cornes.

L'après-midi je fais les courses. deux-trois radis, vraiment pas grand-chose. trois grains, puis son infusion pour la circulation. elle mange moins qu'un souriceau d'église, elle ! je rentre, sac à dos de plume, et puis je fais la cuisine et on parle un peu. la famille et tout, elle me raconte des choses et puis me demande comment va la mienne. « Ça va, Madame, ça va, tous – morts dans l'autre siècle. » je mens. pour le père. je mens comme je respire, moi. ça – oui. et si je mens pas, ne serait-ce qu'une minute – je crève comme une carpe hors de l'eau ! j'ai essayé pourtant… et je replonge chaque fois ! il est vivant, mon père.

était encore vivant il y a trois mois. on se parlait dix secondes ! dix longues secondes il soupirait dans mon oreille. pourquoi je mens, alors ! je ne sais pas, mais j'aime et toujours aimais cet état quand t'as plus personne. plus rien. complètement seul au monde. oui, c'est ça ! plus rien ne peut t'arriver. et puis – quand tous sont emballés, bien sous terre – ça évite les questions, les mirettes embuées, l'âme slave, les bois de bouleaux et les ours en vadrouille ! ça fatigue tout ça – les morts et leur vie. faut suivre ! et puis ça tombe à la fin ! ça court dans tous les sens en perles de collier rompu à force d'être tripoté ! faut qu'on garde un peu de souffle pour l'agonie… ça serait sage. une perle sous la langue. quelque chose comme ça.

Et voilà le printemps. le vrai ! lui et tout ce qui colle à ses semelles ! le printemps c'est une femme et tout ce qui va avec ! ses ours et tout ! soleil enrhumé, pluies, ciel fébrile, tout ça ! tout ce train de merde ! faut que je le passe ce printemps ! encore un ! et c'est de plus en plus dur chaque printemps ! ça m'arrive de parler aux mouches ! pas longtemps, mais quand même ! je me raisonne comme je peux ! sois sage, Dimitrius, pisse assis ! à la cosaque en exil ! ronge pas l'ardoise ! solitude d'un vermisseau !

Au printemps les solitudes poussent comme des champignons ! les solitudes plus arrogantes et plus tristes que les tertres des prépuces !

Printemps ! il charge ses canons à murmures, mais moi – je suis sourd, moi ! les gens tombent amoureux ! s'écroulent autour ! à gauche à droite ! online et sous terre ! dans les bus ! coups de foudre ! ho ! mais ça va foudrer encore et encore ! de partout ! vrai Stalingrad du printemps ! les planches des parquets se mettent debout ! bandent ! les dalles flottent ! les bancs dansent et puis – vient ce moment quand on baptise les chattes et les queues ! petit surnom et tout ! mais ! je suis sourd et puis et puis… hé ! je suis pas muet, moi ! je parle à ma bite, à ce bout de chair, à ce vingt et unième doigt ! mais ! comme un cyclope ivrogne elle se réveille pas, elle ! sa tête tombe ! cyclope encapuchonné veut dormir ! mélancolique ! Hamlet borgne, dis donc… voilà la chose. voilà le printemps.

Toi, faut que tu sois archi-sage là ! toutes tes plus grosses conneries tu les concoctes au printemps ! toutes tes merdouilles ont le printemps pour mère ! et toi pour père ! donc vas-y en souriceau ! j'aimerais garder les pieds sur terre, moi… les deux ! et j'arrive pas ! toujours une patte en l'air ! en chien qui pisse ! mais vraiment, j'aime pas le printemps ! tronche qui bourgeonne – je suis obligé de porter mon cache-gueule même en mai ! bouille en fleurs ! brrr ! printemps ! avec ses pas légers tout de même il me marche sur les burnes, lui ! et c'est lourd à la longue ! printemps ! tous tes ouvriers du sexe au chômage traînent, reniflant ta bave, ô printemps ! les oufs nocturnes sortent en plein midi ! GPS déréglés ! en vadrouille ! jusqu'à l'épuisement total ça rôde ! cils collés aux jupettes de femmes qui se dénudent ! oh ho ho ! l'hiver était rude ! et printemps nous rend tous dingues ! on fait de l'esbroufe ! pour un oui ! pour un non ! pour un je-ne-sais-pas ! on s'empitre comme des bouffons à la retraite ! on devient tous barjes ! d'eau douce ! les tarés d'eau sucrée et salée – on cherche à prendre le large ! on nuage en bancs ! on remonte vers la rive gauche pour frayer !

Mais je l'aime pas, mais pas du tout, le printemps ! comme tous les hommes solitaires. et vapeurs, giboulées, et soleil, et odeurs, et puis solitude ! solitude au carré ! de mille rois Lear sans Shakespeare ! de mille Bovary sans un seul Flaubert ! on détale de nos trous en flèches en chaleur ! et puis d'un seul coup plus mous que des caniches ménopausés on se tortille sur place !

Printemps aux burnes toujours si jeunes ! hola ! yalla ! printemps ! lèvres en botox et cul – en silicone ! soupirs de godemiché ! printemps ! j'en ai ras la gorge ! il porte jamais de culotte, printemps ! tient jamais ses promesses, lui ! depuis dix mille ans !

Vivement l'automne ! automne – oui à toi ! mais printemps – c'est *niet* ! à l'automne je suis tranquille comme un Socrate de la taïga ! mais le meilleur du mieux – c'est l'hiver ! je suis hiver ! né en hiver ! voilà ce qui est dans mes couches… les printemps ne durent que le temps de dire « oui », mais l'hiver est interminable ! oui. et dedans je suis plus sage qu'un mort-né.

Et puis – Pâques… et encore un printemps qui s'achève. et puis personne n'a ressuscité. on devient plus vieux d'un printemps. encore un ! et puis le pire des pires – on sort du fleuve du printemps encore plus assoiffé !

Quand la beauté crèche, c'est la raison qui paye ! et quand la beauté s'en va, la raison peut venir enfin pour récupérer la caution…

Printemps ! ça démange les périnées les plus blindés ! les fanatiques du cul se lèchent le nez ! les intégristes de l'utérus secouent et lancent leur œil en guise de dés ! on se met à roucouler ! on renâcle comme les ânes face à un tas de carottes ! pigeons se mettent à miauler ! chats aboient et tournoient en derviches ! on renifle à droite, on barrit à gauche ! on rampe à la recherche de l'âme sœur ! mon cul ! prise mâle cherche prise femelle ! ho ho ! l'âme sœur ! celui qui cherche une âme – ne trouvera qu'un cul ! celui qui ne cherche qu'un cul risque de trébucher sur une âme. c'est ça – le *la* !

La mienne est orpheline, la mienne ! bien fatiguée, mon âme ! vieille babouchka, la mienne ! elle ne recherche qu'un banc tranquille, sinon une pierre, ou même un caillou qui n'a pas encore été jeté ! mais c'est pas facile ! ah non ! dans une pétaudière pareille… un petit coin, mon Dieu ! coin sans rien ! sans frères ni sœurs justement ! et puis s'asseoir et puis regarder au loin et puis c'est tout et puis j'ai rien, moi ! que les nerfs, moi.

L'âme… Les Russes disent que c'est le printemps qui lui donne le pain ! sacré culot ! demandez à un orphelin qui est son meilleur ennemi ! le vrai ! il vous dira « Celui qui me donne le pain » ! point. c'est clair comme le matin d'un enterrement, ça !

L'âme ! je regrette ! mais profondément ! mais à trente pieds sous terre d'en avoir parlé ! ça a été plus fort que moi. l'âme ! c'est ce printemps maudit ! ça doit être ça, mais oui ! ça ramollit tout le monde, printemps ! Samouraï s'est mise à divaguer ! et combien ! en haut et en large ! elle entend des voix, elle ! moi – pas encore ! mais c'est embêtant, j'avoue, surtout – parmi ces voix il y a la mienne ! et la mienne déconne à tout-va, il paraît ! faut que je la voie plus souvent, Tomo ! elle est si seule, Samouraï. mais pas plus que toi, Dim ! elle a sa folie, elle ! oui, mais quel compagnon, mon sang ! faut que je la voie. mais avec la

Marquise, ses courses, ses nuits – j'ai pas le temps. même si elle dort comme une pierre ! quand on guette une somnambule – ça se balade pas justement ! ça me rend nerveux tout ça ! je me sens comme un type qui est venu au bal masqué tronche nue.

2

Marquise… parfois je lui parle de pépé Jo. comme ça il est vivant et ça la divertit, sinon – j'ai pas envie. mes racines, tout ça, juste des feuilles mortes, ça – oui, et papy – l'une des plus tordues. la plus ivre vivante. même là – ça valdingue ! même pas un mot, juste un souffle et ça vole déjà ! et ça danse, mon pépé ! s'il savait ! il serait fier comme un forgeron ferré ! Marquise aux yeux qui brillent ! mais ça dure pas… elle est absente de plus en plus. ne parle plus de son Anglais. ni de lui ni avec ! il ne vient plus la voir ! il l'attend quelque part peut-être… ça serait bien, après un si long voyage. mais là – les yeux au plafond, immobile comme un coffre, juste ses mains qui bougent… elle est là tout de même. les doigts saisissent le drap et puis le lâchent, et puis encore, et puis le caressent, tels les doigts d'un nouveau-né en mouvement perpétuel, et puis, et puis elle s'endort. et tout s'endort avec elle. tout s'arrête.

Bientôt ça sera fini. la Faucheuse est là, juste cette fois elle a pris l'escalier. plus vieille que la mère de Dieu, la Mort monte à pied. lentement mais monte ! Marquise veut plus rien. ni entendre ni manger. reste au lit, sur le côté, les yeux vers la fenêtre.

Ah sa fenêtre ! je la vois même d'ici sa fenêtre, et le printemps dedans, toujours jeune. et ses yeux, elle sourit, les yeux pleins et brillants. « J'ai toujours aimé le printemps… et toi ? tu sens l'odeur ? » elle me regarde. elle me voit pas. « C'est vraiment comme une odeur, mais c'est à l'intérieur. comme une joie étouffée. comme la joie dans un rêve. tu vois ? comme si on a perdu quelque chose, oui, quelque chose qu'on n'a même pas eu… »

Quand je finis avec Marquise, je sors faire un tour. même s'il pleut du feu, des couches pleines de merde, des pigeons crevés – je sors. je monte pas direct dans mon trou. ma chambre est au-dessus de son lit. je veux qu'elle s'endorme et puis je redescends. même l'ombre d'un chat fait plus de bruit que moi. j'ai peur de la réveiller. j'ai peur de faire tomber les putains de cornes de ses maris ! je veux parler à personne, moi. écouter – oui, parfois, c'est juste les frottements de la langue, c'est tout. mais moi-même – ah non. chat bizarre, je déteste miauler. et voilà j'y suis. Marquise dort sur le dos, toujours sur le dos, comme morte. détendue et confiante. je me suis dit ça sera comme ça quand tout sera fini. sur le dos. pourquoi on les met toujours sur le dos, les macchabées ? pas sur le côté, ni sur le ventre. mais non, on tient à ce qu'ils soient sur le dos. et puis je m'installe avec mon Ivan le Terrible, dans un coin sous la lampe. je lis lentement, le slavon, faut le lire avec les lèvres, c'est beau, comme un diamant nu. je note le français et puis le temps passe. je lève la tête, c'est curieux comme tableau. une vieille qui respire à peine, et moi marmonnant la liturgie comme les vieilles de mon enfance auprès d'un mort bien frais. et puis je m'endors comme ça, bouche fermée, je laisse pas tomber le diamant.

Mais c'est pas toujours si peinard. ce n'est pas pour rien que son fiston débourse ! il m'a prévenu ! et puis ça a commencé ! elle s'est mise à délirer ! et en majuscules ! elle parle de son amant ! d'abord elle a tourné autour, elle m'a testé et puis elle a vu que j'ai rien contre délirer un peu, comme ça, gentiment, et puis elle s'est mise à parler de son Anglais.

D'abord elle allait doucement. elle racontait pas grand-chose, des bribes, et puis à un moment ça a déconné. elle n'a pas tourné autour du pot ! elle s'est mise à divaguer en anglais ! elle m'entend pas ! me voit pas ! plus peur de rien ! heureuse ! et lui était là aussi ! son amant ! dans sa chambre ! elle parlait pour deux ! elle voulait lui dire mille Adieux ! et que mille Adieux soient Bonjour ! « C'est pour bientôt ! » elle criait ! « On se verra toi-moi ! mais là – Adieu ! là-bas – on se reconnaîtra ! »

Immobile et debout elle était ! les yeux dans le soir… cheveux dressés ! perdue ! reine Lear ! délire à chaud ! toute une vie ! et devant qui ? devant un type venu de si loin, des steppes, du paillasson des monts d'Oural ! devant moi ! et quoi ? mais au fond on s'en fout ! au bout du rouleau la chose s'ouvre ! et puis on n'a plus la trouille de rien ! celui qui a vu – sait ! et le vrai témoin est muet. ça serait bien, mais vraiment qu'au bout de ce long long tunnel ils se retrouvent enfin. elle et lui. même comme ça… à la porte de la tombe. même en délire ! peu importe, juste un moment de joie. sans rien, ni vérité ! oh la vérité !

cette naine du mariage qui depuis deux mille ans s'efforce de péter à la messe pour se faire remarquer !

Elle se balade la nuit et parle comme une reine. pas trop grave. je la couche gentiment, mais non, elle se redresse. je la recouche. elle se lève. un bébé qui veut pas faire la sieste. une heure comme ça. patience, Dimitrius… « Mais pourquoi tu me couches – elle me demande – je suis pas fatiguée. tu me prends pour une matriochka à bascule ?! mon cher Russe… j'aurai tout mon temps pour me reposer sous terre… » c'est bien dit, non ? et j'ai arrêté ce menuet. je la couche plus. elle ajoute « Ferme les fenêtres si t'as peur que je m'envole ! » ce que je fais. et puis la porte d'entrée aussi. on sait jamais. voilà, comme ça elle a tout son palais pour elle. mais non. elle veut pas vadrouiller en silence. elle veut parler. d'accord. je la suis des yeux. elle va pas loin, elle. s'assoit sur le lit. triste, les mains tombées, l'œil de porcelaine… je la regarde, juste touche des yeux, oui, comme ça. j'ai commencé à m'attacher un peu à ce fantôme. elle n'a plus rien à faire ici, mais elle doit rester. là, avec un étranger qui est payé pour la surveiller. pour la recoucher. à sa place, à la longue je massacrerais, peut-être, un type comme ça. qui me surveille. compte mes pets et tout… la nuit, aux ciseaux, à la Macbeth ! mais elle est pas moi. et c'est pas mal comme ça.

J'ai senti l'ouragan venir. longue bonace, balade d'une fenêtre à l'autre, c'est bien gentil mais ça dure pas. elle s'inquiète elle aussi. me regarde en corbeau d'une cage. et puis elle s'endort, chaque fois la répétition du départ ultime, et puis, et puis un jour – ouvre l'œil, un seul et se met à parler !

Ça m'a fait tout lâcher ! j'étais en train de faire la vaisselle, tout tranquille, tout raton laveur, et puis j'entends une voix dans sa chambre ! voix rauque ! l'exorciste est de retour ! le temps de m'ébrouer et je suis devant son lit ! et je vois... et je vois... l'œil ouvert, un seul, elle se tortille et parle et cette langue est l'anglais ! et une autre voix, voix tendre, voix d'homme lui répond ! de sa bouche ! je me penche ! Madame... tout doucement, sans toucher, je l'appelle et je regarde dans son œil bien ouvert. l'œil-de-bœuf de la porte du royaume des morts ! et son Anglais est là ! ici ! ils se parlent ! en anglais ! je comprends tout ! je comprends rien ! et c'est vite et elle bouge ! de plus en plus vite ! « Viens, Rupert ! viens ! ça fait des siècles ! » elle lui fait de la place dans son lit ! billes clouées au sol j'évite de respirer ! tu parles ! il est déjà là ! dans sa gorge deux voix se mélangent ! elle boit sa voix ! et le deuxième œil s'ouvre lentement ! elle se redresse ! me cherche avec son œil magique ! me trouve pas et puis me trouve ! et me parle ! « Pourquoi tu viens pas me chercher... pourquoi je suis encore là ! viens, Rupert, et partons ! partons d'ici... ça fait des vies que je t'attends là ! et toi à la porte de mes yeux tu dis rien ! ouvre-la ! sinon – c'est moi qui la briserai... » et puis encore quelque chose, j'ai pas entendu et voilà d'un coup – plus muette qu'un arbre abattu. pas d'écho qui retombe. j'ai eu les cheveux dressés, moi ! couronne de trouille ! et puis c'est pas fini ! pas encore ! dernier assaut ! les yeux enfin fermés elle articule ! pythie ! « Je vais défoncer la porte de ce monde ! » j'avoue – tout furtivement j'ai regardé la porte d'entrée ! et puis là – une vague passait sur son visage, comme un rideau qui se fermait et puis plus rien. ni sons ni ondes, juste sa respiration.

Je m'habitue à tout. c'est terrible. et puis y a des jours quand tout va tranquillement. elle raconte des choses. elle a vu la Guerre. la seconde. je l'écoute dans mon coin. comme ça elle n'a pas l'air de parler toute seule. et puis j'aime bien les histoires qui parlent des temps où j'étais pas encore là. quel bonheur… même pas à fermer les yeux. le rideau s'ouvre tout seul.

« ....Mon petit Russe, écoute et vois. j'ai vécu la guerre en Angleterre. on n'est rentrés à Brest qu'à la fin. mon père travaillait à Londres, à la radio, quand tout a commencé. je me souviens de tout, parfaitement, j'ai été malade, crise d'appendicite. j'avais quatorze ans. à ma sortie de l'hôpital, l'East End n'existait quasi plus. je connaissais bien l'East End, et puis il n'y avait rien. que des cheminées ! toutes pareilles, et dedans les gens faisaient encore du feu ! les survivants étaient hallucinés. mais très vite tout Londres est venu là. les riches aussi. ils apportaient des vêtements, des vivres, il y avait des cantines, des bidons, soupe et pain, lait, conserves, et thé, tout ça… mais les gens de ces quartiers restaient à côté de leurs cheminées. ils sortaient pas. plus de murs mais ils sortaient pas ! avec les gosses, les yeux retournés vers l'intérieur. je m'en souviens de ces yeux. je vois encore ces yeux. ils tournaient en rond autour des cheminées, plus de murs, ni rien. encore hier tout était debout et puis là – il n'y avait plus de murs, ni plafond ni toit… les pompiers leur parlaient mais ces gens-là étaient sourds. ils tournaient dans les décombres, et puis j'ai vu les pompiers qui entraient dans les ruines comme on entre dans une maison et puis leur parlaient et puis aidaient ces pauvres à sortir de leur maison qui n'existaient plus. ça c'était vraiment terrible. jamais j'ai vu une chose pareille.

« ....Et puis les gosses… les gosses ! mais je peux te dire que les enfants vivent la guerre comme un déménagement. mais parfaitement ! mon petit frère, Louis, ne se souvient que des bottes de mon père ! hautes-hautes ! il a fait pipi dedans ! il voulait les mettre et faire pipi en homme mais il n'a pas réussi et a fait pipi dedans ! voilà tout ! toute la guerre ! il sentait vaguement les choses. ah oui, on sent toujours quelque chose et puis tout de même ça nous empêche pas de manger ni de dormir !

« ....Quelqu'un m'a touchée, je me retourne et je vois une très jolie fille ! mais très belle ! plus belle que l'ange Raphaël ! habillée… habillée ?! une paysanne folle est mieux vêtue ! et c'était un garçon, et c'était lui, Rupert. il m'a fait rire ! déjà sa tête ! il avait un bonnet, une sorte de casque fait avec un bonnet de soutien-gorge ! rose ! il a dit – “Riez, riez, celui qui rit quand le roi passe – se mariera dans l'année !” il parlait le français comme moi, lui ! il m'a dit beaucoup de bêtises, je m'en souviens plus, on riait, ses yeux riaient quand il riait, et c'est rare… cette journée était comme une pièce d'or. le même jour je rencontrais le roi et lui ! vraiment une pièce d'or pour celui qui n'a pas de poches, et qui garde la monnaie dans ses mains. la deuxième fois je l'ai revu la nuit. on dormait dans le métro dos à dos avec ma mère, et un moment j'entends ma mère qui dit tout bas “Il faut que tu te maries avec celui qui porte le soutien-gorge sur sa tête…" je me lève un petit peu, ma mère dormait ! et c'était Rupert, accroupi, qui me parlait !

« ....Il avait un don, lui. il pouvait imiter n'importe quelle voix dans les langues qu'il parlait ! anglais, français, allemand. il était comédien, d'une bonne famille, et après j'ai su qu'il avait coupé les liens. ou que sa famille les avait coupés avec lui. il était dans les services secrets, dans une équipe d'imitateurs des voix de dirigeants à la radio. plusieurs fois il a parlé Churchill. oui, d'abord au téléphone, il appelait Madame Churchill, pour voir, pour vérifier. c'était leur test. il était très doué. très. la femme, il disait, c'est la pierre de touche. la foule c'est une femme aussi. Madame Churchill a failli tomber raide ! pouvait pas croire ni ses yeux – voyant son mari à côté, dans le fauteuil – ni ses oreilles en écoutant Rupert ! mais le rire sauve ! ils rigolaient… ils étaient ensemble devant Rupert. quatre oreilles ! "quel talent ! mais quel don !" et moi – pas. moi – j'étais seule avec sa voix. avec ses yeux. et encore sa voix ! toujours… »

Elle s'arrête un moment. j'entends sa respiration. et puis – « Donne ta main… je veux être debout un peu. même au lit je peux plus être droite. je vais m'appuyer là… oui. » et on se redresse tous les deux, elle est légère comme un balai, on marche, deux tortues, et je l'appuie contre le mur, à gauche de la fenêtre. elle regarde… je reste à côté. elle regarde. elle voit des choses. mille et une. elle voit Londres en ruine… elle voit son cœur.

« ....Imagine ! à la même heure j'ai vu pour la première fois – le roi et lui ! pas mal pour la même journée, non ? George VI et Rupert. sur ces ruines. et le roi, il était comme un cheveu dans une meule de foin ! les gardes du corps, et puis les habitants et puis les badauds comme nous, moi et maman, et il était un moment si perdu, si perdu dans son peuple, ma mère m'a dit “regarde ses yeux ! ses yeux !” et c'est vrai, il avait les yeux d'un égaré, et puis la reine est apparue, lui a pris la main, et ses yeux se sont arrêtés. on était si près ! je voyais ses yeux s'arrêter sur moi et j'ai baissé les miens ! quelqu'un m'a touché la main, je me suis retournée et j'ai vu d'autres yeux. et là tout a changé, mon cher Russe ! tout ! la foule – je ne voyais plus la foule. le roi et la reine – je ne voyais plus ni elle ni lui. j'entendais de loin comme la mer en colère… de loin ! ma mère, mon père, mon frère et la guerre, tout était loin, je ne sais pas où, et là – il n'y avait que ses yeux. je me suis trouvée amoureuse tout bêtement, oui, mais quand cela t'arrive pour la première fois – sur le coup c'est renversant ! voilà comment ça s'est passé. maintenant – je vais m'allonger… allons tout doux.

« .... C'était plus fort que d'être simplement vivante, et puis se sentir vivante aux jours de la guerre c'est mille fois plus fort que là, ici à Paris… mais c'était encore plus fort. encore et encore ! et de plus en plus ! je n'ai pas vu les gens mourir. je les ai vus perdre la tête de peur, de chagrin, mais pas mourir. et ces yeux et ces yeux c'était une autre chose, complètement une autre chose. plus fort que la guerre. plus fort que la paix et tout. plus fort que tout ce que j'ai jamais connu… avant ? oui. et après – aussi. oui… mais sache ! sache une chose ! faut jamais, mais jamais, tu m'entends – jamais vivre avec celui que tu aimes plus fort que tout ! c'est trop ! jamais ! faut partir courir se cacher ! » elle se met à trembler, respire mal, cligne des yeux, mon Dieu ! elle va y passer ! ses mains empoignent le drap ! et puis le lâchent ! et puis encore… et encore.

« ....Je ne suis qu'une vieille ruine, vois un peu. mais j'ai eu si peur ! peur ! je ne voulais que lui ! respirer – c'était lui. voir – c'était lui. dormir – c'était lui. tout était – lui ! tout. et mourir ça sera – lui… mais j'avais très peur. j'ai honte mais honte de m'épancher comme ça. c'est si loin, mon petit Russe, si loin. et puis les mariages, c'était pas si mal, et les enfants, mes fils, ils étaient… mes enfants, c'est tout. je vivais comme en train de regarder un film. très long film. trop long… c'était ma vie. Rupert était ma vie et cette peur c'était aussi ma vie. et la peur a vaincu. mais Rupert est toujours vivant. toujours là. et ses yeux et sa voix… c'est pour cela que j'ai survécu à tout. c'est pour ça que je suis encore en train de pourrir à petit feu là… tous morts, mes maris ! et j'ai oublié leur visage ! yeux, mains et voix – j'en parle même pas ! lui aussi, mort mais j'ai rien oublié, lui ! n'aie pas honte… toute ma vie c'est à moi. et voilà – tout se termine. je ne sais pas si je regrette… vraiment je ne sais pas. mais ne dis rien à Jacques ! s'il te plaît ! les enfants, ils veulent qu'on meure tranquille… qu'on parte sans trop les faire chier ! souviens-toi de ce que je dis là ! t'as un fils, toi aussi ! excuse-moi… mais ne dis rien aux miens ! s'il te plaît… »

Je la rassure. elle n'écoute pas ! « Ne parle pas de tout ça ! ils supportent pas… Rupert Rupert Rupert ! ils pensent qu'il a jamais existé ! Alexandre et Philippe sont morts persuadés que leur mère était une vieille midinette ! ou pire ! ou mieux ! une demi-pute !

toujours Rupert ! jamais leurs pères ! jamais… mais c'est loin tout ça. j'ai même oublié leurs têtes. visages de mes fils. c'est comme un carreau embué. j'ai cessé d'être mère. peut-être. même j'ai cessé d'être femme. tout ça… je ne sais plus la couleur de mes yeux. mais je suis encore vivante. encore là. pardonne-moi, je sais que tu diras rien à Jacques, excuse-moi, mais les précédentes ! elles voulaient être honnêtes ! elles étaient gentilles n'empêche, et puis venaient et puis repartaient et ça a jamais été plus d'une semaine… toi… tu resteras combien ? t'es gentil toi, petit moujik ! faut pas s'attacher, non, je sais, mais j'y peux rien. et personne n'y peut ! »

Je dis rien moi. j'oublie tout et tout de suite. rien moufter ni aux vivants ni aux morts. les miens sont loin, madame. ils sont bien tranquilles, Madame. plus d'ondes ni morse ni guéridon. plus rien entre nous. le forfait est épuisé. avec les vivants – c'est à la carte. pas très pratique… pas du tout.

Elle voit juste, Marquise. elle voit parfois double, mais elle voit juste. je commence à m'attacher, c'est vrai. et puis je comprenais rien. et je comprenais tout. et puis au fond y avait rien à comprendre. juste parfois je voyais Damiane. vision rapide, ses yeux et ses mains et puis c'est fini. et puis Marquise était encore là, toujours vivante. Rupert dans les yeux.

«........Et puis, mon cher Tolstoï, la vie passe. il apparaît. il disparaît. il m'écrit. je réponds. la lettre revient. c'était un hôtel. j'attends. les années passent. les choses arrivent. les cheveux poussent. j'accouche d'Alexandre. mon dernier, et ça suffit, je me suis dit. je ferme ma boutique ! j'attends plus. je me remarie. il m'appelle d'Alger. je suis furieuse. je pleure. il me fait rire. j'oublie tout. il disparaît. et ça dure. il est absent comme le père Noël en été ! il est partout. j'attends plus. j'entends sa voix. »

Un matin, je m'apprête à aller chez Marquise – un coup de fil. c'est son fils. Jacques ! oui oui, bonjour, vous allez bien ? merci, pas mal et vous ? je voudrais vous parler de ma mère. cela ne vous ennuie pas si on se voit cet après-midi ? je dis – oui, on peut se voir. mais justement je dois faire les courses pour elle. vous inquiétez pas pour les courses, j'ai déjà prévu quelqu'un. bon, d'accord, je réponds. très bien, près du Luxembourg, café Rostand ? vous connaissez ? je dis – oui. parfait, je vous remercie et je vous dis à tout à l'heure.

Il a déjà tout prévu, lui… c'est pas mal ça ! dis donc, on peut tout prévoir ! celui qui ne prévoit pas qu'il se prépare à gémir ! disait Léonard ! mais celui-là, n'est pas prêt, lui ! son petit dernier ! son vieux fiston ! Jacques ! il a perdu déjà ses frères, lui ! là – c'est la mère sur la planche ! mais bon, on touille pas dans le guêpier. surtout avec le doigt d'honneur. je vais écouter ce type et puis on verra, comme disent les aveugles.

Et puis je suis venu. et puis j'ai écouté et puis j'ai rien à dire. qui je suis dans tout ça… un distributeur de sourires à la gare des malheurs. voilà tout. toujours les mêmes aboiements ! ça valait même pas le rot du serveur qui nous servait ! toujours pareil ! grincements de dents et tout ! mais dites-moi, pourquoi les enfants pour défendre leurs parents doivent les faire passer pour des dingues !? d'accord – y a la fortune et tout, et puis faut protéger les tarés bien-aimés jusqu'à la tombe et puis, mais je m'en fous, moi, j'ai rien demandé, moi, délire ou pas – je ne suis qu'une aide à domicile, moi ! et puis je m'en re-fous à rallonge qui je suis ! mais non ! il veut convaincre ! cet Anglais ! il n'a jamais existé, lui ! ce type ! jamais et re-jamais ! « Faut être un peu dingue, Dimitri ! mais franchement ! pour y croire ! lui et ma mère et les services secrets anglais ! c'est pour un roman ça ! même une pie garderait mille fois mieux les secrets que ma mère ! » et très bien ! alors il n'y a pas de quoi se foutre par terre ! mais il tient à la vérité ! ho ho ! la vérité et ses acharnés ! parfois elle surgit comme un furoncle sur le visage d'un cadavre ! et lui, cher fils, il tient à crever l'abcès !

Et c'est moi qui règle l'addition. faut que chacun soit à sa place, non ? c'est lui qui me paye pour sa mère, faut que ça revienne dans sa bourse. voilà la chose. poches trouées payent, poches cousues parlent, disait pépé Jo. et puis il me regarde bizarrement… mon pull. je comprends. c'est son pull. pull gris en cachemire. sa mère me l'a donné… mais sur moi il n'a pas l'air en cachemire ! en toile d'araignée plutôt ! mais il l'a reconnu… et sourit.

Je vais rentrer doucement. pas de courses ni bourses ni rien aujourd'hui. c'est fatigant à la fin tout ça. Marquise, son fils… il est bien vieux lui aussi. épuisé. langue sur l'épaule après séance de la vérité. je voudrais me reposer un peu, même pas moi, juste les yeux. les pieds des yeux. les poser quelque part, par terre, n'importe, mais qu'on me parle plus de la vérité. ni de mère, ni de père, ni de famille. hououououou ! famille. soit la couronne de mouches, soit le guêpier, et du miel – j'en parle même pas. et puis les gosses, c'est un puits sans fond, il paraît. on sème à l'aveugle dedans. on entend l'écho que quand on crève. amour jusqu'aux burnes parfois, souvent même au-delà du périnée, mais pas le pardon. jamais pardon ! les gosses… ça leur suffit pas d'être notre cœur ! ils veulent aussi être le clou dedans.

Rupert, elle l'a revu quand même. au moment du procès de Klaus Barbie il était à Lyon. elle en est sûre. très ! avant il lui a écrit de Bolivie. trois mots, petit dessin, Napoléon avec des nattes. et puis plus rien et puis elle l'aperçoit sur une photo, dans *Le Monde* ! tout en bas, aux pieds de Vergès ! dans le premier rang ! il se retourne vers la salle et voilà – sur une photo. il a une barbe sur cette photo ! grande barbe ! l'air très bizarre ! effrayé ! parfois les aveugles sont comme ça, quand ils sont dans une foule… elle gardait la photo, et puis elle ne sait plus. perdue dans les déménagements, peut-être.

« ....Et puis j'accouche de Jacques. une année passe et puis mon père meurt. malade malade malade. et enfin – mort. même pas un soupir ! pas une larme. on s'entendait lui-moi comme ours et abeille. loup et renarde. je le détestais pas, non, juste il me méprisait un peu, et moi en retour – je montais le son à mon indifférence. quand il était en vie – il était un trou pour moi. je comprenais pas comment ma mère pouvait aimer ce trou. quand il est mort – elle est tombée dedans, carrément. elle ne faisait que dormir. encore vivante, mais déjà morte bouche ouverte. tu sais comment ça se passe. ça durait et puis j'ai fait une fausse couche. j'ai failli y passer. en rentrant de l'hôpital le téléphone sonne. je décroche. c'était lui. j'ai senti mes cheveux se dresser comme des serpents ! c'était mon père ! mon père mort depuis un an ! il m'a dit qu'il allait bien là où il était. qu'il regrettait.

qu'il me demandait pardon. mon père ! il a dit qu'il savait pour le bébé. il a dit qu'il m'aimait... et moi comme une poupée cassée je répondais oui, oui, oui, et puis il a raccroché. je ne tenais plus sur mes jambes. je me suis allongée par terre, tout doucement, tout lentement... je me souviens, comme hier c'était, oui. comme hier ! et j'ai fondu en larmes. ça m'a paralysée ! je ne pouvais que chialer ! je pouvais plus bouger ! je ne sais pas combien ça a duré, mais quand je me suis réveillée – il faisait nuit. j'ai dormi toute la journée ! mon cher cher Russe, tu peux pas savoir ! comment je me sentais bien... allongée sur le sol, j'avais si froid, mais j'étais vivante ! combien vivante ! et j'ai compris que c'était Rupert. encore lui. pourquoi ? parce que mon père aurait jamais dit "bébé", à la rigueur "enfant", mais jamais "bébé" ! tu comprends !? » je réponds – « oui ». « c'était pas mon père ! » elle continue, elle parle comme dans un rêve. « c'était pas lui ! et toi, t'en penses quoi !? » « je ne sais pas, Madame... » là – où il est, on n'a pas les mêmes habitudes peut-être. c'est différent là-bas... enfin, j'espère. ou c'est comme ici. pareil. ça doit être terrible, non ? en tout cas pour moi. sinon comment savoir qu'on est mort... c'est effrayant ça ! » mais je dis rien. je réponds juste « Tout peut arriver, madame. tout. vous avez vu des choses. moi aussi j'ai vu des choses. je ne sais pas vous dire ce que je pense de tout ça... » pas la peine de souffler sur le feu. comme si elle m'écoutait ! elle me regarde mais voit autre chose. un autre monde. cette clairvoyance des mourants ! elle voit deux hommes. son père et Rupert. immobiles. sur la balance de son âme. et puis elle dit tout bas « c'était mon père. c'était lui... » et puis elle ne dit plus rien. je dois sortir pour ses courses. il est fort ce mec. très fort ce Rupert. d'un seul coup de fil il lui avait rendu son père. oui. comme ça. d'un coup de fil… il avait rendu la fille au père mort. quand même… un roi mage. qui sait tout ça ? qui peut vraiment savoir ? les morts, qu'ils se débrouillent entre eux là-bas. ça se passe plutôt pas mal dans leur royaume. en tout cas les miens sont tranquilles.

Et puis il disparaît vraiment. Rupert. pour longtemps. pour de bon cette fois. il s'écrase dans le désert. classique. mais elle le sait pas. elle le saura bien plus tard. deux ans plus tard. toute l'équipe de la radio comme ça. bam-bada-bam ! en plein désert ! on n'a pas retrouvé les corps, ferraille – oui. pas les corps. rien. vraiment rien. ni crânes, ni orteils… enfin on a pensé aux hyènes, au soleil, aux serpents et tout ça, en gens civilisés, mais pas au sable. sable qui mâche tout là-bas. et puis elle – je sais pas ce qu'elle a pensé. elle n'a jamais cru que c'était fini. il paraît que quand on aime on devient comme un enfant. le monde devient magique et puis on croit à tout. aux hyènes, aux serpents, aux dragons et aux sables et aux ombres qui errent. mais à la mort – non. on dit jamais oui à la mort. jamais avant de cesser d'aimer.

C'est bizarre, l'homme ! si c'est Dieu qui l'a concocté, il a dû être sacrement délirant lui aussi pour créer ce genre de casse-têtes. j'ai connu un vieux comme ça. en Russie. toujours vieux et toujours ahuri il rôdait en pleurant son fils. il n'a jamais eu ni fils ni femme. ni même clébard. je sais pas, même là, il erre encore, peut-être. c'est fou quand même tout ça.

Elle ne se lève plus. allongée dans son lit humide comme la tombe fraîche, elle n'avait que son nom à la bouche. Rupert ! n'ayant plus rien à perdre elle le protégeait, lui. des vivants et des morts. de son vieux fiston fou de rage. de moi. de ce monde. de ce printemps et de la pluie qui commence. ayant tout perdu, elle pensait encore à lui. je ne sais pas comment. ça tenait sur un seul cheveu. sur une expiration… sur une prière peut-être. il paraît que quand l'homme n'a plus de sang pour prier il meurt, oui, tout doucement. plus de fil, et puis il s'endort. j'ai écouté un peu sa respiration. je me suis dit, voilà, c'est la fin. j'ai vu ça avec ma tante. puis avec mon oncle. on reconnaît la chose. pour ce genre de trucs j'ai la mémoire d'un vieux djinn. Marquise, c'était pour bientôt. le temps de fumer une cigarette à peu près. il faisait lourd dans sa chambre. on aurait dit une étable vide. je suis sorti sur le balcon. il pleuvait de plus en plus. j'en ai allumé une. peut-être en rentrant je la trouverai morte. qu'elle prenne tout son temps. je vais pas la déranger. rôder autour, appeler, courir et tout… je vais fumer ma clope la plus longue.

Ça serait bien, je me suis dit, qu'ils puissent se voir, elle-lui. enfin… quand tout sera fini. après tout ça. juste se voir, même de loin… on était en plein orage, et l'odeur de la poussière qui accueille les gouttes me montait au cœur, et puis un éclair, et puis boum-bambaram ! le ciel a craqué et je me suis retrouvé face au mur d'eau et tout était en train de s'écrouler. sur ce balcon suspendu dans l'orage j'étais presque jaloux de ce cœur qui était en train de mourir dans le silence du berceau à deux pas de cette guerre dans le ciel. jaloux de cet abandon si total de soi. de tout. mais vraiment de tout à quoi tous on s'agrippe, comme les chatons qui se noient.

Quand je suis rentré – c'était fini. j'ai rien vu et j'ai tout vu. j'ai eu du mal à rentrer. j'ai été comme ivre. c'est l'orage, ça doit être ça, chaque fois c'est pareil, je chavire après. je ne savais rien et je savais tout, oui, tout ce qu'il faut pour mourir comme ça, mais rien du tout pour continuer à vivre. je me suis penché vers son visage, il était comme une vallée en paix. et puis il fallait que je sorte. il fallait que je marche un peu. c'est bon pour aujourd'hui. j'ai rien touché dans la chambre. même pas avec les yeux. j'ai juste appelé Jacques, laissé un message sur son répondeur et voilà tout. j'ai dit que c'était fini. et puis je suis sorti.

Non, je suis pas allé à l'enterrement. dans ces cas-là quand c'est fini – c'est très fini. et puis on m'a pas prévenu. enfin qui je suis… pour les courses j'étais bon, n'empêche. mais parfois quand je sors de mes tranchées, je me retrouve diable sait comment dans son quartier. oui. cette ville et ces quartiers c'est ni guerre ni paix pour moi. avant, Paris – c'était la guerre pour moi. puis la paix. ville triste, c'est tout. une place après la foire. je rôde, les yeux effrayés, à la Ivan le Terrible, je marche sur ma barbe, d'un coin sombre à l'autre. d'une foule de revenants à l'autre. Marquise. Rupert. puis d'autres… je les trimbale dans mon sac. les vivants. les morts. tout en vrac.

Ça m'arrive d'entrer dans des églises. en été je m'y réchauffe. je m'y rafraîchis en hiver. avant les vieilles priaient ici. jouaient à la bataille navale avec Dieu… maintenant elles font des mots croisés.

J'allume un cierge pour ces deux-là. pour Marquise et Rupert. oui. une flamme pour deux. toute petite d'abord, et puis l'odeur… une flamme parmi d'autres. ils doivent être ensemble, elle-lui. ça serait bien. la voix, le toucher, la vue… tout. et puis je sors. et puis c'est fini.

Pauvre Marquise… pauvres nous. pauvre tout. et puis il fallait que je déménage. une fois n'est pas coutume. j'ai passé trois jours à faire la poussière sous la litière d'une frappadingue bourgeoise. elle roupille en manteau de fourrure en été comme en hiver ! allongée dans son lit elle siffle ! on dirait un serpent à sonnette paralysé ! c'est à pétrifier sept nains d'un coup ! quand vous êtes chez elle – vous êtes foutu ! et puis la puanteur ! à coudre les narines ! ça schlingue la thune pourrie ! même là je la vois encore ! poilue comme une femelle tarentule, elle roule ses clignotants ! deux chas d'aiguille ! et son plumard plus putride que le grabat de saint Eustache ! et ses ongles, ses ongles ! quand je les vois dans mes rêves, je sens que je vais accoucher ! elle n'arrêtait pas de dire « Mes enfants m'adorent ! mes petits-enfants m'adorent ! mes amis m'adorent ! » vous voyez le genre…

Quand elle m'a aperçu sur le seuil pour la première fois – j'ai pensé qu'elle allait y passer de joie ! excitée comme un putois qui voit un peloton de chapons aveugles s'avancer en chantant tout droit vers lui ! deuxième fois – elle a montré ses chicots noirs. « Moutons… moutons de poussière sous le lit ! n'oublie pas les moutons ! je les vois d'ici ! » putain et cieux ! Dimitrius ! bon berger ! j'aimerais qu'à mon départ elle retrouve sous son lit deux bons tigres affamés du zoo de Kamtchatka ! et même je crois que ces matous efflanqués n'avaient pas trouvé leur estomac dans une décharge de Tchernobyl pour bouffer cette fouine ! c'est à retourner le pelage ! et depuis, entre nous c'est la guerre du Kippour !

J'y suis resté trois jours et puis pneus dégonflés j'ai rampé à la mairie. j'ai supplié de me transférer ailleurs. même chez les Yakoutes ! curer l'oreille d'une vieille Inuit ! à la mairie ils étaient tous effarés ! que j'aie tenu autant ! y avait un autre, mec noir, il y était resté aussi trois jours. c'était le record ! miracle d'endurance ! on le montrait à la mairie comme un aveugle qui a recouvré la vue ! mais il s'est mis à bégayer ! y avait de quoi ! quand je leur ai dit « D'accord, entendu, je m'en fous, je vais chez Mme Gnouf », on m'a montré aussi ! voilà un cul-de-jatte qui achète une paire de grolles ! putain et tombe ! qu'est ce qu'elle était chiante ! même la mort la prenait pas ! elle regarde bien la date de péremption, la mort ! dame discrète… et voici – trois jours passent avec la sorcière qui pouvait planter des patates sous ses ongles et je tombe à genoux et je prie trois mille saints qu'ils me fassent transférer ! qu'ils éloignent de moi ce bidet parlant ! cette coupe où je m'abreuvais depuis trois jours ! ct à la fin, très à la fin, j'ai eu la soif que j'ai pas eue depuis que l'homme en guerre a appris à rire face à l'ennemi capturé qui vient de lâcher un pet bruyant mais pacifique ! et je suis tombé à genoux dans les chiottes de cette sorcière ! à côté de son balai chic ! manche en or ! à enculer les goules ! et j'ai prié et ça a marché ! ah oui… on m'a transféré. mais quelle grognasse de l'Apocalypse ! et puis ça a marché ma prière ! hourra ! j'ai été envoyé ailleurs ! très ailleurs… et puis personne n'est mort ! et même on gambade tous encore mieux qu'avant !

3

Je ne sais pas, mais du tout, ce que je faisais dans ce quartier. j'erre comme un vieux basset ! ça m'arrive parfois de lever le pif ! humer… où je suis !? cette fois c'est la place Saint-Sulpice. et en plus il pleuvait. dire Déluge – c'est rien dire ! la pluie bizarre. elle était debout, la pluie ! mais je dois dire que j'étais un peu ivre. elle était partout, la pluie ! je sursaute dedans tel un pou dans les cordes d'une harpe en ciel ! on voyait pas le bout de son nez ! et vapeur, vapeur ! ça montait ! mon parapluie aussi utile qu'un mouchoir au pôle Nord en guise de couverture ! ça s'appelle giboulée ! mon cul ! s'il pleut des crapauds – ça s'appelle le déluge ! place Saint-Sulpice ! sa fontaine ! et j'ai vu quatre évêques sous la même douche ! tout en haut frémissant dans leur niche ! c'est pas mal comme miracle ! les eaux montaient vers leurs babouches ! et les lions miaulant comme des chatons perdus ! Saint-Sulpice ! j'ai vu des têtards faire leur bar-mitsva dans des flaques plus grosses que Bébé lac Baïkal ! et j'ai vu des grenouilles sauter sur le parvis !

Et puis cette fille… encerclée dans la pluie ! et les eaux montaient encore ! égouts bouchés ! j'ai attendu que deux bagnoles passent, que deux gros lions enfin traversent la rue à la nage et que les vagues se rencontrent, et puis que les eaux s'entrechoquent et se séparent, et là – j'ai foncé en Moïse dans la brèche ouverte ! et puis et puis ce qui était archi-dingue c'est que la mer s'est refermée derrière ! le vrai miracle de la mer Rouge, c'est le miracle double ! la mer qui s'ouvre et se referme comme l'ascenseur !

Eh bien j'ai traversé la mer. et à pied ! et sans mouiller ni semer mes semelles ! vers la fille ! et je lui ai dit ça, sans vergogne, à la prophète Élie – « J'ai traversé la mer rien que pour vous ! » et puis peu importent les mots, c'est la voix qui compte ! elle riait, elle ! et pourtant j'avais pas encore sorti mes rossignols les plus ténors ! pauvre pigeon, je savais pas que je marchais vers une île, qui allait me plier, me déformer comme un dieu en déprime du dimanche a transformé un grizzli en panda ! trêve de blague ! si j'avais su… je serais resté de l'autre côté de la mer Rouge ! bien cloué ! bien blaireau ! en brouillon d'ours !

J'ai oublié son visage, et puis, en vérité, je l'ai même pas vu. tout ce que j'ai vu – c'était ses mains. oui. elles frémissaient, c'est ça qui m'a rendu à moitié taré. l'autre moitié l'était déjà ! ses frissons ! ses mains tremblantes, et ses ongles vermeils. griffes d'un oiseau. elle avait froid, elle ! et moi j'étais ivre chaud pour deux ! et puis et puis – cette sensation de surpuissance face à ses mains… j'étais si fort, si grand, si debout ! mais en vérité… schtroumpf en vadrouille qui dormait debout et rêvait qu'il portait des échasses ! groin romantique ! groin magique à trois trous ! à cette époque j'aurais préféré être une panthère en cage qu'un bichon en liberté ! et je l'étais au fond… un caniche en rut perpétuel.

Elle était comment ? c'est plus facile de dresser un asticot que de savoir si une fille est belle ou juste jolie quand il pleut ! j'ai pas pu la voir à sec ! et puis elle était triste ! et puis j'aime sauver, moi ! et je l'accompagne jusqu'au café. il n'y en a qu'un, d'ailleurs ! café de la Mairie. sans façon, quoi. venez !

Mais vraiment, c'est plus facile de trouver un vieux pantalon dans lequel on n'a jamais pété que de découvrir le vrai visage d'une femme. rien à faire ! ni à l'œil nu ni en braille ! faut la surprendre quand elle s'ennuie ! c'est le matin d'un visage. matin ultime ! ni colère ni haine ni passion, ni utérus rival, rien de tout ça ! juste l'ennui, ah oui, et par petites vagues ! l'ennui froid ! dimanche et puis campagne et puis pluie ! voilà la soupe magique ! ça mettra à genoux la fée la plus rieuse ! l'ennui c'est le meilleur démaquillant ! à décaper trente déesses ! grande marée du visage ! houououou, ça donne froid aux yeux !

Elle n'arrêtait pas de regarder son portable. sortir-cacher, ressortir-recacher. en dansant de froid ! impatiente que je parte ! on bavardait, je ne sais pas... une demi-heure, pas plus. et en souvenir j'avais son numéro de portable, huit chiffres, rien d'autre. ni visage, ni yeux, ni lèvres. ah non ! j'ai eu quelques lettres sur un bout de papier – son prénom. Fevronia. franchement bizarre. il y a une légende comme ça, légende russe, mais bon, quand une fille sans visage ni odeur te file son numéro – on s'en fout des légendes. je l'aurais oubliée plus vite que mon parapluie ne sèche, si... je m'étais pas retourné. et là – j'ai vu ses yeux. elle me regardait, elle ! souriante, elle ! mais c'est les yeux ! ses yeux qui m'ont cloué au sol ! des yeux perfides et sourire, ah oui ! elle parlait déjà à quelqu'un, avec son portable à l'oreille, elle rigolait, et à moi – elle souriait de loin, comme offrant les restes de son rire avec un autre. et ces yeux fuyants, comme une louve sur une photo ! pourquoi je me suis retourné… et puis pourquoi après j'arrivais pas à me défaire de ce regard ! j'avais vu ces yeux mille fois et une ! et encore mille ! ce regard… Damiane ! oui. c'était elle. et tout me revient. tout et ses yeux surtout. quand je sortais de l'hôtel, Victor sur le dos. elle appelait déjà un client ! elle avait besoin de choses ! ce regard qui me rendait fou de rage, et puis triste comme un agneau, oui, un agneau mauvais et puis encore plus loup et encore plus triste et puis à la fin on chavirait comme ivres, moi et Victor sur mon dos. dans la forêt parfois je me relâchais et les larmes coulaient ! pauvre Victor, gosse de deux ans, ses yeux lointains me regardaient, regardaient sans mots ni ciller, du cosmos me regardait, et je le serrais fort contre moi. fort fort ! j'embrassais ses petites mains, et puis pissais carrément par les yeux ! sa mère rigolait après « Victorius, t'as encore mouillé le cou de Dimitrius ! ».

Samouraï pense que c'est tsar Ivan qui a foutu ma tête par terre. « C'est lui qui t'achève. repose-toi un peu… tu tournes en rond, toi. vrai dindonnier ! il faut bouffer et sortir, tu vois. marcher. » elle a raison peut-être. comme une montre cassée qui deux fois tous les jours dit l'heure exacte. j'ai pris mon pied, n'empêche, avec le tsar ! avec sa liturgie de Michel Archange. Ivan le Terrible… son gribouillage ! jour après jour ! et puis la nuit et puis jours et nuits et à la fin je suis devenu aussi fou que le tsar ! dans les chiottes, boutique ouverte je ne me souvenais plus pourquoi j'y étais ! et comme ça – trois mois ! jusqu'aux cils dans la boue de Moscou ! XVIe siècle !

et quelle boue ! groin à groin avec le tsar et toute sa valetaille, l'ours Jacob inclus ! et j'y chômais pas ! cette liturgie... je grattais des deux mains ! du slavon au français ! contrebande sous la langue ! Ivan ! quand il s'est mis à délirer ! à voir double même dans les rêves ! il aimait les gosses, lui, surtout tarés. il aimait les prendre dans sa barque et aller à la dérive. au milieu de la Moskova ! sans rames ni rien ! et un jour il s'est endormi dans la barque et quand il a rouvert les yeux, Michel Archange était là ! debout dans la barque ! glaive nu ! et deux gosses tremblants face au tsar qui roulait des yeux ! de retour – il dort plus, mange plus, parle en grec et voit triple ! il rugit sur son ombre ! et l'ombre aboie ! il délire à fond ! jusqu'aux tourbières de Moscou ! et plus bas encore ! jusqu'au pétrole ! voilà l'encrier ! il se met à écrire ! gribouille ! la liturgie en l'honneur de Michel Archange ! peur antique et biblique à sa gauche ! et la trouille dicte en morse ! faut suivre ! et tsar fou à enchaîner gratte vite ! et puis hurle comme le fils d'un sourd !

Je vous montre un petit bout. comme ça... juste un ongle pourri du tsar. *« Et voilà – Toi, Archange ! glaive à circoncire les démons ! et tes pas, combien lourds ! combien haute ta colère ! et moi – devant, telle église sans toit et l'ouragan approche ! une fiancée aveugle devant la mort ! tel souriceau qui se cache d'un chat dans la souricière ! et le pire et le pire – je suis seul à entendre tes pas ! personne ! ni mon ours à mes pieds, ni mon chien, ni l'ennemi même – n'entendent rien ! et te voilà – devant mes portes ! et tes yeux ! tes yeux ! »*

Et ce n'est que début... juste quelques fleurs d'Ivan ! ses fruits sont à coudre la bouche !

« Et même si trois mille saints viennent me dire à l'oreille – "Innocent ! hosanna ! réveille-toi ! c'était un rêve ! tu es pardonné !" – mais non... pas si vite, vous, les saints... pas si vite ! tout lentement, pas en foule ! en solo... "Peau après peau" susurrait Satan à l'oreille du Dieu qui misait gros sur son Job champion ! et même là il chuchote ! "Peau après peau"... et seul je suis. la plus grande foule de saints depuis que la première goutte du sang innocent a été bue par la terre – ne peut rien contre la foule que je suis ! la seule voix de cette foule les mettra tous à genoux ! ils auront beau crier – "vade retro Satan !" dans toutes les langues mortes et très mortes – ça n'sera qu'un murmure dans le cul d'un cadavre ! et ceux qui m'aimaient, qu'ils viennent par des mille ! et rien ! que peuvent-ils contre foule qui se réveille en moi ?... même pas un murmure ! pas un souffle ! »

Voilà ce que je scribouille. ça fait pas grossir ça ! j'ai prié avec l'ombre d'Ivan. tous les deux bien à genoux ! très à genoux ! et lui à ma gauche ! trois mois ! à triple carillon ! j'étais aussi heureux qu'un blaireau mordu par un loup enragé ! au bout du scotch ! mais je continuais ! tout me fatiguait, ah oui, cils de pierre ! mais il fallait le suivre, pauvre Ivan ! quelle dictée ! chevauchée à perdre dents et dentier ! et puis la trouille articule pas ! et jour après jour ! vraiment obsédé ! trois mois ! de Hosanna à Amen par tous les alléluias !

Et enfin, très enfin, il est venu... il était là, lui ! à genoux, lui ! la paix en guerre, lui ! tous les deux on était ! pitres sinistres, cul à cul on priait ! sa tête était à l'est, la mienne à l'ouest était. mais tout ça n'était qu'un cure-dent ! entre poire et fromage ! la vraie chose était à venir...

Je n'arrête pas de penser à cette fille dans la pluie. vraiment comme une dent malade qu'on arrive pas à ne pas lécher. dans ma tête y a un manège et ça tourne et puis la musique douce et puis il n'y a que cette fille dedans et elle a toujours ce regard bizarre. elle me regarde… regarde. les yeux de Damiane. printemps m'a eu, en fin de compte.

Samouraï est aux anges. son chevalier est de retour ! plus gros qu'avant ! elle m'a mis un texto « Il est revenu on est heureux comme deux abeilles bizzz » bien.

Deux jours passent. trois. à mon avis – plus de nectar ! il se met à roupiller, son gros Tristan ! ils baisent plus. il bouffe et dort et moi je balade sa dulcinée.

D'après Samouraï, il peut pas me blairer. ça doit être vrai. j'avoue que mon amour-propre n'a pas beaucoup de rivaux. pas des foules. mais détester comme ça… ma tronche lui revient pas. et puis mon style de clodo arrogant lui revient pas. mes godasses lui reviennent pas. rien quoi ! et je m'en fous, et lui, il le sait. quant à moi – je peux pas saquer ce schtroumpf mal soudé non plus. on dirait qu'il a été concocté avec des restes le dernier jour du Grand Carême. mère – tartare, père – tracteur ! pour vous dire que sa bouille n'est pas très orthodoxe. mais bon, l'esprit nous touche pas avec la même saucisse, aurait dit pépé Jo. alors, vous voyez, entre nous c'est bien réciproque. et comment ! comme un vrai amour.

Dès son réveil il appelle. pour savoir où on vadrouille avec sa dulcinée. sur mon portable. « Ça roule Cowboy ?! ça baigne ?! » il m'appelle Cowboy ! Cowboy toi-même ! je file le portable à Samouraï et ça y est, ça commence, le temps des soupirs, des murmures et tutti quanti. c'est affreux à l'oral ! mais je ne sais pas s'il sait lire, lui ! faut pas exagérer ! fier comme un babouin de ne savoir rien tenir dans sa paluche à part sa bistouquette et une cuillère à soupe ! parfois il m'agace au point que je préfère caguer debout que m'accroupir à côté de ce bouffon ! n'empêche, j'ai une affection pour lui. ça dépasse pas mes grolles, la tendresse, mais tout de même ! il doit se sentir ici comme un ours slovène qui se réveille d'une cuite en plein dans les Pyrénées, un parachute sur la tête !

J'aime quand on marche elle-moi. les gens se retournent ! elle me dépasse de deux têtes ! je vais lui acheter un sabre, moi ! un vrai ! et même là elle n'a qu'à dire « Akira ! réveille-toi ! » et Kurosawa sortira de sa tombe ! et puis on devise sur mille choses. tout va bien ! rien ne va… et puis la ville défile tout doucement. et puis j'arrive pas à me décrocher d'Ivan. toujours pas. faut que je revoie encore ! je transe un peu. et quoi ?! y a pas de mal. j'aère les tombes, c'est tout… en auxiliaire de vie du Tsar. ho ! y a pas de sous-métiers, non ? c'est ça ! les faire sortir de leur tombeau, morts et très morts, racines plein la bouche ! les mettre tous debout… Dimitrius ! un pied dans la tombe t'as, l'autre sur une peau de banane ! et alors ?! y a pas de quoi gonfler les joues ! mais si ! mais si ! j'ai dû penser en majuscules ! elle me reprend ! en toc et tac !

« Arrête un peu avec ton tsar ! toujours lui ! tsar tsar ! et toutes ses mystiqueries ! mais on s'en fout du tsar ! tu l'as même pas connu, tsar ! sinon – j'aurais pu comprendre ! fais comme moi ! morts que j'ai connus – sont morts. morts que j'ai pas connus – sont très morts ! voilà comment cela doit être ! simple comme une narine ! lui, ton Ivan – est très mort, lui ! c'est bon, quoi ! ralentis un coup ! sinon tu finiras par compter les feuilles mortes au bois de Boulogne ! et puis ce boulot d'esclave chez tes vieilles ! t'as le droit au RSA, toi ! comme moi, toi ! faut user ! »

Oui, ce genre de choses. les droits ! les papiers ! les feuilles mortes – ça c'est fort ça ! ah c'est bien, ça ! c'est concret, ça ! elle doit savoir de quoi elle parle. et puis les très morts – faut que je retienne ! c'est vrai, c'est simple ! le doigt dans la narine.

Et puis, au cas où – j'évite de parler de son hidalgo russe. un mot de trop… on sait jamais. et puis elle va mieux, je crois. parle normalement. comme vous et moi. bonjour et tout. je ne sais pas… bouffe pas le savon, elle ! pas encore ! pas devant moi ! juste parfois absente. oui. d'un coup de cils – hop, il y a plus personne à ma gauche ! pas une âme qui vit ! les yeux arrêtés, lave-linge qui parle de temps en temps ! comme vous, comme moi ! et qui roule tout seul. on passe une rue. on tourne. pas de clignotant. on continue avenue Jaurès. silence de bronze à gauche ! c'est lourd n'empêche ! quel couple ! mais on se fait à tout. et puis on a tous le droit de souffrir, non ? faut pas pousser ! mais quand même ! et puis c'est pas tous les jours un cimetière ambulant ! et puis elle me fait rire parfois ! je lui rends bien ! on se divertit ! on a des projets, nous ! « C'est bien d'être riche, mais très vite. tu trouves pas ? faut qu'on invente ! quelque chose de rapide, genre – vente d'indulgences ! faut bien élaborer ! pour chaque péché, lourds et larcins ! lourds – avec la date de validité comme pour les tickets de recharge pour les portables ! et ça va marcher, et comment ! ça va courir ! » et puis elle rit toute seule et puis on marche, et puis je déconne gentiment, à demi-tube quoi, et on rigole et on fume comme des gosses. je fais « le dragon en colère » ! essayez. vous verrez ! avec les gosses ça marche à fond. fumée sort par les narines et par les coins de la bouche ! ça faisait toujours rire mon fils. c'était magique pour lui. maintenant – je sais pas avec lui... avec elle c'est encore bon. elle rit ! ça marche encore mon dragon.

Parfois on sort toute la troïka. Tomoko, Nicolas son Cowboy et moi. mais d'abord, très d'abord – on fait son sac à dos ! tous les trois ! son sac ! plus gros qu'un parachute ! il y a de quoi tenir un bon mois au Vietnam ! et puis une semaine sur la Lune sans rentrer à la base ! oh j'aime ça, moi ! prévoyance d'une babouchka qui a connu la guerre ! elle prévoit tout, elle ! pas folle la geisha ! même du sel ! sans blague ! on sait jamais dans quelle taïga on se réveille demain ! elle a raison n'empêche ! moi – je dis « oui » à tout ! une grosse bouteille de Coca pour elle, et ça mousse à enterrer sous le blanc le Kremlin en flammes ! et encore une plus petite, de l'eau plate – pour moi. trois paquets de tabac Marlboro. trois plaquettes « Zouave jaune ». deux briquets – au cas où. et puis – sa trousse de kamikaze-née ! toutes les cartes qu'une femme peut amasser durant quarante ans ! carte bleue, carte verte, d'identité, de fidélité de tous les Super U de France, Monop' et tutti quanti ! cartes de visite de plombiers morts et tout ! moi ? juste une icône. mais quelle icône ! trois kilos de bronze ! saint Jean Baptiste, barbu comme pas permis ! ailé ! et dans ses mains – un calice. dedans – bébé Jésus.

« Pourquoi pas une Bible ? » elle me demande chaque fois, et je dis – oui oui, la prochaine fois – promis ! je vais en prendre deux ! à voix haute on lira à Carrefour ! pour l'instant je me balade pas une faucille à la main, moi ! un marteau entre les dents, moi ! pas encore…

Elle ne rit pas. même pas des yeux… c'est du sérieux ça ! préparations et tout. et chaque fois, en plus de tout – elle renouvelle le stock ! eau, tabac, Coca… une bonne demi-heure à genoux devant son sac ouvert comme une caverne ! enfin en trois tortues angoissées – on descend dos devant ! on sort de l'immeuble à reculons ! c'est comme ça qu'on saute sur la ville ! une fois par semaine. mais c'est pas tout, ah non ! une fois au sol – on vadrouille d'un café à l'autre ! Samouraï boit comme un chameau ! alors – faut que chamelle pisse ! je reste devant, Samouraï entre, toute haute et droite ! silencieuse ! sabre à gauche fait ding-ding ! elle commande rien, descend au sous-sol et remonte sabre léger ! passe devant le serveur ahuri et on repart. faut nous voir… deux bâtards de la tête ! pieds plats de l'esprit !

On passe les ponts. on revient. on repasse… Nicolas est à bout ! ses nouvelles godasses lui font mal ! mais il tient à les porter ! il tient à elles comme à ses couilles ! il s'écroule dans un café. il va nous rattraper après ! et voilà tous les deux ! la Chapelle… comme deux pigeons on tourne en rond et elle dit tout doucement « J'en peux plus… mes voix ! ça serait bien que ça se termine ! tout ça… pourquoi ça m'arrive à moi ?! qu'est-ce que j'ai fait ?! qu'est-ce que je dois faire, moi ?! faut que je meure peut-être… et puis après je me réveillerai un jour normale ! normale, tu vois ?! » oui, je vois. et puis plus rien, et on continue de tournoyer, elle-moi, deux sacs en plastique sur le pont vide. dans un tourbillon…

Oui, Tomo. on cherche à comprendre. à expliquer le malheur… pourquoi ! pourquoi tout ça ! on cherche un truc, une raison. et ça peut durer toute une vie ! comme ça. on fait les poches à la raison. mais la raison a les poches cousues, elle ! puis on veut se réveiller de ce cauchemar et. on n'arrive pas. toujours pas… et puis on se calme à la fin. on se débat plus. on s'endort pour de bon.

Et puis Cowboy réapparaît.

Mais quelle énergie ! quatre heures debout ! et pas un cil qui bouge ! on tourne dans la ville ! bouffon essoufflé, Samouraï et son Roméo ! catogan en flammes ! on tourne en rond, des heures et des heures, papiers et tout… on devient tous fous ! trois heures, puis quatre ! sécu, poste, la CAF ! Belzébuth pleurnicherait, lui ! mais là – il se déchaîne ! à côté du canal, bar Bastringue, à la sortie, voilà le décor – le vent se lève ! tourbillonne ! et elle me dit « Il y a une bagarre là ! » et elle pointe son doigt sur sa tête – « Dieu se bat et l'esprit se bat aussi ! il est fort mais Dieu est plus fort. mon Dieu est plus fort ! et j'ai faim… »

Ça met Cowboy en boule ! il ricane « Mais c'est n'importe quoi ! je vais mettre des boules Quies dans le nez, moi ! d'accord, l'esprit malin, et tout ! diable, quoi ! et il n'a pas de portable, lui !? pourquoi il t'appelle pas ?! malin sans téléphone !? donne-lui le mien, alors, file-lui le mien ! le vieux ! qu'il m'appelle et on verra qui rote le plus fort ! mais c'est pas vrai ! l'esprit méchant n'a pas de portable !? parle ni grec, ni latin, ni rien de tout ça ! alors il est rien, lui ! il n'a pas même le bac, lui ! bon à rien, lui ! gardien de mes couilles, lui ! allez, viens, toi, démon ! dis ton nom, toi ! appelle-moi, l'esprit ! bavardons un coup ! achète-toi un portable ! à Barbès ! ça coûte rien ! je connais un gars qui les vole et les débloque vite fait ! alors ! passe-moi un coup de fil, toi ! moque-toi de moi, mais laisse cette fille ! elle est à moi, elle ! » et le vent se lève, en réponse.

Elle rit, elle… et son rire est le lieu de souffrance, la prison invisible au-dessus du canal… au-dessus d'ici, au-dessus de tout.

Elle rit et la vie penche pleine et se renverse. dans une heure peut-être on sera chez eux, elle va s'endormir sur le canapé. tout doucement. elle va d'abord nous regarder, Cowboy-moi, et puis s'endormir. respirer, respirer, et les nœuds de souffrance vont s'affaiblir, peut-être.

Et nous, on va jeter un coup d'œil sur elle, furtivement, de temps en temps, jamais en chœur, et puis je vais partir sur la pointe des pieds et lui il va s'allonger aussi, à côté d'elle, oui, à côté de son destin. côte à côte… et puis écouter son destin respirer et partir aussi.

Elle a des visions elle aussi ! les miennes sont demi-rien à côté… et en plus elle les vit, les siennes ! c'est ça le pire ! bonus du pire ! prophétesse qui vit ce qu'elle voit… s'écroule sous la vision ! pas épargnée ! vraie sibylle ! bien moderne ! elle m'apaise comme une montagne ! près d'elle je suis sur l'Everest ! je vois loin… oui. l'Everest qui voit, qui dit rien, mais qui montre, et devient à la fin une fosse aux visions… et la tombe.

Elle dort et son visage s'ouvre, lavé comme une grande fleur, fleur sans nom, telle une pièce antique nous sourit soudain dans la poussière, poussière vieille, poussière lourde. là – elle dort, la monnaie. frappée par cette Ville. piétinée par la Ville… je vais la revoir, oui, dans mille ans, quand je reviendrai dans cette Ville, elle sera toujours là, perdue et retrouvée dans cette Cité, monnaie de souffrance, sans nom ni visage. que du poids, que lui.

Et puis une fois elle a vu mon icône… je l'ai sortie pour mieux tasser mon parachute. « C'est quoi ça ? un dessous-de-plat !? » de mon icône tu parles !? viens l'embrasser, mon dessous-de-plat, toi ! je t'apprendrai à prier ! ça m'a mis bien en train ! bien en rogne ce dessous-de-plat ! dis donc ! dessous des miches !

Je vais t'expliquer la chose ! ce dessous des joues ! ho ! possédée ingrate ! et ton démon ! Ouzbek inculte ! mais possédée ou pas, démon ou pas, malade ou pas – je vais te montrer un coucher de soleil en plein midi ! et ton démon – je l'emmerde ! je vais lui faire caguer des hérissons, d'abord ! lui faire accoucher des cactus ensuite ! et toute sa smala avec ! en chœur et en solo ! vraiment – y a de quoi se tortiller le cul pour chier droit ! quelle conne ! et je la balade celle-là, moi ! aux petits soins et tout ! quel archi-con, toi ! Dimitrius ! on te pète au nez et tu frémis – oh muguet ! tu t'épanches en ivrogne devant un bidet, toi ! tu couillonnes à plein tube ! mais regardez-la ! innocente comme un billot elle ne demande qu'à sauter au four ! billes fermées ! oh pitié ! elle pleure presque ! patte moite ! allez… ça va ! ça va, je te dis ! vexé, moi ?! fâché ?! voyons ! et puis et puis je me mets en transe ! vraiment ! on marche et je parle ! discours aux chenilles ! à la Eckhart ! devant une tasse trouée ! mais elle s'en fout royalement ! mâchouille son kebab ! mâche et bâille ! entend que dalle ! c'est fou quand même ! quand on bâille on devient sourd au carré ! grand tétras qui une fois entré en rut entend plus rien ! comme ça on peut nous cueillir comme des poires ! ce que font les chasseurs dans les taïgas ! mains dans les poches ! ça tombe tout seul dans le sac ! merde et cieux ! mais pour qui je me décarcasse, moi ! c'est plus facile à apprendre à marcher aux piafs qu'à cette samouraï de donner la patte ! et puis j'ai faim, moi aussi ! gargouille qui déverse l'eau du ciel – j'ai pas de soif ! j'ai faim ! elle me tend la moitié de kebab ! oh gentille fille ! et puis et puis en président du club de pétanque je continue mon homélie ! rien me cloue le bec ! ni frites, ni pain, ni viande ! je vais t'expliquer et vite. dans la joie à la Rubens, mais l'œil à la Bruegel ! offre ton oreille !

Lorsqu'ici, mon Samouraï, les madones demi-chauves faisaient gauler les troubadours qui tripotaient leur psaltérion à pet bandant en sourdine ! l'œil de porcelaine ! pendant ce temps… dans les forêts de Moscou saint Serge de Radonège baptisait les ours ! pas de Renaissance en Russie, mon amie ! il y avait Horde d'Or, les Mongoles, mais pas la Renaissance ! Batou, le petit-fils de Gengis Khan debout sur le kourgane de têtes coupées aux barbes blondes mais pas la Renaissance… Mère de Dieu n'est jamais devenue ni Notre-Dame ni Madone chez les Russes ! jamais ! pas une seconde ! toujours souffrante elle est, mains calleuses, yeux de malheur, vrais trous d'Hadès où son fils descend tous les jours ! voilà la chose… tous les jours ! voilà pourquoi. ici – Madone c'est à prier la bite au cœur ! c'est à jouir par les yeux ! ho ! qui aura la bistouquette assez tordue pour prier devant Madonna Litta ?! si j'en trouve un – mon ho sera oh ho ho ! et puis ce gros bébé potelé… saucisse bien ficelée ! et son regard ! il tète ! touche pas à mamounette ! et puis et puis c'est quoi une icône ?! là – regarde. là – vois !

Si Platon dans sa tanière avait eu un iPhone ! et puis une imprimante – il aurait pris en photo les ombres, les murs, puis les têtes de ses copains ! et ça sortirait quoi de l'imprimante ?! des icônes, Samouraï ! des icônes ! tu m'écoutes !?

Quand les Grecs déjà sortaient de table, Parménide, Platon et compagnie, après avoir tout bu ! mais tout ! bière, raki, pastis et nectar ! et déjà commencé à repisser les lois de la nature ! en Orient, loin loin, à trois doigts de Bagdad actuel, la bouche d'un prophète était à sec ! Isaïe !

Merdouille et cieux ! elle marche sur ses yeux, Tomo… complètement perdue ! dit rien. juste hoquet. et très fort ! elle secoue la tête, la pauvre ! ça doit être son démon qui secoue le nid ! comme le pape Pie XII ! ça lui a donné le hoquet mon délire ! joie ! mais faut faire gaffe quand même… ce pape en est mort !

Transfiguration – oui, mais pas la Renaissance ! en Occident, au lieu de rhabiller les fausses statues grecques on déshabillait l'homme ! et puis et puis fallait le rhabiller au XIXe ! et voilà sur la scène sort le Couturier ! haute couture n'est que la contre-Renaissance attardée !

Et la Russie, alors ?! eh bien ! les pères du désert avec leur balluchon débarquent ! émigrent vers le Nord ! barbe en guise d'écharpe ! d'abord – Byzance. et puis plus au Nord encore ! les grandes idées n'ont froid ni aux yeux ni aux pieds ! forêt d'Optina ! forêts denses comme le délire d'un mourant ! et tranquilles comme un sommeil dans la neige… forêts où même juste par tes yeux tu rentres à peine ! et ces forêts enneigées accueillent le feu du mont Thabor ! là, dans les bois en délire, bois sourds où dans le silence des nuits glaciales les bouleaux gémissent de froid – Dieu s'est fait chair pour que l'homme devienne Dieu. tout est là… philocalie ! au cœur de l'hiver interminable, dans le cœur de la neige le feu naît. le rouge naît ! feu enfant ! et Moscou devient – troisième Rome. Rome où il neige ! et puis faut s'habiller là-bas ! et bien chaudement !

Et depuis – ils sont en guerre, ces deux-là… Renaissance contre Transfiguration ! la guerre des yeux d'abord. ensuite ça s'exaspère ! mont Thabor contre Rome ! contre cette Rome où le Tibre était à sec ! les rats le traversent sans se mouiller le ventre ! la guerre des mages contre l'Expert-comptable de la Grâce ! forêts contre le pape ! feu contre tiare ! lumière contre babouches !

Dans les forêts silencieuses, dans ces églises sans plafond, Roublev, Daniel le Noir, et Théophane le Grec peignaient des visages… Visage Saint ! et les gosses venus des villages soufflaient sur les troncs des bouleaux ! colonnes blanches ! pour que les fresques sèchent plus vite ! j'aimerais être avec eux, moi ! face aux murs et souffler sur la vision…

Mais tu t'en fous de tout ça, mon Samouraï ! folle que tu es, tu as raison, peut-être… faut se foutre de tout ! pour vivre vieux ! c'est pas bête ça ! bon truc ça ! se foutre de tout, recto verso ! en noir et blanc et en couleur ! pour qu'à la fin, au bout de tout, quand la mort viendra, elle nous embarque encore vivants !

Ça va mal se terminer tout ça. je ne sais pas… je le sens. tel un ours dans sa tanière se retourne cul à la sortie dès que ça commence à goutter dehors.

Tomoko, son Cowboy, et puis moi et cette fille… Fevronia. elle a apporté le trouble, cette fille. elle est arrivée chevauchant le printemps, cette nana ! toute colombe, tout yeux… je vois toujours ses yeux. les yeux de Damiane… pouvoir immense sur moi. je suis comme un mec qui a foulé sa cheville en dormant. se rend pas compte encore. j'ai comme une espèce de « déjà vu », moi. ça me fait frémir en plein soleil. je n'ai pas peur de l'inconnu. pas peur de « pas encore ». mais j'ai peur d'« encore et encore ». ça – oui.

Et – je l'appelle quand même. chaque fois je dis – « demain ». demain. demain. et puis voilà – demain, le vrai, et je l'appelle. le répondeur. sa voix joyeuse, un peu cachottière. on dirait une femme enceinte qui vient de l'apprendre et le cache. je laisse ma voix sur le répondeur, maintenant – nos voix sont un peu ensemble. plus de retour maintenant. et puis – la journée est foutue. c'est sinistre au fond. j'arrête pas de tripoter mon portable. le bénir. le maudire. je veux le foutre sous une pierre et l'oublier. le jeter dans la Seine ! pathos et mathos ! j'attends. encore une heure. cette fille, je veux l'oublier déjà ! j'attends toujours. comme Marquise, moi ! et cette fille s'installe en moi. en attendant je me dégoûte moi-même. je dégouline de miel et dans une seconde – de venin. ah oui, venin à faire avorter toutes les grosses du quartier ! j'y peux rien. telle une bagnole où le chauffeur est paralysé, un pied sur le champignon, l'autre sur le frein ! et la caisse vibre comme une chienne en chaleur ! je ne ris plus. lis plus. me branle plus. ni moi-même, ni tsar Ivan ! plus de liturgie. plus de vieilles ni rien.

C'est devenu sérieux, comme une maladie, oui, maladie légendaire qu'on croit disparue. genre peste bubonique. c'est fou ça. c'est comme une contamination. ça ouvre le rideau de la nuit en plein jour. rien que pour vous. et pour un moment sans fin.

Et puis j'attends plus. et puis elle m'appelle ! je laisse sonner jusqu'au bout. et tout s'accélère… à la samouraï je tourne ma langue dix fois avant d'écouter son message. pas de message ! je suis furax comme une fouine piégée ! je vais me doucher à froid. et puis je la rappelle. je me vois dans la glace. les yeux écarquillés. Blaireau Blaireauvitch amoureux ! bonjour !

Elle décroche. et c'est moi qui suis aux anges. la joie à déboucher tous les éviers bouchés depuis la fondation de cette ville ! trompettes de Jéricho incluses ! je me suis mis à chanter presque ! et puis sans presque ! elle riait. je dansais portable à l'oreille, plus nu et excité qu'un vieux prophète en rut ! et puis on se donne un rendez-vous. café Odessa. à une cigarette du cimetière du Montparnasse. est-ce que je connais ce café ?! mieux qu'une mère les fesses de son bébé ! elle rit toujours. elle n'arrête pas. moi – non plus. mais les restes de ma sagesse me murmurent dans l'autre oreille – « Brûle pas toutes les cartouches… raccroche… à bientôt, bonne journée, tout ça et je raccroche. » et voilà – c'est fait. après avoir raccroché – j'entendais son rire encore.

Les jours suivants – je marche pas – je vole. je parle pas – je chante ! on dirait que je sniffais à groin rabattu la poudre par tous les trous qui me lient à ce monde ! chouette heureuse de Sibérie je voltigeais d'une vieille à l'autre tel chérubin ivrogne ! ah oui ! je les faisais danser, mes vieilles. d'abord – assises ! puis – debout ! les exercices des coussinets ! personne ne chôme ! pattounes en l'air ! mains à droite ! à gauche ! on fait le moulin ! musique ! fox-trot et cha-cha-cha ! ça les a rajeunies d'un siècle ! je vous jure ! et même – j'ai eu la prime de la mairie !

C'est dingue quand même. chaque fois – c'est pareil. pour n'importe quel rencard je me prépare comme pour un duel. je fais mes ablutions à la cosaque du Zaporogue à l'aube d'une bataille. et puis j'arrive. à pas de louve. j'inspecte le terrain, des yeux et des pieds, tel Koutouzov à Borodino. vous avez deviné ? je suis de ceux, constipés ou anxieux ou tout bêtement amoureux, qui arrivent toujours en avance. bien deviné.

J'aime bien ce café. un peu pépère, café sage, à s'endormir dans un coin et hiberner pendant des heures. clients ? gens du quartier et puis la gare aussi, elle n'est pas loin. ça mange et ça fume et personne ne tord le nez.

Comme une bête dans sa tanière je me mets le dos au mur, la gueule vers la sortie. pour la voir venir ! pour la voir arriver de loin ! me préparer ! je suis lent et tendu comme une corde. y a presque personne, une fille avec un amas de valises parle au téléphone. avec un mec, sans doute. complètement absorbée, elle frotte sa chatte ! sa tchétchène ! elle attrape mes yeux ! elle continue ! plus lentement ! en spectacle ! dis donc ! bon début ! amuse-gueule ! on dirait Zulma et Belmondo ! mais je suis pas Belmondo, moi ! et puis y a pas de quoi sauter par la fenêtre ! elle n'est pas jolie. mais relâchée comme elle est, c'est pire ! plus bandante qu'une jeune veuve ! mais chut ! voilà, elle se lève et s'apprête à partir. on se regarde. elle baisse les yeux et s'arrête devant moi pour allumer une cigarette. à la distance d'un serpent ! elle attend que je lui offre du feu, moi ! je me sens comme un Inuit à poil qui est obligé de s'accoupler avec un iceberg ! et puis tout lentement elle sort son briquet et je sens son parfum qui se mélange avec la fumée. je ne bouge que des narines, moi ! je fais le sous-marin ! elle, jeune cadre sup déjà un peu gâtée, gauche tarama, cheveux plats, efflanquée, visage pruneau, jolies jambes, l'œil en colère. genre de femmes qui veulent être votre reine, que vous pissiez assis et qui finissent à genoux devant un plombier ou devant un pot de géranium… qui ne jouissent que quand elles mangent leur banane zéro pour cent ! femme de rêve, quoi… courant d'air de sa jupe vous donne froid pour dix vies à venir !

J'entends son périnée ricaner ! offensées toutes les deux ! elle et sa chatte – elles quittent la scène ! puis elle revient sur sa bave ! quand même ! renâclant de mépris ! et ses yeux ! deux vrais Zippo jettent des flammes ! on dirait Baba Yaga qui se torche avec un hérisson ! puis elle se met à tirer une par une ses valoches. je me précipite ! elle tient la porte ! en Parsifal le con je tire ses deux valises. et quand je passe avec tout son bazar près d'elle – elle lâche une perle ! tout bas ! sans prétention ! mélancolique presque ! pet chopinesque, quoi ! c'est entre nous ! intime ! elle rit ! elle voudrait bien que ça me transforme en Nif-Nif ! na ! mon heure n'est pas encore venue ! n'empêche, mon pépé Jo le sage avait raison, lui ! la femme est un mystère !

Et puis l'heure arrive… ils mettent de la musique. j'entends rien. je vois tout. je suis devenu les yeux. pour la voir venir. comment elle marche vers moi et ensuite détourner le regard. regarder ailleurs, les yeux vides d'un chat. c'est affreux, n'empêche, être comme ça. oui, l'homme est menteur, d'accord, peut-être il a été bâclé par je ne sais quel dibbouk en colère, à jeun, mais quand je suis comme ça, ça me fait aussi un sacré trou dans le bide. mais on se rafistole et bien vite. on se remet de tout. on se rapetasse magiquement et puis ça fait du bien de se sentir bon et juste jusqu'à dix pieds sous terre et se foutre gentiment de la gueule du monde. oui. « je suis seul, moi, et vous, vous êtes – tous ». voilà l'épitaphe de ce monde ! et de son vivant en plus.

J'ai eu beau être hibou aux mille yeux, je l'ai pas vue arriver. elle était déjà là, si près et puis – non, elle marchait encore, c'était vraiment bizarre, c'était trop lent, trop. oui. et puis elle était presque à ma table ! je ne voyais qu'elle, tel un pèlerin demi-mort au bout du bout de son périple hypnotique ne voit que cet arbre solitaire sur un mont. oui, elle était comme un arbre aux prières. prières étranges mais prières ! un arbre aux mille « oui », dont les fruits étaient – « non »… l'arbre aux promesses ! et j'ai goûté à ses fruits, mains, bouche et yeux.

Et on s'embrasse déjà ! deux fois ! on se dit bonjour ! moi ! qui embrasse jamais sans la suite ! et qui le dis en plus à celle qui se prépare au rituel ! moi ! devenu agneau Naf-Naf ! et j'y pouvais rien. ce que je pouvais encore c'est sentir. et j'ai senti ses cheveux sur mon visage, sur mes yeux. pardon ! pardon ! elle a attrapé ma main comme pour me soutenir ! comme on saisit un petit enfant qu'on vient de bousculer en passant. ah oui ! j'en ai eu besoin ! comme un pot de chambre qui se met à tanguer sur le bord de la vie ! et ses cheveux que le vent peignait en avant et ses yeux riant à travers, comme à travers un rideau. paravent impudique ! et nos yeux se sont touchés enfin.

Elle était un ravin plein de fleurs, elle. et j'étais devant. elle était un torrent qui assoiffe, elle. un torrent du printemps qui dévale la montagne. et j'étais au milieu. et j'en ai vu des ravins… j'en ai vu des torrents. femmes ravins, femmes tunnels, femmes impasses infinies, filles rivières, filles-rigoles, filles chutes d'eau oui et tout et des foules. mais jamais comme ça. non.

Elle avait une mèche claire, presque rousse, comme en feu. et le vent jouait avec, près de sa tempe. et son visage s'allumait… elle avait comme une étoile à sa tempe. j'ai été tout cloué. grolles, tête, mains, pieds. tout. sauf la langue.

Elle voulait rien prendre. de l'eau peut-être… et puis elle a dit « On pourrait marcher un peu ? » marcher ? je pourrais courir, moi ! avec elle – d'ici jusqu'à l'aube ! même sur place ! même vers les Yakoutes ! Inuits et Nenets ! oui pour tout avec elle ! eh bien – on est partis ! eh bien – on a marché !

Elle volait à ma gauche, au ras de la terre, en oiseau lourd, une fée curieuse. elle était vraiment un arbre aux vers luisants dans la nuit ! et j'avais tellement faim d'elle… tellement soif qu'un moment j'ai eu le vertige. j'ai failli m'effondrer. oui. et puis ramper ! à quatre pattes mais avec elle ! et j'ai tout oublié. tout. je suis comme sorti de la vie…

On s'arrête, quelque part près du cimetière, boulevard Edgar-Quinet. je sais pas vous dire ni où ni quand. GPS de tête hors service ! et puis elle m'a dit quelque chose, mais j'ai pas compris. je voyais ses lèvres bouger, oui, un ravin m'a parlé et j'entendais rien. je n'ai pas osé regarder son visage et puis – si, mais après, et quand j'ai mis mes yeux dans les siens, j'ai vu comme le dos du printemps se cabrer… dos nu de jeunesse se cabrer ! comme dans un rêve. oui. et vite j'ai regardé mes mains pour me réveiller et puis – j'ai pas pu ! ce duel… avant de commencer ça a trop duré.

Elle me demande ce que je fais. j'ai honte de parler des vieilles. j'ai sûrement tort, et puis les gens s'en foutent au fond !

Tout humblement, à la tsar en exil je réponds – je suis à la retraite. « Ah bon ?! » ah oui… je soupire. avant dans les services secrets russes. agent triple, âme à la double casquette, quoi ! et puis à la fin, très à la fin je marmonne – j'écris. « C'est vrai ?! » et puis par ce tunnel aux écrivaillons, aux bousiers on y arrive. son caballero ! elle me parle de son ami. il est mort. elle me parle de lui une demi-heure ! une bonne demi-éternité ça a duré ! éloge du cadavre ! elle a lâché la bonde à un tonneau de perles ! devant moi ! à écœurer dix gros verrats ! et moi à côté – je ne suis qu'un cochon plus maigre qu'un vélo ! et alors !? j'ai tenu bon quand même !

Il est mort son jules ! mort et très mort ! vive le jules ! elle vient de visiter le tertre bien-aimé ! je vois les pâquerettes sortir de ses larmes ! il était romancier, lui ! grand romancier de cette décennie ! olé ! scribouillard immortel ! il a eu même le prix des salles d'attente des gynécos ! voilà la gloire ! elle-lui étaient en correspondance de cœur ! sans pénétration ! mon cul ! et puis il avait avalé trente médocs ! ensuite – s'était noyé ! c'est vrai ! je délire à peine ! il était parti se baigner ! et elle ! veuve joyeuse ! inconsolable ! j'aurais dû me méfier ! grandement ! quelle souricière en fleur ! mais la foudre frappe jamais la tête sur un billot ! à ce que disait tsar Ivan ! ho ho ! billots ! meilleurs oreillers dans l'orage ! je transe en sourdine ! et elle m'avait dit pourtant ! oui ! à l'œil bleu sincère m'avait tout dit ! mais j'ai dû écouter par un mauvais trou, moi ! et puis – j'oublie, oublie, oublie... souriceau a la mémoire pas plus longue que sa queue ! sa vie – aussi !

Quel diable s'amusait à me chatouiller l'oreille à ce moment-là ?! à me dénouer la langue ! à curer mes oreilles avec la sienne !

Son jules... mais je connais pas ce gratte-papier, moi ! écrivain. très connu. et puis je connais personne, moi. Shakespeare – oui. Platon – oui. Rabelais – *da* aussi. Pascal – oui et re-oui ! Villon ?! celui-là – trente mille oui ! puis ces deux-là, Tolstoï-Dostoïevski. mais lui – non. son jules archi-star – archi-non ! et puis qui je suis, moi, pour connaître tous les bousiers fraîchement noyés ?! homme caché je suis. l'aiguille dans une meule de foin, moi ! on me trouve pas par les yeux, moi ! essayez de vous asseoir – vous me trouverez ! c'est par le cul que le scandale arrive ! mais je dis rien, moi, juste ça finit par m'écœurer cet hymne à l'amour sous terre. larmichettes, voix tombales, clitoris de bronze, toute cette tristesse en bonsaï – c'est bon, j'en ai eu, moi ! jusqu'aux cils, moi ! taillage de pipes aux macchabées – c'est non et très non même dans la tête ! c'est pas dans mes cordes ! surtout à ventre vide ! faut avoir les cordes poilues pour ça ! y en a pas dans mon jazz-band. y a tout ! mais tout ! même calebasse à pets ! psaltérion aux poux ! mais pas de cordes poilues ! mais qu'est-ce qu'elle est belle, cette fille ! pleureuse ! Fevronia. mais je dis rien, moi. voûté à la Richard III, mains dans les poches, je sens les serpents dedans se réveiller…

Je vois la suite. je vais rentrer au bercail tout doucement, en nouille solitaire, en titubant sur mes yeux. je vais dormir chez Samouraï. ils sont partis, Cowboy et elle, pour une semaine, à Rome. je suis content pour eux. je vais rentrer et dormir et que tout s'écroule ! et demain rebelote ! mais avant de m'effondrer – le bortch. puis dodo ! et puis dans le berceau je vais me palucher à mon aise, à perdre pile et face ! à voir double ! et je vais oublier archi-tout. je me connais ! cette journée ne sera qu'un trou dans mon calendrier. et enfin gros dodo ! voilà le programme ! roulette russe bien tristounette ! soirée à écouter Chopin, bistouquette à la main ! plus d'extase à deux balles, une fourguée trente offertes ! plus de filles sur les tables tournantes ! de pleureuses chevauchant le printemps ! rien de tout ça ! cette fille n'est qu'une chienne de garde des tombes, Dimitrius ! et pourtant… avec des yeux pareils ! mais sacré schtroumpf, tu n'es même pas foutu de faire attention à la couleur de ses mirettes ! c'est vrai… vraiment, ta tête se met à boiter des deux pieds ! ou peut-être elle met des lentilles de couleur ? je ne sais plus rien, moi.

Je me sens indifférent et sans presque. pas un coin sombre. pas un poil qui se dresse. ça me fait drôle… je pense à ma mort, cœur léger. ils me brûleront vite fait bien fait et puis et puis mettront la poussière dans un samovar et puis dans la terre, je sais pas où… je vois l'écriteau sur ma croix, bien tordue, ça serait pas mal… « C'est fini, pépé Dim. paix à ton âme » ce genre de truc. sur les rives de la Volga… pas si mal comme terminus. ça serait bien. peut-être les gosses en fugue y viendront fumer. je préfère qu'ils rigolent, genre – « Eh oh ! les gars ! on jure pas, on rote pas, on rit pas ! c'est papy Dim ! rien eu, rien laissé ! mort poings dans les poches ! comme il a vécu. pet à son âme ! »

Faut que je me laisse pousser la barbe peut-être. et puis les cils, oui – jusqu'au sol… à la fin.

Dimitrius ! c'est bon tes conneries, ça va tes dimitreries ! tu peux pas pleurnicher en chœur, toi ! avec une fée pareille… j'ai plus de sel dans mes glandes, moi ! je ne pleure que de l'eau douce ! et puis pas de fontaine ! faut que t'en épargnes un peu pour tes vieux jours.

On marchait, marchait… une rue. puis une autre. on tourne. on parle même pas ! moi – je marche comme un Goliath affamé. elle me suit pourtant ! ses pieds rapides. flèche lente elle est, décochée par une chasseresse si sûre que la proie devrait rester clouée sur place ! et attendre la flèche ! et accueillir la plaie… il y a des filles comme ça ! elles se préparent lentement mais vont très vite ! comme volent ! telles sorcières dans nos rêves.

On se retrouve place Saint-Sulpice. là où on s'était vus pour la première fois. bizarre…

Qui a été avec nous à ce moment-là ? quel ange ou démon, peu importe le matricule, qui s'emmerdait cet après-midi, qui se baladait dans ce coin avec son boulier aux âmes et – ho ho ! nous avait vus, et ! poussés l'un vers l'autre ?! et ricanant, nous avait tendu la corde et riait, mais riait de nous, tripotant déjà nos âmes sur son boulier ! toi-moi… qui nous a ligotés face à face ?! qui ?!

Cette fille… elle avait comme un feu secret en elle. feu constant. feu froid. quelque chose en moi s'est penché vers ce feu tranquille. vers ce feu caché. ça m'a mis en transe ! et comment ! serpents dans les poches, hirondelles dans la gorge – je flottais... devant ses yeux, les puits aux étoiles ! devant ses bouclettes, les toboggans aux fées ! et le vent, bon copain, en chérubin déchu soufflait dans ces bouclettes ! me caressait le visage avec !

J'ai pas touché une femme ça fait des mois. eh oui. des mois... corps, corps, tout ça. mais peut-être il y a pas de corps. tout bêtement – il y a rien... je compte plus les corps, moi, ça fait des siècles ! je vois les gosses, les vieux, les mecs, les femmes, je les vois, mon œil n'y peut rien. mon œil déshabille personne, et puis je ne pense même plus aux femmes. ça me fout la trouille par moments, oui, ça me vient et très fort. et puis j'attends que ça passe... mais c'est trop parfois, oui, trop, et je me dis que si une femme me touche... si elle me rend mon corps, mon Dieu ! – elle me tuera comme ça !

J'avais tellement envie qu'elle me touche encore une fois. comme tout à l'heure, à l'Odessa. et puis encore une fois. et puis encore... en même temps cette main pouvait me faire tomber. même si j'étais vissé au sol à trente-deux vis ! je faisais semblant d'être joyeux, léger, cet effort même a failli me tuer ! étant à genoux je faisais semblant d'être debout, détaché, besoin de rien, moi ! indifférence dansante... mais oui – qui se pencherait vers un nain du cœur ?! qui toucherait celui qui rampe ! on est devenus tous les ravins l'un pour l'autre ! ravins cachés ! hautes tombes l'un pour l'autre ! demander de l'amour visage ouvert ! ça serait bien de le faire. un jour, oui. exploit d'Hercule ! et – plus de duel après. plus jamais. mais on écarte avec les yeux ce que nos yeux désirent. et nos lèvres refusent ce dont notre bouche a soif. c'est terrible au fond… si on se penche vraiment, si on regarde le fond – c'est affreux ! on crève de soif en plein torrent. ça serait immense de dire ce sans quoi notre âme meurt. oui. le dire ouvertement. peut-être un jour… comme un muet, n'importe ! un muet qui veut dire ! dire sa faim du verbe et n'arrive pas ! toujours pas… mais ses yeux le disent ! ses mains le disent ! on voit des choses, mon sang ! on voit les lèvres de son âme bouger, mon Dieu ! bouger ! et on voit archi-tout ! on lit tout ! on devient vraiment clairvoyant. oui. et tout ça et tout ça – est plus rapide que la beauté. plus rapide que la mort. ça ne dure qu'un « non », mais on y voit. et on y est.

On veut la force. on recherche la force. et puis vient un moment et on n'en peut plus. et encore un effort, et voilà la faiblesse qui est – la grâce… et la grâce est peu loquace, elle. c'est nous qui gueulons comme des sourds. mais qui pourrait se pencher vers celui qui nous désire et rampe ! qui, mon Dieu… qui ! c'est pour ça que tout est bien caché. mal caché, mais caché ! le mystère, le nôtre, le vrai c'est qu'on ne sait pas la vraie faiblesse. comme on ne sait pas la vraie force. on sait rien au fond. et puis il n'y a pas de force qui ne serait pas à genoux devant une autre force, plus grande encore…

Et là – je me suis mis à chanter. carrément. devant elle ! plus loquace qu'un piaf ésopique épopesque ! perroquet sourd créchant sur l'épaule d'un Homère ! amoureux comme un comptable ! comptable russe qui n'aurait pas baisé depuis la fondation du Kremlin ! qui a perdu la boule et le boulier ! plus cinglé qu'un hochequeue qui se piaffe fesses aux fesses d'un paon !

et plus sourd du désir que trois vieillards édentés à la vue d'une Suzanne ! et vas-y ! plus aveugle de joie que mille Tobie apercevant leur fils sur la route ! et c'est pas encore tout ! plus soûl que dix Saül ronflant à l'oreille rabattue en plein karaoké de David et ! plus ivre vivant que la salive du roi Salomon gribouillant ses cantiques ! et là – j'ai chaud. je chamanise !

Je la faisais rire, mais rire. sans la regarder, pas un coup d'œil, pas un coup de cils – j'étais bien ailleurs ! très ailleurs ! mais vraiment ! et je voyais les fenêtres du printemps éternel – s'ouvrir et. il me souriait le printemps... il est entré dans ma bouche et chantait en corbeau de Sibérie amoureux d'un rouge-gorge !

Elle a dû se dire – mi-russe, mi-maboule ! grand classique, quoi. mais je m'en foutais prodigieusement ! et puis j'y pouvais rien, moi. c'était plus fort que tout. et pourtant, elle oubliait de cligner des yeux, elle ! et moi – j'oubliais de respirer. j'étais en printemps jusqu'à la cheville ! je lui montrais la mer ici, oui, à Paris, rue du Four ! « Tu vois, où on est ? c'est la mer ! juste un pas, fais un pas avec tes yeux et – elle est là... » des heures et des heures ça durait... tous les hivers de ma solitude, tous mes jours aux mains gelées, les jours humides de mes automnes depuis mes premiers pas – étaient là, et les portes condamnées en moi que j'ai toujours vues – murs – s'ouvraient...

C'était la joie. les voiles de joie, les voiles vermeilles du matin éternel... et elles s'approchaient ! à pas de fête ! et les voiles bougeaient vers nous ! c'était comme ouragan. ouragan calme...

Elle suivait mes yeux et elle voyait les voiles. elle voyait le monde avec mes yeux... juste un instant, oui mais il dure ! il dure encore ! les bateaux qui venaient de l'autre côté de la vie, de la mort, de l'enfance… de l'autre monde peut-être ! mais je m'en fous de la cargaison ! c'est les voiles qui comptent ! voiles écarlates de la joie – j'ai reconnu ! c'était tout ce que ma vie pourrait porter… les voiles sans bateaux. juste les voiles ! mais quelles voiles.

Elle aimait la mer et je parlais de la mer. et la mer était là, à nos pieds presque. cette mer impossible, mais elle était là ! – ici, à Paris en mai ! la mer chaude, la mer grecque ! lumineuse à coudre l'œil… et puis ses criques, ses falaises ! les chênes-lièges ! tout, mais tout ! et le rivage blanc comme la neige, la première neige, celle qui fait froid aux yeux et chaud au cœur… rivage toujours neuf ! un drap frais que la mer roule en se réveillant ! tu vois là, un peu plus loin, elle brille, la mer… les gens, ils ont froid ! ils savent pas qu'ils sont à la plage ! ils caillent là, mais quels tarés ! c'est la plage à cuire les steaks ! ça sent bon, tu sens ? ils voient même pas où ils sont ! regarde, mais quelles têtes ! un mariage de porteurs de cercueils ! mais nous, on va s'y baigner, nous ! tout à l'heure, oui, on dévore dix mille steaks et – la mer ! Saint-Sulpice… oui, mer est là ! on mettra nos pieds, tu vois, fesses aux pierres chaudes, on mettra les coussinets dans le bleu ! dis-moi, c'est important ! et même très ! – sais-tu écarter les orteils ? essaie là ! ne ris pas ! écarte-les sans que je le voie sur ton visage… ça y est ?! c'est vrai ?! dis donc, t'arrives bien ! alors je saurai maintenant – quand tu ris comme ça – tu écartes tes orteils ! là – réunis-les ! que les orteils de tous ceux qui vont à la mer se réunissent ! en saucisses de Francfort ! alignées ! que nos orteils du pied gauche ne sachent pas ce que font ceux du pied droit ! comme des vrais chrétiens ! allons, on va donner l'aumône à la mer avec les pieds ! on se fera bénir par nos orteils dans ce bénitier à perdre l'œil ! et que notre pied gauche ne sache pas ce que fait notre pied droit quand on le prend ! et que notre âme sache toujours de quel pied notre cœur danse ! et que notre tête ne boite jamais des deux pieds ! soit bénie ta cheville mère, l'orteil fille et ton pied que tu vas prendre là – des racines de tes cheveux jusqu'à la semelle de tes printemps – soyez bénis ! amen ! viens, on n'a qu'une plage à traverser et – elle est là, la mer. tu verras… t'as trop chaud déjà ?! non non, garde ton pull ! faut aller vite, mais vite ! en crabes amoureux ! juste faire revenir tes coussinets sur le sable et on y sera ! on y est ! et on est partis, en oiseaux on s'est envolés, on courait presque ! quel pitre j'étais… mon oreille ne savait pas ce que faisait ma langue. bouffon sourd !

Je bramais même, je crois ! en rossignol des monts Oural ! une sirène de la Volga ! sirène bien desséchée ! et néréides de bénitiers, naïades de toutes les flaques, psamides des bacs à sable – étaient présentes aussi ! sirènes de mille bidets cassés ! et c'est pas tout le chœur ! océanides de robinets qui gouttent – braillaient pour elle aussi ! toutes dans ma gorge – rien que pour elle ! oui. et là – c'est bien des lampades qui poussent la barcarolle ! tout bas, nymphes des enfers – fredonnent…

« Si les femmes bandent par les oreilles – m'a dit après Samouraï – celle-là a dû gauler dur ! » elle riait de tout ça, Samouraï, oui et c'est bien. elle est souvent triste. j'aime quand elle rit…

On n'a pas vu le temps passer. à deux on tue le temps plus vite et à main nue, mais là – c'était pas ça. non. du tout. on est comme sortis de la vie, elle-moi.

Personne n'a appelé. ça a duré trois heures à peu près, je sais pas, mais nos portables n'ont pas sonné ni vibré même ! j'ai l'oreille pourtant ! oui. mais personne. le monde nous a laissés tomber. quand ça n'arrive qu'à moi, je tiens à ce qu'au moins, si je tombe de ses mains il ait mal au pied, le monde ! mais là il s'est comme endormi. on a glissé de ses genoux… on a braqué l'éternité. trois heures. c'est pas rien ! elle et moi on braconnait dans sa forêt durant des heures. sans rien toucher, ou juste avec les yeux…

« Il faut que j'y aille – elle m'a dit – vraiment, il faut que je parte. j'ai passé une journée bizarre et puis toi. cet après-midi – c'est un cadeau… merci. mais là – faut que je parte. » et puis elle me demande mon nom. pour lire ce que j'ai gribouillé, je suppose. comme à l'armée je réponds. nom, prénom, grade, sexe. elle rit encore et puis on s'embrasse. on se serre. dommage, il n'y a pas de colle comme ça. tu l'enduis sur ton bide, et puis – vous êtes inséparables ! ça serait bien de l'inventer ! ou la produire à l'intérieur et puis – à un moment donné – que ça sorte ! et puis *basta* ! « On s'appelle » – elle me dit. « Mais bien sûr ! » je réponds. et puis elle se détourne. comme une porte qui se referme.

On s'appelle… mon cul ! j'entends ça depuis la fondation du monde ! on s'appelle ! faut que je rentre. ours blairovitch va rentrer dans son trou. ha ! même pas… j'ai pas de chez-moi !

Pourquoi je suis comme ça… au lieu d'écouter – je délire ! les emmerdes arrivent jamais par l'oreille, mais toujours par la langue ! tu le sais et pourtant…

t'exultes tel un pou sourd à cheval sur un peigne ! ça va pas ça. pas de rime à ça… je ne sais rien sur elle. rien. au lieu de me recroqueviller dans ses yeux – je secoue l'échafaudage ! qu'elle tombe ! et je l'attrape ! mais non, Dimitrius ! c'est l'échafaudage qui s'écroule sur toi ! comme la maison sur un rat ! et puis là – tu rentres, tête entre les jambes ! comme prévu. et pourtant c'est pas grand-chose ! il fallait juste ouvrir les yeux. face à la femme dont le visage t'inonde – se rendre. oui. lui ouvrir portes et fenêtres, tout, mais tout ! lucarnes et soupiraux ! et rester comme ça. la regarder. devenir muet aux mains liées ! l'accueillir comme ça. juste avec les yeux ! t'as déjà vu des yeux comme ça… tu sais ce que ça fait ! quand l'âme te regarde… ou te sauver ! courir ! mais non, tu restes quand même ! tu veux arrêter le tsunami avec ta langue !

4

Je traîne… je marche sur ma barbe. on dirait un cocher ivre ! cocher qui a bouffé son cheval ! et puis ce couple me revient. ça fait des siècles dis donc ! c'était dans une autre vie. loin d'ici. loin de tout… c'était l'automne. j'avais treize ans. c'était novembre sec, rouge et froid. novembre qui en une nuit touche toutes les feuilles et au matin tout est rouge et vermeil, or et pourpre, et t'as chaud aux yeux. et tu vois très loin. ça me ressuscite les journées comme ça ! et puis l'air… l'air est cristallin à boire cet automne pourpre, le boire à perdre haleine. à devenir ivre vivant, vivant à se foutre à terre, joues et yeux, et ne plus se relever de cette terre qui s'endort tout doucement. qui te quitte telle une mère ensorcelée part dans un sommeil étrange et l'enfant reste… sans sommeil – reste. yeux ouverts et seul.

Je vois ma mère, elle était encore vivante, ma mère, fatiguée mais vivante, et tout me revient… cette époque. on était encore tous vivants, plus ou moins tous cul au Styx ! et ces matins de fleurs de givre… les portes de cet automne-là s'ouvrent. et les premiers froids qui déroulent le tapis or pour l'hiver, oui, et la neige qui couvrira nos joies, et nos mots. nos misères et nos pas. on oubliera tout ça, mais pas la neige. la neige s'oublie pas, la neige ! c'est la carte de visite que la mort laisse chez nous en passant. c'est pour ça cette joie dans nos yeux en sortant sur la neige. enfant neige… et tout est vivant. et ça dure !

Et pourtant – je suis jusqu'aux chevilles en printemps ! j'ai froid et je transe. combien d'hivers encore… combien de neige encore. combien de cartes de visite de la mort. ça me manque la neige. je veux qu'il neige en moi. des jours et des jours… que ça couvre toute une vie et la fin. oui. surtout ça. et puis j'ai froid, moi ! pour dix phoques ! pour dix vies à venir !

Je me vois dans le jardin de notre maternité. j'y bosse avec ma mère, les nuits surtout. et cette femme, je la vois aussi, enceinte à ne plus voir ses pieds ! et puis et puis – sourde-muette ! et son mec qui l'a apportée sur son dos jusque-là… sourd-muet, lui aussi. et puis elle accouche. et c'est long. elle crie pas. ça serait bien ! mais elle feule, elle ! grogne ! soupire ! râle ! et son mec n'en peut plus. il l'entend pas ! il entend rien. il entend tout. voit tout. elle va mourir ! personne ne comprend rien ! il court partout, lui ! il se met à genoux devant ma mère ! et les larmes coulent. il veut dire ! dire ! que la bête parle ! il n'arrive pas, lui ! il comprend tout, lui ! remue les lèvres ! je le retiens à la porte du bloc ! retenir un taureau qui charge ! il veut la voir ! et puis et puis il attrape ma tête ! tout doucement prend mon visage dans ses mains. que je détourne pas mes yeux ! et met ses yeux dans les miens… et là – on entend un cri ! il est là, le bébé ! il crie ! c'est son fils. il est normal ! ma mère sort. lui dit. il la dévore avec ses yeux, ma mère. il boit son regard ! il lit ma mère, tel un livre terrible !

elle sort un stylo de sa blouse, elle veut écrire. oui, mais où ! carrément sur sa blouse ! je comprends. je tire la manche. et on lit, lui et moi. lentement. « un garçon. beau gars. normal. allez dormir maintenant » et l'enfant crie ! n'arrête pas ! crie et ma mère rentre dans le bloc. ferme pas la porte. pour qu'on voie, tous, et on regarde et voit – femme et enfant. et ma mère pose l'enfant sur le ventre de la femme et tout cesse. oui.

Le lendemain ils sortent pour une balade. je les observe de la chambre à l'autoclave. il tient l'enfant. ils s'assoient sur un banc. le soleil coule sur eux comme le miel lent. la femme s'endort. comme ça. assise. repue. épuisée. l'enfant dort aussi. tout dort. il le pose sur le banc et se retourne vers moi. me voit pas. il cherche. cherche autre chose ! autres yeux ! oui. plus hauts que nous. plus hauts que tout et plus loin…

Il a eu ce regard… et puis il s'est mis à genoux. ses yeux ! les yeux d'un chien qui d'une seconde à l'autre se mettra à parler. et tout lentement, comme une bête qui s'abreuve à une source inconnue il a touché la terre avec ses lèvres. une fois. et puis encore une. comme pour embrasser l'ombre et la lumière. et encore une fois. trois. et puis s'est redressé. très vite. s'est retourné vers moi ! complètement. vers les fenêtres qui le regardaient. vers les gens ! vers nous, qui l'épiions, vers nos yeux ! vers nous, humains et normaux ! et puis il a écarté les bras, loin loin, comme pour embrasser quelque chose d'immense… comme pour nous embrasser tous, mon Dieu ! nous prendre tous dans ses bras. oui.

Enfin je suis rentré chez Samouraï. et puis, tiens, Fevro m'appelle. j'étais sur le trône. je dis « oui ». je fais mon meilleur Oui. Oui du siècle ! « Je te dérange pas ?... » elle murmure. elle est si près que je jette un coup d'œil derrière ! « Non non, votre Majesté ! comment je pourrais, moi ! dormir... j'étais en train de repasser mes lacets ! pour notre prochain tête-à-tête. » elle rit. parle bas. respire fort. expire. elle est en train de fumer, je crois. elle veut me dire quelque chose. elle dit rien. « Si jamais votre Altesse m'invite à son mariage – j'explose la mairie » – je marmonne, tout léger ! tout yo-yo ! comme ça – je coupe court. et puis faut huiler la conversation ! « Bah non, j'ai un ami, grand ami, il fête son anniversaire ce soir. je lui ai parlé de toi... il te connaît. il a lu ton truc dans... dans... j'ai oublié ! il serait content si tu venais boire un verre avec nous. dans un bar. toi, t'es où ? »

Elle me demande même pas si je suis d'accord ! dis donc, fillette ! peut-être je suis alcoolo anonyme, moi ! mais non, russe comme je suis – ils imaginent ici que les cosaques picolent par tous les trous et plis ! et quand tout est bouché – par le nombril ! et puis je ris. d'accord – je dis – très bien. « Ça serait plus simple que je vienne te prendre. je suis en bagnole... juste dis-moi l'adresse... » je dis « Couronnes. à côté du métro ». « Cachottier... bref. dans une heure, ça t'irait ? » je dis que oui. bien. dans une heure. « À tout de suite. peigne tes lacets alors ! » et elle rit doucement. et puis raccroche. j'aime son rire. si Dieu a un portable, il doit mettre ce rire sur son répondeur, lui !

Et puis je m'habille. et je m'habille plus vite qu'à l'armée. j'enfile ma veste du Goulag ! on sait jamais avec la nuit ! elle peut être méchante, la nuit ! je délire en veilleuse, moi ! trépignant comme mille Catulle, je sautille, presque !

J'ai une heure devant moi. c'est une éternité ! éternité devant, à gauche, en bas et à droite ! j'ai le temps de me mordre le nez de joie, courir en rond et en carré derrière ma queue, puis – sauter par la fenêtre en tigrounet qui fonce dans le cerceau en feu, puis débouler en bas et embrasser tous les clodos du quartier qui me tombent sous la dent et leur chanter « Otchi tchernyé ! otchi strastnié ! » et puis à la fin, très à la fin, épuisé, cœur à la gorge leur acheter trente ! non ! quarante canettes de Kronenbourg – « Buvez à ma santé ! » comme ça, oui, à la Mitia Karamazov ! mais je bouge pas. je suis habillé et j'attends. rêveur comme un maboul ! le temps s'arrête comme la flamme d'une bougie. je fixe mes godasses tel un vieux coq vicelard qui louche sur un œuf de Pâques !

Samouraï, Samouraï, elle est bien ta tour ! de chez toi je vois la bouche du métro. la foule y entre, et puis sort. je reste un moment devant la nuit. et puis elle me rappelle, ah oui, plus tôt que prévu ! elle peut pas se garer ! faut que je descende. on peut dire que c'est déjà fait. je descends, lentement, chevilles liées, et puis de plus en plus vite, à la tsar rappelé de son exil ! enfin ! et le peuple attend ! parfois j'ai une gueule à couronne, moi ! sinon à bubons ! et ma bouille me va comme une selle à la vache ! mais je la mets tout de même… j'ai rien d'autre sinon ! et voici – tsarevitch ! Élie est de retour ! toujours et re-toujours ! en Messie du quartier je dévale l'escalier ! pauvre égaré ! roi des cons est de retour ! à genoux le monde cul-de-jatte !

Avant de pousser la porte de l'immeuble, je m'arrête. je sors mon Nokia et je me mets à parler, comme si j'avais reçu un coup de fil. je sors comme on entre dans la danse, chevilles ailées, chevilles de mensonge. oui, c'est affreux, mais c'est plus fort que moi. j'y peux rien. quoi que je fasse – c'est toujours plus fort. je parle en russe. mais tout simple. « *da-da, niet-niet…* » je la vois déjà. je marche vers elle en parlant toujours. « *da-da, kharocho…* » elle me sourit de loin. je vois ses yeux. elle est agacée un peu. bien. qu'elle sache que mon carnet de bal est aussi plein à péter que le sien ! je fabule encore une seconde, je raccroche et je l'embrasse. « Dans la même journée deux fois embrasser la même fille… suis-je obligé de te demander de m'épouser ? » je suis léger. je danse encore. elle sent le lilas. elle rit pas, elle est un peu agacée par ma danse, et ça me réchauffe le ventre. ce n'est plus un duel. c'est la guerre ! à la guerre tout est permis. même macchabée – je bougerai toujours…

Je l'embrasse encore. plus près de la bouche. elle doit sentir mon cœur. on dirait que je cache un chaton sous le manteau et il se réveille là. s'étire. elle ferme les yeux. mais elle sourit, mon sang ! sourit ! et enfin – me répond. elle sait faire. et lentement. si près du coin de ma bouche que je me mets à trembler. et quelqu'un derrière klaxonne.

J'aime rouler dans une ville nocturne. toujours aimé. peu importe la ville ! toutes les villes la nuit sont – sœurs. on parle pas. je fixe son profil. elle est sérieuse. une petite lumière dans la voiture rend les choses lentes comme une promesse. je n'ai pas envie d'arriver. surtout pas. pas un mouvement. j'ai envie que ça dure. oui, sans fin, sans fin. ce profil aux yeux clairs, cristallins presque, comme si la lune la regardait dans les yeux, et la ville et cette lumière et ça tourne tourne…

Et puis elle se met à parler de ce type. son ami. grand ami. « Il est adorable, très drôle, un peu comme toi. vous vous ressemblez je trouve ! y a quelque chose ! mais il peut être très triste. il est bien malade, maladie très très rare, je ne sais pas… il est – disons – très enrobé. mais avant, il était svelte et beau, avant ! jeune archange ! et plus gentil que saint François avec ses poux ! adulé par tout le quartier ! je te le jure ! toutes les concierges du quartier rêvaient de lui donner leurs fillettes en mariage ! tu verras… il était comme un grand frère pour moi. il l'est toujours, Babyl… et puis quand il parle, il est drôle, mais drôle ! tu l'adoreras ! il t'adore déjà ! quand il entre quelque part, dans un café, n'importe – verres, tasses, tables, tout se met à danser ! »

Bien – je me suis dit. Babyl, Babyl… j'aime pas les grands frères, moi ! mais soit. même Hercule fou de rage, même Ajax saignant les moutons, dragon, Polyphème, Raspoutine dans toute sa gloire – on mange de tout, nous, les Russes ! j'aime pas mais du tout cette idée de ressemblance. vraiment pas ! ça me hérisse ! mais bon, tant qu'elle est là – nul et rien ne pourra me curer le nez sans mon accord ! eh bien, elle n'a pas exagéré. il faut se méfier d'une femme qui n'exagère pas – aurait dit papy Jo. ah oui ! j'aurai mille et une occasions de me mordre le coude.

On se gare tout juste. en darde qui rentre parfaitement dans le fourreau. entre deux bagnoles. elle s'excuse, déjà lointaine, et puis sort. je peux pas ouvrir ma porte. je sors par son côté. elle marche devant. je ne sais pas où nous sommes. ça sent l'eau. l'odeur fade d'une rivière. on est pas loin de la Seine.

Je boite un peu, la cheville gauche me fait mal. légèrement, comme une dent qui pousse, mais quand même. je ne sais plus si je vous ai parlé de ce petit truc. peu importe. c'est rien ! je me suis tordu la cheville rue du Temple. j'ai rien senti sur le coup, et puis là ça me fait mal un peu, mais c'est rien.

On s'installe dans un bar. « Le Cyclope borgne ». ho ! c'est assez juste, sauf qu'elle est trop soignée, cette caverne ! je m'assois à la terrasse. la nuit est tiède. trois tables sur des planches. « Il n'est pas encore là – elle me dit – tu prends quoi ? » je dis – « Du lait chaud ». elle rit. elle est de plus en plus loin. « Drôle de choix », elle dit et rentre dans la grotte. je ne sais pas ce qui me prend ! je déteste le lait chaud !

Lui, je l'ai pas vu venir, mais les piafs – si ! ils se sont envolés par centaines, effrayés ! ils devaient dormir, pourtant ! c'est la nuit ! j'en sais rien. mais ce que j'ai vu – j'ai vu. il était précédé par les moineaux ! il les portait dans ses poches, peut-être, et les laissait comme ça, s'envoler, en feu d'artifice ! et puis après – rien. et puis j'ai tourné la tête et là – le sol, oui, je dis bien – le sol sous mes pieds s'est mis à flotter ! tasses ! verres ! tables ! il était immense ! vraiment immense. deux mètres et des poussières ! facile ! pour en faire le tour – il fallait bien un long week-end ! et pas à pied ! pour la visite complète de ses remparts, de toutes ses tours, ça prenait bien une bonne semaine ! forfait de découverte ! c'était une cité bâtie en vue d'une guerre ! longue guerre, ah oui – guerre sans merci ni merde ni bonjour ! devant moi – Jérusalem d'Hérode le Grand s'ouvrait... marchait ! murs copieusement nourris de pierres ! et sa voix ! à faire accoucher toutes les vierges mortes depuis le Déluge ! tambour de Jéricho ne sera qu'un piaulement de fouine à côté ! « Ahhh oui ! voilà Rousskof ! avant de t'embrasser je vais réfléchir – combien de fois ! sur la bouche ou sur la joue ! toi, fume tranquille, toi ! tu peux ! moi, je ne fume plus ! et tu bois du lait ! comme c'est mignon ! attends un peu que je m'installe pour te voir. que mes vieux yeux te bonjourent bien comme cela convient. mon dieu ! rien n'est prévu dans ces grosses villes pour y loger une autre, encore plus grande ! plus ancienne ! et si la cité céleste veut descendre enfin là, il va bien falloir qu'elle se mette à quatre pattes pour pouvoir entrer dans tous ces HLM ! » il a eu du mal à bouger ! « Allons, embrassons-nous ! moi, tu sais, j'ai aussi des origines ! racines très longues et je les abreuve dans tes terres ! mon grand-père buvait dans le lac Baïkal ! ah sainte Russie ! mais – viens que je te cajole un peu… »

Pendant que ce monstre parlait j'ai entendu plusieurs voix en lui. voix bien distinctes ! des voix qui se chevauchaient ! il était sept chutes d'eau, lui ! à lui tout seul ! sept fleuves en colère, lui ! sept voix ! et son visage changeait tout le temps, comme une vague passe, comme une onde !

« .... Tiens ! tu boites pas, par hasard ? eh dommage ! ça t'irait bien – de boiter. en tout cas je vois – ta tête claudique vite ! tu sais – avec moi – il faut être intense. très ! mais dommage que tu boites pas… je me suis dit – quelle rencontre ! et – raté. encore une… mais tu boiteras un jour, tu boites déjà, simplement tu le sens pas ! ça te fait pas mal ! pas encore… tu as trébuché déjà ! tu es tombé même ! et un jour tes os te le diront ! ta jambe te dira ! même si tu veux pas l'écouter ! mais pas encore ! et puis ta veste ! elle est du Goulag, je suppose… l'air vraie ! tu sais, entre mille bagues fausses je reconnais tout de suite celle qui est la vraie… s'il y en a une ! elle est bien ta veste. juste ce qu'il faut pour ton museau souffrant que j'adore ! oui – j'aime ceux qui souffrent. dis-moi, as-tu tous tes papiers ? passeport, carte et tout ? même tu payes tes impôts ?! c'est pas vrai ! donc t'as tout, toi ! re-dommage… sinon on pourrait s'entendre comme les deux colombes du mariage ! t'as remarqué – les grandes villes regorgent de pigeons bizarres, estropiés, pigeons bruegéliques, mutilés… oui ? vu aussi ? et ça court, et bien vite, et ça danse, tournoie, et roucoule, et ça baise ! baise encore et toujours ! dommage que t'aies tous les papiers, toi ! besoin de rien alors ? tu n'as plus d'appétit alors ? que des désirs ?! ah c'est parfait ! seul l'homme qui sait encore les différences, les vraies, et qui n'est pas d'ici ! un étranger ! venu de sainte Russie ! pas étonnant ! bercé par Dostoïevski ! ô, Fédor Mikhaïlovitch ! il t'a bercé et toi – bien dormi ?! il fallait pas ! comme il nous a été demandé un soir – Ne dormez pas !… mais bon… »

Et Fevro, où est-elle ? ce géant s'assoit trop sur mes oreilles ! il part embrasser quelqu'un. je vais pisser. la salle est bondée à curer le nez par le fion ! bergerie joyeuse et ça bêle ! y a de la viande saoule, et puis musique lente ! musique bio ! truc de méditation ! j'espère qu'ils ont des chiottes normaux, à la chasse d'eau, quoi. Fevro, je l'aperçois vaguement accoudée au zinc. pas seule et bien présente ! coude à coude avec un type. beau gosse. l'œil humide, genre veau noir, veau gentil, longs cils, toboggans aux poux et sourire de neige ! elle le bouffe des yeux ce veau ! je pisse et je médite : qu'est-ce que je fous là à part pisser ! pas de réponse. alors – faut rentrer au bercail ! les ablutions et tout, et puis faut se réveiller tôt. une autre vieille demain ! nouvelle ! handicapée. ça risque d'être dur.

Je sors et voilà tous les trois devant moi. elle, Veau et Monstre ! en embuscade ! près des chiottes ! présentations, serrage de mains, ça va – ça va, merci merci… il est comédien, beau Veau. jeune premier. bien. moi – je suis vierge Marie, moi ! mais je dis rien. pourquoi pas ! vu de près – il doit jouer les gentils, même s'il se rase pas ! dans la vie – il joue le méchant cool, lui ! elle le touche, épaule, main, légèrement. elle s'abreuve à ses yeux… je vois sans voir. je me sens agneau dont les crocs se mettent à pousser ! on va finir dans une vacherie ! en loup encerclé j'observe la chose. j'ai vu comment ça se passe dans la steppe. le loup piégé par une meute de chiens – s'arrête, choisit le plus fort de la meute et – le frappe. décapite la meute et part.

Et puis un ballet commence ! « Idiot endormi » ça serait et pile et face comme titre ! ils me laissent ! dansent autour ! glissent ! parlent aux gens, à tout-va ! les embrassent tous azimuts ! je sors, je me mets dos au mur. une cigarette tranquille et je vais rentrer. cette fois – pour de bon.

Et voilà – Fevro sort de la caverne ! entre en scène ! elle cherche quelqu'un ! je suis derrière, je peux la toucher presque ! mais je bouge pas ! je respire pas ! je suis l'homme le plus caché au monde, moi ! et que ça reste comme ça ! je deviens les yeux. elle est en colère, on dirait ! elle renâcle ! quelqu'un s'est sauvé, on dirait ! sans rien ni adieux ! son dos est si triste. ça pèse la colère ! « Madame est furieuse, on dirait » je murmure. elle se retourne, effrayée, « Houfff, tu m'as fait peur ! je te cherchais partout… » et on ne fait qu'un pas, elle-moi, et nos bras se referment sur nous. je sens son cœur qui me donne des coups légers à droite. je ferme pas les yeux. elle – si. tellement près ! son visage devient tout ! ferme ou ferme pas les yeux ! ses lèvres brûlantes un peu gercées s'ouvrent. on s'embrasse en serpents. on fait des nœuds. deux serpents debout, tout cordes, tout langue ! elle tremble. elle a froid. j'ouvre ma veste comme des ailes, elle se cache dedans et je renferme tout ! lourd de joie. je suis comme enceint d'elle. ses cheveux sentent si bon que je me rends. mes yeux se ferment. elle m'embrasse d'en bas. trouve ma bouche et la sculpte. expire en moi. ses genoux s'ouvrent, on va tomber, mais non. on tient. et elle enfourche ma cuisse. je la serre fort. je la frotte contre moi. son dos se cabre. elle devient dure. et puis d'un coup – molle. « Pas maintenant… pas aujourd'hui… je peux pas… » et elle se serre encore plus fort contre moi ! chevauche encore plus ma cuisse ! grimpe sur moi comme un chat sur le poteau ! respire fort ! sa bouche s'ouvre, les yeux entrouverts meurent. « Encore… encore » et puis elle s'étire. et puis devenue dure – tremble. un coup. deux. et puis expire fort. et encore ! et se décolle de moi. elle a failli tomber ! je l'assois sur une chaise. je tiens plus non plus ! on s'écroule tous les deux. elle trouve mes mains sur la table. se penche, les ramasse, respire sur elles… les réchauffe. je trouve pas ses yeux, et puis je les trouve. ils sont ivres. sans regard. je prends son visage dans mes mains. je fais la maison avec mes paumes. on est tout seuls dans cette maison. que les yeux. et nos yeux deviennent immenses. je vois ses lèvres bouger. « J'ai encore faim de toi. » je la fais taire avec ma bouche. elle est absente. elle est lente et pleine comme une femme qui vient de jouir. « S'il te plaît… s'il te plaît… » elle murmure « Je meurs de soif ! je brûle… » on se décolle l'un de l'autre. je vais lui apporter de l'eau. non, non, ça va… elle sourit, « J'ai trop envie… » j'allume une cigarette. mes mains tremblent pire que le feu du briquet. je sens encore ses lèvres. légèrement gercées. impossible de les effacer de ma bouche. c'est même pas à fermer les yeux.

Je suis un poteau brûlé.

Un poteau au pôle Nord serait moins seul. et puis et puis – ange ou démon, me parle tout bas tout près. « Pars. là – tu pars. meilleur moment pour la mettre à genoux. pour briser ce ballet… au sommet. la suite si tu restes – ne sera que "et cetera et cetera"… photocopie de cette nuit. là – elle est pleine de toi jusqu'à la gorge. chaque être a son plafond. magnifique parfois – mais plafond. rester – ça sera la renverser et ne boire que les gouttes. pars ! si tu veux qu'elle ne respire que par toi – pars ! si tu veux qu'elle ne rêve que de tes mains – pars ! et vite ! et puis – tu sais pas pour qui elle est sortie tout à l'heure… elle a cherché qui, si furieuse ! si tu pars – tu le sauras ! »

Et je reste. enfoncé jusqu'à la gorge dans cette nuit humide. cloué à ces planches qui se mettent à flotter. de nouveau ! Babyl arrive ! c'est trop tard…

« Dis donc, mon moineau, tu es tout seul ?! tu te caches pas, j'espère ! viens, on va manger. » « Non, je suis désolé, faut que je parte. demain j'ai une journée de forçat… » « Ah bon… sérieusement, il faut que je te dise. j'ai aimé et j'aime ton article… très bon titre ! attends, ça me revient. oui. *Soutine ou comment tuer le monde*. je voulais écrire aux éditions, mais je suis trop vieux pour applaudir à tout rompre ! je frotte juste mes mains dans mon coin ! bravo quand même !

vraiment. mais on en parlera… j'espère ! laisse-moi ton numéro. je t'appellerai. »

Ça y est. c'est fait. je demande pas le sien. il est un peu étonné, mais ça ira comme ça. je compte mes respirations avant de partir. j'ai besoin de force pour ne pas aller la voir avant. mais il est toujours là, lui ! il sourit, lui ! il sait, lui ! oui, il voit la lutte… mais il reste souriant, grimaçant presque ! il attend la suite ! il sait ce qui se passe en moi. tel un adulte il reste les mains dans les poches devant un enfant qui essaie de soulever une pierre, oui, pierre trop lourde. trop ! mais il reste sans rien faire. se délecte… parie dans son cœur. mise sur la pierre ! et gagne sans joie.

Et là – il s'est penché vers moi, vite, comme pour me renifler ! je l'ai pas vu venir ! il était comme la renarde qui a senti une odeur soudaine, odeur connue, et – toute corde, tout oreille – flaire le signe… il s'est mis à loucher, et très fort ! sans un mot et c'était vraiment gênant. il avait l'air méprisant, l'œil fuyant et caressant à la fois. tel un monstre qui a peur malgré sa force inouïe – est terrifié par son ombre juste avant de foncer sur vous. je me suis dit – il simule là, la dinguerie et tout. il joue. il veut m'impressionner !

Et puis tout lentement il me tend sa main. chope mes yeux par les siens. serre ma main et la lâche pas ! la tient. et c'est long. « T'arrives pas à partir, toi, ah ? c'est trop dur ? c'est trop, ah ? faut être fort pour continuer tout seul, na ? vraiment fort. il fallait se sauver avant, ami… avant. »

À ce moment-là, pour la première fois, mais une fois pour toutes, j'ai vu qu'il était fou. un fou dangereux. c'est pour la première fois que j'ai eu devant moi la folie si puissante, et j'en ai vu et de toutes les couleurs ! l'arc-en-ciel des folies ! mais celle-là… pas de grandeur humaine, grandeur presque surnaturelle, telle la figure de proue qui a un visage double. figure de proue d'un bateau gigantesque, ravagé, échoué sur la côte et puis englouti par le sable muet – vous tend la main… chaque fou, avant de se rendre – résiste. lutte à mort, surtout celui qui est fort, vraiment fort et imbu de sa force, qui est sans dieu, ni chien ni maître – défie la folie ! et elle vient. et la force de cet homme est égale à sa folie, sa force est – sa folie. et puis sa folie à mille voix – lui parle, chante et demande, pleure à mille pleurs, s'habille en mille corps, elle change de visages, une armée de visages, jusqu'à en trouver un, dans lequel il a une confiance absolue et se met à lui murmurer et entre en lui par la lucarne cachée qu'il lui ouvre lui-même et puis change la serrure de sa maison et lui… il reste dehors, à errer toute la vie et même au-delà. chaque fou cache sa folie comme un trésor et – la montre ! peut pas s'en empêcher ! la cache de mille façons et puis – la montre ! c'est plus fort que lui. plus fort que tout… un détail, un mot, ou un geste, oui, souvent c'est un geste, un regard… une grimace ! et – le rideau caché de la folie – s'ouvre ! grand ! et la folie se promène devant vous arrogante ! forte de mille forces ! danse ses mille danses ! hideuse de mille masques ! ce panorama vivant – s'ouvre, et défile – devant vous et derrière, en haut et en bas ! la folie est toujours le théâtre. pas de salle, pas de sièges, pas un seul dans ce théâtre, mais tout est – la scène. oui. et la scène est vivante. et elle tourne…

Ça n'a duré qu'une minute peut-être, si longue ! et puis il a laissé tomber ma main. « Je t'appellerai, moi… on se verra, mon Russikov ! prends soin de toi ! » il est redevenu souriant, taquineur et hâbleur, ivre sobre, bon

Falstaff, et puis tendre et sage. plus sage qu'un agneau qui se tait à l'approche du crépuscule.

Je ferme ma veste jusqu'aux cils et je la vois. enfin. sortie mais pas seule. Veau est là. ils bavardent. juste à côté ! comme si je n'étais qu'une amarre ! il ne manquerait plus qu'il pose son croupion sur moi ! quelle bande d'ablués ! et toi, chantre des périnées, t'as eu ta claque, toi ! rentre à l'étable ! mais elle me regarde… de loin. par-dessus l'épaule de son petit veau ! elle va le traire aussi ! qui sait ! salope splendide ! sans cligner des yeux elle sourit. oui. longuement. que pour moi. ça – je le sais. c'est dangereux pour moi ce genre de sourires. elle me quitte pas des yeux… n'arrête pas de sourire. comme Damiane… pareille ! elle est joueuse ! elle simule pas ! je pourrais parier ma veste du Goulag ! oui, ma vieille veuve ! mais c'est fou ! elle est vraiment joueuse, cette nana ! puis elle lui pose la main sur l'avant-bras. je me détourne enfin. ça serait merveilleux de me détourner de tout ça et marcher, tranquille, ailleurs, vraiment ailleurs et tout oublier. mais non. les yeux sur le dos je claudique je ne sais où. mais je me retourne pas. c'est trop, et puis j'y arrive quand même…

Mais quelle smala d'échaudés ! et puis l'autre, le gros, ce Babyl ! comment il s'est abattu sur moi ! plus louf qu'un grizzly insomniaque ! comment il s'est penché vers moi ! en un bloc de marbre ! en rocher ivre ! failli m'écraser ! n'empêche que j'ai du mal à marcher. ça me fait mal, ma cheville…

5

J'ai déménagé deux fois depuis. j'arrête pas. presque rien à trimbaler. de moins en moins d'affaires chaque fois… bientôt je n'aurai que mes semelles ! l'air dans les poches. même un rat quittant le navire aurait plus dans son baluchon. en début de course j'ai eu trois sacs à dos. là – je n'en ai qu'un, mais gros. pareil que Samouraï. Bible en slavon, une icône en bronze, mon Shakespeare en Pléiade… mais au fond, très au fond, y a des trucs. mes fétiches, et par-dessus – tout ce bazar lourd pour bien entasser. ça fait comme un double fond. j'aime cette idée. double fond ! comme moi-même.

Peut-être, l'homme n'est qu'une sorte de valoche. fourre-tout ! à double fond ! ou triple ! à roulettes. à traîner… dans la mienne y a même une taie d'oreiller de Babanya ! mon arrière-grand-mère ! elle dormait sur elle et puis elle est morte sur elle et puis voilà, je la garde. dans cette taie je fourre des trucs encore plus précieux. plus dingues. tel un pope voleur, excommunié je trimbale des reliques ! tee-shirt de Damiane, rouge-rouge, je l'ai jamais lavé depuis qu'elle a disparu. Damiane… rien que penser à tes plumes me donnent des frissons ! laver son tee-shirt ! doudou des jours noirs ! je n'ose pas même le sortir pour regarder ! y a aussi autre chose dans cette taie. encore pire ! oui. meilleur pire ! son maillot de bain que j'ai kidnappé. maillot noir, une pièce. ça sent peut-être encore la Volga… elle l'avait étendu dans notre chambre d'hôtel et je ne sais pas pourquoi, quel chien m'a mordu, mais je l'ai piqué, encore dégoulinant. tout Volga encore ! tout toi ! je me vois encore, courir dans la chambre, un cafard sous la lumière ! je cherche – où, mais où le cacher ! elle revient ! et puis – je trouve un sac ! je le mets dedans et tout ça, en boule – je le fourre sous le matelas ! tout heureux ! à quatre pattes ! je me vois encore, ah oui… je rigolais après, tout content, et là – je rigole plus. je le sors jamais ! j'ose même pas le toucher ! même pas avec les yeux ! je sais qu'il est là, c'est tout. c'est déjà trop ! et pourtant elle cherchait son maillot, mais comme ça… juste avec les yeux. et puis oublié. les vieilles fringues, les femmes s'en foutent un peu, vraiment comme des serpents mués de leur peau d'hier.

Mais c'est pas tout encore. dans la taie je garde des bouts de papier, gribouillis, brouillons, tickets de caisse avec des notes, feuilles de liturgie d'Ivan, que je regarde parfois après une visite foudroyante et si triste de madame la veuve poignet.

Puis les dessins d'Ourson. trois. ange, lionne et dragon. traces de scotch, trous de punaises… je les accroche une fois arrivé dans un nouveau trou. je les colle aux murs et – plus de murs pour moi. on dirait trois torchons raides de saleté, et pourtant je les touche à peine, je les effleure avec les yeux et passe. tout ce bazar de l'âme on n'a pas besoin de le déballer. suffit juste de savoir qu'on a tout et c'est bon…

Enfin j'ai trouvé un bon trou bien sec. à Fontenay-aux-Roses ! aux Roses ! ça me change un peu de mes épines ! chez une compatriote presque ! Madame Pauline Dedovitch ! ukrainienne, la petite-fille d'un koulak ! elle me loue la cave de sa maisonnette. son papy est venu d'Ukraine juste avant que Staline commence à brosser les koulaks au peigne fin ! c'est la seule chose un peu excitante qui lui est arrivée à part sa mort, mais la petite-fille est si fière de son papy ! il a gagné deux guerres, lui ! oui, à lui tout seul ! mais bon, la cave est sèche, vraie terre, et puis elle la loue pour rien… mais quand même je trouve que le peigne de Staline n'était pas assez fin ! voilà le résultat – un cloporte loue un matelas chez une punaise ! c'est vraiment ça, Dimitrius ! mais j'y suis bien caché, n'empêche.

Oui. j'aime les choses cachées. j'aime les herbes hautes. j'aime les jardins silencieux, les jardins vides. pas un souffle vivant. ces jardins à midi… et des serpents dedans. oui. y en a toujours un ! c'est pour ça que même crevé de fatigue je ferme jamais l'œil dans les jardins à midi. on sent ce genre de choses… à travers tout, de loin, mais on le sent.

S'il y a un paradis sur terre, sur cette boule perdue dans l'espace, c'est chez Madame Dedovitch. venez voir. c'est ici.

Tout est en fleurs chez elle ! juste devant mon soupirail – magnolia, il est blanc, fleurs immenses, on dirait un arbre aux endives ! là – je vois pourquoi les paysans enviaient les koulaks ! elle perd son cure-oreille – une bosse à champignon pousse à vue d'œil ! elle crache – trois concombres sortent ! là où elle passe les courgettes tournent leur tête ! elle a un cul magique, elle ! à faire rougir les groseilles juste en passant ! son jardin mousse ! explose ! et ça dure ! avant-hier j'ai vu deux bourdons… deux ! sacrée barbe ! ils pouvaient pas voler ces deux-là ! lourds comme un louis d'or ! ils chaviraient comme deux ivrognes ! traînaient leurs salopettes collantes, poilues de nectar !

Mais elle picole. ça – oui ! hors d'âge, hors de tout ! pas tous les soirs, non, et puis juste un dé à coudre, et puis un cornichon. elle renâcle devant. une grimace et puis hop là ! elle s'ébroue et ! tout ce qui est bon en France – vient de l'Ukraine ! elle m'a sorti un jour « Tu sais, de Gaulle est d'origine ukrainienne ! sa grand-mère est de Poltava ! tu savais, toi ? » je dis – « Oui, évidemment. tout le monde le sait ici… » ah bon ! pourquoi tu m'as rien dit !? « Mais je pensais que tu le savais, toi… » et c'est pas fini ! demain elle sortira une autre ukrainerie ! on est pas à une connerie près ! genre Molière est de Kiev ! avec elle on sait jamais ! je lui ai demandé pour Molière ! comme ça, pour voir… qui c'est ce schtroumpf et quoi ! la tête sur le billot, elle se dédit pas, elle ! bah oui, je connais ! qui connaît pas Molière à Poltava ?! il y en avait même deux ! duquel tu parles !? l'un avait une usine de conserves. concombres, tomates, tout ça… calibrés à merveille ! mmm ! ces concombres ! on aurait dit – des frères ! de même mère ! mais je l'ai pas connu, celui-là. l'autre – oui ! Tarasse ! il tenait une boucherie ! rue du Miel ! oh ses saucisses ! à avaler la langue ! tsar du jambon, quoi ! » et puis elle se met en transe ! à triple cornichon !

« Allez, Ours de la Volga ! reconnais ! la France ne vaut plus rien ! pas une raviole ! pas de joie ici ! les cornichons sont mous ici ! c'est fini la France !… pas vrai !? d'accord, j'ai pas fait des études, moi, bac et deux couloirs, c'est tout ! et toi, na ! et vous, Russes ! ingrats ! » Elle chavire déjà un peu… « Nous, les Ukrainiens, on vous a appris à chier assis, nous ! »

Si je savais aboyer ! mais je riposte quand même ! de mon soupirail ! elle est devant ! accroupie ! ah oui, d'accord ! vous nous avez appris à caguer assis, mais c'est nous qui vous avons appris à vous torcher après !

Voilà la chose. ça dure jamais longtemps. échanges de coups de hache, oui, en guise de caresses, et puis quand on te frappe sur une miche – tends l'autre ! un sursaut, deux et tout redevient comme avant. fleurs, arbres… terre, elle qui la piétine tournant en rond… bien seule dans son Éden. bien pompette. de mon sous-sol je vois ses chevilles, ses babouches. elle parle encore, mais pas à moi. comme ça… à tout. j'ai une sorte de tendresse pour elle. comme une miche de pain qui te tombe sur le pied. je me sens bien ici. pour les Noirs – je ne sais pas, mais moi – oui. peinard comme un cornichon dans un bocal. parfaitement calibré.

Non, on est pas seuls ici, elle-moi. ça serait trop ! y a encore une famille. des Noirs, sans papiers, classiques, quoi. le mec s'appelle – Kofi. le gosse – Wamba. elle les héberge depuis deux ans. père-mère-fils et la vieille. vieille et gosse – je les vois tous les jours. je ne sais pas si elle sait parler. ils crèchent à côté, aussi dans la cave. on est mur à mur ! quand le soir je lis dans le lit, j'entends un drôle de bruit. on gratte tout doucement le mur, oui, de l'autre côté. c'est le gosse, ce Wamba, avant de s'endormir, pour se calmer, peut-être. et puis plus rien. il s'endort. ça me gêne pas, moi. qu'il gratte ! et puis une nuit – rien. deux nuits – rien. je m'inquiète presque ! oui. j'imagine des choses ! toujours pire ! malade, lui ? à l'hôpital, lui ? si frêle… mais non ! il est toujours ici ! à la cave ! et je vois ses yeux immenses ! et le blanc de ses yeux ! il me regarde de son soupirail ! telle une panthère malade il m'observe de ses ténèbres. je m'inquiète pour lui ! ils seront expulsés ?! je vois vraiment le pire. j'y peux rien. et le pire, ça arrive souvent…

Il est sage, Wamba. ne demande jamais rien. juste gratte le mur parfois… reste avec la vieille. elle n'a pas besoin de l'attacher à son pied. c'est vrai, un peu trop sage, lui, mais il sait très bien qu'il faut être miel et caviar avec les gosses des Blancs ! il a joué avec Ourson. mon fils est venu là, il a dormi trois nuits dans ma cave ! il en a vu des choses pour ses sept ans ! les chambres de bonne, les caves, les matelas aux punaises, trois nuits chez les marcheuses chinoises, tout quoi ! mais il prend ça bien, à la chérubin déchu, mon Ourson. il a joué trente mille fois au foot avec ce Wamba ! quatre ans de différence, mais ça tapait quand même bien dans le ballon.

Lui et la vieille me font penser à moi avec Babanya. c'est pour ça peut-être… oui. il ne manque que la neige ! quand Madame Dedovitch termine sa bibine, elle devient légèrement folle. d'abord elle délire sur la France noire, ça vole à ras-le-cul ses ukraineries ! parfois c'est vraiment à se pincer pour se réveiller ! et tout ça elle le débite en louchant vers le soupirail des Noirs ! un jour le mec sortira et Madame Dedovitch finira dans un sac-poubelle au fond du jardin ! mais non, le mec tient bon ! il est même gentil ! il bricole pour elle. sage et patient, et même plus loin ! je vois parfois un brin de tendresse ! il la touche ! légèrement, par hasard, et puis ils rigolent ! si proches ! je me trompe peut-être… mais quand ils sont deux, comme ça – rien autour n'existe ! ça dure pas, mais ça dure.

Et puis vient le deuxième stade. elle peut plus parler ! elle se met à chanter ! je la vois encore… robe de chambre, par-dessus sa doudoune noire matelassée ! jusqu'à la cheville ! truc mythique, chape du pape ! la voilà, Madame ! elle chaloupe entre les roses ! Ukraine ! Ukraine ! elle rugit ! elle régurgite tous les malheurs du monde ! elle chante ! et comment ! chansons tristes de Poltava ! de Crimée ! tristes mais tristes à se jeter sur une faux à la fin ! et ça peut durer deux jours ! le week-end quoi ! et puis et puis lundi vient tout de même ! comme l'aiguille d'un compas qui pointe le nord elle se retrouve au matin toujours en même endroit ! au coin du jardin. assise, paisible. les yeux d'une chèvre effrayée. entre deux monticules… elle jardinerait même aux enfers ! elle les caresse ! deux amas d'engrais ! elle leur chante ! mais pas fort, non ! elle marmonne. je vois juste ses lèvres bouger. et puis elle rentre.

Depuis la mort de Babanya le printemps et Pâques – c'est ma ciguë. je déprime, je soupire comme un morse et puis l'insomnie ! ah oui. au bout de trois jours je me retrouve billes écarquillées, vermillon ! vrai vampire à la retraite ! bête triste réduite à tremper un Tampax utilisé dans l'eau bouillante en guise de sachet de thé ! c'est fou, mais sans blague ! et puis à la fin, à la sortie de Pâques, j'ai même plus la force de cligner les yeux. même Judas dormait mieux !

Et puis un jour Madame Dedovitch tombe. là dans le jardin ! dans le rosier ! je la vois se pencher ! elle s'accroche, empoigne roses, tiges, feuilles, tout ! elle peut pas ! et elle tombe ! j'arrive ! elle veut se redresser ! les épines rentrent dans ses paumes ! elle sent rien ! elle veut se retourner sur le ventre ! déjà sur le côté ! tourne la tête et je suis ses yeux… elle regarde dans le coin du jardin ! monticules… puis moi ! les yeux ouverts elle me voit. me perd. me cherche. panique terrible ! je suis devant mais elle voit pas ! elle veut dire, oui ! me dire quelque chose ! je m'allonge à côté ! sa bouche est tirée à gauche ! je comprends. AVC. ah oui. faut faire vite, il paraît. et le Noir il est là déjà ! je l'ai pas vu arriver ! j'appelle les pompiers, lui – reste avec elle. je leur dis tout. on les attend, les anges ! ils viennent pas. debout, on fume lui-moi. elle bouge ! elle veut ramper ! sur le dos ! les yeux qui rôdent ! elle veut se lever ! elle peut pas ! mais elle rampe sur le dos quand même ! enfin les pompiers arrivent, brancards et tout. je nous vois encore ! la procession derrière elle, avec sa doudoune noire remontée jusqu'à la culotte ! j'ai couru derrière ! je voulais l'arranger, mais pas pu.

Avec Kofi on est venu la voir à l'hôpital. il y avait vraiment quelque chose… comme un fil entre eux. comme une onde. il savait s'y prendre avec Pauline. il m'a dit que c'est pas la première fois. elle a eu ce truc avant. elle n'était pas comme ça avant, il m'a dit. buvait pas comme ça avant. elle était belle avant. voilà ce qu'il m'a dit et puis on entre dans sa chambre.

Elle voulait partir ! en Ukraine ! j'ai rien compris, moi. lui – si ! tout. elle roulait juste les yeux ! seul mot qu'elle extirpait c'était « voilà ». ah oui. fallait deviner ! je lui ai posé mille questions ! tu veux qu'on te mette sur le côté ?! de l'eau ?! ouvrir la fenêtre ?! faire pipi ?! rien ! elle s'est mise à rire comme une vraie folle ! bouche ouverte ! et puis toujours – « voilà ! voilà ! » et puis je vois qu'elle le cherche lui ! Kofi ! l'œil affolé, le cherche ! par-dessus mon épaule ! le trouve et se calme. « Oui – il dit – je suis là. je sais… je sais. »

Et puis elle sort enfin. on la ramène au bercail. dans le taxi elle n'arrête pas de tourner la tête ! à gauche, à droite ! elle reconnaît pas les choses ! on est où ?! c'est quoi cette ville ! les rues ! à la fin elle se calme, comme une chouette malade. ferme les yeux. se recroqueville…

Une fois chez elle, elle n'ose pas faire un pas. on la pousse tout doucement dans le jardin. elle s'arrête. peut pas aller plus loin. on la lâche. elle est émerveillée ! elle reconnaît rien ! vraiment rien ! son jardin et ses fleurs et deux amas plus loin ! rien du tout ! elle touche un mur ! secouée devant tout ça ! devant son Éden ! quelle joie dans ses yeux ! et nous… plantés là en deux chienlits on savait pas de quel côté passer la langue ! on se regarde ! dis donc elle reconnaît vraiment rien ! mais toute joie ! même muette, mais joie ! elle n'arrête pas de tourner la tête ! un regard dans l'Éden, l'autre sur nous… encore et encore. et toujours émerveillée comme une gosse qui voit sa mère rentrer ! comme joie mère qui retrouve enfin joie fils longtemps perdu… j'aimerais juste pour une seconde voir comme elle a vu. même par le judas du paradis, mais voir comme elle ! ça devrait être vraiment quelque chose ! vrai Éden dans ses yeux. pas moins, ah oui, vu comment elle promène ses yeux. toute radieuse, toute – soleil.

Mais… « Pas d'émotions fortes, nous a dit le toubib, – si vous voulez qu'elle retrouve la parole. » oui, oui, dans son jardin elle sera bien… c'est vrai elle est tranquille ici, Pauline. parle pas vraiment. langue collée au palais. toute la journée assise dans le jardin enchanté. immobile, bouche ouverte. on évite de la regarder. en une semaine elle a pris cent ans.

Elle a l'air d'attendre quelque chose. oui, elle attend Wamba. il rentre de l'école, et là elle le chope ! se lève pas, elle peut pas ! glisse par terre, à genoux presque ! les poches de sa doudoune pleines de bonbons ! Smarties, tout en vrac ! elle a du mal à parler, elle ! mais elle tient à ce qu'il les mange ! qu'il les goûte au moins ! ses yeux se mettent à briller ! elle va pleurer ! elle veut sourire, mais elle grimace ! elle veut dire, mais elle meugle… ses mains tremblent ! le gosse recule effrayé ! lui il sait parler, lui ! il est timide ou quoi ! elle est bien à genoux, elle ! je les observe de la cuisine. et j'aperçois que son père, là aussi, les regarde. calme… tendrement. il attend que ça passe… Kofi-moi on voit la chose tous les deux. je ne sais pas pour lui, mais moi – ça m'écorche un peu la gueule tout ça. même si j'en ai vu de ces spectacles. Pauline guettait le gosse bien avant. tout le temps ! le chopait et puis – pain au chocolat, pain aux caresses, pain aux murmures ! bonbons bien déballés déjà, juste mettre dans le bec ! tout ça… mais y a pas de quoi se foutre par terre ! les injures, les caresses, les tendresses ! j'en ai vu ! toujours le même tapis ! tapis bien humain. bien volant parfois. bien pourri souvent. ce n'est qu'une valise à double fond ! comme moi. oui, encore une ! modèle un peu différent mais j'y suis comme un poisson dans l'eau. chez moi, quoi…

Mais là – c'est autre chose. là – c'est tragique, on dirait. elle y va à fond, elle ! ah oui, c'est trop. trop ! j'aimerais qu'un jour comme ça, en plein printemps ici, la neige se mette à tomber… sans temps ni ciel ni bas. qu'elle couvre enfin tous ces jardins, et puis nos misères et nos fêtes… que l'on n'ose plus faire un pas ni vers le bien ni vers le mal… même pas avec les yeux ! et qu'elle n'arrête pas, la neige ! qu'elle tombe à blanchir les corbeaux même pas nés ! et puis et puis que ça gèle à la fin ! que l'hiver et sa suite viennent en maîtres ! que les portes de l'âme soient hors des gonds ! qu'on devienne glace, vraiment glace ! morceaux de glace, oui, mais vivants ! qu'on voie tout… mais pas les gosses ! pas les gosses ! qu'ils viennent de tous les côtés ! et puis fascinés ils restent devant nous pris dans la glace ! devant pères, mères. enfin tranquilles… qu'on les voie, nos enfants, plantés devant ce qui reste de nous… devant nos statues. oui, comme ça. et on sera même contents… enchantés ! bonhommes de glace ! ils aiment la neige, les gosses.

Et que tout s'arrête. et on aura tous enfin ce qu'on a voulu au fond… ce qu'on mérite vraiment. ce sera bien, n'empêche. merveilleux comme coup. comme ça on deviendra enfin nous-mêmes. on ne recherche que ça. oui.

Et puis il m'a dit bien de choses, Kofi. il m'a tout raconté. beaucoup. énorme pour une vie. mais patience… si elle s'accroche bien – dans une semaine elle partira, Pauline. dans une semaine on l'amène à Charles-de-Gaulle.

Deux semaines passent tranquilles. plus de crises. elle prend ses médocs bien sagement. parle tout lentement, mais parle ! les yeux secs ! elle a fait même son bortch ! demain elle part, mais pas de Charles-de-Gaulle. d'Orly.

C'était demain. tout s'est bien passé. elle était tranquille tout le trajet. pas un mot. à l'aéroport on marche vraiment à la tortue… et puis juste avant de passer le contrôle des passeports, elle s'arrête. se retourne, face à nous, comme face à deux fenêtres.

« Tiens, c'est pour ta nana… prends ! elle retire sa bague, la donne à Kofi. tiens, je te dis ! et pour la vieille, dans mon armoire… tu trouveras un peu d'argent. tu sais où, non ? là où je mets ma carte bleue, mon passeport ! tu sais le code pour la carte. je sais pas quand je peux revenir… »

Il sait pas quoi faire ni dire, mais il prend la bague. il ferme pas le poing. « Allez, prends ! c'est normal. »

Elle se retourne vers moi et dit en français aussi, pas en russe, non, c'est fini le russe… bien perdu, le russe ! elle me parle en français lent comme un cauchemar. « toi, Raspoutine ! tiens bon… prie pour moi en deux langues ! » et ses yeux rient… « Je ne suis pas toute mauvaise ! » elle ajoute et ses yeux brillent ! et puis se retourne et puis la foule l'avale.

Tiens, c'est bizarre, il m'a dit il y a un mois qu'il sait pas ni pour sa carte ni pour son passeport quand on les a cherchés pour faire les papiers à l'hôpital. il n'a même pas osé entrer dans sa chambre ! pendant que je fouillais, cherchais ce maudit passeport, il restait tête basse sur le seuil… un esclave devant la chambre interdite de son maître ! tiens, ça me revient, j'ai vu la photo d'un soldat. oui, dans sa chambre. j'ai pas fait gaffe au début, et puis je me suis approché pour voir. un Noir, maigre et sérieux. en uniforme de la Légion. ah ça, je reconnais ce genre de képi ! eh oui, c'était lui.

Le soir même il m'a tout raconté. on était dans le jardin. Dieu qu'il était grand le jardin sans elle ! et fleurs, et arbres, et arbrisseaux, et pierres se détournaient de nous ! regardaient vers l'est ! il m'a demandé si j'avais de la vodka. j'ai dit non. il est parti en chercher chez madame. on n'était que deux. la vieille dormait, le gosse devait gratter le mur, sa femme je ne sais où elle était. en vérité, je l'ai jamais vue. on s'est assis à côté de nos soupiraux face aux deux monticules toujours en fleurs et là – il regardait en haut, puis en bas, vers la terre, et il m'a tout dit. il l'a connue bien avant, Pauline. il y a dix ans ! jeune légionnaire il l'a rencontrée à Marseille. elle – blonde, l'œil en feu ! deux semaines ça a duré. elle s'est retrouvée enceinte. elle était aux anges ! lui aussi ! ellc – à Paris ! lui – à Djibouti. et puis il a déserté, plaqué tout et a disparu. il est entré sous la mer et ressorti à Marseille ! espadrilles en lambeaux ! et le voilà à Paris, à genoux devant son ventre, heureux comme Abraham ! elle avait déjà sept mois dans le ventre ! un garçon ! « On l'appelait Dimitri. c'est elle. elle a voulu comme ça… comme toi. » et petit Dimitri gigotait beaucoup ! et puis une nuit il bougeait plus. comme endormi, Dimitri. deux nuits comme ça ! il bouge pas ! il l'a trimbalée à l'hôpital ! pas loin ! elle a vraiment failli passer sa langue à gauche ! et puis tout était fini à l'hôpital. et les toubibs ont enlevé Dimitri. ils l'ont enterré dans le jardin. la nuit, tous les deux. il creusait, creusait, mais elle a dit stop ! c'est bon ! c'est bon… pas loin… je veux pas qu'il soit loin, mon fils ! et puis – elle voulait plus ni gosses ni rien. elle riait plus. elle crachait sur son jardin. l'Éden était à sec. elle a planté juste des fleurs sur la tombe et a arrosé un peu. c'est tout. le vrai désert quoi. lui, il est rentré au pays. ils n'avaient pas de nouvelles l'un de l'autre, ni ondes, ni pensées, ni rien. et puis l'herbe a poussé sur le monticule... il est revenu, il était marié, il avait un fils. il est revenu seul. il a tout mis sur la table et c'est Pauline qui un jour lui a dit – on va essayer encore... vraiment pépé Jo a raison pour la femme. c'est un mystère... j'en sais rien. mais cette fois c'était une fille. pas de prénom, ah non ! surtout pas ! pas de vêtements ! rien préparer ! jardin en fleurs, Pauline à genoux demandait le pardon pour tout ce qu'elle avait fait et pas fait ! devenue souffle – bougies ! louchait vers le crucifix ! ne buvait que de l'eau bénite, la repissait et la rebuvait ! lavait les pieds aux clodos du coin et buvait l'eau ! elle se reposait, elle ! c'est lui qui faisait la cuisine, le ménage, et tout ! mais son ventre est devenu la deuxième petite tombe. ils ont enterré la fillette à côté de Dimitri et la lumière s'est éteinte pour Pauline. elle s'est mise à boire. il est reparti au pays une deuxième fois. mais avant – elle a dit « Reviens avec ta femme et ton gosse. vivez ici... c'est tout ». voilà ce qu'il m'a raconté. voilà la chose. je vois mieux, là. je vois tout. son délire et le gosse, ce petit Wamba. sous le sol de son délire – deux enfants enterrés. l'un, Dimitri, et la fille... sans prénom. et Wamba comme leur frère. et puis on a bu, pour elle et pour nous. et puis il m'a dit pour les fleurs sur ces deux monticules. deux bébés tombes. chaque saison... il en a appris des noms de fleurs avec Pauline ! cyclamens. marguerites et tulipes et fleurs russes au nom bizarre... quelque chose avec les yeux. je les connais, oui. *les yeux de petite Anne.*

Je nous vois encore dans ce jardin. lui-moi dans cette taïga des malheurs où l'ombre d'une ourse cherche ses petits morts – nous ne sommes que deux blaireaux ivres qui tripotent la harpe sans cordes ni musique. et puis on a bu encore et encore et je ne sais pas comment je me suis couché. le lendemain il m'a montré le texto de Pauline. « bien arrivée. »

Et puis les journées passent paisibles comme les visages de malades enfin endormis. jardin dort aussi. sans nous, sans madame, juste deux enfants dans son ventre. la terre n'ose pas respirer.

J'ai revu plusieurs fois et Fevro et la bande. mais j'avais Pauline Dedovitch dans la tête. ça me faisait de la peine tout ça… et puis petit Dimitri. et sa tombe.

Et puis Babyl le gros… on s'est vus, toujours pareil, il est hautain comme un Mongol fier ! on parlait un peu de mon Soutine et puis du tsar Ivan. il connaît bien sa vie, et puis on devisait de tout, tranquilles, et puis soudain il avoue – « J'écris aussi, moi, mais c'est entre nous. entre nous ! de moi à toi ! c'est pas pour maintenant… ha ha ! je gribouille aux asticots, moi ! genre récit de voyages ! journal très intime ! mon GPS sacré ! mes vadrouilles aux pays souterrains ! ho ! Michelin rouge en braille ! » eh bah ça promet ! et puis je repense à ce qu'il m'a marmonné, l'autre soir, dans le bar. ça m'est resté comme un clou dans la tête. « C'est dur de continuer seul, ah ?!… c'est dur, ah ?… » surtout ce « ah ?… » ça me turlupine tout ça. oui – c'est dur de continuer comme ça. archi-dur. vraiment seul… surhumain presque. on s'en rend même pas compte à quel point. on peut pas. vraiment pas. c'est inimaginable. et puis pas la peine… c'est comme mourir peut-être. ou comme tuer ! on se fait des idées, oui, comme on se fait le vent en soufflant. et puis quand on est vraiment de l'autre côté de la chose – on voit. les yeux changent ! ou juste on les ouvre ! grand ! et puis tout ce qui était avant, toute une vie même – n'a été que des piétinements fébriles sur la planche avant de sauter. je me souviens, j'ai entendu des spécialistes, genre fous de plumes et de becs, dire que même ces tsars du ciel, aigles, faucons aussi, ferment les yeux avant de s'envoler ! juste avant, juste une seconde – mais ferment les yeux ! tous les oiseaux ! et puis se jettent et puis volent…

J'aurais pu lui dire « C'est quoi, dis-moi… continuer seul ? » j'aurais pu lui poser la question, moi ! comme ça, légèrement, sans mordre la langue ! mais non. lui – non plus. comme si c'était pas moi. comme si c'était pas lui. au fond on balaye bien sous le tapis. mais quel effort ! quelle vitesse ! à l'aile ! à deux on cache toujours mieux que seul ! on touche pas à la plaie ! on gratte autour, caresse, et puis voilà ce n'est plus que la croûte et puis on recommence… l'homme, c'est une mauvaise blague. l'homme fait des tunnels dans l'air et puis meurt et puis voilà… vraiment comme une blague tout ça. et pas drôle ! les lunettes de soleil pour les taupes.

Mais j'ai toujours Fevronia, moi. on coulait deux jours, deux nuits, bienheureux, elle-moi, collés l'un à l'autre comme de vrais Pomponius et Pomponia ! sans un réveil, ni courses ni textos. je faisais la pitance rapide, nu, joyeux comme asticot de Pâques, et puis on mangeait au lit et puis on faisait l'amour. les assiettes sales s'imbriquaient en colonne dorique près du lit.

Mais les trompettes de Jéricho barrissent même enrhumées !

6

De toutes mes vieilles j'en ai gardé qu'une. elle n'est pas vieille en plus ! elle s'appelle Nina. Selon Samouraï, elle est pas très morte ! elle est handicapée, ça – oui, mais handicapée plutôt en forme. elle n'a jamais marché, elle. jamais été debout. elle avait quelques mois quand sa mère a été renversée par une bagnole. elle est morte sur le coup, la mère. la fille – non. juste elle n'a jamais pu se mettre debout. toujours assise. ça s'est passé dans le Sud. elle est du Sud, Nina. voilà comment. et puis elle n'est pas facile, ah non, irascible comme une sainte Thérèse diabétique ! mais bon, je me dis, Dimitrius, si toi, tu restais cloué comme ça – t'aurais la rage nucléaire, toi. tu chierais de l'uranium, toi ! je me connais. elle, c'est doux encore. un peu bizarre, mais le fond est doux. je sais sans gratter, moi ! seul hic – elle voulait pas d'auxiliaires mecs ! elle savonnait la mairie « Ah non ! pas d'hommes s'il vous plaît ! je vous en prie !… je vous ai déjà dit ! combien de fois ! sinon – laissez-moi ! je vais crever seule, moi ! je me débrouillerai, moi ! » et tout et tout. et puis ils n'écoutent rien, se font blaireaux sourds ! mais jamais blaireaux muets ! mais c'est quoi cette demi-portion ! quelle chieuse ! gouine ménopausée ou quoi ?! dites donc, quelle limace déchaînée ! pas d'hommes ! et puis quoi encore ! et puis plus elle les engueule – plus ils se font durs de la feuille ! c'est bien connu, ça ! plus le vent nous ébouriffe – plus les chauves se mettent contre !

Notre rencontre ! et pourtant j'ai été prévenu ! ho ! je nous vois encore ! ça sera toujours comme hier. un après-midi chaud. cette année, le printemps avait ouvert le four de l'été pour six mois, pas moins !

Je remplace une collègue. pas de ménage. jamais le ménage chez Nina. les courses, ça – oui et toujours grosses. la liste – trois packs d'eau d'Évian, deux packs de lait demi-écrémé, couvercle bleu. j'ai tout. heureusement c'est le rez-de-chaussée ! et même le sous-sol ! sous terre presque ! on m'a dit – tu verras les racines des pissenlits de chez elle ! bien humides tout ça. gazon, herbe… tout au ras des racines ! et voilà j'y suis. la musique au loin. je sonne. rien. je frappe. le judas de la porte est bas. pour un gosse on dirait. ou pour un grand nain ! j'entends quelque chose bouger. c'est son fauteuil roulant, je me dis. et puis je vois le judas qui devient noir. je recule pour qu'elle m'épie bien à son aise ! je suis généreux, moi, même si j'ai pas grand-chose ! et voilà – elle me toise ! soit. longuement me pèse ! d'un œil puis de l'autre. je me sens en peu Judas moi-même ! un loup qui a un gigot à la gueule, quoi. et puis elle se met à hululer ! « Mais c'est pas vrai ! encore un ! je leur ai toujours dit – pas d'homme ! qu'ils m'envoient une femme ! vieille-jeune-catho-scato-gouino-folle ! – n'importe, mais pas un mec ! merde ! chiens, singes, blaireaux, pandas, fouines ! – je prends tout mais pas un mec ! encore un ! qu'ils me laissent tranquille ! et re-merde ! »

« Je ne suis pas un mec, Madame – je lui dis, tranquille comme un œuf en gelée. et même si – il y aurait pas de quoi se rouler par terre, Madame. » il faisait lourd, mais lourd, ce jour ! j'ai sué comme un porc maigre ! exsangue, mort et mal ressuscité, je ne voulais que ramper au frais, oui, bien au frais, bien sous terre ! dehors – la fournaise humide ! même entre cuisses d'une grosse en vapeurs, il ferait plus froid, je vous assure !

« Ah bon, vous êtes qui alors ! partez, s'il vous plaît ! je n'ai besoin de rien… et la dame qui venait avant ? un peu souffrante… elle est où ? »

J'entends alors Caruso, sa voix qui vient de loin, sa voix… sa voix… qui met l'âme à genoux et puis debout… et pourtant c'était juste *una furtiva lagrima.* y a pas de quoi se foutre par terre !

« D'accord. je laisse vos courses là. ma collègue est malade. je la remplace… je ne sais pas, pour quelques jours. et puis moi aussi je préfère Caruso dans *Élixir d'amour* à tout ce qui a été avant et après. merci pour la musique. au revoir. »

Quelle barje à piquer ! – je me suis dit – mais quelle excitée ! et là – j'ai entendu Caruso plus fort. la porte s'est ouverte dans le noir. Attendez ! – a crié la maboule. revenez… c'est lourd tout ça ! je peux pas tout porter, moi ! et Caruso chantait, chantait… même là il n'arrête pas, même mort il ne cesse pas !

Voilà comment ça s'est passé. Nina… belle et intense comme la reine de *Blanche-Neige* ! elle a trente ans, la reine ! fleur lourde, fleur ouverte comme la gorge en soif, elle ! je pourrais en tomber amoureux ! ça m'aurait bien tenté ! m'aurait sauvé peut-être ! j'ai toujours préféré la reine à toutes les Blanche-Neige ! mais j'avais déjà ma sorcière… et ça a commencé à se gâter, notre vin.

Nina… elle a eu de la peine pour moi. oui, j'ai dû avoir la tête d'un rat de science qu'on empêche de dormir ! la tronche d'un champignon foudroyé, quoi ! c'est à ce moment-là que Fevronia a commencé à me poser ses énigmes ! j'ai dû avoir les billes d'un acteur qui rêve qu'il joue Œdipe et n'arrive pas à se réveiller ! qui à force de porter un masque – attrape la vraie peste amoureuse ! un Sphinx. un vrai.

J'ai tout oublié. tout ce que j'ai vu en elle. tout ! ça n'a duré qu'un instant, mais je l'ai vu ! putain et cieux, c'était clair comme l'aube de la chasse ! et voilà – j'ai tout oublié. ses yeux de Damiane ! et puis ce moment où goule ou ange, je m'en fous de son passeport, m'avait poussé vers elle. vers cette veuve ruisselante ! et la veuve c'est une femme mariée à un mort ! c'est ça le hic des hic ! le pire des pires ! mais qui !? qui m'a séduit ! c'est lui ?! le mort !? le noyé ! les surfeurs n'ont pas de destin, eux ! ce sont les noyés qui en ont un ! oh, le scribe de mes burnes ! là – je peux l'agonir encore une heure et demie ! à la Ivan le Terrible ! ensuite labourer le cimetière de Montparnasse à la grosse sulfateuse ! modèle Volcan ! debout les macchabées ! debout le prince des bousiers ! debout toi, has-been-né ! réveille-toi et bande ! comme ça trouver sa tombe, puis – l'ouvrir ! et y descendre… souffler dans ses os comme là je sifflote dans mon *bic* bien à sec ! tout doux d'abord ! tout souriant ! jouer de la flûte à faire sortir des narines de la terre les vermisseaux buboniques !

tendre les boyaux de ce scribe à ma harpe la plus sombre ! les tripoter à faire valser l'horreur boréale ici ! en plein midi ! à faire dresser cheveux, sourcils et barbe à Dante et Cie ! oui et re-oui ! mais ! j'y peux rien. c'était lui. ce cadavre précieux ! mort il vit encore dans ses yeux ! je le vois vadrouiller dedans ! et moi, à côté, bien vivant et comment – dehors ! et loin de ses mirettes ! voilà ce que c'était. quel était le duel. vrai duel ! pas avec elle… non non non ! avec lui. avec un mort. et face à lui je ne suis qu'un rot dans l'ouragan ! ha ! mais mon ha ha ne deviendra jamais hi hi ! ça – je le sais ! voilà pourquoi j'ai trente mille scorpions qui se mettent à baiser dans ma bouche ! et je rôde à la Richard III et demi ! et pourtant – j'ai tout vu ! pas longtemps mais vu juste ! et j'ai tout oublié.

Fevro disait – oui, je viens, mais son oui pouvait devenir je ne sais pas ou peut-être, ou même « non » ! carrément ! elle voulait venir me voir dans la cave ! et puis – non. toujours un empêchement ! tremblement de terre ! attentat ! bus explosé ! taxi détourné ! rails en tire-bouchon ! mais jamais un lapin posé sans prévenir ! ça – jamais ! prudente ! on sait jamais avec les Russes ! elle me connaissait pas assez ! elle tournait autour ! piétinait juste à côté du seuil de ma douleur ! elle n'osait pas encore ! fallait l'étudier, ce cosaque ! ses colères et tout et de près ! il est capable de quoi ?! couteau entre les crocs ! faut aller en douceur ! et puis et puis un chaton jouant avec un piaf croit vraiment que le piaf joue aussi !

On se jette des textos ! je tire avant qu'elle décoche le sien ! j'écris en braille ! à la hâte ! à la va-vite ! au débotté ! comme si je partais en guerre ! comme si j'écrivais de cheval ! comme une poule qui court à l'ombre d'un aigle ! fouine aux abois ! on dirait que tout s'écroule ! mais – oui, c'est ça ! c'est bien comme ça ! pas de mots ou presque ! je virgulise à peine ! je n'ai plus de forfait de patience pour ! juste les ondes du cœur ! et plus rapide encore ! d'un cil ! et tout est dit ! même trop ! l'âme en brame est trop pipelette ! appels illimités ! soirs, week-ends d'apocalypse, on cure à fond l'oreille ! jeux olympiques des couilles ! je peux plus courir, moi… je rampe au bout, rouleau collé au cul… juste GPS du cœur. juste ça. les ondes !

J'ai ouvert la plaie moi-même… je savais rien. je voulais la voir, c'est tout. qu'elle soit toujours dans mes yeux ! c'était le début… petite aube de ma maladie. parfois je me disais, ce sera une solution de tomber vraiment malade. quelque chose de hard ! cancer !… pour enfin me guérir de cette fille ! sombre idiot, je pensais qu'une maladie plus grande peut expulser cette rhumette ! oui, un gros atchoum de l'âme ! sinon – j'étais plus en forme qu'un taureau fou ! la pêche d'Ajax !

Sérieusement ! parfois j'examine des maladies plus légères. pas tragiques ! à ras de terre plutôt ! je les pèse. toutes sortes de phlébites et arthrites, méningites aussi rares qu'un corbeau neige ! ho ! patience, Dim-Dim ! de vrais bubons vont pas tarder ! et justement ! précisément – c'est la patience qui me manquait ! pour descendre en moi et voir… mais bobo de son âme, qui peut le voir !? c'est toujours l'autre qui la torche, notre âme ! c'est vrai et pas vrai, Dimitrius… la chose – on la voit toujours à la borgne !

Mais je vois tout, moi ! je vois pas ! tel un homme qui devenant aveugle jour après jour fait comme s'il voit… oui ! lunettes, loupes, tout ça ! mais ho ! je suis pas né aveugle, moi ! j'ai vu mon vrai visage ! je m'en souviens ! mon enfant est vivant ! il n'a rien oublié ! et ceux qui m'aimaient le cœur aux yeux ouverts… sans commerce ni duel ! toi, Babanya, aveugle, née aveugle ! c'est fou ça ! et puis Gibbeux… lui ! mon ami bossu ! amis ?! y en a pas des bataillons ! c'est archi-vrai ! mais leurs yeux et visages, aveugle que je suis devenu – je les vois encore !

Et puis dans chaque maladie y a des stades. on s'écroule, on pleurniche, on regimbe, on se met à quatre pattes ! on marchande à genoux, et puis parfois ça marche, oui, on se redresse même ! j'en étais à la première marche de ce long escalier. l'abattement.

Nina l'a senti peut-être. les femmes se penchent volontiers vers les faibles ! elles ont les yeux doux pour toutes sortes de prisonniers, captifs, condamnés… surtout pour les captifs ! oui. y a un truc dedans… elle a vu, Nina. elle a vu juste ! et comble – j'étais captif qui refuse qu'on l'aide ! c'est dingue, ça ! c'est fascinant, ça ! captif d'une femme ! d'une autre femme ! Nina ! ça doit légèrement éperonner le poney de ta compassion, n'est-ce pas, Nina !? tout légèrement… comme effleurer ! et puis j'étais plus bas que la canalisation antique ici ! l'étage bien au-dessous des asticots !

Je ne sais pas qui prenait soin de qui. moi d'elle ou l'inverse ! les courses – c'était rien. partie de plaisir presque. une sorte d'aparté. sinon – on écoutait de la musique. opéras, oui, surtout Donizetti et puis les choses russes. elle aimait *Boris Godounov*, elle ! moi aussi ! et comment ! on écoutait par bribes, on bavardait, j'avais pas envie de partir, chaque fois je tardais, et puis c'est elle qui me foutait tendrement à la porte. parfois, voyant ma tête de mort elle me demandait si tout allait bien, je disais oui, oui, très bien, et voilà, le cercueil refermé je rangeais les courses et on passait au salon. elle faisait du thé. elle savait le faire. quel thé ! bon à vendre, et l'âme et sa cage ! mais j'avais rien à vendre, moi !

Elle s'intéresse à moi, Nina. me demande, en oblique, ma famille, d'où je suis, mes amis ici, ce que je fais et tout. elle est bien cette femme. jamais « Ah bon, dis donc ! c'est pas vrai !... » non, juste sourit, ou sourit pas. rit, mais légèrement, et puis on écoute la musique, ça me met à l'aise. pas de silence bizarre entre nous. on parle elle-moi vraiment quand on veut. et puis le bortch, oui, elle en a jamais goûté, eh bien – je t'en ferai, Nina. le meilleur potage d'ici jusqu'à la Volga ! et j'en ai fait et on en a goûté et puis on a tout mangé ! tout lapé comme deux gosses affamés !

Quand je suis en mission – je suis sourd. et mon portable est muet ! je lui coupe le sifflet, moi. en sortant de chez Nina je l'ouvre. parfois j'ai une surprise. texto de Fevro. elle peut pas venir ! j'ai envie de le jeter, ce Nokia ! le plus loin possible et oublier ! la seule chose qui retient ma main c'est que peut-être au bout de ma colère je recevrai un autre texto ! à faire bossa-nova ! « J'ai tout annulé. je viens ! » c'est déjà arrivé ! une fois ! qu'une fois ! alors, c'est possible...

Y a de quoi péter la joie, Dimitrius ! elle annule tout pour te voir ! et puis voilà, comme toujours je marche pas – je voltige. je parle pas – je chante. c'est affreux cette balançoire... j'avoue, mais j'y peux rien. et Nina me dit « Oh ! t'es heureux on dirait ! encore mieux élevé qu'avant ! d'habitude, les gens aux anges sont écœurants... » et moi, tout valsant, yeux et mains « Ah non non, Nina, non, je ne suis pas mieux élevé, je suis juste superficiel. ça – oui. de plus en plus ! » et elle rit, et on s'en fout du reste ! sans prendre l'ascenseur je suis aux anges, mais quand même ! on est bien élevés, Nina !

Mais là – j'ai dû oublier d'étrangler mon portable. pas étonnant, chaleur pareille ! ça me fait perdre un peu mes pédales, déjà mal accrochées. en été, un jour sur trois, je traîne comme une vieille poule qui a perdu son œuf. j'entends rien. je vois double.

Et voilà, Nokia sonne. je sursaute ! on se regarde, Nina-moi. « Vas-y – elle dit –, réponds ! c'est peut-être important. » eh bien, quelle prophétesse ! c'est Cowboy ! Samouraï est folle ! encore une crise ! gigantesque ! oui, il dit ça ! en majuscules ! et on passe au russe. « Passe-la-moi. je vais lui parler. » « O.K. – il répond – O.K. ! mais je te préviens – t'y peux rien ! là – personne n'y peut rien ! ce cheval est à abattre ! ha ha ! »

Longue minute de silence. et puis – « Allô ! Allô ! Dimitri ?! j'entends rien ! sourde, moi ! » c'est Samouraï enfin. j'entends derrière la voix de Cowboy. bibliquement calme ! « Enlève le scotch… t'as les oreilles scotchées. » puis il lui reprend le combiné. « Elle crève. voilà. elle crève… l'affaire du mois et ça sera fini. on se verra au cimetière, quoi. je te la repasse. »

Tomoko pleure… « Je suis pas folle. je veux de l'amour. pas folle, moi ! sinon tous sont fous ! toi et toi – tous ! fais pas attention à ce qu'il dit… l'écoute pas ! il est bon ! bon. pas méchant… les autres pensent qu'ils sont gentils mais ils sont méchants ! et lui, il veut être méchant, mais il est bon ! être méchant, c'est plus facile, voilà pourquoi… c'est tout. mais il est bon… » je l'écoute. rien à dire… elle raccroche. je vois le tableau. ils ont dû fumer ! shit, et puis vinasse par tous les trous ! et puis cette fois c'est trop ! là – c'est vraiment trop. à exploser le barjomètre le plus costaud ! et voilà elle a mis du scotch sur ses oreilles. deux bouts sur chacune. bien collés.

« Tu dois partir ? – dit Nina – un truc grave ? » oui, je dois partir, Nina. je ne sais pas si j'y peux quelque chose, mais faut y aller… et puis je lui parle vite fait de Samouraï, vraiment en morse, en ramassant mes cigarettes, briquet et sac. « Oui, t'as raison. faut y aller… fais attention à toi. » et elle me regarde comme de loin. si je fais un pas… si je me penche – je ne sais pas ce qui va se passer. elle ajoute vite « Va, va… ton amie a besoin de toi. c'est dimanche aujourd'hui. je pensais que tu pourrais me balader un peu. mais le malheur… il n'a pas de dimanches. » et je sors. ah oui, le malheur n'a pas de dimanches. la folie n'a pas de samedis. merde et cieux ! et en plus c'est un four dehors !

Ça me met en rogne tout ça ! putain et Cie ! ces deux-là ! l'équipe de rêve ! Cowboy & Samouraï ! quelle insouciance ! ce chevalier de la Barrique ne peut plus la baiser sans fumer avant ! et puis pardessus un litron de rouge ! ils pensent que Dieu est leur deuxième pilote ! persuadés ! comme nous tous peut-être… mais je m'en fous ! jouir et re-jouir ! bouffer rire roter chier… baiser boire et re-niquer ! museler l'orgasme ! et perdre la boule ! c'est pas étonnant qu'après on la cherche, la boule !

Et c'est pas à deux doigts sur une carte ! de la rue Poliveau à Belleville ! mais j'arrive enfin. je sonne. rien ne sonne ! comme toujours leur sonnette est en panne ! autant enfoncer le clitoris d'une amazone morte pour la réveiller ! je frappe ! rien. je frappe encore ! une voix de tombe demande « qui c'est ? ».

je trouve ma voix la plus gentille. « C'est Dimitrius. » « Ah bon ! c'est pas trop tôt ! » Cowboy ouvre. sacrée barbe ! dommage que mon nez aille toujours plus vite que mes pieds ! même dans la cage d'un putois crevé ça sent pas comme ça ! Cowboy a le dos à la fenêtre, lui ! je vois pas sa tête ! et puis je la vois. et puis je me détourne. on dirait un morceau de roquefort écrasé ! et puis Samouraï… elle est allongée sur le côté. attachée à une chaise. bien ligotée. bouge pas. parle pas. « Tu vois, elle est devenue complètement folle, elle ! couteau ! vois un peu !… » et puis il me le montre. un gros surin. chez Pauline j'ai le même. Shogoun.

Ce qui s'est passé ?! voilà ce qui s'est passé. selon Cowboy. selon Samouraï ? Dieu le sait ! et encore ! je ne sais pas si une seule fois il a jeté un coup d'œil dans ce trou, Dieu ! peut-être les démons de Samouraï en savent plus… en tout cas – elle parle pas. bouche scotchée et comment ! il ligote bien Cowboy ! en Russie il a dû faire des choses ! en tout cas il ligote à merveille ! d'abord à la chaise et puis – chaise par terre et finie la danse ! tu bouges plus. allongé sur le côté. yeux au mur. à la fœtus tu attends ton heure.

Ils ont fumé. puis encore. herbe bizarre, ça mordait pas, et puis Cowboy dit « Faut arroser l'herbe ! » et Samouraï a dit « Mmm ! » et puis ils l'ont bien arrosée ! un litre de blanc ! et puis Samouraï n'arrêtait pas de dire « Mmm ! Mmm ! » et puis elle a collé du scotch sur ses oreilles ! et puis ça a mordu ! ils se sont mis à rire ! mais rire ! et puis Samouraï a pris le couteau et a dit « J'en peux plus ! arrête de rire ! » mais ça a mordu encore plus fort ! Cowboy m'a dit qu'il n'a rien vu venir. elle s'est jetée sur lui ! *Shogun* à la main ! surin à châtrer les dragons ! mais ils continuaient de rire ! ils se sont roulés par terre ! deux chats soûlés à la valériane ! jusqu'à ce que Cowboy ait compris qu'il riait en solo ! « J'ai jamais vu des yeux comme ça… jamais. tout d'un coup j'ai eu la trouille, tu ne peux pas savoir ! » bizarrement je le crois. il passe au français. puis au russe. puis encore au français. « Je peux pas te dire ses yeux… c'était plus elle ! vraiment pas elle ! et je vois le couteau sous mon nez ! et ça fait j-j-i-k j-j-j-i-k ! j'attrape sa main, je la secoue ! arrête ! et rien ! l'œil de porcelaine, blanc ! complètement partie ! voilà pourquoi… pendant que je la ligotais, elle a retrouvé ses yeux ! ah oui ! et puis elle s'est mise à me regarder ! suis pas prêt de revoir des billes pareilles, moi ! vraiment pas ! je me suis dit – regarde pas, regarde pas ! occupe-toi de ses mains ! mais quelle force ! et puis elle s'est mise à rugir ! merde ! elle a feulé comme un tigre qui vient de bouffer un cannibale ! voilà comment ! voilà pourquoi… il a fallu une heure pour qu'elle se calme enfin ! une heure ! elle s'est réveillée et voulait appeler sa mère ! mauvaise idée ! sa maternelle, vieille tortue, qu'est-ce qu'elle peut faire à part un infarctus ! encore un… non, j'ai dit, non. appelle Dimitrius ! et on t'a appelé… désolé… »

Je ne sais pas si elle a tout entendu. elle a bougé un peu. « Voilà, le tigre se réveille ! » Cowboy est exsangue ! c'est à moi d'appeler les toubibs ! faut qu'on s'accorde tous les deux sur la version. on parle pas d'herbe. juste le petit blanc ! dans le sang à l'hôpital ils vont tout trouver, mais elle sera déjà sur place. et puis les pompiers c'est encore mieux ! aux urgences ils roulent les macchabées sans faire la queue.

Et puis j'appelle. en attendant on vote – détacher ou pas Samouraï. je suis pour. mais je nuance. juste les pieds. ses chevilles sont bleues ! lui – contre. il a raison peut-être. il a vu la chose. pas moi. et puis ils arrivent, les braves ! on raconte. ils se penchent vers elle. « Madame… Madame… » pas un cil qui bouge. « Jolis nœuds, dites donc… » dit l'un, « On vous apprend ça à l'école en Russie ? » « Oui, à la maternelle », marmonne Cowboy. et puis ils la détachent. ils ont mis du temps ! Cowboy leur tend *Shogun* ! il sourit… juste les yeux ! ils coupent tout l'attelage enfin et l'embarquent. elle peut pas marcher, la pauvre ! ils l'allongent sur le dos. genoux légèrement dépliés, ils la brancardent ! pieds en avant… comme il faut.

Je nous vois encore. en chenilles processionnaires on sort de l'appart, on descend, tout doucement… sans un mot. c'est franchement bizarre. comme ça en Russie on descend les cercueils. on se regarde avec Cowboy. un coup d'œil, c'est tout.

7

Ça y est. on l'a retrouvée enfin. trois jours sans nouvelles ! trois jours à ses trousses ! et puis Cowboy m'appelle. c'est bon ! Tomo est à Maison-Blanche ! hôpital Bichat.

Elle est tellement abattue que je sais pas si c'est la sérénité ou la démence qui commence. je ne suis pas sûr qu'elle nous reconnaisse !

Demain c'est le jour de son anniversaire, on y repassera tous, même sa mère.

On tient le coup, on dirait. ah oui, c'est facile de tenir le coup quand tu regardes l'éruption du Vésuve de l'avion…

Elle va mieux ou j'ai envie qu'elle aille mieux. elle est plus calme. elle est épuisée. le corps s'est rendu. c'est le cessez-le-feu entre le corps et l'esprit. si épuisée elle est devenue du coup plus forte qu'elle-même.

Sa chambre donne sur le gazon. vert éternel. parfois les corbeaux passent en meute dans le ciel. on est trois là et on est calmes. sans mots. on a fait le vide, oui, grand fossé du silence, et tous les trois on s'est écroulés dedans. l'être muet qui est en nous n'a pas de bouche, mais il a ses oreilles.

Elle a beaucoup maigri. visage émacié… elle est devenue si belle ! son visage, éblouissant presque, on peut pas la regarder ! visage de celle qui souffre ! souffre… on voit l'âme monter vers l'extérieur. elle a peur, l'âme ! elle a peur des ténèbres où elle a vécu avant ! elle est chassée de la profondeur, l'eau où elle a nagé – est partie ! elle est à sec, l'âme. quelle souffrance…

Et puis elle dit tout bas, comme ça, à personne… « Je veux être que les yeux. que les yeux. une fois regarder tout jusqu'au bout et puis – les fermer et. dormir… dormir des siècles ! voilà le rêve. » et puis « Il faut qu'on se repose… » elle ajoute. « Tous. faut qu'on se repose un peu. ceux qui le peuvent ! »

Oui, faut partir. qu'elle dorme. il y a l'ascenseur, mais on prend l'escalier. on reste un peu en bas et on fume. c'est étrange, on parle doucement, apeurés lui-moi comme des gosses, comme deux frères qui viennent à l'hosto pour voir leur mère.

Ils vont fermer les asiles, il paraît. plus de fric ! voilà la chose. et les fous ?! toute la smala ?! où ils vont les mettre ? qui les prendra ! ils vont dire : venez récupérer votre sœur votre fils votre mère votre père ! on peut plus les garder ! et les gens viendront… je vois le défilé ! en un seul jour ! les foules viendront chercher leurs proches ! les âmes malades ! qui va s'occuper d'elles ?! qui ?! on est tous à bout ! tout le monde ! chaque bipède ! ils vont les ramener à la maison, les maboules ! chez eux ! dans leur caverne oubliée ! une semaine, puis deux… qui pourra tenir plus !? une journée encore ! puis deux ! et les nuits ! ça ! une seule nuit comptera pour cinq ! alors… qu'est-ce qu'ils vont faire ! comment vivre ?

comment ? combien encore ? encaisser encore !? mais encore combien ! ils vont en finir. ah oui ! chacun à sa façon. piqûres… cachets ! qu'ils s'endorment enfin ! s'allongent… s'effondrent une fois pour de bon et. se réveillent plus… plus de ça !

Et je vois ! et combien clair ! les rues inondées de fous ! les foules bruegéliques ! les oufs sans Sauveur ! les foules en rage ! les bandes effrayées ! légions aux yeux écarquillés ! en recherche du Sauveur ! mais ça va pas durer, oh non, ça sera pas long ! même pas une semaine ! mais je voudrais que ça dure ! je voudrais voir ça ! et comment ! que ça dure ! oui, encore plus ! encore un peu… jusqu'à l'épuisement total !

Et puis, ho ho, les sains d'âme viendront ! oh viendront ! et alors ?! et puis et puis on va tous crever à la fin… mais j'aimerais que ça dure, moi ! un peu plus le spectacle ! encore un jour, mon sang ! pour que ça soit gravé sur les parois de mon crâne tout ça ! pour dix vies à venir ! et encore plus loin ! pour que celui qui boira dans mon crâne – lise la chose au fond !

Pour Samouraï en tout cas ça ne vient que de commencer. on la fout dehors. ça y est ! guérie ! qu'elle trouve elle-même par quel trou bouffer ! maison de convalescence ?! mais pardon, M'ssieur ! mais de quoi vous parlez, M'ssieur !? votre amie n'a pas la mutuelle qu'il faut ! ah bon ?! pauvre ablué que je suis ! je pensais que si ! qu'elle y avait droit… eh bah, non, M'ssieur !

Ô les maisons de convalescence ! forteresses des mabouls ! paradis de fatigue ! mais que pour ceux qui paient ! qui ont payé tous les mois ! qui ont lavé la gamelle de leur maboulisme ! chaque mois ! sans faute ! comme les ours qui débarquent ! mais pas pour les CMU ! ah ça – non ! ces pauvres ahuris ! ils ont perdu d'avance ! pauvres fœtus ! on les pouline déjà malades !

D'abord et toujours on soigne les ouffons riches ! s'ils ont pas sauté de chez eux, sont pas overdosés… ont pas mordu leur chien… alors y a de la place pour les oufs humbles ! les jobards pauvres ne peuvent pas trop compter sur ce paradis ! si ?! mais s'il y a de la place ! sacrée tombe ! les gens qui paient une jolie mutuelle ! qui cotisent pour toutes sortes de crevailles tous les mois et puis ! et puis – sautent de chez eux ! bien contents ! se mettent à quatre pattes ! bouffent leurs poissons rouges ! mais d'abord – ils cotisent ! paient la dinguerie ! voyantes hystériques ! devins prudents ! ah oui ! prudence ! on s'assure d'abord ! et c'est après, que après – on ouvre la porte à la vie ! ho ho ! et qui on voit ?! qui a sonné ?! la folie ! pas de souci ni demi ! on est bien assuré ! on a tout ce qu'il faut ! madame, la folie ! pas la peine d'écumer ! on va vous montrer tout ce qu'il faut ! cotisations, papiers et tout !

La feue Madame Marquise, paix à son âme, me disait « Mon petit Figaro, cher petit Figaro russikov, tu t'acharnes trop… allons ! sois un peu plus cool, comme disent les jeunes. tire pas trop sur la bête, comme disait mon père. ce sont ses jambes qui nourrissaient Figaro mais c'est sa langue qui l'a perdu… » eh oui, Madame. toujours si sage ! elle me manque parfois ! la vieille renarde d'amour !

Tous les matins, à dix heures, petit troufion pointe chez Nina. un peu de courses, mais sans excès, sans excès… l'eau bénite, « Évian », pain frais et croissants.

c'est joli, à l'amoureux presque, je me sens bon moi, avec ces croissants, et le ventre qui gargouille comme si j'étais enceint d'une tourterelle, moi ! au fond ça sert à rien tout ça, oui, je sers à rien, juste je viens la voir, renifler la situation, comment ça se passe, et tout. et puis – ton thé, Nina ! je ne sais pas ce que tu mets dedans ! et puis tes yeux… ah oui ! surtout ! mais y a aussi la musique, les opéras et tes livres. ça – oui, une fois je suis venu, porte ouverte et je te vois, et comment ! assise avec un gros livre dans les bras, gros pavé ! les mosaïques antiques, dauphins tout ça, et. je m'arrête ! godasses collées au sol ! je te regarde – tenir ce livre énorme, ouvert, et ta tête penchée et ce livre dans tes mains tel un enfant, et toi – en Mère du Seigneur, et les yeux dans les yeux, toi-lui… et puis l'enfant s'endort, s'endort, ferme les yeux, et devient lourd, devient livre, et puis s'ouvre, tout lentement.

Tout s'arrête. je baisse la tête. je transe… et puis et puis je décolle mes grolles. et puis on parle bas. on murmure presque ! pas de bruit ! comme si quelqu'un dormait ! un tout petit moment. trois respirations, pas plus. et puis elle lève ses yeux. encore pleins de l'enfant. les yeux si grands si grands ! et je respire.

Mais c'est pas si raphaélique que ça ! elle me charrie parfois ! « Trop sage, toi ! toujours debout ! trop debout même ! boit pas ! jette pas ses mégots par terre, et j'en suis sûre – tu tries tes déchets ! » j'aime bien quand elle me titille. j'aime quand elle est comme ça. une flèche qui se hâte ! quand sa voix est debout ! quand elle danse, sa voix ! et ses yeux sont debout et son rire ! sur la pointe des pieds, son rire ! je lui ai parlé un peu de Marquise, mais comme ça, en morse, sans faire des trous. alors, elle m'appelle

– mon Figardeau ! bébé figaro, moi ! qu'est ce qu'elle est belle parfois ! je la regarde et elle rit ! « Arrête de plisser tes yeux, un vrai chat qui regarde une merlette ! » ah oui, mais qu'est ce qu'elle est vivante, la merlette ! énigme riante ! Nina ! ah oui, soyons l'énigme toi-moi ! comme ça ! mais, chut ! soyons Phénix ! on se connaît comme deux renards dans la taïga, toi-moi ! j'ai même pas encore pissé chez toi ! sinon assis ! mais oui, j'aimerais te connaître, mais c'est pour une autre vie, Nina. pour un autre délire… oui. mais je dis rien. même pas avec les yeux. je souris. oui. comme un aveugle. ça vient de Babanya, je crois.

Et puis elle peut être méchante ! devinette méchante ! elle se tortille comme une fillette qui en a vu une autre se pavaner sur un poney ! je vois la chose.

« Mais pourquoi l'autre vient pas ! elle devait être là y a un quart d'heure !… quelle grosse gourde ! gourde ! gourde ! » la grosse – c'est ma collègue qui la lave, une esclave qui a le droit de la toucher, droit d'être traitée de tous les noms bizarres dont la colère de la princesse accouche ! mais elle dit rien, la grosse… elle est gentille, la grosse. vraie mère noire du monde. la bonté, mon sang… c'est une serpillière que le dieu de l'amour embrasse, lui, et c'est nous qui nous nous y essuyions les pieds ! oui, nous tous.

Et puis et puis l'important – les W.-C. c'est pas encore au point ses chiottes. c'est un vrai Caucase pour elle ! « Allez, Nina… » mais je sais, je sais – elle n'acceptera jamais que je l'aide pour le Caucase ! hors de question ! hors de tout !

Et puis l'heure du thé. je lui fais le thé à la russe. à la pope ! avec des morceaux de pomme, pas fin-fin, plutôt comme des louis d'or. et puis je lui raconte

Marquise, je la fais rire, et pépé Jo, ses vadrouilles, quand il baladait sa bistouquette, mais rien que je ne puisse dire au pape !

Et puis la neige, Nina ! la neige… je transe comme un Lapon à Marseille ! « Ça doit te manquer, la neige, hein ? » dit-elle, pensive, puis contente.

Ah, oui, archi-oui, Nina, mais au fond, c'est pas ça qui me manque… j'aime quand ça tourne ! les saisons ! même lentement mais – tourne ! manteau. puis veste. puis pull. puis chemise. voilà la chose… ça tourne pas trop ici. c'est pour ça, j'ai l'air d'un phoque qui déprime. et puis ça passe.

Et puis tu me racontes le Sud. je connaissais pas le Sud, moi. voilà – j'y suis. tu me parles de criques, de criques cachées… et je vois, oui, je vois ces criques perfides ! ces descentes à briser les chevilles même d'une déesse ! je vois la mer ! je la vois avec tes yeux noirs, cette mer ! mer aux yeux pers ! mer qui embrasse tes mains, tes chevilles, et je te vois debout, Nina… bien debout et penchée en avant en figure de proue d'un navire mythique ! d'une trirème qui chante dans cette mer qui faisait vivre les yeux avec les voiles de la joie et voilait la face de l'âme avec celles du malheur ! et midi, Nina… midi là-bas ! lutteur d'airain qui met le vent à terre, et le vent fait le mort pour mieux se lever ! j'y marche avec tes pieds, Nina ! et l'herbe fait sss sss, comme des serpents, mais on est si légers, nous ! tout yeux, tout loin…

Tout ça – c'est la Grèce, Nina. tu n'y es jamais allée, jamais, mais elle est partout, ta Grèce ! pas celle des pieds ! la Grèce de nos yeux ! la Grèce de tête est là ! et ses îles, et la mer, et le peuple mystérieux, peuple amphibie, peuple salamandre qui est sorti de la mer comme l'ivresse sort du vin, qui a vécu, faisait mille guerres, et mourant mordait la terre, amant furieux, comme si la terre le quittait. oui. peuple qui se baladait pieds nus dans les jardins de la sagesse, et puis ronces, et amours et garçons qui s'allongent et sueur sur le front de Socrate que garçon lèche s'endormant et les sages ivres s'assoupissent à l'aube, et vin ruisselle renversé sur leurs orteils. Athènes ! quel village ! pas plus grand que Le Mans ! et puis et puis ils disparaissent, digérés dans le bide du Grand Turc ! Oh la Turquie ! tombeau ambulant de la Grèce ! mais non ! les Grecs sont rentrés dans la mer d'où ils sont venus, ont plongé dans ce vin que les dieux boivent et pissent ! vin joie ! vin colère. et puis – disparus ! j'aimerais que ça soit ça, moi. qu'ils retournent dans la mer ! mais là, dans les ruines du soleil il ne reste que Ploutos et Négus ! belle équipe ! faut coudre les poches ! un jour il faut qu'on y aille, Nina ! oui. qu'on touche les pierres ! braises encore chaudes ! encore ! qu'on gratte cette terre ! qu'on soit enfin calme comme midi. tout est là encore ! et ça reste ! ça respire ! et le vin sur le sol et la terre devient ivre…

Et ta voix hisse mes voiles ! et tes mains bronzées je les suis des yeux en chaton ! tout ouïe, tout départ ! où tu trouves le soleil dans cette tombe ?! tes yeux doivent devenir bleu-bleu, Nina ! mais d'où vient cette lumière qui te voit ?! pas de soleil ni demi ici ! c'est vraiment un tombeau, ta chambre ! on y peut pas lire en plein midi ! vraie tombe et pas sèche ! très humide ! bien froide… et t'es là. et t'y restes. chevilles mortes. et la mer… et les criques et tout ça – ça ne dure qu'un clin d'œil, ce printemps éternel ! on sort de la vie, juste une respiration, pas plus et puis c'est fini. et le reste est si long…

Mais ce n'est pas toujours Athènes ici. et de loin ! elle déprime parfois. mais j'arrive à la calmer. dimitreries, et tout… j'ai jamais eu peur de la laisser toute seule. un jour c'est fort, l'autre – moins. c'est comme faire ses dents pour un gosse, je me suis dit. peut-être bien. et puis on s'habitue à tout…

Mais parfois c'est trop. elle-moi sommes une mare où se baigne un éléphant ! les vagues vont et reviennent plus fortes ! et inondent. jusqu'à la gorge parfois. jusqu'aux yeux. deux déprimes font trois ! mais je dis rien. juste ma main gauche qui parle de temps en temps. elle tremble. mais personne ne comprend ce qu'elle dit. je la regarde un peu et puis elle se tait.

Il suffit d'un verre pour elle. même moins ! pire que Samouraï et son troubadour ! un dé à coudre de rosé et elle voit plus rien. elle voit tout. et puis elle ferme les yeux. là – elle est déjà loin. à deux verres ! « Morte je suis !? pas encore ou déjà !? dis-moi ! parle, toi qui sais tout ! toi, Stalinou-malinou ! toi, Figardeau ! vivre comme ça – c'est la mort ?! regarde-moi ! »

Et puis – rien Nina. non Nina. je dis – non. et puis qui je suis, moi ! toubib raté, moi ! Sinbad en vadrouille, moi ! rot d'un chaman, moi ! chaman sans tribus, moi ! tu me vois là – alors touche-moi ! ma main ! tu vois – tu es vivante ! ou bien on est cadavres tous les deux ! oui. ou bien ou bien, dirait Cowboy ! il ajouterait, plus sage qu'un Lao Tseu « Qui ne pète pas – est voué à l'explosion ! » là – calme-toi, Nina. sinon je prends un verre moi ! Stalinou devient Calinou fou, un verre dans la pipe !

Elle me demande comment je fais ! toujours si sage, si sobre. suis-je vraiment russe ?! Rousskof de la Volga qui se réveille même pas quand on ouvre une bouteille au pôle Nord ! pas vrai ça ! eh bien, je réponds, mais tu sais bien, Nina, je me shoote aux chupetas, moi ! elle rit un peu, les yeux vers le sol et puis hop, encore une gorgée.

Et puis je vois Samouraï, Marquise, Madame Dedovitch. je les vois sans visage. je pense à mille choses. à la foule de choses muettes qui ouvrent leur bouche. c'est fatigant à la longue. la tristesse me fatigue. elle boit mon sang. la joie me fatigue. la maladie me fatigue. la santé me fatigue… tout me fatigue à la fin. même déconnant à demi-tube on est tous nases. on est dans un tunnel sans bout, Dimitrius. et l'été est interminable.

Mais toi, tu me parles, Nina ! autant parler à un bidet, Nina ! et même – parfois ça ronronne, le bidet ! et puis je ne sais rien au fond. rien à racler au fond de mon crâne ! je ne vois ni double, ni triple, ni rien, moi ! on est peut-être tous morts, je me dis, oui – tous crevés, sans s'en rendre compte ! c'est ça le pire. et je n'ai plus de points pour mes exclamations, moi. nos barques, nos dos… bien chargés tout ça, ça fait longtemps. très ! et on attend dans la rade. mais bon, y a pas de quoi raser les chauves ! ça change rien, Nina. morts, vivants – rien qui prévale pour nous. mais ça trotte encore ! alors pas de messes pour nous ! pas de Bach ni Mozart, ni larmichettes ! pas une goutte ! rien ! pas encore ! on est chargés à cils ! alors pas de bousculade ! tous les malheurs de cette fourmilière, de cette ville exsangue, ne sont qu'un ours, oui – ours ivre qui nous pisse dessus ! soyons énigmes, Nina ! soyons Sphinx ! toutes ces conneries-dimitreries à foutre la trouille aux asticots ! c'est archi-rien tout ça ! oublie ! c'est pour après, Nina ! à la sortie de la tombe !

Mais là – on est au sec, et là – ça va encore. et puis moi, mort, vivant, je bouffe comme cinq bûcherons, moi ! je ne sais pas, Nina… mais vraiment. vivants, morts, peu importe ! cadavres bien portants, ou je ne sais pas quoi, mais on est là. face à face. toi-moi. une demi-morte de naissance et un très peu né. du chagrin aux roubignoles toute la vie ! il y a un truc Nina ! un tour bizarre – on est là, très là, Nina, tous les deux cagés, muselés. il doit y avoir un truc…

Et ensuite ? et après ? je vais vous dire mon après. comme une balle folle qui tombe jamais, tirée par monsieur Kalachnikov lui-même de l'autre rive du Styx, en ricochet, je pars à l'hosto voir Samouraï !

« Je vais à Maison-Blanche, Nina ! » « Ah oui, tiens… prends un peu de thé pour ton amie… pour la Présidente ! elle a de quoi faire le thé dans sa chambre ? » Samouraï a rien dans sa chambre, mais je prends le petit paquet. même comme ça, juste à renifler, ça fait du bien au groin le plus triste.

J'ai rendez-vous avec Cowboy à l'entrée. on fume. une clope, puis une autre, tranquilles, on mate les jolies maboulettes qui vadrouillent. il veut un café. oui pour le café. on prend dans la machine. c'est pas cher, dis donc ! on ressort, on refume, comme si « tout roule », comme il dit. et puis ça roule un peu moins et puis faut y entrer pour de bon et puis on y pénètre enfin, deux vers qui braconnent dans le pommier du paradis et là – ça roule pas ! mais du tout !

Dans les couloirs on croise un toubib. grand, il marche comme la statue du Commandeur, lui ! ah oui ! fier comme la folie et derrière, à deux pets derrière – une petite folle trotte comme une bêtise ! il s'arrête, nous ausculte avec ses yeux de plâtre ! chut ! et puis se détourne enfin ! continue sa marche ! la bêtise, elle nous regarde même pas !

Dans deux jours Samouraï sort. faut lui trouver un sorcier pour la suite… j'appelle Babyl le mage. il connaît tout, lui ! il connaît sûrement un toubib ! un chaman, je ne sais pas ! un bon, un gentil, qui saura ce qu'elle a. il dit « Oui, bien sûr ! mais attends, on se voit, je te dirai… » et on se voit et on prend un café. je lui parle un peu de Samouraï. il n'arrête pas de soupirer « Oh pauvre fille… la pauvre ! pauvre… », il tourne en rond comme une poule tragique ! et puis s'assoit enfin sur ses œufs habituels. bien à l'aise, vrai coq sur ses burnes ! « Mais oui ! évidemment ! j'en ai mille des toubibs, et de bons ! rive gauche, rive droite ! j'en ai un qui traite même les comédiens hystériques ! tu ne peux pas savoir ! les boules les plus perdues de ce boulodrome – ce sont celles des acteurs ! mais il les remet vite fait sur le droit chemin ! et ça roule après ! en tout cas jusqu'au nouveau carrefour ! mais celui-là… pas pour elle. non. tiens, j'en ai un autre ! un vrai sage, balafré comme l'utérus de Baba Yaga, il s'occupe des troufions français ! après les conflits, tu sais… il leur réapprend à pisser sans lumière ! pauvres gars ! mais bon. j'en ai un autre ! d'une très bonne famille ! élevé comme le duc de Saint-Simon et aussi perspicace ! celui-là c'est un vrai vieux bijou ! très humain ! et puis virtuose ! à accoucher les morpions ! c'est d'ailleurs lui qui soignait l'ami de… » il louche sur moi un moment. sûrement pour savoir si je suis cardiaque ou pas ! puis reprend. mais doucement. « Tu vois ! l'ami de Fevro.

tu sais, le grand écrivain… brrr ! » et puis, pas d'infarctus en vue, il fonce ! « Oh ce n'était pas le plus mauvais, lui ! la plupart des scribouillards ne scribouillent que pour pouvoir baiser ! oui, niquer, fourrer leur corde un peu partout ! genre Flaubert qui cherche sa madame Bovary ! y en a des foules comme ça ! et puis ces Flaubert-là sont de loin meilleurs au pieu qu'à la plume ! mais notre grand ! l'écrivaaaain de mes Nouf-Nouf ! au pieu – il était pire que Pétrarque ! à l'encrier – pas trop mal, mais mollement ! à la papa, quoi ! mais ne dis rien à Fevro ! et même – si ! elle sait ce que je pense de son Flaubert ! »

J'aimerais bien qu'il me parle un peu plus de la chose, lui ! développe un peu ! leur pieu justement… l'enfonce un peu plus et fasse encore un tour autour ! pour que je puisse voir, moi. je sais trier, moi ! même si ça vient de la poche de ce gros pélican ! juste un peu pour m'en mettre sous la dent ! mais j'ose pas demander, moi ! non. je tiens bon, mine de rien ! et puis il passe aux toubibs. et puis je regarde mes mains. pas de tremblote. juste j'ai un peu froid. et puis je note tout lentement l'adresse et le fixe de ce Mazarin. confesseur de morpions !

Eh bien, j'ai pris le rencard avec. on part deux heures à l'avance. tous les deux. Cowboy en peut plus de sa Dulcinée ! il veut souffler un peu ! il est à bout ! ah oui, je vois le bout ! quand Don Quichotte boufferait sa Rossinante ! il grince des dents déjà, Cowboy !

On part alors. belle équipe, n'empêche ! elle – toute droite, elle effraie les toubibs, les assistants sociaux, avec ses yeux de verre ! regard d'un sabre qui se réveille ! sourcils froncés ! à la Toshiro Mifune dans sa gloire ! dans toute sa splendeur ! sept samouraïs en une seule ! et moi – j'ai rapetassé mon pantalon ! la braguette ! ça se voit pas ! travail parfait, et j'en suis fier comme une tirelire ! serein comme la boniche à la quenouille ! « Ferme ta boutique, s'il te plaît » me dit Samouraï. je réponds « Mais quand il y a un mort dans la maison, on ouvre les portes, non ?! » et elle rit, la canaille ! mon Samouraï !

Et voilà, on y est. rive gauche. rue Saint-Placide. on marche encore un peu. on tourne. on sonne. on nous ouvre sans rien demander. bien, bien… sonnez et on vous ouvrira ! on traverse un jardin. puis un autre. Samouraï veut faire pipi. « Ah non ! s'il te plaît ! pas dans les fleurs ! tiens un peu ! » elle tient le coup. il nous ouvre, enfin. sourire large comme une planche à fromage, lui ! geste rond ! nous fait entrer sans nous toucher ! je demande les chiottes pour Samouraï. « Mais oui, mais oui ! à gauche, Mademoiselle, tout droit et encore à gauche et puis au fond du couloir une porte, passez-la, et puis une cour, faut traverser… »

On entre dans le cabinet. je m'inquiète un peu pour Tomoko ! en vadrouille libre ! mais bon. salon en cuir, petit jardin calme. genre tout baigne, dirait Cowboy. et puis il est vraiment gentil et poli, lui ! en ambassadeur, lui ! il s'est fait les burnes en œufs de Fabergé, c'est sûr ! et puis sa secrétaire déboule de nulle part ! Dieu qu'elle est belle à coudre l'œil ! cette demoiselle ! anglaise, je crois… « Docteur ! y a un problème ! » et elle regarde côté jardin ! ses yeux rient. oh non ! Samouraï perdue entre trois pots de fleurs rôde, puis court, puis s'arrête. fait son choix et – enfourche un pot de camélia !

Dis donc, j'aimerais bien voir sa secrétaire s'installer sur l'autre pot à côté ! archange et toute l'armée ! quel cul ! à mettre en stase tous les bidets du quartier ! eh oui, je sais de quoi je parle ! j'en suis un, moi ! et puis on discute, enfin. et puis il fait beau, tout est en fleurs, bourgeons et rossignols à karaoké ! printemps au bout…

Et Samouraï arrive ! toute seule, comme une grande ! oui. toujours bien droite comme Siméon le Stylite ! s'assied à ma gauche, impassible ! Bouddha en fonte ! et Mazarin ronronne… il note les médocs, puis remplit gentiment le dossier d'invalidité pour cette mutilée du labyrinthe qui est cette ville. « Mais ça sera pas facile-facile – il murmure – oh non, on a tellement de… » de brebis galeuses, j'ai fini pour lui, mais comme ça, en ventriloque muet ! il a tout compris, « Oui, vous savez… ». oui je sais. toutes sortes de rescapés, ben oui, ça sera pas facile, merci beaucoup, on voit le front, on se prépare, la guerre de tranchées c'est notre mascotte, notre fort ! oui, les Russes ! on se relâche pas ! on serre les miches ! *ad aspera per astra* ! aurait dit pépé Jo ! on serre les roberts ! j'ajouterai.

Et puis mille révérences, et puis on sort. lui-même c'est un calmant, et puis au fond il s'en fout de tout, mais gentiment. il y en a qui sont excités d'eux-mêmes, les toubibs ! qui aboient ! nases des couilles, tête au four ! mais lui non, il s'en fiche, lui. cœur ganté, lui. c'est ça la bonne famille, c'est ça la rive gauche.

Je suis allé chercher les trucs pour Samouraï. jolies boîtes, d'ailleurs ! et c'est magique, il paraît. vraiment ! ça endort un taureau qui charge ! pour tous les cintrés ! bipolaires ordinaires ! maniacodépressifs ! schizos à Einstein ! mabouls extra-fêlés ! pour tout quoi ! et merde je me dis ! et merde et cieux ! j'étudie les notices cheveux dressés ! il y en a même pour les gosses ! à partir de cinq ans ! si l'enfant danse sans musique on lui fourre un cachet dans le bec et *basta* ! aussitôt il est calme, poli, gentil, bonjoure bien, traîne un peu mais ça va ! et puis s'endort bien et puis les parents sont libres de tripoter leurs propres nœuds et cordes !

Mais encore ! c'est pas fini ! les effets secondaires ! c'est du meilleur, ça ! c'est du Baudelaire à trois têtes, ça ! ho ho ! c'est pire qu'avant ! la pauvre loco en phase maniaco devient encore plus féerique ! euphorique ! extatique ! et à triple carillon et – gaspille de l'argent ! fringues, fleurs, bonbons ! entre en transe ! et les proches, la smala constipée de la joie – ils s'inquiètent ! dis donc !

Eh bien, je me dis, pourquoi pas ! tout foutre en l'air ! draguer tout ce qui bouge et puis – ce qui ne bouge pas – faire bouger et draguer ! offrir des fleurs à droite à gauche ! où est le mal !? le vrai hic !? il est où ! mais non, on les bourre de médocs ! sur-le-champ ! par tous les trous ! et on en fait d'autres ! s'il faut ! moi je m'imagine à merveille dans le métro, et puis une fille ! fille à oublier de cligner des yeux ! et mon cœur tombe ! bat des ailes et tombe et puis court ! et là – sortir un cachet ! hop là ! sous le croc ! et c'est réglé ! ours empaillé je donne ma patte ! poudrez mon pif de sucre, chatouillez-moi l'oreille et – rien ! l'œil en bouton je me détourne de la fille ! et comme ça – tout le monde est content ! et comme ça on loupera pas la station…

Il en peut plus, Cowboy ! il en a ras les burnes d'elle ! « On sait jamais avec Tomo ! elle cache son couteau sous la tranche de pizza dans son assiette ! à la corse ! l'air de rien ! j'ai vu, moi ! »

Et une fois tout seul – il tient plus non plus ! il a amené Samouraï chez sa mère. « Chez ma quasi-belle-maman » – il dit. il m'en a pas raconté au téléphone… et là – il est libre ! il a envie de me voir ! « On va passer une soirée tranquillos… » il ajoute. ah oui, je vois. bières et tout ! mais pas de filles ! « Elle est plus là – il dit – elle est dans l'enfer et moi – j'ai chaud aux couilles ! j'ai passé trois jours les yeux dans les yeux avec elle ! et là – j'ai deux braises… » dis donc, il devient lyrique, lui ! il pleure dans son portable, lui ! ah oui, ça roule plus ! mon oreille est mouillée ! il marche sur ses braises, lui ! ça baigne plus, ça se voit.

Et c'est parti ! il me parle de son cœur ! ho ! on est deux vrais « t'as-mal-où !? » lui-moi ! ton cœur, tu dis !? explose ? mon cul ! ton cœur n'explosera jamais ! comme le mien d'ailleurs ! on a un cœur à dix chevaux, nous ! chevaux morts, ça demande un art immense pour chevaucher sur cette arène, ami ! il nous faut une jeep ! un quatre-quatre de souffrance tout-terrain ! rire tout-terrain ! eh bien, j'ai mon petit âne, moi ! je me suis dit et redit – fallait pas quitter l'étable ! mais jamais, archi, sous aucun prétexte quitter ton garage ! y rester bien au chaud ! dans le noir y vieillir et puis tranquillement passer à un autre ! oui, à un garage éternel chez les anges mécanos ! au recyclage…

Il m'émeut, lui. « C'est loin ton Fontenay-aux-Roses ? tout est loin dans ce petit pays… mais pas grave ! je viens quand même ?… je peux ? » bon. bon. faut le nourrir comme une cheminée ! et puis saouler ! qu'il dorme, dorme ! je vais l'enfermer, moi ! clouer la porte, bouffe au frigo, portable confisqué, à la goulag quoi ! goulag privé ! je vais concocter un poulet. gros comme une vieille chouette ! bien juteux, épicé à la dragon ! succulent ! il te faudra une deuxième bouche, Cowboy ! pour que tu puisses et goûter et parler à la fois ! tu goûteras à ma chouette et comment ! ça délie la calpette mon poulet magique ! n'empêche, il a perdu dix kilos, pauvre Roméo… avec la graisse tous ses cheveux sont partis ! il est aussi ébouriffé qu'un œuf, lui !

Il me rappelle. dépose bien aisément sa voix sur le répondeur. c'est un mystère, mais c'est le seul être vivant que je connais qui adore les répondeurs ! quant aux morts – je sais pas. « Salut, c'est encore moi ! » voix joyeuse « Tu sais, je vais pas venir. notre belle a fugué de chez sa maternelle ! alors, si tu veux, viens me retrouver au commissariat de Belleville… j'y vais pour déposer une main courante. sinon – t'inquiète pas. je te tiens au courant… allez, à plus ! »

Une heure passe – un texto. c'est encore Cowboy. « C'est bon. elle est rentrée. juste partie dans un bureau de tabac et puis s'est perdue. ça va. je suis avec elle. à plus. »

Et puis un autre texto. sur la queue de celui de Cowboy ! c'est encore lui ? mais non. non ! c'est Fevro ! la disparue ! quelle nouvelle !

Ça marche bizarrement avec elle. un exemple ? tenez ! elle m'écrit. je tourne ma langue dix fois dans ma bouche avant de répondre. à la Samouraï ! et puis je réponds. elle m'écrit plus. un jour passe. elle m'écrit, mais court « Je suis fatiguée… » je réponds « Repose-toi » et j'attends. voilà comment. et puis j'attends plus. j'attends toujours. je vais finir par divaguer à la Marquise !

C'est marrant quand même ! dès qu'on arrête d'attendre – les choses arrivent. c'est comme une sorcellerie presque ! dès que t'as la tête tournée, le monde t'attrape par la manche !

Son texto ! tant attendu ! comme une première neige ! quand j'étais gosse et que le ciel était enceint de la neige, je décidais ne pas dormir la nuit mais voir ! voir la neige tomber et puis et puis – je m'endormais toujours et je me réveillais dans la chambre blanche. oui. et la neige était déjà là ! bien partout ! parfois j'attendais la neige comme j'attendais mon père qui revenait toujours pas de la chasse. toujours pas ! et puis je m'endormais et au matin il était déjà là. bien rasé. yeux brillants.

Fevro, Fevro… « Je rentre à Paris cet après-midi. on se voit le soir ? chez moi. » bien ! bien ! archi-bien ! finie sa vadrouille ! professionnelle ? cardiaque ? ou juste une balade de l'utérus ?! peu importe ! elle rentre du Midi ! et puis c'est midi déjà ! je veux répondre. mes mains tremblent, c'est fou, on dirait un ivrogne aux quenouilles ! respire à fond, Dimitrius ! elle rentre ! voilà la joie ! inspire-expire… encore ! fume enfin ! ne louche pas sur ton portable ! ça va, hé oh ! et puis et puis j'ai relu dix fois son texto. non ! dix mille fois ! à faire le trou dans le Nokia ! je l'ai même embrassé ! ah oui ! mais qu'une seule fois.

J'étais comme ça, jeune loutre qui s'excite dans son lac et puis on frappe à la porte. c'est Kofi. « Tu peux venir ? on se parle avec Pauline par Skype… elle parle russe parfois. je comprends rien. elle oublie les mots français et met les russes à la place… viens si tu peux. »

J'arrive. je retombe sur cette terre et doucement, en tortue parachutée je chavire derrière lui.

Elle va pas mal du tout, Pauline. « Oh Dimitrius ! quelle tête du dimanche ! comment va la chose ?

moi – ça va… » et puis elle nous présente sa nièce Natacha. deux têtes sur l'écran. une heure de décalage mais il fait déjà bien sombre là-bas. elles nous sourient de l'espace ! deux têtes intergalactiques ! et puis ça hurle mieux qu'avant ! « Mais on s'en fout de Ianoukovitch avec ses poutineries ! on s'en branle de Poutine, de Raspoutine et la smala ! l'Ukraine ne sera jamais une raviolerie de Poutine ! » et tout ça – en trois langues ! deux mots en russe, trois en français, mais le fond du bortch – c'est en ukrainien ! c'est la même chose que le russe, mêmes lardons, un peu plus gras, sinon – même porc ! je traduis pour Kofi. il dit rien, il la regarde… il ne regarde qu'elle. tête cosmique ! si branchée aux affaires terrestres ! elle se croit au meeting interplanétaire ! et puis Wamba arrive de l'école. il vient dire bonjour. son père le met devant la caméra. comme pour calmer le dragon ! et ça marche ! le dragon se met à roucouler !

D'habitude la séance ne dure qu'une heure, mais cette fois – y a des choses à régler. Kofi veut rentrer au pays. toute la famille. Madame Dedovitch se cabre en trente cobras ! mais pourquoi rentrer ?! pourquoi ?! elle comprend rien ! « On est fatigués ici. très fatigués de tout ça. obligés de se cacher même la nuit, Noirs que nous sommes ! tu vois ? » elle voit pas, mais du tout. et puis elle cherche les yeux de Wamba. les trouve. les chope et les lâche plus.

C'est gênant presque ! mais pas pour elle ! pas pour Dedovitch ! Kofi tient bon. « Faut faire quelque chose avec la maison. jardin… tout ça. tu te rends pas compte. faut que tu rentres, pour deux semaines, trois, qu'on règle tout et que chacun reparte de son côté. » je le trouve un peu froid quand même… elle répond pas. je ne sais pas si elle comprend quelque chose. et puis

Wamba part. Kofi se penche, veut lui dire quelque chose, oui, qu'à elle. je vais sortir pour fumer.

Quand je rentre – tout est terminé. plus aucune tête cosmique. Kofi a l'air de quelqu'un qui a des remords. « Quelle femme ! elle veut pas qu'on parte. elle veut pas revenir. elle veut que tout reste comme ça. enfin ! dis-moi, c'est quoi ce mot… » et il sort son calepin jaune. grosses lettres. MAGILA. c'est quoi !? je crois pas mes yeux ! c'est la tombe en russe ! « Dis-moi, ça veut dire quelque chose ?! la tombe !? tu es sûr ?! c'est fou, ça ! elle n'arrête pas de répéter ce mot… je lui dis, faut que tu reviennes ! ne serait-ce que pour voir les tombes des gosses ! et tu sais ce qu'elle me répond ?! là – je comprends enfin. là – je vois tout. *moi-même je suis devenue la tombe de mes enfants. je suis leur tombe. je n'ai qu'à jeter un coup d'œil dans la glace ! pourquoi venir…*

Eh oui, Kofi, on a l'air tout cons toi-moi. cligne ou cligne pas des yeux – un con voit toujours l'autre con. je ne sais pas ce que, toi, tu vas faire, mais moi – je vais rester encore un peu dans cette baraque. je peux payer les charges. c'est rien, ça… et toi ? ta famille ? vous voulez tous rentrer. là-bas, il n'y a pas de black-out pour les Noirs, c'est sûr ! ici un Noir pète, on lui demande tout de suite ses papiers !

8

Je ne suis bien que quand je suis en elle. je ne suis chez moi que quand je suis en elle. voilà tout. je suis pas difficile, moi. le reste – c'est l'attente… elle m'a filé le double des clefs. c'est comme un jeu… elle n'ouvre pas – elle sonne. et je vole.

Je fais la pitance, bien variée, fantaisiste, trucs à faire parler les ventres les plus repus ! *sourcils de fourmis à la crème fraîche* par exemple ! une fois chez elle – je ne sors plus, moi ! que tout s'écroule – j'y reste ! comme ça je suis sûr qu'elle reviendra. j'aimerais être un chat, moi… les filles abandonnent jamais les chats ! elles les coupent !

Je concocte le dîner, je fredonne, tout content, à la boniche, et pas n'importe laquelle ! mamy à la burqa de luxe ! puis les ablutions et je m'installe à la fenêtre, les joues mieux rasées que le cul d'un ange ! vieil Hercule des nains, j'attends mon Omphale de poche !

J'aime pas mais du tout qu'elle se mouille les pattes dans la soupe ! ah non ! une fille comme ça – fait d'un bortch un massacre à la scie sauteuse ! et en met partout ! et ça gaspille ! je supporte pas ! j'ai connu la famine, moi ! une tigrounette française au fourneau !

faut surveiller de près ! alors j'ai renoncé, moi ! oh les femelles baudelairiques ! à la fin c'est une flaque de cire ! mais c'est pas la fin… pas encore ! et c'est moi qui valse à la gazinière ! même si j'ai plus de jus parfois – ça gaze tout de même !

J'ai pas peur d'être empoisonné, moi ! non ! loin de moi cette idée ! juste faire à manger. j'y tiens comme à mes fétiches ! oh oui. je tiens à être bobonne et alors ?! sinon – deux boniches c'est trop pour moi ! voilà pourquoi c'est moi qui tripote les casseroles ! cuisinière de chic ! tchador en dentelles et tout ! et puis c'est l'accueil royal que je lui fais ! j'ai trouvé sa culotte rouge, elle la porte pas, moi – si, mais sur la tête, oui, elle est devenue la culotte à visions ! ho ! je la mets en couronne et je lui ouvre la porte ! ça fait toujours plaisir qu'en arrivant chez soi on voie une petite lumière ! j'ai connu un papy russe plus solitaire qu'un ours blanc, et voilà le jour de Noël, il arrive chez lui, voit la lumière, son cœur sursaute, ah oui ! bon, c'était deux gosses cambrioleurs, sans plus… il les a enfermés chez lui ! ils ont passé Noël ensemble ! en famille quoi !

Je rêvasse en l'attendant… ça la fait rire mes bouffonneries, c'est parfait le rire, et puis ça fait pas grossir, le rire ! comme ma cuistance d'ailleurs ! ça fait les cuisses de skieuse, ma bouffe ! les chevilles d'une gazelle ! je rêve ! mais chut ! – elle rentre !

Ça la faisait rire tout ça. oui et on riait. et puis là – je ris plus.

Les jours passent et toujours seul. archi-seul. enfin – y a pas de mots pour… mais – t'as bien essayé, Dimitrius ! là – sois tranquille. t'es allé dans la gentillesse. t'as allumé les feux les plus humains sur ton navire. tu t'es livré aux hommes pour les aider… oui, dès qu'on a l'envie pressante pour aider son prochain, faut se livrer aux hommes ! pour voir un peu ! de quoi tes frères sont capables ! le pire, si ça existe – c'est d'être livré à une déesse qui s'ennuie ! mais ça revient au même… même corde, vue de profil !

La forêt de Saint-Germain-des-Prés ! taïga si chauve qu'on y voit les bêtes qui grouillent, tels des poux sur la tonsure d'un usurier ! à gauche – blaireaux en rut ! à droite, rue de Seine – loups édentés s'ameutent !

J'ai trébuché sur quelque chose ?! qu'est-ce qui m'arrive ?! j'arrive à rien avec elle… trébucher sur un corps, corps splendide d'une déesse, sur son cul infernal – c'est une chose ! sur une âme – c'en est une autre… oui. mais – trébucher sur une vision ! c'est une très autre chose ! et voilà – on y est !

Avec elle – je me suis retrouvé dans les chambres cachées en moi, condamnées depuis des siècles, qui sait… j'ai vu sur le sol de ces chambres ensorcelées une trace, comme une empreinte d'un pied… l'empreinte sacrée qu'on trouve dans les lieux enterrés, souterrains, là où tout est si près et loin, là où les morts, les vivants se reposent en nous, main dans la main. comme l'empreinte d'un pied de déesse qui a foulé ces lieux. et cette fille a mis son pied dedans et – tout était fini là. tout. elle a ouvert en moi les portes de toutes les ruines humaines depuis que les hommes s'étaient mis à se cacher les uns des autres.

Eh oui, ça me travaille depuis un moment déjà. cette vision de Fevro dans une forêt. elle est en train de chasser ! elle a les yeux qui changent ! c'est la curée aux flambeaux ! curée glaciale…

La chasse de la déesse dans le bois ensorcelé. voilà la chose ! la meute la quitte, en clatissant et. revient vers elle, de loin. et là – sa propre forêt la prend en chasse. elle se réveille en proie ! chasse à la déesse s'ouvre ! une déesse, Artémise qu'elle soit, sans sa meute elle n'est qu'une femme quelconque ! mais avant… encore hier elle chassait sur ses terres, rapide et joyeuse comme la zibeline dans la neige qui s'abreuve de sang. lâche un lièvre mourant, en attrape un autre ! boit son sang, et puis jamais lourde saute sur un autre ! puis se roule dans la neige, se lave du rouge, souriante…

Oui, elle traquait l'homme du levant au couchant. jusqu'à l'aube de la nuit. jusqu'à la Lune. poursuivre. en riant traquer l'homme juste pour savoir ce qu'il a vu, mortel ! ce qu'il a vu en elle qu'elle-même, déesse – n'a jamais pu voir !

Et là – elle est triste, déesse. elle erre yeux à terre… dans sa forêt magique elle rôde et – pas de proie. sa meute, ses chiens fidèles l'ont quittée tous et. pas de proie. la chasse d'une déesse ! auparavant tout était à ses chevilles ! la forêt lui parlait ! la forêt l'écoutait… les herbes se pliaient devant ! et les bêtes sortaient ! ours, loup, lion… les bêtes aux yeux humains se couchaient devant ! se roulaient devant elle en un tapis magique… tapis lent ! ours, loup, lynx aux yeux humains, écarquillés de joie, tel l'homme juste à l'instant de rencontrer sa plus grande souffrance qui depuis des siècles le débuchait de cette forêt pour le faire vivre en bête, mais vivre ! vivre à l'orteil du désir, mais vivre ! et là – plus rien ! plus de magie… et sa forêt devient dangereuse pour la chasseresse ! l'enfer de la déesse, le voilà ! elle n'y reconnaît plus rien ! ici – les bêtes ont des yeux de bêtes. ours, loup, tigre… ils l'encerclent et. plus de magie ! ça se serre le nœud ! elle se réveille dans sa grotte, déesse ! elle se réveille femme qui commence à vieillir…

Je l'attends chez Madame Dedovitch. je ferme pas la porte. je m'endors dans ma cave, je me réveille, je ne sais plus si c'est le soir ou le matin. y a une heure dans la journée comme ça. on sait plus rien ! et puis les week-ends ! c'est terrible ! je veux qu'elle vienne enfin ! Fevro ! méchante, gentille, n'importe ! cruelle comme la fouine de Mahomet ! qu'elle se déshabille sans mots, lentement s'approche du lit et puis me couvre… s'allonge sur moi. vienne de loin en ombre du corbeau de Villon… se pose sur mon visage.

Vous n'avez pas à apprendre à un tubard à tousser ! à un corbeau à croasser ! à un orphelin à pleurer ! mon âme ! ne la touchez pas ! bas les pattes ! gentiment ! occupez-vous de mon corps. cette table parsemée d'os tristes, telles des flûtes cassées, sans sons ni bouches… cette table où mon piaf ne pépie plus. tranquille lui, la tête penchée – juste me regarde, tout aile. tout départ. il reste encore, oui. reste ! mon âme – je m'en charge, moi-même…

La première fois ici – elle est vraiment mal tombée. j'ai oublié de jeter le vieux camembert. elle m'a fait une bonne scène ! « Mais ça schlingue ici ! qu'est-ce que t'as fait ? encore tes fromages ? mais t'es pire qu'un Français enrhumé ! c'est ton côté "puer c'est brûler !" dis donc, elle me cite ! "Je m'en souviens… tu m'as dit – pourriture c'est le feu sans flammes. tu vois – je me souviens de tout ! mais là – c'est l'incendie de Moscou !" » et elle danse autour de moi, comme une gosse autour du sapin de Noël ! me touche par-ci par-là ! regarde les dessins de mon fils, les voit pas et passe, et danse !

Et son odeur ! l'odeur de son retour… parfum qui me fait voir l'explosion de tous les lilas de Paris ! ça se mélange à merveille avec la puanteur de ma piaule ! c'est exactement ça – les tombeaux ouverts ! c'est ça – je me disais cette nuit avant qu'on s'endorme. même là l'odeur des lilas est un danger pour moi ! un vieux ravin caché dans Paris. ravin plein de fleurs…

Le temps est noir. le temps est doux… ces nuits quand les ailes des enfants poussent.

Elle dort bien. en pleine Bérézina – elle dormira. j'entre en elle, et c'est lent d'abord. de plus en plus lent. elle soupire… c'est pas elle qui m'apprendra la différence entre la plaie et le trou ! ses yeux se mettent à bouger sous les paupières. elle ouvre les yeux. me voit pas. voit rien. je veux que ses yeux se réveillent ! je veux pas qu'elle jouisse dans le sommeil. je veux qu'elle reste. qu'elle soit avec moi… je vois à travers ses paupières. ça me donne du courage ! elle bouge pas… elle s'en fout du courage. de tout. elle s'étire sous moi. chat musclé ! et puis tout s'arrête. et elle se met à trembler. je voulais lui dire. oui. serrer fort et dire ! très fort serrer et que toute ma souffrance sorte en un seul souffle. qu'on tue cette bête enfin ! oui ! mais à deux ! seul je peux rien… et puis qu'elle me prenne dans ses bras ! prenne ma tête dans ses bras ! tête coupée, mais légère à la fin ! je voulais me rendre, Fevro… te dire mille choses et une. la grande !

Lui dire… cette douleur lancinante que toute notre vie on recherche. et puis et puis une fois trouvée qu'on tient à partager, oui, à tout prix déposer le miel de cette douleur dans la bouche qui nous fait renaître avant de mourir et on n'y trouve que notre faim… encore plus grande. de plus en plus chaque fois.

Baiser, bouffer, péter en bonsaï, et rire sous la couette – tout ça, c'est pas si mal au fond, c'est la vie, on dirait, mais – après ? oui. après ! et pourtant toute ma vie je n'ai voulu que bouffer, baiser et regarder au loin ! mais là – bénir le pain, ça ne suffit plus. faut bénir la faim. l'eau- de-vie la plus bénite, la gnôle la plus magique – ça ne suffit plus ! faut bénir la soif.

J'ai voulu me rendre enfin… dire que je l'aime. et un point ! sans exclamation. et ne plus penser à après et puis – j'ai pas pu, j'ai pas pu, comme toujours ! et j'ai gagné. et j'ai perdu. je voyais tout. et je ne voyais rien.

Ça me faisait bêler de douleur mais c'était autre chose que le mal, complètement une autre chose, comme si d'un seul coup s'envolant au-dessus de ce qui avant me faisait souffrir, au-dessus de cette ville nocturne de ma douleur – j'étais face à ma plaie. telle une bête prise au piège, bête ensorcelée, bête aux yeux humains, ours, lion, loup – grogne, rugit, hurle de détresse en rongeant sa patte jusqu'à l'arrivée des chasseurs et puis au bout de l'agonie, pieu dans le cœur, se tait et au moment de mourir – devient humain. oui… tout doucement. face à ma plaie je voyais les bêtes magiques mourir dans toutes les forêts enneigées, silencieuses… dans cette plaie elles mouraient et devenaient humaines. plaie souriante, plaie ouverte. amicale presque. et rien à ce moment ne m'était plus cher que cette plaie. rien n'aurait pu me faire monter encore plus haut dans mon ciel aveugle. et pourtant chaque disgrâce a sa grâce. on sait pas ce qu'il faut qu'on cherche. et même – si, on cherche la lumière là où il y en a pas. jamais eu… non.

Et pourtant l'homme aime les plaies. il cherche les plaies mais ne trouve que des trous et puis à la fin des fins – il la trouve, la plaie, il s'allonge dedans et puis là – ça commence… la valse sombre. la mort pose tranquillement sa faux à terre et invite l'homme à la valse. elle le regarde et dit – viens ! et sa voix est rauque. qui refuserait… qui oserait !

Dimitrius. pauvre homme. pauvre ablué ! celui qui cherche la plaie de ce monde ne trouve que des tabous qui sont des pansements ! la plaie de ce monde est ailleurs…

J'ai dit juste « Reste avec moi, reste encore un peu. jouis pas trop vite ! garde-moi en toi et bouge tout doucement… » et elle – d'abord comme réveillée, angoissée un peu par ma tête étrange mais petit à petit, coup après coup, peau après peau elle s'endormait de nouveau les yeux mourants dans la vague rouge qui montait de ses chevilles. et – elle s'est mise à murmurer, à la fin, juste avant de jouir, elle était toujours comme ça, elle chuchotait, j'ai jamais pu discerner les mots. paroles rouges ! toute bouche, toute soupir… et puis je vois ses orteils bouger, encore et encore ! c'est fascinant ! dans tous les sens ! et puis et puis elle se contracte. respire plus. se cabre ! devient rouge comme si elle soulevait une immense pierre et ! se déplie avec un cri ! un autre ! puis ouououh ! et vibre encore, toute dure, toute corde ! sursaute. allongée et toute dure. toute serrée comme un poing.

Ce n'est plus la joie… ce n'est plus faire l'amour. je suis un silex dans les mains d'un Néandertal qu'il cogne contre sa tête pour faire du feu ! et pas de feu ! pas de joie. et je ris, mais mes yeux ne rient plus…

je l'allonge et ça recommence et puis le temps passe et puis il fait noir. faut allumer la lumière. déjà ! il faut qu'elle bosse, mais c'est fini la journée ! qu'elle bosse ! ha ! ces articles de merde sur les bousiers en vadrouille ! j'ai pas encore touché aux bousiers ! aux scribouillards ! mais ça vient ! je n'ai que deux mains ! le temps que la troisième pousse !

Et puis c'est vrai, le temps galope à la cheval de steppe entre nos jambes. Fevro prend ma tête dans ses bras, ça me calme un peu. je m'endors et puis ça repart. je la regarde comme un gosse muet regarde par la fenêtre les chiens s'accoupler ! on dirait, j'ai pris un carrosse maudit, moi ! ça me mène je ne sais pas où ! parfois Fevro a peur. et voilà – on y arrive ! la peur… terminus. faut descendre. c'est pour ça, tu es partie en rampant, Fevro ! en courant ! plus jamais ! ho ho ! « plus jamais » – ça veut dire – « à très vite » ! et tu reviens, tu reviens… pour la baise ! ça te dégoûte pas trop. le reste – si. mais faire l'amour – non ! c'est pour ça que cette petite chose est si douce pour toi. si miel… c'est pour ça que je m'inquiète à peine. tu reviens toujours me boire et ramper. et bientôt c'est la haine qui conduira notre brichka. cocher borgne mais sobre.

Et voilà, c'est fini on dirait. je voudrais voir le cœur des choses à la fin. on a bien joué, Fevro, on a bien valsé, on a bu le sang, on a tripoté les gris-gris, et là c'est bon… on sait faire voler et les tables et les poulets rôtis ! là – on passe aux choses sérieuses.

Mais en attendant je tourne en rond. cœur, vieil âne au piquet ! je peux plus rire. je ricane. je peux plus jouir – je ricane à blanc. ma tête, ma pauvre veuve, elle tourne aussi !

Je revois Damiane et cet été quand j'étais prêt à tout, mais à tout pour être avec elle ! en putes, mais ensemble ! faire le lit pour chaque micheton mais la retrouver au matin ! ça pourrait se terminer dans un massacre, dans la cave ! dans un Baïkal de sang ! peut-être bien ! mais à la fin… je les aurais descendus tous, mais tous ! à l'ancienne ! à la kalachnikov ! et puis les aurais alignés sur le sol ! joue à joue ! en saucisses de Francfort ! aurais gueulé un bon coup et le reste de ma vie – prié ! oui, Dimitrius, bonne idée ! mais c'est pour la fin… et puis j'ai rien fait. je remue la chose dans ma tête comme un muet remue la langue ! et j'ai rien fait. rien dit. pas un son. bavard du cœur que je suis ! oh les exploits de bavards ! les muets valent mieux… surtout ceux du cœur !

Oui, j'étais à bout de force. et à cette époque j'en avais des forces ! pour mille chevaliers des Grieux ! et autant de couilles ! et puis la sagesse ! infirme que je suis ! sagesse, oui, d'un âne qui va à l'abattoir en dansant ! même pas à la carotte ! tout seul ! mais ici, à Paris, on n'est pas à une carotte près ! sans blague, Damiane, on était bien, toi-moi. j'ai voulu qu'on se marie, toi-moi ! tranquillement ! comme le reste du monde ! et alors ! ça les a fait rire ! « Pauvre crêpe ! t'es passé sous un rouleau compresseur, toi !? » j'étais naïf et pur, ça oui, vrai cornichon de mai ! fleur blanche au bout ! je les ai émues toutes ! Valérie, une autre pute, pleurnichait même ! humide comme un veau nouveau-né ! et pourtant c'était pas facile ! d'abord jalouses, puis émues, puis encore jalouses ! quel bac à sable de merde ! et dedans trois chattes en chaleur ! qu'importe, Damiane ! pas de mariage ! bien ! on s'en fout des raspapouilles à la mairie ! c'est les soins qui comptent ! et je prenais soin ! recto verso ! nourrie comme il faut t'étais ! pas de chips ni cochonneries, ni gras ! pas d'alcool ! ni drogues ! Dieu nous garde ! et il nous a gardés, celui-là ! pas longtemps, mais gardés ! et puis et puis… mais j'ai pas envie d'en parler ! c'est trop, et c'est mort.

Mais c'est plus fort et je nous vois – Valérie, moi, et une gouine amoureuse, mais à mort, mais tremblotante de Damiane comme seule une Russe en est capable ! harpie à sonnette ! dents serrées elle sifflote voix rauque « Alors, toi, avorton ! alors bosse pour nous ! chauffe la bouffe pour les clients sur ta flamme ! mais oui ! rends-toi utile ! fais les lits ! du moins lave ses bas dans ta bouche ! on va voir ce que t'as dans le bide ! y en avait comme toi ! qui disaient "prêt à tout jusqu'au bout" et *tutti quanti* ! et puis écumaient à la fin ! lâchaient tout ! sinon – fais le hamster ! trouve une autre chatte au miel !… »

Voyez-vous la sirène en rut !? tronche de marbre je réponds ! « Ce n'est pas ma faute si elle s'entend avec ma bite mieux que moi-même »… oh les mots d'esprit ! bon breuvage qu'on boit à deux pour se faire haïr ! et j'ai bien réussi avec celle-là ! c'est parti à merveille entre nous ! mais ça va ! c'est loin. et puis l'homme aussi serre les dents et puis à la fin y a plus rien à serrer ! elle est peut-être bien morte, cette dragonne à trois queues. on a aimé la même femme, n'empêche…

J'avoue, j'avoue ! j'étais jaloux comme un gnome ! mais c'est normal, ah oui, comme boire quand il fait chaud ! sinon – faudrait être un chameau ! et je n'en suis pas encore là !

La seule chose qui me turlupine, c'est que c'était toujours moi qui mettais ma tête au four ! faut être débile sentimental ou pur comme un diamant de Yakoutie pour tomber amoureux d'une pute ! oui et re-oui. mais c'était pas tatoué sur son front ! et même si – j'aurais sauté sur elle dix fois plus vite ! et puis et puis – même avec mes machinations les plus basses – je suis pur et confiant comme un bout de charbon, moi ! c'est juste pour vous dire que même dans mes dimitreries les plus souterraines je suis plus innocent que vous dans vos poussées cardiaques les plus sincères.

Et puis pour les putes j'ai jamais les poches cousues. je leur ouvre tout. lit, cœur, poche ! l'ordre ?! qu'importe ! c'est plus fort que moi. tout est là. et c'est triste parfois. et j'y peux rien.

Les jours passent et j'ai tout oublié. tout, mon sang ! tout ! mon fils. mes gribouillis. mes icônes. les gens, les peines, les vacheries. tout quoi ! mon nom et ma tronche ! et celle, oui, qui traîne derrière affamée… plus maigre qu'une ombre. mon âme ! couches pleines de merde, elle se balade ! j'ai vraiment trouvé ma tête sur une déchetterie ! pépé Jo, où tu es ?! t'as raison, prophète ivre pour dix !

Oui. j'ai tiré trop sur la corde. jouir et jouir ! oui et re-oui ! encore et encore ! jusqu'à l'épuisement total. jusqu'à ce que je sois vide comme une cloche ! cloche fendue. cloche sans langue. jusqu'à ce qu'il ne me reste que des rêves bizarres, où l'ennemi grimpe sur mes remparts et je tire, tire comme un malade, et personne ne tombe ! et pourtant ! je voulais sortir de ce duel. oui. je souhaitais de tout mon cœur – sortir. et j'ai pas pu. et mon cœur me mentait. j'ai voulu la posséder d'abord ! son corps, ses cheveux, ses pensées et ses lèvres et les mots jamais dits sur ses lèvres… ses rêves et réveils ! pauvre fou ! quel insecte ! on lui arrache la tête mais il continue ! mort, il baise encore !

et pourtant – c'est bien beau la paix ! tout ce qui murmure ! ah oui ! archi-bien ! même si je mise ma peau sur ce qui rugit ! j'avoue quand même… partage, vacances, sorties, amis, frotti-frotta de langue contre le palais, tout ça ! ces conneries diaboliques qui font grossir ! oui, très bien ! mais d'abord, bien d'abord, très d'abord – prendre son âme… qu'elle gémisse à l'ombre des ailes que le désir déploie ! holà là là ! zombie bien sérieux je roulais mon œil sans paupière ! et ça durait ! et elle disait rien ! les yeux mourants ! c'est après qu'elle disait « C'est étrange… t'as les yeux si clairs, quand tu jouis ! si clairs… » comment on se retrouve dans cette bataille !? dites-moi ! vous ! c'est ça la chose ?! quelle chose !

Désir ! c'est l'océan au rivage unique, sinon la flaque aux porcs ! on part et on y erre… toute une vie et même au-delà. pas de retour, ni d'autre rivage. et les meilleurs nageurs s'y noient les premiers ! mais moi ! moi ! gros de mille conneries j'ai voulu devenir dauphin dans l'océan du désir ! me noyer et renaître en dauphin pour pouvoir respirer l'air à fleur d'eau… couillon glabre ! j'ai pataugé dedans, une otarie folle à abattre ! tel un crabe mis à sec j'ai prié… dansant à gauche !

Ah oui, risible celui qui prend une flaque de l'appétit pour l'océan du désir. et malheur à celui qui voit l'océan nommé désir comme une flaque de l'appétit. jamais, mais jamais il sortira sur l'autre rive ! quelle sagesse ! à bouffer la terre promise par l'anus !

Et j'étais si fatigué… si à genoux. à plat ventre à la fin.

On sortait de moins en moins. on tenait pas sur nos pattes. une fois on est descendus pour manger.

elle marchait mal, jambes en paille, et moi – nouilles trop cuites, mais il fallait bouffer… rien chez elle ! on a mangé dans une caverne chinoise. je voyais double et reniflais triple ! mais vraiment ! et voilà – trois assiettes devant ! mais je n'en ai commandé qu'une ! je m'en souviens ! j'ai fait un scandale ! mon cul ! je pensais rugir, mais j'ai miaulé à peine ! et puis elle m'a dit « Viens, viens, on rentre ! laisse tomber… » oui, et on est rentrés, bredouilles et lentement. elle m'a remorqué, j'ai divagué tout doucement, mâchouillant un nœud de nouilles, « Maigre dragon je suis, tu trouves pas ? plutôt porc efflanqué que dragon ! », mais elle rit pas, mais du tout, bien sérieuse elle me traîne ! l'ascenseur va jusqu'au cinquième ciel, puis à pied ! et elle m'a poussé, verrat en transe, gentiment, fermement… une Baba Yaga qui fait rentrer Merlin ivre au bercail !

Et puis le matin venu – elle disait, faut que je parte. Saint-Malo, Le Mans, Brive, Cannes ! festival de bousiers ! faut qu'elle travaille ! écrive ses articles ! les interviews ! comme si elle pouvait pas le faire là, chez elle ! dans notre tanière ! je suis un bon encrier, moi ! j'ai du bon sang, moi ! un encrier à sec, mais il suffit de mouiller un peu la plume ! rien à faire ! elle partait. toujours le matin. en voleuse ! cils barbelés je la regardais se préparer… et ses quelques minutes, oui, ramassées en une heure pas plus – j'étais calme. juste l'œil qui la suivait. elle en pouvait plus de tout ça, elle. moi – non plus, mais j'ai jamais pu partir, moi. et j'étais reconnaissant qu'elle parte.

Et tout ça – n'était que début. oui. et même pas… deux gosses, on a trouvé juste un bouton de manteau… manteau bizarre à doublure maudite et ses poches sans fond et nous étions dedans, elle-moi.

Les nuits des vaincus sont si longues… voilà, battus, on se maquille le masque, et puis on s'allonge juste pour jouir. et puis on s'endort. et puis on s'oublie. et puis on reprend. jusqu'à ce que l'œil s'écoule. jusqu'à ce que l'âme face à terre ne bouge plus. et voilà tôt ou tard ça arrive. tout arrive…

Elle me chevauchait, lentement, épuisée, les yeux fermés et sans soupirs. à cheval ! telle une balade équestre de laquelle on rentre tard, mélancolique, pensées ailleurs… je l'observais et à un moment j'ai vu son visage changer. oui. étrange visage, méconnaissable comme les visages de ceux qui dorment et on les reconnaît lentement avec un effort surhumain presque. oui. exsangues tous les deux, moi – moins, mais elle – encore un peu et elle tombera ! ah oui, je me suis dit, ça serait pas mal qu'elle s'endorme sur moi comme en selle et juste après elle a recraché ma queue mais continué à me chevaucher ! déjà à vide, elle se frottait comme dans une transe ! bouche ouverte ! et j'ai senti sa main sur mon sexe, en transe – elle s'est mise à me masturber assise comme avant et j'ai vu mon manche qui n'était plus le mien ! comme si c'était elle qui l'avait cette queue ! couleur de la fraise écrasée ! gonflée ! et elle se masturbait avec cette chose vivante, pleine de nœuds et – et visage devient masque ! et gorge devient cri. et avant de mourir – un coup de reins comme un coup de pied ! et les portes d'Hadès volent en éclats ! et tu jouis en foudre ! tellement, mais tellement ! et de ses mains le sperme m'a sauté au visage, comme un serpent ! ah oui, un serpent qui se débattait dans ses mains sur mon ventre ! à ce moment-là comme un soleil m'a regardé dans les yeux… comme une étoile filante. étoile du matin – tombée en foudre en plein midi et là – elle s'est réveillée ! elle m'a dit « C'était quoi ?! tout à l'heure c'était quoi… » et elle s'est effondrée et plus personne. ni elle ni moi.

Mais qui c'était cet être qui m'a chevauché il y a une respiration et demie ?! qui ! un être comme descendu d'une haute cité céleste. oui. un être d'une autre race. qui c'était ?! qui ?!

Et rien. et personne… et deux jours passent. pas de nouvelles de Fevro. mais je suis tranquille. deux jours… le temps de me décarêmer en paix. ah oui, j'étais très bien ! l'œil arrêté ! en cloporte coincé entre deux planches d'un cercueil ! la mairie m'a appelé. une fois, deux… ils savaient pas quoi faire ! ils voulaient que la brebis galeuse rentre au bercail ! ha ! ils comprenaient pas ! on s'en fout pas du boulot ! par les temps qui courent ! et puis ils étaient débordés avec les infirmes ! ça rampait de tous les côtés ! ho ! je vois leurs têtes décomposées ! la mairie est en flammes ! et ça sonne de partout ! et les handicapés que la mort a recrachés grimpent sur les marches ! rien à perdre ! on s'en fout des allocs ! à l'assaut ! on manque d'hommes ! du renfort ! la citadelle va tomber ! faut évacuer les gosses ! mon cul ! c'est trop tard ! les culs-de-jatte bloquent les portes avec leur menton ! j'entends hourra ! et quel hourra ! la prise de Berlin ! assaut ultime ! l'effort – c'est rien ! c'est le sur-effort qui compte ! cour des miracles en marche ! horde entre dans la mairie ! ça va couler le vermeil ! dernières poches de résistance sont trouées ! assistants sociaux, ces guerriers de la calpette, courent dans les couloirs ! sursautent à la hochequeue ! ahuris ! pondent en vol ! et puis tombent comme la bouse d'une vache ! la mairie est prise ! les tribunaux de nains s'installent ! tréteaux ! échasses ! on condamne à tour de bras ! à couper les jambes jusqu'aux sourcils ! à tirer la peau jusqu'à ce que l'œil soit au cul et là – faire cligner le trou de balle ! vengeance ! plus lentement elle attelle – plus vite elle galope ! voilà l'énigme à culbuter mille Sphinx ! on va boire vin ivre dans les crânes ! sans décanter la miséricorde ! ce n'est que la chair de poule du cul de l'âme ! plus de mots là ! surtout pas la grâce ! on se frotte depuis des siècles en chiens contre ce paillasson ! la grâce ! ho ! c'est l'arrière-boutique de la joie où on sert les restes aux pauvres ! la morale ?! mais j'ai rien, moi ! sinon – mon ombre ! bien à nu ! merde et cieux ! morale ! ce canon scié sous le comptoir de la souffrance ! et ça explose dans les mains ! et tout ça et tout ça ! vous voyez le tableau ! quel massacre ! penchez-vous encore plus bas ! ce sont les détails qui comptent ! ça troue les prunelles ! même le vieux Bosch dans sa plus grande déprime du lundi ferait pas meilleur pire ! et potences au loin… bien discrètes ! en paratonnerres ! et vous voulez que j'y sois, moi ?! que je rentre à l'étable en feu !? ha ! qu'un rat monte dans un navire quand d'autres rats le quittent ?! ah c'est bien ça ! ah c'est beau ça ! revenir en maître ! et voir, oui, tout voir ! abreuver l'œil au vermeil et puis – *basta* ! et puis – s'arracher d'ici ! mais Dimitrius ! dis-leur tout ! t'es infirme toi aussi ! de la tête aux pieds et plus bas encore ! deux ans au pôle Nord ! en Yakoutie ! les pattes dans l'océan Arctique ! moins 50 – huit mois ! horreur boréale ! hé ! et les Yakoutes ?! ceux-là se réchauffent au frigo ! et nous, les bidasses ?! ahuris on crottait dehors et à deux ! l'un chie l'autre – scie ! moins 55 ! et puis on se relaie ! et puis les ours qui rôdent ! et puis la famine ! et puis comme partout ce sont les sourds qui mènent les muets ! mais oui ! mais j'ai donné, moi ! délirant des périnées que je sois ! borgne de burne ! et l'autre ?! je l'ai jetée aux ours affamés ! pour chier tranquille ! mais pas l'œil ! non ! l'œil – je garde ! et j'ai bien regardé et j'ai vu ! et je n'ai plus soif, moi… pour sept vies à venir ! je déserte d'ici ! l'ombre avec !

Bref – je démissionne. sans merde ni à bientôt ! cordialement ! qu'ils se démerdent sans moi, eux ! que tout s'écroule – je sors pas ! oui. là – c'est l'œil du trou. j'ai peur de sortir de chez elle, trouille antique ! peur que tout disparaisse dès que je descends ! que cette montagne se ferme derrière et finies les vacances ! mais vraiment ! comme « *Mille et un matins* » ! et la clef dans ma poche devient un ver de terre ! raide comme un mikado ! et je me retrouve rue Delambre, comme avant, réveillé et bien vieux… d'un rêve à l'autre me balancer, mais quelle balançoire ! la mort en face. ah oui, toujours… dame lourde. et les yeux dans les yeux ! c'est pour ça en vérité… oui, sans délire, sans mettre ma tête dans un micro-ondes – j'ai tout plaqué ! travail et tutti frutti ! faut que je me repose un coup ! bien sagement ! queue à gauche, à la moujik dans un caniveau ! faut que je médite, moi ! dame à la faux, elle t'a à l'œil…

9

Et Nina, alors ? toi, Nina – je t'ai pas larguée. agneau méchant que je suis – je t'ai pas oubliée. tu m'as dit – « Viens ! » et je suis venu. tu m'as appelé et je suis venu. c'était le troisième jour. midi.

Métro, puis à pied. l'ombre est aussi fraîche que la joue d'un gosse qui a de la fièvre. ça me fatigue l'été ici. c'est si humide ! sauna d'où l'on ne peut pas sortir ! ça me rend grognon, plus obscur que des trompes de Fallope ! je dors pas. je n'ai plus de sueur ou presque ! l'été – c'est quatre-vingt-dix trous dans mon calendrier ! et je bronze recto verso sous cette passoire à devenir un varan tacheté ! je rampe. je traîne. je me cache. et enfin, très enfin – à quatre pattes j'arrive à septembre. Dieu que c'est loin encore ! pourquoi les gens adorent l'été ?! ils tiennent tous à devenir une flammenkueche ou quoi ! sacrée barbe ! mais c'est du pur snobisme, ça ! mon père aimait l'été. ma mère. ma grand-mère. toutes mes tantes ! tout le monde sauf pépé Jo ! ah celui-là ! je nous vois cachés dans un tonneau rempli d'eau à ras bord… deux ragondins ! juste les billes ! et les grenouilles qui se gonflent devant ! on se regardait, elles-moi ! bien gentiment ! sans s'embrasser pourtant ! et on n'en sortait que vers six heures de ce tonneau ! on s'ébrouait ! ouf ! que l'automne vienne ! et pépé Jo, tête triste ! et son truc blanc qui se balance… joyeusement ! une vraie trompette de Jéricho entre les jambes ! oh pépé Jo ! ton heure viendra. je dirai des choses, moi ! choses drôles et tristes et encore drôles à te faire gauler en tire-bouchon sous terre, pépé ! patience ! de toute façon t'es bien au frais, toi ! malin ! ici – il fait trop chaud.

J'arrive enfin. tout est ouvert. fenêtres, porte. je sonne quand même, puis j'entre. ça va pas, mais du tout ! ça se voit ! les yeux rouges, elle est assise sur son lit. fauteuil à côté, débranché, menaçant, vrai tank ! elle me regarde puis détourne les yeux, puis encore. elle veut me dire quelque chose, mais n'arrive pas, pas comme ça, faut aller doucement avec elle, mille gants et tout. « Je te propose pas de thé… je suis pas bien. si t'en veux, fais-en toi-même. je suis désolée, mais ça va pas fort. et puis ce truc-là… » elle regarde le fauteuil – « Il est nase. complètement nase. j'en ai marre de tout ça, moi ! » ah oui, je vois. je me fais plus petit qu'un poney. je vais faire le thé. ça va lui faire du bien. mon cul ! ça marche plus, ça ! elle sanglote ! « J'en ai marre ! marre ! j'en ai marre de cette vie ! » je suis à côté. je m'assois à ses pieds. c'est comme avec les gosses, faut se mettre plus bas qu'eux. en petit chien chercher leurs yeux ! chercher le chagrin. et le deviner. elle veut pas me regarder. ça va aller… je prends sa main. elle la retire. mais je la tiens elle n'aime pas, mais je la garde, sa main. dis donc ! elle est froide sa main ! glaciale ! « Eh ho, Nina ! t'as les mains comme deux Yakoutes divorcés, toi ! t'as chassé au cercle polaire ou quoi ?! » elle sourit, maigrement, mais sourit quand même. « Arrête, tu veux… fais le thé plutôt… » mais je reste. elle pleure, mais je bouge pas. elle est la seule femme que j'ai vue pleurer sans grimacer. juste les larmes qui coulent sur ses joues. elle retire plus ses mains. elle veut pas s'essuyer le visage. c'est étrange… théâtral jusqu'au tragique. vraiment. mais je demande rien. je suis à genoux, je tiens ses mains, comme pour l'empêcher de partir.

« J'arrive pas, j'ai froid, tu ne peux pas savoir ! c'est une tombe ici ! tu rigoles mais c'est vrai ! c'est une tombe. » je rigole pas moi ! j'ai froid aussi… pas comme ça, mais froid. je réchauffe ses mains ou je réchauffe les miennes, peu importe. elle dit juste « Et puis tu viens et tu repars, toi… et moi – je suis dedans et j'y resterai. » et puis c'est fini. elle dit plus rien. juste ses mains frémissent tout doucement dans les miennes comme des poissons. et j'ai froid aussi. c'est vrai, ça caille ici.

Je voudrais être dauphin, Nina. dauphin aux yeux souriants. ils ont toujours les yeux riants, les dauphins ! ces chasseurs redoutables ! ces effrontés de l'océan ! rusés comme cent renardes ! ah oui, Nina, j'aimerais siffler comme eux… pour te faire sourire, même un peu ! pour te faire pencher vers l'autre côté ! être dauphin que tu aimes tant… et puis je ne sais pas ce qui se passe ! on me dit jamais rien, sinon avec les yeux ! ni ceux que j'aime ni ceux qui me détestent ! jamais rien ! je dois deviner ! toujours et re-toujours ! bête aux aguets ! cyclope strabique ! Polyphème borgne que je suis ! toujours en train de deviner ! où ça va tourner ! clignotants du cœur ! lèvres, mains, battements des cils, grimaces, mille signes en morse, cartes, os, meuglements, runes, langue des signes, plumes et souffle ! voilà ce que j'ai à tripoter comme gris-gris ! toujours chamaniser ! tourner autour ! tournoyer ! mille yeux et tous fermés ! pour mieux comprendre ! pour mieux relier la gorge au cœur et le cœur aux lèvres ! plombier de l'âme, c'est ça ! pareil chaque fois ! faut que je devine tout, moi ! toute la tuyauterie magique et sans plan ! et tout ce qui coule dedans ! les chagrins, les emmerdes, les malheurs, les envies ! ah ça, oui ! surtout ! sinon – soupirs en fonte ou la Volga des larmes ! bref ! faut que je transe tout le temps pour deviner cœur et tempête dedans ! c'est pas fatigant, ça ?! essayez ! pour qu'enfin, très enfin, l'âme montre sa culotte ! et on change ses couches ! patience, Dimitrius ! patience… soyons sage-femme ! vieille sage-femme ! juste les yeux et les mains ! le reste – sous le masque ! comme ma mère, oui. tiens, comme la mère de Socrate ! sage-femme aussi ! la mienne m'a appris tant de choses ! même si parfois je ne suis qu'un pou en extase ! pou qui prie ! pou tout brave devant un peigne édenté ! je m'en souviens quand même ! oui, maman. ton fils. ton pauvre Mitia… j'ai été à tes côtés, tu nous vois encore !? moi – oui. et comment ! je nous vois toujours, toi-moi dans notre maternité. salle d'accouchement ! jour et nuit ! et tes yeux et tes mains et la tête du bébé, ses épaules qui sortent ensuite ! il fallait tourner le gosse dans la caverne terrible ! plonger les mains dedans et. doucement doucement dévisser ce que la nature avait si bien vissé ! voir la route que la petite vie doit prendre pour sortir de la grotte ! des eaux ! ces eaux grises portent l'enfant jusqu'à la chute, vraie chute d'eau et on l'attrape et on coupe ce qui est la vie de ce qui est la mort. et la douleur, les cris, les lire avec les mains, en tendre braille ! cri de la femme et cri du bébé ! ce cri parfait tel un diamant qu'on extirpe du chaton qui crie de douleur, lui aussi ! et comment ! ce cri de femme qui meurt et vit ! ce cri qui fait tomber les pères comme des poires en ouragan ! ce cri qui ouvre le cœur du cœur pour le fermer ensuite. ce cri, mon Dieu ! diamant nu… si toutes les chattes pondaient des diamants ! à la rigueur – des œufs de Fabergé ! on serait riches, mais riches, maman ! ho ho ! j'entends ma mère s'esclaffer en moi ! tout indignée, elle rit quand même ! quelle tique, mais quelle punaise ! – elle aurait dit. tu me connais bien, maman.

Et là – je vois Nina et sa bouche qui rit et ses yeux qui pleurent. « Depuis quand tu parles tout seul, Figardeau ?! » ah oui, c'est vrai, j'ai dû parler. j'ai dû voir des choses… je me tais. je me tais. oui. là – c'est bon.

Je rentre chez Fevro. toujours pas de nouvelles ! aucune ! même pas une demie ! Babyl a disparu aussi ! on dirait un exode ! une semaine sans nouvelles ! pas une onde !

Là – ma tête traîne la patte. une semaine ! bouquetin minautorisé – je dis rien, moi. je suis agneau, moi ! agneau cocu a bien le droit de se sentir de temps en temps taureau, lui ! mais non, mais non ! tête au billot je suis contrit d'avoir insulté tes amis écrivains, Fevro ! contrit jusqu'au cul de mon cou ! comme ça – tu reviendras ?! rentre !

En arrivant je vais prendre des médocs pour roupiller jusqu'à ce qu'elle revienne ! même si le prophète Élie vient avant – je vais attendre encore ! celle qui est devenue le point de mes exclamations ! ah oui. c'est ça. parfaitement ça !

Et puis faut que je me repose un peu.

Même Judas dans le jardin de Gethsémani aurait mieux dormi. et puis un coup de fil de Nina. « Viens ! viens ! » eh bien. j'arrive, je réponds. un café et j'arrive. cadavre galvanisé je me lève, je m'habille... même dans la vallée des ossements, les gars roupillent encore ! veinards ! mais pas moi !

J'ai dormi un peu dans le métro. j'ai pu terminer quand même mes cauchemars. et me voilà chez Nina, les yeux encore tout collés, à la chimpanzé nouveau-né.

C'est la première fois que je la vois en jupe. jupe verte. et puis les collants. violets ! clownesse déchirante ! maquillage d'un vampire mourant ! et ça coulait le maquillage ! joues noires ! ça fait vraiment mal aux yeux tout ça.

Elle pleurait. c'est pour ça, elle a froid. elle tremble. « Tu pourrais me trouver le pull, tu sais, mon col roulé, dans la chambre. regarde pas, c'est le foutoir ! bordel au carré ! trouve-le et reviens vite ! »

Ah oui, c'est Verdun ici. on dirait l'écurie de l'Apocalypse ! caravane de manouches frappée par la foudre ! perquisition du KGB ! armoire qui bâille ! fringues, papiers, et tout ça par terre. bureau déplacé au centre ! tiroirs ouverts ! bébé mont Blanc de chaussures ! et quelles godasses ! putain et barbe ! à faire baver un peloton de podophiles ! rouges, bleues, noires et pourpres ! cerise laquée ! et la hauteur surtout ! hauteur ! cothurnes à faire danser Sophocle et Euripide ! l'un contre l'autre !

Trouver un pull ! c'est plus facile d'endormir un ours mal réveillé en agitant devant sa gueule un ver de terre en guise de métronome que de trouver quelque chose là ! tête à gauche, à droite, et puis et puis je retiens le souffle et j'y plonge ! et puis je tâte ! et puis je le trouve. et puis j'émerge près de la commode, manche du pull entre les dents ! des bas, toutes sortes de bas et ça pend de chaque tiroir ! bas résille noirs, bas rouges, bleus, jaune d'œuf ! bas du cardinal en gambade ! bas d'évêque tendre ! tout quoi ! mais tout ! les tiroirs me tirent mille langues ! ces trucs, c'est beau, n'empêche. je vois Nina avec… je vois une sorcière avec. ah oui, y a de quoi sauter dans cette mer.

« T'as trouvé ?! » j'entends Nina de l'autre côté de l'océan. « Oui, oui… j'arrive ! » et je m'ébroue, chien fidèle, et je sors, pull entre les chicots. je sens l'odeur de Nina. je la sens encore… et Nina et ce jour et tout me revient.

Je dépose le pull sur ses genoux. elle le regarde même pas. même pas un merci ! je sors pour qu'elle le mette, ce maudit pull. puis – je m'occupe du thé.

Quand je reviens – elle regarde ses bras. manches retroussées elle regarde ses bras comme si c'étaient des prothèses. oui, des prothèses couvertes de bleus ! puis les cache. « C'est quoi Nina ?… » je demande, et elle se met à pleurer encore. et encore ! elle marmonne mais je comprends rien. je voulais la prendre dans mes bras, mais elle déteste qu'on la touche, alors en chien savant je m'assois en face, moi ! j'attends que ça passe ! et là, elle se met à crier ! et là – j'entends tout.

« … Et puis je vais te dire, moi ! je sens rien en bas ! rien ! tout ce que je ressens – c'est là. ici ! » et elle met sa main là où on pense tous que notre cœur se loge. surtout ceux qui n'en ont pas. « Je leur disais – pas la peine ! je sens rien du tout ! et puis regarde, mais connard, ouvre les yeux ! putain ! je suis HANDICAPÉE, moi ! mais non ! et le chauve, vrai dératé, lui, détraqué à mort, lui, tu sais ce qu'il m'a dit ?! mais c'est fou ! je vais me laver la bouche après ! et toi – lave tes oreilles ! » d'accord je réponds. « Pas d'accord ! pas d'accord ! – elle explose ! – il m'a dit, "mais c'est pas grave, le physique… et puis c'est justement pour ça. j'aime les femmes comme ça. y en a d'autres ! d'autres femmes comme toi. et elles font pas de problèmes pour ça. alors, fais pas la difficile, toi. si tu veux que ça dure, les allocs et tout, et les fauteuils. t'as bien tout accepté, toi. alors – juste caresse-moi un peu. prends-moi dans la bouche. un peu. c'est tout. je vais moi-même faire le reste". voilà ce qu'il m'a dit ! tu m'entends ?! alors – pas d'accord ! tu m'écoutes ?! pas d'accord du tout ! et lui, il insistait, lui ! il venait tout le temps, lui ! il rôdait dans le jardin ! je voyais ses godasses jaunes ! et puis un jour, tiens ! les ouvriers arrivent et plus de fauteuils ! tu vois !? plus rien ! ouvre tes yeux Rousskof ! comment je vais vivre ?! et toi ! même toi, tu m'as trahie, toi ! t'as démissionné, toi ! je sais tout… tout ! la dame de la mairie me l'a dit ! tu ne travailles plus ! elle te remplace, elle ! mais je ne sais pas si elle-même viendra demain ! pourquoi tu m'as abandonnée… comme ça ! je suis pour toi juste le travail, c'est ça !? juste le boulot ? pourquoi alors ?!… »

Je dis rien. je la regarde. qu'elle se déverse sur moi. qu'elle m'inonde. sans tort ni raison ni rien. qu'elle m'enterre si ça peut la soulager. m'enterre profond et passe avec son fauteuil dessus. je vois ses yeux immenses. ses cheveux qui se dressent, vipères en colère ! elle va pleurer encore. elle pleure.

Ils venaient pas souvent, ces deux mecs. elle s'en souvient pas trop. une fois, deux par mois, peut-être, et jamais ensemble. ils rôdaient autour, tout bas, tout gentils, à tour de rôle. l'évier coule !? pas de problème, le plombier vient demain ! il verra tout, lui ! baignoire et cuvette. c'est un bon gars, lui ! et puis vous avez droit à mille choses, vous ! vous savez pas ?! mais c'est dommage ! fauteuil électrique, vous savez, celui qui fait tout ! vous pouvez l'avoir pour rien ! mais oui ! on fera le nécessaire ! mais non ! pas de souci ! mais oui ! on sait à quel point c'est dur avec tous les papiers… mais le temps va, chère Mademoiselle, on fait pas que du social, on aide vraiment, pas qu'avec la langue ! ah non, avec nos têtes et mains ! vous croyez peut-être que c'est facile de s'endormir en sachant qu'y a des gens qui souffrent, abandonnés, et puis les femmes qui sont toutes seules…

Toujours ce violon de merde et tout ça les yeux dans les yeux et des heures et des heures !

Elle m'a dit bien des choses… elle voulait se laver la bouche après.

« ....Ça tournait tournait autour à dévisser la tête ! comme des loups ! et toujours polis, l'un surtout, l'autre, je l'ai vu tout de suite – bizarre, charognard chauve et l'haleine ! l'haleine ! mais mon Dieu ! camion à merde ! et diable au volant ! tu ne peux pas savoir ! mais l'autre ! l'autre ! aussi finaud qu'une souche, venait plus souvent, lui ! il a même apporté des fleurs ! deux fois ! je les ai foutues dans les chiottes quand il est parti. et puis il l'a vu après, son bouquet, même pas déballé ! il est revenu deux, trois jours après, je l'ai laissé dans les chiottes exprès ! pour qu'il voie ! pour qu'il arrête ses conneries ! ils ont jamais osé aller aux toilettes ici ! mais celui-là – a osé et il a vu son bouquet ! ça l'a calmé ! il est sorti muet comme une crotte ! pendant un mois je l'ai pas vu. c'est bon, je me suis dit. c'est bon. mais non ! non ! il est revenu au parvis ! et il revient toujours, lui ! encore hier il marchait dans le jardin ! je l'ai vu, moi ! je me suis cachée et je l'ai vu ! je peux plus ouvrir les fenêtres !... »

Je sais qu'elle partira pas d'ici. même si on met du sang, Nina, ton sang et le mien sur les gonds de tes portes, bien à l'ancienne... à la Bible, comme il faut ! – ils viendront, tout de même, eux ! charognards chauves, ils ramperont jusqu'ici de partout, Nina ! et tout bas je te dis dans ma tête – on n'a plus de Pâques, Nina, et le sang, ça ne sauve plus, le sang.

Elle lit en moi. ça doit être écrit gros sur ma tronche !

« Mais qu'est-ce que tu vas faire ?! – elle me dit – tu ne vas pas à la police, j'espère !? faut pas ! » mais non ! – je dis. mais non ! ça me tente pas la police. je pense même pas à la police, moi ! je sais qu'elle bougera pas d'ici. c'est aussi écrit sur son front. mais je tente le coup. je propose juste qu'elle déménage.

Oui. partons d'ici ! chez Madame Dedovitch ! je vais tout préparer, moi ! tout ce qu'il faut ! « Mais t'es gentil, toi, mais toi-même t'as pas de chez-toi et tu m'invites... » bah, oui, pourquoi pas ! un rat d'église a toute l'église pour lui ! allons ! faut que tu viennes, Nina ! je vais tout arranger, ça te plaira, jardin, et puis la famille qui vit là-bas est très gentille. une vieille Noire, et puis un gosse et puis le père du gosse ! on fait comme ça ? je viens te chercher demain ! à midi. on mange et on part. en taxi ! à Fontenay-aux-Roses ! tu verras, ça te plaira ! et puis des fois c'est moi qui suis dans la tombe là-bas ! mais toi, mais toi – tu seras au rez-de-chaussée, toi ! enfin du bon côté de l'herbe ! la terre sous les pieds ! pas au-dessus de la tête !

Elle me regarde comme si j'étais un nourrisson qui s'obstine à faire passer le fil dans le chas d'une aiguille. et elle dit – non. ça ira – elle dit. t'inquiète – elle dit – je sais me défendre.

On prend un thé. elle se calme. ses larmes sèchent. elle grignote ses galettes, fameuses « vas-y Wasa ». on est face à face dans la pénombre. vraie tanière. la sorcière prend un thé avec son chat. quand elle croque ses Wasa, on dirait que quelqu'un marche dans la neige. on a tout dit. on bouge pas. on devient un dessin sur l'assiette…

Mais il y en avait un autre. un autre ! et celui-là était plus renard ! mille fois plus serpent ! ce type voulait la baiser aussi, j'imagine… mais non, pas comme ça ! pas au galop ! il avait de la patience, lui ! classique, quoi ! comme toi, Dimitrius ! un jour peut-être on dira de toi aussi – c'est grand classique, celui-là ! au bout du rouleau je m'écroulerai à côté d'une femme, peut-être… comme Nina ou n'importe, comme on s'écroule à côté du Styx, il paraît. oui, comme ça, tout près. et encore… il a de la chance, celui-là ! femme pareille ! Nina…

D'abord les fleurs, puis toutes sortes de services ! vraiment tout. deux fauteuils, modernes, et comment ! on dirait des chars d'assaut ! il connaissait bien l'opéra, lui ! surtout les Italiens. et puis Mozart ! *Don Giovanni* ! il l'a invitée deux fois ! et puis Donizetti ! avec Villazón et Netrebko ! jeunes gorges amoureuses ! et les yeux qui chantent dans les yeux !

Je les vois dans la salle et le rideau s'ouvre et ils se regardent avant de se plonger dans la lumière devant.

Il la faisait danser comme les mecs bien élevés font tanguer les dames bien nées. tout respect tout calme.

parlait peu. et surtout les fleurs, les fleurs, et encore et encore et sourires avec les yeux, ces sourires fatigués, et tout ça bien lentement, très lentement, tel l'oiseleur prend un oiseau qui se débat sous le filet. et l'oiseau ferme les yeux à la fin. et finit par se rendre. il n'y a pas de femme qui ne se soit pas rendue après un long siège bien mené – disait mon pépé. patience ! faut savoir farcir la nouille ! et puis elle est si seule, Nina ! si intense et si jeune ! y a un truc là... une faille ! on peut y glisser. et puis on finit tous par fermer les yeux. elle est si belle, Nina. et si seule...

Et puis tout en douceur ! et puis c'est agréable d'aller manger au restaurant, non ? il fait beau, c'est le printemps, c'est une bonne soirée. et on te pousse comme un enfant et on te sourit comme papa, on te parle et tu remarques que les femmes regardent celui qui est derrière, qui te promène. regards d'admiration ! ah oui ! et tout valse devant toi, comme devant un bateau qui se balade tout en fête, et le monde glisse sous tes pieds, comme un chat et tout ça et tout ça – rien que pour toi, et t'oublies tout, et ton corps, et tu lis dans les yeux des jeunes serveurs comme dans un livre – ils ne voient plus rien, eux, que ton visage, ton visage lumineux comme une icône dans la nuit et tout ça, tout ça te fait un bien immense et des heures passent et tu rentres un peu enivrée, chaleur au ventre et la ville retient sa respiration quand tu roules et surtout et surtout quand celui qui a fait tout ça pour toi fait le code et puis repart. à l'ancienne, sans dernier verre, rien de tout ça, merci pour cette soirée, ah non, c'est moi qui vous remercie et tout ça et tout ça... et tu restes seule, et la poussière d'or retombe sur tes jambes mortes et devient tristesse et tu peux pas la secouer. faut se coucher. faut se hisser du fauteuil.

s'agripper à la barre au-dessus du lit et puis et puis un effort et ouf. t'es rentrée enfin. c'est fini. c'était une bonne soirée. avec la zappette tu éteins la lumière.

Je t'écoute. oui, Nina, oui. je t'écoute et j'entends le dégoût et puis son frère le mépris et puis leur mère la colère… elle a beaucoup de rejetons, la colère. je ne sais pas comment elle fait, cette dame, mais ils sont toujours en forme, ses enfants ! j'écoute tout ça, en chœur, mais au fond, tout au fond – je vois le plus petit de la smala, le regret. il n'ouvre pas la bouche, lui. il n'a pas de bouche celui-là ! on se regarde lui-moi, rien de plus…

Fallait pas faire comme ça ! non. pas comme ça ! c'était si bon ! il fallait que ça dure encore ! un peu ! que ce type ait un peu plus de patience ! juste un cheveu de patience en plus ! et tout serait différent. tout ! l'oiseau se poserait tout seul, tout seul sur l'épaule de l'oiseleur. et puis plus de regret dans ses yeux. je vois plus rien.

Patience… quelle connerie ! patience ! je pense à Fevro. déjà une semaine sans nouvelles ! même si j'ai la patience d'une vieille tique – elle me manque. tout me manque !

« ....Il parlait peu, lui. buvait pas. en tout cas devant moi – jamais ! un peu comme toi ! mais toi, tu parles, toi, lui – non ! pas beaucoup ! je savais rien sur lui. c'est la dame que tu remplaçais, c'est elle qui m'a dit pour son père. qu'il est malade, qu'il meurt depuis dix ans, n'arrête pas de mourir et n'arrive toujours pas. et que c'est lui, lui tout seul, qui s'occupe de son père. voilà tout… »

Oui, je vois enfin. je vois de qui elle parle. je le vois, lui. Jean-Marc. bien connu dans le bataillon. vraiment un grand classique.

Je vois très bien qui c'est. bizarre, c'est vrai, même pour moi – bizarre. parle pas, boit que l'eau du robinet, s'éclipse comme une couleuvre, jamais présent aux pots de départ ni aux bouffes de la rentrée de vacances. rien. ni feu ni fumée, lui ! ni poisson ni crabe, lui ! une fois coincé dans les couloirs – poli, sourit avec les yeux, puis voilà. pas grand-chose. juste les godasses. oui, très belles chaussures ! chères. plus que la peau du cul ! peau de serpent ! oui, je vois sa tête par ses grolles, Nina. on les voit, ces mêmes godasses, toi-moi, n'est-ce pas ?

Les collègues racontaient des choses sur lui, mais doucement, très bas, surtout les femmes, les vieilles. elles l'admiraient, ça se sentait ! je m'en foutais de tout ça. je n'étais à la mairie qu'une béquille, moi ! d'accord, peut-être la béquille hors pair, mais la béquille ! j'ai entendu qu'il vivait avec son vieux père. si vieux, qu'il pouvait pas ouvrir les yeux tout seul ! et puis les gens disaient « Mais il porte son père sur le dos ! sur son propre dos ! » ça m'est resté, ça… j'ai porté moi-même pépé Jo comme ça. il était malade à la fin. mais c'était pas la fin encore. il rebondissait toujours, lui ! papy magique ! chaque fois il se mettait debout ! et puis la pneumonie et puis c'est le tunnel et puis le terminus. je le portais du lit aux chiottes, aller et retour ! puis jusqu'à la porte ! puis dehors, vers le soleil. une heure, deux, il tremblait, le pauvre, il faisait chaud mais il grelottait ! dent sur dent ! fièvre à faire griller les saucisses sous les aisselles ! je me mettais à quatre pattes, il grimpait sur mon dos et puis je me redressais lentement. il s'accrochait bien lui ! sans m'étrangler pourtant ! je sens encore ses bras autour du cou. « C'est une habitude du front » – il m'a dit un jour. deux fois blessé, il en a appris des choses. « Ce sont les femmes qui m'ont porté là-bas… paysannes ! elles ont dû en porter des mecs ! maris, ivrognes d'hiver, gars blessés… tout ! » il a l'air rêveur, lui. « Les femmes, elles savent porter les mecs… elles te disaient comment faut que tu t'accroches, si t'as pas perdu connaissance ! sinon – elles te traînent ! moi – on m'a jamais traîné. » et puis il a rebondi. et puis la dernière fois – non. il s'est allongé sous un peuplier et n'a plus rebondi.

Ce mec, plus tout jeune, à deux Pâques de la retraite, lui et son paternel sur le dos, je les vois. et puis ce n'est pas la force qui compte. la force c'est rien, ou demi-rien. faut trouver le truc ! la position ! c'est la danse presque ! faut être un âne calme. âne léger, quoi. âne ailé ! sinon – tu portes les deux sur le dos ! toi et lui sur le dos ! je connais, moi ! je vois comment. mais c'est lourd. vraiment lourd… et c'est long surtout. à la fin du tunnel surtout. le bout s'éloigne… je m'en souviens. oui.

Nina continue. « ....Et puis un jour il vient, taciturne, vrai nuage ! triste, mais triste ! je ne savais pas quoi dire. il lui est arrivé quelque chose ! un problème à la mairie !? je dis rien ! je fais comme si. et puis on devait sortir. je l'ai attendu toute la journée ! et le soir, ce soir, tu peux pas savoir, dans l'année il n'y a pas deux soirées comme ça ! le soleil se couche et enfin – tu peux le regarder dans les yeux ! et lumière sur la ville ! quelle lumière… cette lumière silencieuse qui nous caresse tous, bons, pas bons, fous, pas fous, infirmes comme moi, et ceux debout, tous, mais tous, elle nous réveille tout doucement cette lumière, nous regarde dans les yeux, cherche cherche dedans, sous chaque paupière et chaque cil cherche son enfant perdu, et le trouve, le trouve ! lumière mère retrouve son lumière fils. et c'est insupportable. c'est intenable ! parfois je ne peux même pas expirer ! cette lumière qui te cherche, qui te trouve. tu étais perdu. et tu es trouvé. on pourra jamais jamais dire ça. et ça dure. et ça ne dure pas. et ça dure toujours. toute la journée j'ai roulé dans l'appart d'une fenêtre à l'autre comme une tarée ! »

Elle hallucine ! ses yeux ! devenus cristallins ! transparents. comme la glace sur un lac. lac gelé du vivant. vivant caché dans la doublure de la vie. vivant qu'on saisira pas même mourant. vivant qui pour vivre devient muet. et pour mourir – parle. et ne meurt jamais. c'est nous qui mourons à sa place. oui.

Il y a des moments où l'être humain peut tout dire. les moments où il sort de la vie. et entre dans le vivant. ce moment où on n'a plus peur de rien. et on devient vraiment calme. plus rien ne peut nous arriver. plus rien. comme au bout d'une vraie perte. perte immense on devient nous-mêmes. et plus de mots. et plus rien.

Je l'ai pas vue comme ça. les yeux derrière mon épaule, elle parle… parle. sourit à ce qu'elle voit derrière moi. loin d'ici. loin de cette chambre plus froide qu'une tombe en hiver, une tombe dans la steppe en hiver. jamais comme ça.

« .... Avant qu'il vienne, je me mettais toujours sur le canapé. je voulais pas qu'il me voie tout de suite en fauteuil. mais comment faire ! comment faire. eh bien, j'ai trouvé comment faire. je me penchais en avant et puis lentement lentement je me laissais tomber sur le côté par terre, c'était dur. au début j'ai eu mal aux côtes, et puis je me suis habituée. j'ai eu des bleus partout, comme un léopard ! sur les bras surtout, bon, ce qui était un vrai exploit – c'est le canapé ! vrai Canigou ! fallait ramper jusqu'à ce maudit Everest et puis me hisser me hisser et tout ça pour pouvoir m'écrouler, d'abord dessus, m'allonger, respirer respirer et puis me redresser, attraper l'équilibre et m'asseoir. il y a une étape que je ratais chaque fois. je me hissais haut pour ensuite me laisser tomber sur le canapé ! mais pas assez haut ! pas assez ! et boum ! je ratais le canapé ! tombais par terre mais comme une boule dingue ! mais enfin j'avais appris. on arrive à tout faire à la fin. même les blaireaux les plus hagards finissent par donner la patte ! comme disait ton fameux grand-père « Une goutte fait tomber le mur… » c'est ça !

Oui, Nina. une goutte fait tout tomber. surtout lui, pépé. il suffisait d'une goutte dans la pipe à la fin. il se mettait à tomber, même allongé, Jo ! voilà, je me dis, d'où tes bleus… voilà comment.

« ....Quand il venait, il s'asseyait sur le canapé, avec moi, mais pas trop près, j'ai horreur qu'on me touche ! j'aime pas ça, tu le sais ! bref, on bavardait, on avait nos habitudes déjà, mais là – il s'assoit, devine où ! dans mon fauteuil ! et toujours la tête d'enterrement ! je demande qu'est-ce qui se passe ! rien. je dis – non, ça va pas, je vois. il dit “Il te reste du cognac ? juste un verre. je prendrai un verre.” mais oui, mais oui, de toute façon j'ai même pas ouvert la bouteille qu'il m'avait offerte ! mais il va falloir que tu les cherches et la bouteille et le verre toi-même ! et, gourde ! je me suis mise à rire bêtement !

Il a tout trouvé, et bien vite, il connaissait la maison, et puis il a bu un verre. moi, aussi. tu sais, Figardeau, je fume de temps en temps, tu savais pas ?

j'en ai allumé une. et là – il a dit. il a dit que son père était mort cette nuit. il a juste dit ça. mon père est mort cette nuit.

Puis il a bu encore. moi – pas. je roulais mon verre entre les doigts. je ne savais pas quoi faire… je savais et je ne pouvais pas. je voulais lui dire – "Viens. t'es trop loin là. viens." mais je pouvais pas. et puis j'ai bu moi aussi mon verre… houf ! ça frappe, le cognac ! j'avais les larmes aux yeux ! c'était bizarre, on parlait pas, j'avais de la peine pour lui, vraiment, mais on restait comme ça, sans un mot, ni rien. lui-moi. loin loin l'un de l'autre. moi – là où t'es maintenant. et lui – là où je suis, dans ce fauteuil. amas de ferraille !

Et puis il m'a dit qu'il voulait pas sortir ce soir. qu'il ferait mieux de rentrer. "je suis un peu ivre" – il a dit. je voulais pas qu'il parte. pas comme ça. il y avait de quoi faire à manger, "il faut que tu manges un peu" – je dis, "il y a des choses au frigo, de quoi faire une omelette, y a tout pour faire une bonne omelette", et la ruse – je dis que j'ai faim.

Il a souri. oui. la première fois depuis son arrivée. et il a dit, "non, pas une omelette. rien. je veux juste m'allonger un peu. ça passera". "oui, si tu veux" – je réponds… »

Elle a pensé qu'il viendrait vers elle. sur le canapé. à côté. elle était prête. si pour qu'il reste – il fallait le toucher, elle était prête. mais il s'est allongé sur le lit. sur son lit à elle. comme il était. avec ses chaussures, avec ses chaussures en peau de dragon ! et il a dit après « Viens, toi. viens ici… » et il a souri une deuxième fois… Nina s'arrête. et puis reprend. et se tait encore.

Elle pensait qu'il plaisantait. mais il plaisantait pas. ses yeux ne plaisantaient pas. sa bouche – oui. mais pas les yeux. elle comprenait pas. et lui il a dit encore une fois « Viens là, s'il te plaît. viens. » et ses yeux sont devenus durs. elle s'arrête encore. et puis elle reprend.

Et elle est venue. elle s'est laissée tomber du canapé, et elle a fait la route inverse. sans le regarder elle rampait vers lui. « Je ne sais pas pourquoi je l'ai fait. mais je l'ai fait… je rampais vers le lit. vers ces yeux qui suivaient ma route. ça a pris du temps, ça… énormément de temps. à quoi je pensais ? je ne sais plus. je pensais à rien. je rampais. deux verres de cognac, ça donne des forces, ça ! et quand j'ai enfin touché au fauteuil, il a dit "C'est bien. très bien. maintenant viens là ! monte vers moi !" je me disais, il aurait pu m'aider quand même ! me tendre la main ! sa main si forte… et non ! il me regardait, c'est tout. et même ses yeux m'aidaient pas ! mais je l'ai fait ! je l'ai fait… et je l'ai fait bien ! sans cris ni soupirs, ni rien ! je me suis hissée ! je me suis accrochée ! je voyais rien ! et puis j'ai vu qu'il s'est poussé vers l'autre côté, m'a laissé la place, et je me suis hissée encore, et voilà j'y étais presque. puis le reste ! puis les jambes…

Il a plus rien dit. j'ai respiré tellement tellement que même s'il avait parlé j'aurais rien entendu ! je me suis calmée un peu et puis ses mains m'ont dit "Tourne-toi, dos contre moi" et je me suis tournée dos contre lui et il m'a attirée vers lui, je me suis blottie contre lui et on est restés comme ça un moment. et puis je ne sais pas ce qui s'est passé. je me suis endormie. quand j'ai ouvert les yeux, j'étais seule dans le lit. j'ai senti tout de suite que j'étais nue. nue sous ma couette. complètement nue. je ne sais pas combien de temps j'ai dormi. une heure, deux, dix minutes. j'étais seule sous ma couette et j'étais bien. j'étais nue et c'était bien… j'étais bien sous ma couette chaude et légère. »

Elle se tait encore. et encore ce long regard silencieux derrière mon épaule. regard ailé. c'est curieux quand même, on pense tous que loin – c'est toujours devant nous…

« Tu sais, mon Figardeau, je ne sais pas pourquoi j'ai fait ça… mais ce que j'ai fait – je l'ai fait. oui. et je ne regrette pas. même là – je ne sais pas pourquoi. même maintenant. mais je n'ai pas de regrets… je me suis comme réveillée et je ne sais pas quoi faire maintenant. comment vivre. tu comprends ? mais oui, tu comprends… il m'a pas touchée. il est parti. il y a deux semaines, je crois, je ne sais pas. et depuis je l'ai plus revu. plus rien. ni appel ni texto, pas un signe. et je ne cherche pas à en avoir. non… »

Et puis elle ajoute « Et toi, tu vas oublier tout ça ! il le faut. pauvre fille qui s'est réveillée… mille filles qui s'endorment, qui se réveillent. mille choses. mille vies… oublie tout ce que je viens de te raconter. efface tout ce que j'ai dit ! oublie ! oublie tout ! mais ne m'oublie pas, moi… » elle a dit encore quelque chose, j'ai pas compris, et puis plus fort « J'ai mal aux yeux. je vais m'allonger un peu. achète du lait, s'il te plaît, et rentre. prends la clef. non, rien que deux packs d'eau. mais des gros, et reviens vite. n'oublie pas la clef. »

Ça c'est bien, les courses. faut que je bouge un peu. je sors. chaleur tournante dehors ! et le soleil tape comme un forgeron largué pas sa femme ! devenu fou ! je vais à Monoprix à côté. Monoprix frais. je prends mon temps. qu'il se déchaîne sur d'autres enclumes, ce forgeron soleil ! je me balade dans les rayons, j'ai envie de mettre mes chaussettes discrètement dans le congélateur aux crèmes glacées et en sortant de les récupérer. pas mal comme truc… en Russie, dans la steppe ça tape encore plus parfois, et je mettais mes fringues le soir au frigo.

Mais bon, faut rentrer. un pas et je sors dans le Sahara humide. packs d'Évian dans chaque main, magazine avec le programme télé sous l'aisselle gauche, pain sous l'autre. on dirait une bobonne d'orang-outan ! Nina oublie chaque fois pour le programme télé. après elle est fâchée que j'aie pas pensé à l'acheter.

Elle dort. en serpent je glisse plus près. elle est bien.

Il y a deux sortes de gens dans ce monde. ceux qui n'aiment pas réveiller. et ceux qui adorent. moi – j'aime pas, mais du tout. on est bien quand on dort. on n'est peut-être jamais aussi bien qu'en dormant.

Elle est si paisible, si détendue, si paix. si tout. il faudrait être Hitler au carré pour la réveiller !

Je range les courses. magazine et pain. et puis je vois qu'il y a déjà quatre packs d'eau. c'est bizarre, pourquoi m'envoyer en acheter encore deux ! mais bon, chacun a ses angoisses ! moi – c'est les cigarettes et le thé. elle – c'est l'eau. je laisse un mot. j'aime bien laisser des petits mots comme ça. je viens demain. dors bien.

Et puis la route du retour et je pense à ce type, ce Jean-Marc. je sais pas ce qui s'est passé cette nuit-là. elle-lui. je saurai jamais. personne saura jamais. ni même eux. et puis je pense à son père qu'il portait sur son dos. je pense à pépé Jo. comment je le portais moi aussi… c'est loin tout ça. dans une autre vie tout ça.

Je me dis ce serait bien quand même qu'on soit tous marqués… tous. dans le berceau, oui, une fois pour toutes. je ne sais pas, quelque chose, un signe, une tache… pas une balafre, ni cicatrice, il y en a trop déjà. mais qu'un lampyre vienne la nuit, de loin vole, de l'autre côté de la vie vienne et se pose sur notre front. comme une braise. et s'allume et luise. et les plaies s'ouvrent. comme ça – on voit. comme ça – on sait. pour toujours. qui est qui. bon, méchant ou rien du tout.

Cette nuit-là j'ai dormi comme un jeune roi. juste un cauchemar, mais c'est rien ça ! cauchemar demi-écrémé ! je me retrouve sur le pont Anitchkov à Saint-Pétersbourg. au milieu du pont. soleil gai, et la foule, et c'est bien, je me pavane et puis et puis – je sens que je commence à avoir froid et je m'aperçois que j'ai pas de pantalon. que je suis nu en bas ! tout à l'air ! archi-tout ! angoisse ! et puis à gauche Samouraï, avec un katana, et ça brille comme un ruisseau, et elle a une drôle de voix, voix d'homme et elle me dit « Ne t'inquiète pas, ils sont tous morts. ils sont tous aveugles ». mais ça me fait une belle jambe ! moi – je suis vivant, moi ! et pas aveugle ! et puis elle me dit « Tiens. couvre-toi » et me tend son sabre ! « Mets-le entre tes jambes. enfourche-le et marche ! on est presque de l'autre côté. » et je me réveille. draps souillés entre les cuisses et j'ai froid. sacrée tombe, t'as joui, toi ! un sabre t'a fait bander ! je m'ébroue comme un chien qui vient de traverser une rivière en feu ! je m'habille, je fais gaffe de bien mettre mon jean !

Faut que je me magne ! j'ai promis à Nina.

10

En sifflotant à la corbeau fiancé, tout joyeux, « *Kouda Kouda...* » d'*Eugène Onéguine,* je tourne la clef. une fois, deux. ça s'ouvre pas. trois et ça s'ouvre. elle se ferme jamais à trois tours ! j'entre. noir complet. même à six pieds sous terre doit y avoir plus de lumière ! elle n'a pas encore ouvert les volets ! pas un bruit. je sifflote plus. elle dort encore ou quoi ?

Je passe le couloir lentement, en tâtant, en limace. faut que les yeux s'habituent. je trouve jamais l'interrupteur ici. la porte de sa chambre fermée, je vais dans la cuisine. rien de spécial. je retourne vers sa chambre. toc-toc tout doucement. rien. toc-toc plus fort, rien non plus. Nina ? t'es là ? rien. et je pousse la porte. et je la vois. oui.

Elle était debout, Nina. Dieu qu'elle était grande ! debout près de son lit ! elle disait rien. elle bougeait pas. et puis et puis – la corde. j'ai vu la corde. et la corde la tenait debout.

J'ai fermé la porte et puis et puis j'ai fait un pas. tout doucement comme si je pouvais la réveiller. et je l'ai appelée encore. « Nina »... et puis encore. et puis j'ai vu, complètement vu, et je l'ai plus appelée. elle était pendue et debout. légèrement penchée en avant. je voyais pas son visage. elle regardait le sol. j'ai reculé ! puis encore ! et encore ! sans la quitter des yeux et comme ça, jusqu'à la porte ! et puis je l'ai poussée avec mon cul, la porte ! et elle s'ouvre pas, la porte ! merde ! je tâte la poignée, je la trouve et je tire. je sors à reculons et je la referme, cette maudite porte devant moi.

Police. oui. les flics ! il fallait appeler les flics. et vite. mais elle est encore vivante peut-être ! il fallait y retourner ! et je rouvre la porte. elle était toujours là. toujours debout. je voulais me réveiller ! il était grand temps ! je voulais allumer une cigarette et j'ai pas pu !

J'ai laissé la porte ouverte et dans la cuisine je me suis lavé la tronche bien longuement. j'ai lapé l'eau comme un fou. mais t'as vu des pendus, toi ! t'as vu pas mal de pendus ! foule de pendus… vas-y ! va là-bas. et je suis retourné dans la chambre. elle est toujours là ! et si grande ! Dieu, qu'elle était debout ! comme un poisson pendu nous paraît plus grand. j'ai jamais vu quelqu'un aussi debout ! elle était géante… *Gospodi* ! et j'ai allumé la lumière. j'ai marché vers elle, et je n'arrivais pas ! elle s'éloignait ! comme sur des roulettes elle s'éloignait ! et la porte derrière s'est refermée ! j'étais immobile. pas de respiration ! j'étais en train d'écouter, tout oreilles, tout nez ! les voisins, leur télé, un chien dehors, quelque part… et puis une bagnole passe tout près tout lentement, se gare. tout ça ! merde ! comme si de rien n'était !

Elle s'était pendue avec une corde trois fois passée autour de la barre, puis – et à l'autre bout – six packs d'eau d'Évian. bien calculé, l'Archimède ! elle a dû s'entraîner avant ! comme un athlète ! c'est pas évident… déjà pour choisir la corde. puis toute cette machinerie. elle a dû passer du temps avec ! plusieurs nuits, je ne sais pas ! mais là – j'ai vu comment.

Elle a mis la corde. et puis et puis elle a fait monter le lit au plus haut, et puis la barre, oui, élevée aussi, au maximum. et puis elle s'est laissée tomber vers le côté. c'est costaud la barre ! elle a tenu bon. et l'eau n'a pas bougé non plus. quel calcul… et la voilà, debout ! sur la pointe des pieds. je la quitte pas des yeux. figure de proue ! tête penchée. je la regardais. je la vois encore.

Elle a mis une nouvelle robe. quelle robe… je l'ai jamais vue cette robe. robe bleue, jusqu'aux genoux, et puis les fleurs, rouges surtout. oui. quand j'ai allumé la lumière, je l'ai vue toute sa robe. et puis ses pieds. ses jambes et ses pieds. pieds d'un enfant de trois ans, je ne sais plus… mon fils, je m'en souviens de ses pattounes d'ourson !

Et puis elle s'est bien coiffée. vraiment bien. ses cheveux cachaient entièrement son visage ! comme sous l'eau. les noyés nous regardent comme ça. lents, nous observent nous affoler autour.

J'ai pris la chaise pour bien voir son cou. ses cheveux sentaient encore le shampoing. j'ai évité le visage, mais le visage, lui, il était si là ! caché mais visible à travers les cheveux. juste le cou. il fallait que je voie un truc. fallait que je comprenne si c'est elle toute seule ou si on l'avait aidée à se pendre. si elle était vivante au moment de mettre la corde ou déjà morte. j'en ai vu des pendus ! ceux encore debout et ceux déjà allongés ! je savais comment ! la corde est entrée dans la chair, mais pas profond. elle pesait moins qu'un chat, elle ! j'ai senti l'odeur du savon. mon Dieu, elle a même savonné la corde ! pensé à tout, elle ! elle n'aimait pas qu'on la touche, mais je l'ai touchée. elle était déjà raide, mais pas froide. elle s'en foutait là, qu'on la touche ou pas. elle s'est pendue – vivante. même délirant que je suis – j'ai vu comment. voilà la chose.

Faut que j'appelle ! flics, pompiers, SAMU ! n'importe ! et là – une voix, voix douce, ange ou démon, moi-même, pas moi, peu importe le matricule – me dit – NON. pas tout de suite ! et je me mets à penser comme un fou qui écrase les poux ! appeler les flics. d'accord ! mais si c'est fait ? déjà ! si quelqu'un les a déjà mis à la coule ?! ah ? on te fait porter la chapka, non ?! tête à claques que t'as ! même pas français, toi ! stop alors !

Faut que je fasse le dernier tour et très vite. trouver le petit mot d'hier. je l'ai cherché ! mais partout ! avec les yeux ! avec la tête ! avec les mains ! dans toutes les poubelles ! corbeille à papiers ! poubelle de salle de bains ! dans la chambre ! partout ! et rien ! et Nina était là. toujours debout. pourquoi t'as fait ça, Nina !? pourquoi tu m'as fait ça, à moi ?! pourquoi moi ! je ne sais plus, peut-être j'ai parlé tout seul ! mais elle… elle était là, silencieuse et debout, tête penchée, me regardait ramper par terre, m'agiter, me tortiller ! comme ma mère me regardait fatiguée à mort quand j'avais mes crises de colère.

J'ai rien trouvé à part trois moutons de poussière sous la commode ! rien ! tout était comme hier ! fallait déguerpir et appeler les flics. ils sont en route peut-être ! avant de partir je suis allé pisser. j'arrivais pas. j'y méditais un peu. et puis j'ai vu. c'est pas vrai ! le siège de la cuvette était debout ! tout était debout ! abattant, couvercle ! hier je m'en souviens, mais parfaitement, comme je me souviens de mon prénom – je l'ai rabattu, le siège ! toute cette lunetterie ! il fallait faire gaffe tout le temps ! là-dessus – Nina était Staline !

Putain et cieux ! j'ai jamais pensé que le siège des chiottes pouvait être aussi fascinant ! Dimitrius ! faut t'arracher d'ici. mais avant – faut ramasser l'eau dans l'évier qui restait après ma douche de tronche. puis – passer le torchon sur tout ce que j'ai touché ! pas grand-chose. interrupteurs, poubelles, boule de chasse d'eau ! oui, et bien vite. mais pourquoi ! pauvre allumé ! ce n'est pas toi qui l'as pendue ! réveille-toi, Roméo ! t'es dans la merde jusqu'au balcon ! mais oh ! mais ce n'est pas moi !

Et je pouvais pas me réveiller. la seule chose que j'ai faite – c'est de faire se coucher tout lentement la lunette sur la cuvette. doucement-doucement. comme s'il y avait quelqu'un qui dormait.

Avant de sortir – dernier coup d'œil. dernier-dernier ! je retourne dans sa chambre. je contourne Nina comme un poteau, et puis – tout droit vers la fenêtre. je l'ouvre, puis j'ouvre les volets les yeux fermés. je referme la fenêtre. là – c'est bon ! et je sors. je claque la porte, et je déboule dehors, clef dans la poche. mes lunettes d'Œdipe déjà sur le nez.

Je vais les appeler, les flics ! là – je vais appeler tout le monde ! une cabine en face du Monoprix ! très bien ! Dieu soit loué, ça existe encore les cabines ! carte bleue, code, tout… pas la peine ! c'est gratuit ! ça sonne occupé ! encore une fois ! toujours occupé ! je voudrais être Rupert ! ne serait-ce que pour une minute ! faire avec ma voix des miracles ! du moins – prendre un accent yakoute ! et puis ça décroche et je dis tout ce que j'ai concocté dans ma tête malade.

que j'ai vu une femme pendue. que je l'ai vue par la fenêtre. que c'est terrible. et puis je dis l'adresse. et puis j'ajoute – je suis touriste, Madame ! en vérité j'ai même pas compris si c'était un mec ou une femme ! j'ai été choqué, putain ! j'ai vu une femme pendue ! j'ai tout débité et j'ai raccroché.

Je voulais déguerpir tout de suite, ah oui ! loin d'ici ! loin de ce quartier ! loin de mes yeux ! loin de tout ! et puis non ! je m'installe dans un café qui fait l'angle, boulevard de l'Hôpital et rue Poliveau ! c'est bien agencé ce quartier, n'empêche ! je commande un café et un verre d'eau. non ! deux, s'il vous plaît ! le serveur rigole, « Vous avez raison ! faut boire ! » et puis il me parle du soleil, de la chaleur… comme si on était à mille kilomètres l'un de l'autre ! peut-être c'est vrai ! il doit être nouveau ! les vrais serveurs m'aiment pas ! ça roule comme sur les patins dans la merde entre vous – dit Cowboy ! puis il raconte ses vacances ! ses vadrouilles ! il sera coiffeur dans une autre vie ! je le relance, je commande une carafe d'eau ! et il revient comme un boomerang ! souvent j'arrive pas avec les serveurs ! avec moi, ils sont mal lancés, eux ! mais celui-là ! sort comme un champignon de nulle part ! je me mets à tousser ! un tubard au bout du rouleau ! je dis que j'ai une grippe ! il cligne des yeux et puis ça marche et puis je le vois plus ! enfin seul ! oui. au milieu de tout ce que j'ai fait. pas fait. égaré dans la foule que je suis.

Maintenant tu n'as qu'à attendre les anges venir, toi ! et c'est long… l'ombre se déplace. l'ombre me quitte ! elle m'offre au soleil ! ma propre ombre est passée derrière mon dos ! je change de table ! bientôt il n'y aura plus de place ! l'heure du déjeuner ! les gens me regardent bizarrement. un coup d'œil, c'est tout, mais c'est parlant ce coup ! les couples s'installent ! ça roucoule de partout ! je suis un pigeon solitaire dans ce mariage de pies ! c'est pour ça peut-être… même pas foutu d'avoir une corneille à sa table ! mais non, c'est plus poussé que ça ! ils me décapent vraiment ! et je me mets à loucher ! bigler comme pas deux ! toujours la même chose ! quand je suis stressé l'œil gauche part en vadrouille !

Mais c'est pas vrai ! pourquoi ils m'épient ! mais non, ça va, c'est juste que je suis ébouriffé plus que d'habitude ! pire que Michel Simon avec sa bouille dantesque ! sinon – il y a pas de quoi me regarder comme ça ! comme prophète Élie qui voit une télé pour la première fois !

Et voilà les anges arrivent ! trois voitures. deux de police, et puis SAMU. pas trop tôt ! en attendant tu peux crever tranquille ! passer la queue à gauche ! à droite ! ressusciter et reclamser encore ! sont pas des flèches, eux ! ils savent pas faire… personne ne sait faire ! je pourrais aller leur expliquer comment ça s'est passé ! leur montrer comment s'y prendre ! leurs médecins légistes ! ho ! ils ne sont bons que pour le cirque ! à constater les chutes des singes ! allez, écartez-vous ! laissez voir et je vais vous dire comment… mais je bouge pas. comme le riz brûlé, collé au fond de la casserole j'y suis. et j'y reste ! faut me racler d'ici ! me tremper dans l'eau d'abord !

Mais pourquoi ils restent si longtemps dedans ?! voir quoi dedans ?! tout est clair comme le jour ! elle s'est pendue cette nuit ! point à la ligne ! je vois bien même d'ici ! qu'est ce qu'ils foutent là-bas ! c'est facile pourtant ! couper la corde et tout ! l'emballer et faire sortir. faire rouler…

C'est facile ? parfois oui, parfois non. faut faire descendre le pendu. l'allonger. et puis avoir le fourbi d'un médecin légiste ! pour l'ouvrir ! pour voir ! larynx, nuque, colonne… à l'œil nu on ne voit que dalle ! si un mec a été pendu déjà mort – il y a une trace sur le cou, une trace qui souligne la trace de la corde. on l'appelait en Russie – « l'ombre de la corde ». légère trace bleue.

Puis – une autre façon. presque cent pour cent. mais mon sang, c'est archi-dégueulasse ! les pendus vivants perdent leur urine ! je ne sais pas s'ils bandent ou pas, mais ce que j'ai vu mille fois – je l'ai vu. et puis ils défèquent, oui, souvent, mais pas toujours. sinon – juste des gouttes d'urine. le corps se relâche. et tout s'ouvre ! tout ! même si tu viens de pisser et puis tu sautes – c'est toujours pareil ! toujours. c'est ce que j'ai vu en tout cas ! avec ma mère on a coupé la corde à deux mecs et puis à une vieille ! puis moi-même, tout seul, à l'armée ! et puis à la faculté, à la morgue… les pendus ! on en a tripoté pas mal ! alignés et nus comme des poissons sur le marché ! cou et la corde autour ! je nous vois encore ! ahuris ! becs cloués ! billes écarquillées à les laisser tomber, et le type ! ce type ! toubib légiste, né déjà ivre, nous expliquait la chose ! notre Virgile il nous faisait visiter le marché ! il nous montrait les cordes et les corps ! d'un geste large ! comme on présente sa famille à une autre ! il nous a appris pas mal de choses, lui ! pas qu'à utiliser leurs ventres ouverts pour cacher la gnôle ! pour les pendus il disait « Ils pissent tous, eux ! la mort ouvre tous les robinets en nous, mes amis ! » il était poète, lui ! maboul atomique, lui ! vrai ouf magnum ! virtuose de la corde, lui ! il a vu passer la foule des foules des joueurs de la corde comme ça !

chef d'orchestre, lui ! il cachait le cognac dans les ventres des cadavres ! et puis oubliait la cachette ! et puis les macchabées partaient sous terre ! bien farcis, bien cousus ! contrebande avec l'au-delà ! il disait à la fin, triste « Pas grave, au moins ils ne seront pas à sec là-bas ! »

Il n'avait pas toujours été comme ça, lui. on disait que c'était à cause de son fils. accident de moto. mort en vol. tout jeune. même pas encore goûté à la vraie gnôle, lui. ni au café, ni aux filles. seulement à la moto, ça – oui. à la moto de son père.

À cette époque il fallait ouvrir chaque mort ! c'était une vraie douane, la morgue ! mais il voulait pas ouvrir son fils ! il pleurait, il demandait, il suppliait, et rien ! il n'était qu'un simple toubib, lui ! bon chaman de campagne, lui ! et puis un jour il vient à la morgue et dit « Il a froid, lui, mon fils a froid, regardez, comment il est ! nu, il est ! nu ! alors déshabillez-vous ! c'est bon, c'est bon, je me rends ! je vais le faire, moi ! je vais l'ouvrir. moi ! » ce que les gens disaient… j'invente pas, moi ! je vends pour ce que j'ai acheté ! et puis il s'est déshabillé, lui. comme son fils sur la table ! nu des nus. et puis il l'a fait. il a ouvert son fils. devant le boucher attitré. « Regarde » il a dit. « Regarde. c'est bon ?! t'as tout vu ?! » et puis il a refermé son fils. tout seul déjà. l'autre a déguerpi ! « Vas-y, cours ! petite nature ! » gueulait Nikolaï Nikolaïevitch derrière, en smoking d'Adam ! deux bistouris en guise de couverts !

Et puis il l'a enterré. depuis il bossait à la morgue attachée à la faculté. devenu attitré, lui aussi ! je ne sais pas s'il est encore vivant. il était déjà bien croqué par tout ça… sinon – il aura retrouvé son fils, peut-être. et les bouteilles cachées, et tout, et tout.

Mais chut ! enfin ils sortent ! je baisse les yeux ! mais pourquoi, merde ?! pour mieux voir ?! qui sait… mais ils arrivent ! toute la valetaille, voisins et Nina, allongée, couverte d'un drap ! ils la roulent vers la bagnole ! deux flics ouvrent les portes et puis et puis – enfournée dedans pour de bon.

Je voudrais me lever, aller là-bas et leur dire me voilà ! c'est moi qui vous ai appelés ! je la connais bien cette dame, elle s'appelle – Nina… et puis qu'ils fassent tout ce qu'ils veulent avec moi ! questions, commissariat… j'ai rien d'autre à foutre ! j'ai rien, moi ! rien de prévu aujourd'hui ! et je leur dirais des choses, moi ! juste en trouver un qui écouterait ! et il verrait le tableau, lui ! grand portrait de Nina ! portrait en pied et tout ce que j'ai vu autour ! tout ce que je sais autour ! juste un flic tranquille ! flic sage ! un concombre dans l'étui en guise de flingue !

Mais qui croira !? les assistants sociaux qui violent les pauvres handicapées ! qui lèchent les infirmes ! qui jouissent dans leurs mains ! c'est trop ! mais – juste pour voir la tête des flics, ces mecs en bonne santé, rasés comme pour le mariage – se décomposer ! ça vaudrait le coup ! vraiment ! mais non ! pas de déconnade ! et pourtant – je voudrais ! mais je bouge pas.

Bons policiers ?! y en a sûrement ! plus rares qu'un hymen recousu, mais il y en a ! mais qui t'écoutera ?! et même si ! qui te croira, pauvre taré ?! ta tronche est louche ! œil gauche à l'ouest, droit à l'est ! tu bigles comme un requin ! de quoi tu te mêles ?! tu n'as même pas le droit de voter ici ! Dimitrius ! même si c'est archi-vrai… t'es qui toi ?!

T'es pas bulgare, toi ! ni estonien, ni congolais, ni ukrainien, toi ! même pas ouzbek, toi ! t'es russe, toi ! ho ho ! par les temps qui courent ! Crimée, Ukraine, la guerre qui couve ! la météo promet ! à faire pousser les cheveux à l'intérieur ! l'orchestre de sourds, tous jouent peinards, et joue à joue et voilà – tuba qui pète ! mais ça se fait pas ici ! dis donc ! on se regarde ! pire que péter trois fois en pleine messe à Versailles ! même péter du mimosa ! oh non ! ça se fait pas ! mais pire de pire ! une brebis qui parle c'est forcément une brebis galeuse ! d'abord – l'enclos ! ensuite le méchoui ! et ton Ivan le Terrible ! un pet dans l'ouragan ! ils vont t'expulser ! fa ! qui va protester !? qui ?! t'as pas trente gosses, toi ! t'es pas un Manouche, toi ! tu roupilles pas dehors, toi ! tu te laves même ! et tu lis ! alors – t'es pas un bon pauvre, toi ! dégage ! d'abord les camps près de Strasbourg ! y en a ! ensuite l'Allemagne en train ! puis – à pied ! Dimitrius ! enfin tu embrasseras ta terre ! autant que tu voudras ! chaque motte et asticot dedans ! tu la boufferas, ta terre ! buffet à volonté ! y en a de la terre là-bas ! et ton Ourson !? ton fils !? ah oui ! ton fils ici ! il est français, lui ! pauvre père ! tu lui manques déjà ! il t'embrassera… toi. tes joues, tes yeux et ton délire dedans ! délire avec l'accent qui l'amuse ! qui le gênera un jour ! sûrement ! l'accent qui pique les yeux là ! qui donne froid au ventre là ! on ne bistourne plus pour des mots là ! c'est pour l'accent qu'on surine ! on entend bien des choses dedans ! ça pète en Crimée et ici on se bouche le nez ! Crimée, Sébastopol ! la guerre froide ! on ne porte plus que des vieux steaks décongelés en guise de semelles ! depuis cette guerre des frigos ! qui ouvre le frigo le plus grand ! et puis on les ferme ! et puis on recongèle toujours des restes ! et puis ça schlingue comme les tranchées de l'Apocalypse ! hououou ! mais sacrée barbe ! les forces qui se déploient là-bas ! la mer Noire ! les dauphins qui parlent russe ! tous – lieutenants ! ça rigole plus là-bas ! à débrider les Tatars ! ça se cagoule vite là-bas ! et ça se gâte ! à regarder par les canons des chars ! les yeux cousus !

Tu délires ou quoi ?! c'est permis, bien permis – de délirer dans l'alphabète, mais – attention là ! sur le passé – oui, vas-y ! on te donne même de l'argent pour ! sur le futur aussi ! moins, mais on te coupera pas l'oreille tout de même ! cause toujours ! et même en braille ! mais délirer sur le présent ! ici et *now*... en plein milieu de la foule ! au cœur de la foule ! dans les couilles de la foule ! ça – non ! *niet* et très *niet* ! c'est pire qu'écraser une perle dans une papamobile le matin de Pâques ! délirer sur le présent ! c'est pire que toutes les transes depuis l'*Iliade* amassées dans une seule tête ! ça touche à la vie, ça... oui ! ça perce le sac du réel, ça ! alors non et re-non ! faire délirer le présent, réchauffer les rails du présent et – les tordre ! ça... on te coupera et langue et oreilles et ! on les changera de place !

Alors – sois crêpe ! écrase-toi ! l'heure est grave ! saute pas ! mais tais-toi trois fois ! qui te croira ?! l'humain invente, transpose et ment ! tu sais moins qu'un poisson rouge, toi ! rentre en dansant comme t'y es venu ! fourre ta tête au cul, lâche une grosse perle et dis *Notre Père* ! dix fois ! et lentement ! par le trou fion ! avec cœur ! et puis et puis oublie tout ! ah c'est dur ?! mais demain ça ira mieux ! tu te connais, toi ! détourne-toi. et tout sera comme avant.

Je ne sais pas quoi faire, Nina. je vais rentrer, je crois. je vais marcher un peu et puis je vais rentrer, mais où… n'importe. et puis des somnifères. encore plus, toujours plus.

Je ne sais pas comment faire, Nina. à quoi m'accrocher. comment continuer. comment et pourquoi. mais ça passera… comme avant, comme toujours.

Je revois encore la chose. je suis encore avec toi dans ta chambre. et toi, debout, en figure de proue, et j'écoute encore les bruits des voisins, la rue, les gens qui passent, un caniche se plaint, miaule presque… les bruits de la vie sans nous. on était vraiment sous terre, nous. morts et vivants. et c'est loin déjà.

Je ne sais pas combien de temps j'ai marché. je sens plus mes pieds. ombre, lumière, encore et encore, je tourne à gauche, je marche, puis à droite, en somnambule je touche les murs, les pierres sont chaudes, elles bourdonnent de chaleur, les pierres. ne me réveillez pas… ne me touchez pas ! et je continue, tenace comme un soldat déjà mort, qui rampe encore ! araignée tête arrachée continue à copuler ! poule tête coupée court encore…

Et puis une odeur me réveille. ça sent l'orage. oui, je le sens. gros orage. les feuilles des peupliers se sont mises à bouger. la brise ! oui. elle est venue si fraîche ! venue de loin ! exprès… quel soulagement !

Et le jour de mes yeux devient noir. je m'écroule sur un banc. je m'en fous ! qu'il pleuve ! ça va me faire pousser comme un champignon, ça ! qu'il se déverse sur moi, le ciel ! qu'il vomisse tout ce qu'il a ! tout ce qu'il a vu, bu et mangé ! et ça gronde là-haut ! ça promet ! et les gens se mettent à courir ! une femme passe, lente, comme une barque vide ! couvercle d'un cercueil à la dérive ! comme une poulette dans le noir tu hallucines, Dimitrius ! vraiment, il te manque quelques trous dans ta passoire ! mais je la vois, moi ! femme haute ! comme Nina ! très ! comme une statue dans le crépuscule… et puis je vois plus rien. la lumière de ce jour s'étend lentement et puis d'un coup – plus rien. comme la lumière éteinte dans sa chambre. voilà, encore une. la fenêtre d'une petite vie s'est éteinte.

11

La bande est de retour. comme les hirondelles, comme la neige, comme les mouches blanches d'hiver ils ont fini par arriver. mais tous ! Babyl et Veau et puis elle… Fevro. Cowboy et Samouraï ! ces deux-là – rentrent de Thaïlande !

Et moi ? j'ai fini par devenir vrai sage. trois semaines sans un mot, ni virgule ni hoquet ! j'ai enterré mon portable, moi ! seul et pas une larmichette ! dans le jardin de Madame Dedovitch ! bien loin des petites tombes ! les Noirs sont partis. et les Blancs qui débarquent ! peuplades sont en vadrouille perpétuelle !

Ce paradis ukrainien est devenu un jardin anglais ! mieux ! une jungle ! et trois tigres dedans qui rôdent ! chats, blanc, puis – tigré, puis – noir. je les vois chasser. ils partagent le domaine ! trois rois ! pendant que je gribouille – je disparais, moi ! et je gribouille beaucoup. je sors rarement. c'est eux qui sortent. ils chassent, jamais ensemble ! ah non ! ils font semblant chacun d'être le seul qui règne ! s'évitent ! mais parfaitement ! un des trois, le noir, est plus civilisé, les yeux bridés, un vrai Miaou Zedong ! il vient plus près, curieux, voir mon soupirail. on se regarde, lui-moi, un rat voit un chat ! et parfois il mange ce que je lui laisse. je l'ai appelé – Kot. *le chat* en russe. moi – je fume sur les marches de la cuisine. lui – il mange. puis fait Mrrr ! long Mrrr ! puis s'étire. frémit ! fait le pont ! mais quel ballet ! puis – fait Rrrr en guise d'adieu et part. ce tigre de poche, je l'aime bien. indépendant comme un Mongol. gracieux, force ramassée, yeux d'une déesse ! tout ce que je ne suis pas ! Kot magnifique, quoi.

J'étais tranquille avant qu'ils déboulent. Nina m'a bien calmé… je suis rentré dans mon trou en vitesse, sous l'orage, en crabe qui rate la marée.

Parfois je l'entends la mer. même d'ici, de chez Madame Dedovitch ! la mer et ses splashs, et c'est doux, peut-être ce sont les déesses qui frappent les eaux, jouent avec, et puis le roulement des vagues, rugissement lointain, et puis l'odeur, oui, l'odeur de la vase qui se met à nu… et les bêtes rentrent chez elles.

C'est calme ici. très. et je la vois la mer au loin, blanche et brumeuse comme une lame de couteau. mer si neuve… chaque fois renouvelée comme une promesse d'une autre vie. toujours neuve comme l'éternel « peut-être ». mon Dieu ! tout ça n'est qu'un sermon d'ivrogne, peut-être ! encore un… mis à jour !

Dimitrius ! c'est toi qui vois des choses ! oui, je les vois. ils sont là les dauphins ! tu les vois, pauvre yo-yo ! dauphins, vous voilà… et joyeux ! dauphins funéraires, vous êtes venus pour elle… Nina ! ils viennent vers toi, font des tours, en oiseaux, un, puis d'autres ! t'encerclent ! nagent autour ! enfin, ils t'ont retrouvée, tes dauphins bien-aimés. tu les aimais tant ! tu me montrais les livres, et les fresques dedans, et les mosaïques et tout… mais c'était mort dans les livres et là – les dauphins sur les murs se mettent à bouger ! il y a un moment où même les choses les plus mortes sous nos yeux ressuscitent ! sont venus enfin, tes dauphins, exprès pour toi ! de l'autre côté du mur de la mort, ils sont venus, Nina ! pour te prendre sur leur dos. pour t'emmener loin d'ici. très… et – on se verra plus. ils pousseront ton corps, tout souriants… tels des bateaux de délivrance. les bateaux à voile de vermeil qu'on attend tous. ils t'amèneront vers le calme, vers le calme le plus grand, vers la paix qui accroît. te pousseront tout doucement, sifflant en langues mortes et très mortes, tout lentement vers le centre de la mer, que t'aimais tant. tu seras au milieu de toutes les mers éternelles, au sommet du bleu tu seras. Nina. une île tu seras dans les mers. une île et – un jour, qui sait, tu m'accueilleras peut-être. on se verra peut-être. sans bonjour, ni salut, ni clin d'œil, ni sourire et – j'y serai, île aussi… et nos âmes se pencheront un jour vers les criques perfides, vers les criques cachées ici, à Paris.

Je voudrais moi aussi, Nina, oui – siffler en dauphin… quand c'est trop – chanter. tout ce que j'ai vu, tout ce que j'ai touché, tout ce que j'ai entendu ! que tout ça m'arrache un cri, un cri fort, qui sort de l'homme quand la vie emprisonnée en nous – brise les murs. mais je chante pas… je crie pas, sinon à l'intérieur. comme dans un puits.

Et puis je dors. oui. enfin je dors comme serpenteau dans son œuf. tranquille. sage. je discutais même avec les hochequeues, moi ! et puis – voilà, Dimitrius ! on t'appelle ! il suffit que tu t'en foutes du monde – il débarque chez toi ! te soulève les cils !

Le téléphone vibre comme une blatte en extase ! mobilisation totale ou quoi ! la terre sonne ! la terre gronde ! je tourne autour de mon portable… Fevro. c'est elle ! puis – encore. mais cette fois – Babyl. je m'attache au poteau, moi ! ne décroche pas ! tiens bon ! mais ça sonne ! ça vibre sous mes pieds ! pas de message ! je tiens encore ! je ne décrocherai pas même s'il me saute dans les mains tout seul, mon Nokia ! épouvantail pour asticots je roule des yeux ! et ça dure, et ça sonne…

Faut que je change de sonnerie peut-être. quelque chose de drôle, comme « Tiens, voilà de ma queue… » ! ce que les gros lapins chantent au mariage des blaireaux ! et puis – un texto. Babyl. je l'ouvre comme un pygmée ouvre la boîte noire d'un avion écrasé. « Allons, cher camarade ! allons ! montre de quoi les ours vexés sont capables ! » pffff… rien à dire ni à taire. fa ! je regrette de savoir lire, moi !

Et puis plus rien pendant deux jours. Fevro. j'ai commencé par finir d'oublier son visage. ça s'oublie assez vite, le visage. les yeux, les mains, tout ça… toute cette machinerie – ça finit par vous lâcher. on bouge plus et la tigrounette la plus joueuse abandonne la charogne.

Dans ma cave comme un gnome magique je gribouillais un truc. j'ai mis tsar Ivan de côté, et. à l'huître amoureuse je roulais sous la langue mon Soutine. je le parlais bien ! encore et toujours ! ce qu'ils ont lu, Babyl and Co – c'est rien qu'un rot préliminaire ! en attendant la vraie cuistance ! genre kalachnikov béquille à rallonge ! « *Soutine où comment suicider le monde* ». je riais tout seul comme un nain qui vient d'inventer les échasses ! j'étais bien, mais bien ! je voulais pas que ça se termine ! que le point final arrive ! que le bout du tunnel devienne clair.

La seule chose dure à oublier – c'est l'odeur. c'est même pas à fermer les yeux. ça se ferme tout seul… et on voit la chose. mille choses et une. et ça met l'âme à genoux. oui. ô combien, oui.

Son odeur, je la sentais sur moi, dans le jardin, en faisant la cuistance… sous la douche. dans le lit. même sur la serviette ! elle n'est venue ici qu'une seule fois, elle ! qu'une seule ! même une demie ! mais elle était partout la sorcière ! partout où j'ai été – elle était. « Où tu seras – je serai » elle a dit un jour. en rigolant en plus ! c'est ça, oui ! quelle promesse ! mais c'était ça ! elle tient ses promesses ! et c'est rare ! bras dessus bras dessous ! jolie femme et promesse tenue ! Dieu que c'est rare !

Et voilà – rappelé dans les rangs ! déserteur du périnée ! prophète de la plaie ! elle a besoin de toi, on dirait ! sinon – le maraudeur de l'amour, tu seras jugé ! fusillé par un peloton de Notre-Dame-de-l'Indifférence ! y a de quoi s'enterrer de ses propres mains ! à la petite pelle ! et j'ai pas pu tenir. c'est l'odeur. oui. les chiens reviennent toujours vers leurs vomis. toujours.

Transes et passions et bite en stase ! vapeurs et ruts, chaleurs et Cie ! là – trêve de poux ! je vais tout vous dire ! j'ai décidé de faire le mort ! vraiment. jusqu'au bout. casser tout ça ! être ailleurs. sortir de ce cercle. si pour ça il faut couper le pied gauche – allez, tenez ! partager Fevro avec un autre ! avec plusieurs ! mais je partage pas, moi, je – donne !

J'ai pensé que c'est bon, un effort, encore et encore, et puis même un sur-effort ! d'accord ! je savais, mais bien sûr ! je savais que ce n'est qu'un sur-effort qui compte ! je suis prêt, je me disais ! je le ferai ! à nous deux alors ! mais ce n'était qu'un début, mon pauvre âne ! pitié ? ah oui, ça – oui ! j'ai eu pitié de moi-même. mais je vous dis tout de suite – ma pitié n'a pas de rivaux ! pas de foules ! pire que mon amour-propre !

Et puis – Nina. ça a foutu ma tête par terre. je n'arrête pas de mordre mes coudes. et puis et puis autre chose… je rêve de Nina. pendue, elle vient dans mes rêves, oui, ça – oui, mais elle n'est pas toute seule. elle amène un autre, que j'ai oublié, oublié… et voilà ils sont là, deux pendus et debout et je reconnais Nina et je vois le visage de l'autre et tout ça ne m'effraie pas, mais du tout, juste c'est trop, oui, à craquer, à me mettre au whisky au petit dej' ! par tous les trous ! et dans le nombril ! à petite goutte ! et puis j'ouvre les yeux enfin et je me rends et tout me revient. tout. et j'ai froid en plein soleil.

C'est lui, c'est mon ami d'enfance. un garçon bossu. il était mon ami et je l'aimais. on se quittait pas, lui-moi. je le voyais et toute ma rage s'allongeait à ses pieds. ma tendresse. et sa sœur – violence. avec lui je voulais être plus tendre que sa mère ne l'était. et il s'est pendu. et j'ai tout oublié.

C'était la Pâque. en vérité c'est pour ça j'aime pas le printemps. et toutes mes conneries, dimitreries, dégueulasseries ne sont qu'un murmure dans le cul de l'éternité ! à côté de lui tout est – rien ! mon ami bien-aimé ! et même si mille hommes et moi avec on souffle de toutes nos forces de six mille poumons sur l'autre gamelle de la balance – ça fait rien. il bouge pas, lui ! pendu il pèse plus que tout ce que mille hommes vraiment heureux sur cette terre ont joui et vu et senti.

Lui d'abord, et maintenant – Nina. le monde est devenu plus lourd. infiniment, mon sang ! s'il faut deux pendus pour le tenir, le monde… je veux rien dire. rien comprendre. je veux voir. retrouver mes yeux et voir ! et si j'arrive pas – qui arrivera ! même aveugle je lirai dans cette cave, en braille je le lirai le livre de la vie en touchant mon masque, mon propre masque, ma vieille gueule qui devient notre livre ! bien à nous ! très à nous ! lui et moi, et sa mort et sa vie et la fin.

C'était la Pâque et après rien n'aurait dû être comme avant. tout aurait dû s'arrêter. tout. c'était le printemps et il aurait dû être éternel. plus d'été ni automne ni hiver. plus de crépuscule. plus de nuit. plus de peur. ni là ni ailleurs ! Orion le chasseur éternel s'arrête là ! mon ami, mon Gibbeux ne se pend plus jamais. ni lui, ni Nina, ni personne dans le ciel.

Tous les deux – partir. juste ça. on voulait partir d'ici, lui-moi. on regardait le ciel et on voulait partir. on n'était pas d'ici peut-être. peut-être c'est vrai…

Anton. très gentil il était et bossu. très bossu. il me disait – ami. mon ami. et moi – je pensais tout le temps à lui. pourquoi on voulait se casser d'ici – je n'en sais rien ! peu importe, là – vraiment – peu importe ! mais là-bas, derrière mon dos, bien loin, de dix doigts sur une carte bien petite – on avait notre projet, nous ! oui ! complètement fou comme certains grands muets peuvent en avoir ! rêve muet ! parler un jour. dire. oui – dire cette soif de langue… faire parler l'être muet qui vit en nous tous ! qui nous guide… au moment décisif, quand on sent l'âme se tourner en nous comme dans un lit juste avant de se réveiller cet être muet nous prend par la main et nous montre bien des choses !

Oui – je l'aimais. et j'étais dans son cœur comme lui dans le mien. d'une pièce magique on était – pile et face. face ou pile on était ! si bien, si heureux tous les deux face au ciel. si ailes et si chute… et il n'est plus. et moi – si.

Son visage… je le vois encore en moi. un peu plus adulte il était en étant plus jeune que moi. là – je sais pourquoi, j'en ai vu des visages comme ça… infirme il était. pas comme les autres il était. pas comme moi. et nous tous, nous ne nous privions pas de le lui montrer – pas comme nous tu es ! mais pas exprès ! pas toujours ! la pitié… avec amour, avec tout ce qu'on vend aux infirmes – tout doucement ou par force on leur fourgue la tendresse violente et tout ! ces conneries ! et tout ça sur son visage comme le fond de la mer s'ouvrait devant moi, et – j'avais honte ! honte…

C'est lui qui m'a appris à lire le ciel. le voir – je le savais, même ablué que je suis ! mais le lire ! et comprendre ce que je lis – c'est lui.

Une fois on était sur notre toit, on regardait le ciel, on se passait les jumelles, et j'ai touché sa main. il a penché sa tête, comme un adulte, comme ma mère quand elle voulait que je m'explique, oui, en sachant parfaitement ce qui se passe… comme un démon se réveille en nous, guide notre main, et nous penche comme un vase – j'ai touché sa joue tout doucement, comme on touche un oiseau malade. comme on touche un oiseau qui est à bout et – ne peut pas s'échapper… peut plus reculer ! rentre sa tête et – les yeux fermés s'abandonne à nos mains. j'ai touché son visage. sa nuque. ses cheveux doux… il a frémi. pour qu'il ne frémisse plus, j'ai passé ma main sur son dos et… je l'ai arrêtée sur sa bosse. il a vite baissé les yeux mais tout de suite – face à moi j'avais eu son visage calme, oui, très ! il me regardait… et son visage n'était plus le sien, devenu – le visage, il m'a fallu une seconde pour voir – que c'était lui ! j'avais en moi quelque chose de lourd, qui s'était mis en mouvement ! ça montait en moi. je sentais que je me déchirais et. les larmes, oui, les larmes se sont mises à couler ! j'avais les yeux déchirés… ça a duré. ça durait pas. tout mon chagrin, tout, oui, toute la mer de la vie emprisonnée en moi s'est mise debout. là. s'écoulait en ce moment ! se déversait de mes yeux. de ce toit. j'ai senti une grimace sur ma gueule. c'était un sourire.

Je voyais son visage flou à travers mes larmes, comme à travers la pluie et – d'un coup il était devenu un moment complètement inconnu, et puis – un instant, oui, juste un instant – j'ai vu… c'était moi-même. moi. mon chagrin. je me suis reconnu. et là – pas de rire, amis ! pas de mots ni silence ! pas de sourire là ! là – il n'y avait pas ni bossus, ni fous, ni malades, ni infirmes… là – je vous dis – c'était pas un amour malade ! c'était pas un amour des infirmes ! ni la joie des culs-de-jatte ! non, amis. non ! il était debout devant moi comme son âme et j'étais moi aussi bien debout. très debout et mon cœur était face à lui.

On passait des nuits ensemble, oui, sur notre toit, tous les deux, face au ciel. ce qui était immense en nous est sorti. devenu ciel. ciel nocturne. ciel lavé, ciel brillant tel l'œil d'un taureau. on avait quelque chose d'immense en nous – là… un tapis magique on était et – ce tapis se déroulait tout lentement devant nous. on était si seuls, si seuls et si unis à tout ce qui a du souffle ! ciel ! il m'a appris à te lire, ciel. avec son doigt et sa bouche il lisait. « Là – Orion. là – Andromède. là – les deux Ourses… oui, non, plus haut ! là – le Taureau… et puis Sirius. on la voit pas bien maintenant, elle est cachée, elle sort pas… mais dans une semaine – elle sera là ! » l'étoile du matin. Sirius !

Voilà comment pour la première fois elle m'est apparue dans sa bouche. Sirius. l'étoile du matin est sortie de sa gorge et. ces nuits, nuits grandes, nuits hautes – il n'y avait ni aveugles, ni muets, ni sourds, ni bossus, ni sur terre, ni au Nord de nos yeux, ni au Sud ! il avait les yeux pers, lui, et moi – les yeux bleus. je le vois parfois ici, à Paris. oui. il vient en fantôme, je le vois là… il arrive, s'assoit et me regarde. si calme, si paix sont ses yeux. il a les yeux pers, lui. toujours jeunes. et les miens sont – jean bleu délavé.

Je suis presque vieux et toi – tu n'es plus. tu t'es pendu, mon ami. sur le palier, la nuit. tout seul. je t'ai vu et j'ai rien vu. mais tout ce que j'ai vu – j'ai vu. tu n'étais plus. voilà ce que j'ai vu.

Et tu restes toujours jeune. oui. mon ami ! mon ami ! *droug*, en russe ! chaque adulte c'est un enfant mort et puis voilà, bientôt je serai vieux et toi – tu n'es plus. et si près parfois ! mon enfant est vivant, je me suis dit ! je le sens et comment ! il me parle ! est-ce que le gosse mort que je suis peut parler ?! peut-être oui, ou bien – non. mais il me parle, l'enfant mort ! dit des choses… il est sage mon enfant. et moi suis vieux et bien bête !

C'était immense, mon ami. en nous et dehors ! on était la paix toi-moi et on devenait comme la guerre pour ce monde. la guerre cachée. guerre qui dormait bien à ce moment-là et. on sortait du monde par le monde, par ses portes basses, par sa chatière nocturne. face à cette voûte, dos au monde on rêvait de partir… pourquoi… lui-moi on sentait, savait et sans presque – qu'on n'était pas d'ici ! et voilà comment – tout fort, tout bas et tout droit, deux flèches tombées – on regardait en haut ! deux flèches tordues – on voulait partir d'ici. partir… oui. là d'où nous sommes tombés. lui-moi…

Le désir de verbe d'un muet met le doigt dans l'oreille du monde sourd. et un jour il est parti. comme là, toi, Nina ! il n'était plus, un jour. il s'est pendu, la veille de Pâques. voilà la vie…

Il était parmi nous et on l'a pas vu. il vivait à côté et on n'a pas su l'aimer. il était si près si là et on l'a pas vu partir.

Quand l'homme tombe dans l'eau, le monde crie « Un homme à la mer ! » même le plus gros navire s'arrête. quand l'homme tombe hors du monde, personne ne crie et le monde ne s'arrête pas.

Les gens peignaient les œufs dans chaque maison. je le voyais plus, ni là ni dans le ciel non plus. il s'est passé quelque chose… mais ce que je sais – il voulait pas tuer le monde. non ! il n'était pas comme ceux qui en se tuant en vérité veulent suicider le monde. mais lui – non. il n'était pas comme ça. jamais ! tout ce que je peux dire, Nina. tout ce que je sais est – là.

Il y avait des jours et des nuits… hivers. étés. printemps. adultes… et il était encore vivant. on allait à l'école. on allait à la Volga voir comment elle brise ses chaînes. comment elle souffre… on marchait et nos ombres marchaient avec nous et devant et très hautes et sans tares.

Et dégel. et débâcle. vraie prise de Berlin ! la fin de mars ! un jour – l'air change. le vent d'ouest se met à souffler sur le fleuve ! ça tombait toujours sur un dimanche. je ne sais pas pourquoi, mais l'hiver partait le dimanche. la Volga était encore couverte de glace. et comment ! deux mètres encore ! on voyait les tracteurs rouler ! mais c'était la fin. et la Volga gonfle sa glace ! Phénix immense qui brise l'œuf d'hiver ! mais quel spectacle ! quelle catastrophe ! le troisième jour.

Fleuve gémit et vent change. vent du nord ! ça knoute mais fort ce vent ! vent de mars aux bras longs knoute le dos de Volga ! son fouet fait Ffffouifff ! Fouillliii ! paysan fou qui fouette son tracteur mort ! et encore ! et encore ! mais – bientôt… un jour, deux et – fleuve se cabrera ! c'est le deuxième jour. le soir.

Matin et quel boucan, mon sang ! glace de deux mètres craque avec Bamzzz ! Crazzz ! Volga se déchaîne ! blocs de glace bleue rampent lentement l'un sur l'autre comme des bêtes qui s'accouplent dans le sommeil ! glace bleue – c'est la vieille glace ! et elle hurle, la glace ! Brazzz ! Razzzz ! plusieurs blocs forment une montagne ! Volga bouge ! respire à fond ! un géant sous les draps lourds de cinq mois se réveille ! enterré sous le palais d'hiver – il se lève ! et la maison d'hiver, maison de silence, s'effondre ! et lentement ! et ça dure ! deux jours… et encore ! et trois !

Face à ça – on s'entend pas ! d'abord on hurlait, lui-moi, puis – on laissait tomber ! on se regarde juste ! Volga respire ! Vakhhh, Vakhhh… vient à nos bottes, glaciale, grise, oui, ce gris bizarre qui fait penser aux eaux qui coulent d'une femme au bout de la douleur quand le bébé arrive. Volga crie trois jours, casse tout et accouche du printemps.

L'embouchure se débouche, la mer Caspienne fait accoucher la Volga et les pêcheurs se soûlent tels des pères déjà ivres de joie et la glace flotte muette et ça roule comme sur une autoroute ! et les eaux du fleuve sont encore vides. les yeux d'une femme juste avant qu'on lui mette l'enfant sur le ventre. les eaux grises… eaux profondes ! pas d'âmes à pêcher ! pas encore ! quatrième jour.

Et puis les avions ! je piquais le vélo de pépé Jo pour toi, moi – j'avais le mien et on allait voir les avions partir. pas loin, vingt minutes à bicyclette tout doucement. je nous vois sur le kourgane, oui, sur ce kourgane bourré de légendes, et l'avion part, et la terre bourdonne sous les pieds !

C'était magique quand ça décollait ! ça courait courait et puis – vououououoummm et très fort ! et puis encore ! et puis le son change ! l'avion fait hooooommm ! se déchire du sol et monte ! monte… on le suivait, yeux affamés, disparaître dans la gorge du ciel.

Et puis – les nuits… une autre nuit sur le toit, y a eu encore une autre chose. chose secrète. quand tu m'as dit pour ton frère. t'as eu un grand frère ! tu n'étais pas toujours seul, toi. il avait huit ans et toi – quatre. et tu m'as parlé de lui.

Vous étiez en été, loin des steppes, dans un bois, toi, lui, et votre mère, et l'été était chaud, et elle vous a dit – allez vous baigner, mais pas loin. les gosses, ont-ils besoin qu'on dise ça deux fois… et ton frère a sauté à cloche-pied, déjà grand, bien bâti, roulé comme un petit moujik ! il savait déjà fumer, lui ! mais pas nager. et toi – tu pataugeais comme une tortue sur le côté avec ta bosse et il rigolait, lui. et puis – un moment il s'était mis à faire l'imbécile ! hurler ! barboter et plonger ! faire des bulles ! ta mère… tu savais pas où elle était. après – elle t'a raconté, elle était entrée dans le bois pour faire pipi. et puis et puis ton frère s'est mis à hurler, comme déchaîné, il plongeait, il criait, puis criait plus, remontait, tu voyais son dos, sa tête et sa bouche et tu riais, toi ! il était en train de se noyer et toi – tu riais. quand ta mère a sauté dans l'eau – la rivière était calme. elle l'a trouvé un peu plus loin. oui, il s'est noyé. tu riais plus, toi. tu regardais ta mère, et ses cris et ses yeux mais énormes et ton frère immobile et nu. il a dû perdre son maillot. les yeux fermés, il dormait, tout blanc et très grand. et rien ne pouvait le réveiller. et t'as vu et t'as compris – rien ne sera plus comme avant. il n'était plus, lui. toi – si. et là – tu n'es plus, non plus.

Tu pleurais, tu pleurais ton frère. il te manquait… elle te laissait faire, ta maman. et puis vous avez déménagé. un jour elle t'a dit – arrête, c'était pas ta faute, lui ! il s'est noyé – elle a dit – oui, mais parce qu'il savait pas nager. pas parce que tu riais ! t'as pas compris ce qui se passait, toi… c'est tout. tu comprenais pas ! mais là – écoute et comprends ! ça s'est passé comme ça. ne pleure plus… et tu l'as écoutée. elle était calme. elle était normale. comme avant presque. et tu l'as crue… et c'était vrai. et c'était – vie. aussi nue que ton frère sur la berge, et ta mère à genoux devant son corps, devant le fleuve qui avait pris son souffle et votre rire sur les rives et puis et puis c'était fini pour de bon. oui.

Et il y avait de la joie aussi, mon ami ! toi à mes côtés, j'aurais pu déloger un ours en plein hiver ! si l'ours n'avait pas un ami comme toi, bien sûr ! et encore ! quel effronté j'étais ! l'aplomb d'un Raspoutine junior ! exemple ?! tenez. le cinéma ! ah ça c'était bien, ça ! on y séchait l'école. et sans billets en plus ! le matin – ça coûtait rien, moins qu'un grain de riz ! mais non ! l'argent de poche on le gardait pour notre télescope ! sans blague ! un gros ! je l'avais vu à Moscou ! si beau, si solitaire en vitrine ! je transe encore ! n'importe… alors – pour passer sans billets on jouait les aveugles ! il voulait pas d'abord ! timide ! avec sa bosse jouer l'aveugle ! beurrer le beurre ! ho ! mais j'insistais moi, « Mais tu verras, ça ira ! je l'ai fait tout seul déjà. trois fois et demie ! » quand je voulais être convaincant – je l'étais.

Voyez bien ! devant l'entrée – deux petits aveugles… la main dans la main ! et un en plus – bossu ! deux paires de lunettes, lunettes de soudeur que j'avais piquées à pépé Jo ! putain et cieux ! tableau ! à faire pleurer les scorpions ! et ces vieilles-là, à l'entrée, elles ont vu des choses ! mais pas ça ! deux aveugles qui entrent au ciné ! fallait oser ! et j'ai osé ! et pas que ça ! c'est ma cervelle criminelle qui s'amuse – aurait dit pépé ! mais chut ! il dort !

Nous voici ! les dames qui déchirent les billets croient aux miracles ! tous ceux qui contrôlent – croient aux choses ! elles nous regardaient et voyaient Lénine-Staline ! soit – saint Séraphin et l'Ange ! et je fais mon baratin ! que voilà, on veut entrer pour le film. « Mais… elles balbutiaient – Mais… comment ?! » et je susurrais, vrai serpent à sornettes « On va juste écouter, Madame. juste écouter. ça coûte combien – juste écouter le film ?… » ho et ho ho ! à la fin elles pleuraient presque ! toutes ! « Mais allez-y, allez, mes coquelicots ! entrez ! entrez ! pour vous ça coûtera rien ! mon Dieu… les pauvres ! »

Et une fois dedans, lumière éteinte – on buvait, lui-moi, la lumière du film par quatre yeux ! et c'était la joie. joie…

Il disait rien, lui. oui, juste rigolait un peu, il ricanait comme les timides rient une fois que le supplice s'est bien passé.

À force de jouer l'aveugle je le suis devenu, qui sait… enfin réussi ! mais aveugle que j'étais – j'ai vu que les vieilles nous laissaient entrer pas pour nos lunettes ! ah non et de loin ! c'est la bosse. oui. la bosse… et tout ce qu'on porte avec. mais on continuait notre tour de magie ! et la bonté nous suivait. nous laissait faire. discrète comme toujours.

12

C'est avec lui que j'ai vu pour la première fois *Don Quichotte*. et on a oublié de respirer ! en chœur ! je halète encore ! c'était si beau ! mais on survit à tout, et même à la beauté. ah oui. puis on l'a revu deux mille fois ! on connaissait mais tout par cœur ! répliques et épisodes ! j'aimais mieux Sancho, moi ! franchement ! et de loin ! et Don Quichotte ? oh j'en avais un, moi ! doit pas être loin, pépé Jo ! pareil ! long chevalier à la gnôle prophétique, lui ! double Don Quichotte beurré recto verso, lui ! comme toujours en vadrouille quelque part ! bouteille en guise de Rossinante entre les jambes ! pété à confesser les crocodiles et drôle comme pas permis ! il cherche sa dernière goutte pour s'écrouler ! je l'entends encore ! « Faut libérer les femmes ! toutes ! qu'elles votent toutes ! elles votent déjà, tu dis ?! de l'Oural au Kamtchatka ? même dans la steppe ?! ah bon… je savais pas, moi ! mais ! mais ! et les bébés ? votent pas ! alors que les femmes en cloque votent pour deux ! c'est ça le truc ! celles qui avortent – ne votent plus jamais ! question de démographie – réglée ! » et puis encore et puis des heures… l'esprit ouvert, quoi. sans portes ni cloisons ! mais

– que pour les femelles ! « Les mecs ?! c'est la bête au pieu, le mec ! sinon – la guerre. le reste c'est – lie de lie ! » puis il s'écroulait enfin. sans dernière goutte ni rien. sous un pommier en abeilles.

Je me dis qu'à lui tout seul, en s'écroulant il aurait pu faire coucher l'URSS bien avant que Gorbatchev apprenne à dire « Maman » ! seule chose que papy Jo cherchait – c'était sa dernière goutte. oui, la goutte ultime ! pour se mettre en croisade ! il la ratait tout le temps, la goutte ! il virgulisait les verres, lui ! c'est Sancho qui lui manquait. comme un gros point.

Comme ça on a vu aussi tout Charlot. et *Le Kid*, et *Les Temps modernes*, et *La Ruée vers l'or*, et puis l'autre, j'oublie toujours le titre... l'histoire d'amour, une femme aveugle et Charlot. et puis on a lu ! et comment ! mon père avait amassé une bonne bibliothèque. et on lisait comme deux aveugles qui ont recouvré la vue ! et l'*Odyssée* ! et l'*Iliade* ! et Stevenson ! Jules Verne ! les Grecs mettaient debout ma tête ! déjà pas trop assise ! je lisais les yeux fermés ! à la Homère ! je nous vois encore en train de marmonner l'*Odyssée*, tenant le livre à deux ! je lui donnais une page d'avance, et on lisait comme ça, chacun de son côté. une bonne méthode ! pour deux chatons affamés ! on bouffait la même saucisse chacun de son côté ! l'un – d'un côté, et l'autre – de l'autre, et le livre au milieu ! le livre ! l'*Odyssée* ! mais quelle saucisse ! mon sang ! ça me met encore les cils en bigoudis ! encore. toujours ! je nous verrai, toi-moi, le jour du dernier souffle, en train de lire, l'un – tête penchée à gauche, l'autre – à droite ! en deux larrons ! ravis par les yeux !

Il était moyen partout, sauf en maths. moi – j'étais bon partout sauf en maths. comme ça – on s'entendait comme eau et sel dans la mer ! il m'expliquait des choses, lui ! m'a fait voir la magie, lui ! chiffres et logique et jouissance ! celle, encore plus rare que le Phénix qui vient avant la connaissance ! redécouverte ! « *mais oui ! mais oui !* » longtemps j'ai eu une bosse à force de me frapper la tête !

Ah oui, on voulait se casser d'ici ! sans merde ni bonne journée ! à la Gagarine ! et on faisait tout pour ! surtout moi ! côté pratique, quoi. ruse, vol, chantage, mensonges – c'était mes vis et clous ! je ramassais l'argent partout où ça pouvait pousser ! même papy Jo je l'ai mis en selle ! je savais où ma grand-mère cachait la gnôle ! et pépé était dans ma poche ! et puis – je savais où il créchait et avec qui – quand il se disait au boulot ! l'adresse, les noms et tout ! trois bonnes femmes ! et toutes les trois – Sarah ! il baisait large, lui ! conspirateur à la Blanqui ! ho ! ses repaires, je les trouvais en même temps que lui ! il suffisait qu'une fois, seulement une, je me pavane sous les fenêtres de sa copine, et lui – aurait tout donné pour que sa femme ne sache rien ! et puis il voulait nous aider, lui… un coup dans la pipe – il allait à l'église ! mais voyons ! pas pour prier ! c'était sa tournée de conférences ! il rassemblait les foules ! des vieilles ! parlait de Gagarine ! et je peux vous dire que quand il était inspiré – il aurait pu rendre Démosthène de nouveau bègue ! « Montrez-moi la tombe de Gagarine et je remballe ma langue ! », puis il continuait « Mais vous la trouverez pas ! personne ! il a disparu ! devenu le bras droit de Michel archange ! et Dieu vous tend son bras ! venez ! on vous savonne le crâne de l'intérieur ! mort, Gagarine ! mort ! c'est des bobards, ça ! c'est des patates d'Éden, ça ! venez ! il est vivant ! » la foule grondait « Ah oui ! hououou ! oui ! » des vieilles en extase se mettaient en branle ! « On prend le ciel ! à l'assaut ! hououou ! » et ses trois copines passaient, discrètes, avec trois casquettes pour ramasser l'aumône ! mais ! jamais un kopeck dans les casquettes ! jamais et rejamais ! tout, mais pas le métal ! ni cuivre, ni bronze, ni or ! radis, navets, petits pois, tomates et cornichons ! mais pas d'argent ! du tout ! pépé était déçu ! les copines – ravies ! bonne soupe !

Bien alors ! nous, faute de mieux, on bouffait la soupe ! je ne sais pas pourquoi les copines de Jo appelaient mon ami – le Juif. oui ! carrément ! juifettes se posaient des questions ! à voix haute même ! « T'es pas juif, par hasard, toi ?! » et patati et cococo ! pépé Jo sursautait chaque fois ! « Eh oh ! les fillettes ! quand vous les écartez, vous vous en foutez de quelle table vous avez aux fesses, celle de la Loi ou pas » ! et puis marmonnait, déjà tranquille « Le jour du Jugement… ça sera comme un pogrom, filles ! grand pogrom ! et pogrom sans Juifs ! sans colère ! sans Dieu ni rien… »

C'est une des trois Sarah qui lui a filé à Pépé une chaude-pisse ! ou toutes en chœur ! dans le sommeil ! il hurlait après « Je pisse sur le buisson ardent ou quoi ! » et puis – toute l'équipe chevauchait le feu ! l'ascèse dura une bonne semaine. et ascèse double ! bite en nœud et gnôle en libation à Esculape ! une longue semaine ! il en pouvait plus mais tenait bon ! c'est moi qui lui faisais les piqûres. les femmes se piquaient entre filles ! une semaine complète ! sept jours de bonheur ! de lundi à lundi ! ma pauvre grand-mère… elle retrouvait à peine son manger quand pépé avait perdu son boire, mais ça n'a pas duré ! et puis et puis – lundi il galopait tout neuf ! je te couvrais toujours, mon pépé ! à douze ans je te faisais des piqûres, moi… pour que personne ne sache ! à vingt – je te portais sur mon dos ! quelle famille…

Et ta mère, Anton ! si effacée, toute petite, toute souris, tout aile ! souris ailée, quoi… et ton père ? je l'ai vu deux fois, pas plus. toujours parti.

Elle souriait gentiment, ta mère, comme les aveugles sourient. toujours à raccommoder tes vestes, toujours en bottes, bottes grises. été, printemps, hiver. femme de ménage à l'école. notre école ! je ne sais pas – elle est encore là ? vivante ? oui ? non ? elle doit être très vieille alors ! très. plus âgée que ma mère elle était, et ma mère est bien morte. et – si elle est encore là, sa mère – je ne sais pas si elle le voit comme ça… comme moi – dans le ciel… pendu dans le ciel nocturne ! je ne sais pas. si elle regarde le ciel… si elle y voit son fils gibbeux. je ne sais plus rien du tout ! je me dis juste – si on pouvait, nous tous, oui, nous tous – voir nos enfants vivants comme ça… comme je le vois ! si j'avais pu le voir comme sa mère… oui. l'accoucher, le laver dans les larmes de joie comme sa mère ! le voir comme elle – sans tare ! plus beau que tout !

Et si elle avait pu le voir comme moi ! sur notre toit, et Orion et Altaïre et Algol – il serait pas mort, peut-être. il serait là, peut-être… serait sauvé et nous et tout.

Si on pouvait, elle-moi, le voir pendu à l'aisselle d'Orion – devenir étoile ! si on pouvait lâcher les bondes à la vie qu'on emprisonne en nous depuis que ciel et terre ne couchent plus ensemble… si on pouvait ouvrir les écluses à tout ce qui est inconsolable. où es-tu la Mort !? où est ton croc, Vieille !

Et puis une fille a disparu. grosse affaire ! la police a débarqué, même de Moscou ! tous en civil ! rigolos comme des croque-morts ! et rien à faire ! ils ont fouillé tout mais tout ! ouvert le lit de la Volga ! rampé dedans et rien ! une fillette de sa classe, tranquille et tout. il paraît que c'est lui le dernier qui l'a vue vivante. les flics l'ont bassiné ! d'abord doucement, on est pas des fachos quand même ! c'est un infirme ! mais il disait rien, lui, alors là – ils se sont retroussé les manches ! fa ! c'était plus facile d'ouvrir une huître avec un ver de terre que de le faire parler, lui ! ils l'ont curé par tous les trous, ça a duré je ne sais combien… et puis sa mère, elle aussi ! qu'elle le raisonne, enfin ! qu'il avoue, lui !

Et voilà, lui-même – n'est plus. évidemment on l'a chargé à fond ! aux rebords ! on lui a mis cette fille sur le dos ! la bosse ne suffisait plus ! « Un innocent ne se tue pas ! et oui et non ! » mon cul trois fois ! et puis une semaine après – elle est revenue, la conne ! vivante, entière et bronzée ! cils devenus encore plus blancs ! un vrai cochon ! elle avait fugué à Sébastopol ! bah oui ! tout bêtement ! putain et barbe ! chez son oncle ! elle voulait voir la mer, pétasse ! et pourtant les flics appelaient tout le monde ! la première chose à faire ! mais non ! tout le monde, mais pas l'oncle. elle a dit « Mais je le connaissais à peine, cet Anton ! peut-être il était amoureux, je n'en sais rien, moi ! » c'est ta mère, mon ami, c'est elle qui racontait la chose à la mienne. j'étais aux cagoinces, et j'ai tout entendu, moi ! voilà mon ami. mon ami bien-aimé, là – tu sais comment les choses se sont passées après la corde. tout de suite après. t'étais déjà froid, toi. déjà sous terre.

Je l'ai revue après, cette connasse. démobilisé je viens de rentrer au bercail. au marché je vois une femme. tiens ! c'était elle ! avec deux gosses ! je l'avais reconnue, toujours ces cils. elle – non, m'avait pas reconnu. je me reconnaissais pas moi-même ! je suis revenu de l'armée fou jusqu'au cou ! le reste – était ivre ! pépé Jo était aux anges, lui ! et moi – je ne voulais que bouffer et baiser ! jeune verrat, viande pourrie ! bouffer et niquer et encore et sans fin ! tu te souviens, je disais que j'aime regarder au loin ? ah oui ! loin ! au pôle, on en était bien servis ! deux ans au loin de tout ! loin qui était si partout ! ça me dégoûtait le loin ! je ne voulais que ce qui était près ! et à force – j'ai tout oublié ! bien loin de toi, de ma tête, de tout ! ma mère me reconnaissait plus non plus ! je pouvais pas dormir ! même un jeune bourreau dormirait mieux ! et puis la faim ! mon sang ! la faim ! mon âme restait au pôle. il fallait du temps pour qu'elle rentre ! et à pied ! elle a mis du temps, pauvre crabe !

Cette fille, j'ai l'ai revue récemment. l'été dernier, je crois. je suis allé voir mon père et voilà, au supermarché, à la caisse je la vois. devenue babouchka, la fille ! on était sac à sac ! à côté une poussette et dedans un bébé, et puis un autre, marmot plus grand, et le grand commence à curer le nez du petit ! et là elle hurle « Anton ! arrête ! » t'imagine ?! Anton ! comme toi… et toujours ces cils porcins, elle ! lui – aussi ! et elle… vraiment il n'y avait pas de quoi se mordre le nez, ami ! qu'est-ce que tu voyais en elle, toi ?!

Elle était bien tassée déjà, tiède et triste, une flaque de cire, quoi, un peu grosse, oui, mais toujours en forme. mais toi, mon ami bien-aimé, tu vois autre chose, toi. t'as toujours vu autre chose, toi ! et puis on est devenus vieux, elle-moi.

Dimitrius ! si quelqu'un te voit comme toi tu l'as vue – cours chez un véto ! qu'il te pique, mon vieux !

Et le carpillon dans la poussette s'en foutait de tout, lui. dormait à narines pleines, lui ! visage clair comme une lune d'octobre. reposant pour les yeux. les gosses comme ça… le mien, Ourson, je le vois rarement. mais tu sais tout ça, et tu dis rien. c'est toujours moi qui bagoule, ça – c'est vrai. silence, c'est une puissance renversante parfois. oui, mon ami, je vois.

On était si seuls, *Gospodi* ! si seuls toi-moi… oui – en danger on était, deux gosses en danger et – sauvés en même temps. pourquoi je tarde ? on se regarde et je bouge pas… faut manger, oui, puis coudre deux boutons sur ta veste du Goulag, merde, mais sur quoi ils tiennent encore ! plus de fil… mais ça tient encore ! puis faut faire ton bortch, qu'il soit maudit ! et chaque carotte dedans ! mais faut que tu manges, Dim ! enfin… mais je ne bouge pas. face à face on est, lui – moi, et. je peux pas bouger ! et – l'enfant qu'on était est vivant, ami ! n'est pas mort cet enfant ! notre enfant est vivant ! il nous prend par la main, cet être muet… toi et moi, il nous mène et nous montre ! lieux cachés… nous promène dans les ruines de la vie. la nôtre. puis encore… autres ruines ! autres vies. il nous montre les cages ouvertes. cages pleines d'ossements ablués… les os affamés de leur terre, des voiles de la vie qui un jour viendront pour les ramener vers leurs vallées. il vit, cet enfant… vit encore, mon ami mort. il vit !

Voilà pourquoi et comment il vient ici, en fantôme il arrive et. les murs se mettent à bouger. tout doucement ils s'écartent ! et ma piaule, mon placard disparaissent.

Et maintenant vous savez tout. lui et Nina, pendus tous les deux, pendus et debout entre deux mondes. en équilibre… oui, il y a un équilibre, mon Dieu ! étrange bascule où le monde rêve que voilà – il trouve son innocence ! il y a des jours – je les vois, lui – pendu à ma droite, elle – à ma gauche. je les regarde longuement, oui, de ma vieille chaise, d'ici. le monde est calme, mais pas parce qu'il a trouvé la paix. non. parce qu'il ne la cherche même pas. il ne sait pas qu'il est en guerre ! ces deux-là, elle-lui – ne pèsent pas lourd, eux. rien n'est changé. mais – tant que je suis aussi debout qu'eux, restant en vie – vous serez toujours là, vous deux ! même morts vous serez debout en moi ! je serai nous trois et j'aurai trois paires d'yeux ! les yeux pers, les yeux Sud, les yeux bleu délavé… vous allez regarder avec mes yeux ce monde et ! on fera un pour toujours.

Et même si – mille savants viennent là et encore trois mille pour me dire « La paix règne, pauvre cagon ! » – on sera face à eux, face à tous, nous – trois – sans rien dire ! en silence qui émerge comme une montagne en pleine mer des mensonges juste avant que tout sombre. oui.

Mais c'est pas encore la fin ! et je parle encore bas. je suis en bataille moi-même ! je suis moi-même paix en guerre.

Comme possédé de Gadara, je sors de mon tombeau. je grogne la victoire ! tel un porc aux yeux humains qui vient de déchirer un lion ! je rôde dans ce jardin ! jour et nuit ! dans mon désert ! quatre-quatre sans conducteur ! la force de la Légion sous le capot ! mais ! mais – je n'étais plus seul. mon ami bien-aimé était là. ami ! celui qui connaît mon cœur et la nuit polaire dedans et les aurores boréales qui s'ouvrent parfois sur l'autre côté de la vie – me quittera plus, lui ! oui, c'est pour ça je me suis dit « Vas-y, décroche, t'as plus rien à craindre ! » et je l'ai pris, mon portable, sois – maudit, en passant, et j'ai décroché. elle m'a appelé et j'ai dit – « oui ». et mon « oui » avait jamais été aussi « je ne sais pas » que ce soir précis ! c'était l'heure quand les chauves-souris se mettent à voler ici au-dessus du magnolia déjà noir, découpé en un calvaire sur le ciel encore bleu foncé et déjà en délire. et la nuit vient.

« Pourquoi m'as-tu abandonnée… » elle m'a dit et j'ai avalé ma langue. un mois pile que j'ai pas entendu cette voix. je dis rien. tiens bon ! qu'elle vide le chargeur ! et puis et puis – qu'elle te quitte, elle ! vois ce que t'as dans le ventre, toi ! pauvre Nouf-Nouf ! elle pleure, pleure, et ses larmes sont celles du chagrin, vrai chagrin. pas celles de la rage. « Ne pleure pas » je dis. et là – un démon a mis sa langue dans ma bouche et je dis « Viens ici… la nuit est splendide. viens. prends un taxi et viens. » et elle est venue, docile, agneau noir dans la nuit, et cette nuit était la plus grande nuit avec son cœur immense qui battait dans nos têtes. l'une contre l'autre ! et ses cheveux sentaient l'orage dans la steppe.

13

Il s'est passé quelque chose. Fevro est froide. affectueuse. chaleureuse et absente. son odeur a changé. les bêtes comme moi sentent la chose. celui qui a eu cette odeur ne serait-ce qu'une fois dans sa pipe – sait ce que je dis. et comme tout le monde je me suis mis à délirer. faut que tu sois trahi, mon pauvre. oui. même si tu n'as que deux joues, toi ! tends une miche ! pas de riposte ! laisse la chose s'envenimer. qu'elle soit chauffée à blanc dans sa bouche, la chose ! tu la prendrais de sa bouche, la chose ! toute cette bande ! cette clique ! patience ! jusqu'à ce que même leurs ombres se brisent en trois et que toutes soient de ton côté… laisse le soleil tourner ! bête malade j'étais ? peut-être oui, peut-être non. peut-être – pire ! mais j'attendais, j'attendais… plus tard c'est – pire c'est. et pire c'est – mieux c'est !

Mais elles sont gentilles, nos bourrelles ! c'est nous qui sommes des cons magnum ! on comprend pas ! toujours pas ! on nous apprend à lire les étiquettes, les dates de péremption, et jamais – l'âme, ah ça – re-jamais ! ni âme, ni mensonges, ni peau de mensonges, et pourtant, tout est là ! on comprend rien.

ni signes, ni mots, ni cils ! il faut toujours nous dire ! à voix haute ! comme on annonce un train ! et mille fois ! et pour être vraiment bonnes avec nous – faut nous faire mal ! sans déconner – l'homme bon n'est que celui qui ne prend pas son pied à faire des vacheries, voilà tout ! ah c'est bien, ça ! ah c'est bon, ça ! femme ! si tu veux être vraiment bonne avec nous, que tu sois prête à nous curer l'oreille avec un surin ! mais elles peuvent pas, les pauvres ! mon sang, elles peuvent pas ! elles veulent qu'on devine tout ! elles veulent pas être méchantes ! qu'on dégage doucement ! voilà ce qu'elles veulent ! et sans trop les faire tartir ! mais il faut nous dire ! et on veut rien entendre ! une sorcière ce n'est qu'une bonne fée trop bien élevée qui entre en rage ! se transforme en une frite délirante ! c'est vrai ! à force de parler aux souches, on finit par s'asseoir dessus ! ho ! gentilles filles ! depuis qu'elles découvrent leur plaie entre les cuisses on leur bourre la tête qu'il ne faut pas être méchantes ! neu-neu-neu ! faut être bonne ! polie et tout ! pas de croche-pieds aux vieilles ! on crache pas par terre ! et voilà – depuis qu'elles pissent assises – elles apprennent à pleurnicher devant un vermisseau écrasé ! mais l'écraser – elles apprennent toutes seules ! et finissent par devenir aussi gentilles que les femelles de caïman sur leurs œufs !

Et puis je ne sais rien sur ses parents. mère, père – rien ! jamais rien demandé. l'idiot discret que je suis ! et voilà – cocu, bouquetin du périnée ! encore un ! et bienvenue sur la montagne sacrée ! là où – tête au trou, prophètes parlent aux plaies ! ha ! le reste est tracé comme le tube digestif ! devins tarés recto verso, on pense pouvoir guérir la plaie ! ha encore ! chamans de bénitier ! navet au lieu de tête !

Et voilà, deux jours, tout tranquille je vois des éléphanteaux roses gambader dans le jardin. pas un coup de fil ! calme d'une barrique enterrée ! j'y suis seul, moi ! nain de jardin dans un désert ! je commence à voir les racines d'iris bouger ! Nina… rien de ce côté non plus ! pas un mot aux infos. pas un coup de fil ni des flics ni de la mairie. rien ! silence galactique ! comme si elle n'avait jamais existé ! ni vue ni connue ! t'as le cul bordé de nouilles ! – aurait dit pépé Jo. ah oui… quelle chance ! mais j'y suis allé pour voir la situation. son quartier et tout, et bah – j'ai vu ! fenêtres fermées, et pancartes « à vendre ». voilà la fin d'un cheveu.

Et puis Fevro m'appelle et me dit tout. elle est enceinte, la sorcière ! oui. enceinte ! tout simplement ! elle est enceinte ! c'est vrai ?! un enfant ! mais c'est vrai !? oui, c'est vrai. et tous mes éléphants roses ont déguerpi ! mais oui ! toutes mes dimitreries ! un enfant qui arrive – change tout. mais tout ! nouveaux yeux, regard cosmique, cuillère enchantée et tout ! même la mort s'arrête devant le berceau ! pas longtemps, mais s'arrête ! juste pour passer la faux d'une épaule à l'autre, mais s'arrête ! elle aime les bébés, cette dame ! comme la nuit… une autre madame ! mais hé ! faut pas trop s'attacher aux gosses… pas trop ! mon Dieu ! mais quelle sagesse de cannibales ! sacrée foufoune ! débile sentimental que je suis – je l'attends déjà ! je brode ! bonnet et grenouillère ! et les berceuses de steppe ! à faire pleurer les loups ! bon sang… je ne sais même pas si je suis content ou pas ! mais pas de doutes ?! non, pas un doute ! ni demi ! mon dieu ! ah ça – c'est une nouvelle, ça ! « Calme-toi », elle me dit, et je me calme. stable comme un roc, moi ! droit comme gibet, moi ! ça me fait drôle, n'empêche... Dimitrius, elle te dira – « Pète à la messe trois fois pour moi ! » – tu péteras ! elle te dira « Respire ! » et tu respireras ! elle t'ordonnera – « Respire plus ! » et tu le feras. quelle foi ! à déménager le mont Blanc ! avec ses touristes, la neige incluse ! Dimitrius ! tu pourrais arrêter le hoquet par l'imposition des mains, toi ! roi du hoquet, toi ! comme elle qui stoppe tout en toi par les yeux !

« Ne dis à personne » elle ajoute. mais à qui je pourrais dire ? « Délire pas trop, s'il te plaît... je suis toute joie mais je me retiens. toi – aussi. J'ai besoin de toi, tête à sa place, cœur à la sienne. » et elle rit. oui. je donne tout pour que ça se termine pas ce rire. tout ça... je vous ai dit déjà – je suis généreux, même si j'ai rien, moi ! « Faut qu'on se voie, Figardeau. demain, tu viens ? » elle me demande !? tu parles ! je sais déjà que cette nuit je vais dormir comme un obus roupillant dans le canon de la grosse Berta lors du siège de Liège !

Si la joie vit à Paris – je sais où elle crèche. rue Delambre.

Elle sort rarement, la joie. et moi – je gribouille mon Soutine éternel. et puis un coup d'œil à gauche – elle est là, la joie. se repose. yeux plongés dans un livre. et on s'en fout du livre, c'est la joie qui compte. c'est le matin.

Et puis je vois double, et c'est bon, faut lâcher mon Soutine. et puis on s'allonge l'un dans l'autre, comme une main qui glisse dans une poche.

Elle se lave les cheveux, longtemps, puis s'allonge encore. vient encore ! elle me dit trente mille choses ! l'oiseau, elle me parle, ailes humides sur mon visage.

je réponds, lentement, à travers ses ailes, « Oui, je voulais être toubib et j'ai fait des études pour et puis c'est loin, viens plus près, couvre ma tête avec tes ailes… » et puis, étouffé, je vois mes terres et la ville, la Volga et les murs de la faculté, les couloirs dedans et puis les fenêtres immenses et le soleil qui coule dans l'antre… tel un dieu ivre rentre dans sa caverne. et dedans – des bocaux, des bocaux… corps humain. si hypnotique, si – vie parfois, et si triste à la fin.

Les bocaux à poumons. à cœurs. à têtes. à tout ! ces poumons flottants, comme suspendus dans un gros bocal, telles ailes, oui, ailes blanches du grand-duc, et devant – on cesse de respirer ! je te jure, Fevro ! comme devant les ailes d'un ange, d'un ange enfant qui est mort en captivité. et pourtant à vrai dire – je n'ai jamais vu un ange ! jamais – ni libre ni dans une cage, ni ses ailes et pourtant – je vous jure et re-jure – là – c'était lui ! puis à côté un autre bocal, l'autre chose – des poumons brûlés. des poumons comme une armure ! armure antique ! j'en ai vu des armures ! j'en ai vu consumées ! mais là c'est un truc d'enfer, ça ! comme le reste d'un légionnaire brûlé vif, mais vif sur les remparts de Jérusalem ! je délire tout doucement… en veilleuse et. je vois cette armure, je vois la scène – Bérénice et Titus ! et Flavius Josèphe ! et j'entends les légions ! à l'assaut ! d'ici j'entends tout ! à Paris, souvent le soir – je vois la fumée monter lentement en cheveux dressés de la Méduse au-dessus de la ville céleste… au-dessus de ses collines – la fumée, comme l'esprit de cette ville elle monte ! comme l'oiseau d'un roi massacré s'envole de ses cheveux en couronne et. sa couronne se défait lentement, comme les cheveux d'une femme qui nage sous l'eau. nage dans mes rêves. nage… – voilà comment l'esprit de la ville céleste part. je vois et je transe.

Cette nuit peut-être, juste au moment de jouir je verrai cette ville et je verrai les soldats brûlés vifs, telles les torches du jour, du jour dernier, en plein midi allumées sur les murs de la ville céleste.

Et puis je fais la cuistance rapide et elle mange, moi – pas. pas à midi ! juste le thé. je carbure au thé comme une carpe à l'eau, moi !

Je lui raconte des choses… ça serait bien qu'on parte un peu. tous les deux ! comme des poneys, joue à joue ! non ? oui, elle rit. oui ! je lui parle de Saint-Pétersbourg. de mes rôderies là-bas. des coins bizarres de cette ville, et novembre et ça caille et le vent te knoute le visage, cosaque ivre et passages obscurs là-bas, oui, là où Fédor Mikhaïlovitch, et toute sa valetaille ont cherché la lumière… là où Svidrigaïlov guettait les fillettes, et puis les taudis où il a vu sous ses propres semelles les entrées aux Enfers et nous a fait visiter les lieux où l'âme se recroqueville et meurt les yeux grands ouverts… les caves dans lesquelles on découvre à la fin que notre descente peut devenir l'ascension…

Et puis – pas que ça ! d'autres choses aussi, d'autres lieux ! quais de Fontanka ! jolies maisons, immeubles tsarins ! les tsars s'y promenaient, et là – sont vides, fenêtres cariées, mais pleines d'Ouzbeks, Tadjiks, main-d'œuvre ahurie ! et ça vit ! et vit bien ! sans eau, ni chiottes, mais feu à volonté ! ils font du feu carrément dans les cours ! à deux pas de la perspective Nevski ! la nuit c'est à voir, ça ! c'est la Rome des guerres civiles ! ça sent la viande, bien frite ! bien épicée, bien bonne, juteuse ! ça fait baver les marins de Kronstadt ! puis la police arrive ! quand même ! en fourmis ouzbeks et tout ça – sautent des fenêtres ! de partout ! s'alignent avec leurs matelas dans les bras ! debout ! cul au mur ! jeunes, vieux, gosses ! sur le quai, face aux palais clos ! palais aux visages souriants, en feuilles mortes bien debout… la vie d'un Ouzbek vaut moins qu'une feuille morte de chêne à Peterhof, non !? on les foule ! et lentement ! et puis les gosses… les flics les touchent pas ! mais non ! juste ils mâchent un peu de viande grillée ! puis pissent dans le feu, ramassent le pognon et s'en vont ! en valsant ! bien ! je vois Rome s'écrouler tout doucement… je n'appelle pas les légions, moi ! non ! je les cherche pas à l'orient, moi ! je longe la Néva, le vent souffle de tous les côtés, grand classique, lui ! il revient toujours votre vent, Fédor Mikhaïlovitch… et vous, Gogol, Nicolas Vassilievitch, ça vous fait frémir comme y a des siècles.

Et puis j'ai faim, Fevro ! les Ouzbeks et leur feu et leur viande m'ont donné une faim de tique ! mais je tiens le coup. il fait beau, on pourrait vadrouiller un peu, non ? et on sort. et un nuage au loin nous suit… tel un dragon qui nous protège. qui nous couvre de ses ailes. ce nuage volant de l'Orient nous suit comme au jour de la naissance de Gengis Khan, il paraît. il était plus près, ce nuage, plus près que ta main ! il était comme un prince, ce nuage ! à l'Orient de ta main est – un dragon, Fevro. et à l'Est de la mienne – la grande Steppe met la table…

On marche, marche, ça défile la ville. c'est un bon quartier, dis donc ! personne ne crache par terre ! personne ne pisse dehors. et puis elle me dit « Je suis fatiguée, on rentre… s'il te plaît. » oui oui ! et on rentre. et nuage nous suit. je lui montre pas ce nuage. je dis rien. elle s'allonge tout de suite, et puis se déshabille dans le lit. laisse tomber ses cothurnes... et s'étire. « Je vais dormir un peu. tu fais quoi, toi ? juste un peu fermer les yeux... » elle me laisse de la place et je m'allonge. « Je veux dormir sur toi. ma tête est légère » elle dit, et puis plus rien. elle respire. tête légère. elle devient lourde, sa tête... elle s'endort comme un troufion, elle ! comme toi au pôle ! chhhut !

Comme un ange je pèse la tête de l'autre ange. sa tête sur ma poitrine. et puis je pose sa tête sur l'oreiller. on est comme une sculpture. les gisants. le temps s'arrête. je ne peux pas bouger. juste les yeux et je vois notre nuage. toujours là. et on devient une icône. deux têtes sur l'oreiller. une vision. sans nom ni rien. une fenêtre par laquelle notre destin regarde à l'intérieur. nous cherche... et je peux plus bouger. même pas les yeux.

C'est comme une présence. présence d'une force. force si bienveillante... qui est tout. tout ! elle est si près cette force... si là ! et tout s'arrête. j'ai les larmes aux yeux. et j'ai du mal à respirer ! je vais jamais mourir. jamais...

C'était ça. comme un oui final. oui à tout. comme une paralysie totale et la grâce... et faiblesse. et la grâce c'est la faiblesse surhumaine.

J'ai dû sursauter ! elle lève la tête « Ça va ? tu t'es endormi aussi ? non ? » je dis rien. je ne sais pas. « Dors encore un peu. je vais faire à manger » et je glisse du lit en serpent, je me retourne, regarde un peu sa tête, son profil sur l'oreiller. une pièce d'or fraîchement frappée. encore chaude. effigie toute neuve... nimbée de cheveux.

Nuits et jours et soirs… soirs immobiles avant l'orage. ça grogne tout le temps ! on dirait la bataille au loin ! ça m'excite à courir au plafond ! et puis ça se calme. gronde ailleurs… soirs gris marins comme la bouche ouverte d'une huître. et puis il pleut. et le monde devient muet. il pleut depuis une semaine. tout ce que je lui donne – devient manne. tout ce qu'elle me tend – est vivant. on est pires que deux dieux nouveau-nés, nous ! on s'amuse ! on joue et on croit à ce qu'on joue… devenus enfants on se retourne pas, on regarde pas en arrière et c'est rare d'être comme ça ! femme-homme comme ça ! et ça dure. au milieu de l'été – printemps. au cœur du four chauffé à blanc – on est au frais ! une semaine ! Daniel ! Daniel et les gosses dans la fournaise de Babylone on s'amuse ! et l'enfant avec nous.

Elle n'a pas à se peigner – je la peigne. elle n'a pas à bouger sa paupière – je m'en occupe ! elle n'a pas à regarder – je vois tout ! elle n'a pas à dire – je fais. sept jours comme ça ! même là – j'ai le vertige ! même au cœur de l'hiver – j'ai mal du printemps !

Elle a un rendez-vous avec son médecin. elle veut aller toute seule. d'accord. moi – je cogite. quoi faire ?! mais réellement ! même le pou d'un clodo est bien plus réaliste ! pauvrichon que tu es ! faut s'ébrouer, Dimitrius ! mais non, mais non ! ça ira ! je vais me vendre aux galères, moi ! sinon – passeur pour les Manouches ! je connais les frontières comme mon nez, moi ! la Roumanie et tout ! ça peut être bien ! sinon – contrebander les Noirs jusqu'ici ! avec Kofi ! ah ça – ça pourrait marcher ! par la Légion étrangère ! c'est ça ! faut que je renifle l'affaire de plus près !

J'ai oublié de vous dire – j'ai vu Babyl. je lui ai filé par mail la liturgie d'Ivan le Terrible, puis mon truc final sur Soutine. on s'est vus, en marchant, il a dit une tonne de bien sur ces deux trucs, et puis il connaît un éditeur qui a besoin d'un scribouillard, sorte de nègre d'encre blanc pour faire des biographies, « Bouses sur bouses, mais il paye bien… je lui ai montré ton truc sur Ivan, il a un peu froid aux yeux, lui ! il hésite, et je le comprends. Tsar et sa liturgie, bon, d'accord, c'est fort et tout et tout, mais ! on s'en fout d'Ivan ! sa langue c'est un paillasson de ta pensée, c'est tout ! on s'essuie les pattes et puis on y entre ! ce qui compte c'est – comment Ivan te fait loucher sur ce qui se passe maintenant. comment tu tournes sa tête ! le Tsar c'est la tête ! toi – t'es son cou, toi ! et voilà la direction ! l'Ukraine, la Russie éternelle, l'empire et tout ça ! moi – je lui dis – faut publier. lui – il touille la cuillère dans la bouche mille fois avant de mâcher ! ton truc ça peut remuer la vieille soupe ici ! pour les godasses – on a toujours la vieille mauvaise foi bien variqueuse, sinon les baskets de l'ignorance ! et ce n'est ni toi ni ton tsar qui allez nous faire changer de grolles ! et puis au fond tout le monde s'en bat de tout ça ! Russie, Ukraine ! tant qu'il n'y a pas de chars russes sur les Champs-Élysées – les gens se foutent de tout ! et même si ça chenille sur les Champs – on se refout ! » il déconne ou quoi ?! mais pas du tout ! égal à lui-même, Babyl ! il continue, lui, mais bien plus doux ! « Et pourtant Tocqueville a tout dit, lui ! tout ! de A à Z et l'inverse ! seul penseur politique digne qu'on invente l'alphabet français ! rien que pour lui ! mais qui lit Tocqueville ? qui le lit comme il faut ? »

Et puis il rit. et puis on rit tous les deux. et puis on parle d'autre chose. je lui dis pour Nina, mais comme ça, en quelques notes. juste le motif. je lui ai parlé d'elle, mais légèrement, il connaît un peu la symphonie, lui, mais pas toute. comme si moi, je la connaissais ! je la revois encore, pendue et debout. oui. pour la première fois dans sa vie – debout… et puis je la vois plus. et puis ça passe. il dit rien. et puis il s'arrête. pensif, les yeux bizarres, il dit « Dimitrius, chaque vie est une caverne nocturne où la mort, suicide ou départ parfois mettent la lumière. mais – on est tellement habitué à voir dans la pénombre de notre caverne que la lumière noire de la mort nous aveugle. c'est tout. on peut pas comprendre… faut laisser. » et puis un peu plus tard, déjà dans un café il revient vers la chose. « Les suicides… les suicides. les départs comme ça… mais là – c'est particulier. quand les sorcières se mettent à se pendre ! il faut vraiment ouvrir l'œil, ami… » et puis il dit plus rien. ses yeux redeviennent – ses yeux. mais tout à l'heure c'était franchement bizarre.

Et puis il faut que je rentre, maintenant. elle doit se réveiller… je vais faire la cuistance. il me demande des nouvelles de Fevro. je réponds « Ça va bien ». et puis on se quitte, rue Delambre, pas loin du Dôme. je me retourne un moment. je vois son dos, et son dos marche lentement, dos rêveur, tête penchée… il est grand quand même. vraiment grand jusqu'à trop ! dans ces rues où même deux asticots un peu soûls seraient à l'étroit !

Et puis une semaine. deux… je compte en semaines, moi ! vieille sage-femme, moi ! toujours aux petits soins ! même Henri IV n'avait pas eu de femmes de chambre comme ça pour ses copines en cloque ! et lui – il savait les aimer, les femmes enceintes, il paraît. lui et femme et bébé dedans. à trois quoi.

Faut qu'elle mange bien. varié et tout ! boulettes, mille modes, puis les soupes, bortch et juliennes et le poulet dedans ! bon pain, fruits, fromage… lait à outrance ! légumes, puis encore – fromage ! et puis je transforme les plats, comme les Chinois le font. elle reconnaît pas le ragoût ! et pourtant c'est plus simple qu'apprendre à marcher ! et je danse dans la cuisine, sorcier maboul ! je chante *Onéguine* ! je mijote ! je regarde par les narines, moi ! je goûte ! je roule les yeux, et je re-mijote ! mmmmmm ! dis donc, c'est à avaler la langue tout ça ! et j'ouvre la casserole ! comme une somnambule galvanisée elle vient ! je sais, la vraie faim nous mène par les narines ! je sais, mon papy Jo, je sais… la faim c'est le meilleur cuistot ! oui. toi, qui as connu les vraies famines ! moi – j'en ai connu une dans l'armée. alors on sait, toi-moi ! mais bon, ici – la vie se roule pas dans la même farine, papy… famine ! mon dieu… faut qu'on se parle, toi-moi. un jour faut qu'on raconte la chose.

Ce n'est pas que du salé-sucré, manger-bouger, le sommeil paisible, tout ça… faut qu'elle prenne un peu, deux petites bouées de sauvetage sur la poupe – ça fait couler personne ! maigre comme elle est ! un vélo, quoi ! et ça vient de loin tout ça ! c'est une sage-femme russe qui parle ! sorcière des monts Oural et toute une tradition ! bah, oui, on est comme ça, Russkof.

Et moi ? rien que du thé. Volga de thé ! Baïkal de thé ! et manger ?! mon Kot bouffe plus que moi ! d'ailleurs, faut que j'aille le nourrir chez Madame Dedovitch. il me laisse toujours quelques croquettes, lui ! adorable Kot ! Miaou Tsé Dong !

Tel un loup je chasse, je fais à manger et cette renarde mange comme un bûcheron ! moi – pas. ou un peu. je finis derrière elle. s'il y en a à finir ! elle est lourde et somnole comme une loutre ! et moi à ce rythme – je vais finir par disparaître ! et puis tant pis, toi ! tant mieux pour ta gueule ! j'aime ce rythme fou. j'aime ça. oui. mais le thé ! le thé ! ça – c'est mon royaume, le thé ! elle l'aime chaud, moi aussi, mais ses coussinets supportent mal, alors j'ai mis son verre dans un autre, comme ça – elle se brûle pas les doigts, princesse ! j'étais un peu ouf, j'avoue, comme un jeune pope dont la popesse attend son premier. mais j'étais bien. elle – aussi, je crois. ma popesse.

Voilà enfin seul. elle est sortie voir une amie. pas enceinte, elle, juste comme ça, journaliste.

Là – j'ouvre tout. viens, mon lecteur. je t'écoute. vas-y. ça fait un moment que tu me suis, alors – parlons. ça fait un moment que tu roules une patate brûlante dans ta bouche, non !? vas-y là, crache-la dans mes mains. « Mais es-tu sûr, Russkof, que ce gosse est – ton gosse ? »

Eh bah non. mais qui est sûr ? et alors ? je veux être avec elle, c'est tout. et puis l'enfant qui arrive peut tout changer. j'en ai vu des gens changer. des choses changer – j'en ai vu. et puis on s'en fout du père. voilà – la chose.

Mais j'avoue – même là je sens les bêtes bizarres se réveiller dans ma bouche. ça ne dort qu'un nœud, mes serpents ! oui, j'avoue – ça n'a jamais bien roupillé en moi, ces choses ! je re-avoue. j'ai pensé à tout, moi. j'ai tout imaginé. j'ai déliré à chaud et à froid – tu m'as vu à l'œuvre, cher lecteur ! là – je m'accroche encore ! et c'est dur de résister. inhumain presque, oui. et humain. et ta patate brûlante n'est qu'un vomi bien tiède – ravale-le, sinon – va voir un toubib, ADN, test, tout ça, maintenant on peut fouiller partout. et ? es-tu content de ta découverte ?! non ? pends-toi, alors. je vais venir exprès, de loin – pour savonner ta corde et on parle plus !

Regarde, mon ami, tout est ouvert. écoute, mon fidèle compagnon – tout est là. qui aime la bonté… personne. on s'en branle de la bonté. on s'en occupe même pas ! ils seront toujours là – les bons ! comme les pauvres ! les bons ! c'est enrageant à la longue, n'est-ce pas ?! on leur pisse dans les yeux, et ils chantent « oh la pluie bénie ! ». c'est vraiment dingue un bon tombé amoureux ! il n'a plus de limites, lui ! on le voit ramper, mais il est juste – vivant, mille fois plus vivant que nous qui nous voyons – debout ! oui. c'est nous qui rampons devant l'autre. ho les bons ! que Dieu nous garde ! ils peuvent donner leur vie pour nous ! oh non ! *niet* ! on n'en veut pas ! faut pas pousser ! on nous a appris qu'il faut pas ! prendre une vie qui s'offre ! il fallait pas ! c'est vraiment trop ! la vie qui se donne pour nous ! c'est du sérieux, ça ! alors – faut s'écarter des bons ! près du morlingue et loin des bons ! voilà l'étendard des burnes sages ! bien blanchies ! bien vieillies ! et puis et puis on les quitte à tour de langue, les bons ! sans tarder ! sans oui ni non on les largue comme des bombes sur notre propre terre, terre stérile de nos misères, ah oui, c'est loin, et c'est pas trop moche – vu du ciel !

Mon ami, mon frère lecteur, tu dirais « Il plane cet ouffon… âne ailé ou quoi ? » t'as raison et – pas raison, et puis tu me connais, mon frère ! dans le tort, moi ? et même – si ! c'est bien comme ça ! très ! je suis seul et vous – vous êtes tous ! vous – les sages !

voilà mon tort. et j'y persiste. voilà – la chose. même face à tous – j'ai su toujours retomber sur mes pattes ! là – juste un mot et on ferme la boutique. elle va pas tarder, elle…

Humain, je veux être. humain. plus de sorcellerie, plus d'œil magique, ni cœur percé, ni rite bizarre, ni ange ni démon, plus un seul… plus de foule à genoux face à un seul – debout ! plus de tout ça.

Oui, je sais, je sais… on ne baise plus les yeux fermés depuis Proust ! mais on s'allonge quand même, le lit est propre. on le défait sans amour, sans mots, et on s'endort comme deux chauves-souris clouées au plafond en plein midi par des gosses méchants ! oui, ça arrive ! et alors ?

Pire c'est – mieux c'est ! n'oublie pas, lecteur. j'avais toujours peur de souffrir, ça – oui, et là – je n'ai plus peur. c'est pas facile de souffrir comme il faut, ami, je le sais bien… et ce n'est que le début. mon lecteur, frère et sœur – si vous ne pouvez plus me suivre – ayez juste pitié de moi. la pitié, ça mange pas de pain, non ?

Je ne veux plus comme avant. je mens ? peut-être bien, mais je ne suis pas né dans le mensonge. ni dans l'amour, non plus et je le sais. mais pas dans le mensonge ! ça – non. malade que je suis – je reconnais encore la santé ! je m'en souviens encore… ça – oui ! je ne veux plus de moi avant. j'en peux plus de moi ! je peux encore… pire c'est – mieux c'est. ce qui est tatoué sur notre front, ami.

14

L'escalier est de plus en plus raide pour elle. et puis tout lentement elle se déshabille. parle pas. c'est bizarre, ah oui, d'habitude elle raconte, c'est comme une eau qui coule sur elle, l'enveloppe, la cache et voilà – elle s'est changée déjà. et j'ai rien vu. pauvre moule j'écoutais ce qu'elle disait ! et là – non. un peu distante. chaque fois un peu plus. comme son escalier qui est de plus en plus raide…

Oui, ça serait bien d'avoir une baignoire ici. j'aime laver, j'ai lavé des gosses, des nouveau-nés, puis mon Ourson, puis des femmes, puis… tu es habillé et eux – ils sont nus. très. et tu les vois, et ils se voient avec tes yeux, et tu les laves avec tes yeux et tes mains, et tu les touches, toi et l'eau, mais faut qu'elle accepte, c'est pas facile, moi – j'aimerais pas que quelqu'un me lave comme ça. sinon il faut que je sois demi-mort ! édenté comme un nourrisson ! déjà dans le Styx ! là – on s'en fout de tout. ou il faut être enfant. confiance absolue pour ça. et puis des canards qui flottent autour ! toute une armada ! ça c'est pas pour toi, Dimitrius ! eh bah, oui, on dirait que la confiance règne… mais elle règne jamais cette garce tendre ! elle ne fait que régenter, la confiance ! peut-être si un enfant me lave – je pourrais… je sais pas. sinon – hors de question ! mais j'aimerais la laver, elle. comme ça, tête en vadrouille je fais le thé. elle m'appelle. « Viens à côté… » et j'arrive. « Pose ta tête sur mon ventre. j'aime quand tu poses ta tête là. » je m'allonge à côté et je pose ma tête sur ce ventre.

« Ne dis rien à personne, pour le bébé, s'il te plaît… rien à personne pour l'instant… » eh bien, je suis pour ! moi-même, suis superstitieux comme un vieux bolchevik ! je parle pas, moi ! ni dans le sommeil ni à la ventriloque ! elle veut que je me couse la bouche ?! eh bien – c'est fait !

Et puis elle s'amuse. « Fais le tigrounet perdu, s'il te plaît… » et j'ai fait « *ouououm ! ouououm…* » tigrounet perdu qui appelle sa mère. qui crie ! c'est émouvant, au point qu'elle me caresse les cheveux ! il paraît que je sais parler aux femmes, moi ! en tigre au moins. « Et maintenant – fais une tigresse qui appelle son tigrounet perdu ! » c'est plus dur. ah oui ! faut que ça parte du fond. vraiment de la poitrine. « *ououoummme ! ououououme ! ooorrouououmme !* » « C'est dingue, quand même ! c'est vraiment ça ! on voit la tigresse qui rôde, qui cherche son petit… » et elle sourit. de loin. peut-être de là où la tigresse erre à la recherche de son petit. peut-être bien. et puis mes yeux rient tout seuls.

Son ventre sent bon. « Ça sent quoi ? » elle demande. « Ça sent bon – je réponds – ça sent le péché originel. »

« Les Russes, les Russes… » elle soupire.

« Mais quoi les Russes ? on est pas assez débiles sentimentaux pour vous ?! pépé Jo ! regarde celle-là ! si on a survécu à Lilith – on est condamné à Ève ! »

Elle rigole et son ventre bouge ! un vrai tremblement de tête ! quel Vésuve de poche ! je me relève.

elle se lève, elle aussi. « Tu me fais rire avec tes histoires de pépé Jo… drôle de type, lui ! mais j'ai faim un peu. et rire à ventre vide c'est comme un baiser sans tête ! et puis ton thé est froid ! » ah c'est bien ça ! baiser sans tête !

« Tu es un enfant, toi » elle dit et puis « tu t'amuses bien tout seul… » elle ajoute. je ne sais pas. peut-être bien. ça dépend… il me faut pas grand-chose. il me faut tout. sinon – rien.

Je vais lui raconter pépé Jo. il me manque, mon grand-père, comme Babylone manque à la pute ! faut juste qu'on mange un peu. c'est une longue histoire, lui. mon pépé ! une épopée à perdre pile et face, lui ! et justement – c'est l'histoire de la grande Famine ! celle de la Volga ! fameuse famine ! famine dantesque ! alors – à écouter pain dans la main !

On y est tous, mais tous, ma smala, et même les pas encore nés – on y est ! Bruegel ! on est tous nés de sa salive ! pas assez mûrs pour Bosch ! pas encore, faut pas pousser, mais à point pour Bruegel ! ça – oui ! un coup d'œil et je suis chez moi ! tout est là ! vous avez tout vu.

Ma famille et nos fêtes et rêveries à la gueule ouverte pleine de mouches qui copulent, et soleil, et les nuages gonflés comme des braguettes. journées d'automne, journées de cristal quand l'hiver retient le souffle et puis – moissons d'âmes, mains gelées, et on s'écroule et on roupille comme la hache sur le billot. journées fraîches et nuits qui se rallongent… et on voit à travers ces journées de rubis – forêts rouges et vermeil, forêts or ! ça ne dure qu'une semaine. oui. semaine sainte du Nord ! même aux enfers y en a une ! semaine, quand l'hiver éternel cherche sa nappe ! matins au ventre couleur grenade comme les bouvreuils en janvier, couchers et aubes saphir ! mon sang ! les journées pour renaître sans mourir.

Et les enfants et leurs luges et les lacs, mille et un sous la glace et patins et joie ! oui. joie ! c'est la nôtre ! la mienne ! et c'est nous sur la glace ! et lui ! mon Bruegel ! en corbeau venu de l'autre côté du soleil nous observe, en vieux chat. nos grimaces et nos dos de cloportes, nos batailles de boules de neige, et nos paix. nos gosiers et nos danses et raspapouilles de crabes, nos croix et gibets, paratonnerres de notre misère et nos démons petits et gros, et nos gaules hivernales et potences et potences au loin… et labeur et encore et toujours. et nos mains dans la terre et la terre sous les ongles…

Et alors ? pépé Jo ? pour vous donner une idée ! si vous avez vu ce Bruegel, *La Danse des paysans* – vous l'avez vu, mon pépé. il est dedans ! tout à gauche, en train de rouler une pelle éternelle à une paysanne beurrée. il a un bonnet rouge, lui, et elle – en a un blanc. vous allez vite les reconnaître – ils sont aux anges ! mais chut et archi-chut ! en aparté ! sa femme est là ! sa vieille ! ma grand-mère ! elle rôde ! jalouse comme un hongreur ! d'une table à l'autre ! elle est pas drôle, elle ! à découper popol mythique de pépé Jo en dix rondelles ! couteau entre les dents, elle rôde ! la honte !? elle connaît plus la honte ! susurre sans relâcher le surin ! « C'est lui, ton grand-père, qui doit en avoir ! et moi – je vais la lui couper, la honte ! »

Il avait peur d'elle. deux guerres et il avait peur de sa femme ! peur mystique ! elle était le miel qui coule sur un rocher, elle ! le rocher était dur. le miel devenait amer à la longue.

Et moi ? j'y suis pas. je suis dans un autre Bruegel, moi ! *Massacre des Innocents.* en soldat plus maigre que son épée ! ça – c'est moi, ça ! et j'arrive même pas à soulever ce truc ! et pourtant je m'y efforce ! gueule en betterave mais j'arrive pas et je les massacre des yeux ! un jour – j'y arriverai... je le soulèverai ! et c'est moi qui parle ! Achille de poche ! aigle Aiglovitch ! Ajax Télamonide ! tout déchaîné à déchirer dix vers de terre d'un coup ! mais quel énergumène ! je n'arrive même plus à bander correctement, sinon en bonsaï, mais – j'agite le chiffon ! et comment ! quelle bannière ! moins on arrive – plus on tourne autour !

Mais c'est une autre biroute, aurait dit pépé Jo. toi, Papychka, toute ta vie tu ne rêvais que de soulever des choses pas plus lourdes que ta bite ! sinon à deux ! et t'as dû soulever des choses ! corps, torses, bras et jambes arrachés, gelés, mais vraies bûches ! et l'hiver à Stalingrad ! et bûches bottées ! et toi qui jettes dans le feu la jambe que t'as trouvée dans une congère et pris pour une bûche ! mais les bûches portent pas de bottes ! et puis à la fin – si ! les forêts enneigées de l'Oural et puis toute la taïga se mettent en marche ! on fera combien de milliers de milliers de jambes en bois avec ! mais ça sera après ! oui. en rentrant victorieux ! mais avant – la libération de Minsk ! Kiev ! combien de têtes t'as soulevées ! têtes vivantes, et puis mortes, têtes trouées à voir la lune à travers ! tu disais que – les trous pèsent plus lourd que le reste du corps. ah ça – oui, je te crois.

Et puis l'hiver et puis l'été, et encore l'hiver. et puis faut divertir le gosse ! son petit-fils ! son « groinceau » ! et grand-mère nous envoyait au ciné, lui-moi. elle savait que j'abandonnerais jamais mon pépé !

s'il a un coup dans la pipe – je le laisserai jamais dans une congère ! et puis elle soupçonnait… liaisons ! trois juifettes ! elle en était mortifiée ! elles lisent Tolstoï, elles ! grand-mère essayait aussi ! *Anna Karénine.* rien à signaler ! tout compris ! « Je préfère l'autre, moi… celui, avec une jolie barbe ! tu sais… au pince-nez ». ça doit être Tchekhov. on a cherché le livre. on l'a trouvé. ah oui, c'était lui. et elle l'a lu ! et aimé. et même elle l'a lu pour moi ! je la vois, elle lit, un œil dans le livre – l'autre sur pépé ! il voulait s'éclipser lui ! *khlopppe* ! elle ferme le livre ! et puis soupire et puis reprend ! c'était *La Steppe* je crois. oui. et dedans j'étais chez moi.

Il détestait le cinéma, pépé. il m'accompagnait jusqu'à la salle et puis « Je te retrouve dehors, compris ? » et puis il ouvrait large son aumônière, fripée comme les burnes d'un vieil éléphant – « Tiens, picore ce que tu veux… » et j'y picorais, mais mollo… c'est toujours gênant de dépouiller les vrais généreux. jamais constipé de bourse, lui ! et *pfffiu* il disparaissait, comme un ange en mission ! pour voir ses copines, je ne sais pas… je demandais pourquoi il n'aimait pas le cinéma, « Mais si, mais si – j'adore les films, moi ! – il répondait – juste j'aime pas les salles ! y être – c'est – non ! » bon, d'accord… et puis il m'a expliqué un jour. « J'aime pas avoir honte, et dans le ciné, dans la salle, en plein milieu du film – si quelqu'un lâche un pet les autres peuvent penser que c'est moi ! et puis ça schlingue à mille narines ! voilà – pourquoi j'aime pas le ciné. y en a toujours un qui roule au gaz ! c'est rare, mais ça tombe toujours sur moi ! comme la misère s'abat sur la terre jamais au bon moment ! la dernière fois j'ai failli y passer ! vraiment gazé ! après avoir survécu à Stalingrad ! à Kiev ! Minsk et Varsovie !

Berlin ! après tout ça – y crever comme ça ! c'est archi-*niet*, mon groinceau ! » et puis voilà, tout est dit. il s'envole voir ses colombes ! je vois encore son dos, pas légers, chevilles un peu ivres déjà… il me manque, lui ! gnôle c'était son Verbe et la femme – sa prophétesse. et il en avait plein la bouche de deux ! jusqu'aux sourcils ! et moi ? pas de ce Verbe, moi, mais des prophétesses, ça – oui ! « Moins on a de Verbe, plus on a de prophètes », il disait. il avait de l'esprit, lui. et beaucoup de joie ! c'est sa joie qui me manque.

Je l'amène encore plus loin, Fevro ! oui, très loin ! elle me suit, toute souffle ! je l'écoute ! elle respire plus ! nous sommes dans les forêts ! mon Dieu, si loin d'ici ! et combien ! si près de la Volga ! dans l'autre siècle ! mon Dieu ! aulnes, chênes, hêtres et bouleaux, les forêts sur les monts et Volga qui s'allonge comme elle veut et ses bras, les rivières maigres, Sok, Kinel, brillent à frapper les larmes, vraies flaques de mercure, et les saules pleureurs pleurent et leur ombre, les eaux lentes et profondes, duveteuses le soir tel un immense piano au soleil.

La Volga ! fleuve perfide. les nageurs olympiques s'y noient par trois chaque année !

Et l'hiver et notre poêle ! une forteresse, quoi ! blanche comme les murs de Novgorod et son Kremlin ! et puis grande ! mais très ! la comtesse de Ségur en aurait bavé de jalousie ! on aurait pu y mettre cinq Sophie avec tous leurs bonheurs ! et trois généraux Dourakine demi-saouls ! en tout cas pépé Jo et ses trois copines y étaient bien aises ! sans se curer le nez par l'oreille ! là-dessus on pouvait tout faire ! tout ! roupiller ! faire les gosses ! prier ! manger et mourir ! tout ! même coudre à midi ! vraiment une forteresse ! Shakespeare et tombe ! notre poêle – c'est le XIXe siècle ! il ne manquait qu'un portrait du tsar ! Nicolas Ier ! vous – Nicolas Vassilievitch Gogol, et vous – Pouchkine Alexandre Sergueïevitch, n'auriez pas été dépaysés mais du tout en venant chez nous ! chiottes – dehors et la Bible sur la table ! samovar et tout ! et puis – le coin aux icônes ! ho ! on aurait dit qu'on avait à peine désappris à chier debout ! dans nos hivers éternels !

Mais – le printemps arrive, lui, et toute sa benne avec. la Pâque dedans et tout…

La veille de la Pâque, grand-mère partait au marché en ville. avec d'autres femmes. en bus. pour deux-trois jours… « C'est moins cher durant la Pâque » elle disait. athée pour cinq sous ! crédule pour deux ! « Prends soin de ton grand-père ! » et. comme une charrette pleine de soupçons elle partait…

Pauvre grand-mère ! prendre soin de pépé Jo – c'était le surveiller. elle voulait tout savoir ! tout ! et puis – elle ne voulait rien savoir. avec moi elle était toujours côté miel, côté sud ! avec Pépé – côté nord ! dur rocher ! j'avais pitié d'elle. mais l'enfant, peut-il longtemps avoir de la pitié ? rester à regarder le rocher de granit ?! il veut du soleil, l'enfant. il veut le midi, le gosse. et le soleil – c'était pépé Jo.

Oui, j'avais pitié d'elle. comme lui, d'ailleurs. et c'est fatigant, ça. et on peut pas ni réchauffer le rocher sans le briser, ni arrêter le soleil.

Elle partait. avant de se purifier Jo attendait le soir. samedi de Pâques ! et j'étais à la chouf, moi ! je grimpais sur notre bouleau pour voir la situation ! si grand-mère rentre ! et pépé entrait dans le sauna ! avec ses trois brunettes ! fagotées comme Adam et Lilith ! trois Lilith ! et dans notre sauna, bas comme la tanière d'un dragon – à trois, elles le fouettaient ! je descendais pour voir, moi ! par la fenêtre pas plus grande qu'un œil de veau ! branches fraîches de bouleau ficelées par dix ! branches nues ! de ce printemps ! main gauche fatiguée – on passe à droite ! et puis la vapeur ! et puis – orties ! là – on aurait pu basculer dans Bosch ! et tout ça dans le silence ! mon œil n'entendait rien ! je voyais la chose ! elles mettaient des gants, ses copines ! et puis les orties on les change aussi ! toujours fraîches ! quel bouquet ! et puis à la fin, complètement à la fin, les portes s'ouvraient ! bien lentement ! il sortait en agneau nouveau-né… écorché à frémir et vivant ! et déjà lacrimas christi dans la pipe ! les yeux bleus… ciel de Pâques ! et son popol, tête en berne, roupillait, ivre comme Polyphème.

Voyez un peu ! perle rare, lui, non ?! jetée aux cochons, lui ! il aurait préféré – aux cochonnes ! devenu Job à la fin ! pépé Job. même si le monde nous mâche toute la vie – il nous recrache à la fin.

C'était un vrai chrétien, lui ! mais si ! mais si ! il a été dit « Aimez vos ennemis ! » et selon ma grand-mère, les ennemis de papy – c'étaient les brunes et la gnôle ! et il les aimait, ses ennemies ! et comment ! à burnes rabattues ! mais au fond du fond ils s'entendaient bien, ma grand-mère et lui. comme plaie et pansement !

Et tout ça a donné ma mère. elle n'avait pas beaucoup de joie, maman. moi – si. et combien ! au début de la course surtout… ça saute peut-être une génération, la joie. comme une maladie. genre bec-de-lièvre, quoi.

Oh pépé Jo ! et son enfance ?! l'école ?! collège et tutti quanti ?! apprentissage ?! ho ! lire ? oui ! avec la bouche ! lentement, mais – pour toujours. la mémoire du djinn ! écrire – pas appris. pas eu le temps ! renvoyé de l'école après avoir tenté de sauter la femme d'un pope ! deux ans comme porcher ! la belle époque ! il nouait les queues des cochons pour qu'ils restent groupés ! beaux jours ! après la Révolution d'octobre avec sa grosse cuiller à touiller toute la merde ! et puis la famine ! deux ans ! famine sur famine ! dèche comme couche, famine comme oreiller ! ses trois frères sont partis, l'aîné – à l'Est, deuxième au Nord, troisième chez les Bolcheviks, pépé – resté. jamais revu ses frères ! ni son père, forgeron ! tous ou morts, ou vivants mais loin ! semés comme les graines par l'ouragan du siècle ! et puis tout oublié !

Juste sa mère… ils ont creusé une tanière dans la forêt et à deux ils y ont vécu. un été dans cette renardière.

Et puis la première famine ! ils quittent leur forêt et partent vers Tachkent. à pied ! avec d'autres affamés ! puis en train, avec des soldats… il comprenait pas grand-chose, mais il savait comment faire, pépé ! il se frottait aux soldats, lui ! et les soldats lui donnaient les restes. sa mère et lui erraient, mendiaient, et enfin, voilà – chez les Ouzbeks, et bazars, et fruits et pain… pain ! il avait six ans, lui ! Jo gosse.

Mais avant – la guerre civile ! presque quatre ans ! Kornilov, Denikine, général Krasnov ! ataman Doutov ! Koltchak ! Ioudenitch et Wrangel ! quel train de généraux ! et puis d'autres ! les Blancs de tout teint ! les Gris ! et puis les bandes ! Makhno et Cie ! et par-dessus la saucisse – cette fameuse légion de Tchèques qui se révolte ! près de la Volga ! bien ! parfait ! grand feu ! ça risquait pas de s'éteindre trop vite ! et puis l'Extrême-Orient ! la Sibérie réclamait l'indépendance ! ours, loups, et blaireaux ont été bien fournis de fusils par les Chinois ! les Ouzbeks s'agitaient ! les Turkmènes ! désert du Karakoum ! puis du Kyzylkoum ! et ça durait ! ça a brûlé encore dix ans sous le tapis !

Trotski roulait d'un front à l'autre dans son train blindé comme un mage fou ! Lénine, un contre tous, esquivait comme une mangouste encerclée de cobras ! il a pris cent ans en cinq ! Staline laissait pousser sa barbe jusqu'au pavé de la place Rouge ! et les ongles à pouvoir gratter le plafond du Kremlin sans se lever ! patience et re-patience ! il fait griller la viande du dragon dans la gueule du dragon endormi, Staline ! ho ! la république n'était même pas encore majeure ! et puis à la fin, très à la fin – Lénine au mausolée, Trotski dans les pampas ! il coupe la barbe, Staline, et griffes rentrées, il mange du dragon… et peigne ses moustaches ! pas longtemps ! la Finlande se met à déconner à plein canon ! en hiver ! c'était avant la Seconde Guerre ! aubaine pour mon pépé ! enfin, il va pouvoir manger tous les jours ! la joie ! et puis il se porte volontaire ! tranquille ! loup à la chasse… un ventre vide est sourd ! mourir !? jamais pensé ! sinon à ventre plein ! je reviendrai, maman, je te sortirai du trou… ne meurs pas avant que je revienne !

Et il revenait toujours. au bout de la Seconde Guerre – lieutenant ! il rentre beau comme un ange en permission ! savait lire avec les yeux et écrire et compter, lui ! la guerre lui a tout donné, sauf la mort. elle lui a ouvert toutes ses portes, la guerre ! et la plus grande porte, la plus terrible, celle de la victoire ! et puis – elle a tout repris ! il s'ennuyait à mort, lui ! il fallait bosser ! plus de guerres nulle part ! après avoir tué – mourir et renaître, bouffer la neige coupée de sang… après avoir déliré à Berlin, pleuré de joie, chanté, dansé, frappé les cuisses, baisé tout ce qui bouge – il fallait rentrer ! oui et re-oui ! enlever les bottes et ! les cornes dans la terre labourer comme jamais ! et puis il s'y est fait… un peu. après quelques années d'ioulements tyroliens – il s'est mis à la paix.

Et quelle paix ! ha ! sa paix n'était que la doublure de la guerre ! il s'emmerdait, lui… mais jamais avec moi !

Et puis l'été. et je nous vois encore ! il faisait une chaleur à éviter les embrassades, sinon – près d'un frigo bien ouvert ! sans blague ! et pépé qui me dit « Si tous les Chinois ouvrent leur frigo pour une heure, on mettra les écharpes ici ! »

Je nous vois encore dans le potager. on s'est foutus dans deux tonneaux qui servaient à arroser les patates ! on n'y était pas seuls, nous ! il y avait des grenouilles ! bêtes bizarres ! des têtards, je ne sais pas ! ça jouait dans la culotte ! et puis des nénuphars et grenouilles qui voulaient qu'on les embrasse ! ho ! on soufflait juste dessus ! sur ces princes ! pépé Jo roulait des yeux pour les effrayer ! on renâclait comme deux hippopotames ! l'été était torride ! fournaise ! et tu me demandes, pépé « Hier, comment j'étais ? » et je réponds – « Parfait. comme d'habitude. » il hoche la tête. « J'ai dû être saoul, mais saoul à rendre ivre tout miroir ! beurré comme dix Brejnev ! » – il ajoute en ventriloque. quel bel été c'était ! toi, pépé – tu te cachais de ta gueule de bois, moi – je noyais ma tronche en fleur ! la jeunesse sur la tronche !

Il a connu deux guerres, lui. survécu à deux bains de sang, lui. et sorti plus pur qu'avant ! plus pépé Jo que jamais ! plus ouf que trois ! plus décoré de médailles que l'intérieur d'une vieille fille en est de napperons ! et toujours joyeux et toujours rusé… « La ruse, la ruse, et encore – la ruse, mon têtardeau ! » il me répétait et racontait ses années de ruse. un peu, beaucoup, passionnellement ! dosant le détail.

Il a vécu ces deux famines mythiques qu'on a baptisées après « famines de la Volga ». deux et combien grandes ! « Mais je peux te dire, mon groin magique, ces deux-là n'étaient qu'un petit Carême à côté de celle que ma mère avait endurée avant que je sois né.

........Cette famine-là, je vais te la raconter ! et lentement ! bouchée par bouchée ! on bouffait des racines, elle-moi ! on était comme morts ! hé ! mais on mangeait quand même ! elle m'a raconté des choses ! d'autres famines ! même y penser – ça me dessoûle ! même là ! et moi ? et les guerres ? mais j'ai rien vu à côté ! guerre – tu dis, mort – tu dis, c'est que dalle à côté ! un cheveu dans la soupe ! ces famines… personne n'en parle et tant mieux ! tant mieux ! car y a pas assez de gnôle pour noyer tout ça ! même la Volga de la gnôle – c'est un nombril pour noyer un chameau à côté !

........Et puis l'homme. et l'homme devient fou. il mange de tout, l'homme ! les gosses y passaient les premiers ! les pères disaient “Ce sont les mères qui bouffent les enfants !” et ils les cachaient en dehors du village. dans les forêts les attachaient aux arbres et leur disaient « Si ta mère t'appelle – réponds pas ! elle pleurera, criera, t'appellera, mais tu réponds pas ! » et les mères venaient et les cherchaient, folles de tristesse, et les appelaient et les gosses répondaient… je suis là, maman ! et on les voyait plus jamais. et les mères disaient – ce sont les hommes, les pères qui mangent leurs propres gosses ! les attachent à la cheville d'abord ! et comme ça rôdent dans les bois. et puis – plus d'enfant à la fin ! et ce n'est pas tout…

........Il n'y avait plus de familles ! raconte pépé Jo. que la faim ! FAIM ! faim immense ! et personne ne savait quand tout ça se finirait ! personne ! et tous se méfiaient de tous. maris – de leur femme. femmes – de leur mari. gosses – de leur père et même de leur mère ! et les sœurs avaient peur de leur frère. et chacun rôdait seul dans les bois… marécages et champs et forêts. et ma mère… je ne sais pas comment elle a survécu à tout ça. jeune fille ! comment elle a pu ! mais quelle vie ! et puis je voulais pas savoir ! je voulais pas ! elle me parlait parfois, ça – oui, quand on vivait tous les deux dans les bois, mais un peu, des miettes… on vivait dans un trou ! j'avais creusé une tanière ! carrément ! et puis on se cachait dedans ! c'était un été ! c'est rien à côté de ce qu'elle a vu, ma mère ! rien ! mais les bois, les bois ! ils restaient les mêmes ! tu piges ?! bois, forêt et marécages ! et l'homme dedans ! et nous !

........Et la nôtre, de famine !? mais on pouvait encore boire ! et puis – vient le choléra et on peut plus même boire. et puis le typhus ! et puis quoi encore ?! ça suffit pour tuer trois fois l'homme adulte ! le paysan ne sait pas chasser, lui. il ne prend que ce que la terre lui donne ! si elle donne rien – il devient fou, et puis crève comme un bourdon ! ceux qui avaient des fusils sont tout de suite partis. mais les paysans ne faisaient que prier et bouffer leurs gosses ! ho ! les moujiks ! je frémis ! paysan ! j'aime pas ça mais du tout ! ça me donne des visions, le paysan ! dans les périodes comme ça, entre son gosse et sa vache – il ne va pas faire *am stram gram*, lui ! la vache donne du lait, elle ! le gosse, ça – bouffe ! dans la marmite alors ! il se méfie de la forêt, le paysan. de la rivière ! de la steppe ! de tout ! de sa propre chapka ! devant un fusil – il se grattera la tête une heure ! puis il priera avant de le toucher ! puis il se tirera une balle dans le pied ! ha ! offre-lui un veau sans cornes – il le forcera à péter pour savoir où se trouve la tête ! et puis il est excité, le paysan ! ça pète la forme, un paysan ! même dans la tombe ! ah oui ! surtout ! dans la tombe il est plus bête que jamais ! il va racketter un ours à marteau et faucille juste pour bouffer l'ail des ours et après il gambade plus blaireau que jamais ! tête dans la bouse, toujours à quatre pattes à transformer son cul en gouttière – il prie ! en plein déluge il demande la pluie ! et quand la foudre pète – il est pas content, lui ! hou ! hors de mes yeux, lui ! loin du pif, bouseux !

........Je voulais vivre, moi ! et comment ! ça – oui ! reprend pépé. et je voulais que ma mère vive ! voilà la veine où la chose coule. pour vivre faut savoir crever pour que celle que tu aimes – vive… le reste – c'est les bobards des ventres pleins ! et la seule chose que j'ai eue – c'est la ruse ! la ruse. et encore de la ruse. on a abandonné notre cabane. ma mère s'y accrochait à mort mais je l'ai arrachée. il fallait partir. famine, choléra, typhus ! fallait déguerpir ! lâcher tout ! on marchait dans les forêts, évitant les mares, les puits, et ma mère avait soif. tout le temps soif. fallait avoir l'œil sur elle ! et puis un matin on se retrouve sur une lisière, et puis les champs… dans les herbes hautes on marchait, elle léchait les feuilles, la pauvre ! j'ai vu son foulard et je l'ai enlevé, comme ça, sans rien dire, de sa tête… elle avait les yeux bizarres. troubles. tu sais, j'ai ses yeux. des yeux bleus. on s'est arrêtés un moment. j'ai attaché son foulard à mon genou et je me suis mis à marcher marcher marcher dans l'herbe. et comme ça il est devenu lourd son foulard. plein d'eau. rosée fraîche ! tu parles ! elle s'est allongée et j'ai essoré le foulard dans sa bouche. et puis dans la mienne. et puis encore et encore. comme ça on a bu… et la rosée sentait ma mère. et comme ça on a survécu. et comme ça on marchait encore. vers la mer Caspienne. on marchait le jour et on dormait la nuit dans les forêts. pas un loup. tous aux villages ! les bois étaient vides ! il fallait s'éloigner de ces lieux… et puis il me fallait un fusil. on a trouvé un village où les gens rigolaient. les gosses se baignaient. rire – c'est rien… les gosses qui se baignent – ça c'est le signe que tout va bien. »

Forêt russe… de toutes couleurs ! les Bolcheviks ! les Mencheviks ! bandits verts ! milice rouge ! toutes sortes de démons ! ivres affamés ! les démons sont tous des communistes ! – disait plus tard pépé Jo. mais là il dit rien, il guette un ivrogne avec un fusil… un milicien ! la milice se saoule, et puis repue a violé une institutrice du village ! elle voulait pas s'amuser, la prof ! juste un peu ! mais non ! et puis elle parlait bizarrement, elle ! elle savait parler français, la canaille ! à la bite, alors ! jusqu'à ce que ses yeux tombent des orbites, alors ! et puis une fois couilles vides ils l'ont achevée à la crosse ! et puis jetée dans un ravin. le soir arrive et pépé y descend, déshabille la femme, guêtres, veste, robe, et puis s'habille en elle.

« C'était pas loin de l'Ascension… tout le ravin était couvert de muguet. il avait la tête qui tournait… » c'était ma grand-mère qui racontait la suite. jour après jour, en aparté, mais ça rentrait dans ma tête comme des clous dans le beurre.

Et lui ? il m'a jamais parlé ni de ce ravin ni de tout ce qu'il avait fait dedans. elle – oui. et je rêvais longtemps de ce ravin. juste ce ravin, oui. couvert de fleurs blanches et moi – dedans… seul. et le soir et les fleurs se ferment. j'ai compris enfin pourquoi pépé n'aimait pas les ravins. de loin il fallait qu'on les contourne ! et moi – je les adorais, moi ! me pencher dedans et parfois même y descendre tout seul.

Et puis elle a tout dit à la fin. comment il a fait. comment il allait dans le campement des soldats habillé en femme, trois fleurs dans les mains, sifflotant, rôdait autour, pas très près… une fée des forêts on dirait ! et le soir il attire un vieux dans la forêt ! et le vieux ! le vieux, bavant comme trois derrière cette Suzanne ! et là-bas, dans le ravin, grand-père l'achève. prend ses bottes et puis son fusil. voilà la chose. voilà comment il a eu ce fusil, et puis un peu de munitions… comme ça il pouvait chasser ! et puis ils sont partis, lui et sa mère. le plus loin possible de tout ça ! vers la mer Capsienne… par les forêts. loin des yeux ! loin des humains ! vers les bêtes ! il a retiré les balles, mis des pointes de cordonnier qu'il a sorties des bottes du vieux et tout ça fourré dans les cartouches, les a bouchées ensuite avec de la terre et comme ça il a tué quelques canards, lapins, et même une fois ils ont mangé du chevreuil ! « Et sa mère n'a pas posé de questions ni sur le fusil, ni sur les canards, ni sur rien. cet été-là elle a appris à ne plus jamais poser de questions. toute petite elle était, toute courbée… une rate aux yeux bleus ! ». ma grand-mère n'aimait pas à la folie la mère de pépé Jo. grand-mère insinuait que c'était sa faute si pépé Jo était comme ça !

« Comment comme ça ? » je demandais, tout bête. « Mais comme ça ! » elle disait, écarquillant les yeux ! et puis – hop ! elle me mettait dans le bec un bonbon en guise de dernier mot.

15

Quelle vie ! et quel Pépé… il est devenu aveugle à la fin. il portait des lunettes de soleil, lunettes cassées, on aurait dit un vélo écrasé. il était au bout du rouleau, lui. au bout de sa pelote. mais il était debout encore ! toujours ! avec trois copines, bras dessus bras dessous il se promenait autour de l'immeuble ! tout lentement, à la Ivan le Terrible, et puis un jour il a eu soif et puis les trois vieilles princesses sont parties pour chercher de l'eau. là – il s'est assis dos contre un arbre. c'était l'après-midi. c'était un peuplier… et puis il s'est endormi. et puis il est parti, tout léger. les mains dans les poches ! son visage était de celui qui revient d'un long voyage. et ses copines, trois Parques, l'ont pleuré trois jours trois nuits. l'ont lavé dans leurs larmes trois fois et la lumière dans sa maison a brillé trois jours trois nuits, tel un navire en deuil allume tous les feux et au bout des trois jours – il est entré dans la terre.

À l'enterrement on a vu deux vieux, têtes blanches, ses camarades, je crois, fournis de médailles comme des léopards – de taches, sobres et rasés jusqu'aux os. ils ont déposé dans son cercueil une médaille chacun, sans rien dire. sont restés un peu, immobiles, deux corbeaux aux ailes blanches. à l'écart de notre famille, foule de corneilles. l'un des deux a murmuré « Eh bah, Jo ! tu nous as pas fait chier même pour mourir, toi… » et puis ils se sont envolés, lents.

Et lui ? il était content, pépé. il a souri même ! et puis il n'est plus jamais revenu, lui.

Ho ho ho, mon jeune lecteur ! tu t'en fous de tout ça ?! Guerres et Famines, Disettes et Génocides ! Révolutions et Cie ! et puis quoi encore !? et puis c'est déjà trop loin pour tes yeux ! plus loin pour toi que pour la main d'une vieille – son pied ! ah oui, et ça va très vite ! le temps s'affole, la bête ! hors de cage, l'époque ! putain et cieux ! en un rot tout a changé ! Mitterrand – c'est déjà le XIXe ! de Gaulle – c'est le Moyen Âge ! houuu ! déjà trop loin même pour les presbytes ! Staline, Hitler et toute la clique ! on dirait – temps d'Homère ! je parle pas de Lénine ! âges légendaires ! le même sac pour les tsars et Ulysse ! Robespierre et Saint-Just – aussi près que Baba Yaga ! et puis ça s'accélère de jour en jour ! le temps ! ça souffle entre les dents ! et puis ça grince ! tu sens pas la vitesse, mon lecteur ! né dans cette Ferrari, toi ! moi – dans une calèche ! pour toi je suis – pépé Cyclope déjà ! au pire – papy Disney !

Les plus vieux brailleront « Mais d'où il sort, celui-là !? émoustillé jour et nuit ! tête à faire peur aux poux ! c'est ça le grand voyage ?! c'est ça les Ballets russes ?! c'est ça – les pas de biche ?! et sauts de basque alors ?! et la bourrée alors ?! faut qu'il nous fasse un grand jeté, ce Russkof ! au lieu de gargouillades ! qu'il fasse rouler notre Chaperon sur les rails du Transsibérien ! jusqu'à ce qu'ils se bouclent en tire-bouchon, chauffés à blanc et ! qu'ils fassent bouillir le Pacifique ! mais oui ! qu'il nous amène à mille soupirs d'ici ! comme font les autres bousiers ! franco-russes aussi ! au lieu de débarquer à l'agneau nocturne là ! lui et sa marmaille de steppe ! l'hiver morveux et tout ! point ! on veut être remboursés ! »

Je te vois, mon lecteur, tes sourcils en colère ! mais qu'est ce qu'il va nous faire encore cet ours nain de Mandchourie !? ce Shakespeare des Schtroumpfs ! il va nous sortir « Que tous les gens de bonne volonté pètent dans la même direction ! » ou quoi ?! toutes ces guerres et famines ! et encore et encore ! au moins, qu'il nous fasse voyager ! une bonne vadrouille chez lui ! qu'il nous montre les forêts ! taïga ! toundra et loup dedans !

Vois, mon lecteur. là-bas, il y a de tout. toute la matière, première, seconde et smala ! pétrole et steppe, taïga et patati ! matière ! mais pas d'esprit à part le gaz ! sinon – pas un seul Chaperon rouge ! et voilà, au lieu de parachuter là-bas votre Chaperon, je contrebande la steppe ici ! au lieu de faire goûter la chair du loup au Chaperon là-bas – j'amène le loup ici ! ours, loup et lynx ! j'ouvre la marmite des éléments ! feu, neige, eau vivante, et terre à perdre l'œil ! je penche le fleuve et je verse la Volga dans ton verre, lecteur ! et famine et forêts, j'en remplis à ras bord ton assiette !

Mais chut ! doucement ! elle dort, Fevro… comme la vallée à l'aube d'une guerre, elle dort. parlons en bonsaï !

La mémoire ? ho et ho ho ! c'est quand on commence à oublier – qu'on parle de mémoire ! précisément ! ah oui ! surtout pour les cauchemars ! les répéter, les dire par cœur ! les pardonner ?! mon cul ! mais justement, quand la mémoire, ce truc, cette passoire retient plus rien – on se met à se tortiller autour ! et à farcir les coquillettes par les deux côtés ! et on en met des tonnes ! et on bouche les trous ! pour avoir quelque chose… enfin ! à se mettre sous la dent ! hé ! mais toi, mon lecteur… tu n'as rien à te souvenir, toi ! rien à oublier, alors ! ni guerres, ni famines, ni pendus, ni brûlés, ni gazés ! t'as pas de trous dans ta passoire, toi ! pas un seul ! on soupire – « Pauvre veinard, il doit tout gober ! » et moi, je dis – juste « Ça va vite ! » de ta Ferrari tu vois le paysage siffler ! juste le bandeau du temps ! ça va trop vite ! c'est dingue ce manège ! et les jeunes pépés courent à côté et te racontent les temps où ce manège tournait avec des percherons ! fa !

La mémoire ! c'est ça la vraie guerre. celle qui commence avec la dernière cartouche d'un Montblanc qui vient de signer la paix ! la paix ! celle des culs serrés de peur contre les yeux crevés ! pour mieux se recueillir sur les tombes de nos pères ! ho ! miches collées de tristesse, tronches de cuivre penchées à droite ! comme il faut ! en vrais justes ! bouchés comme le hongre et le hongreur ! et volcan ! volcan de vie gronde sous nos pieds !

Mais veux-tu que je te dise la chose, mon lecteur !? entre nous ! car faut bien s'amuser ! je te le dis – la mémoire ne sert qu'à ça. oui. à conduire la guerre que les trous mènent contre les plaies de ce monde ! la guerre des plaies qui se referment contre celles qui s'ouvrent ! victimes contre victimes ! gazés contre fusillés ! pendus contre morts de faim ! morts contre morts ! voilà – tout. archi-tout ! et maintenant j'ai soif comme un têtard du Styx ! pire qu'Ézéchiel ! gorge d'Isaïe est de nouveau à sec ! juste une goutte de thé et je reviens. mais – cette fois le prophète se baladera kalach dans la narine !

Elle se réveille. elle me cherche telle une langue cherche une dent malade. elle me trouve et se rendort. et je continue, moi, yeux galopant sur le visage ! tirent mon carrosse de tête ! vers l'Est ! on partira, Fevro ! dès que le bébé trouve son pouce ! dès que son pouce trouve la bouche – on part ! mais oui ! vadrouille ultra-épique ! vers la Russie ! ah oui ! notre enfant vers la neige nouveau-née ! et quel gosse et quelle neige ! à sauter dedans yeux ouverts ! les congères aux ivrognes joyeux ! encore hier, c'était fou – quelle tourmente ! je m'en souviens ! ouragan ! j'ai eu les narines pleines de neige ! et là – comme après le passage d'un démon tout est – calme et bonace. la steppe est morte. tout est – paix…

Tu verras le vrai portement de la croix ! vers le nord ! toujours et re-toujours ! narines vers l'est, mais cul à Londongrad – on part vers mon domaine !

Combien de gosses j'ai eu sur mon dos ?! ho ! des bataillons ! de tous calibres !

Je connais les gosses, moi ! les yeux d'un enfant cherchent le feu. les pieds d'un enfant aiment la chute ! ça – oui ! mais je le tiens bien ! et puis j'ai tout prévu, moi ! tout planifié ! tout concocté ! les bottes en feutre et les fichus en laine de babouchka ! tout est en place ! juste accorder les GPS du cœur !

Et chaque pas et halte, églises, villages, bouillie de sarrasin, chou, cornichons, lard, pain noir ! voyage bien à l'ancienne ! la bouffe bio et tout ce que tu voudras ! pèlerinage de rêve ! même le papy Léon Tolstoï n'oserait rêver pareil !

Et on verra la chose, toi-moi… on aura les yeux bien plus grands que les lacs ! et la tristesse comme les poissons qui y vivent et qui y meurent muets… tristesse de la steppe de l'âme humaine. vraiment infréquentable ! pas d'« Otchi tchernyia » ! ni en suppo ni à l'oral ! la steppe la steppe la steppe… à pas d'hiver ! froid et ours insomniaques qui rôdent ! ou tu verras rien du tout ! la chose se cache ici bien autrement ! ni dans le cœur ni sous la langue gelée des morts de l'hiver dernier ! morts et très morts des steppes ont rien à dire au printemps ! il est lent ici… en limace il vient ! pour tout voir là – faut bien fermer les yeux ! serrer à mort les yeux ! et tu verras des choses… tes yeux de miel faut les fermer ! et l'ours du réel léchera nos yeux, oui, il léchera l'albugo de nos yeux ahuris. les tiens – de miel sauvage, les miens – jean délavé, jean sale. mais ça sera pas la fin ! ah non ! loup du réel sera notre ombre. jour après jour du côté gauche – glissera, tournant la gueule vers nous. les yeux de la steppe nous suivront. jusqu'à ce qu'on devienne, toi-moi – vision. juste la vision. juste ça et tout deviendra silence. dehors et dedans. au Nord de l'âme et au Sud ! silence après la chute des dieux ! silence de la vision. silence après la chute de tout ! après tant de bruits ! de cris dans les entrailles ! tant de fureur ! des mots… oui. mots ! ne sont que les parachutes troués ! de l'âme qui tombe ! quand les gorges passent aux langues mortes, la mienne passe au slavon ! oui. mais là – c'est bon. c'est déjà trop ! écoute ! ce silence où l'âme se déshabille des mots…

Allons ! d'abord – l'Allemagne, puis la Pologne ! l'Ukraine ensuite ! avec Gogol on mangera des cerises ! et puis c'est la Russie sainte qui s'ouvre… rideau immense ! et là – on entre dans l'hiver ! et puis plus loin ! on dormira dans les écoles ! petits villages enneigés ! pas question en été ! en hiver ! et toujours vers le nord, vers Novgorod, vers la nuit polaire ! et enfin, très enfin, on viendra à quatre pattes vers Volkhov, là où rôdait Ivan avant de dévorer la ville blanche et puis et puis on tombera à genoux une fois pour de bon et comme ça – on entrera dans les églises blanches comme des fiancées !

Mais d'abord, très d'abord – le Pskov ! on fera un tour de ville puis – vers Novgorod ! celle-là ! cette fiancée si belle, la ville si blanche ! que le tsar Ivan a mutilée ! la belle aux bras coupés ! elle se terre dans les forêts de bouleaux, la belle ! se cache ! murs sur lesquels Ivan et toute sa bande pissaient, riant ! démons qui ont bu tous les lacs autour ! Volkhov ! dans le creux de la haine ont lapé ! dans le creux du sabot de la colère ! pour ensuite tout repisser sur cette fiancée si haute ! sur tes murs blancs ! murs libres ! murs sales. plus sales qu'un drap du meurtre ! la neige de ce massacre tombe encore ! oui.

Tu veux un témoin ?! en voilà un ! Théophile le Samocheus ! « Celui qui se gratte tout seul » ça veut dire ! lui ! moine, rescapé du massacre, il y laisse son bras gauche ! l'œil droit ! c'est lui qui parle, qui s'envole, Tacite russe et on voit la chose. « … *Si belle elle était, cette ville qui n'a jamais connu l'esclavage, qui regardait toujours vers la mer, la mer avec ses périls et sa fortune, telle une fiancée regarde au loin et guette les voiles de joie et accueille sans frémir les voiles de malheur, la ville qui descendait sur les rives, femmes, enfants, vieilles à la vue d'une voile qui leur ramène les maris, les fils, les pères et le monde. Et puis Ivan arrive avec ses hommes enfouraillés comme des archanges en colère et met une fois pour toutes cette ville à genoux en lui coupant les jambes, et plus jamais Novgorod, la fiancée mutilée, ne se mettra debout. plus jamais. Il ne vient pas en ouragan vers la ville, non, il marche lentement, comme une peste...* » et tout et tout ! voilà comment. je la connais sur les bouts des cils cette histoire, moi !

On sera pas seuls, ah non ! la foule la plus bizarre – devant, derrière et nous – dedans ! on sera cette foule ! la foule que nous sommes tous – sortira de nous et – marchera devant, derrière et chantera les louanges à vingt mille gorges ! basse bien classique ! basses russes, basses légendaires ! corbeaux, ces rossignols de Sibérie chantent basse ici ! plus basse que Chaliapine ! puis encore plus bas ! à ras de terre ! à ras de bouches des morts ! pas si loin leurs gorges ! pas si profondes les tombes ici ! froid ! la terre gelée... ils chantent à nos semelles, les morts ! toujours et re-toujours ! je les écoute avec mes pieds ! prière perpétuelle à réveiller les ours dans leur tanière humide ! ils se retournent déjà ! le cul à la sortie ! printemps au pif ! prière du cœur à débucher de toutes forêts – glouton, castor et lynx ! ils nous suivront ! miaulant, grognant et clatissant ! en chœur bien différent mais chœur ! vaches, veaux, agneaux et boucs ! toutes bêtes à cornes, Ajax docile en tête ! en soprano ! tête nue ! Sophocle – Eschyle, en arrière-garde ! bras dessous bras dessus, pieds nus ! et les forêts... forêts ! elles marcheront avec ! et quelles forêts ! ensorcelées ! qui ont dormi des siècles – seront debout ! et – s'avanceront chantant ! lentement, féeriquement ! comme les bateaux de la joie, navires de bonne nouvelle – entrent dans le port d'hiver ! hiver d'attente. hiver à perdre trois cents ans ! hiver noir. quel défilé… et nous, toi-moi – bien au milieu de la soupe ! et combien chaude !

Si tu me perds – tu me retrouveras – cherche le bonnet vermeil ! ta culotte rouge sur ma tête ! culotte à mille visions ! ho ho ! pas de blagues ! vrai portement de vraie croix ! pas celle en silicone ! et j'en ai vu des portements ! beau marathon à trois cents verstes ! gosses, femmes enceintes et tout ! nos poux, et chats tigrés aux yeux d'agate et chiens aux yeux marron ! les poules ! poulettes sacrées ! mais pas de coqs ! ah non ! que je sois serpent à sornettes jusqu'à la fin des fins, des coqs – non, pas vus ! cela me paraît bizarre aussi, mais – pas un seul ! je dis ce que j'ai vu. point !

Regarde pas trop autour ! pèlerinage en ex-voto, ivrognes, popes en fuite, pieds nus, dos tatoués comme les chiottes d'un collège chaud ! et quels dessins ! églises et monastères ! aux poitrines – Lénine, Staline et Marx grimacent ! torse nu, chantant, marchaient, portant leur monastère avec tous les moines et diables dedans ! les dos si larges ! et ça bougeait les tatouages ! les moines couraient dans tous les sens ! s'affairaient fort mais fort ! les murs – aussi ! se dilataient ! et les coupoles – tanguaient ! pendant quatre heures j'avais tout ça devant ! le pope marchait très bien, lui ! moi aussi ! lui – torse et pieds nus, moi – emmailloté comme un nouveau-né ! la neige tombait sur le dos nu du pope… et la vapeur montait ! l'odeur d'une bête naissante nimbait sa tête ! de temps en temps il faisait le signe de croix avec un crucifix en bronze, le pope ! avec une seule main gauche ! vingt-cinq kilos ! j'ai vérifié après ! et ça pesait dix tonnes !

Si on a encore le jus – on tourne au sud. un crochet vers Constantinople ! juste se réchauffer les yeux ! cette ville ! la torche éteinte. mais quelle équipe c'était ! ils jouaient en première ligue avant ! Justinien II ! je le vois d'ici, empereur au nez coupé ! la marâtre de Baba Yaga qui s'envole à la fête est une Miss France à côté ! de loin et de près ! les langues méchantes disaient qu'il s'était concocté un nez en or ! s'il était encore vivant – elles auraient été mortes ces langues ! bien coupées ! et puis un autre, aussi drôle qu'un babouin parano ! Constantin Copronyme ! nom de crotte ! mais infatué comme une crotte de nez en or ! iconoclaste à faire tordre le nez au Christ de la plus grande icône dorée sur les portes du palais Chalké ! mais quelle ambiance ! on s'ennuyait là-bas bien autrement ! ça donne envie de venir ! nez bien caché ! avec un vieux copain ! pépé Kalachnikov !

Et toujours la steppe ! sans fin ni début. et cette neige… dernière-née de l'hiver ! la neige sans misères. sans pleurs est cette neige. sans lèvres ni prières. la neige aux âmes… même l'agneau nouveau-né en sera jaloux ! il a ses yeux de braise éteinte, l'agneau. mais ce tapis, tapis d'hermine, tapis pour les pieds qui sont pas d'ici… et tout ça – jusqu'à la Chine ! balade à rajeunir trente mille Mathusalem ! y a de quoi tomber à genoux ! jusqu'au cou dans la neige ! en chien mourant tomber sur le dos et se rouler dessus ! que l'innocence rentre dans chaque pore ! et à la fin que l'effroi sacré nous fasse frémir et nous mette bien debout ! plus vite qu'un cil ! pour qu'elle, notre âme, notre enfant jamais-née – joue, enfin seule, sur ce tapis. juste un peu. soit sans nous. sans surveillance. vivante.

Oui.

Elle s'endormait sur le dos, je prenais dans la bouche sa boucle d'oreille, ce rubis, pour qu'elle ne s'échappe pas la nuit. comme un démon qui a perdu son pouvoir auprès d'une femme. c'est dans *Les Mille et Une Nuits,* je crois…

Et puis tout ça, et puis les choses se gâtent tout doucement et très vite ! plus vite que les dents de sagesse ! et puis les crocs de sagesse pourrissent les premiers. voilà la question ! mais on s'en tape au fond ! de la sagesse, et de ses chicots, de tout à tout ! à la sagesse il ne reste même pas ses dents.

Juste – la joie ne crèche plus rue Delambre. juste ça. rien que ça.

Fevro se met à chercher un hôtel. pas loin de Montparnasse. mais pour qui ?! pour sa sœur ! ah bon ?! elle a une sœur… oui, elle a une sœur, sœur aînée, et très gentille ! mais je savais pas, moi ! elle s'appelle comment ? Clémence. Clémence ?! ah c'est bien ça… « Tu verras – m'a dit Fevro – elle est drôle, ma sœur, différente, mais on s'entend bien, tu l'aimeras. elle vient pour une semaine du Sud. faut que je trouve un hôtel. » mais non – je dis – pourquoi, c'est bon, elle vivra une semaine ici, rue Delambre, tu tiendras une semaine sans moi, non ?! je dormirai chez Madame Dedovitch. d'ailleurs, faut que j'y aille de toute façon, voir Kot, mon Miaou Zedong et puis arroser un peu l'Éden, tout ça…

« C'est une bonne idée » – elle m'a dit. « Ça te gêne pas ? vraiment ? » elle a accepté un peu trop vite, je trouve. elle est même contente ! légèrement ! poliment, mais – contente ! « Je te la présenterai, tu verras, tout le monde l'aime, ma sœur ! » ah oui, je la déteste déjà ! pourquoi venir à Paris ?! qu'est-ce qu'il y a ici d'exceptionnel ?! débarquer comme ça ! personne n'est mort ! personne n'est encore né !

Avant de partir je lui montre encore une fois les dates de ses rendez-vous avec le toubib pour le bébé. je note tout, moi ! rigoureux comme un comptable ! même le comptable fou – reste un comptable.

La nuit j'ai rêvé de pépé Jo. on était dans un champ, allongés tous les deux, je vois encore sa tête dans les herbes. et ses yeux, oui, toujours bleus et si jeunes. et là – il a dit un truc bizarre. sans ouvrir la bouche, avec les yeux, comme dans les rêves. il m'a dit « Entre dupe et trahi – vaut mieux que tu sois dupe. dindon de la farce… comme Dieu qui savait qu'il sera trahi… sache et fais le dindon et tu seras trahi, mais jamais dupe. écoute l'oiseau… » et j'ai regardé le ciel mais il n'y avait pas d'oiseau. le ciel était haut et vide et – je me suis réveillé. je sens même là son odeur. il était si près, si là !

Et un coup de fil de Cowboy ! tiens, ça fait des siècles ! il m'appelle de Roissy ! il rentre de Thaïlande ! alors, ça roule pour lui ! ça baigne pour lui… mais pas pour Tomoko ! encore à l'hôpital ! elle y est allée toute seule, elle ! son démon s'est rendu sans convoi ni menottes ! mais ça va maintenant… dix jours là-bas !

Alors on va la chercher comme avant. tous les deux ! comme dans le vieux beau temps ! bras dessous bras dessus ! pour se cacher des démons, les oufs se rendent chez les gaules ! et puis un moment faut les délivrer. bien ! mais lui ? il veut partir en Thaïlande, lui ! ho ! encore une fois ? il vient juste de poser ses santiags ici ! mais si mais si ! il veut partir et pour toujours là-bas ! avec sa Samouraï ! évidemment !

il ne jure que par Bangkok ! par Pattaya et Cie ! il a tâté archi-bien le terrain, lui ! c'est pas pour ronger les baguettes qu'il va là-bas ! il compte acheter une ferme ! élevage de cochons ! ça marche bien ! ça grogne de joie là-bas ! groins à frapper les sous ! ha ! sans blague ?! mais oui, il va vendre son appart à Moscou et comme ça – la Thaïlande sera à ses bottes ! quelle idée ! mais au fond – ça lui va bien ! même très ! à merveille ! comme un balcon à la Juliette ! je le vois déjà ! sermons aux cochons ! chants et guitare ! et lui, à la grognasse de l'Apocalypse chevauchant un verrat ! hé ! j'ai des visions, moi ! mais faut pas être un prophète pour ! même pas deux billes pour voir ! au pif – ça suffit ! faut voir le pire – voilà l'école d'un prophète ! le dernier couloir de son collège avant la sortie ! eh bien je vois… devant les régiments des cochons il parle ! en russe et en français ! des bouts d'anglais ! puis il chante ! il grogne ! il prophétise lui aussi ! et Samouraï… Madone aux porcelets, seins nus, au centre de l'enclos, elle cligne des yeux ! enfin heureuse… perdue et calme.

On s'est donné rendez-vous, pas dedans, ni devant l'hosto ! ah non ! il n'y tient pas ! « Y a un café, pas loin, ça s'appelle *Coq et* quelque chose, je sais plus. le temps de souffler un peu, péter tranquille, quoi et puis on ira. et puis et puis j'ai attrapé un truc là-bas ! jungle maudite ! chiasse d'un ours effrayé ! quoi ? c'est contagieux ? mais j'espère bien ! bref, je vais déposer mes valoches et j'arrive, ça te va ? »

Oui, ça me va. tout me va. tant que Fevro est sous haute surveillance – je peux partir au pôle Sud, moi ! mon GPS est à jour ! et le bébé… c'est le bracelet qu'on doit mettre aux condamnés ! les lier par les ondes ! zoum-zoum-zoum ! que personne ne puisse débrancher la chose ! moi – je la reçois deux mille pour cent ! mais d'abord j'aimerais faire un crochet chez Madame Dedovitch. pas le temps. merde alors ! je vais direct à l'hosto. flèche tordue je vole droit comme je peux ! faut que je repère ce café. « *Coq* quelque chose » dans le XXe.

Pas de mystère. « *Coq et âne* » ! c'est bien pour nous ! bonne équipe, alors ! que des mecs ici ! équipage d'arche de Noé trié par une Messaline ! ho ! coq ou âne, j'attends mon Cowboy ! et le voilà, il arrive, Nicolaï !

Bronzé, svelte comme un louis d'or ! ça lui réussit à merveille la Thaïlande ! il m'embrasse ! me serre fort ! je lui manquais, dis donc ! il sent bon… il sent l'autre terre. il sent la cuisine bizarre.

Il rêve à haute voix, Cowboy ! partir d'ici ! ho ho ! putain et barbe ! il a attrapé la vérole d'Ulysse, ou quoi !? pire que moi ! aller en Thaïlande ! « Écoute-moi ! – il dit – écoute ! si avec les cochons ça marche pas… si ça boite – je vais acheter un snack-bar ! ou kebab ! ou un bordel ! je te dis – c'est un coup sûr ! j'ai une copine là-bas ! mais c'est entre nous ! une pute ! à Pattaya ! tu sais combien elle me coûte ?! 19 euros par jour ça coûte ! la nourriture incluse ! les vieilles t'apportent à bouffer ! ou c'est la fille qui cuisine. carrément dans l'hôtel ! le salaire d'un ouvrier est de 42 euros par mois ! d'un fonctionnaire 100 euros. on est des rois là-bas avec nos RSA ! mais le climat ! climat… climat de singe ! faut tenir une semaine et puis ça va. les rues climatisées de Bangkok ! je les ai vues, moi ! elles – aussi ! » il me montre ses santiags ! c'était son premier voyage ! là – c'est le troisième… je ne sais plus. je compte plus, moi ! quand on tombe amoureux d'un pays – on perd et boules et boulier !

Avant qu'on aille la récupérer, il veut me montrer quelque chose. « J'ai tout pris, t'inquiète ! bonbons pour elle, la clope, tout quoi ! ils s'ennuient à mort là-bas ! fument par tous les trous ! j'ai tout là… ce qu'elle m'a demandé. vêtements, ses babouches, tout quoi. elle peut plus porter de godasses normales… pieds gonflés, elle porte ça. » il ouvre le sac. paire de baskets chinoises. « Bien commode, tu sais… j'ai essayé, tu les sens pas. comme né avec ! on a la même pointure, elle-moi ! je les ai portées un peu. ne lui dis rien ! tu sais comment elle est ! hououou ! on touche pas à ses affaires ! tiens, j'ai un cadeau pour toi. » et il me file un paquet de cigarettes. « Ça vient de là-bas. sans filtre, un peu fortes, mais sans saloperie ! sans rien ! tabac et papier et fumée ! tiens ! pour toi. pour elle aussi j'en ai apporté ! ça coûte rien ! dix centimes le paquet… » il est content. et puis ça s'assombrit. « Je vais te montrer quelque chose. je crois qu'elle est enceinte ! tiens ça, lis ! » et il me donne un carnet, gros carnet. « Je note tout ce qu'elle dit, tout mais tout – dedans. délire et tout… je vais coincer ce démon ! voilà. non, pas cette page, plus loin… encore. oui. c'est ça… » et je lis. j'envie son écriture. penchée à droite, comme il faut !

« Pas à voix haute… pas la peine. je connais, moi. » et je lis… *29 mai. J'ai un enfant en moi, et il pleure, parfois il se calme, pleure plus, mais pas parce qu'il s'endort, non, il est mort, voilà pourquoi, voilà comment. Il faut qu'il devienne une étoile, lui, une étoile du matin, lui.*

« Alors ? tu penses quoi ? ça me fout les boules, ça ! imagine si c'est vrai ! on baise plus, sinon comme des Yakoutes ! à travers la peau d'ours ! mais quand même ! si c'est vrai… quoi faire ! toi, tu t'y connais dans la médecine, toi ! observe-la bien tout à l'heure… y a des signes ! j'en sais rien ! regarde-la bien… »

Ah oui. je vois la chose. je l'ai jamais vu comme ça ! pas dans son assiette pour ainsi dire ! hors d'assiette même ! hors de table !

Il me parle… me regarde pas. me voit. « Mais imagine ! tous les jours tu voyais ta femme descendre aux Enfers ! bon, d'accord, on s'habitue à tout ! mais là – j'ai peur. vraiment une pétoche ! chocottes ! trouille atavique, moi ! ça y est ! je cours au plafond, moi ! je grimpe aux murs. imagine ! enceinte ! ça t'ouvre le cœur des choses ! quoi faire ! fous-toi par terre, hurle, ulule, pleure, chiale et rien ! c'est – là ! essore les couilles lacrymales – c'est là ! avec tout ça… avec tout ce que tu vois là – tu vas descendre aux Enfers ! j'ai mon sac à dos, moi… elle a le sien… et ça va durer toute la vie ! pas des années – la vie ! je fume là, tu fumes, on fume mais j'ai le cœur dans le cul déjà ! tu vois le film *Hamlet* ? avec sa nana et tout ! il est comme moi, lui ! »

Oui. ah oui.

Et puis – faut y aller. et on y va, lui-moi. juste la rue à traverser, mais ! mais on piétine comme si c'était le Jourdain ! aussi rapides qu'un camembert qui coule ! et puis et puis faut qu'on fasse sept tours autour de l'hosto ! et puis au signal – faut qu'on lâche un pet de guerre pour que les remparts s'écroulent ! tels les murs de Jéricho ! mais bon… j'ai beau parler comme si j'avais saint Prépuce en guise de langue – quand il faut y aller – faut y aller !

Enfin on sonne. on entre dans la cour et. on s'arrête. « Putain… soupire Cowboy – putain… quelle bande ! » en deux poteaux pétrifiés on ne bouge que des yeux, nous ! il redit encore une fois « Putain ». grillage jusqu'aux cieux, deux nuages qui y meurent et les oufs ahuris et ça vadrouille, tourne en rond... il y a de quoi faire ricaner tous les Van Gogh passés et à venir ! mort-nés et avortés ! une bonne centaine de vrais tarés ! pas demi, mais vrais ! vraiment mordus ! par mille démons et ciel, je vous dis la vérité ! toutes les armées célestes tombées ici ! ho ! j'ai la trouille moi aussi. on nous regarde comme une meute de loups hume deux steaks ! même moi ! plus maigre qu'un rat de la grande famine d'Irlande ! même moi – je ferais leur petit quatre-heures ! c'est l'heure d'ailleurs ! et puis y a ceux qui se chamaillent. qui font la manche ici. qui chantent. tout quoi ! tout ! et je deviens plus petit que le trou de balle d'un pou ! y a de quoi... et puis Samouraï arrive ! frisottée comme un chérubin sous la giboulée ! l'œil brillant ! elle louche sur son copain ! saint-pierre à la fondue de poireau ! je ne sais pas si elle le reconnaît, mais elle sourit ! et de loin ! et ses yeux tanguent sur son visage... s'arrêtent pas ! « Voilà – elle dit – Comment ça va sinon ? » « Bah ça va, ça va » on répond en chœur de ventriloques. je ne sais pas pour Cowboy, mais moi – je cherche pas ses yeux.

Deux trous d'Hadès sont ses yeux. et je vois à travers. et – Bruegel m'a touché les paupières. Samouraï me regarde, regarde... une bête aux yeux humains. les yeux qui me disent « T'as peur, toi. t'as peur... » et puis ils s'éteignent, ses yeux, et puis – plus rien.

On monte dans sa chambre. je vais pisser, moi. Cowboy l'habille. il a les mains qui tremblent. des cagoinces j'entends ses dents claquer !

Il faut qu'on sorte d'ici. on signe tout, mais tout et on s'arrache ! on aura signé le papier comme quoi on vend nos trois peaux de notre vivant ! deux couches chacun ! eh oui… et puis on sort. ouh !

« Tu reviens plus ici ! Tomo ! c'est fini ! baise un mur en guise d'adieu ! tu verras plus ces gueules ! » Nicolaï se remet de ses émotions plus vite qu'un chat ne retombe sur ses pattes ! il promet Éden et manne par tonnes ! « Je t'abandonnerai plus comme ça ! mon Samouraï ! mon petit sabre… on va partir bientôt ! » et Tomo ? bourrée de médocs elle dégage une lumière comme une décharge nucléaire ! elle sourit, l'œil gauche fermé ! droit – illuminé ! elle dit rien. elle marche, c'est déjà ça ! moi – à gauche, bras dessous bras dessus, Cowboy – pareil, mais à droite ! comme à la manif ! on fait front ! je propose tout bas – un taxi. quoi ?! un taxi ! mais t'es fou, toi ?! Nicolaï n'est pas grand-duc, lui ! « Ah non ! c'est pas loin ! on prend même pas le bus ! taxi !? t'es qui, toi, Dim-Dim ?! Rothschild t'a mis dans le nombril un diamant ou quoi ?! » eh bien, comme tu veux, je me suis dit. si c'est le principe… crever de soif auprès de la fontaine – d'accord. bus, avion, traîneau ou pirogue – tant qu'on est dehors – ça me va. tant qu'on sort pas du pays – ça va. mon Nokia n'est pas nase, y a le réseau, alors – ça va merveilleusement ! je peux appeler Fevro ! le reste du monde fera son Apocalypse sans moi !

Cowboy bourdonne, mais allons, un peu plus vite, encore un peu, mais c'est pas vrai, ma belle, faut pas que tu t'endormes comme ça ! aide-nous un peu ! marche ! gauche-droite ! comme à l'armée ! allez, Dim-Dim ! dis-lui ! comment c'était au pôle ! gauche-droite ! et haut le menton !

J'écoute à peine. trois limaces qui rentrent d'un mariage – on arrive enfin. par les petites rues... je connaissais pas le chemin comme ça.

On pénètre dans la tanière. brrr ! Cowboy tord le nez ! ça schlingue comme une déchetterie de Babylone ! on met Tomo contre le mur. voilà ! elle tombera pas ! elle rit tout calmement. elle voit quelque chose. elle a des visions, sûrement ! ou nos bouilles la font marrer, Cowboy-moi ! qui sait. et puis on l'allonge sur son matelas. « Ça va, mon Samouraï ? » – Nicolaï caresse ses cheveux. « Dors un coup, ma petite sabre. je suis là... » elle rit, encore, plus fort ! « Bon, elle va se calmer. faut qu'elle roupille. plus tard ça ira. » il est sérieux, lui. tout doux, comme celui qui vient d'ouvrir la déclaration de guerre. « Ça va aller, qu'elle se repose. là – j'ai envie d'un remontant. veux-tu, toi ? une bonne pétarde. j'en ai ! » eh pourquoi pas. mais pas tout de suite. dans une heure peut-être. je ne sais même pas pourquoi je dis ça. dans une heure. pourquoi pas dans trois.

Cowboy roule une tige. plus agile qu'un bébé chimpanzé, lui ! la pétarde est gigantesque ! manche à balai, quoi ! bon. je passe mon tour dans ce poker. ah bah, pas lui ! il referme tout pour garder le kif, et l'allume. on dirait la locomotive de Jefferson ! une taffe – il expire et je vois plus rien ! lui – il voit triple ! « Elle est bonne ! ouh ! putain ! ça ramone la tête ! » déjà trois Samouraï et trois moi !

Et puis il se met en transe, mais comme ça, transe demi-écrémée... il doit être fatigué, lui aussi. je le vois plus ! il me parle d'un nuage ! du centre de la fumée ! je lape mon thé sagement. tant qu'il se prend pas pour Goebbels, et moi pour Moïse – ça va ! ça grince un peu, mais ça va... il se tait. plus rien à dire. il est vide comme un satyre mort. je l'entends à peine. sa radio grésille… « Dim-Dim, Dimitrius, j'en ai marre archi-marre les maladies les hôpitaux tout ça et la forêt ensorcelée et les gens dedans comme les arbres s'écroulent de tous les côtés de partout et moi un blaireau pris en chasse je sursaute et je rampe quels efforts putanesques que cette forêt de juin soit maudite chaque feuille recto verso et cet été à malheurs aussi… »

Samouraï dormait, bouche ouverte, et là – elle ferme la bouche et ouvre l'œil, mais se réveille même pas ! dort l'œil ouvert ! elle nous surveille !

J'ai tiré une pétarde aussi ! on s'en fout alors ! grandement, alors ! on rigole comme des possédés dont Satan chatouille la narine avec sa queue ! moi aussi je vais en Thaïlande, moi ! je suis bon en élevage de cochons ! comme un cadavre pour la ferme des asticots ! Cowboy hoche la tête ! mais oui ! mais oui ! à trois on est plus cochons qu'à deux, Dimitrius ! alors Cowboy, on part demain ! Samouraï se met à bouger ses pattes, tellement on hulule en russe !

On se calme ! mais c'est bien dur ! on a pris l'envol ! faut se poser, merde ! Bangkok était déjà devant ! on voyait ses feux ! fossé aux lucioles ! Bangkok ! il veut me divertir Cowboy ! une petite histoire ! pour que je sache comment ça baigne là-bas ! allez ! une histoire… une toute petite, une rigolote ! tiens, il en a une !

Il a vécu avec une pute là-bas, carrément chez une petite pute, ah oui, c'est moins cher, pratique et tout ! « Sa mère à elle nous concoctait la bouffe, une vieille, tête en raisin sec et ce raisin court et très vite ! et sa fille, une paysanne comme pas permis, dévergondée à souhait, vraie léoparde au pieu ! elle savait pas où est la Russie ! pas entendu parler de la neige ! jamais vue ! elle a voulu que je lui explique ce que c'est – la neige ! l'hiver à Moscou et le froid et tout ! comment c'est – le froid ! barbiche dans le cul ! j'ai dû parler des heures ! elle me taillait une pipe en écoutant ! et je cherchais comment lui dire le froid ! comment lui expliquer ! cette mouche comprenait pas ! il faisait plus de cinquante ! ma montre était tout embuée ! je ruisselais de partout ! elle m'a léché, cette folle ! comme une grosse fraise Tagada ! une chienne, une vraie ! et la bouche et dedans tout est rose comme pas possible ! ça me rendait dingue ce rose ! sa gorge… une fois j'ai même pissé dedans ! ça l'a jetée aux anges ! et puis après chaque fois elle me disait vas-y, tu peux y aller, pisse, ne sors pas… mais j'ai pas pu, quand même ! je n'avais plus de liquide en vérité… faut boire comme mille chameaux là-bas !

Enfin j'ai trouvé ! pour lui faire comprendre ce que c'est – le froid ! ho ! j'ai pris sa main et je l'ai mise carrément dans le frigo ! voilà, j'ai dit. c'est l'automne chez nous ! c'est comme ça ! et puis j'ai mis sa main dans le congèle ! ça – c'est l'hiver ! voilà ce que c'est ! pauvre ! ça l'a bien perturbée ! elle avait de la pitié pour moi ! pleurait presque, sa mère aussi ! tel froid ! vivre dans le frigo ! elle m'a fait crédit pour la bouffe, pour son cul, pour le débourrage ! elle a raconté tout ça aux autres ! aux voisines ! aux coursiers ! aux vieilles ! à tout le monde, quoi ! et puis elles sont toutes venues ! tout le quartier pour me voir ! pour mettre la main dans le frigo ! Voilà Bangkok ! cette fille… elle marchait toujours sur la pointe des pieds ! mais toujours, comme les enfants quand ils sont excités ! contents de quelque chose ! nuit de la Saint-Sylvestre, tout ça, tu te souviens, toi, non ? la nuit avant ? la veille de la Saint-Sylvestre… toujours comme ça ! sur la pointe des pieds… je l'ai baisée par tous les trous et elle, elle en était contente et toujours – sur la pointe des pieds ! vois un peu ! jour et nuit souriante ! joyeuse comme une gosse… Bangkok ! voilà Bangkok ! »

Rêveur comme un faucon il vole sur place. ça s'appelle « le vol du Saint-Esprit » il paraît. mon cul ! je louche sur Samouraï. elle a entendu le récit de son bien-aimé ? elle est déjà au courant de tout, peut-être ! je ne sais rien, moi. je vois juste son œil s'ouvrir, puis se fermer… puis encore ! sa paupière trembler comme avant de pleurer. mais non, ça va. et puis Cowboy attrape mon regard ! « Elle ne pleure que d'un œil, elle ! depuis mon départ elle pleure pas comme tout le monde ! me dit qu'elle n'arrive pas ! d'un œil – oui ! sinon – pas du tout ! c'est bizarre, non ? » et puis il reprend, murmure presque « Ce n'est pas pour rien que je joue sur elle comme sur la corde folle ! c'est ma seule corde, elle ! vois ! la seule ! et – elle est tendue ! j'ai rien sinon ! rien ! mais sache – que je viendrai à bout de ses démons ! et elle le sait. elle est si seule… c'est pour ça qu'elle me suit ! toujours suivi. j'ai envie de l'abattre parfois ! tellement elle est folle ! et parfois je pleure ! merde ! je pleure, elle aussi, on se fout par terre, ici ! oui ! là où tu es ! et on pleure… et j'en peux plus, moi ! je repars pour toujours ! plus jamais ! non ! mais elle m'attend et je reviens chaque fois ! »

Je secoue ma tête comme le jet d'un arrosage automatique. nase quoi. débile à la bouchon mal vissé ! un moment passe, puis il ajoute « C'est pas un livre, ça ! ce n'est pas Hollywood ! c'est le royaume de Thaïlande. imagine un peu ! un royaume ! et puis on est pas tout seuls là-bas… il y a des Russes et des Français, en ruches ! les fous bien aguerris. les vrais durs de dinguerie, et tout ça… avec les cochons ! la folie à mille groins ! on est jamais fou tout seul ! ne viens pas, toi ! tu vas nous regarder d'ici, toi ! tu me vois déjà, non ?! je finirai à quatre pattes bouffant ma merde, parmi les Thaïs qui vont en rire, mais rire ! et elle, ma Samouraï, ma petite sabre ! à terre et encerclée ! elle sera au centre… »

Deux pétards de Gulliver lui suffisent pas ! un petit plomb pour abattre un mammouth ! il en veut davantage, lui ! pour le foutre par terre faut bien plus ! moi – je passe ! il sort dans la nuit. et dedans il y a toujours quelqu'un qui vous ferait pousser le bouchon plus loin. ah oui. à Belleville, partout…

On reste tous les deux, elle-moi. ou je suis bien seul… on sait jamais avec elle. j'éteins la lumière. je la regarde. je vois son visage sortir de la nuit, une pierre blanche au fond d'un puits.

Ce visage dans la nuit… un fourreau où le réel cache son sabre. quel sommeil, mon sang. qui pourrait nous regarder dormir et retrancher les fous des pas fous, les bons des méchants, les démons des saints endormis… qui ! faut nous réveiller. non ! faut pas. même le plus souffrant est bien quand il dort. même un mourant ! alors faut pas nous réveiller. regarder ? mais quel regard pourrait nous guérir ? nous sauver ? si elle pouvait… si quelque chose pouvait lui montrer son visage. si elle pouvait le voir une seconde – visage de son âme. si elle pouvait ! voir ce visage physiquement, comme on voit nos gueules dans les glaces – tout serait sauvé, peut-être. oui. pas de rêves, ni mots ni pays ! le voir maintenant ! là ! le visage de son âme… et puis enfin calme, prendre son propre corps, pauvre corps dans ses bras…

Elle est en train de rêver, on dirait. elle voit. oui, c'est ça, un rêve calme. ça fait des années qu'elle n'a pas fait un rêve comme ça. peut-être bien. le rêve de récompense. avant de mourir, juste avant, on fait ce genre de rêve, il paraît. en prime pour tout ce qu'on a enduré. au bout de tout. quand on dépasse le cap Horn de souffrance… on a ce visage. oui.

Et puis elle ouvre les yeux. poisson aveugle remonte. elle me voit ? je ne sais pas. et même – si, je ne sais pas – elle me reconnaît ou pas. elle marmonne un peu, je me penche. elle a les yeux d'un gosse qui se réveille et reste un moment le regard, loin d'ici, loin de tout. « C'est comme ça – elle dit – c'est comme ça… » et puis elle regarde autour. un hibou en plein midi ! « Y a quelqu'un ?! pourquoi y a pas de lumière ? Nicolaï ?! » je m'assois sur son matelas, « Ça va, Tomo, c'est moi… il va pas tarder. » d'accord, d'accord, elle hoche la tête. je sens son odeur. une vieille bête dans sa cage. depuis combien de jours elle s'est pas lavée… chaleur pareille !

Et puis et puis on a allumé encore un pétard et puis Cowboy a branché la télé. puis la brume et je me suis endormi, je crois. je me vois allongé, Samouraï à gauche, j'ai vu un peu l'écran, mais sans le son et puis plus rien.

Mais le matin revient toujours. je nous vois, Trinité ahurie devant la télé ! en train de siroter le café. même Job en aurait bu un meilleur ! pas grave. on tire au sort qui va aux cagoinces le premier. la journée est déjà bien croquée, il fait jour déjà ! sous la douche Fevro fait son apparition dans ma tête. première fois depuis que je suis dans cette tanière. et tout me revient. au galop ! et m'amène au loin et j'oublie tout et l'eau coule…

Faut sortir d'ici, Dimitrius. mais j'arrive pas, le quatrième pétard ça a été trop cette nuit. je m'ébroue, mais j'arrive à rien. je vais rester encore un peu… que le réel me tire tout doucement du fourreau. j'ai très faim, très, et Cowboy, vrai saint, il est déjà ressorti, il a tout prévu, lui ! trois kebabs, en trois pierres brûlantes sur la table ! papier aluminium et lui, sacré schtroumpf devin, il a tout deviné ! pour moi en tout cas ! la sauce blanche, sans oignons et tout ! sois loué saint Nicolaï !

Et bah, à fourneau plein de viande – on transe mieux qu'à vide ! et Cowboy nous refait son sermon ! et on voit la terre promise ! il est debout, saint Nicolaï ! face à nous, cul à la télé ! et voilà – on est à Pattaya ! on délire tous les trois, groins héroïques ! on est tous fous, peut-être bien ! Nikolaï, moi, Samouraï ! on est en transe, toute l'équipe ! l'œil vers l'Orient-Extrême, on cassandrise ! mais celui-là, Cowboy – un champion, lui ! pur-sang de la folie ! moi – juste boute-en-train ! lui – vrai étalon ! si je raconte ça, les gens me diront que je suis bien raide ! classique ! bon pour Sainte-Anne ! ouf écholalique ! mais non, justement ! non ! c'est vrai comme sa folie ! la ferme des porcs ! ho ! il n'a pas besoin de me faire le dessin ! je vois ! là-bas, tous les trois, elle-lui et moi, en naufragés, rescapés affolés chevauchant les cochons d'Asie !

Je vais sortir un peu, je lui dis. « D'accord – répond Cowboy – d'accord. en tout cas on part demain, nous. on va faire les valoches, tout à l'heure. Thaïlande ! c'est pas la porte à côté tout ça ! on se voit ou pas – écris-moi. tu sais l'adresse ! je suis fort maintenant, ordi et tout ! allez ! sans embrassade ! » il ne me prend plus dans ses bras. il ne me serre plus. il est déjà parti un peu. c'est ça… et puis il s'assoit devant la télévision. Samouraï se retourne même pas.

Et je suis parti sur ça, sur cet équilibre.

J'y suis venu en chat et reparti en pet perdu. ne plus voir ni briser cet équilibre. marcher un coup. mettre mon podomètre à jour, et eux, enfin seuls, devant l'écran, devant cette fenêtre des solitudes, et puis c'est animé dedans ! dis donc ! y en a des choses ! catastrophes, ça explose de partout, et pleure et pleurniche et parle les yeux secs ! gosses, orphelins, toutes sortes de famines aux yeux immenses, et disettes et encore… ça nous calme un peu les souffrances des hommes. on tombe par les yeux dans cette fenêtre ! oui, aspirés, on s'oublie, et puis ça repart de nouveau. de plus belle ! et avant, très avant que ces deux-là rentrent de leur vadrouille télé, je pars…

Qu'ils se reposent, ça serait bien. j'en sais rien, moi. et puis demain ça va trotter. et puis après-demain. et puis Celui qui lisait dans notre cœur – ne lit plus rien dedans ! reconnaît plus son écriture ! nous bouche comme des bouteilles. nous laisse tomber… nous brise.

Si un être vient, je me suis dit, un être puissant, si fort que ça nous viendra pas à l'esprit de résister, de lutter, en enfant devant le père on sera, je sais pas, un ange peut-être, venu de loin, de si loin… de l'autre rive de la vie…

Un être calme, puissant, il nous donnera une autre vie, dira « Tiens, voilà un joker » – et bien elle sera pareille notre vie. pareille. sera la même vérité. même mystère. même trou. oui. l'autre vêtement mais les trous seront les mêmes. c'est là les mystères de toutes les vies, peut-être. la vérité de chacune.

Je marche doucement, je m'en fous du soleil. de l'ombre, de tout et à triple carillon ! humble comme un rot solitaire je ne sais plus pourquoi respirer. je voulais appeler Fevro, mais j'ai plus de force. ils partent alors, ces deux-là… ils partent. ultime décollage, plus de virgules. là – on soulève le couvercle du cercueil, et puis les avenues à l'air conditionné de Bangkok, et puis encore plus loin, vers le vert, vers les villages, vers la jungle et puis les nuits, ho, les nuits à rendre fou et re-fou ! nuits sourdes de papillons ! voilà enfin, ils s'envolent en amoureux, jolie fin, je me dis, sinon – je vais vous suivre jusqu'au bout ! jusqu'aux hôtels les plus pourris et dedans, oui – j'y serai avec vous ! jusqu'au bout de vos délires ! mais vraiment. tu le dis toi-même, Cowboy ! « Tu vas nous suivre, toi ! » oui, j'y viendrai, moi.

Suivre jusqu'au bout ?! jusqu'à la tombe ?! c'est fatigant. épuisant à la nœud coulant tout ça ! à quoi bon tout ça ! toujours la même chose et puis à la fin. et tu vois la bavure de la vie disparaître.

Voilà l'éternel retour. éternel départ. tout est là. c'est le Z de tout. les envols, les départs, les fous, les amoureux, en oiseaux migrateurs partent au loin. mais oui, et puis les portes s'ouvrent. et puis se ferment. et les gens meurent, mais nous, les revenants, tels des chiens nous retournons toujours à nos gamelles.

16

Un mois passe et tout est fini. juste un mois… c'est rien, mon sang. rien ! et Fevro, et sa sœur et Babyl et Cowboy et tout, oui. mais avant – toute la foule était et puis – plus rien.

Je suis dans le jardin de Madame Dedovitch. plus seul qu'une souche dans la steppe. je suis en juillet, je crois. tout au bout du rouleau de juillet.

Je ne sais plus rien. et je tiens pas à savoir. tout est parti. bientôt je vais désapprendre à respirer. personne ne m'apprendra. même Miaou Tsé Dong a déserté l'Éden. chasse quelque part. je l'ai suivi avec mes yeux, un peu, et puis perdu. hier il m'a apporté une souris. l'a posée à mes pieds, et s'est mis à se frotter se frotter contre mon mollet. ronronnant comme un petit tracteur amoureux ! a failli me faire écrouler, tendresse sauvage ! hier c'était, je crois. elle est encore là, la souris, on l'a pas touchée, lui-moi ! les corbeaux s'en chargeront.

Je vais me ressaisir, vous verrez. j'arrive toujours à retomber sur mes pattes. ça dépend de la hauteur, ça – oui. cette fois c'était trop… et pourtant je savais tout, mais tout – d'avance. et le prix à payer et tout ce bazar. et puis chaque fois – la même chose ! j'appuie sur la même touche ! et *bam !* l'enclume me saute sur la tronche ! et ça ne m'étonne plus ! ça m'étonnera toujours.

Ça serait bien que quelqu'un vienne pour vous traduire ce que je dis quand je hoche la tête, quand je frémis comme un âne dans son champ. ça serait vraiment bien qu'un mage vienne pour me regarder dans les billes et puis tout vous dire. ce qu'il voit dans mes deux puits. je l'écouterais aussi ! et comment ! ah ça ! ça serait merveilleux.

Et Fevro ? elle m'a écrit depuis, cette fille. trois textos, ou quatre, je sais plus. elle dit « Pardonne-moi. pardonne-moi si tu peux... » ce genre de cochonneries ! je comprends même pas ce qu'elle dit. et ! je regrette d'avoir appris à lire, moi ! il y a un mois encore elle me disait d'autres choses, elle ! pas mal de choses ! foule de choses ! et là – une autre foule. et même l'alphabet ! même bouche. mêmes doigts !

Je voudrais marcher et marcher loin et trouver une pute, une vraie, celle qui soit encore plus blessée que moi. encore plus infirme... qui soit encore plus bas que moi dans cette ville. tout en haut sur ce maigre escabeau fait de cheveux de la folie du cœur ! l'escabeau branlant, qui s'écroule là ! oui ! mais regardez ! ça tient encore ! toujours debout.

Je voudrais trouver une femme qui ne soit qu'un trou muct, trou avcuglc ct dćposcr ma tête dedans. oui. et vivre sans. et puis le cœur, mais c'est pas facile, ce truc, ça se met pas au clou comme ça. non. ça s'offre. eh bah, je voudrais la trouver, la femme la plus – trou. pute qui ne soit que le trou où les hommes déposent leur moteur, et gambadent sans... voilà ce que je cherche. plus de plaie pour moi.

Je ne suis pas fou. j'ai tort, qui sait, mais je ne tiens plus à avoir la raison. je m'en fous de la raison. tout gentiment, mais je ne regarde plus de ce côté. comme un pendu ne regarde qu'en bas. sa raison est la terre ! et la terre de ses pieds est plus lourde que le monde ! je voudrais juste une chose – ne plus rien ressentir. ni mots ni demi-lune des mots ni ondes ni pouls ni chair de poule du cœur, moi ! cils jusqu'au sol, et puis rester comme ça. oui. et plus de visions. ni voiles à attendre.

Tomo et Nicolaï partis – tout était calme d'abord. Fevro était joyeuse ! on s'appelait tous les jours ! on se disait des trucs émouvants ! à faire sourire mon Kot ! trucs drôles et sages, légers et mous, et puis – d'un coup, plus de sorcière ! ni balai ! juste un chat dans mes pattes ! Miaou Tsé Dong et la souris ! elle me répond plus. écrit plus. deux jours comme ça. il n'y a pas de quoi se curer le nombril avec un couteau, vous dites ?! peut-être… mais – j'étais inquiet. pour deux ! elle et son ventre et la vie dedans. oui. et ça – c'est un autre chapitre, non ?!

J'étais dans le métro quand je reçois. « Je vais partir deux jours dans le Sud-Est avec ma sœur on s'appelle ce soir je suis fatiguée. » bon. et puis deuxième livraison, plus tard – « Je pense à toi ».

Je tape « Bon voyage » et j'envoie. et plus rien ni le soir promis, ni le lendemain. ça ferait chanter basse n'importe quel castrat, non ?! et puis au bout de trois jours – l'air de rien elle m'appelle et dit « *Privet*, ça va ? » c'est moi qui lui ai appris à dire « salut » en russe ! *privet* ! quel double con ! taré recto verso ! je réponds « *Privet* »… et puis on se donne un rendez-vous, et puis ça sent mauvais, mais très mauvais, la serrure des portes d'Hadès pue mieux !

Elles arrivent avant moi. toujours à l'« Odessa ». vous pouvez m'y voir ! même là – j'y suis ! tronche engageante, moitié piranha hors de l'eau, moitié champignon écrasé devant la soupe aux tripes ! c'est moi ! bref ! c'est la première fois dans ma vie de champignon que j'arrive en retard au rendez-vous.

On se présente. Clémence. ravi. Dimitrius. enchantée. mon cul ! enchantés ! comme un cobra et une mangouste ! le pope et le diable qui se retrouvent dans les mêmes cagoinces ! cul à cul ! elle m'a déplu tout de suite, sa sœur ! rien à voir, vraiment une fiente de pélican à côté d'une perle ! à la même table ! ni moche ni laide ni rien ! une cuillère à café dans les boutiques *tout à deux euros*, quoi. et puis plus prétentieuse qu'une naine de cirque ! et arrogante comme une chômeuse le jour des soldes ! hautaine comme une sourde au tribunal des bavards ! timide comme une vipère ! elle aussi a senti pour moi un truc cordial ! ça a été réglé vite fait entre nous ! en deux regards et demi ! et puis elle se relève et dit « Je vous laisse, je vais faire du shopping ». je me demande à quelle vitesse elle fait les courses ! à mille euros à l'heure ?! deux ?! elle avait l'air constipée du morlingue depuis la naissance ! ah pépé Jo ! pourquoi tu es mort !? à la voir, tu serais content que les asticots se marient sur tes burnes, pépé ! je suis méchant ?! peut-être. et puis c'est loin. et puis faut voir ! c'est vrai, je sentais les scorpions copuler dans ma gorge !

Enfin, elle part. mais non ! pas tout de suite ! elle piétine ! long long regard vers Fevro ! brrrr ! elle plonge ses yeux de crabe dans le cou de Fevro ! un insecte qui vous caresse la joue avec ses antennes !

houououou ! je me suis détourné même ! et puis dents serrées on se dit « à plus », et enfin, très enfin – on est seuls.

Elle m'a rien dit cette fois. elle évitait mes yeux, moi – j'évitais de demander ce qui se passe. on s'est retrouvés chez elle, comme toujours, rue Delambre, et puis elle s'est jetée sur moi comme une furie affamée, et c'était si bon, et puis triste, et puis encore meilleur, et puis de plus en plus triste. oui. elle s'est déchaînée, pourtant ! elle m'a fait voir les voiles écarlates ! je les ai vues encore ! et je savais, sentais, elle aussi – c'était les dernières ! et puis plus rien ! plus de navires de la joie ! on se regardait pas. on faisait l'amour pour ne pas se regarder avec le même acharnement avec lequel les aveugles le font pour se voir. et c'était bon. et j'étais encore dans cette chambre…

Et j'ai joui mais très fort, très, tellement fort que j'ai ri ! c'est le corps qui riait, c'est mon corps aux fous rires qui se moquait de moi ! et la vie était là, était nous et elle riait, la vie ! riait… depuis – elle rit plus. rien ne rit, ni sourit, tout est lourd, bien sérieux, pèse des tonnes.

Elle sentait la mer, Fevro. cuisses dures, mais raides avant de jouir et puis toute – plomb et plomb lent. toute – fatigue, toute – paupières. poisson rejeté par la mer. oui, elle sentait fort la mer. Styx salé. elle souriait ! je me suis dit c'est pas tous les jours que le Styx te sourit ! et puis j'ai rien dit.

Il fallait qu'elle sorte. et puis des excuses ! des regards en Z ! mais hé oh ! pas si vite ! « Mais si, mais si… ma sœur m'attend. on se voit demain, elle part demain et on se voit, toi-moi. s'il te plaît ! là – faut que je parte… »

Une heure après ou deux je reçois un texto aussi long que l'*Iliade* en braille ! points, virgules ! et pas une faute ! tout est bien conjugué ! aucune trace de halètement. « Je suis désolée, mais j'ai pas eu le courage de te dire en face. j'ai tout décidé toute seule. pardonne-moi. je n'ai plus de bébé en moi. on se verra pas demain. j'ai besoin d'être seule. un moment. complètement seule » et puis « Pardonne-moi, si tu peux » et tout ça et encore… et des pardons comme des nouilles me pendent des narines ! quelle merde ! elle veut être seule ! mais elle l'est ! plus d'enfant… comment être encore plus seule ! et puis sa sœur ! elle part avec la naine dans sa poche ! plus près du cœur même ! toutes les deux ! et elle dit « Je veux être seule ! » mon cul et re-cul ! quel texto ! heureusement, j'ai rien répondu.

Et moi – fallait pas que je reste seul. vous, qui êtes – tous et moi – je suis seul ! voilà la flèche dans le ventricule de mon cœur ! et fin de dimitreries ! il y a des moments où faut pas laisser un homme seul.

Mais c'est pas évident sur le coup… chacun se cure le nez comme il a appris. y a ceux qui se mettent à bouffer comme dix forgerons. ou baiser à la tarentule. ou galoper d'un casse-pipe à l'autre. moi – je creuse un ventricule et je me cache. je m'en tape un peu, l'Apocalypse ou pas, avec moi ou pas, parmi les macchabées ou pas, avec les vermisseaux ou pas – je mâche ce qu'ils mangent pas. les restes sous leur table, quoi. voilà mes comment et pourquoi. c'est comme ça que j'ai vu mon ombre se briser en trois. c'est comme ça que je me suis barricadé chez Madame Dedovitch. et mon Kot me regardant de loin ! bouille prête à se sauver ! et personne n'est venu. là – ça va tout doux. plus de dents ni de couilles à se mordre, aurait dit papy Jo. j'aperçois deux yeux de Miaou au lieu de quatre !

Voilà où j'en suis. et j'ai enfin envie de me dégourdir vraiment. là – c'est le temps des pâquerettes. les fraises – viendront après ! là – je m'échauffe à peine. j'ai besoin juste d'un remontant. Cowboy il y a longtemps m'a filé du shit. un grain ! selon lui – grain nucléaire ! d'Afghanistan ! grain bien capable de mettre à genoux la tête la plus costaude ! la dévisser à vie ! la mienne – tient sur un cheveu ou presque ! et je l'ai allumé le grain. et j'ai bu. mon Kot devenu Chat rouge ! il m'a dit quelque chose, lui ! j'ai pas compris et j'ai rebu.

Je pars en croisade ! ultime ! après – on ferme la boutique ! je me suis aperçu un moment en train d'affûter un long tournevis ! cruciforme ! au cas où je rencontre un dragon ! un vrai ! ho ! un dragon édenté met son dentier le plus terrifiant ! mais je ris pas, moi ! c'est du pathos ça ! le vrai ! le grec pur ! pathos et mamathos !

Ce qu'il me faut – c'est la Dame ! la Mienne ! seule chose qui me manque. oui. et j'ai rebu encore ! et j'ai refumé ! devenu le nuage ! comme il faut ! et là – je fais pas le dragon amoureux, moi ! de ma nuée – je parle !

Et titubant je sors de mon Éden. je le laisse ouvert, mais – j'avale quand même la clef ! venez si cela vous chante ! en foule et en solo ! entrée gratos, sortie – la culotte ou la vie !

Seul clou qui me manque, le grand clou, le dernier ! – c'est ma Dame ! et j'ai retiré tout ce que j'avais sur mon compte. quatre chiffres et hop ! tout est là ! juste quatre chiffres magiques ! même – je peux vous dire les chiffres ! trois cents talents en papier ! Dimitrius !

et après ?! tu chasseras les souris avec ton Kot, après ! tu fumeras la merde des chameaux, après ! mais là – faut coudre tes poches ! là – tu feras la tournée des grands-ducs et finie la fête ! Balthazar et menés ! et teckel et farés ! couilles et cieux et pèse-lapin ! et le doigt d'honneur qui gribouille sur le plafond de mon âme ! je transe, plus taciturne qu'un morpion de Judas ! je danse, moi ! danse de scalp d'un pou ! danse sacrée d'un chauve, un peigne entre les dents ! Dimitrius ! ta langue, elle chavire, dis donc ! se cogne la tête au palais ! et bien, Job, peau après peau, mon vieux ! vadrouille dernière ! autour de ton fumier ! à la recherche de celle qui sera ta Dame ! ta pute de Babylone ! pas une marcheuse aux meurtriers ! pas une Chinoise de l'avenue des gratte-culs ! pas une suceuse de moignons de la rue des Soupiraux ! pas une Albanaise, ni une Ukrainienne, ni une Russe ! que Dieu me garde ! mais celle, hors de race ! hors de la ville ! hors des murs ! hors de tout. celle qui s'allonge sur le dos et voit ! voit par-dessus l'épaule d'un micheton qui ronfle en se vidant – le visage d'un dieu terrible ! celle qui accueille en elle, la semence noire, et regarde au loin. oui, et de loin le Dieu mauvais la regarde dans les yeux.

J'ai voulu une pute et j'ai trouvé un bois. je voulais tomber encore plus bas et je me suis retrouvé sur une colline dans une forêt bizarre. jamais j'y reviendrai.

Je ne savais plus ni heure ni date. mais – j'y voyais clair. puis – d'un coup – tout s'est couvert ! troncs devenus noirs ! feuillage – si vert, et ce vert n'était pas d'ici, ah non ! ce vert si bleu, si délirant ! vert enchanté. vert qui accouche de la transe. vert hystérique, quoi ! et puis les tilleuls se sont penchés vers moi, formant une galerie et. je me suis trouvé perdu dans ce bois.

Je marchais à gauche – personne, à droite – encore moins ! ni chiens, ni mecs, ni femmes ! même pas un écureuil ! et la nuit s'est mise à tomber sans soir ni coucher de soleil. je me suis retrouvé dans une allée, oui, comme un tunnel, mais tunnel clair. et quel tunnel et quelle allée ! toute parsemée de capotes ! de toutes les couleurs ! y en avait – desséchées, juste anneaux d'élastique ! et puis d'autres ! encore vivants ! pleins de sperme ! et ça bougeait dedans ! à chaque pas – de plus en plus vivants ! et partout ! mais vraiment ! par terre, sur les roses trémières mortes ! des capotes hautement jetées ! et dans deux lauriers roses – aussi ! mais en guirlandes ! et tout était immobile.

Et je me suis retrouvé au cœur de cette forêt. pas une feuille n'a bougé. pas un souffle. et j'avançais comme ça. sans respirer, ni temps ! vers une lisière, je la voyais déjà, petite, oui, minuscule, ah c'était pas la place Rouge ! juste pour poser deux pieds et – il y avait un tabouret. vieux tabouret et étroit ! vrai Thermopyles des culs ! ce rescapé, ce trône a vu des choses, lui ! et à côté, bien attaché à l'arbre – un sac-poubelle noir.

Je ne sais pas pourquoi, j'ai dû être épuisé vraiment, bref – je me suis assis. et là – tout a changé. oh mon lecteur, tu dirais – « Drôle de déco », ça – oui, mais plus loin tu rirais moins. de ce tabouret estropié, de ce trône du désir, assis dans cette vallée des ossements – j'ai vu le monde changer.

Là – où Paris était debout – maintenant les montagnes dormaient. et les forêts ! oui, partout ! et bien loin – l'océan ! c'était désert ! j'ai su tout de suite ! et il y avait des villes dans ce désert. et elles étaient debout, les villes ! villes anciennes ! et remparts jusqu'aux nuages et. j'ai reconnu leurs visages, mille et un ! comme un enfant reconnaît le visage de sa mère. les mains de sa mère et puis l'odeur ! telle la lumière fils vole vers la lumière mère ! et les villes que j'ai vues étaient à genoux ! Babylone, Ninive ! et en esprit je vole, vole au-dessus des villes nocturnes. villes en ruine… plus de nous, ni monstres, ni rien ! comme bien avant – je vole ! comme quand celle qui m'aimait sans me voir – a été mise sous terre – je vole… toi, Babanya. « Les yeux de ma nuit – tu m'appelais. les yeux de ma lumière… » oui. j'étais ton Dieu, moi. je te voyais, toi. toi – non. tu m'as jamais vu. même là j'ai le vertige ! quand un enfant dans la nuit voit pour la première fois – lumière noire et – ressent fort-fort, plus fort que tout – qu'il va mourir aussi, devient d'un coup tout mort ! tout vie ! je vole… tout vie, tout mort je vole vers mon soir. oui. la lumière mère viendra bientôt récupérer sa lumière fils. l'accueillir fort ! doucement.

Et je vois les corps ici ! milliers de corps, qui étaient là. assis aussi ! qui s'agitaient, mourants ! avant de jouir – se tortillaient ! giclaient le sperme, et il était vivant ! elle était chaude, leur sève ! millions de dés à coudre du sperme mourant, qui suffirait à repeupler trois fois et une – Rome et Carthage et Babylone ! Moscou et Mexico ! sinon Marnes-la-Coquette !

Et je vois d'autres corps. ceux qui viendront ici. qui vont rôder… en pute de Babylone en pleurs, et en gloire – je sens les corps. les corps qui sont si seuls – je les sens si près ! en pute je me tais pour mieux sentir l'amour à travers les murs ! oui – de loin, de très ! je le sentais toujours… toute ma vie. et puis à Paris et ici. et puis sans murs ! qu'importe la ville – elle est sans murs ! et je vois d'autres putes, putes qui accouchent là ! sur cette colline. un chœur de femmes qui entrent dans la douleur ! accouchent contre un mur ! et leurs cris et leurs yeux injectés de sang et leurs enfants sans cris. enfants muets. mort-nés. par terre. si près. si là… je vois les femmes dans la douleur. je les touche, oui. juste avec les yeux… les femmes qui portaient la vie, et la vie en elles était en paix. elles accouchent de la mort et la paix en elles entre en guerre ! je les vois si près ! je vois leurs mains empoigner la terre comme un tapis et ! tirer le sol ! je vois leurs bouches et leurs doigts et leurs ongles entrer dans la terre ! je vois leurs orteils s'écarter de douleur, gratter la terre de douleur et – je touche leur enfant, leur fils par terre. que les yeux, oui. juste ça ! et la foule entre en moi et moi j'entre dans la douleur.

Oui, j'ai vu… dans cette vallée du désir je me suis réveillé et je me suis endormi. et j'ai été enterré comme ça. assis. les yeux ouverts.

Telle une pute je pleure mon Babylone. là, dans les terres mortes du désir j'attends le dernier jour. le Grand Soir. j'ai regardé un peu le ciel. et le ciel du désir était noir.

C'est comme ça, mon lecteur. c'est comme ça, mon ami. t'as eu raison de moi. cet enfant ! tout ça… c'est fou quand même. les uns diront « Fallait se protéger » ! les autres diront rien. merde ! mais comment on peut se protéger d'une vie… une graine de vie. comment ! on peut la tuer, ça – oui. mais se protéger… qui est le père ? – mais on s'en fout du père ! mais on s'en méga-branle du père ! en gros et demi-gros ! de la mère – pareil ! juste – vie ! petite-petite.

une graine de sang… c'est déjà tout ! j'ai senti le cuivre dans la bouche. j'ai dû me mordre la langue, peut-être.

Je ne sais pas où j'ai traîné. je ne sais pas ni quand ni comment je suis rentré au bercail. j'ai dû régurgiter la clef… toujours pareil, quand on dit – « jamais », faut traduire – « toujours » ! eh oui. j'ai un trou dans mon calendrier. toi, lecteur, t'as tous tes jours de cette année, moi – j'ai un gros trou. en rat comateux j'ai dû vadrouiller dans le centre, pas loin du palais de la sorcière, qui sait. et pourtant je me souviens de choses ! un moment mon pied gauche avait froid, oui, il était mouillé, j'ai perdu ma godasse, je crois. j'errais plus tristounet qu'un ilote fugitif ! couillon mono-sandale de Thucydide ! esclave en cavale téléguidé par la sorcière, j'ai dû roder autour de sa tanière où mes burnes restaient clouées au mur ! comme disait le prophète « L'homme est là où sont ses couilles ! » c'est bien ça, le pire ! c'est bien vrai. mais il n'a rien dit sur l'utérus, le prophète !

Ho ho ! braguette aussi déglinguée que les portes d'Hadès après passage du Sauveur ! tête haute ! souriant comme pépé Jo, je me suis posté en bas de chez elle. facile à reconnaître ! un garde national devant le mausolée de ses propres burnes ! et figé comme un cloporte dans une goutte d'ambre !

Et pourtant ! je me rappelle un moment, oui, moment tranquille, comme un puits solitaire. dernier puits avant le désert ! avant l'océan de soif, quoi.

Pas loin de Saint-Sulpice je crois. oui. c'était le matin et j'en pouvais plus. ni marcher ni rien. les éboueurs passaient avec leur engin. je voulais m'asseoir dans un café. j'ai raté la chaise ! et puis le serveur vite venu m'a regardé avec pitié. je devais avoir la tête d'Holopherne décongelée, mais il en a vu des têtes, lui. et puis j'avais encore toutes mes chaussures, moi ! je voulais qu'il reste encore un peu ! qu'il me parle ! mais il est parti, avait à faire ! à servir d'autres Holophernes en balade, je ne sais pas !

Et puis elle s'attable. une femme, très jeune avec une poussette. elle s'assoit dos à moi, et gare la poussette pour voir le bébé. oui, c'est ma faute ! j'allume une clope et claquement de Zippo le réveille ! la fille se détourne, « Je suis désolé », je dis, « désolé », elle sourit « Ça fait rien… faut qu'il se réveille un moment, d'une façon ou d'une autre… » mon Dieu, quelle sagesse ! quelle parole ! encore fillette ! vingt ans, pas plus ! petite panthère affectueuse ! et déjà – mère ! elle pourrait être ma fille ! moi, grand-père ! je t'ai rattrapé, pépé Jo ! jamais pensé que ça soit si vite ! mais chut ! il me regarde, l'enfant… et là – pas de rire ! tranquille, près de ce bébé, mon âme se penche… oui. comme près de la Sainte Famille quoi ! mon petit-fils. ça se pourrait bien…

On se regarde, lui-moi. mélancolique enfant, qui se réveille. qui vient de loin. il me regarde, détourne pas ses yeux. ça serait pas bête de savoir à quel âge l'enfant apprend à détourner ses yeux. oui. quand et pourquoi.

Il me regarde, lui. me voit pas. me cherche. puis – me trouve. et plonge ses yeux en moi. n'arrête pas ! quelle bouille à couronne, lui ! de l'autre côté de la vie, il me regarde… comme juste avant de se rendormir. ce regard de loin… de très ! l'œil du cosmos ! de l'espace infini – il me regarde là.

Ce regard, comme je le connais ! une graine qui connaît pas la faux. regard qui connaît pas la mort. juste le visage de sa mère, son petit ciel à lui. l'enfant qui dort dans son berceau les yeux ouverts. matin, soleil liquide, et. à l'ombre de son berceau – est sa tombe… encore jeune, toute petite. comme lui.

Et je pense à mon fils. j'avais peur, mais peur biblique que tu meures dans ton sommeil, fils ! qu'il t'arrive quelque chose ! les gens méchants, les maladies… hasards, mégardes, tout ça ! le monde le plus fainéant peut se déchaîner ! si tu savais ! mais tu sais pas, Ourson ! et heureusement ! j'ai trop perdu… oui. trop. même si j'ai rien eu ! combien perdu ! et je n'arrête pas ! et qui me calmerait, moi !? ni femmes ni mecs ni dieux ni plaies merveilleuses ni trous cachés ! c'est l'enfant qui me calme… qu'il ne parte pas, lui ! qu'il me regarde, lui ! encore. ne l'emmenez pas, lui ! peut-être je vois ce qu'il voit, lui, qui sait ?! on voit la même chose, nous ! mais je dis rien, moi, je veux effrayer personne, moi ! je pense même pas en ventriloque, moi !

Toutes les plaies sont – la plaie et elle s'ouvre. un enfant qui sort de sa mère voit le monde comme l'ouragan. oui.

Café est bu, la messe est dite ! sa mère se lève pour payer et partir – et moi – l'angoisse ! j'ai voulu qu'ils restent ! oui, restent encore ! j'ai failli demander ! dire à la mère « Restez encore ! » j'étais prêt à la supplier, pauvre ouffon ! qu'il me regarde encore son bébé ! qu'il n'arrête pas de regarder… ses yeux me procuraient le calme, cette paix qui est jamais en guerre. cette paix que je portais en moi en descendant la montagne, Babanya, oui, notre montagne ! la nôtre ! et seul ! le lendemain de ta mort ! c'était au début du grand Carême. bon sang ! putain et cieux ! en pleine steppe je trouve toujours les montagnes, moi ! toujours les plis ! les gros ! en cafard du chagrin au carré – je montais, puis descendais ces montagnes invisibles ! je rentrais sous la terre chaque fois ! et chaque fois c'était long… la descente et encore et encore. c'était trop… la paix est invivable parfois.

J'ai été cette paix qui n'a pas besoin de souffrir, ni de mourir pour vivre. qui se blesse pas. ne frappe point. quelle paix, mon Dieu ! et cette journée si froide que ta mort et ta tombe avaient transformée en berceau pour moi, nouveau-né, bouche ouverte, sans forces, ni défenses. à cinq mille kilomètres d'ici ! si loin ! et – si là ! juste dix doigts sur une carte ! très petite ! qu'on regarde de loin ! un seul regard de cet enfant m'a rendu le chagrin… qu'il me regarde encore, l'enfant ! laissez-le me regarder ! encore un peu, non, ne partez pas… mais ils s'en vont, là ! mère-fils ! sortent de l'ombre d'une tombe. et lentement. et le soleil…

Passent si près de moi. et je me penche vers lui, mes yeux sautent comme un chat saute dans le berceau ! elle s'arrête, elle ! rigole pas, elle ! sourcils d'une reine en colère, elle ! c'est quoi ce fou, là ?! et la panthère feule ! mais je le vois ! vraiment petit… âgé peut-être de mille respirations, lui ! âgé à peine d'une bêtise toute petite et fatale, celle qui rend la mère si bienheureuse ! si sourde ! si pleine ! bêtise de naître…

Je leur dis au revoir. sa mère me scanne, vite fait, comprend – un barje inoffensif ! genre chacal empaillé dans une vitrine ! puis se calme. sourit même ! de nouveau ! sa mère ! à l'œil nu – cinquante-cinq kilos d'égoïsme souriant ! ah oui, l'or pur de ce monde…

Ah oui, je vois. la folie d'un homme est de vouloir sauver le monde. la sagesse d'une femme est – juste sauver son enfant.

Et puis faut partir. je tourne la tête à gauche, à droite, partout, à la hibou, comme les ivrognes qui s'ennuient. et rien. plus rien d'intéressant.

Je marche, le soleil déjà bien sec sur le dos. oui, c'est léger à porter, mais ça brûle. et puis encore une journée… et puis encore et encore ! je tourne en rond, moi, bête, bouc attaché à un piquet en plein midi !

Ce gosse… quelle bouille cosmique ! il m'en faut un comme ça ! absolument ! et je sais ce que je veux. un enfant, oui, un parmi dix mille peut-être ! mais il existe, lui ! bébé mythique ! pour ceux comme moi ça devrait exister ! tout de même ! bébé cosmique en location ! à la semaine, avec berceau et biberon fournis ! je m'attacherai pas à lui ou juste avec les yeux ! je promets. et puis – je le mettrai dans ma chambrette ! dans le coin des icônes ! au calme ! il sera bien… je le regarderai dormir, se réveiller. dans son berceau il sera et sa tombe – à côté.

Et c'était pas encore la fin. eh non, et de loin ! il fallait que tout s'arrête. plus un mouvement. il fallait que je sois brisé. mais qui pourrait me briser… qui pourrait m'enchaîner ! moi – tout seul ?! ah non, pas cette fois. j'ai su toujours faire retomber ma tête sur ses pattes, moi ! mais ça marchait plus. il me fallait de l'aide. un être puissant. plus puissant que moi – pour me ligoter. on ne peut pas devenir un homme tout seul. moi avant – j'ai pensé – si ! que si ! et voilà – où j'en suis. microbe devenu ! action-réaction ! simple comme un clou ! clou caché mais – clou ! et comme ça – depuis toujours ! et voici – ça ressort !

et je ne peux plus marcher. c'est comme ça qu'on perd la jambe. c'est comme ça que ça commence. et puis on claudique un peu, et puis antidouleurs et puis calmant et puis ça calme plus rien et puis il faut couper la patte et vite ! sinon crever ! et pas en un clin d'œil ! oh non ! lentement ! à la limace ! brûler vif ! et puis l'agonie, et puis elle est jamais pour après ! toujours était là – le feu ! juste les soupiraux de l'âme s'ouvrent et enfin il sort, le feu ! comme un ouragan ! et – dévore tout ! et disparaît. et puis c'est bon. on balaie les cendres d'une maison qui était l'homme avant. et tout ce qui reste tient dans la pelle d'un gosse. quel foutage de gueules…

Celui qui le sait – sait. celui qui a survécu – sait. pour lui – y a avant et il y a après. voilà, tout est dit.

Je ne tenais pas en place, moi. loup émacié dans une cage ! et j'en ai vu des loups ! les yeux fous, courent jour et nuit, tournent en rond ! je prenais les cigarettes, les reposais. je mettais la bouilloire en route pour le thé et tout de suite – je l'oubliais. la télé hurlait et je n'entendais rien ! et même – si, je n'arrivais pas à comprendre ! je tournais autour de ma tête, comme on court autour de notre maison en flammes ! bête, bête ! je répétais. une fois je me suis peut-être réveillé, parce que j'ai entendu la voix qui disait, la télé qui me parlait, « Et les vaudous, on y croit ou pas, mais ça existe… vous allez voir dans ce film… »

Il ne manquait que ça ! putain et merde ! elle me parlait, la télé ! à moi, qu'à moi ! j'ai examiné après le programme de ce soir-là ! il y avait rien, mais rien ! ni vaudou ni demi ! pas un seul singe parlant ! il y avait de quoi mordre dans le savon ! je devenais fou et pas à petits pas ! au galop ! quelques jours après j'ai retrouvé cette émission dans le programme.

enfin ! hououou ! la première fois je m'étais trompé de semaine.

Je me suis écroulé sur la chaise, et je le regardais, regardais ce film… buvais comme une passoire plongée dans une rivière par tous mes trous chaque mot ! chaque image de ce docu ! « Voilà… j'ai répété – voilà… » j'étais tellement aspiré par ce qui se passait dans ce film d'ailleurs con comme une crotte d'un chat – comme si je savais que je pourrais la revoir sur l'écran ! la voir apparaître ! la sorcière ! la voir passer au coin de la jungle ! ce film était une lettre d'elle ! lettre pour moi ! ho ! un message ! et je voulais le lire… lire ! j'ai failli me frotter contre l'écran ! n'importe quoi – mais lire ! dans toutes les langues – lire ! pénétrer son mystère… et comprendre enfin ce qui m'arrivait. « voilà… voilà » – j'ai répété, tel un mec que j'ai connu qui, après avoir eu une attaque cérébrale, avait perdu tous les mots ! juste les yeux qui vivaient encore ! sinon – *tabula rasa* ! enclume toute neuve ! et devant tout ce qui se passait autour – il n'avait qu'une seule réplique – « voilà ! voilà ! »

Ça m'a calmé un peu tout ça. ça m'a rendu aussi humble que le paillasson d'une morgue.

17

Eh bien, encore une nuit. nuit longue, nuit polaire et puis à la fin – *dzzz, dzzz,* le portable vibre. texto de Fevro ! « Je meurs sans toi » ni plus ni moins ! sans pet de bonjour ni bisou ! très bien, je me suis dit – soit tu t'es trompée de bite, soit si tu meurs sans moi – crève alors ! et lentement alors ! ensuite je viendrai exprès pour voir ! dans la foule de tes soupirants je serai ! dans les gradins ! pour rien rater ! et voir la bataille pour ton corps ! pour que chacun dans la foule enfin puisse lire en braille le journal que ton cœur avait écrit sur les parois de ton utérus ! ho ! s'il faut – je vais jeter dans la foule mon œil gauche ! pour voir ! en Cyclope archi-borgne mais voir !

Et j'ai rien répondu. toi, comment aurais-tu fait, mon ami ? et puis deux heures j'ai tenu bon. deux heures ! bataille des Thermopyles à Fontenay-aux-Roses ! et puis j'ai battu en retraite ! dos à dos avec moi-même ! vers Paris ! et puis c'est fini… tiens, mon ami, si t'as le temps, viens me voir – une gamelle en acier dans mon sac à dos, je rôde rue Delambre. une gamelle ?! ah, c'est pour mieux écouter sous sa porte. ça raisonne trente fois plus ! c'est l'expérience qui parle ! pour vérifier… qui sait, enfin ! gamelle au mur, oreille à gamelle – j'entendrai tout, moi. ha ! ris, mon lecteur, ris à montrer ce que t'as mangé hier ! Dimitrius ! prophète qui sent plus rien à travers les murs ! ni mour-mour ni rot d'amour ! prophète en gambade avec une gamelle ! gamelle vide, comme le cœur qui veut savoir… cœur qui se vide pour chercher la lumière là où il y a pas de lumière ! voici – cœur fermé à la raison ! bien verrouillé ! cinq tours ! et tête fermée au cœur ! vingt-cinq verrous ! mais réellement, tout ça c'est fou, quand même ! et ce n'est ni Shakespeare ni *Les Frères Karamazov* ! c'est là ! c'est ici ! XXIe siècle ! les temps qui courent… tout le monde baise, combaise et entrebaise avec tout le monde ! par tous les trous et fentes ! un Ouf Blairovitch avec une gamelle en acier, gamelle qui date de la guerre de Kippour pour écouter sa Dulcinée faire ou pas faire des raspapouilles avec un autre rigolo ! c'est à s'ébrouer, ça ! c'est trop même pour un fait divers d'un patelin à trois vaches ! et pourtant… c'est vrai. cœur vide, main droite sur les burnes, je te jure bibliquement que c'est vrai ! et c'est là ! pas loin du Super U où t'achètes peut-être des couches, mon lecteur !

Et rien d'abord ! puis les voix, deux voix. la télé peut-être. oui, je me suis dit – la télé. des voix qui rient ! faut que je trouve la meilleure position pour ma gamelle ! eh oui, un bon quart d'heure à quatre pattes ! les voisins ? qu'ils sortent tous ! qu'ils admirent mon cul, eux ! je suis devenu l'oreille, moi ! j'ai ausculté le mur avec mon oreille gauche, mieux qu'un vieux juif avec sa main qui pelote le mur des Lamentations ! lui – je ne sais pas, mais moi – j'ai trouvé ! j'ai reconnu le rire. j'ai reconnu les voix !

sorcière avec sa sœur ! mais elles se déplacent ! tout le temps ! putain et tombes ! pourquoi les gens bougent tout le temps ! moi – je me tiens tranquille, moi ! avec elle… me suis tenu tranquille, moi. mais elles n'arrêtent pas, jouent à l'attrape-moi ou quoi ?! je les entends plus ! se calment ! qu'est-ce qu'elles font ?! mes pensées font trop de bruit ! j'entends plus rien ! si !

Les voir… ce qu'elles faisaient quand elles dormaient ensemble ! elle-même m'a raconté ! oui, presque tout, riante, elle me parlait d'enfance… mais quelle enfance ! je regardais le plafond, ah oui – ça me faisait un peu mal et ! bien énorme ! quel mal ! quel bien ! et elle riait ! et je demandais encore ! elle voulait juste bien me montrer qu'elle est très dégourdie, elle ! qu'elle a goûté aux mets piquants ! elle sait des choses, elle ! mon dieu ! ça me faisait un drôle de mal ! « Faut qu'on soit ouverts l'un à l'autre, non ? » elle disait ! cachant son rire sur mon épaule ! son rire… faut qu'on soit ouverts ?! ah oui, elle a ouvert les portes et les chatières, les vieux soupiraux aussi ! en rigolant ! l'enfant qui rit rougit d'excitation en regardant un chat déchiqueter une mésange ! et moi ! je m'en souviens ?! oublier tout ça ?! faut que je parte sur Sirius ! sur Bételgeuse ! et encore !

Et là – ça revient. et comment ! et en foule ! et je vois avec mes deux oreilles ! l'enfance de la sorcière ! deux sœurs… l'une belle, l'autre – laide. classique, quoi ! deux filles du Sud bronzées aux genoux gercés tels une peau de mandarine… je les vois d'ici. deux serpenteaux ! debout de plaisir… leurs langues qui se tâtaient ! et là je les vois plus grandes, dans les hôtels ! là ! dans notre chambre ! j'entends leur rire ! deux serpents, deux peaux du printemps

– s'entrelacer ! oui. et puis encore ! encore plus fort ! plus haut… tendues, deux cordes raides mortes avant de jouir. ah oui, je les vois le jour et la nuit, je rêve encore de serpents qui s'accouplent ! dansant lentement. j'entends encore leurs rires qui se câblent en un seul. elles riaient, mais pas de moi ! ah non, quel mégalo ! archi-non ! elles s'en foutaient de moi ! de jouissance ! elles se tordaient, complètement seules à ce moment ! seules-seules de plaisir. et c'est insupportable. je sais à quel point ! je sais, moi. je sais tout, moi ! je les vois – deux serpents projetés loin dans le ciel ! très loin ! qui se tortillent en vol ! et qui rient ! rient ! souviens-toi – tu riais toi-même, avec elle, oui – juste au moment de jouir. alors ce rire – tu le sais, toi. tu connais ce pays. pars alors ou restes-y et ris !

Mais je ris pas, moi. sérieux comme un cercueil et lourd comme quatre, pleins de merde – je rase ses murs avec mes oreilles ! je les ai rasés jusqu'à l'os ! et puis la porte !

J'aurais aimé voir tout ça avec deux yeux, moi. tout simplement. oui, je voudrais être normal, moi ! que tout baigne ! et puis et puis – j'ai essayé le judas ! je me suis collé contre lui ! et dedans tout était noir ! ho ! un judas est toujours – borgne ! et puis on a tout vu ! on en a ras l'œil de tout ça ! les culs aussi splendides que les remparts de Jérusalem céleste ! yeux, bouches, seins ! ces puzzles et le tableau ! tout vu à ras le bord du nombril ! mais on se fie quand même à notre judas ! judas de judas ! juste un coup d'œil ! ça nous gratte, l'œil ! ça nous démange, le judas ! et puis c'est fait ! et puis c'est bon. et puis – on verra. ha ! comme les aveugles disent !

Pauvre grillon SDF, je regarde le paradis par le judas ! et Clémence ! ça ne peut être qu'elle ! elle gémit ! une ourse qui a avalé une Antigone ! hé ! mais je frappe pas, moi. je sonne pas ! j'embrasse la porte, puis le judas, carrément dans l'œil, et je descends ! roucoulant de rage ! gargouille amoureuse ! et puis je remonte. et je colle mon oreille encore ! et puis encore ! et puis le mur finira par avoir des ampoules ! je respire plus ! et rien. pas un bruit. juste le cœur qui fait toum toum toum ! calmos, Dimitrius ! la bête est là ! chut ! tu t'es retrouvé dans un labyrinthe, toi ! perdu dedans comme un bouton et t'appelles les eaux ! hautes ! pour débusquer la bête ! Samson nain, je voudrais me noyer, bête avec ! mais j'ai appris à respirer dans ce labyrinthe… c'est ça le truc. c'est ça. et puis aucune bête dans aucun labyrinthe, ami. aucun. et même s'il y en a un, le monstre – c'est toi. voilà – découverte ! alors gratte ce que tu veux, pète, hurle, mords ton ombre ! Shakespeare des Schtroumpfs ! mais un moment – il faut descendre. et puis elle va fuguer et refuguer. et puis c'est normal, il paraît ! d'une fugue à l'autre, oui. et toi, tu finiras par t'y habituer, pauvre grillon. mais là – c'est encore frais.

Mais oui, les fées, ça fugue tout le temps ! c'est les vachettes qui restent ! tant qu'il y a à brouter – ça reste, queue contre le vent, en petit troupeau ! ça papote et ça reste ! c'est une théorie de Babyl ! une de plus ! encore hier il me l'a bien exposée ! ou avant-hier, je me perds dans mes bigoudis ! mais oui, ça colle après tout.

Il m'a dit trente mille choses, lui. sur les fées, les vachettes ! flore et faune ! on a parlé longuement, ça me faisait du bien, je me suis dit – il dira à Fevro que voilà – Dimitrius va super-bien, ça roule et tout ! toujours léger, Persée en goguette, quoi ! elle m'appellera peut-être… ou écrira, juste pour tâter ! comment Dimitrius peut vadrouiller sans elle ?! être joyeux ! vraiment ailleurs ! je me serais appelé moi-même !

Mais quel excité ! mais oui, je voulais juste savoir. qu'elle me dise – pourquoi ! de A à Z et point. qu'elle en a marre, tout ça, n'importe ! mais dise ! et puis une fois – la chose dite, on plante un poteau, on pisse en chœur en guise de paix et c'est bon ! et puis je vais remballer mes dimitreries ! et chacun va trotter de son côté !

N'empêche que Babyl m'a bien coupé la journée. couilles enterrées, cœurs brisés, il en sait des choses ! et très belles ! et concrètes ! et on est d'accord du nez à nez ! on tombe en accord comme deux astronomes aveugles face à un trou noir !

Dimitrius ! on reconnaît les fées à leur odeur. odeur de leurs cheveux. odeur de leurs cols roulés… elles la laissent partout, mais partout, leur odeur ! elles la laissent comme les chouettes laissent tomber leurs plumes ! rieuses, elles se déshabillent, les fées ! sortent des plumes ! mais les vaches, ah c'est non ! elles plient leurs fringues ! et comment soigneusement ! tels des soldats de l'amour en rentrant dans les casernes ! entraînées par leurs mères caporales ! vaches sacrées du temple de la Famille ! jamais perdre la tête ! oublier les pis ?! – je n'en parle même pas ! en plein milieu de l'ébat shakespearique, juste au sommet – les yeux mourants au plafond – se réveiller ! « Faut le peindre, oui, ça fait un moment… mais les travaux ! oh ça coûte ! » jamais partir ! jamais mourir dans le ravin qui se creuse dans l'âme en un coup de langue ! jamais lâcher le trousseau de clefs de leurs bonbonnières aux maris qui ne sont que des cafards abrutis ! maisons de la tristesse aux chaussettes bien rangées ! par paires ! pas une seule orpheline ! et leurs filles, et les filles de leurs filles ! et ça s'arrête pas, ce manège enchanté ! ça tourne ! tourne ! mères, grands-mères, filles… toute la smala tourne ! bien sérieuse !

Et pourtant y en a des belles… des vachettes joyeuses ! celles qui portent des couronnes de fleurs, oui ! quelques années ! en les mâchant tout doucement yeux à l'Ouest, queue au Sud ! mais ça deviendra jamais un cygne ! même l'œil plein de ciel – jamais ! les mères vaches leur apprendront à chasser le ciel à coups de queue ! museaux bas – à la broute ! larguer les bouses chaudes ! l'odeur de la maison, quoi ! parfois une fée chevauche la vache ! pour rire… pour se divertir sur notre dos ! une bête comestible, une poule, un coq, même un âne parfois ! mais quand même plus souvent – un porc ladre… bien maigre ! bien triste.

Et puis encore une chose, Dimitrius ! chose capitale ! c'est la guerre éternelle entre elles ! fées contre vachettes ! et ce sont toujours les vaches qui rient les dernières ! vengeance ! les vachettes se lavent leurs mains grasses dans les larmes d'une fée…

Et les fées ! c'est un autre chapitre ! il y a celles – à cueillir les pâquerettes ! et puis celles à ramasser les champignons bien vénéneux ! en plein Paris !

Mais malheur aux fées qui, curieuses, descendent trop vers la matière. la touchent, et la matière – devient la fange… malheur à celle qui tombant du ciel touche un berger marchant dans la bouse ! mais bon ! tout ça… toutes les éthérées, Ariels, vaches ailées et vachettes, fées, cochonnes, tout ça un jour finit par retomber… dragonnettes et sorcières, tôt ou tard ça finit dans la fange. au milieu des grenouilles en rut ! et puis tant pis. grand tant pis ! et puis tant mieux. là – c'est moi qui parle.

Sans blague, un jour, la sorcière, tu liras mes gribouillis… qui sait, peut-être, et – tu riras. ça sera trop dingue pour ne pas rigoler, oui – trop ! ris alors ! et puis, tiens encore ! encore une ! un bonus pour toi ! sache – celui qui rit avec moi – pleurera. celui qui pleure avec moi – rira ! et puis la vieillesse, et puis les rides, et puis le cou devient à faire rire les vautours et puis les yeux qui coulent, bien rouges, et les cheveux qui tombent tout doucement, ma fée ! tout doucement ! c'est encore moi qui parle…

Il m'a dit, Babyl, « Pars un peu… va voir tes steppes. détourne-toi de tout ça. » il est gentil lui, mais – non. pas en été. plus jamais en été ! mes steppes ? la dernière fois elles étaient en feu, mes steppes ! toute la Russie en feu, Moscou inclus ! sur la place Rouge vous pouviez fumer le lard ! Lénine au Mausolée avait des pinces à linge sur les narines ! mais c'était encore rien tout ça ! Moscou ! ça brûle tout le temps !

Hamster écervelé, j'ai pris le train ! Transsibérien ! pour Samara ! bouquetin et barbe ! fallait être yakoute ! traverser les forêts en flammes ! mille verstes de feu vif ! et combien ! il allait plus vite que les trains, lui ! ce putain de Transsibérien s'arrête en chien à chaque poteau !

Hououou ! et devant – cinq régions sont en feu ! cinq ! chacune plus grande que la France ! rien à faire ! des tranchées pour circonscrire, et rien ! maisons de retraite, hôpitaux, tout ça à évacuer ! vieilles et infirmes traînent ahuries dans les rues ! c'est Ryazan !

il faisait quarante la nuit ! chaleur à ne pisser qu'une fois par semaine ! jardins d'enfants, colonies de vacances, et puis les gosses errent dans la ville ! trois tranchées autour – c'est rien pour le feu ! une flaque d'eau à sauter pour les enfants ! soixante mètres de large mais le feu saute ! vole et entre dans la ville… il y a ceux qui partent dans les forêts, pique-nique et tout, et puis y restent ! y passent en barbecue ! mon Dieu !

Mais une chaleur à se raser les couilles ! à voir double ! notre train hallucine ! et roule, effrayé ! trois gosses brûlés vifs ! dans la forêt près d'un village ! l'un qui s'appelait Igor, comme mon fils, l'autre Daniel, et le troisième – Andreï ! trois gosses encerclés par le feu ! des bruits pas possibles ! ouragan de feu ! et eux ! peur atroce, et le feu arrive et la forêt… sèche-sèche ! quatre mois pas une goutte ! quatre mois ! et le feu au galop ! en tempête ! l'un qui s'appelait comme toi, mon fils, l'autre – Daniel et Andreï le troisième… et puis les cendres et puis le vent… et puis les parents courent, et puis crient, appellent leurs enfants, quatre ans, cinq et sept, Igor, Daniel et Andreï, et puis on n'entend rien, feu qui hurle dans leurs bouches et puis plus rien. rien… après ils en ont parlé beaucoup à la télé. ils ont même montré les parents qui erraient dans la forêt en cendres. et les arbres étaient debout ! consumés debout ! et restés comme ça. il suffit de souffler pour la faire tomber en cendres cette forêt de bouleaux. même là les corbeaux y volent sur le dos ! pour ne pas voir ce cimetière… pères et mères, ils y errent encore, peut-être. sans respirer appellent toujours leur enfant. Igor, Daniel, et Andreï.

Et puis Penza. ville en feu ! aussi grande qu'Angers ! à la gare les vieilles hurlent ! appellent leurs petits-fils ! tout hurle, braille, vrombit et meugle ! femmes, hommes, et pompiers sans cils arrosent le train et la vapeur monte et je vois les éléphants, bêtes échappées du zoo, bêtes de pas d'ici, ombres errantes dans la ville et puis celles qui sont parties vers les forêts vivantes et puis, effrayées par le feu, retournent dans la ville. éléphants, tigres, panthères ! morts dans le feu, avec les bêtes d'ici… des loups, des renards ! je saute encore ! affolés à la gare, un tigre sale comme une vieille moquette ! et une panthère et un loup ! un éléphant qui barrit ! un éléphanteau perdu entre les trains ! et une panthère rampe grise de cendres ! rampe dans les pieds des femmes devenues folles ! une louve avec ses louveteaux cachés dans une bagnole ! tous carbonisés… et les singes ! toute une famille ! et puis encore ! les chimpanzés et puis d'autres ! ils viennent vers notre train ! vers nous ! bien debout, sous nos fenêtres en vapeur ! et nos yeux se croisent, mon Dieu ! on se regarde ! on ne peut ouvrir ni portes ni fenêtres ! ils s'agrippent ! mais non ! tout est bloqué ! on court d'une fenêtre à l'autre ! on se quitte pas des yeux ! les singes crient mais on entend rien ! vous êtes fous, les hommes ! vous êtes morts et fous, tous ! et leurs yeux et puis ils crient plus et puis ce moment où les mots meurent, on se regarde, eux dehors et nous ici. et leurs yeux sont des plaies.

Syzran-sur-Volga ! Volga ?! même toi tu n'arrêtes pas le feu ! tes manches brûlent déjà ! rive droite en flammes, rive gauche en attendant s'échauffe !

Quatre mois et pas une goutte ! même les moineaux ne pissent plus ! depuis mon arrivée je mettais mes fringues au frigo le soir et ! le matin j'avais la chair de poule ! il faisait 32 le matin mais je me caillais ! mais ça dure pas… chaussettes, slip, T-shirt, je les fourrais entre le jambon et la pastèque dans notre vieux réfrigérateur ! voilà la ruse des pauvrichons ! une heure avant de sortir – mettez votre culotte au frigo ! ho ! là-bas on n'arrête pas de survivre, au lieu de vivre…

Alors, tu vois la chose, ami ! plus jamais en été ! et puis j'ai raconté un peu à Fevro ! entre drap et couverture ! pour me dégourdir les yeux !

Elle m'avait demandé des visions, eh bien là – elle était servie ! les femmes, les hommes, les gosses dans le feu, et là – c'est les bêtes ! c'est leur tour ! c'est les bêtes qui viennent ! tigre mourant et panthère dans la ville en flammes ! le zoo qui brûle et la fumée monte aux narines ! larmes aux yeux, devant la cage je suis et je l'ouvre tout doucement… et puis bêtes réelles ! celles de mes terres, de cette forêt en cendres, qui s'effritera d'un souffle ! elles viennent vers ma tronche écrasée contre la vitre de mon rêve ! vers le chemin de fer ! comme là-bas… dans les forêts ! loups, ours, renards… elles s'approchent lentes comme les drapeaux au vent silencieux, sans bruit viennent vers le train, à nos fenêtres, à nos visages, dans nos yeux elles pénètrent et on les recueille, on descend au fond, dans les cales, loups, ours et renards, dans les soutes de nos âmes et. on s'allonge avec, là où le verbe n'est pas encore né.

Les bêtes rampent vers nous, et leurs yeux ne sont plus des plaies. leurs yeux sont – prière. et prière de loin. prière qui nous regarde. celle qu'on n'entendra jamais. celle qui sera nos yeux juste avant qu'on meure.

Alors jamais plus en été ! la chaleur là-bas ?! même si toutes les oufettes en chaleur écartent leurs cuisses – il fera pas si chaud ! à la fin j'aurais pu tout accepter, vraiment, tout voir, les choses les plus atroces, si j'avais pu regarder ce spectacle d'un frigo ! le matin il faisait déjà quarante ! en sortant les poubelles j'ai aperçu un chien, oui, grand chien, il marchait bizarrement, comme rampant, et puis, mon Dieu, tu me feras pas mentir ! c'était un dragon ! un vrai ! petit, mais un dragon ! dragonneau, quoi ! maigre comme un chien ! j'ai perdu le Nord pour une année, moi ! on l'a tous perdu là-bas !

Ces quatre mois j'ai tout vu, tout, mais pas toi, sorcière ! faisait pas assez chaud peut-être ! et elle rit, Fevro, et ça me fait du bien. et puis plus de chaleur ni dragon ni feu – juste sa peau, et elle sent mille et une nuits, sa peau.

Et puis y a pas de légèreté en été. y a tout dans mes terres, mais tout ! ours, cons, Ivan le Terrible, Raspoutine et toute sa marmaille, forêts, loups, chiens, steppes, terre, terre encore, mais pas de légèreté ! c'est un oiseau rare, la légèreté ! le Phénix niche pas là-bas ! mais dans notre lit, là – oui – son nid et moi sur ses œufs comme un coq !

Une semaine avec Babyl et deux fois par jour ! comme un brossage de quenottes ! on est inséparables comme nez et petit doigt ! on se balade, on parle de tout. je la sens en lui, mais oui, c'est son ami… et lui, artisan de paix, veut arranger notre rabibochage ! c'est lui qui le dit ! il veut que ça soit pour son anniversaire. il tient à faire un grand truc, feu d'artifice et tout ! très bien. je suis prêt. en attendant je me rase les cils ! pour mieux voir le ciel jouir !

Il me parle de Soutine. on l'aime tous les deux. c'est un monde, Soutine. on parle de lui comme d'un ami. ami mort. il parle de lui comme moi de mon gibbeux.

Notre Soutine ! il – meurt en 1943. la bataille de Stalingrad est déjà derrière ! cheville de guerre ! la Russie éternelle se penche et soulève l'ordalie de la guerre et la porte et renverse la Volga de sang sur l'Europe. et lui, il peint les vivants pour être avec les vivants. être dans le vivant. pas dans la vie ! ah non ! il emmerde la vie ! c'est ça – la vie ?! alors – c'est à crever ! si la vie est Chagall – Soutine suicidait cette vie ! et les vaches qui volent et les fiancées stériles suspendues dans le ciel comme les draps de sacrifices sans une tache de sang et les joueurs de violon tristounets comme des veaux endormis et les maisons qui se font passer pour ivres et toute cette mélancolie de faubourgs en silicone !

Faut venir voir le vaincu avant qu'il soit couvert de poussière. et rester avec ! même quand ses proches partent prier – rester et se pencher et voir les muscles du vaincu ! les veines de ce monde… il était là, Soutine. faut voir le corps d'un vaincu. c'est dedans que le monde agonise. dans le vainqueur, le monde vit et c'est toujours la même danse ! faut venir voir le drapeau du vaincu… comment il flotte et tombe et bouge. tout est là. toute la mélodie de ce monde.

Faut venir le dernier pour regarder la chose mourir. elle vit encore quand d'autres se disent – c'est fini ! plus rien à en tirer ! le temps de terminer la bière ! et c'est précisément là qu'il faut venir ! se pencher sur le cadavre du monde quand il est seul. très seul. quand tous sont partis. voilà comment ! il y est venu, Soutine. il y est resté, lui.

Regarder un cheval mourir au coin de la rue alors que même les gosses ne s'y intéressent plus ! Haime et Elohim ! ces deux-là… mais c'est toujours l'homme qui regarde le monde agoniser ! c'est toujours lui qui débarrasse la table après son dieu !

Oui.

Duchamp a retrouvé l'oreille de Van Gogh dans les chiottes ! mais oui ! ça se perd pas un truc pareil ! seule partie de lui qui n'était pas encore folle ! et voilà – elle nous écoute, cette oreille ! ho ! le monde mérite son oreille et nous – on mérite notre monde ! après Soutine – les asticots ! venu le dernier et le dernier – parti. resté jusqu'au bout, lui, oui, là où la vision s'ouvre et puis entre sous les paupières et là – c'est vraiment fini. là – c'est tout. c'est vrai, après – ce sont les asticots.

Oui deux fois.

Soutine, Soutine… se tuer au travail comme ça ! sans corps, ni chats, ni femmes ! pas une ! il a personne, lui ! il a rien. même pas une casserole à lui ! il se suicide à la peinture, lui ! pour suivre chaque visage jusqu'à la tombe de ce monde ! se pencher, voir, et s'en aller. c'est peut-être ça au fond – devenir humain. vraiment humain. oui. c'est rester humain… mais qui est humain ? je me demande parfois, qui ?! personne n'est humain ici. c'est la foule, c'est tout. légion sans nom.

C'est drôle, n'empêche, on parle comme dans une église de sourds, Babyl-moi ! on chante presque !

Je vais vous dire. rue Legendre, y a un bar. « Refuge ». on y passe nos journées. c'est une vraie cathédrale de sourds ! tout le monde gueule ! et c'est toujours plein. boucan à ne pas entendre ses neurones courir ! mais on est bien loin de la rive gauche, inondée soit-elle ! je coule mille roudoudous sur elle ! trente plaies d'Égypte ! rive gauche ! nourrir dix mille pigeons au cul bouché, puis lâcher le flot à ras des platanes ! qu'ils larguent ! le bombardement de Dresde n'est qu'une ville en Lego piétinée par un gosse à côté ! qu'elle soit fientée jusqu'à la fontaine du Châtelet ! et puis on verra ! et puis rien à voir !

Babyl me calme, sourire de vierge Marie ! et puis je bois. mais c'est lui qui est ivre. il est triste comme Jonas ! il murmure ! sacré Soutine… regarde, quelle tête ! tu vois le serveur ? il est tombé d'un Soutine, lui ! mais les oreilles ! et puis Babyl commande encore deux verres. bien tourbé leur breuvage, et je bois à deux gorges ! pour pépé Jo aussi !

Il a lu l'article que j'ai fait ! torchon pour essuyer la diarrhée d'une âme ! et alors ! on fait avec ce qui nous tombe sous les mains ! « C'est drôle ton truc », il dit, « même très ! mais tu te déchaînes pour rien… tu déclares la guerre au monde, toi, mais le monde s'en fout de tout ça ! »

Il ne rit pas, lui. c'est moi qui ricane. c'est en moi que ça grince. « Une plaie nous fait voir pas mal de choses », il dit, pensif. oui. il a raison, sûrement. la mienne s'appelle Femme. et je reste devant cette plaie. c'est plus fort que moi.

Soutine ! un groin de Sibérie délire pour toi ! dis donc, Dimitrius ! à force de jouer aux boules de neige avec les écureuils du lac Baïkal, t'as perdu la nouille, toi ! boule avec ! faut vivre ! ah oui ! manger, roter par le bas, péter par le haut, à discrétion des nez bouchés ! partir, se balader, agiter la bite aux grelots et à triple carillon et jouir ! et puis rouler sa bosse ! et puis à la fin s'asseoir dessus ! l'expérience ! la sagesse !

une pierre à aiguiser les pets ! non et re-non ! hé ! justement ! faut pas vivre. faut tuer ce « faut vivre » ! faut suicider le monde ! une mouche qui je ne sais par quel miracle a mis en rut l'aspirateur – j'étais ! et alors ?! je pensais, comme une mouche, moi ! que je pourrais battre des ailes comme un malade devant les portes qui s'ouvrent afin de ne pas finir dans cette machine ! mon cul ! l'audace d'un âne qui fonce sur une panthère ! faut arrêter l'aspirateur ! deuxième miracle ! ah oui ! ultime ! pas vivre. ni se tuer. suicider le monde – ça oui ! question de la dernière cartouche ! c'est ça qui compte ! faut la brûler dans la gueule de ce monde. voilà la chose. pas de vacances. pas de raspapouilles ni rasmamouilles ni couilles trempées au Flore ! dernière cartouche ! c'est toujours elle ! se foutre de la gueule du monde ?! ça ne suffit plus ! faut le tuer le monde. vivant, chantant, te caressant ! quand tu vois le monde dansant devant toi, et rien que pour toi ! là – sortir la tête de la Méduse. qu'ils se regardent, eux ! les yeux dans les yeux ! à outrance. et puis quand tout sera fini se reposer enfin. des siècles sans sommeil…

C'est drôle tout ça, Dimitrius. on dirait que tu portes le pull tricoté en cachemire de toutes les brebis galeuses de notre galaxie ! et puis – t'insiste pour que les autres l'essaient ! le mettent ! le portent tous !

Et quelle audace ! tuer le monde ! tout ça… mais t'as raison, mon groin ! mais avec quoi ?! comment ?! avec ta liturgie à rendre encore plus louche tout ce qui bigle ici déjà des deux mirettes ?! toute ta vie, mon cochon ! n'était que la sueur immortelle, ta vie ! à la pépé Karamazov, n'est-ce pas ? à force de faire frotti-frotta avec ta propre ombre, t'as bien perdu la noix ! jouer avec le feu comme ça ! vraiment Nif-Nif enragé, toi ! et là, à la schtroumpfette grognasse tu apprends au monde à pisser debout, toi ? à caguer assis, toi ?! ha ! valait mieux que tu restes à la Volga jouer à l'attrape-cœur avec les chiens errants ! et tant pis pour ta gueule ! pépé Jo, il aurait rigolé de tout ça. oui. mais au fond il n'aurait rien pigé. son petit-fils… son groinceau ! là – il m'aurait pas suivi. moi-même je me suivrais pas non plus ! baiser, boire, ça – oui ! mais Jo ne regardait jamais au loin, lui. peut-être la joie ne regarde pas au loin ! elle s'en fout de loin, la joie ! c'est peut-être ça le truc des trucs ! joie ne crèche plus dans ton œil, m'aurait dit papy Jo. et lui – il avait la joie ! il était vivant pour cinq morts à venir, lui ! et moi ?! je ne vaux même pas la peine que tu frottes ta langue contre le palais, pépé.

Et puis, ça me fatigue tout ça. ça commence à me déprimer tout ce ballet. *Casse-noisettes* à la con ! tout ça… les villes et les vies, et puis les gens, les langues, les jeunes cadres dynamiques et les vieux, les mots, les silences, les délires, les santés ! moi-même… qu'on rampe tous enfin, plus la peine de s'agiter ! qu'on rampe tout doucement en vieux koalas en dernier rut ! qu'on disparaisse en pet langoureux !

En vérité, je ne sais même plus si j'ai encore envie de revoir Fevro. vraiment ! faut de la force ! pas pour tourner la page. ha, non ! ça ne suffit plus, ça ! faut carrément le fermer, le livre ! et puis et puis – sortir de cette bibliothèque de merde ! et puis seul on n'y arrive pas ! jamais, mon ami… oui, il y a des rues comme ça. on se perd dedans. et on s'en sort pas seul. et là, mon fidèle compagnon, faut se rendre. faut demander de l'aide.

18

Et puis je l'ai revue. et on a couché même. et on recommencera ! j'en suis sûr. on s'était vus dans un café, pas loin de la République, elle s'était fait couper les cheveux, je l'avais pas reconnue. on s'était embrassés, on restait l'un contre l'autre plus longuement que j'avais prévu… pauvre idiot. et encore elle sentait bon, et puis elle m'avait touché le visage, souriante, et j'avais dit que j'allais pas me laver la bouille un mois ! et puis de nouveau j'avais eu envie d'elle. toujours pareil !

Moi – aussi, elle avait dit – ça fait longtemps. elle pouvait pas m'inviter rue Delambre. les travaux ! « Mais oui, j'ai envie de changer… j'ai pris un hôtel. pour trois jours. » voilà comment. et puis on me dit rien ! et je demande encore moins…

Cet hôtel, je le retrouverais pas même kalachnikov dans le nombril ! on traversait des cours privées, des immeubles endormis, on ressortait et puis replongeait dans ce dédale. elle savait les sésames, elle ! tous les codes ! et par cœur, elle ! et les portes s'ouvraient sans un mot ni soupir ! c'était archi-bizarre, sans un mot on marchait – elle devant, sifflotant un peu, tout doucement, mais c'était comme un tonnerre dans les puits ! doucement ! – je lui ai dit – s'il te plaît ! elle riait, « Mais quel trouillard ! » et on était comme un couple, comme femme-mari qui rentrent avec les courses. mais oui, mais non. on n'aime que les fées et on ne se marie qu'avec les vachettes ! – *dixit* pépé Jo ! voilà la sagesse-éternesse, bien complète du cul aux fesses ! la sagesse à tatouer sur les parois de chaque utérus pour que les fœtus apprennent à lire avec ! – c'est moi qui rajoute.

Mais enfin, très enfin, on arrive. devant la porte de l'hôtel elle se retourne et me dit « Pourquoi t'ouvres si grand les portes ? comme pour quelqu'un qui te suivait. » ah bon ?! c'était comme demander à un dormeur pourquoi il grince des dents ! je me rends compte de rien ! « Mais ma fée, c'est pour mon ego ! » je réponds. elle hausse les épaules « Je pensais que ce truc te précède… » n'empêche que c'est vrai ce qu'elle a dit. j'ouvrais grand les portes. oui, j'ouvrais les portes à les faire sortir des gonds et je les tenais comme ça pour mon ombre peut-être, pour qu'elle vienne avec moi… ou pour un esprit qui marchait derrière moi.

Hôtels… elle connaît bien ça. à l'aise dedans, elle sait comment faire. elle commande, amicale. à la réception le mec souriait, juste avec les yeux mais j'ai vu et j'ai compris.

Après elle se baladait nue dans la chambre, lente, comme une femme qui s'ennuie. elle voulait partir. mais on se reverra. peut-être pas comme ça, pas dans un hôtel. peut-être chez elle. comme avant… un moment j'ai eu froid devant elle. si nue et sans honte, comme une morte. et j'ai frémi. et puis ça a passé.

Eh bah, t'as vu juste, vieux crapaud Schopenhauer ! les jolies femmes les plus légèrement vêtues n'attrapent jamais ni rhume ni froid. les fées non plus. et même si – une fée qui éternue ? – a dû commettre une imprudence ! descendre trop bas, oui, trop dans la matière ! marcher un peu dans la bouse ! c'est leur côté vachette qui éternue !

On est sortis, j'ai pas pu la laisser partir, pas comme ça. je voulais que ça dure, n'importe comment, mais qu'elle soit à ma gauche. nuit, jour, pluie… « Je vais rentrer », elle a dit. oui, non, mais bien sûr ! mais attends ! je prends un taxi ! et j'ai demandé au chauffeur, chinois, de nous suivre, tout doucement. « On va marcher un peu », et le vieux Lao Tseu a tout compris, ou rien du tout, mais il nous a suivis comme un fantôme jusqu'au canal, Saint-Martin, je crois, et puis la pluie a cessé. et elle est partie avec.

Et puis j'ai vu juste. on s'était revus. sans cris ni chaleur. devenue indifférente elle jouissait plus fort, ouvertement, comme une fête qui s'en fout des fenêtres ouvertes. avant elle cherchait ma force. elle l'a trouvée. pas grand-chose ! et puis elle cherchait plus rien en moi. plus elle sentait son indifférence croître, plus elle aimait faire l'amour. si je lui avais dit un jour – allons, c'est bon. on se quitte – elle aurait été soulagée. vraiment ? oui, je crois. je ne sais pas. on s'éloignait de plus en plus. ça – je le savais. et puis et puis on s'est retrouvés à la longueur d'une bite ! ho ! c'est pas si triste que ça… c'est rare qu'un homme veuille vraiment réduire la distance en coupant plus court !

Un jour dans sa caverne, rue Delambre, elle s'est endormie et moi – je me suis réveillé, oui. ange ou démon, peu importe qui il est – m'a secoué. et j'ai pris la clef et j'ai couru chez le serrurier et il m'en a fait un double. clef simple, édentée presque ! même pas neuf grammes d'acier ! j'ai pris un café et une heure passée j'ai eu deux clefs, pour chaque main, on dirait ! comme ça, j'étais prêt pour un long siège.

Oui, ça a changé.

Avant elle parlait pas la bouche pleine. et là – elle s'en fout. là – tout est gagné. avant elle se coiffait en m'attendant. maintenant – aussi loquace qu'une huître, elle mange peu et puis s'allonge. et puis regarde son portable. tout aveugle que je sois – j'ai su – c'est la fin. mais je reste. et je mange, je mange…

Elle termine plus son assiette. et pourtant c'est bon. et même très ! encore meilleur qu'avant ! je me surpasse ! c'est toujours moi qui fais la cuistance ! et puis la vaisselle ! et puis tout ! mais elle abandonne la table, et part dans la salle de bains. avant j'avais honte parfois de terminer son assiette. manger derrière elle… et là – dès qu'elle ferme la porte de la salle de bains – je saute sur les restes. je racle tout.

Et j'ai encore faim. toujours affamé. même pire. je brûle tout. feu ?! pourriture ! je suis en train de pourrir à feu lent ! mon corps dans son lit pourrirait à mille feux avant que je me rende compte que c'est fini. que je suis mort depuis longtemps. ma vie ! depuis toujours !

Oui, tout est gagné. mendiant à sa porte je suis. elle partait – j'étais là. elle rentrait – j'y suis. elle parle pas, et même si – pas avec moi. dans la salle de bains – elle parle, elle écoute, elle rit… avec son portable. et toi, Dimitrius ? tu parles de moins en moins. elle m'écoute pas non plus. mendiant. est-ce qu'on écoute vraiment ce qu'un mendiant nous raconte !? qu'importe ! j'étais toujours là, assis à sa porte ! pute aux yeux de chien ! et je demandais rien ! que sa volonté soit faite, elle ! sinon – rien. pas de main tendue, ni la gorge qui roucoule ni les yeux ! surtout ! mendiant qui demande rien. qui regarde au loin les yeux vivants et qui crève. qui se penchera !?

Et pourtant elle jouissait. et fort ! de plus en plus ! pas moi. bientôt je banderai plus, moi ! sinon en bonsaï ! j'ai plus envie de jouer. et j'ai joué…

Elle sort du lit quand elle veut, elle est chez elle. je la suis les yeux fermés. comme un paralysé, moi. quelle magie je veux voir ?! quelle vengeance… quelle honte je cherchais !? quelle pitié ? ne plus avoir ni honte ni pitié.

Trop de mots dans la bouche cousue. bavardage d'un muet ! et trop de faim. trop de fringale qui n'est pas d'ici. trop de désir. trop de toi-même, trop… oui. trop de tout. et le corps qui frémit comme une bidoche sur le gril, et puis la viande crie et puis c'est cuit et puis on n'a plus faim. et puis la fatigue. oui. trop de fatigue, mais pas assez. jamais assez ! jamais comme il faut ! on n'est jamais assez à bout pour livrer la dernière bataille. et puis se rendre. et demander de l'aide. on espère toujours, on espère au lieu de laisser pousser les ailes au corbeau qui nous donnerait à boire l'eau vivante. qui nous apportera de loin ce qui nous tue et nous sauve. on n'est jamais poussé à bout… mais ce qui est encore vivant en nous cherche, oui, cherche à être poussé vers le dernier refuge.

Mais c'est pas si tragique tout ça. pas tous les jours ! elle me dit un jour « Il faut que tu ailles voir ton chat, ton Miaou Tsé Dong… ça fait trois jours ! et puis le jardin aussi. faut l'arroser ! »

Mais oui ! elle s'inquiète pour Miaou ! pas pour moi. pour la bête magnifique – ça, oui ! pas trop pour le groin prophétique ! – groin triste… si je pouvais prendre la peau de Miaou ! ses yeux ! ses moustaches ! son allure ! les femmes aiment les bêtes comme ça ! les sorcières aiment les chats ! et puis elle me file même du fric pour le RER ! c'est pas donné l'aller et retour ! et puis pour les croquettes ! et je prends, groin tordu, mais je prends ! « Va le voir… embrasse-le de ma part. » ho ! surtout pas !

Et puis j'y vais pas. le tigre sait chasser et le jardin est sa jungle ! et puis ils annoncent de la pluie. je trotte jusqu'au café tout en haut de la rue, et je m'écroule dans un coin. le serveur arrive. toujours lui.

Il a une affection pour moi. comme tous les vieux serveurs, c'est un Charon qui sait distinguer les moribonds des morts, tel malade incurable voit les symptômes cachés. voit et sait et dit rien. il m'a tout de suite repéré. à un demi-bonjour, les vieux serveurs reconnaissent des types comme moi. les hommes en laisse. les hommes transformés en dragon. en porc. en chien…

Il me sert la main et roucoule comme d'habitude « Krasnoïarsk ! » puis il ajoute « ville balnéaire de Sibérie » et on rit, ah oui, chacun à sa façon. comme on peut… même ballet – chaque fois. et puis il connaît Fevro. il sourit de loin, fait un signe et arrive. elle tient à l'impressionner, elle lui parle, elle plaisante et rit comme jamais avec moi ! et moi ? je bave des diamants, moi ! tout sourire, il me regarde, puis elle, encore moi, et sourit encore, et dit toujours quelque chose de gentil, « Le soleil, mes amis, c'est une jolie chose… et ça regarde tout le monde dans les yeux », et puis il continue sa ronde, et ses yeux nous sourient de loin, d'un endroit où personne ne peut le suivre. « Il est malade – elle m'a dit un jour.

il venait juste de partir pour nous apporter des trucs – très malade. il a un cancer du pancréas… et il est plus jeune que toi ! » elle dit ça comme si elle voulait expliquer pourquoi sa magie ne marche pas avec lui… même son charme n'y peut rien ! comment elle a su tout ça – je n'en sais rien ! mais elle renonçait jamais ! mademoiselle voulait l'éblouir ! la pauvre. au fond les femmes n'aiment, peut-être, que les hommes condamnés. qui voient l'autre chose. sous l'autre ciel. comme lui. l'homme aguerri… que le soleil de sa propre mort regarde dans les yeux.

Un jour je le verrai plus. je vais peut-être jamais oser demander où il est. je ne saurai jamais s'il est mort ou pas. mais qu'il a vécu – ça – je le sais. et je le vois encore.

Je regarde d'autres fées, mille et une. et ça défile ! jeunes femmes, et puis celles déjà abîmées, bien croquées par la vie, mais têtes fières, chevauchant des chattes griffues… toutes qui passent, toutes nées femmes pour lesquelles j'aurais pu souffrir… les aimer. il y en a des belles, ah oui, jolies délirettes, et des transes magnifiques, et des maigres comme je les aime. comme le dos de l'extase ! mais non. trop réelles pour moi. trop d'ici. trop de corps ! trop de viande ! trop de vie pour moi. je les suis – juste des yeux. mes billes ! Vénus désorbitées ! mais je suis condamné à elle. que j'ai trouvée même pas belle dans la pluie. la seule qui nage dans mes yeux. que j'ai même pas vue – belle ou pas. combien encore ça va durer…

Mais tous ! qu'est-ce qu'on cherche à la fin ! on ne recherche que les états. ah oui. certains états bien précis. très. un ivrogne recherche l'ivresse précise !

la fraternité, je ne sais pas quoi encore ! un état sans peur, peut-être. et toi, Dimitrius ! toi ! tu es l'homme le plus bas dans cette ville.

Toute ma vie j'ai cherché un état, une sorte de fatigue. comme un épuisement. comme un équilibre. quand on est fatigué, on est très réceptif. très ! quand on est épuisé, on devient soi-même. voilà. on s'assoit et on n'a qu'à regarder nos mains. la chose vient toute seule, comme un tigre qui descend la montagne. car il sent que t'es là.

J'ai vu l'équilibre dans les yeux d'un funambule. faut jamais fixer les yeux d'un funambule ! si tu trouves ses yeux – il va tomber ! c'est ça l'équilibre de ce monde. on ne le voit que quand on le perd ! oui oui, ça me revient ! avec Babanya on a vu un funambule ! jeune, tout garçon, un Tartare, agile comme un écureuil, il glissait sur la corde, lentement-lentement, et les yeux comme retournés. comme pas ici ! on était tous ici, mais lui – était seul ! plus seul que tout ! j'ai jamais vu quelqu'un aussi seul ! c'est comme ça que l'amour naît, peut-être… et personne ne respirait ! j'ai dû serrer très fort la main de Babanya. et puis elle m'a dit tout doucement « Heureusement, je suis aveugle… toi, ne le regarde pas. ne fixe pas ses yeux. sinon il va tomber. » et c'est ce que j'ai fait, moi ! j'ai attrapé ses yeux ! et il m'a vu, lui ! il m'a regardé dans les yeux. et. et… il s'est arrêté ! un moment ! et il a regardé autour ! et il a vu ! oui. et il était déjà à terre ! rien de cassé ! les gens bougeaient pas, restaient comme avant, et lui, recroquevillé au centre ! d'abord immobile, puis il a ouvert les yeux, puis il a souri. s'est relevé, et comme sourd il n'arrêtait pas de sourire… sourire. et puis est parti. dos courbé.

Après Babanya m'a demandé « Tu l'as regardé dans les yeux ? » et j'ai dit – oui. elle est devenue triste. et puis non. « T'inquiète pas, renardeau… c'est pas toi. tu penses que c'est toi qui l'as fait tomber. tout le monde pense ça quand quelqu'un tombe. tout le monde cherche sa force et ses yeux et chacun a peur. et quand ça arrive – chacun dit – c'est moi ! » j'ai écouté et je comprenais pas. ce que moi j'ai voulu – c'est voir ce qu'il a vu, lui, avant de tomber. oui, c'est ça. voir et ne pas tomber !

J'ai vu des choses pour plusieurs vies à venir.

Quand le monde s'arrête, tel un funambule qui s'arrête sur la corde raide et voit l'équilibre juste au moment de le perdre. ne regardez pas le funambule ! ne cherchez pas ses yeux. ne fixez pas l'avion dans le ciel – il tombera un jour.

Un matin à Saint-Pétersbourg j'ai rencontré une femme enceinte aux écailles sur les yeux. ça m'est resté. c'était au carrefour. elle m'a regardé longuement comme un chien qui flaire avant de voir, avant de retrouver… on verra jamais ce qu'un chien errant flaire. tout départ, toute flèche… toute terreur ! j'ai détourné la tête, comme évitant de regarder fixement l'avion dans le ciel. cette femme, elle était la cheville de l'équilibre de ce carrefour. tels des enfants qui jouent près de la route – mettent l'équilibre en péril. ne fixez jamais les enfants qui jouent près de la route déserte ! jamais ! ni avion dans le ciel ! ni funambule sur la corde ! ni bateau au loin. tout peut sombrer dans le chaos.

Oui.

Il devient si hostile le monde, yeux froids, tout mépris… telle femme qui t'aimait encore hier… qui disait – t'aimer ! même bouche ! mêmes lèvres et même gorge ! et là tout se déchaîne !

Le temps de dire – « ouais » – tout change.

J'aime voir ce qui est caché. j'aime les choses cachées. je vis grâce aux choses cachées. j'aime les herbes hautes, j'aime les jardins silencieux, les jardins vides, pas un souffle vivant, j'aime les jardins en plein midi et les serpents dedans, on les sent les choses de ce genre… destin. et là, à Paris, dos contre mur, je pense aux bêtes dans le feu. tigre, loup et panthère. et au fond du fond, au cœur du noir elles viendront, les bêtes mortes, se frotter à nos pieds, elles nous reconnaîtront, on se parlera, il y a des jours comme ça, oui, des jours quand l'homme est au cœur de la vie, il peut parler aux bêtes, lui, il peut être foulé aux pieds, tué, mais ça fait rien… rien. le plus dur est derrière.

Plus de mots là-dessus.

Et pourtant ! je voudrais prier. et c'est fait. mais je prie poings serrés ! je fais le signe de croix poing serré – voilà la chose ! voilà ma prière ! bien moderne ! et combien éternelle ! et toujours à jour ! à genoux, crocs serrés – prier. mais il y en a de meilleures, de loin meilleures – prier les mains dans les poches ! Notre-Dame-de-l'Indifférence ! vois ! debout je suis, mais mon cul est à genoux ! je t'en prie – un peu de calme. un chouïa ! verse un pétale d'indifférence dans ma bouche ! dis-moi comme ton Fils « Foutez-vous les uns des autres comme moi je me foutais de vous ! »

J'y suis. dans ce tunnel qui est une prière. oui – je suis en prière. sans paroles, sans genoux, sans moi.

C'est ça – une prière citadine ! ce n'est plus un homme dans la foule, ah non ! là – c'est une foule dans l'homme ! et la foule en homme est la guerre. c'est archi-dingue ! faut prier dans la foule. oui. un de la Légion des démons qui se met à prier ! c'est du jamais vu, ça ! chamaniser en se traînant sur les boulevards… nos cathédrales sans plafond ! Notre-Dame-de-l'Indifférence ! « Ne frappe pas et – on t'ouvrira »… patience. surtout ne frappe pas ! « Ne demande pas et on te donnera. » oh, sainte Pute de l'Indifférence ! parle-moi ! conseille-moi ! « Méprise et – tout sera à tes pieds… si tu peux pas – feins l'indifférence ! aie l'air d'être ailleurs ! si tu arrives à être vraiment ailleurs, sincèrement ailleurs – le monde… il te lèchera les orteils, le monde ! »

Voilà l'ascèse à la portée de tous ! voilà un Évangile de médecins fous ! Évangile de nains qui se mettent sur les échasses pour voir leur ombre s'allonger !

Ha ! mais tes ha ha ne sont que des soupirs ! tes prières ! messes noires ! chasses à l'amazone ! même si tu te faisais enculer par toute la foule de tes démons – tout ça n'aurait pu te faire plus mal que ce silence cosmique ! tout, mais pas ça, mon Dieu… pas l'indifférence ! je comprends tout pourtant ! mais je refuse ! c'est ça le nœud.

Et les semelles de ton chagrin ne sont qu'habitude et désir. regarde pas tes béquilles ! vois tes pieds ! cul-de-jatte que tu es ! une allumette sans tête – toi ! châtré du cœur – toi ! de langue ! de couilles ! de tout, mon Dieu… de tout ! chas d'aiguille sans aiguille – toi ! rot sans gorge – toi ! pet sans cul, toi ! cuiller sans manche ! rage de dents d'une vipère édentée – toi ! t'es – tout toi ! mais – tout !

À force de délirer quasi tous les jours je me suis retrouvé à la Fnac. tiens ! voilà un traquenard ! c'est fort quand même ! un écrivaillon à la Fnac ! un cochon qui va tout seul à la boucherie ! faut le faire ! groin tordu attiré par une force bizarre ! comme celui qui ne bande plus reste cloué face à un sex-shop !

Et puis et puis j'ai cherché son scribouillard. son vieux Tristan ! je l'ai trouvé ! vingt-cinq bouquins ! jaloux, pire qu'un constipé à côté de celui qui crotte réglé comme un coffre-fort suisse, je suis ! et je les ai tous feuilletés ! vraiment, y a pas de quoi hypnotiser un grumeau ! mais là – il est mort et très mort, lui ! ha ! c'est pas mal pour un scribe ! c'est merveilleux comme un tour de table ! pour échapper à l'envie – il ne suffit plus d'être mort ! faut être très mort ! ça – oui ! et je pense à Babyl, il m'a dit « Au plumard il était pire que Pétrarque... » le pauvre ! c'est parfait, alors ! du miel sur ma plaie, alors ! il a du miel mort dans sa bouche, lui ! j'ai une guêpe vivante dans la mienne !

Ho ! mille Flaubert cherchent encore et toujours leur madame Bovary !

Houououf ! j'ai soif ! à force de jérémir ! Achab et toute l'US Navy et pas une seule baleine ! juste trois gouttes de thé et je reviens ! et je m'occuperai d'eux ! je vais frapper et brebis et bergers ! – comme disait Isaïe le Terrible – et leurs poux ne se cacheront pas sous leurs ongles ! et moi – je m'occuperai des bergères ! – aurait dit pépé Jo. et moi – de leurs scribes ! laissez-les pour moi ! des bousiers ! magnifiques crottomages ! c'est la guerre éternelle – aurait dit Jérémie – la guerre des crottophètes contre les crottomages !

Plus de fête pour nous ! plus de sabbat ! pour d'autres y a tout ! fêtes bibliques, rabbiniques, kabbalistiques, islamiques, kippouriques, séfaradiques, pharaoniques – pour bien chômer huit jours par semaine, mais pas pour nous, les bousiers ! oh non, ça chôme jamais ! notre linceul c'est un brouillon ! mais d'abord, très d'abord – voyons la course !

J'ai écrit à l'un ! un des meilleurs bousiers ! un vrai bousier de fin du monde ! un des plus agiles ici ! un des meilleurs jockeys de l'Apocalypse qui chevauche son encrier depuis déjà trente ans ! voilà l'épisode ! à la Karamazov ! l'histoire déchirante, qui tient debout et chavire comme il faut ! une lettre d'amour presque ! mais oui ! pour ceux qui savent le braille ! mail plein d'admiration ! bourré d'orgueil ! avec des formules hystériques ! dimitreries faites maison ! genre « c'est fou ce que je fais, je le sais, et je me laisse ce dernier luxe de descendre dans ce dernier refuge des hommes qui est la folie, mais pas par la folie, par désespoir qui est l'espoir qui nous mène à nous cacher des tueurs dans une prison ». bien tordu, non ?! à soûler les ivres ! mais je l'ai relu au moins dix fois ! les fautes ! tout ça ! pour bien ficeler ! puis – cacher les nœuds ! et là – j'attends ! fébrile ! la réponse ! j'ouvre ma boîte ! je tremblote ! chaque demi-heure ! et j'ai pas envie qu'il y ait sa réponse ! après – j'aurai rien à attendre, moi ! archi-rien ! je saurai tout. je sais déjà ! réponse qui est ni « non », ni « oui », ni « peut-être bien » ! mais pas de réponse… ça me réjouit ! et je continue à me dandiner sur les tréteaux !

Babyl rigole ! « Il faut que tu râles ! ici – ça râle. l'homme râle ! jamais content ! ça râle pour tout !

ça râle comme pisse ! ça râle comme respire ! ça râle comme prie ! sinon – branle-toi comme tout le monde, toi ! écris devant la mer… un verre de Perrier à gauche, et puis gratte tranquille ! sinon – change de métier ! » quoi ?! non et re-non ! un potager ?! ça – oui. ça – c'est bien, à la vieux Vespasien ! à quatre pattes ! pour que le soleil me reconnaisse par mon cul. changer de métier ?! que le monde change de métier, lui ! moi – non, mais le saper, le monde, ça – oui ! et ensuite – l'exploser.

Hé, Dimitrius ! tu te vois très malin, toi ! ho ! un blaireau blairovitch au mariage des putois, t'as les narines bouchées, toi ! alors là – choisis ton camp ou – ferme les billes ! serre-les !

Mais vous, les bousiers rive droite, gaffe à vous ! les scribouillards de la rive gauche vous guettent ! nous sommes là déjà ! hé ! voilà, enfin, face à face ! bataille du Styx desséché ! grrrr – aurait dit mon chat ! brrr – aurait dit pépé Jo ! et on veut être tous – cul au Styx, queue au Paradis ! tu parles ! mais on se prépare ! l'assaut ultime ! la bataille de Leningrad sera la bataille des couches à côté ! et puis – feu ! et puis – encore ! les orgues de Staline sont une brosse à totos à côté !

Et les ponts ! tous les huit sont bouchés !

Quel défilé ! Paris n'a pas vu ça depuis la Libération ! rectum, anus et toutes les fleurs d'anus ! je me cache en cloporte ! nase, je regarde et puis je reconnais certains ! pas tous ! mais ceux, les plus fameux bousiers ! et puis les autres, les concombres fanés, les cornichons arrogants qui reniflent un moment les boules des autres et puis courent ! se dépêchent et moi avec ! je roule aussi mon truc ! piètres crottes ! j'avoue et j'ai honte. faut que tu bouffes, alors ! pour couler un beau bronze ! facile à rouler ! déjà rond ! rebondissant ! rapide en pente ! léger en montée !

La clique ! ils se disent tous – solitaires ! mon cul ! ha ! archi-ha ! aussi solitaires que les boutons sur un nez pubère ! les solitaires se déplacent toujours en foule ! comme les grumeaux de cellulite sur une cuisse de Vénus ! mais il y en a de beaux ! même très ! des vrais kamikazes des lettres modernes ! et puis les agiles ! les dénoueurs de nombrils ! les chatouilleurs du vagin enroué !

Et les poètes ?! il y en a ! et toutes sortes ! hydrocéphales, bito-céphales, hoquet aux aumônières ! rilkoïdes comme pas deux ! endeuillés comme Tristan sur le mémorial de ses burnes ! anachorètes et cénobites ! presse-bites et bites pressées ! bousiers Sisyphe et tout ! mais pas un seul Villon !

Il y a ceux, à ras les narines dans le Styx, mais qui dansent encore ! et comment ! la valse d'adieu d'un pou ! et ça braille même dans la tombe ! dis donc ! mille Pétrarque en rut ! et puis des maigres Catulle ! porcs de course ! et Yseut desséchées, et moi, oui, avec !

Il y a même des couples ! vieux beaux, et comment ! à évacuer les icônes ! incontinents à rendre jalouses les gargouilles de Chartres ! mais la femme soutient son cornichon tire-bouchonné ! pousse son bousier en souriant dans tous les sens ! aux autres auxiliaires ! puis lc tripotc un peu ! ranime la bête ! le recharge et de nouveau en route ! quelle course ! galop fascinant ! du jamais vu ! à vendre les places pour les pas encore nés ! tous les bilingues du sexe, double casquette, double tout – sont là ! et puis langues fourchues ! et puis ceux, ni bidoche ni patate ! ni couilles ni utérus venus des quatre coins du globe cubique y participent ! roulent, tirent, se traduisent, s'insultent, se circoncisent, francisent leur merde ! perlent la bouse ! polissent à l'envi et au mépris des francs-chieurs ! le tour de Paris ! pétanque passionnante ! Russes fous, Arméniens persécutés, Saducéens, Pharisiens, Rabbinoïdes, Kalmiques, Yakoutes, et même Ouzbeks ! les porte-parole des langues mortes ! les survivants des peuples disparus ! tout ça court vers l'Opéra ! fonce ! pour s'y effondrer avec leur engrais juste avant de traverser la Seine au Châtelet ! engrais – ah oui, y en a et combien ! terre aussi ! c'est la graine qui manque ! une.

Et puis on se repose… faut pas mal d'écume pour l'heure d'agonie, non ?! pour le mea culpa ! et les mea culpa c'est bien excitant, ça ! très ! mais il faut de la respiration pour !

Et puis ce n'est pas que ça, ami ! pas que ça… il y a de vraies visions. et puis on se calme… et puis on verra comment on va se tortiller quand la mort nous fera la danse du ventre à la faux ! ou on verra rien. et puis tant mieux.

Mais là, c'est le tour de France des bousiers ! Paris-Dakar des spermatozoïdes ! rallye des scarabées ! je rigole ? qui sait ! je ne suis qu'une boule perdue dans cette course ! mais oui, je suis la dernière limace dans ce défilé ! je rampe en raie, en Z, en I, en Q ! tout l'alphabet ! et enfin, très enfin, on arrive à Châtelet ! là, au pied de la colonne où quatre sphinx pétrifiés vomissent la pisse sacrée des très morts – on s'abreuve ! lape ! se dope à la hâte ! oui ! tout est permis ! et ! on déguerpit pour un tour.

Il y en a des beaux, très, proprets qui roulent pas ! qui se moquent ! qui promènent leurs bobos ! froqués comme pas permis ! les écharpes mises comme ça ! et puis comme ça ! et ça pendouille sur les miches ! puis à la romantique ! puis en nœud coulant ! fringués en anges déçus ! trous volés aux pauvres ! ah c'est pas simple ! ça pète pas droit, ça ! ni en rond comme tout le monde ! ça pète à l'alambic ! en spirale ! en cruciforme ! en étoile !

Le rodéo à dégonfler les burnes de Dionysos ! les naines d'arrogance et les nénettes-sandwichs ! pieds plats d'esprit ! et leurs écriteaux « J'ai besoin de personne ! » ou « Je m'en fous de tout ! » et puis à la fin, Dieu témoin, ça finit par se faire baiser par tous les trous qui les lient au monde ! et il y en a beaucoup ! des passoires en vadrouille ! et tout ça bouge ! testiboule ! court ! se bat à coups de grelots ! s'embrasse ! compisse ! s'entrecule à la papa ! à crête haute ! burnes basses ! et puis on voit les morts marcher sur les crottes des très morts ! yo ! et puis au bout du rouleau – la tristesse ! la grosse ! cul lourd ! tristesse biblique à chier des commandements ! et personne pour noter ça ! ho ! chaque sourd a ses bavards ! comme chaque muet ses chanteurs !

Et puis les sages ! y en a aussi, qui courent pas ! patients, attendent que d'autres bousiers, les plus rapides – crèvent ! ils se disent « Asseyons-nous devant nos portes et on finira par voir le cercueil de notre ennemi passer ! » la vie, c'est fou quand même… tous on cherche les planches qui sauvent ! les planches du salut ! et c'est à chaque coin de rue, ça ! planches du salut ! ça suffit plus ! il faut chercher les abîmes !

Et les Muses ?! les Muses dans tout ça ?! ho ! passons… la mienne me manque ! Paris sans elle comme une Babylone sans putes ! je vadrouille en vampire, moi ! un crayon enfoncé dans le cœur, moi ! aussi gai qu'une fosse aux mille prépuces !

Et les jours passent. encore une semaine. puis une autre. combien encore… elle-moi, ça fait des siècles qu'on ne voit plus les voiles de la joie. plus de voiles du tout.

Je veux que ça cesse. et je veux pas. je veux mais – comme je le veux, moi ! je me tortille. j'invente des trucs. mille ascèses et une. je me bats contre elle.

Je me branle comme un vieux satyre avant d'aller la voir. pour la voir sans la désirer. voilà – stratégie ! voici – ascèse ! être léger avec ! face à ce visage. à ses mains. à ce corps. et tout ça – comme une vague qui me couvre. être léger, joyeux et – indifférent. être désert pour elle… devenir un cimetière, bien joli, bien en fleurs ! qu'elle me trouve pas ! qu'elle y soit seule un peu ! s'y balade toute seule. qu'elle me trouve enfin. toute joie. être léger comme un jardin. jardin vivant. jardin public. pour tout le monde ! plein de grottes cachées… y en a à Paris. oui ! tout, mais plus mendier ! ne pas ramper tremblant devant ce corps. pas ça ! ni mendier ni maudire.

Et puis d'autres ruses. ! si j'aide quelqu'un – ça marchera comme avant ! si je monte une poussette dans le métro… si je laisse la place à une vieille. et puis plus loin ! si je sauve quelqu'un ! un gosse ! je ne sais pas ! gosse attaqué. kidnappé. et puis – pire ! oui, j'y pense. j'imagine. et je vois toujours le pire. et voilà si au bord du pire des pires – je sauve quelqu'un, un gosse, je ne sais pas – tout va se transformer ! c'est comme un saut ! comme un miracle ! tel un rat coincé et la foule s'approche et lui – bondit et s'envole ! oui, j'en ai entendu parler… un rat pareil ! ça se trouve pas comme ça ! et c'est mieux. plus rare c'est – mieux c'est ! saut comme ça ! ça pourrait tout sauver, non ?

je ne sais pas. je sens tout. mais les mots – devenus labyrinthe. les silences – sont des murs. et nos yeux nous mentent ! elle-moi, nous nous sommes retrouvés Sphinx l'un pour l'autre. face à face. deux – pour une seule énigme. et on baisse les yeux l'un pour l'autre.

Parfois elle a peur. ça se voit ! peur de moi. peur d'elle-même. elle cherche ma colère. la trouve pas. elle est déçue presque ! elle pensait chasser. divine chasseresse ! et voici – elle-même prise en chasse. ces longs regards… elle veut que ça se termine. mais que ça se termine comme elle veut, elle ! elle voudrait que ça cesse. on parle pour ne pas dire la chose. elle me dit « Viens, on va marcher un peu… » oui trois fois ! dehors – les silences pèsent pas lourd !

Et puis on se balade elle-moi. tout doucement, comme deux malades guéris au printemps. rajeunis. tout souriants… je nous vois – elle me promène comme un dragon en laisse, en attendant saint Georges au visage d'enfant… et on flâne, oui, plus lentement qu'une fleur qui s'ouvre. on est comme sur un tapis magique, tapis roulant. ça se déroule sous nos pieds. comme dans un rêve et c'est lent. je n'arrête pas. elle va te trahir. elle va te trahir… et je marche et c'est long. elle est longue la rue de la trahison. je ne veux pas arriver au bout. et je tire la laisse ! je voudrais voir la mer au bout de cette balade. au cul d'une rue. oui. ça m'arrive parfois à Paris. oh la mer ! mille et une. mer aux yeux troubles ! aux yeux de colère ! aux yeux de vin… mer sage aux yeux pers d'une déesse plus silencieuse que le vol nocturne de sa chouette.

Il y a des rues comme ça.

Et en bas il se passe des choses ! un type chante. clodo ou pas, mais il est mieux rasé que moi ! et comme par hasard – il est russe, lui ! ange ou démon – met toujours le doigt où il faut. il faut pas ! je l'évite, lui. c'est dingue, ce Russe ! Ivan Ivanovich ! il est pas seulement russkof, lui ! il chante basse, lui ! vraie basse ! grand et très seul comme un élan perdu dans ce désert ! très grand ! un vrai de Gaulle des élans quoi.

Quand le dimanche il se met à basser dans la foule qui rampe au marché – il est tout seul. la foule s'arrête ! rien ne bouge ! et lui est tout seul dedans. on ne voit que lui ! et puis ça dure. et puis ça passe.

Et puis – joyeux, lui ! et moi – j'aime pas les clodos joyeux. c'est une insulte pour ma gueule de bois sans ivresse ! vraiment. j'aime les clodos qui ont déjà la cheville dans le Styx ! les solitaires sont tous pareils... tous ! comme sortis de la même mère ! on aime pas la joie comme ça. elle se fout de notre tronche qui n'est que la mélancolie de concierge !

Et lui – il m'aime bien. va savoir pourquoi... moi – il m'irrite à trois pelles sous terre ! et plus il m'aime – plus c'est profond ! il chante bien, n'empêche ! du pur Chaliapine, lui ! jamais faux ! *Otchi tchernyé*, et tout ! et puis l'opéra aussi. raffiné, lui ! à lui seul – le Bolchoï en vadrouille ! air de *Boris Godounov*... mon Dieu ! mon air préféré ! quand le tsar se met à délirer ! il sait plus rien, lui ! il a tué le tsarévitch, ou pas ! ça c'est fort, ça ! tout lentement et de loin sa voix monte. de là où les choses meurent et naît l'innocence sans visage, la voix monte ! de là où vit tout ce qui est inconsolable dans l'homme. et moi j'aime ce qui est inconsolable.

Fevro l'adore. quand on sort – je prie qu'il soit pas là. sinon – j'ai des méthodes pour l'éviter. mais il est là ! chante toujours… encore hier ! *Eugène Onéguine* ! air du duel… vieux bretteur !

Tout le temps ivre. tout le temps rit. l'œil bleu, nous regarde, elle-moi ! il me regarde comme pépé Jo, quand j'ai avalé une grenouille. toute petite. bébé, quoi. je n'étais plus bébé, moi ! on était dans notre tonneau, en été, comme toujours, bienheureux à la narine, hippopo et croco et puis je ne sais pas comment – j'ai avalé une grenouille ! et pépé Jo… il rigolait pas, lui ! j'ai eu peur, moi ! il m'a juste regardé… comme ça. oui. de l'autre côté du sourire. et puis il a plongé, longuement, et est réapparu – roulant les yeux. plus sérieux que jamais ! il riait un bon coup sous l'eau, vieux rusé !

Devant ce Chaliapine – je me sens nu. avec toutes mes combines, avec mes mille feuilles de vigne pourries – je suis nu. et plus je m'étire pour péter plus haut que son nez – plus il m'aime.

Mais Fevro… il la regarde tout à genoux ! la boit des yeux ! et devient encore plus saoul comme si elle transformait le bleu de ses yeux en vin ! mains en amande, presque ! en dévotion ! ça lui plaît, à Fevro ! et comment ! les femmes aiment ce genre d'adoration ! et lui, il sait ne pas parler aux femmes, lui ! il sait se taire. il arrête de chanter quand on passe. il baisse ses yeux. les pose à terre. et ne les reprend que quand on est loin.

Il m'agace de plus en plus ! parfois je me dis – qu'il bosse un peu ! pour moi, je veux dire ! la surveille ! celle qui nous fait perdre la nouille à nous deux ! il peut la filer de temps en temps ! tout discrètement ! en chantant. ça serait pas mal comme ça… entre Russes ! entre tsar et tsarévitch.

Il chantera plus un jour. j'espère que je reverrai pas ça. j'imagine qu'il meurt, lui. s'allonge là, rue Delambre, et puis et puis ne bouge plus. et puis la nuit viendra et personne ne bougera ni cul ni main pour lui. comme pour ma mère quand elle était restée toute la nuit sur le sol gelé. tombée et restée comme ça. jusqu'à l'aube… et ça vient tard, l'aube russe en novembre. et moi – je ne sais pas… je bougerai pas non plus, moi ! resté collé contre la vitre ! les yeux contre lui. mordant mes mains ! et toute la nuit. non, j'espère pas ! j'espère juste que je serai pas là cette nuit-là. loin d'ici. comme pour ma mère – loin.

Et puis le ciel se gâte. ici-bas tout se gâte aussi. il pleut une semaine ! deux. il fait froid ! j'ai sorti même ma veste du Goulag ! mois de septembre ! en décembre je mettrai la peau de phoque !

Tsar Boris ne chante plus. on le voit pas. il a du style, lui… les temps qui courent ! dans cette ville où il n'y a que les aveugles et les clodos qui ont encore un certain style – lui – c'est un roi !

La route est libre, mais on sort de moins en moins. et quand on sort – c'est vraiment un tableau ! devenus Sphinx et dragon l'un pour l'autre. on déambule gentiment, une sortie du poney club quoi… vous pouvez nous voir. bonne équipe. bien soudée ! eh oui…

Plaies d'Égypte, plaies vivantes de cette ville, on se balade tout doucement. je promène mon Sphinx silencieux. pas en laisse ! ah non ! on promène pas cette bête en laisse ! mais comme ça… librement. en énigme vivante. telle la Grande pute de Babylone qui promène son dragon ! et les vallées humides de cette ville tout doucement s'ouvrent en lèvres et. on entre dans cette terre pleine d'ossements, qui attendent… terre fertile.

Je nous vois encore et encore. notre balade… tous les oufs et oufettes, tarés nocturnes et diurnes tarettes – nous lorgnaient de loin et de près !

Je nous vois bien. je délire plus. qu'est-ce qui m'est arrivé, ami ?! cette femme à ma gauche ! qui c'est ?! elle me regarde pas. elle me regarde. elle a peur. qu'est-ce qui nous arrive ! je suis devenu vraiment un dragon pour elle ?! triste dragon. lourd. perfide. qui a un œil qui se ferme jamais.

Ce dragon bien étrange, très, que j'ai vu dans un livre. dans un lourd livre. et j'étais encore petit, je ne sais plus… mais dragon – je l'ai pas oublié ! j'ai pas oublié le tableau et puis je le croisais un peu partout, dans toutes les villes. dans les livres. sur les affiches. ce dragon sortant d'une grotte, et une jeune femme le caresse. toute bonté, toute main. oui. sa main touche la tête monstre, tendresse dompte la puissance, et ses yeux… ses yeux ! d'où la force s'écoule sur le sol. ce couple mystérieux – me faisait penser à la légende de Pierre et Fevronia, légende russe que j'ai découverte bien après, et. depuis – je n'arrête pas de lire cette légende sur ma peau. il y a le démon aussi. il s'habille en dragon. et puis il y a le prince et la jeune reine et l'amour qui enfante la trahison… tout ça, et puis j'ai trouvé ce tableau. j'ai trouvé qui c'est ! depuis – il est devenu un signe pour moi ! ce tableau ! et puis cette lumière… ah oui, mon lecteur, cette lumière qu'on peut pas dire. qu'il ne faut pas dire ! on peut juste rester devant, bien devant, chevilles ailées – rester devant cette grotte où la lumière accouche du sacrifice, et puis ce chevalier à droite, visage d'enfant… saint Georges ?! un gosse ! il terrasse le dragon, lui ! mais la vraie chose est ailleurs. la vraie chose, c'est entre la dame et le dragon ! tout est là ! tout ! regarde bien, ce gosse ! ce qui nous arrive à tous ! regarde cette main et la corde ! tout se tient sur cette laisse dormante ! sur quoi sinon… sur un cheveu de la prière ?! non, la prière viendra après ! très après ! ou pas du tout ! et la corde de prière et le cercueil et les clous tordus, et l'horizon se mettra debout ! il sera haut, l'horizon ! quand on descendra sous terre pour de bon.

19

Elle frémit au soleil. ce frisson – je le connais, et très bien même… j'ai vite appris à lire ce morse. cela veut dire qu'on s'approche d'un lieu caché, d'un café lié à un mensonge, et ce lieu était encore très chaud du mensonge et – elle frémissait toujours. emmitouflée comme un bébé yakoute – elle frissonnait ! nez dans l'écharpe et – pire, oui, meilleur des pires – elle retirait sa main de la mienne. c'est elle qui la donne. c'est elle qui retire ! personne ne doit la voir « avec quelqu'un » ! toujours libre ! dispo et toute la merde avec ! « Je ne veux pas que ça jase dans le milieu », tout bas, elle dit, les yeux ailleurs. quel milieu ?! on est dans le désert ! Gobi et Karakoum ! en plein milieu ! mais je dis rien. rien. juste une grimace. sourire mort-né. « Allons – elle ajoute – viens, marchons ! » et on courait presque ! bien. très bien… ça me creusait une fosse dans le ventre, tout ça, tout ce ballet. et puis on marchait sans un mot. muets du cœur. de tout…

Et mon Sphinx est vivant. il n'a rien oublié. on se promenait de plus en plus rarement. couple étrange on était, elle-moi. plus de dame au petit chien ! on devient – chien bizarre. chien malade. monstre presque. oui.

un homme a mal de chien. regardez – en voilà encore une dans la ville, femme ravissante qui promène la bête ! un dragon. le Sphinx et toute sa smala ! regardez bien ! vous allez nous reconnaître ! on marche lentement, elle-moi. plus maigre qu'une girouette je suis. veste du Goulag et puis – les yeux. oui. les yeux vieux d'un monstre. femme au Sphinx ! jolie femme, n'importe laquelle, regardez-la tout doucement. elle a toujours un dragon en laisse ! et puis à la fin, c'est un bichon qui la traînera !

Elle a fini vraiment par avoir peur. fini par se méfier du Sphinx ! de tout. de cette ville qui crache de la bouche du métro un qui la connaissait… un autre dragon qu'elle avait promené entre-temps !

Et puis c'était fini les balades. mais pas comme ça ! pas à la hache ! une femme tranche la chose autrement ! sagement ! comme pour la cuistance ! d'abord tourne autour, et puis une fois le couteau émoussé dans la main – bonjour la tête ! tu te réveilles en rôti ! servi ! tranché de tout ! bon appétit !

Elle se préparait des heures et des heures avant de sortir. des heures devant la glace ! à se regarder à lui faire des ampoules ! et alors ! je disais rien ! et toi, Dimitrius ! pire ! devant la même glace ! mais après elle ! à faire pleurer le miroir ! mais oui, chaque bouffon sensé passe plus de temps à soigner sa tronche que sa reine ! et devant le même miroir !

Elle se fardait, s'embaumait en momie ! pour des siècles ! pour renaître inconnue ! et puis son visage ! devenait un masque… mon sang ! ton visage si vivant ! était mort… et puis à la fin – fatiguée de se tuer – tu disais – « Non », et on restait à la maison. c'était trop pour toi, mais trop ! et tu me faisais payer ça ! oui, tu voulais sortir ! mais seule et très seule ! sans moi, sans laisse ni dragon !

Mais avant, très avant – c'était une autre danse. nos balades hypnotiques ! et on rentrait si doucement et si pleins, deux coupes pleines, comme en promenant un enfant. et puis… voilà comment on se balade maintenant. et là – je ne suis qu'un pauvre dragon sans laisse, moi. sans rien. même pas de muselière… comme ça.

Eh bien, il faut que je bouge. Madame Dedovitch veut vendre sa baraque. alléluia ! sinon j'hibernerais avec toutes mes conneries, mes foufonneries en guise de doudous trois hivers encore ! elle veut qu'on se parle, Madame. bien ! elle veut une stratégie ! elle tient à ce que les loups roupillent dans le même hamac que les moutons ! elle veut pas me léser, moi ! mais je m'en fous, qui je suis – loup ou lièvre ! alors faut que je cherche et trouve une autre tanière et vite !

Demain on s'appelle pour le plan d'attaque. et puis elle m'appelle, tout heureuse ! elle veut vraiment vendre ! tout vendre ! elle a trouvé une grosse perle en Ukraine on dirait, alors faut tout vendre pour l'acheter ! hum hum ! « Avec les tombes ? » – je lui demande. je suis méchant. « Mais non ! » – elle répond. mais si ! non ! enfin… elle veut réfléchir ! elle va rapatrier les os !? j'en sais rien… « Mais t'as raison, Russkov ! faut faire quelque chose ! »

Même à trois mille kilomètres j'entends ses neurones courir ! alors si on vend… imaginons le pire. ils l'achètent, la baraque, le jardin, tout ! supposons ! et puis ils se mettent à creuser dans le jardin ! y en a des oufs bio comme ça ! fermiers de mes deux, et puis – hop ! toc toc toc fait la pelle, et voilà… deux cercueils ! l'un à gauche, et puis l'autre ! bonjour les dégâts !

Oui ! oui… elle dit. elle a une autre idée ! sa nièce ! elle veut venir étudier à Paris ! elle pourrait vivre dans la maison et louer deux chambres ! trois même ! ho ! elle est contente, Madame Dedovitch ! coup de génie ! dis donc !

Et puis toute joie, toute danse, elle sort « Nos enfants ukrainiens boiront au lac Baïkal, et les vôtres, russes – finiront par laper la mer Morte ! *da* ! les miens entendront les derniers chants des rossignols de Sibérie ! corbeaux en chœur ! les vôtres, qu'ils sacrifient leurs paupières pour se décirconcire ! d'abord ! et puis et puis elle ajoute, toute – paix. je sais – t'es juif, toi ! »

Elle commence à me piétiner les oreilles, celle-là ! mais oui ! si tu veux la guerre en cuillère – tu l'auras ! la guerre des victimes parfaites ! suis juif, moi ?! pire ! meilleur pire ! et pépé Jo attrape ma langue ! je suis juif homo gouine, moi ! pour ta gouverne ! je suis enfant juif noir palestinien handicapé, moi ! romanichel des Juifs, moi ! je suis femme battue ! je suis tout, moi !

« De toute façon – elle conclut sans jérémir ni rien – bientôt l'Ukraine sera rattachée à la France ! toi, tu verras, pas moi, mais toi – tu verras les choses ! » je dis rien. mais oui, pas bête ça ! déjà y a un caveau familial ici ! j'aime bien quand les gens délirent… délire – c'est une prière vraiment désintéressée ! tant qu'on me cure pas le nez à la kalach pour boucher les silences – ça va ! et encore ! on est pas à une narine près ! sinon – le fric ! le fric sur la langue, le fric sous la langue ! et dans les yeux ?! l'œil gauche – c'est la bouffe ! la baise – l'œil droit ! délire c'est peut-être ce qui nous reste de lucide à racler à l'intérieur du crâne ! en tout cas, j'y suis comme un pissenlit dans ses ruines…

J'ai appelé Babyl. il pourrait m'aider, peut-être. il connaît ma situation. et puis il a pas mal de gens autour. qui sait… « D'accord – il dit – je vais voir… tu veux quoi ? combien de mètres ? une chambrette ? c'est mignon, ça ! on se voit et je te dirai. » voilà comment. il m'a pas demandé pour le fric. il a l'air préoccupé, lui. parfois il a même l'air malheureux, lui, mais il dit rien, et moi – j'ai pas envie de secouer l'échafaudage. on dirait – deux aveugles en train de pêcher ! on parle de choses lointaines… du temps, de tout ! jamais de ce qu'on voit !

Et la belle ?! elle travaille d'arrache-cul, on dirait ! toujours en rendez-vous. d'après ce qu'elle me dit en tout cas. sa sœur doit venir pour quelques jours à Paris. elle va dormir rue Delambre. elle n'a pas de clef, elle. alors Fevro m'a demandé de l'attendre en bas pour lui filer la clef. elle n'a pas besoin de me prier. vil serviteur que je suis ! barbier chauve de Séville ! oui, je vais l'attendre jour et nuit ! sous la neige et la pluie ! je serai parapluie et paillasson pour elle ! elle l'aura, la clef ! mais la mienne, un double – je la garde sous la langue !

Et voilà, Clémence ! elle se ramène, elle ! l'œil bleu, Zizi impératrice, quoi ! souriante in utero et tous les bijoux de famille avec ! yo ! faut avoir une queue aux grelots battants pour l'accueillir ! et faire la musique avec ! elle s'est faite belle, dis donc ! à faire tomber les nains de leur hauteur ! je renâcle ! un hippopo d'âge nubile ! mais elle s'en fout ! on touille notre bonne entente à deux cuillères ! on est archi-polis l'un et l'autre ! deux crapauds vénéneux ! *la tique et le pou* ! face à face !

Mais chut ! demain c'est son anniv ! c'est sérieux, ça ! ho ! mais je demande pas combien ! elle doit avoir une trentaine sur le nez ! et pourtant elle les fait pas ! depuis la fondation du monde ! elle m'invite aussi ravie qu'une pince à linge ! et méchant, je décline pas ! au contraire ! je vais venir ! bien à l'heure ! dans un resto ?! mais parfait ! chacun paye pour soi ?! démone ! je vais payer pour vous tous ! et puis trente révérences ! mille sourires ! on s'embrasse comme on louche ! et enfin – je tends la clef... tout lentement. blaireau acculé offre la clef de la chatte à une fouine ! putain et barbe ! j'ai beau mordre mes joues de l'extérieur – faut bien sourire ! Job chassé de son tas de fumier, moi ! mais poli à outrance ! je prends ma peau entre les dents, moi ! et je tourne mes talons et ma tête avec. je viendrai à la fête !

Et puis je suis pas allé. fête, pas fête – faut que je trouve une piaule. Babyl m'en a trouvé trois ! chambres de bonne ! escalier de service, tout ce qu'il faut ! comme il faut ! et j'ai visité les chambrettes... banlieue proche comme on dit ! petite couronne sur le cul de Paris – je traduis ! mal torché, d'ailleurs, surtout le dimanche ! d'abord – Ivry ! mais oui, c'était dimanche. le jour du Seigneur ! ici – dimanche double ! bénitier qui goutte. l'ennui à se curer le nez par l'oreille ! l'ennui à dévisser la tête ! une bagnole passe – c'est la fête foraine ! lentement elle roule à ras le pneu d'ennui !

Ivry ! c'est le bidet où Paris se lave les pieds ! à la sortie du métro on vous distribue des masques à gaz là-bas ! jetables ! gratos ! cadeaux de la mairie ! et puis les rues ! cariées à rendre jaloux dix Bosch et demi ! oh, j'aime ça ! et les hôtels où les motards solitaires se branlent sans enlever leur casque ! et les cafés aux carrefours où l'éternité passe à quatre pattes pisse en vieux chien et puis crève d'effort.

Et personne. et le silence. le boucan ?! c'est des bobards, ça ! la banlieue – c'est le silence ! silence ! opéra des sourds ! un pigeon crève dans la rue toute une semaine, jour et nuit – voilà le spectacle ici ! l'ennui, des tonnes et des tonnes ! l'ennui cosmique ! et tout cela a les yeux vers la Lutèce ! elle se ferme, Paris ! fleur arrogante ! et voilà, on est seul ici.

Ivry, ça peut être bien ! une grosse usine pourrie ! des rats ailés, mais oui, je les ai vus, les rats volants ! et puis les poissons à trois têtes ! mon Dieu ! que je ne bande plus si je mens ! j'ai vu des rats attraper des poissons-chats à trois têtes ! et puis les fenêtres ! carreaux noirs ! ça devrait pas coûter cher ! les bobos y sont pas encore ! heureusement ! la gauche caviar crèche ailleurs ! mais la gauche tarama, cette peste rampe déjà ! et empeste ! commence à y acheter ! mais frileuse comme elle… ça reste encore vierge, Ivry ! alors tout à fait mon genre ! pour dix ans et puis ça sera fini le film ! après ils viendront avec leurs poussettes ! ça copule bien les bobos tarama ! ça joue pas à la roulette russe avec les capotes ! mais ça va encore, Ivry ! ce Tchernobyl sans sarcophage ! pas de touristes, ni foires, ni cannibales végétariens ! ça devrait pas être cher ici !

Et puis non, ça va pas, Ivry. regarde pas de ce côté. Pantin, ça – oui ! ça c'est pour toi ! les dimanches ici ça doit être trente mille déserts en un ! Karakoum, Gobi, et tutti la smala ! prières des rues ! les jours du seigneur ! Aïd el-Kébir ! Laylat ul Bara'ah ! Isra et Miraj ! Gabriel aux yeux d'amande ! et tous les voyages nocturnes ! yo ! là – c'est pour toi ! t'as besoin de tout ça comme un poisson d'un parapluie ! mais reste, Dimitrius ! de toute façon tu y larves déjà ! en ver luisant tu vas mettre tes œufs dans une fille d'ici ! oui. y en a pas mal ! et des belles, aux yeux de louve ! y en a de mon genre, vraiment ! celles qui attendent comme des petits ponts de nulle part à nulle part, suspendus… y en a des jolies ! reste ici ! tu les manges des yeux déjà ! ha ! tes yeux du dimanche, ça bouffe pour quatre ! mais oui, je me vois ici ! je mettrais moi aussi mes chaussettes sur mon balconnet.

Et puis des bateaux parfois… les pauvres s'en foutent des bateaux. de tout ça. ça vient et ça passe et ça revient… mais j'aime bien, moi. les nuits surtout. je les sens de chez moi. silence absolu et puis ils soupirent tout bas sur les canaux. respirent. comme moi. j'y suis bien avec eux. comme une barque échouée.

Et enfin Saint-Ouen ! c'est bien ici aussi. marché aux Puces, tout ça… et puis le canal ! à une cigarette, pas plus loin du futur chez-moi ! il y a même une église ! un bébé Sacré-Cœur ! et puis c'est moins cher qu'une capote d'occase ! Babyl m'a filé le numéro du propriétaire. bien ! « Il est très vieux – il dit – c'est un héros de la guerre, lui ! le plus grand résistant vivant ! alors sois à la hauteur, Dimitrius ! pas de dimitreries ! » bah oui, bah non, je vais essayer, ce qui compte, c'est le loyer, non ? « Si, si, mais un peu de considération, ça t'écorche pas la gueule ! »

Mais il m'a pas raconté que ce résistant est aussi riche qu'onze princes d'Arabie ! eux, ils pissent du pétrole, eux ! lui – il crotte des immeubles ! tout un quartier à Saint-Ouen ! à lui seul ! et puis deux à Pantin ! et gros immeubles ! cinq ruches ! et puis une dizaine de studios à Paris ! dans le Ve ! pas mal, non ! j'ai découvert tout ça bien après ! quand la cabine de ma douche s'est mise à danser ! décollée du sol ! et bien ! pour avoir un rencard avec le Héros – il fallait un mois ! juste pour la douche ! en attendant je me lave à la fakir, moi ! une goutte d'eau dans le creux de la clavicule et puis – je me tortille comme un phoque en transe pour bien l'étaler sur toute ma peau !

Je l'appelle comme une nonne appelle Dieu ! et je tombe toujours sur sa secrétaire. on dirait une croque-morte enrhumée ! si ma voix n'est bonne que pour brailler dans les chiottes d'une gare « C'est occupé », la sienne – nasillarde comme pas permis est forgée exprès pour gueuler « Libératioooon » ! mon cul chantera mieux le jour de Colère ! – aurait dit pépé Jo.

Il m'a reçu enfin ! avenue de la République. bon augure ! je suis venu en colombe, moi. pattes légères, yeux à terre, serpenteau dans le bec ! une enveloppe, quoi. vas-y tout doux, Dimitrius ! tu marches sur des œufs de piranhas !

D'abord – son bureau. faut encore attendre. joli bureau, n'empêche. et puis y a du monde ! et les femmes ! que des femmes ! et des vieilles ! de toutes races ! silencieuses ! locataires comme toi ! il s'occupe que des veuves, ou quoi ! qui valsent aussi avec leur bidet ! on dirait la salle d'attente d'un gynéco de Salomon ! je me sens comme une chèvre de Tchernobyl dans cette bergerie. un corbeau rose, quoi !

Et puis on m'appelle. une infirmière arrive. « Venez… mais pas pour longtemps. il est très faible… » je vais prier pour lui, je marmonne.

Il est allongé, tête d'un énorme poulet. pas de cils. il me fixe avec son nez ! trois infirmières me regardent. toutes brunes, blouses blanches. trois pies ! silence d'un mariage de muets ! j'entends mon ventre roucouler. je me lance. je dis haut et fort. « Bonjour, Monsieur. c'est la douche. question de cabine ! elle danse, Monsieur ! elle tangue ! »

Pas de réponse, ni mouvement. le poulet chauve est impassible ! les femmes me font signe – chut ! « Qui c'est ?! – il se réveille – qui est-ce ?! »

« C'est un Russe, Monsieur Jacques, c'est votre locataire ! » chantent ses pies. « Qu'est-ce qu'il veut ce Russe ?! » quel effort ! j'avais peur pour ce Toutankhamon ! et là – il s'est mis à ouvrir les yeux ! l'un après l'autre ! puis les refermer ! puis les rouvrir ! il me fait un clin d'œil !

Et puis il s'est mis à râler « Russe ! vous êtes russe… c'est bien, les Russes ! c'est costaud, les Russes ! je les ai vus, les Russes ! dans les camps ! ils tenaient bon, les grognards ! ils bouffaient la merde, les Russes ! »

Miaou ! j'ai la chair de poule, moi ! quelle palingénésie ! momie qui prophétise ! mais là – c'est rien encore ! il s'est mis à hurler ! en russe ! « *Rabota ! Voïna ! Rodina – mat !* » il commençait à se redresser ! l'œil de porcelaine ! ses corneilles n'arrivaient plus à le retenir !

J'en étais pétrifié ! billes écarquillées je cherchais un coin rond pour m'y cacher ! c'est gentil de sa part, n'empêche ! quelle mémoire ! c'est ça la vraie ! la douche ?! la cabine qui danse ?! j'ai oublié de respirer, moi !

Et puis comment payer la piaule ? voilà la question. Babyl se porte garant ! voici une béquille ! gentil Babyl ! il monte un coup ! il veut que je gribouille la vie de ce Pharaon ! Dimitrius négro ! il s'est mis d'accord avec le Résistant ! tu n'as qu'à rouler la pépite d'or, toi ! tout y est ! et la vie et la mort et les tribulations héroïques de ce Nabucco ! parfait ! surtout – pose pas de questions ! il va vider son pot de chambre, lui ! sur toi, lui ! et toi – ébroue-toi et trie ! trois mois ! et t'auras de quoi payer ta piaule ! mais ! mais ! déchaîne-toi comme il faut, mon Russe-Russe ! roule droit et transpose ! j'ai même pas à hocher la tête, moi ! Babyl arrange tout.

Alors ! en attendant de prendre la vraie douche – je vais aérer les tombes, alors. Monsieur… votre vie, vos camarades. je vais les retouiller ! aussi doucement que les auxiliaires de vie qui vous tournent trois fois par jour ! et je laverai les os de vos amis ! carrément dans ma bouche ! l'eau morte puis vivante… tout doux, comme ces demoiselles vous lavent.

Et puis et puis une nuit, à la fin je vais sortir mes ossements à moi. les os de mes steppes ! mes Russes ! mes grognards ! mes rescapés… je ferai la soupe ivre, moi ! ça sera servi dans mon crâne ! comme il faut…

Peut-être je ne sais pas vivre, moi, mais je sais mijoter ! longtemps mijoter et puis vous viendrez menés par les narines ! j'ai toujours su amener la vraie faim par les narines !

Et puis, il faut que je déménage. tout trimbaler ! tout mon bordel antique ! et puis le chat. Miaou Tsé Dong ! ce léopard du Tibet en exil ! il a le droit de se balader sur le toit de ce monde, lui !

Ça s'est bien passé plutôt. il est sage dans le sac, le Kot. avec lui tout est facile. RER, métro, bus, tout, quoi. curieux, il sort sa bouille. ses yeux de déesse font des ravages ! les filles me regardent comme un père matou célibataire avec un nourrisson ! ho ! si je vais à la pêche aux filles – ça sera lui l'hameçon !

Au début ça a été. mais le métro… putain et puce ! c'est un autre verset ! sous terre on sait jamais ! métro ! bondé à se curer le nez par le fion ! et puis les portes s'ouvrent ! tout de même ! et puis voilà – il entre ! gros comme un kiosque de presse ! une loque géante ! Goliath clodo schlinguant comme Lazare au troisième jour ! dans toute sa gloire ! Frankenstein des temps modernes ! Titan mal réveillé ! en un coup de cils le banc de sardines se brise en deux comme la mer Morte devant Moïse ! et puis – malheur ! elle est lente, cette limace ! les portes le coincent ! putain et barbe ! cul – sur le quai, bouille dedans ! et son œil s'ouvre ! et personne ne bouge ! pas un pou qui tousse ! tronches figées, on dirait un camion de bidets enchantés ! et le conducteur chevrote ! une fois, deux ! monsieur ! libérez la porte s'il vous plaît ! décidez-vous ! entrez ou sortez ! et rien ! une minute, deux… trois ! rien ! et nous ! fascinés comme devant le champignon de Nagasaki ! il fallait lui savonner les côtes ! et puis – pousser ! ou tirer ! mais personne, mon Dieu ! personne ! et voilà, je m'allume, couillon… voilà ma gloire ! je ramasse tout le français sur ma langue ! et quel français ! que Bossuet en personne aurait payé pour me rouler la pelle ! je me mets à loucher, mais j'articule ! « Monsieur, cher Monsieur, désolé de vous importuner mais ce n'est pas à vous, par hasard, ce billet de vingt euros qui est sous le siège, là-bas ! sur le quai… par là… oui » et le Goliath se retourne comme un éléphanteau dans son œuf ! bien lentement ! et puis – hop ! il s'expulse ! et très vite ! les portes se ferment ! claquent comme des dents ! et on repart ! et je soupire ! je ne sais peut-être pas parler aux femmes, mais je sais parler aux monstres, moi ! et c'est pas la fin ! on me regarde bizarrement ! comme si j'avais voté pour la stérilisation des Roms ! bravo ! fleurs ?! la Légion d'honneur ?! oh ho ! j'ai les semelles en feu ! on me fusille des yeux ! personne ne rit ni sourit ! ça devient chaud ! j'ai froid dans le dos, moi ! Kot dit Rrrr ! puis Mrrr ! puis me regarde – faut déguerpir ! et on sort à la prochaine ! le reste de nos jours – ça sera à pied, Miaou !

Oh, pépé Jo ! ton petit-fils ! ton groinceau ! ton têtardeau du Styx ! bâtard du maréchal Ulysse ! pauvre ablué ! il a encore fauté ! le crime pour l'humanité parfois c'est pire que contre ! Dimitrius ! combien de fois tu sauves et ils te mettent la cocotte sur la tête ! t'avais raison, papy ! tu préférais voir l'éclipse par le goulot de la bouteille, toi ! pour protéger tes yeux ! et elles ont vu des choses, tes billes ! « Touche pas aux hommes, mon cochonnet ! jamais et re-jamais ! passe ! te frottes pas à eux ! et pas d'embrouilles ! et surtout, très surtout – sauve personne ! les sauvés repasseront leurs draps sales sur ton dos ! » voilà ce qu'il disait ! sobre ivrogne… ton crâne, tes tibias doivent faire la danse des petits canards dans ta tombe ! en me voyant recommencer les mêmes conneries ! toujours ! trois fois et cent ! celle-là c'était la bonne ! promis, Pépé ! et je demande rien, moi ! ni sacrifice ni miséricorde ! et puis je débarrasse bien derrière ! pas de bavures derrière ! sauvetage au propre ! pas une tache ! pas un mort, pas un perdu ni largué ! pas un cloporte écrasé ! mais ils me regardaient ! comme si je venais de bouffer un bébé ! mais quelles tronches ! encore une station et ils t'auraient fait la peau ! t'auraient pris à la couille nue ! voilà le terminus ! alors range ta gueule ! Panurge tragique ! illuminé ! t'as bien fait de sortir ! fallait courir et plus vite que ta langue ! sans te retourner ! jusqu'au pôle Nord ! bonjour aux ours ! protège-les des phoques ! réveille-toi, Roméo ! Juliette est dans la merde jusqu'au balcon !

Mais – quelles gueules ! ils étaient prêts tous, mais tous, à courir chercher ce clodo ! s'excuser pour moi ! lui laver les pieds ! et boire l'eau ensuite ! et puis ils s'en retournent tout contents ! colère des justes ! et gare si tu es encore là ! je délire !? essayez de sauver – vous verrez ! chaque fois ça me retombait sur la gueule ! et pourtant il fallait… une fois au pôle, et puis un peu partout. mais là c'est fini les conneries ! la fin finie ! je sauve plus rien ! ni chat ni chien ni ours ni homme ni gosses ni poux ! même pas moi-même ! et chaque fois je disais – c'est fini, et – je rechutais ! l'homme est vraiment bizarre, lui ! mi-bosse, mi-rigole, jamais l'abîme, sinon – la planche qui sauve ! ho ! la planche pourrie… il est mal foutu, l'homme ! il aurait fallu entourer son berceau de fil barbelé ! mais c'est trop tard, là…

Oui. mais là – c'est bon. plus de ruse ! plus rien ! là – c'est archi-bon ! je veux être tranquille, moi ! vieillir en patate ! gentiment ! faire la queue pour que la mort me coupe les boutons ! tout ça au fond ce n'est qu'une salle d'attente… faut être fou, mais archi-ouf, pour vouloir changer la tapisserie dans une salle d'attente ! mais Dieu que c'est long tout ça… et puis l'agonie, il paraît, ne dure qu'un clin d'œil d'une tête en bronze !

Je te vois, mon pépé ! mon enfance sur tes genoux, maréchal Odyssée ! et puis malgré tout je répète la comptine – grâce et ruse et prière ! voilà ma troïka ! les trois Parques silencieuses, elles se jettent la pelote de ma vie. quels doigts et quel jeu ! quelle adresse !

cela a trop duré ! faut faire très gaffe ! ça dure encore… à réveiller la vieille aux ciseaux ! son chat ne dort que d'un œil !

Mais d'abord ça me barbe tout ça ! pour payer la piaule ?! sept mètres carrés ! même la tombe de ma mère est plus grande ! putain et mouche et merde ! c'est vrai en plus ! mais Babyl fait de l'esprit, lui ! « L'homme blanc pour se déchaîner doit devenir noir ! faut entrer dans l'ombre… » il est pertinent comme une ventouse, lui !

Mais, Dimitrius, t'as de la rage, on dirait ! mais oui ! je suis un peu grognasse ce soir ! et ça monte ! ma colère a pris l'ascenseur ! et ma gorge n'est pas loin ! et puis Fevro… une semaine sans nouvelles. ni ondes, ni morse, ni rien ! pas d'vibration ! ça s'est mal passé la dernière fois. on s'était vus, brièvement, elle n'arrivait pas à me dire… et je l'ai pas aidée. j'attendais. et puis elle a réussi enfin. elle a dit que là – nos routes se séparent. c'est ici – la fourche ! moi, j'ai rien dit. quoi dire. une femme t'avorte. quoi dire, alors ! murmurer dans l'ouragan… parler à une tempête ! les mots viennent après. oui. mauvais serviteurs, les mots ! faut les massacrer, les mots ! je l'ai juste regardée. longuement. il y a pas de quoi se pendre, mon ami, non ? mais elle s'est écartée ! j'ai dû avoir une de mes tronches les plus dantesques, moi. les yeux du serpent, je ne sais pas quoi ! elle a eu peur, mais oui. et moi ?! rien ! faut que je me méfie de moi-même… peut-être bien ! mais c'est après, après. sur le coup – j'ai dû la massacrer avec mes yeux. et la laisser comme ça ! et rôder autour…

Il fallait pas que je reste seul, là. pas cette fois. il paraît que pour chasser la douleur, faut inviter une autre douleur. bien plus grande ! pour chasser l'humain faut le singe, alors ! ou un dieu, alors ! vadrouille encore un peu… marche ! eh oui. mais qui sait souffrir comme il faut !? qui ! je laverais ses pieds, moi ! et je boirais l'eau, moi. montrez-moi celui-là, qui sait ! mais vivant ! je le veux vivant.

Et le comble. elle vient dans mes rêves. ma goule bien-aimée ! classique de chez classique ! elle me parle dans mes rêves. là – elle ose ! avec sa voix ! choses folles. « J'ai tué l'enfant, oui. mais… mais il n'était pas de toi. » voilà. et puis c'est aussi bête qu'une narine ! avorter ! il y a pas de quoi lécher la terre, non !? ni la mordre. avorter… c'est comme une légitime défense ! mais oui ! et puis elle vient encore, et puis à la fin – y a de quoi tuer le sommeil, ami. et avant que la douleur s'habille en mots – je me réveille. voilà tout. et puis vaut mieux regarder ailleurs, non ? sinon, mon lecteur, on finirait par bouffer notre propre cœur par l'anus !

Je suis même allé prier. et ma prière était chaude ! patate brûlante dans la bouche ! et je pouvais pas l'avaler, moi. ni recracher. et puis je me suis assis sur le parvis des esclaves et j'ai dit juste – viens mon Sauveur ! viens !

Même le fou a sa folie. et chaque folie a sa raison. le mourant a sa mort. le chien a sa fringale. où es-tu, mon Sauveur… chaque haine a ses jours fériés. chaque arrogance a son admiration. chaque sourd a son bavard. et l'aveugle a son noir. chaque vertu – sa date de fabrication. chaque connerie – sa date de péremption. chaque froid – son chaud. et chaque dehors a son dedans. mais moi – j'ai pas de compagnon. et toi, mon Sauveur – où es-tu…

20

Oui. je suis là. toujours là. je vais dans les parcs. les gosses, leurs cris et leurs pleurs, leurs chamailleries, leur tout – me calment. je m'assois bien caché et puis et puis comme les alevins, ils viennent. faut pas bouger. je m'allonge parfois, sur un banc, les billes dans le ciel, c'est bien comme ça, oui, comme quand moi-même j'étais gosse, je m'allongeais mains en croix dans les flots et puis sans temps, ni rien, je dérivais. avec Gibbeux on appelait ça – « faire le cadavre ». lui – il pouvait pas. moi – si. il m'attendait sagement sous un saule pleureur. toujours sage. il pêchait.

Je peux pas mettre mes pattes en croix. un banc c'est une barque étroite. je les pose tranquillement, patte dessous patte dessus. c'est une autre dérive. oui. et je m'endors.

Un nuage passe et j'ouvre les yeux. un enfant me regarde. ses gros yeux bleus nagent dans les larmes ! nez rouge ! gros chagrin on dirait ! il tremble même ! les mots l'ont quitté lui aussi ! je referme les yeux et j'entends ses larmes, j'entends son chagrin monter. il s'approche… c'est si fort qu'il peine à respirer ! je l'observe, à travers les cils, et je dis rien, et puis il se lève. on l'a appelé. on l'appelle encore. on le cherche. il part, il rentre. il passe à côté, tout chaud… lentement il porte son chaudron de chagrin. et puis je l'entends plus. et tout me revient. et j'ai chaud au visage. et comment ! et puis gueule en flammes.

Je ne sais plus l'âge ni le temps, mais j'étais petit et j'étais amoureux. première fois ou pas, c'est la trahison qui compte. c'est elle qui met le compteur à zéro. oui. c'était loin d'ici, mon Dieu… si toi tu mets ta main sur la carte de cette terre – ça sera aussi loin que ton pouce est loin de ton petit doigt. c'était dans les steppes ! dans l'autre siècle ! et j'étais petit à me cacher sous l'ongle ! à marcher sous notre table sans me pencher ! et la table était haute ! mais haute ! c'était mon plafond ! mon palais ! et je l'ai revue après… des années après ! si basse ! comme par magie ! quelle magie…

Elle s'appelait Olga. et chaque fois quand je la voyais j'avais chaud au ventre ! et quel chaud ! chaque fois elle me faisait le coucher du soleil au ventre ! Olga… petite maigrichonne plus effrontée qu'un piaf ! genoux à casser des noix ! yeux bleus… j'étais fou d'elle ! c'était les Pâques. et c'était la main du printemps et le soleil dans sa paume comme un œuf ! et cette main nous caressait le dos après l'hiver éternel. c'étaient les steppes…

On allait mendier, Babanya et moi. l'église était loin. on sortait le matin pour y arriver vers midi. Olga et son père venaient aussi, mais pas pour mendier ! ho ! *niet* ! pour se pavaner ! il était flic, son père ! il aurait préféré qu'on lui coupe les burnes et les lui donne en aumône que de tendre la main !

J'étais inquiet. Babanya m'a gêné !? j'avais honte de mendier !? avoir honte, moi ?! ha ! pire c'est, mieux c'est ! plus bas c'est, plus on a le vertige ! c'était un jeu pour moi ?! oui. non. pas du tout ! j'aurais pu voler pour Babanya ! n'importe quoi – pour elle ! pour nous ! par contre ma mère – ah si ! elle avait honte, ma mère ! toute la honte de la terre à son cou ! la honte à ses trousses ! et pour moi – c'était un jeu, la honte ! comme une fête de la honte ! si j'avais honte – j'avais honte d'avoir honte ! voilà l'écharde ! mais pour Babanya – c'était pas un jeu… c'était réel pour elle ! c'était sa vie depuis le berceau !

Pépé Jo disait « Mon groin ! ton père et toi, vous êtes nés avec une cuillère en or dans la bouche. lui – il l'a avalée. toi – toute ta vie t'essayeras de la recracher, toi ! » ils s'entendaient pas mal pourtant…

Olga ! mendier devant elle… cette gosse avait un père policier et pas que ça ! communiste comme un démon en uniforme peut l'être ! les démons sont tous des communistes, disait pépé Jo ! elle avait un vélo en plus ! jouer avec un petit qui fait la manche ! qui va à l'église ! qui sait prier ! qui lit la Bible ! qui traîne avec les vieilles d'une messe à l'autre ! d'un enterrement à l'autre ! qui fait le signe de croix quand on lui offre un œuf !

Comme toujours on s'installe tout à gauche sur le parvis, Babanya au soleil, moi – à son ombre. imaginez ! je pouvais encore me cacher dans son ombre ! et puis – je fais comme elle m'a appris. oui, mendier comme il faut. pas avec les yeux. ni mains, ni rien… juste être là comme une pierre. et ces pierres… elles sentaient la journée toute jeune. c'était les Pâques. oui. et tout était vrai. et ces pierres, et la main du printemps, et nous dans sa main.

Parfois pépé Jo y filait des rencards à ses dulcinées ! il passait, fébrile ! en trottant ! un clin d'œil comme une virgule pour me dire qu'il repasserait ! et puis – disparaissait ! ensuite, copine retrouvée, il repassait ! déjà lent, sa belle Anna à trois pas devant, au cas où… elle était naine, Anna ! vraie naine ! et vraie femme ! et vivante ! les voir marcher, elle-lui… ho ! c'était à avoir le fou rire pour dix ans à venir ! mais lui ! lui ! imperturbable comme un évêque sortant du bordel, il mettait un œuf dans ma casquette. « Tiens ! en attendant les œufs de Fabergé, mon poussin… entre nous, on n'a pas besoin de cracher au bassinet, hein !? » et puis encore un clin d'œil et il partait comme dans un ballet, sa naine avec ! joyeux satyre ! et les œufs de Fabergé – j'attends toujours !

Deux fois dans le mois, il disparaissait. pour deux heures, pas plus. ça mettait ma grand-mère en valse de rogne ! mais qu'est-ce qu'elle pouvait à part mordre les murs ! une fois elle m'a dit « Viens » et je suis venu. elle m'a donné un rouble et demandé de le suivre. un rouble ! c'était énorme ! généreuse ! je pouvais pas imaginer à cette époque qu'un jour moi-même je donnerais tout et plus pour connaître la vérité.

Et je l'ai suivi ! et j'ai tout vu ! il marchait tranquillement, décidé, sans se retourner, tel un homme qui va acheter le pain. je le suivais à l'ombre. et puis au bord du village c'est devenu plus facile. on entrait dans le bois. il y avait un vieux cimetière dans cette forêt d'érables. j'y étais jamais allé. je ne connaissais personne qui se reposait ici. j'avais peur de le perdre, là ! et je me suis approché trop. et je suis tombé dans l'herbe ! carrément ! sinon on se serait retrouvés coude à coude ! devant la petite porte d'entrée ! et lui ? il continuait. pas loin, heureusement. il s'est arrêté devant une tombe. puis il a sorti une cigarette et s'est assis dans l'herbe. face à moi. et la forêt s'est refermée sur nous ! elle était partout, la forêt ! mais je n'avais d'yeux que pour lui. assis comme un homme qui rentre enfin à la maison et s'assoit sur le seuil. après une longue journée. toute une vie… je l'avais jamais vu comme ça ! si calme ! si bien ! si chez lui ! et puis – il m'a appelé. « Hé, toi ! tu peux sortir ! il y a des serpents… » il n'avait pas besoin de me le dire deux fois ! rusé pépé ! en deux respirations je me suis retrouvé devant lui ! il m'a dit de m'asseoir.

C'était la tombe de sa mère. vieille tombe. sans tertre ni croix. ventre de la terre morte de faim. on y est restés un peu. d'abord sans un mot et puis il m'a demandé pourquoi je le suivais. il était toujours aussi calme. et j'ai tout dit. et pour le rouble aussi. il disait rien… et puis il a juste sorti « D'accord… d'accord. promets-moi une chose. tu vas le dépenser ce fric. ne le garde pas. avec ton copain… ce bossu ! achète quelque chose pour lui. tu l'aimes beaucoup, ton gibbeux, non ? mais ne garde pas ce rouble… s'il te plaît… » j'ai dit « oui ». j'ai compris, je crois. et il a ajouté – « Il faut qu'on rentre ». avant de se relever, il a touché la terre. ce ventre rentré. comme on touche notre ami en lui disant « À la prochaine » et déjà debout il s'est mis tout à coup à sourire… sourire ! et ses yeux étaient magnifiques. et puis il s'est détourné de moi et on est partis.

C'est devenu notre secret, cette tombe. et puis après la mort de pépé cet endroit est entré en moi, et je pouvais le sentir comme une clef de la vérité enterrée sous mes pieds, comme un point invisible dans n'importe quelle chambre de mensonge et m'y mettre et retrouver mes vrais yeux et voir. me plonger dans la vision. et enfin respirer la paix.

Oui, peut-être tous, on ne recherche que ces états… j'ai écrit ça et j'ai le feu aux yeux, moi. mais ce que j'ai écrit, je l'ai écrit.

On rentrait la main dans la main… il parlait tout doucement, comme jamais il ne me parlait. « J'avais beaucoup de joie, mon petit… » pour la première fois il m'a appelé comme ça ! mon petit ! c'était pas lui qui parlait. c'était la fatigue. oui. la joie qui doit rentrer au bercail. revenir dans l'étable. et dedans… il n'y a plus de joie ! disputes ! jalousie ! et puis silence… ce silence quand on boit la vie les dents serrées… la joie qui rentre en prison marche lentement ! traîne ! veut pas rentrer et rentre… c'est pour ça, peut-être, que toujours à l'arrivée du crépuscule son visage changeait. c'était plus fort que lui. plus fort que tout ! il devenait de plus en plus ricaneux, son visage ! presque méchant ! masque d'un satyre acculé…

« Elle va encore pleurer, ta grand-mère… et puis crier. et puis vouloir me tuer. et encore pleurer ! et puis parler toute seule. j'ai même pas besoin de répondre ! ça fait longtemps… elle va marcher toute la nuit. comme un tracteur ! et encore parler et encore pleurer ! et demain ! demain tout sera oublié. eh oui… tu verras… » et j'ai vu. et c'était comme il a dit. des années comme ça.

Je pouvais pas le dire, mais je voyais. condamnés l'un à l'autre ils étaient. grand-mère et lui. et j'ai compris à ce moment précis, pour la première fois – qu'il y avait un temps où elle-lui et tous les vieux – avaient été jeunes. et là-bas, loin-loin, aux tendres racines de cette journée je vois d'ici – une hache, qu'on voit tous, mais tous ! au pied de l'arbre du destin de l'autre et jamais – à nos propres pieds ! elle-lui, ils ont pas pu la saisir leur hache. les mains liées, qui sait… ils l'ont peut-être vue aussi. tous les deux – vue ! mais pas pu l'attraper. et puis le reste de la vie on la voit jour et nuit, et puis l'herbe devient de plus en plus haute et puis on y voit plus rien et puis – la mort, et cette dame aveugle aux lunettes de soleil fauche bien. à ras de tout. et puis à la fin des fins elle les enlève, ses lunettes. et on voit…

Elle est morte au bout du printemps, ma grand-mère. les matins étaient encore froids, mais les bouleaux avaient mis toute la voilure, et de loin leur feuillage adolescent comme un nuage vert était pris dans les branches. ce vert, vert jeune, qu'on voit encore dans les églises des villages, ces petites églises mille et une en Russie dont les coupoles sont peintes en ce vert. vert spécial, que les peintres des coupoles appellent « l'esprit froid ».

Les uns disaient qu'elle s'était empoisonnée. les autres – qu'elle était morte à cause de lui. son mari. mon grand-père. « Cette bête. » « Comment elle supportait tout ça… », disaient certaines femmes, qu'elles-mêmes en supportaient dix fois plus ! avant elles étaient ses copines, elles ! mais ma grand-mère a tout coupé ! et bien court ! amitiés, bavardages, tricotage en chœur ! tout ! pour ne pas tenter pépé Jo.

Déjà délirante, dans son lit elle criait « Faut faire des pâtes ! il va rentrer ! et moi j'ai rien fait… » elle est morte la nuit. la nuit d'avant j'ai accompagné Babanya pour qu'elle soit avec sa fille. Babanya, on lui disait pas grand-chose… on lui a dit qu'elle était malade. mais Babanya a senti et voulu y aller. toute seule et tout de suite ! là ! sur-le-champ ! la nuit… « La nuit, le jour – qu'est-ce que ça change pour moi ! laisse-moi ! je veux y aller ! » mais je voulais pas, moi. ah non ! qu'elle y aille toute seule ! la nuit ! pas loin, à deux rues, mais je voulais pas ! il y a pas une âme la nuit ! elle pouvait se perdre ! errer comme ça… crie ou crie pas ! noir total ! et personne – surtout ! personne…

Et puis on y est allés. tout le monde y était. ma mère, mon père… pépé Jo. toute l'équipe. pauvre grand-mère ne reconnaissait plus rien. ni personne. quand j'ai fait venir Babanya jusqu'au lit de sa fille – celle-là dormait. Babanya a juste touché ses mains posées sur la poitrine. grand-mère s'est réveillée un moment, a regardé autour, effrayée, « Joseph ! où il est, lui ?! où ! » et pépé Jo, venu de l'autre chambre, a dit « Je suis là. » elle a repoussé la main de Babanya et s'est mise à agiter ses mains, « Donne ! donne ! » elle criait presque ! et pépé Jo lui a donné sa main. elle l'a attrapée et serrée fort, fort, de toutes ses forces, et puis s'est calmée pour un moment.

Babanya s'est relevée et je l'ai accompagnée dans la cuisine. ma mère lui a préparé un lit dans une toute petite chambre qui servait d'atelier pour pépé Jo. « Non » – a dit Babanya – « je vais rentrer… » et on est rentrés. et la route était longue. tout le chemin elle pleurait. sans un mot ni sanglot. ses larmes coulaient coulaient et moi aussi j'avais envie de pleurer, et mes yeux me piquaient comme si Babanya pleurait dans mes yeux… on s'arrêtait et pleurait déjà tous les deux et puis on repartait. et puis encore et encore ! et le village et la lune et le visage de Babanya, tout se tortillait et flottait dans mes yeux et puis elle a dit juste

« Laisse-moi… n'aie pas peur, mon renardeau », et je l'ai pas laissée. je l'ai serrée fort-fort contre moi et puis on a marché encore un peu et puis *bom* ! j'ai embrassé un poteau ! je voyais plus rien, moi ! j'avais une bosse comme ça ! et ça sonnait de partout ! et enfin quand j'ai touché notre porte, Babanya a ajouté déjà calme « Je vais plus pleurer, renardeau… ma fille, ma pauvre fille… elle a pleuré à ma place toute sa vie. »

Et cette nuit-là ma grand-mère est morte. elle n'arrêtait pas de marmonner, les yeux fermés ! des choses bizarres ! « La joie est morte… morte ! c'est moi… moi ! j'ai tué la joie ! ma faute… » c'est ma mère qui m'a raconté, longtemps après.

Et puis j'ai vu pépé Jo et ses yeux, et ses yeux étaient secs. arrêtés et nulle part. c'est vrai – la joie était morte. depuis longtemps tout le monde avait condamné mon grand-père… pour toute cette vie. et puis là – pour cette mort. depuis toujours il était – monstre, et elle – la martyre. et personne, mais personne à part Babanya n'a pleuré ma grand-mère. tous condamnaient mon grand-père et personne n'a versé une larme pour sa martyre.

Et lui ? je vois encore ses yeux vides. parfois il restait immobile une heure… deux. assis près de la tombe de sa femme. et ses yeux étaient – comme désert. son chagrin aux yeux ouverts ne regardait ni derrière lui ni devant. ni à gauche ni nulle part… mais il voyait. voyait… son visage changeait. doux visage. je le reconnaissais pas ! il me voyait pas ! il voyait tout ! cet état quand la mer du réel s'ouvre devant un homme et cet homme voit, voit ! se réveille de sa vie… et reconnaît plus rien ! et puis ne voit plus et la vision ne parle pas… il retombe dans son corps et son destin tapi dans l'embuscade le happe avec sa gueule. c'est comme ça qu'il a parfois le visage de celui qui a fait un long voyage et c'est pour ça qu'au retour il frémit au soleil…

Et après ? nuit après nuit, il rentrait dans la gnôle comme un djinn dans sa bouteille pour sortir encore plus fort ! il évitait la famille. il m'évitait, moi aussi. moi ! son cochonnet ! son groinceau précieux ! à trois trous ! il me marmonnait de loin quelque chose et allait son chemin ! son chemin… parfois la lumière restait allumée toute la nuit chez lui. et je venais espionner, mais déjà pour mon compte. gratos ! au milieu de la pièce, debout, il parlait à quelqu'un que je ne pouvais pas voir, qui était dans un coin, comme caché, et que lui seul voyait. je ne pouvais plus distinguer s'il était sobre ou pas. ivre ou pas. ni moi ni personne ! parfois il ouvrait la porte la nuit et gueulait à faire bégayer les rossignols « Regardez-moi ! vous ! la joie est morte ? mais je mords pas les murs, moi ! je mords les cuisses ! » et c'est vrai, il s'est déchaîné, lui ! et personne ne pouvait l'enchaîner ! aucun mort ni vivant !

Quand je venais le voir – il parlait pas beaucoup, juste « Ça va, toi ?… laisse-moi, faut que je me rase. » tout ce qui l'intéressait – se trouvait à trois bites à la ronde. et il se gênait pas, lui ! plus du tout.

Il n'allait plus au cimetière dans la forêt. mais parfois, ivre, il trottait encore vers le cimetière où sa femme reposait, comme par habitude, et puis se réveillait à mi-chemin, restait un peu comme ça, immobile, et puis rentrait, et puis repartait voir ses copines. en rugissant ! djinn amoureux ! un guerrier prêt à mourir à la besogne ! sinon – faire crever son pieu.

Combien ça a duré – je ne sais plus. mais enfin il avait retrouvé la joie. joie à sa gorge. personne ne regardait plus de son côté. tout le monde a fini par se foutre et de lui et de la martyre. et là – mon grand-père a retrouvé la joie. là – il est devenu pépé Jo. véritable, grand pépé Jo !

Un jour je l'ai ramassé dans la neige, ivre muet, et il m'a reconnu tout de suite ! il était si heureux ! de me voir ! de me sentir ! de ne pas crever ! pas comme ça ! et puis je l'ai trimbalé jusqu'à chez lui, et puis je l'ai déshabillé et j'ai vu comment la mort l'a frappé d'estoc et où. il était nu comme Isaïe, lui ! épuisé et souriant… et ses cicatrices et ses trous où le dieu de la guerre a mis ses doigts… je transe encore ! et je l'ai astiqué avec la gnôle, et puis – sauna prêt – je l'ai porté sur mon dos, et lui, il pleurait de honte, sobre et faible… mon grand-père.

Il était à l'église ce jour-là, mais avait trop bu, et s'était mis à parler au pope en plein milieu de la liturgie ! il m'a raconté après… « Je leur ai dit “Brebis ! soyez courageuses comme un sourd-muet jeté aux bavards !” mais personne ne comprenait ! personne n'a voulu m'écouter ! et je l'ai dit encore deux fois et puis – ils m'ont fait sortir ! personne ne m'écoute ! »

Moi – je l'écoutais. mais il m'a pas tout dit, malin ! le prêtre a vu ma mère et lui – il a tout raconté. ils l'ont fait sortir de l'église, mais il est revenu ! encore plus guerrier ! il a sauté vers l'iconostase et ! s'est mis à divaguer à mille gosiers ! gorge en fonte ! « Vous ici ! vous tous ! vous vous bagarrez avec les colombes, vous ! l'homme qui est seul, ce sont les tigres qui se battent en lui !... » et puis on l'a fait sortir pour de bon. mais qu'est-ce que ma mère pouvait faire... sa fille. rien ! n'empêche que moi – j'aurais aimé voir pépé Jo à ce moment-là ! remonté comme dix coucous ! une pierre fondue ! et plus ouf et plus nu que trois rois en chaleur ! grimpant sur l'iconostase ! tel un alpiniste ensorcelé qui tombe dans une crevasse de son cœur, une crevasse cachée parmi nous, mais n'en meurt pas, et vivant, s'acharne ! s'y épuise ! et y vit ! et y meurt... et nous – on n'y voit que la steppe ! que dalle ! car nous sommes la steppe... tout est là, peut-être.

« Ils n'ont pas de joie, les prêtres – il m'a dit après – c'est normal peut-être ! je ne sais rien ! un pope joyeux n'est plus un prêtre ! ils sont tristes à faire rire les orphelins, eux ! un prêtre joyeux n'a plus de pouvoir, lui ! un pope qui rit – c'est soit un bouffon, soit – un saint ! »

Il m'a dit pas mal de choses, pépé.

Je l'écoute toujours. il parle en moi... parle.

Mais Olga ?! ce jour-là je l'ai pas vue venir ! merde et barbe ! sinon je me serais caché sous la jupe de Babanya ! j'étais en train de loucher tranquillement sur ma bosse au front, moi ! bosse grande comme une petite corne ! en deux jours j'étais devenu licorneau, moi !

Et cette fille, comme un avion de chasse allemand, vient du côté du soleil ! aveuglante ! elle porte le soleil dans ses cheveux ! oh ! « Tu fais quoi, toi ? » elle s'arrête. elle me parle ! toujours à vélo ! plus rouge qu'une betterave je m'écarte de Babanya... elle mange un œuf, Babanya ! toute seule ! œuf rouge !

mal écalé ! et les miettes tombent sur sa jupe ! ça m'a mis en rage !

Mais quel diable m'a mordu ! elle est aveugle, Babanya ! aveugle ! mais les gosses ils s'en foutent ! j'étais pas content, moi ! je détestais quand elle faisait tomber les pâtes de sa bouche ! et là – pire ! les miettes du jaune d'œuf sur son menton ! je grognais comme un porc ! et puis son menton ! comme couvert de mimosa ! j'ai vu noir, moi ! si je m'étais mordu ma langue vénéneuse – je serais pas là à vous raconter tout ça ! j'ai filtré entre les dents mon venin ! je siffle ! « Babanya ! t'as encore des miettes là ! non ! pas là ! mon Dieu, pas ici ! mais tu vois pas !? sur le menton ! » elle souriait « Non… je vois pas… » mon Dieu mon Dieu… elle m'a jamais vu ! moi, la lumière de ses yeux ! et la lumière de ses yeux était méchante !

Olga… joie ! elle regarde ailleurs ! elle a rien vu ! je dis tout bas « J'attends ma mère… elle rentre de la ville. » et là je saute dans un délire ! et Babanya dans ce délire se retrouve une pauvre vieille perdue que je connais pas ! mais pas du tout ! mais que je dois garder parce que justement elle s'est perdue et tout ça et avec hoquets et mimiques ! quel cirque de nains ! et tout ça – devant Babanya… devant celle qui me disait « Les yeux de ma lumière – toi… » elle entend tout, elle ! elle dit rien. juste se lève, oui ! elle s'éloigne ! j'arrive pas à croire ! je bois la joie ! et je rote la peine ! elle chavire un peu ! Dieu, elle va tomber ! mais je bouge pas ! froid comme le cul du père Noël ! et puis elle s'assoit plus loin sur une pierre ! enfin. elle ne va pas tomber ! juste lève son visage, ce visage bien-aimé… vers le ciel. yeux ouverts… et je baisse les miens ! et puis je me détourne d'elle. oui.

Au retour elle n'a pas parlé. ni d'Olga ni de rien de tout ça. elle a marché doucement. moi, je traînais derrière. léger comme une cuvette pleine de merde ! j'avais envie de pleurer, moi ! ça me piquait les yeux, tout ça… et voilà, elle s'arrête pour se reposer, comme toujours. je m'approche sans bruit, je saute à ses pieds ! je serre ses jambes contre moi ! et j'embrasse sa jupe ! jupe sale ! jupe croûteuse de mes morves ! j'embrasse et je pleure, bonde lâchée ! un veau perdu ! et sa main sur ma tête, main adorée que j'attrape et je déverse dedans la lie la plus amère ! « C'est rien, renardeau… viens à l'ombre. t'es tout chaud… » mais je voulais plus me décoller d'elle ! je l'ai serrée fort-fort ! je voulais la soulever ! et d'un coup je l'ai arrachée de la terre… oui ! et stupeur ! elle était si légère ! si légère… cette légèreté des aveugles qui ne voient pas la terre ! c'est pour ça peut-être. jamais vu la terre ! c'est pour ça !

Et puis c'est fini. et puis ça dure… je donnerais tout, mais tout, même si j'ai rien, moi – pour pouvoir me laver encore dans ces larmes. encore une fois. oui. tout donner pour les boire du creux de cette main… qu'une seule fois encore. oui. c'était la Pâque. et personne n'a ressuscité.

Et le jour suivant, je crois, je ne sais pas trop – avec grand-père on nettoyait notre grenier et on a trouvé ce monstre. les Russes l'appellent *le tsar des rats.* j'ai reculé en bond ! si pépé Jo ne m'avait pas attrapé – je serais une omelette ! il m'avait expliqué ! il m'avait dit – n'aie pas peur. bouge pas ! regarde ! et j'ai vu. une dizaine de rats, queues emmêlées, et tout ça bougeait comme une énorme araignée… « L'hiver a été rude – il m'a dit. les rats se mettent en boule pour se réchauffer, que des mâles, et puis se réchauffent, et le truc c'est qu'ils s'endorment comme ça. hibernent dans un coin. et là, ils peuvent plus se séparer ! d'autres rats leur apportent à bouffer. » et puis on est restés un peu devant, et puis il m'a dit « Fais un vœu. il paraît que si tu vois le tsar de rats, si tu le rencontres et fais un vœu, n'importe quoi – tu auras ce que t'as demandé. » « Et toi ? tu l'as vu aussi – je lui dis – tu peux aussi demander quelque chose ? » « Non, moi – je peux pas – il répond – tu l'as vu le premier. il est à toi… je descends, moi. » et je l'ai regardée encore un peu, cette bête. elle bougeait pas. comme si elle attendait. je voyais ses yeux briller de mille yeux ! et j'ai fait un vœu. toute une salve ! devant ce tsar à dix têtes ! que je sois riche ! très ! et puis Babanya – qu'elle meure jamais ! qu'elle soit jamais malade ! et puis je suis descendu. et puis je rêvais de ce tsar ! et j'avais plus peur. et puis elle est morte, Babanya. sans tomber malade. et suis-je riche, moi ?! voyez vous-même ! même une rate d'église est plus riche ! et l'enfant que j'étais – est mort, lui aussi. sans tomber malade non plus. disparu. mais il a rien oublié.

21

Tu m'as jamais vu, Babanya ! jamais. tu m'aimais sans me voir. et tout le mal que je t'ai fait… je me suis caché combien de fois ! une fois compris que tu ne voyais rien, que le noir – je me suis mis à te torturer ! toute la cruauté d'un enfant qui se sent aimé ! et toi, Babanya, tu m'as cherché ! – tout angoisse ! toute peur ! tu m'appelais… toi, qui me disais – ma lumière ! tu as perdu ton Mitia, ta lumière ! les yeux de ta lumière ! pour la deuxième fois aveuglée ! et c'était moi, moi qui gloussais dans un coin derrière ton manteau, et tes bottes en feutre étaient mes complices ! elles parlaient pas, elles ! tu te souviens de ce coin, Babanya ? et moi… je t'ai oubliée, pas à pas, muré dans ma cité de mensonges ! l'oubli – c'est peut-être la meilleure cachette. oui. mais là – j'ai si mal et toi tu me cherches plus… et j'ai peur, là. peur noire de penser, aller jusqu'au bout et me dire – que tu m'as aussi oublié. ton Mitenka. ta lumière. c'est toi qui m'as appris à voir sans regarder. c'est toi qui m'as montré comment marcher sur le fil invisible. et même tomber, même à genoux – mais voir ! les yeux cousus – mais voir ! c'est avec toi que j'ai vu ce que l'être aimé peut infliger à celui qui l'aime. malheureux médecin que je suis, ton petit-fils.

Combien de fois ton visage m'avait sauvé, Babanya… faim. pôle Nord. mort. froid. mutilation… combien de fois ! c'était toi !? sinon qui !? pépé Jo ?! lui ?! plus rusé qu'un morpion d'Ulysse ! lui et sa joie ?! qui sinon ?! c'était toi. pourquoi je suis encore vivant !? ton Mitenka vit encore ! pourquoi ?

Au début – était la vision. au début – c'était toi, Babanya. bouche d'or, contes, anges sans visage et loups aux yeux humains, et cavernes, et tes yeux aveugles – abîmes qui sauvent et puis et puis j'ai oublié ce monde, et puis voilà il revient, les mots me reviennent comme les oiseaux migrateurs, et puis le livre de ma vie s'ouvre et puis je ne reconnais plus mon écriture… il faut rester là, bien en face, bien longtemps – toute une vie peut-être, pour qu'un jour, une nuit – je vois les mots écrits par ma propre main – apparaître. et puis les lire, les reconnaître tous, reconnaître ma main enfin…

Et là – c'est comme si trente mille forgerons sur cette terre se mettaient à battre le fer, tous en même temps, au même rythme, et l'acier chante ! et je vois cet hiver cristallin. quand elle est morte. j'y étais. j'y suis.

Je vais vous dire mes hivers. nos hivers. elle-moi et la neige. et les jours égrisés quand la neige est vivante de mille feux.

Je lisais pour elle. notre Bible, grosse comme un tas de linge ! je demandais d'abord ce qu'elle voulait que je lise, elle disait – « Ce que tu veux… » alors – mes passages fétiches ! quand Dieu envoie le démon à Saül, et le démon s'installe dans la tête du roi ! il habite ses cheveux et les cheveux deviennent vivants ! quand David joue de la harpe – les cheveux du roi endormi se mettent à bouger ! en serpents se réveillent ! et David voit le jeune démon, aussi jeune que lui, caresser en passant la tête de Saül ! et il continue de jouer ! et les cordes sous ses doigts deviennent des cheveux aussi et le jeune démon, le double de David, se retire…

Et puis – les prophètes ! grands, moins grands et petits ! prophètes nains ! ho ! les prophètes ! sont les poissons qui maudissent leurs propres fleuves, eux ! mais pas que ! ils maudissent l'eau toute partout !

Et puis un nuage venait et les pages devenaient sombres et je lisais ces pages noires et j'entrais en transe !

Je mariais les faux prophètes aux vraies putes ! tohu-bohu bien russe ! vraie pétaudière de la steppe ! là où dans ce livre les montagnes se dressaient fières comme les bites du matin ! ça me déchaînait ce livre ! aussi furieux que Yahvé j'étais ! oui, mais Yahvé sans son peuple ! ho et ho ho ! et puis je devais avoir la tronche d'une babouine qui chante *La Traviata* ! j'avais même mal à la gueule après ! à force de grimacer !

Je dansais assis ! en chantant le livre de Samuel ! comme un gosse à peine âgé d'une folie passagère ! et elle… Babanya. était là, toute calme, toute légèreté, celle qu'elle aura sur son lit de mort. sans faire le moindre pli à ses draps !

Fatiguée tu étais, Babanya, âgée de quatre mort-nés et de treize enfants !

Parfois c'était dur de rester assis. je pouvais plus lire comme ça ! impossible ! alors là – debout ! très debout ! même debout – c'était trop ! et puis je me mettais à marcher… et puis à courir ! pour – à la fin arriver sans force ni voix vers le morceau de Saül. oui. et là – je changeais rien de rien. je pointais là où il faut, virgulisais et tout ! en ventriloque qui a avalé une pie – je lisais plus. je parlais…

Les massacres et la baise ! baise biblique ! les coucheries ! seul passage que je voulais pas toucher – c'est quand Saül devient fou ! et comment ! et David chante pour lui ! le garçon joue pour lui et endort le démon. je lisais ça en boucle ! comme un perroquet sourd ! et Babanya était là, allongée dans la pénombre, et dehors – le soleil tapait comme un fou enfermé ! comme Saül tapant sa tête contre le mur ! je lisais et petit à petit j'entrais en transe, oui, c'était bizarre, franchement… une sorte de rage ! les billes écarquillées, bébé hibou, je hululais ! une queue de cochon titillant le nez du pape en stase ! tire-bouchon de la grâce ! porcelet dévorant des perles ! mille et une ! et puis et puis au moment où Saül se redresse pour frapper David avec une lance – ça s'arrêtait… je passais aux murmures ! et puis – j'arrêtais tout. et elle… était calme dans son coin, comme suspendue au-dessus de son lit. chaque fois quand je lisais – elle était comme endormie et je me disais – ça y est ! elle dort, et je sautais mille pages pour tomber sur mes pages adorées ! Saül et David ! mais elle dormait pas ! elle disait rien, juste allongée comme ça elle attendait que ça passe…

Et puis un autre passage ! Simon le Mage ! mage qui tombe ! mage qui n'a plus de magie ! et puis encore un ! quand Saül déguisé vient voir une sorcière ! et puis quand David attend Jonathan dans le désert. et leur amour et la mort de Jonathan et tout ça… tout ça !

Je faisais ça pour la divertir ! oui. mais pas que ! pour qu'elle voie, même aveugle, mais – voie ! avec les yeux de celui dont elle a jamais vu le visage – mais voie !

Et voilà un jour quand je me suis arrêté, épuisé et plus rouge qu'une pastèque qui craque au soleil, qui s'ouvre et coule – elle m'a dit « Viens ». et je suis venu. elle m'a dit « Pourquoi ça ? tu sais lire, toi. pourquoi tu reviens sur ça ? » et moi j'ai dit « Parce que j'aime ça. c'est comme une force. il y a une force dedans… c'est comme le destin, Babanya ! et moi – j'aime le destin ! » quel con mais quel con ! ouf diurne à la tronche plus excitée que le cul d'un singe en rut ! si le feu d'un carrefour était tombé en panne – j'aurais pu faire le rouge avec ma gueule ! et elle n'a rien dit, juste continué à me regarder avec ses mains et lentement… elle faisait ça chaque fois quand elle sentait que j'étais loin d'elle. « Viens ici », elle disait et tout bas. très… et chaque fois quand je venais dans ses bras – elle souriait de loin, me regardait et puis je cachais mon visage dans ses mains. je pouvais pas la regarder… je pensais être grand moi, je me disais que je la protégerais ! et je pouvais pas répondre à ses yeux ! je pouvais pas la protéger ! je voulais vivre après sa mort ! quand elle mourrait ! continuer… vivre ! vivre ! et cette fois je me suis senti grand et fort et je lui répétais « C'est comme le destin, Babanya ! destin… c'est quand tu vois d'un coup une fenêtre là où avant il n'y avait qu'un mur ! mur ! aveugle ! » et là elle m'a serré fort contre elle. s'est redressée, petite-petite, et m'a serré fort-fort. et m'a dit « Tu aimes le destin – parce que tu vois, Mitenka !

si tu ne voyais pas – tu n'aimerais pas le destin, ma petite lumière… t'aimerais celui dont tu ne vois pas le visage mais lui – il te regarde et voit et jour et nuit et dans chaque ouragan et blizzard et pluie… »

Oui. les choses vraiment bizarres m'arrivent toujours avec la neige.

On était moi-Babanya à la maison, rien que nous ce jour-là, je ne voulais pas jouer dehors. le temps était magnifique ! à réjouir les trépassés ! froid et soleil, ces deux-là sur la balançoire de décembre… balançoire de diamant ! mais je voulais pas sortir… je me sentais bizarre, vraiment, je voulais que cette journée finisse vite. j'errais dans la maison comme un chat malade. et quand le soleil a quitté cette balançoire – la nuit et le vent ont tout pris. le vent s'était mis à souffler, mais souffler et puis la neige folle – danser et encore et encore de la neige… on est entrés comme dans un tunnel noir. caverne de trois jours ! tunnel vivant qui hurle !

Ces trois jours on n'est pas sortis. on utilisait un seau, un grand pour nos besoins, oui – je le vidais tous les matins juste à côté de la maison, mains, tête – dehors, mais cul – à l'intérieur ! et les matins étaient aussi noirs que les soirs. et la maison gémissait ! vieux bateau ! le pauvre… je dormais avec Babanya ! autant que l'ouragan nous emporte ensemble ! on fermait les yeux, les ouvrait – toujours noir ! plus de radio ! plus un chien ! ni loup ! ni homme, ni monde… et pourtant encore hier le soleil était là… avant-hier ! mais notre hier est devenu si loin ! et on restait parfois sans bougies et je voyais tout, mais tout dans le noir ! oui.

Même d'ici je te vois, Babanya ! debout face à la fenêtre, les yeux dans le noir en train de humer ce noir… comme l'avenir.

Et on est entrés dans le blizzard comme on file dans le ventre d'une montagne.

Dans ce noir j'étais dans ton monde, Babanya. et je voyais des choses étranges… sans lumière des vivants, comme toi. je suis devenu toi, et on était là, perdus dans l'ouragan, dans le cœur de l'angoisse tranquille. et au bout de ce tunnel il n'y avait pas de lumière. au bout de trois jours tout est devenu gris. oui. comme la lumière mort-née. j'ai ouvert la porte pour vider le seau comme je faisais et dans une bourrasque, juste avant de fermer les yeux, j'ai aperçu une silhouette ! ni près ni loin ! petite silhouette. et j'ai vu que c'était un enfant ! il passait très lentement à côté, mais loin… mais c'est pas vrai ! je connaissais tous les gosses du village ! tous ! surtout de mon âge, ça – oui ! archi-oui ! mais pas lui. et quand il a tourné sa tête, et quand j'ai vu son visage – mes cheveux se sont dressés ! j'ai eu la chair de poule sur ma tronche ! c'était moi. et j'ai crié !

Je ne sais pas comment je suis rentré ! quand j'ai raconté tout à Babanya – elle est devenue triste. et puis je me suis calmé dans ses bras. et quand le ciel enfin a eu vidé son sac – Élisabeth est venue avec sa chèvre, comme toujours, et elles parlaient de choses « saintes » comme elle disait et puis je leur ai préparé du thé. tasses et tout et tasses propres ! et sucre ! Élisabeth a dit « Tiens… » et a sorti de son manteau le journal plié en quatre, journal local, deux pages. d'habitude je m'essuyais le cul avec. le papier était doux, sentait bon, lourd de plomb, et pépé Jo rigolait. « C'est pour ça qu'il a le cul lourd, mon petit cochon polaire ! » Élisabeth a préparé ses deux paires de lunettes et s'est mise à lire. tout lentement, limace savante… je le lisais moi aussi, par-dessus son épaule ! ça parlait d'un enfant disparu pendant la tempête et retrouvé mort de froid. pas loin de chez lui. et c'était très loin de chez nous ! très ! Élisabeth lisait… lisait… et moi – je regardais Babanya et je voyais les larmes couler sur son visage. ses yeux bleus, presque blancs à cause de l'albugo, et les larmes coulaient. et puis tout d'un coup un sourire a passé, comme le ciel rapide.

On n'a pas parlé de tout ça devant Élisabeth, mais quand elle est partie tirée par sa chèvre comme une gitane joueuse, Babanya m'a dit « Viens. vite viens. on va prier pour ce garçon dans l'ouragan ». et on a prié à genoux et longuement, ça a commencé à me barber un peu et puis elle l'a senti et m'a dit « Non, tu restes Mitenka. reste mon lumièreau… » et je suis resté et elle a dit « Amen » et c'était terminé. elle s'est relevée et a dit « Viens, que je te voie. » je l'ai jamais vue aussi sérieuse.

C'est pendant cette tempête que j'ai découvert qu'elle-moi on pouvait parler sans dire un mot. oui. par la pensée. il suffisait qu'elle me prenne dans ses bras. il suffisait qu'elle touche mon visage. il suffisait qu'elle me regarde avec ses mains…

Pour un enfant tout est neuf. tout est vrai et pour toujours. même le noir – est une lumière. tout, quoi ! et ce qui est étonnant – c'est normal. et puis un jour c'est fini. et puis on s'en aperçoit même pas… l'enfant meurt en nous et puis – il est mort et on garde parfois ses vieilles godasses desséchées. printemps, été, hiver… et puis tant pis. chaque adulte c'est un enfant mort, il paraît.

Je nous revois en hiver, elle-moi et – mon enfant est vivant. il n'a rien oublié !

Et elle m'a dit « Viens ! » et je suis venu. et elle m'a dit « Écoute ! » et j'ai écouté. « Il y a un présage comme ça. si l'homme rencontre un autre homme et découvre que c'est lui-même – c'est le signe que bientôt il va mourir. c'est pour ça que j'ai été si triste quand tu l'as vu, ce garçon. et quand il est mort… c'est comme s'il était mort à ta place, ma lumière. il est mort, et toi – tu vis ! c'est pour ça que je me suis réjouie. et c'est pour ça que je pleure pleure quand je prie pour lui et toi – tu dors… je ne veux pas te réveiller mais je peux pas m'arrêter… que je suis bête ! bête ! il est mort à ta place, Mitenka ! et c'est trop pour une vieille comme moi ! et quand c'est trop – faut prier… ne m'en veux pas si je te réveille. »

J'ai répondu « Oui ». et j'étais jaloux de ce garçon dans le blizzard.

C'est pour ça que chaque fois quand la neige se met à tomber – elle ne tombe que pour moi. oui. venue exprès pour moi. et le monde devient irréel, et mon âme n'a plus de pieds et tout me revient. dans chaque tourmente de neige sur cette terre… mais là – quelle neige ?! quel tourment !? je suis en automne et le soleil est vermeil comme le sang jeune ! mais dans le soleil couchant, à Paris ou ailleurs – je suis dans la tempête, oui, toujours et je délire tout doucement… je marche dans l'ouragan silencieux. et je m'endors dedans. je m'y recroqueville et je transe.

Et un matin elle s'est plus réveillée. c'était aussi l'hiver, et froid et soleil à frémir.

Il y a encore une semaine elle mangeait, oui, un peu, mais mangeait. en oiseau mais mangeait ! et puis – plus rien. plus envie de manger ni boire ni rien. et puis – si ! quand même ! elle a eu envie de manger de la langue de bœuf ! jamais goûté et là – elle a demandé à pépé Jo d'en acheter. lui… tu lui dis – creuse un trou – il fera une tombe pour l'Everest ! tu lui demandes une tombe – il creusera un tunnel à voir les palmes des pingouins par-dessous ! je le vois encore, gambader, ivre à bâbord comme une bouteille qui danse avant de couler ! sac plein de langues sur l'épaule ! tout droit de la boucherie ! vingt kilos ! encore chaudes ! quarante langues ! j'ai compté ! Babanya a souri, et lui, il était content, lui ! pépé Jo, ivre de tout !

J'ai tout descendu à la cave, tout le paquet ! et c'est cette foule des langues qui a été servie au repas funéraire.

Mais avant, très avant – allongé sous son lit j'ai entendu des choses ! et j'en ai pas cru mes oreilles ! comme si quarante langues dans la cave s'étaient mises à parler, ou quoi ! mon Dieu… et comment !

Et puis un matin – elle n'a plus ouvert les yeux. ça faisait un moment que je m'étais réveillé et j'avais allumé notre gros poêle. ce petit château en briques ! château plein de cachettes, oui, et ça a bien marché, et château flambait ! j'avais chaud, mais elle – elle dormait. j'ai compris ! et j'ai rien compris.

D'abord je l'ai appelée de la cuisine. tout doucement, pour ne pas la réveiller ? pour la réveiller ! et puis déjà à côté je n'arrêtais pas de l'appeler ! mais sans toucher ! et puis j'ai touché ses mains. je l'appelais avec la voix ! fort ! et puis je l'ai appelée avec mes mains et rien. elle dormait… elle était sur le dos, légèrement voûtée, mains posées sur le ventre, comme il faut. elle dormait toujours comme ça, mains croisées sur le ventre. elle était prête chaque soir. et là – elle dormait et je pouvais pas la réveiller. je caressais ses mains, mais pas pour la réveiller, non, déjà plus… juste comme ça. je savais pas quoi faire, moi. c'était le premier jour sans elle.

Dans son lit elle était devenue si petite ! très ! je restais avec elle, assis sur le lit, tout au bord. j'avais pas peur. je ne savais pas quoi faire, c'est tout ! juste rester avec elle.

Elle était sage, silencieuse… elle dormait d'un sommeil qui n'avait rien à voir avec tout ce que moi – je voyais. ni avec sa maison… ni avec le froid. ni avec moi, son Mitenka. elle s'est endormie comme elle disait – « Sur l'autre côté de la rivière ». oui. là-bas… et d'ici je ne pouvais pas la réveiller. et personne.

Et quand j'ai compris enfin tout – je l'ai touchée, et son visage – était masque. oui. dur. et ses mains étaient gants. et son corps était dur et léger, oui – du bois sec. une branche sèche. et j'ai eu si peur ! pas d'elle, non ! mais je me suis retrouvé seul. seul… comme jamais avant ni après ! j'ai eu du mal à respirer ! seul ! j'ai eu toutes les peurs humaines depuis que l'homme a appris à mourir les yeux ouverts ! devant tout ça ! devant cette branche sèche qui avait ton visage, Babanya… tes mains croisées sur le ventre. tes cheveux. ton foulard. ta chemise et ta jupe… c'était plus toi. et j'étais seul.

J'ai voulu partir là où tu étais encore vivante. et j'avais peur mais peur de m'éloigner de ce qui me faisait frémir ! et c'était le deuxième jour.

Je ne savais pas ce que je faisais, mais je faisais ce que les grands faisaient quand il y avait un mort… je décrochais les icônes, une par une, je voulais les cacher sous le lit et puis je les remettais à leur place. je sortais les malles avec les habits pour la mort que t'avais préparés toi-même depuis un siècle déjà et je fouillais dedans, sans pourquoi, ni rien, en raton laveur sur une île inondée je triais et retriais. mais à la fin tout finissait en boule… et le soleil venait et je m'en foutais. et la nuit venait et je la regardais pas. j'ai trouvé des bougies, beaucoup, et ça sentait bon, là – oui, je m'en souviens, et je les ai toutes allumées et la maison est devenue une caverne noire.

Comment je me suis débrouillé pour ne pas mettre le feu ! et personne ne savait ce qui s'est passé dans la caverne ! aucune âme vivante ni Dieu ! mais toi, Babanya ! toi… tu m'as laissé faire comme toujours. tu disais rien, comme avant. t'attendais que ça passe… oui. allongée dans ton coin.

Et la nuit. la deuxième nuit je l'ai passée sous son lit. et j'ai dormi comme une pierre. mais d'abord, bien d'abord – j'ai sorti tout ce bordel des malles et je me suis installé sur mon vieux matelas, plus sale que la carpette de Shylock ! ah oui, et de loin plus dégueulasse que devait être le lit de la Belle au bois dormant ! mon lit de honte… tacheté comme mille dalmatiens ! mes accidents nocturnes et diurnes ! et c'est bien comme ça ! c'est parfait comme ça ! j'ai enjambé mes hontes et je me suis écroulé dedans et comme ça, allongé sur le dos – avec mains et pieds comme des rames – je me suis glissé sous ton lit, Babanya. comme un insecte.

J'ai tremblé. tout ça, Babanya, c'était trop pour moi. trop grand pour moi…

Dans un coin j'ai trouvé une bouteille. il y avait encore un peu de liquide dedans. la gnôle ! ça sentait fort ! mille papy Jo ! je suis sorti de ma cachette, et debout – j'ai bu une gorgée ! et les larmes se sont mises à couler ! j'ai avalé et puis rebu. et puis encore. et puis j'ai couru et j'ai vomi dans ma botte en feutre. j'avais plus ni sol ni plafond ! et comme ça je me suis endormi sous ton lit.

Et les langues dans la cave se sont mises à bouger.

Je me vois encore dans la cave ! j'y suis descendu une fois et tout était calme. tout en place. j'ai allumé la bougie et j'ai vu le tas de langues… et j'en ai choisi une ! la plus grosse ! ça devait être un taureau magnifique ! taureau immense ! bête à cacher le ciel ! je l'ai tranchée en trois morceaux. je les ai frottés avec du sel et j'ai tout mis sur les braises. le poêle ! je l'entends encore soupirer… et puis je les ai mangés, ces trois morceaux. langue fumante… mets divin ! et les dieux m'ont regardé dans la bouche ! j'ai mangé cette langue sans pain ni rien. comme ça. debout et lentement ! et j'ai jamais mangé une chose aussi bonne ! j'en mangerai plus jamais, peut-être. sinon – à mon propre repas funéraire… qui sait.

Mais les grands ?! les adultes ! où ils étaient, père et mère ?! mes parents et toute la smala ! je les ai pas vus souvent, eux. ils faisaient leurs études ! papy Jo !? celui-là ?! hors du circuit, lui ! ébriolé, lui ! quelque part… schlass à farcir les nouilles avec la bouche ! avec ses gourgandines en train d'allumer un cierge des deux côtés avec ses roubignoles ! et pourtant ! s'il savait – il serait là ! il respectait sa belle-mère ! et la mort ! il la respectait aussi ! plus que ça ! il aurait pété trois fois à la messe pour cette dame s'il fallait ! même sobre !

Il gambade je ne sais où ! Alexandra la naine sur les épaules ! et elle rit, pleure et fait ses grimaces et puis crache au loin ! et lui – marche lentement, un chameau docile entre les cuisses d'une naine !

Et moi – j'y étais seul. sous ton lit, Babanya. là où tu mettais mon berceau pour la nuit, tu m'as raconté, mais oui… tout près de toi, tout près, en cas de cauchemars, pour me vite consoler. à la distance d'un murmure ! à trois tâtements… c'est là que je me suis fourré ! caché de tout ! et j'ai dormi comme ça trois nuits. trois nuits je voyais les barres croisées de ton lit comme un filet de fer et tu étais prise dans ce filet. et tu n'étais plus nulle part. c'était la deuxième nuit.

Je dormais là où tombe et berceau font un. je me suis retrouvé dans un pays obscur, sans étonnement, ni mots ni rien… dans un lieu où les choses sont éclairées par une lumière venue de l'autre côté de tout ce que j'ai pu connaître avant. et puis le silence… oui. silence. juste le feu qui crépite. ces deux nuits ont creusé une tombe en moi, tout doucement gratté en moi, et le matin – j'avais le vertige ! réveillé au bord de la vie. et je regardais en bas et ça me faisait frémir. oui. et je frémis encore ! je revois tout, mais tout ! moi – sous ton lit de mort, et toi – dedans et la nuit ! quelles nuits… et je me réveille encore sur les hauteurs basses du berceau et mon sang s'arrête.

J'avais froid surtout. et personne pour me dire quoi faire.

Je tournais autour d'elle, morte, je marmonnais comme j'ai pu, je voulais prier comme il faut, comme elle… quand elle était vivante. et j'ai pas pu. mais je m'acharnais ! et puis et puis… quand je me suis couché par terre, sous son lit – tout est devenu – la prière. elle est venue, la prière ! je faisais le feu et c'était la prière. je dormais sous son lit et c'était la prière. je dormais mais quelque chose en moi priait. et quand je touchais Babanya – c'était la prière aussi. je rôdais autour d'elle et c'était – la prière. oui. la prière sans paroles, sans genoux ni bouche…

Je ne voulais pas qu'ils viennent et l'emmènent et la mettent dans la terre ! la cachent ! comme ils faisaient avec d'autres ! j'avais déjà vu et je voulais pas ça. je voulais personne ici ! voilà – ces trois jours ! comprenez !

Et le matin j'ai entendu Élisabeth taper à la porte et sa chèvre faire tzok-tzok sur le seuil. « Eh ho ! Eudoxie ! Mitia ! c'est moi ! votre chèvre ! ouvrez ! ça caille ! je ne sens plus mes sabots ! » et encore *bam bam bam* à la porte et encore *Tzok Tzok Tzok* sur le seuil ! eh bah non… j'ai pas bougé ! je suis devenu – chaise muette ! table sourde ! je me suis caché sous le lit de Babanya ! il paraît – la meilleure cachette si la mort frappe à la porte – c'est sous le lit d'un mort ! je ne sais plus ! et puis je ne sais plus non plus si je respirais ou pas ! et puis la vieille dehors est devenue méchante ! mais trop ! elle s'était mise à tourner en rond ! autour de la maison ! rôdant comme trente diables affamés ! elle pleurnichait ! « *Ouvreeeeez*, nom d'une chèvre ! vous êtes tous crevés là-dedans !? ouvrez ! je pisse de froid ! si je crache – ça sonne ! »

Et j'ai pas ouvert. elle est partie enfin, chèvre folle avec. j'entends encore la neige crisser !

Quand je suis sorti de ma cachette, tout lentement, en vieux rat – tout était comme avant. juste j'ai vu un sourire du soleil sur le masque de Babanya et le masque est redevenu – visage… oui. pour un coup de cils, mais – visage ! son visage ! et puis et puis ça a passé, mais je voulais pas que ça passe et j'ai embrassé ses paupières, et j'ai reculé comme ébouillanté ! elle a commencé à sentir.

Et l'odeur était douce d'abord. très. cette odeur, je pouvais la toucher presque ! passer la main dessus… comme une petite couronne de fleurs autour de sa tête ! en plein décembre ! mais vers midi j'ouvrais les fenêtres et la porte ! mais ça marchait pas ! même l'air de décembre pouvait pas tuer cette odeur. je gardais les fenêtres de la chambre où elle était – ouvertes, et je fermais la porte de la cuisine et j'y restais face au poêle chauffé au rouge ! château grognant ! feu barrissait ! je le nourrissais bien, le feu ! toute la provision de bois pour l'hiver y passait ! en trois jours ! et puis même le feu géant y pouvait rien. et puis j'avais froid même embrassant le poêle ! grelottant comme ça… cul glacé, gueule en flammes !

Et puis et puis j'en pouvais plus. c'était la nuit. et je suis enfin sorti… et dehors ! j'ai ouvert les yeux et tout était bleu. tout ! et le ciel, mon sang ! ciel à tomber dedans ! les étoiles coulaient vers moi ! coulaient comme des larmes… il était vivant le ciel ! vivant ! il clignait les yeux en pleurant ! il me souriait tout doucement ! et là – je ne pouvais plus revenir dans la maison. là – non ! et je me suis mis à courir dans la neige endormie et puis trotter et puis marcher. une autre copine de Babanya, Anne, habitait loin. il fallait que je lui dise pour Babanya… lui dise tout ! il fallait que je me réveille ! faut courir ! et puis en arrivant chez Anne, sans souffle ni jambes, suant comme un porc qu'on va égorger – je me suis arrêté. tout était calme. que ma respiration affolée et un réverbère. pas une âme ! ni morte ni vivante ! ni chat, ni chien, ni loup ! mais les ombres, les ombres… il y a une heure dans la nuit d'hiver quand les ombres se mettent debout ! quand on voit l'inverse des choses… la doublure des choses éclairée par une autre lumière. une lumière silencieuse venue d'en bas… oui. l'autre lumière. très autre ! quand un agneau a l'ombre du loup. et le loup a l'ombre de l'agneau. quand tu vois ta propre ombre se briser en trois ! et puis te quitter ! et ça ne dure qu'un souffle ! et c'est déjà trop ! oui et j'ai fermé les yeux avant de frapper chez Anne et – j'ai frappé fort.

Et puis – le cimetière. et toute notre smala bruegélique sera là, enfin. au complet. ma mère, mon père, pépé Jo et pas mal d'autres vieilles, tes copines, Babanya, et leurs yeux et leurs larmes muettes… il fera si froid que la nuit les arbres gémiront dans la forêt. mais avant, très avant, Babanya, on te posera à terre dans ton habit de bois pour dire adieu, et on dira rien, et puis on mettra le couvercle silencieux et puis les grands frapperont doucement sur les clous et tu seras mise dans la terre, descendue avec deux longs draps en guise de cordes plus blancs que toute la neige jamais tombée et quand tu toucheras le fond, on laissera glisser les draps tout lentement comme versant du lait dans le noir de ta tombe…

Oh, la terre ! sol gelé de décembre ! et puis on jettera chacun un peu de terre légère sur toi, terre grise de la neige, sel-poivre, juste une pincée… et puis les grands prendront les pelles et couvriront tout. on sera encore là, à rouvrir ta tombe avec nos yeux, encore et encore, à respirer, respirer, et comme ça tu partiras par nos bouches, et comme ça – tu seras enterrée dans le ciel.

Oui.

Et puis la neige s'était mise à voler… la neige de la dernière caresse. la neige légère d'une présence… neige yeux. neige sourire.

Rentrant dans notre maison glaciale, en me déshabillant, j'ai vu ses bottes. posées comme avant, toujours là, à côté de son lit ! comme hier, ami ! comme son bonjour ! jamais adieu… comme ses mains sur mes yeux. ces pauvres vieilles bottes ! si vivantes ! si – là ! si – elle ! qu'à elles seules ces bottes avaient le pouvoir de me mener dans la forêt du chagrin où plus on avance plus elle devient immense. ma mère a distribué les vêtements de Babanya. sa jupe. son châle. sa veste. mais ses bottes en feutre – ah non ! je voulais pas qu'elle les donne ! et la nuit quand je me lavais dans mes larmes ces bottes me guidaient dans la forêt du chagrin où je voulais me perdre.

Et après tout ça – je voulais brûler notre maison ! que tout disparaisse dans le feu ! oui ! tout. et retombe en cendres ! cendres lentes dans mes yeux ! et je t'écris, Babanya, comme je brûle notre maison.

Depuis l'herbe a poussé sur sa tombe. l'herbe grasse que j'aurais pu manger… l'herbe du deuil qui nous donne le dégoût de vivre et qui n'est que la faim éternelle de la vie et à ce moment-là précis on sent le fil rompu par la mort que l'être disparu nous met tout doucement entre les doigts et on le sent cet être si cher et perdu à jamais à nos côtés – pour toujours. je ne sais pas s'il sera toujours vivant pour nous. mais une fois mort il ne le sera plus jamais. ça – je le sais.

22

Et au bout de tout – on continue. on survit à tout. mais je voulais pas survivre. je ne savais pas survivre. j'ai vécu avec elle et je voulais vivre. mais sans elle – comment ? je pouvais pas. tout est trop vite quand tu es gosse. et tu sais pas mourir… et puis l'école, et puis il y fallait apprendre à caguer cul à cul avec d'autres lardons ! la survie, quoi ! et c'est partout. et c'est comme ça…

Et toi, mon ami bien-aimé… mon Bossu ! tu m'as pas perdu, toi ! c'est moi. oui. je me suis éloigné de toi. et je pensais – c'est la vie… avec l'or faux des mots que les adultes sortent de leur bouche – je t'évitais en me disant – c'est comme ça. c'est la vie… et pourtant je t'aimais comme avant, mais je me suis mis à regarder ailleurs. je me suis mis du côté des forts. je ne voulais pas être eux ! ça – non ! mais je voulais qu'ils m'aiment. et c'était la chute. comme dans un conte… l'homme s'endort dans une forêt ensorcelée et dans son sommeil se foule la cheville et au réveil ne peut plus se relever. et rampe effrayé dans le cœur de la forêt, cherche l'âme vivante et ne trouve que des mages… c'était vraiment ça ! je suis devenu faible parmi les forts et fort avec les faibles. je me suis retrouvé – tous, face à l'un ! et l'un c'était – toi ! et tu savais tout. toujours su, lisant dans mon cœur comme dans le ciel. et moi ? j'ai fermé le livre de mon cœur. je voulais plus lire ce bouquin bête ! je ne regardais plus le ciel ! je m'ennuyais comme pépé Jo – picolait ! à perdre pile et face ! quand on faisait des bêtises chaque fois c'était pas assez ! je voulais aller plus loin ! je poussais mes dimitreries jusqu'à ne plus faire rire du tout ! et personne ne riait à la fin ! même les plus méchants ne riaient plus ! justement – je m'efforçais de faire rire les plus méchants ! délire de la force… le mal. et quel délire… et j'ai honte jusqu'aux cils ! et après – t'es mort… je t'ai perdu. et je t'aime encore plus. et je n'ai plus honte d'avoir honte. et là – je te retrouve. toi, tu m'as jamais perdu. et je nous retrouve, toi-moi. comme hier ! comme toujours, et encore plus loin et plus fort.

Mais quelles bêtises ?! les conneries ont aussi leur routine ! épier les filles dans les vestiaires. verser de l'eau sur elles pour voir leurs tétons bouger du nez ! tout y est passé, profs, camarades… tous ! poudre à bâiller, tout ça… mais c'était rien, je voulais aller plus loin ! sauter plus haut avec la ruse comme perche ! mais oui !

Notre prof d'anglais ! tu la vois ?! sa première langue était l'allemand. mais qui le voulait, l'allemand ?! à cette époque ! on chiait encore du pain sec de la Grande Victoire ! des médailles ! et elle… victime parfaite ! magnifique ! quelle poupe ! l'enclume à aveugler le soleil ! quand elle marchait – le soleil riait, lui ! il se voilait la bouille, lui ! et elle ! elle savait faire, elle ! elle voyait quel pouvoir son derrière exerçait sur tout ce qui était vivant ! et nous ?! tronche en fleurs on avait nos braguettes en fumée dès son entrée dans la salle de classe ! elle tombait enceinte aussi souvent qu'un bébé tombe en apprenant à marcher ! et puis elle venait à la maison voir ma mère, mais oui, pour que la médecine fasse quelque chose ! enfin ! un tour de magie ! un contre-Sésame ! toute souriante, en passant, elle me disait « *Hello* », et s'éclipsait dans la chambre de ma mère.

Et après ? comme devant un autel je me mettais à genoux devant le canapé où son cul magique venait de se poser.

Elle nous parlait de Shakespeare ! nous lisait *Macbeth* ! les trois sorcières ! les Fatales ! et la forêt enchantée, et puis l'autre forêt qui se met à marcher à la fin ! forêt de Birnam ! et on y était tous ! filles, garçons ! là où sa voix nous menait ! même les cancres les plus sourds ! bouches ouvertes on la suivait comme les écureuils devenus fous marchent derrière une joueuse de flûte !

Et puis les pauses… et le silence à entendre nos boutons sortir sur nos gueules ! et puis sa voix revenait sur la terre russe, dans la neige, dans la classe surchauffée… et on se regardait tous comme les poules après un passage d'avion au-dessus de notre basse-cour !

Ça ne pouvait pas durer, ça ! et puis – j'ai trouvé comment. j'ai eu cette idée. ça a failli me coûter cher ! j'ai trouvé comment soulever ce rideau qui m'a empêché de dormir trois ans ! qui a tenu mes yeux ouverts pendant deux ans ! surtout au printemps ! c'est pour ça – printemps – c'est un gros *NIET* !

Mais comment ! comment soulever ce voile ! et j'ai su à la fin ! soit c'est moi-même, soit j'ai plagié, soit c'est pépé Jo qui m'a soufflé l'idée, je ne sais plus…

ça doit être universel, ce truc ! comme une cuillère ! et j'ai soulevé ce rideau mystérieux et pas qu'une fois ! et ce que j'ai vu – j'ai vu ! et moi, et les autres oufs, et nos yeux on a rien plagié !

Avec un fil j'attachais la pince à linge la plus légère et puis avec je pinçais tout doucement le pan de sa jupe, et puis et puis, tout Bugs Bunny, tout souriceau, derrière elle je jetais l'autre bout du fil de telle sorte qu'il tombe sur son épaule. mille précautions et une ! c'est ça ! et toujours un fil blanc ! elle portait du noir, elle ! et puis – je faisais un détour pendant que les autres se mettaient derrière et voilà – à la cornichon sortant de la terre devant la déesse, je chevrotais « Madame… Madame ! vous avez un fil blanc sur l'épaule. là… oui. » et la salle derrière était pleine à ne plus pouvoir cligner des yeux ! et elle tirait… tirait le fil ! et le voile se soulevait ! et on est pas devenus aveugles ! après un tel blasphème ! ho ! au contraire ! clairvoyants, même ! plus aucun voile ne pouvait nous cacher la chose… et alors ? la déception ?! pire ! désolation comme après le départ d'un faux messie !

Combien de fois… je ne sais plus. trois, quatre peut-être. je lui faisais soulever le rideau du temple, tel un prêtre, pour mettre à genoux les incrédules ! les athées du fion ! les randonneurs des périnées ! tous en vrac ! en étant moi-même un bon hérétique ! mais fidèle jusqu'au coccyx, moi ! Archimède du cul ! et j'ai eu la prudence de Persée ! dans le couloir je la coinçais chaque fois fesses à un miroir ! ô miroir ! tu es un appareil photo qui voit tout, toi… et oublie tout ensuite !

Elle disait rien à ma mère… j'ai parlé anglais comme Sir John Falstaff, en plus ! et je me suis mis à dévorer tout Shakespeare ! je me couchais sur Shakespeare et je me couvrais avec !

Elle doit être vieille, là… elle aimerait bien peut-être qu'on lui refasse encore un tour. mais là – c'est la Parque qui tripote le fil… fille sérieuse, qui défait tous les voiles tout lentement et chaque nœud, jusqu'au bout.

Il fallait pas que je parle d'elle à pépé Jo. surtout pas ! mais j'ai pas pu retenir ma cloche ! et j'ai parlé. d'abord incrédule, sifflant, il a fini par ne plus respirer ! piétinait comme un ours un jour de foire ! il s'échauffait ! ça l'a retourné ! et il se met à rêver d'elle ! il se met à loucher d'amour ! les billes que pour elle ! il voyait déjà leur rencontre ! rendez-vous du siècle ! ça l'a déridé de mille ans, lui ! et on chuchotait lui-moi comme deux punaises ! on mijotait notre coup ! et un jour – il est passé à l'acte ! dans l'entrée de notre immeuble ! carrément ! à l'ancienne ! j'ai su qu'elle allait venir voir ma mère et j'ai vu pépé qui la guettait… je l'ai vu par la fenêtre ! pépé ! vêtu comme un tsar dans le cercueil ! meilleur manteau et tout ! excité il n'arrêtait pas de me regarder ! faire des signes ! clins d'œil et tout ! et pire ! des grimaces ! et puis son heure arrive et il se cache dans l'entrée. elle vient ! porte ouverte – j'ai tout entendu. j'étais avec eux ! carrément dans le tableau ! oreille dressée ! invisible !

Et pépé ! ho ! il fait ses préliminaires habituels ! baisse son froc vite fait ! lui expose ses blessures ! ses stigmates ! c'est pas vrai ! non ! ah si ! ah si ! et comment ! et puis – il passe aux murmures, vieux cochon ! « Ça – c'est Stalingrad ! touchez, touchez… ça mord pas ! ça me fait pas mal ! allez ! ça – c'est

Koursk ! oui, là… non ! plus bas ! c'est – ça ! et là, tout tout en bas – c'est Berlin ! » et elle ?! rien ! pas un mot ! silence. mais sans colère ! ce silence d'un long sourire ! et puis et puis tout calmement elle dit quelque chose en allemand. et puis – en russe « C'est incroyable tout de même… à cette époque, je n'étais même pas encore née ! »

Ça l'a bien calmé, Koutouzov en chaleur ! il a remballé toute sa marchandise, lui ! et elle a continué à monter l'escalier, elle ! toute reine, souriante comme un jeune bouleau ! et moi alors ? je me suis enfui dans ma chambre ! et j'ai vu pépé sortir, furieux comme un tigre transformé en âne ! et puis ? il m'a jamais plus parlé d'elle. mais au bout d'une semaine il se pavanait comme avant ! en roi nu ! comme toujours ! oui ! roi nu ! et personne ne voyait qu'il était nu…

Eh oui, mon ami ! tout ça mon Gibbeux… il n'y a pas de quoi fourguer un demi-royaume ! ni étrangler le sommeil ! mais tu sais tout, toi ! tout ce ballet. là où tu es…

Oui, il fallait survivre. et j'ai appris et très vite et très bien. la ruse, la joie, la femme. voilà – ma troïka et pépé Jo dedans, insomniaque des cuisses ! elle s'emballe parfois la troïka ! et personne dedans ! plus de la-la-la ! ni ruse, ni femme, ni joie… elle m'a amené jusque-là, ma folle ! à cacher mes pattes dans la manche ! à gribouiller les souvenirs d'un grand rescapé ! d'un Pharaon juste parmi les justes ! ho ! pour payer ma piaule qui lui appartient !

De sa gorge j'entends des bruits ! sons bizarres ! langues déterrées ! et les cris de guerriers ! et les tombes de villes mortes s'ouvrent ! les peuples anciens s'animent dans sa bouche ! hurlent et sortent comme des pousses de la terre fertile ! terre en guerre ! et puis son odeur ! tous les oufs du monde depuis son berceau, pas lavés ni torchés depuis la naissance, sont du Chanel à côté ! si tous les mages aux chicots putréfiés, les âmes vendues dans les ventres de leurs mères, au détail et en gros, amassés du nord de ma main et de l'est, du sud et de l'ouest dans le stade de Saint-Denis – expirent tous en même temps – leur haleine ne sera que du Petit Marseillais ! l'eau de mille vases aux tulipes pourries n'est que du Guerlain ! de loin ! depuis – la vallée des ossements schlingue la rose pour moi...

Mais je tiens le coup ! deux séances ! même trois ! il dictait, chevrotant, j'ai noté, bon élève ! et puis hop – tombe dans le coma ! contrat rompu ! prends ton baluchon et dégage, alors ! et puis Babyl calme le jeu ! « Ça va aller, Dim-Dim, il tombe et retombe comme ça trois fois par jour ! il va en sortir ! c'est arrivé déjà dix fois... il est costaud, lui. cette génération... il leur en faut un peu plus pour clamser ! »

Ho ho ! c'est rassurant ! je vais vivre baluchon au cul alors ! en attendant qu'il prenne le bon train, lui ! « Mais non, mais non ! c'est partie remise ! » m'a dit Babyl. mais il rigole ou quoi ?! partie remise ! mais je dis plus rien... ça va alors ! quand la dèche vous laisse sortir pisser – on fait pas le sourd, non ?! je voulais juste être tranquille, moi. je suis muet comme il faut, moi ! et souriant en plus ! mais sacrée nouille ! même les huîtres ne peuvent pas être tranquilles dans ce monde !

Dimitrius ! rentre dans ton trou et prépare ton sac ! mais oui, c'est dans ce réduit qu'il a caché deux filles juives ! c'est ce qu'il m'a dit, lui ! et là – il cache un Russe ! ho ! mais pas gratos ! et les fillettes ?! elles payaient comment, elles ?! comment et quoi ! c'est ça la queue du nœud ! hoquet du hic !

Mais si tu demandes, toi… oui, vas-y ! essaie, Dimitrius ! Matriochka méchante que tu es ! bouquetin galeux des steppes ! demande-leur « Comment ! comment vous vous avez réussi à survivre ? » tout bêtement, à l'œil clair, à l'œil d'un ange qui pèse les âmes ! droit dans les yeux – « Comment !? »

Là – ça se déchaîne ! t'as dit le mot magique ! qu'il faut ! qu'il fallait pas ! et les tombes s'ouvrent ! va falloir cent Bossuet pour refermer ce que t'as ouvert ! ça chatouille les démons ! vieux démons aux belles dents ! là – c'est du Borodino de poche ! la vraie bataille ! elles s'animent, les momies ! les orgues de Staline chantent ! de larves ils passent carrément aux papillons noirs ! sursautent dans leurs fauteuils roulants ! gémissent, se tortillent, rugissent, aboient, miaulent dans leurs lits ! clairons débouchés ! Jésus n'a pas eu succès pareil avec son Lazare ! les uns rampent déjà hors de leur cercueil ! les autres gigotent dans leur bière ! n'arrivent pas encore ! trop longtemps y sont restés ! les plus dégourdis mènent les plus survivants ! les plus vieux ! les plus anciens du bal ! les plus morts ! les plus morts-vivants ! ça pète de partout ! quand les victimes accusent, ça triple le son ! carillon de gros bourdons ! « Comment tu oses !? toi ! »

Mon sang ! le siège de Leningrad n'est rien à côté ! dans douze générations ils te maudiront ! couilles pourries, yeux crevés pour douze générations ! et puis – le calme à la fin… oui. mais faut survivre jusque-là ! les yeux mouillés, brillants… ça pleure facilement, vieux totems ! ça cherche le sol au plafond ! mais y a des officiantes ! et « pétillants leurs yeux encore » – dirait un journaliste !

Et la princesse rue Delambre ?! on la contourne Babyl-moi ! on patine autour tout sagement ! deux ourses en jupettes du cirque russe ! on en parle pas, quoi ! et je m'en fous au fond. qu'elle teigne sa foufoune en violet ! aucune mort ne peut plus la toucher ! effrayée ! mortifiée par sa chatte ébouriffée ! moi – non plus ! mon hic – c'est ailleurs ! c'est plus près de la peau ! je veux pas finir dans la rue… pas maintenant. c'est ça le hic ! tout bête. et pourtant c'est tentant parfois ! j'en peux plus parfois… mais je garde ce calice pour la soif ultime ! la sainteté a ses propres climats, non ?! Jérusalem, Athènes, Bombay, tout ça… longue barbe en guise de maison, la peau de banane pour le toit ! c'est cool, ça ! mais là – l'hiver est proche ! on en a sur le nez déjà ! mouches blanches ! il a neigé hier ! en octobre ! ça promet ! pour un Blairovitch des steppes comme moi – pas la peine de redire ! froid plus faim égalent presque – guerre ! il ne manque que les bombardiers ! les sirènes ?! il y en a ! tous les jeudis ! les pompiers qui mettent à jour leur matériel ! c'est à se foutre par terre ! et ramper ! j'ai failli ! avec un vieux ! rue d'Oberkampf ! ça a dû lui rappeler des choses ! et ça durait ! c'était un quart d'heure plus long qu'une heure ! ça l'a rajeuni, n'empêche… il a rigolé après ! oui.

Je me réchauffe à peine dans la salle d'attente chez mon résistant – faut déjà partir. j'ai mon rendez-vous à 14 heures, j'arrive à 10 heures – pour me réchauffer ! j'y suis bien avec mon Flavius Josèphe, mais une femme de ménage m'annonce qu'il va pas me recevoir… pas trop bien, Monsieur ! quand alors ?

elle sait pas. faut appeler. elle attend que je parte. elle a chaud. joues rouges à allumer une cigarette ! et je pars. une poubelle ensorcelée qui sort toute seule sur le trottoir ! sinon – les bibliothèques… mais ici – il y en a pas des masses ! les églises ?! ça caille dedans pire que dehors ! c'est pour confesser les phoques ! sinon – à l'entrée faudrait distribuer des culottes en fourrure pour les âmes ! même nos peines nous réchauffent plus…

Et lui, et lui – bien au chaud ! très mort mais au chaud ! et des années comme ça ! combien encore !

Les crabes, les asticots de guerres ! ils ont tout acheté ! mais tout ! chaque immeuble ! et trésor ! où il est ?! d'où il vient, le magot ?! oh les rescapés ! et nous ? on loue les ombres ! et leur suite ! cinq femmes les aident à tenir la bistouquette tout droit ! à changer la position ! à bouger le nez ! à décoller les yeux ! à éternuer ! même Salomon dans sa gloire n'était pas si léché ! ils donnent à gagner le pain à la jeunesse ! mais avant – ils ont tout acheté ! crise ?! mon cul !

J'ai vu leurs immeubles ! je les ai vus, eux ! radins de leurs exploits ! ils mouftent pas trop ces Pharaons ! ça signifie – on a vécu l'enfer… les innocents ! archi-oui ! mais tant qu'on est pas sous terre – on ne l'est pas ! modestes ! muets presque ! ha ! mais ils ont leurs propres bavards, eux ! et les meilleurs avocats ! et puis si tu payes pas le loyer – dehors ! ils viennent allongés, parfaitement étendus, en momies, pour expulser les cloportes qui paient pas ! en César ! et toute la caravane derrière ! et chameliers ! et voitures ! mariage d'un raja ! on lèche les marches ! Monsieur arrive ! voilà le cortège ! cachez les gosses ! ils souillent les pavés ! pissant d'admiration !

Et toi, Dim, t'as pas de piaule où fourrer ta tête. putain et Cie ! que tout ça s'écroule alors !

Dimitrius ! rossignol de Sibérie ! ça va encore… pas la peine de gazouiller ! t'as tout l'hiver devant toi ! et pas que ! il sera partout, l'hiver… et ta veste du Goulag !? ta veuve !? même dedans sera l'hiver ! dans la poche de ta veuve ! faut juste récupérer le chauffage chez Babyl. poêle à pétrole. il paraît que ça marche bien ! pourvu que ça gaze pas !

Je vais chez Babyl. il pleut. je maudis tout doucement ciel et terre. mais du moins cette cabine de douche tangue autrement et pour tous ! il habite pas loin, et pourtant pour y aller… alors à pied, sinon faut changer deux fois de métro. les canaux… c'est encore plus sale quand il pleut. et ça schlingue bibliquement ! les eaux coulent, lourdes comme une sueur hivernale. le sang menstruel est Évian à côté !

Ma grolle gauche ne coule plus pourtant. si. mais je sens rien. j'utilise la vieille méthode ! c'est avec ma mère qu'on l'a trouvée ! quand elle a perdu son boulot. serviettes hygiéniques en guise de semelles ! c'est surtout la chaussure gauche, la droite est étanche. mais j'ai mis deux serviettes, au cas où ! pour l'équilibre aussi ! pour que la droite ne soit pas jalouse ! heureusement on se dégodasse pas ici ! et puis comme ça ma mère est un peu vivante… et on est ensemble. dans la même dèche. comme toujours ! cette dèche morbide, la vraie, quand on n'a plus honte de rien ! honte de tout ! dèche acharnée ! battre la dèche par la dèche ! tordre le cou de la misère par la misère ! et puis la musique de la dèche ! et à fond ! cette musique silencieuse ! on se plaint jamais ! même pas d'avoir un clou tordu dans le cercueil ! et on achète rien ! argent de poche ?! et puis quoi encore ! et puis poches cousues ! et puis plus de poches du tout ! ah c'est bien ça ! orgueil sans poches ! à haut menton ! et alors ! que les yeux, et les livres… et Babanya. et ses mains, et sa jupe, notre montagne et ruines d'une église. et pierres chaudes comme prière. et sa mort. et la ville ensuite… ville ! on est toujours là, maman. tous les deux ! ton fils, ton petit phoque… devenu maigre à faire pleurer le Diable ! comme tu le prévoyais ! si elle avait su qu'on faisait la manche, moi-Babanya… j'ai même pas envie d'imaginer !

Tu voyais toujours pire, maman. et pourtant tu m'as laissé naître, femme ! mère, tu m'as laissé vivre ! et puis tu m'as réchauffé. et tu m'as nourri. et puis voilà…

T'as vu juste, maman ! la prison !? c'est pas ça le pire. on y est logé, et puis nourri aussi ! la dèche et la solitude – c'était ça que tu voyais pour ton Mitia. s'il n'est pas sage ! oui. mais il persiste, lui ! anti-sage, comme toujours ! qui t'apportait tant de peines. que t'avais mis au monde debout ! huit heures de lutte ! et personne ! que toi et moi. seuls sur Saturne ! quelle nuit… un temps de blizzards, quand les renards dans les forêts lointaines s'accouplent, sourds de joie ! voilà où on en était. et puis le matin, quand même la neige était morte de fatigue – un petit cri ! puis encore ! et puis le cri s'est mis à manger ! et puis tu m'as regardé. et tu m'as souri… la nuit était longue. Saturne de solitude !

Et voilà où on en est. même planète.

J'avance, narines à l'est. enfin, Stalingrad. je tourne à droite. ça pue moins. je respire ! un avorton qui a réussi à sortir de l'autoroute ! pris la nationale ! il se met à pleuvoir sérieusement, mais c'est rien, je suis déjà imbibé comme le matelas d'un clodo.

Et voilà. une tour. 28e étage ! je prie le dieu des ascenseurs ! dans l'entrée j'enlève ma veste et je l'essore. essorer un matelas… mais je le fais ! juste les manches ! une sorte de libation, quoi. et puis l'ascenseur ronronne. c'est haut quand même… dans la glace je vois un dindon trempé.

Babyl m'ouvre. il a un truc bizarre, genre robe de chambre d'un émir ! on se serre la main. sa main est chaude. j'ai honte de ma palme gelée, moi ! ça sent bon chez lui. c'est sec chez lui ! chauffage central et tout… ça me ramollit ! il m'en faut pas beaucoup ! c'est vrai, après le pôle, deux ans d'horreur boréale et tout – juste une bougie me rend heureux ! toujours affamé ! porc maigre comme une bicyclette que je suis ! « Voilà où je vis… » il me dit et fait un geste rond. ça m'émeut, ça – « Voilà, où je vis » ! vraiment. et puis la lumière est bonne. livres, livres… quatre murs. et puis les photos appuyées contre les livres. il part faire un thé, lui. gentil Babyl. je regarde les photos. et puis je reconnais. et puis j'ai chaud. c'est Hadrien. le Veau. que lui ! dans toute sa splendeur ! trop beau pour une boucherie ! comme il faut alors !

« Il est beau ce garçon, tu trouves pas ? » – Babyl est derrière, sa voix est douce. on dirait un père, fier de son fils. je marmonne quelque chose. j'ai envie de tourner le dos à cette expo. boire le thé et partir. et même pas boire, juste réchauffer les pattes et sortir d'ici. mais il est partout, ce dieu Veau !

« Allez, mon ami, viens dans la cuisine, elle est grande, on sera bien là-bas. » c'est vrai, elle est grande, et puis rien sur les murs et le thé est bon. jolie porcelaine. si c'est un vrai « filet de Catherine II », ça doit coûter… « Oui, il dit, c'est d'époque. j'aime la porcelaine russe. et j'aime boire dedans… » et puis il me propose un verre. « Une bonne vodka ! la vraie ! une bonne karamazovka tout juste venue de Saint-Péte… glacée dans le berceau de Fédor Mikhaïlovitch ! Dostoïevsky ! tu le connais bien, lui, je suppose ? il y a des choses très drôles ! » mais oui, mille choses drôles, je réponds… mais il faut aimer ce genre de drôlerie. et puis je dis « Non, merci pour la vodka. c'est traître avant de sortir. » « Mais tu peux rester ! dormir ici si tu veux… » et puis un autre « Non, merci » et on ricane poliment. lui, il va en prendre un. « Je peux pas boire cul sec, moi… » « Mets un peu de citron dedans – je dis – c'est meilleur pour siroter. » « Dis donc, t'en sais des choses, toi ! » tu parles ! au moins trois générations d'ivrognes… le reste est dans les ténèbres du temps ! mais je dis rien. il presse le citron. goûte. « C'est bon, ça ! »

Et puis j'ai envie de fumer. « Là – faut sortir sur la terrasse », il dit. et je sors. on se croirait au sommet d'un Everest de poche ! la ville est à mes pieds. plus une goutte. j'ai remarqué que quand l'homme se retrouve sur les hauteurs il change de bouille. même le chapon a une tête d'aigle sur les hauteurs ! ça me fait rire, ma tronche, là, et je ricane, et Babyl me demande pourquoi. je lui dis et il rit aussi. et puis un moment on reste sans parler.

Et puis ça revient ! ça me turlupine, cette beauté ! Hadrien ! il est vraiment beau ! mais oui ! mèche d'archange Gabriel dans l'œil de sainte Thérèse lui ! grand et droit sur l'escabeau de ses extases ! il lit Tchekhov, lui ! et les nanas flaubériques sont aux anges ! il lit merveilleusement ! l'âme russe ! cette merde sans date de péremption ! mais j'emmerde Tchekhov ! toute sa valetaille avec ! ses oncles pleurnichards avec la fiente des mouettes dans l'oreille ! mais il va plus loin, Ganymède ! il lit Shakespeare ! dis donc ! il ose ! ho ho ! il ténorise ! mais j'emmerde Shakespeare ! il sait même pas ce que c'est Shakespeare ! lui et d'autres ! ils ont jamais goûté ce cocktail de Sir Macbeth ! jamais bu ce lait noir, grand lait que l'âme tète aux Enfers en dormant ! même Villon à trois têtes n'aurait pu le goûter, ce lait ! pas lui ! sûrement pas ce Veau ! bras d'honneur alors ! jusqu'aux glandes alors !

Babyl rit ! il le défend même pas ! si ! mais mollement ! il boit de ma bouche ! sacrée soif, lui !

Et puis il regarde au loin. tranquille et grand comme un tas de Job. « Je vais vous déchaîner tous à la fin… vous serez libres bientôt. » et puis comme dans un rêve il ajoute « C'est la vie… c'est comme ça… »

Tiens, je me suis dit, on est là, lui-moi. eux aussi, peut-être. ensemble… Fevro et Hadrien. tous les deux ! rien qu'eux ! symétrie parfaite ! folle. je dis rien. je l'écoute. et puis il dit rien non plus. ça nous fait du bien… si ça existe – le bien. et puis on rentre et je nous sers deux verres. en deux vieux singes on se gratte les plaies ! un cul-de-jatte se console au chevet d'un paralytique ! je transe et ça lui fait du bien ! tant mieux ! qu'il en profite ! je chamanise à sa place et ça dure… mais si je m'arrête pas, je me connais, je vais finir par baver du miel !

« Vois un peu, Dimitrius… si je me rase pas – j'ai la barbe blanche… et pourtant on en est toujours là. » mais oui. je dis rien sinon ça serait le plagier ! et puis il ajoute « Est-ce qu'en Russie il y a les chaises musicales ? tu connais ça ? le jeu… ça doit exister partout ce truc ! mais là – c'est pire ! c'est toujours – pire ! chaque fois pire… chaises musicales sans chaises ! ni culs ! sans musique ! sans rien. c'en est à rire d'un œil et à pleurer de l'autre ! »

Et puis – il se réveille subitement. « T'as faim ? t'as mangé aujourd'hui ? » « Non, non, merci… j'ai pas faim », je réponds. menteur ! couillon humble ! j'ai la faim d'une meute de louves, moi ! mais je refuse. je dompte ma meute. qu'elle hurle quand je veux, moi ! chef d'orchestre ! et j'ajoute « Si t'as faim, toi, mange… »

« Ah mon garçon ! tu manges jamais, toi ! tu veux te briser, toi ! corps et tout ! samovars mystiques que vous êtes ! Russes ! moi – aussi, alors ! gros que je suis – ça va pas être facile de me briser, hein ? je mange tard d'habitude. très tard… un jour je te ferai un truc à avaler la langue, comme tu dis ! moi, je n'aime que les viandes chauves, moi ! poisson. porc. serpent. »

Il a dû entendre la meute dans mon bide hurler… je m'en fous cavalièrement. ha ! pour me faire fondre, moi, la reine Fraise-Tagada, il faut plus de temps que pour faire couler le pôle Nord ! et encore ! mais je dis rien, moi… on m'a rien demandé ! et puis on en reprend encore. bonne karamazovka ! plus de citron à presser, à part nous-mêmes… je verse la vodka carrément dans mon demi-citron ! fripé comme une testiboule de Mathusalem ! Babyl rit et fait pareil, verse dans sa moitié. puis on roule les yeux ! et on trinque comme ça ! on se frotte nos citrons. ho ! groin soit qui pense tordu !

23

Et puis on a essayé ce chauffage. un gros engin. j'y suis venu pour, mais ça marche pas. il s'excuse ! mille fois ! on tourne autour comme deux dindons ! « Hier ça marchait ! » Babyl lâche pas ! et puis abandonne… me promet de m'en offrir un neuf ! pour mon anniv' ! c'est en hiver, dis donc ! je vais pouvoir crever tranquillement en attendant ! mais je dis rien, sinon « Merci ».

Il pense que je suis vexé. moi ?! il veut pas que je parte comme ça ! il m'a dit deux mille choses ! sa voix et la chaleur de ses yeux. et puis une grande chose toute en miettes… triste chose. triste voix. et puis faut que je parte. plus de métro sinon. mais j'arrive pas. la tour tangue. il délire tout doucement. je comprends rien de ce qu'il marmonne ! à la Jean de Patmos ! mais j'écoute, gentiment.

Et puis il se calme un peu. il me voit pas. je ne sais pas ce qu'il voit…

Il me dit « Regarde cette ville ! Paris dans la brume – c'est un port ! et les sirènes des bateaux inconnus. et les trains… *Hou ! Hou ! Hou !* le brouillard gagne tout et je vois les bateaux venir. les bateaux de l'autre côté de la vie… les bateaux sans équipage. bateaux fantômes que mes yeux mènent dans ce port… et j'accueille mes bateaux. ils rentrent en moi. mes équipages ! mes revenants ! mes souvenirs de tous les côtés ! et ça grouille, ça déboule sur le raide ! sans cris ni mots… et les bateaux respirent dans la brume. barrissent… *Hou ! Hou !* terre ! terre ! mais pas de terre en vue… je suis une île. îlot du printemps dans la brume. »

Je fume tranquillement. c'est beau, n'empêche. la ville respire à nos pieds telle une bête fatiguée. et puis tout bas il dit « Je vous aurai oubliés. oui. tout doucement, comme vous – moi. je vais vous libérer de moi…

À qui il parle ?

Et voilà – il se retourne enfin. il me regarde ! me voit pas. « J'aimerais que ça soit fini. qu'on soit à la fin, vraiment à la fin… qu'on soit au bout. et que tout soit vu et le blanc soit retranché du noir. que chacun ait ce qu'il voulait toute sa vie ! ce qu'il cherchait sans le savoir ! et là… regarde ! dans la nuit, au bord de la falaise, les hommes tendent vers les hommes. ils vont finir parmi les hommes et les femmes parmi les femmes. et on n'est jamais seuls… les chiens vont vers les chiens. les chats – avec les chats. plus de fous. plus rien à chercher.

… Notre pire a changé. mais pas notre meilleur ! notre pire normal – c'est de ne pas se sentir seul parmi les seuls. ce n'est plus l'homme dans la foule ! c'est fini ça ! c'est XIXe siècle, ça ! là – c'est la foule dans l'homme ! et elle entre en guerre, la foule ! »

J'ai fini quand même par m'habiller. ma veste est presque sèche. il l'a mise sur un radiateur, lui. montagne gentille ! je vais rentrer à pied. il veut appeler un taxi. mais non, ça va, j'aime marcher. même si je tiens pas debout. à quatre pattes alors. et puis ramper ! et puis m'écrouler dans ma piaule. et non, avant – faut nourrir Miaou ! enfin, il doit apprendre lui-même à ouvrir sa pâtée ! sage tigre ! à un an je décapsulais bien les bouteilles à pépé Jo, moi !

« D'accord – dit Babyl – comme tu veux. je vais t'accompagner un peu. en bas… marcher un coup. » il s'habille aussi. manteau léger, en cachemire, je crois, en tout cas à l'œil nu, et puis l'écharpe. l'air de rien, mais les Français savent mettre une écharpe. mille façons. mille nœuds. moi – juste un. nœud coulant. j'ai dû penser à voix haute, car Babyl sourit « Ça sera jamais démodé le nœud coulant… toujours – tendance ! »

On descend. il évite mes yeux. on dirait, il a honte ! avant de sortir il me prend la main. il fait noir dans l'entrée. ses yeux brillent. il dit tout bas, presque murmure « C'est entre nous tout ça… de moi – à toi, ça ! » mais oui, je réponds. je suis une tombe sourde, moi. à qui il veut que je raconte… tout ce qu'il vient de me dire – c'est partout. et dehors et dedans. sous la peau et ça court les rues ! c'est comme gueuler à un carrefour « J'ai deux oreilles, moi ! » et même ! on te croira pas ! on ne voit que dalle ! et encore ! des prépuces au lieu de paupières ! voilà la vision !

Il pleut plus et personne dans la rue. Paris tourne l'œil vers la nuit. quartiers normaux s'endorment comme il faut. comme les gosses de bonne famille, ferment l'œil et que tout s'écroule.

J'allume une cigarette, le briquet est mort. je le ranime ! deux fois ! trois ! c'est quand même l'homme qui a inventé le feu ! pas l'inverse ! et quand j'arrive à faire sortir un bourgeon de flamme – Babyl a disparu. et puis je le vois. je ne sais pas si c'est lui… de l'autre côté du grillage ! grand comme lui. immobile ! je l'appelle. encore une fois. il répond. oui, c'est lui. « Viens ici… je vais te montrer un truc… » je m'approche, c'est à trois pas. la grille nous sépare. il me regarde bizarrement ! « Vois ! tu vois… » je vois ses yeux. immenses yeux qui me regardent à travers la grille. une bête traquée. ours noir dans une cage. je vois ses yeux… puis – les barres de la grille. puis encore ses yeux. et puis et puis je ne vois que ses yeux. je vois plus les barreaux. « Tu vois maintenant ! » il dit. et je me réveille. « Tu vois, toi ! t'as vu ! » et puis il s'assoit par terre, dos contre les barres… « Ne me regarde plus. pars, s'il te plaît… » il est vraiment barje, ce Babyl, je me dis ! archi-taré ! et là il se redresse ! poteau de colère ! il se retourne et attrape les barres ! putain et barbe ! il va faire tomber tout ça ! tigre fou dans sa cage ! et puis il fait une grimace ! grimace pas possible ! roule les yeux à les faire tomber ! comme un paralysé qui veut dire… dire ! et n'arrive pas ! et puis dit ! avec ses yeux – dit ! c'est trop pour lui ! il se tait. au sommet où on crie tous – il se tait. c'est la pire des naissances, ça ! naissance sans cri.

Et puis il fait un mouvement comme pour déchirer un voile devant lui. il n'arrive pas. il arrive. « Tu vois… tu vois ! – il rugit presque ! – t'as vu ! t'as vu !… c'est ça ! la bête sort de la cage par nos yeux ! quand on ne voit plus les barreaux ! à ce moment-là – la bête entre en nous ! quand on ne voit que ses yeux… elle est libre ! elle sort. »

Et tout d'un coup il redevient Babyl. un moment il a réussi à me faire froid dans le dos, ce taré ! même sous ma veste du Goulag ! et puis il sourit, et tend sa main à travers la grille. je tends la mienne. sa main est brûlante ! sacrée nouille ! il est malade ou quoi !

Je le laisse comme ça. derrière cette grille. dans sa cage… comment il y est entré – je ne sais pas. qu'il en sortira – ça, j'en suis sûr !

J'y suis revenu encore et encore. mais chez lui je fais archi-gaffe maintenant ! j'ai failli y passer ! il a voulu me pousser de sa terrasse ! je délire pas ! je regardais en bas et il m'a demandé – « Alors… c'est tentant, non ? » et c'est vrai, ça… c'était tentant. je me suis retourné et j'ai vu ses yeux. ce regard tourné au-dedans. il savait se déplacer en tigre, lui ! j'ai juste senti ! rien entendu ! il était si près que je voyais comme des grains de poivre sur son menton ! il vient de se raser, lui ! et puis il a reculé. depuis – plus jamais je n'approche le bord de cette falaise.

Je le vois toujours… tout en haut de sa tour, tel un faux prophète il louche sur Paris, tel un maquereau surveille sa pute, et elle est belle sa Babylone. et le matin il observe le vol des oiseaux. corneilles, choucas, même des faucons ! mais oui ! il y a un nid dans sa tour ! faucons rapides, et puis corbeaux…

Je regarde cette ville, et les nuages qui glissent vers les collines au loin, je ne sais pas ce que c'est… ces collines et bois et une ville, très loin, un amas de cailloux blancs, ville étrange que je cherche des yeux chaque fois quand je viens chez lui, et puis retrouvée je vole vers elle au-dessus des collines et j'arrive jamais à l'atteindre sinon avec mes autres yeux et puis et puis ça me calme, et je sais encore une fois qu'on foulera jamais la même ville avec nos yeux et nos pieds… et puis tout en bas les trains sifflent doucement, comme en détresse, glissent en serpents entre les pierres et l'esprit de cette ville se retire. havre d'ennui.

Je la vois en ruine, cette ville. bien à genoux. plus d'arrogance. elle tire sa charrette. ville jamais détruite ! quel dédain, mon Dieu, quel mépris ! c'est une tombe, Paris… tombeau vide.

Babyl disait que je l'apaise. il disait qu'il voit l'océan venir. grand Océan… de loin il le voit venir. tous les jours il l'accueille ! il voit le ciel le premier dans cette ville. l'océan viendra et tout ça un jour sera à lui – il dit. qu'à lui ! les maisons, les immeubles blancs sous le soleil, dans la pluie – gris… les os des bêtes marines ! tout sera inondé !

« J'habite le fond de l'océan qui nous a quittés mais il reviendra nous reprendre » – il m'a dit. et le matin – le ciel frais, comme la poitrine du bouvreuil, et en bas – les rues gris anthracite, les camions… les restes de la nuit. la lie de la nuit.

« J'ai envie de chanter parfois – il disait – et je me penche sur chaque maison, sur chaque cheminée, sur chaque bête, sur femme homme et enfant, surtout l'enfant ! je me lève comme une vague sur cette ville. qu'il vienne l'Océan ! qu'il nous délivre enfin ! on sera tués tous, déjà si fatigués… il ne faut pas grand-chose ! on sera épuisés pour de bon. chacun, seul et tous. dans le sommeil. oui. et même morts on continuera de rêver. d'une vie à l'autre, d'une mort à l'autre, peut-être bien, mais là – ici – ça sera fini. j'aurai plus rien à attendre. »

Je vais voir s'il y a des bus nocturnes. il doit y en avoir vers la Chapelle. il ne pleut plus. la nuit est normale. comme mille et une… personne dehors. c'est la guerre, ou quoi ! la lune est drôle, n'empêche. fidèle et solide comme une vieille tante. elle lave tranquillement ses mains potelées dans les yeux de ceux qui viennent de naître ce soir. bonne marraine. je ne l'aime pas trop cette tante ! j'aime sa fille ! petite serpe d'hiver ! serpe brillante. sourire sans yeux. lune de steppe qu'on appelait avec Gibbeux « l'ongle ». je suis né dedans. sous l'ongle de l'hiver.

Après une heure de zig-zag et bus – j'arrive enfin. porte de Clignancourt. faut encore marcher. ma tanière est tout au bout des Puces. là où ils vendent culottes, lunettes, couches, oui, mais c'est encore plus loin. vraiment au bout ! juste à côté des cercueils d'occase ! y en a de jolis ! je vous assure ! et même des ronds ! pour s'y allonger comme on veut ! en roi Salomon ! vous pouvez en essayer un ! la vue est imprenable !

Venez me voir. c'est facile ! tout droit, tout droit, le temps d'en fumer deux… jusqu'aux cercueils et puis prenez à gauche, puis un tabac. et un resto. *chez Marie*. ni plus ni moins ! vous y êtes ! pas de code ni de sésame ! bouchez-vous le nez et montez au 6e et puis encore à gauche, toujours à gauche, la chambre 197. frappez fort ! je peux écouter *Onéguine* ! *Una furtiva lagrima*… *Boris Godounov* et toute la compagnie ! en gros – quand vous entendez la musique bizarre, genre yaourt turc fait au mont Athos – vous y êtes ! bien chez moi. frappez sans façon ! pas de bobinette ni judas ! frappez et on vous ouvrira…

Venez, mais pas en foule ! on y sera serrés à gratter le dos par le bide ! comme des revenants, venez ! oui. un par un ! comme des vrais ennemis ! ça vient pas en foule, ça ! ça se tamise, ennemis ! ça se trie comme des perles !

Pas mal de gens ici parlent tout seuls. je les vois tous les jours ! les catatoniques aux carrefours, l'âme ailleurs, dans leurs déserts, mille et un, et puis voilà – loques ils sont là, juste là comme des pierres. et puis des clodos, ceux du cœur et de la tête, si faibles, plus à genoux que poussière, plus bas que les chiens, plus discrets que les morpions, sans nom, ni personne, ni dates sur les tombes. et encore les demi-écrasés et surtout les vieux… vieux qui rôdent, vieux perdus, échappés de chez eux, hors d'âge, hors de race, et puis ils s'arrêtent devant les avis de recherche, restent un peu, comme lisant, face à leur propre visage sur la photo, et puis se détournent, et continuent leur ronde, dos à tout, détournés de ce monde. j'en ai compté deux pour l'instant. deux papys face aux affiches collées sous le pont. je me plante devant, je regarde les photos et les vieux et je passe. je pourrais appeler leurs proches, moi ! il y a tout sur l'avis de recherche, oui ! mais non ! je ne sais pas… je les regarde. pépés, moustaches, casquettes, comme il faut… hors de tout ! égarés ! je les vois rôder, ahuris, bien sérieux ! vers quelque but invisible ! parfois je les suis, c'est facile, ils se retournent jamais, eux ! on marche tout doucement et mes yeux sur leur dos pèsent une plume, mais leur canne devient lourde et je me vois moi-même, vieux, en limace au bord d'un ravin… pieds lourds et le gauche – dans la tombe ! et j'ai une sorte de tendresse et elle vient de loin, comme de la terre, la tendresse sourde qu'on ressent au cimetière devant une tombe fraîche. et puis je marche encore un peu, un pas, et j'abandonne.

Je me vois vieux… à force de me balader ici ! je nous vois tous vieux, bouches avalées ! c'est terrible, non ? mais je vous vois pas morts ! pas encore. bras dessus bras dessous avec la Faucheuse, on promène sa limace ! bien en laisse ! un dimanche ! à midi ! on digère…

Nos villes sont devenues des déserts. pleins d'agneaux arrogants l'un pour l'autre et les agneaux rôdent… font les trous dans l'air. et reviennent ! et encore ! et puis l'homme part au cercle polaire, en désert, dans les forêts ! n'importe où ! pour retrouver enfin le dégoût perdu du visage humain.

Mais le pire des yeux – ce sont ces trois Catatoniques. quelle Trinité ! trois énormes insectes pétrifiés devant la vie ! bouches ouvertes ! et je vois les mouches entrer et sortir de ces fenêtres noires ouvertes sur le noir sans fond ni mots ! noir galactique ! sans nous, ni vie ni mort ! et même eux – sont vivants ! encore un peu. c'est ça – miracle fou ! oui, dans tout ça on ne cherche que l'abri ! quelles mouches ! et quel abri, mon Dieu ! quelle vie ! et même la folie parfois n'est que l'abri de la vie ! alors, ne plus chercher l'abri ! aucune caverne ! pas de niche ! aucun espoir…

Je m'arrête à côté, pour en allumer une. je les vois de très près. leurs vestes, je peux les toucher, mais je les touche pas. je vois leurs mains, et la peau de leurs mains couleur du sable, et tout ça de si près et tout devient immobile, la chose s'arrête en moi, et je me vois dans le désert, perdu parmi les trois poteaux de sable. le mouvement – c'est contagieux, mais l'immobile est pire ! chaque fois je dois arracher mes billes de ces ruines pour enfin traverser le périf.

On s'y baladait déjà, Babyl-moi. « Mais, Dim-Dim ! t'y es parfait presque ! tu te fonds à merveille dans le paysage ! flore et faune ! avec ton caddie, en pépé ! il ne te manque qu'un chien ! vieux clébard, histoire de parler avec ! seule chose – tu es encore trop droit. faut que tu te courbes un peu ! voûte un chouïa ! ils voient sinon que tu te penches pas pour un centime ! c'est suspect ici ! moi – je me pencherais… tu verras – c'est bien ici ! et pas une bagnole brûlée ! sont pas cons ! ha ! loin de là ! » à la fin il s'enflamme, gros Zippo ! une balade de stratèges ! il tocsinne, lui ! à trois bourdons, lui ! Lénine, Staline, et toute la volée !

… « J'aime ceux-là ! j'aime ici ! dit Babyl. personne ne gueule "*ghettoooo !*", tous sages comme des boulettes dans un couscous, ici ! mais les autres… de Clichy ! mais quels cons ! brûler les bagnoles des pères de leurs potes ! des oncles de leurs potes ! des cousins-cousines ! "mais on savait *paaaaas* !" pour s'exciter ils bouffent leurs semelles ! ils ont si peur qu'ils voient que dalle dans le feu ! il est dehors et dedans leur feu… je les comprends – ça les brûle ! l'envie, la haine, et tout ! c'est pour ça qu'ils allument ! pauvres babouins ! il fallait allumer les Champs-Élysées ! bagnoles garées là-bas ! mais ils sont bêtes, mais bêtes ! donne-moi la clé du zoo du bois de Vincennes et – avec cinq blaireaux on allumera ce qu'il faut sur les Champs ! et puis – l'armée viendra, ah bah, pas de problème ! ils ne rêvent que de dégourdir leurs bottes ! trop de cors aux pieds, l'armée ! ils seront ravis de chasser un peu dans cette ville ! y braconner un bon coup ! à Paris ! la mettre à genoux, cette ville ! pour bien la fouiller ! tête contre mur et buffet à volonté !

Quel gâchis, merde ! il fallait allumer la place du Trocadéro ! mais non ! la trouille ! l'armée ! et ces béliers préfèrent plutôt braquer un kebab que d'exploser le Crédit Lyonnais en face ! voilà la révolution ! quelle merdouille ! bonne sauce pour les racines de pissenlits ! quelle honte ! Allah et cieux ! dans sa colère il doit incendier chaque kebab ! qu'ils se tournent enfin vers les banques ! vers les riches ! vers les Champs ! vers les palais ! Matignon ! c'est là-bas – faut chercher les kebabs à la sauce bien rouge ! c'est là-bas que vit leur vraie faim ! mais c'est fini tout ça ! révolution halal ! révolution kebab et tout ! printemps arabe ! mon cul ! meilleure saison pour prendre le pouvoir – c'est bien octobre ! le temps de fouler le raisin ! pas par hasard ! les Russes ont réussi ! sans GPS, ni rien ! même pas de portable ! et pourtant – barbiche de Lénine et moustaches de Staline – accord parfait ! merveille organisée ! voilà tout ! et Al-Qaïda !? et Sœurs musulmanes ! mais c'est même pas à rire ! c'est un kebab, ça aussi ! juste un peu plus grand ! et – ils regardent les porcs en face ! nous ! oui, nous ! l'Occident dans notre boucherie bien propre ! et pourquoi ils nous massacrent pas ?! enfin ! une nuit bien noire et les queues de cochons seront bien défrisées ! mais non ! ils sont mal organisés ?! oui, mais pas que ça ! leur faim est mal organisée – c'est vrai, mais c'est prévu ! ils connaissent pas leur faim, la vraie – c'est ça, le truc ! qui vient du fond des siècles ! du temps de la Médina ! de cette querelle de bazar ! Fatima et smala ! l'utérus grand comme l'HLM ! oncles, frères et demi-frères, tout ça… boutique de la famille ! mais là, le bidet est devenu trop petit ! et chacun se lave et pisse à sa façon ! merde et nouille !

Les prophètes n'ont pas de famille ! suis-je chrétien, moi ?! tu veux savoir ?! frappe-moi sur la joue droite et tu verras ! bref ! pourquoi La Mecque a besoin de notre porcherie ?! enfin ! pour pointer le doigt et dire – maudite soit la côte de porc ! pour être jaloux encore plus ! pour baver jusqu'à la babouche et ! haïr ! haïr et baver ! et tout ça en rond ! porcherie contre halal ! c'est ça la guerre ! kebab contre côte de porc ! mouton et porc de faïence se regardent depuis des siècles ! tu dis, quoi, toi !? t'inquiète ! on n'est jamais en restriction de fous aux marteaux ! ouf aux fossiles non plus ! ça va venir ! juste – c'est trop long… ça prend pas feu ! c'est lassant à la longue ! c'est à bâiller… ça serait bien n'empêche, s'ils se réveillaient enfin ! sortaient de leur mouton de Troie et s'organisaient ! mettaient leur GPS à jour, pas celui des couilles mais celui du cerveau ! ça pourrait brûler et fort ! là où il faut, et puis le feu bouge ! ils verront où aller ! n'ont qu'à le suivre, le feu ! mais je rêve ! et puis il n'y a pas de meneurs ! c'est cela leur problème ! archi-ça ! et c'est cela qui nous sauve ! ceux qui enfoncent le doigt d'honneur dans le guêpier, ça – oui, y en a des foules ! mais ceux qui ne voient pas double – pas un ! qu'ils pleurent dans leur culotte, alors ! "*ghettoooo !*" »

Il déconne, Babylos ! facile à délirer, pour lui ! tu vis pas ici, toi ! t'es haut perché, toi ! mais c'est vrai ! il entend rien, lui, sinon – les oies qui remontent vers le Grand Nord ! c'est à chanter allongé ! ça le fait pas tomber de sa cuvette ! ici – c'est un autre chapitre ! d'autres oies ! et ça migre jamais !

Ici – ça hurle dur ! « À l'affût ! » merde et cieux ! je sursaute dans mon lit ! les dealers à la chouffe ! la police pas loin ! mais « à l'affût ! » et ma Bible, ma grosse, tombe ! ma Bible en slavon ! mon pavé ! elle s'ouvre ! pour la fermer faut être à trois ! quels excités ! je vais demain à Casto, je vais leur offrir une paire de talkies-walkies, moi ! pas la peine de gueuler comme ça ! à l'affût ! faut moderniser l'affaire ! poudre, shit et tout ! mais non, ils braillent comme dans le désert ! chameaux en prière ! et tout ça pour prévenir qu'une bagnole de police passe ! couillons avec leur « à l'affût » ! gorges d'acier ! la tête est juste pour bouffer dedans ! les poulets les repèrent en un coup de bec ! ils touchent un peu ! par-ci par-là… par une narine. par une taffe… et puis les billets en sueur ! mais vraiment je vais leur offrir ces trucs pour la montagne ! on va bien s'amuser !

Il y en a trois, surtout ! dans des positions improbables ! debout ! mais la tête ! la tête est posée sur la chaise ! mais ça gueule ! dis donc, même le dieu le plus méchant n'aurait pas pu les tordre comme ça ! et ça reste des heures ! même posture ! et puis un saladier aux flics arrive – ils hurlent ! nouveaux stylites du marché aux poux ! à l'affût !

J'ai mal au crâne, moi. migraine de guillotine ! mais ceux-là meuglent leur « à l'affût ! » éternel !

Et puis les fêtes, là ! venez voir ! j'ai envie de les faire allonger tous ! à la kalachnikov ! puis les aligner en bâtonnets de crabe ! joue à joue et bien serrés ! hurler un bon coup, crier à ras de macadam ! quelque chose en russe ! et puis et puis le reste de ma vie passer à l'ombre et prier dedans !

Et leurs tam-tam d'abord ! leurs trucs de derviches en rut ! couilles et barbes ! j'ai envie, mais folle – de les refroidir, tous ces bides chauds avec leurs mystiqueries ! mais j'en peux plus, moi !

J'en ai connu un comme ça. pas ici, non. en Russie. mon voisin ! lui – il l'a fait. et puis je l'ai revu après. complètement fou et tranquille. après dix ans au gnouf ! édenté comme un nourrisson ! il disait juste

« L'hiver est long… » il n'arrêtait pas de répéter ça. « L'hiver est long… » je le revois encore, face à la fenêtre dans son hiver sans fin ! il a regardé les gens, femmes, gosses, les voitures, passer, passer, s'arrêter… les gens parler, rire… et puis un jour il les a tous fauchés ! oui, tous ! carrément de sa fenêtre ! à la vieille kalachnikov ! et longuement ! et tranquillement ! sans rater personne, il les a tous culbutés dans la neige, et puis – est descendu et puis a achevé ceux qui rampaient, et puis – silence. et même le silence après le massacre – était massacre. et puis sans trop faire chier le monde – il s'est rendu. voilà l'homme, mon ami. en voici encore un, et puis un autre, et puis encore… et puis la foule. et puis tous, on a notre fenêtre, et l'hiver est long.

Eh bah, malgré tout – j'y suis dans mon élément. comme un têtard dans l'eau ! mieux encore ! dis donc, Dimitrius, on dirait, t'es content même ! t'as retrouvé cette rivière de misère, cette Volga de misère ! fleuve si calme à la fin. fleuve si large. comme une carpe t'es dedans ! dans ces fleuves du chagrin j'ai autant besoin d'une boussole que le poisson d'un parapluie !

Ah oui, parfois j'ai envie de les achever quand même ! tous ! ça braille jour et nuit ! et pas les angélus ! ah oui – la misère, ça gueule ! c'est la thune qui murmure ! mais bon, j'ai une tête en cloche sans langue, moi ! je ne sais pas qui retient mon ours ! j'écume déjà ! les abattre tous ! faucher bien large ! à la russe ! salver du Sud au Nord ! ensuite – me foutre à genoux face à terre. et alors ?! et alors – le reste de ma vie – prier ! foufoune et cieux ! quelle perspective !

Méchant, moi ?! la vision la plus drôle – c'est la plus juste ! pépé Jo disait « Non, il n'est pas méchant, au fond. il pétera jamais dans un bus avant de sortir !

sinon – il y reste ! » quelle carte de visite ! ho ! oui, c'est vrai, si on me jette aux porcs affamés – je vais les faire vomir ! les pigeons là – volent déjà sur le dos pour ne pas voir ma tronche ! mais méchant ?! vous n'avez pas vu les méchants ! les vrais ! à côté – je ne suis que Tigrou Tigrovitch ! Blaireau Blairovitch ! mais y en a de vrais… ceux qui continuent de vivre juste pour nous voir – crever ! nous et nos gosses et les mômes de nos mômes ! y en a pas des foules comme ça, mais il y en a ! deux ou trois sur une génération. et c'est déjà légion !

Et même si – méchant ! et même si – mauvais ! mais je m'en fous ! et comment ! à la russe ! à trente pieds sous terre ! jusqu'aux asticots ! méchant, bon, juste ! la seule chose dont je tiens les brides, les brides vivantes – c'est la joie ! voilà ma calèche ! joie vivante ! joie sans selle ! à la crinière mongole ! et le prix de la course – c'est moi qui paie ! je suis là et vivant ! d'accord, parfois c'est le cocher qui porte le cheval sur son dos ! je vois parfois les asticots sortir ! mettre la table ! ça m'arrive et alors !? et puis ça passe et puis je trotte encore, mon âne entre les jambes.

J'ai envie que ça cesse, c'est tout ! j'entends même pas mes neurones rouler ! et ça colle au plafond et j'oublie dans les chiottes pourquoi j'ai ouvert ma braguette ! à la fin – j'ai envie de les achever ! mais vraiment les éteindre. tout éteindre. allonger en saucisses de Strasbourg ! comme il faut ! tête à tête ! et puis les compter ! et enfin entendre mes cils bouger… et les cloportes – s'étirer ! et les cafards redresser leurs moustaches ! même pas penser à Fevro. ça fait un boucan, ça ! juste fermer les yeux, rester comme ça. oui. que tous les corbeaux du monde, vieux et en œuf, croassent en moi ! miaulent et tout ! et enfin voilà – je pense à elle, et rebelote. ah oui, on finit toujours par se gratter, mais tout doucement, tout Bouddha, tout Gandhi et poussière.

C'est pour ça que je promène mon cobra tous les soirs ! mon serpent à sornettes, je l'accompagne chaque mois chez le dentiste ! faire enlever un peu de venin ! ça calme la soupe dans ma cafetière ! ça déborde pas ! de temps en temps je fais danser la soupape, voilà – tout ! c'est rien. et puis tout va. et puis rien ne va. rien ne rampe. et puis tant pis.

Et puis ce n'est pas si morbide que ça. et puis la vie est partout ! et puis personne ne veut crever… ici – juste elle monte parfois le son, la vie ! c'est tout. je vous assure ! et puis, si vous voulez, tout le monde a peur de mourir. c'est quand c'est trop que ça devient un problème, ça – oui ! quand cette vie de merde met sa radio à fond ! ah ça… parfois c'est vraiment à ébouriffer les chauves, aurait dit mon grand-père Joseph ! sinon – on se roule là comme des tomates, bien tranquilles, bien huilées, dans la même salade.

L'après-midi c'est une autre musique. surtout les dimanches… Chopin des sourds ! quelques vieux qui rôdent… là, sur les rives du Styx. surtout un. c'est avant-hier que je l'ai vu et suivi et de près. mais – demandez « pourquoi » – et je serai muet. je ne sais pas. mais j'arrivais pas à me décoller de lui. il marchait bizarrement… à sangloter de rire. j'ai reconnu cette allure ! bien fameuse ! il marchait en skiant ! petits pas ! et rapides ! *eins, zwei, drei* ! gauche-droite ! c'est Parkinson, ah oui… dans toute sa splendeur. la forme rigide. la fin quoi.

Je l'ai dépassé pour voir sa tête. et je l'ai vue. les yeux surtout… les yeux ! que je voyais tout le temps en me rasant. mes yeux.

Oui, c'était moi. bien moi. pas un vieillard qui me fait penser à moi, non et re-non ! pas ça ! c'était moi, dans trente ans, je ne sais pas… mais – moi ! ma gueule effarée ! après tout ce que j'ai vécu ! tout ce que j'ai à vivre ici ! près du Styx ! toutes les maladies à venir ! toutes ces années ! tous les gens… et mon aujourd'hui m'a paru déjà bien loin… mon sang ! qu'est-ce que je suis en train de vivre ! j'ai senti un truc bizarre pour ce vieux. pitié ? oui et non. et même – si – je ramasse tout ce que j'ai senti depuis ma première respiration jusqu'à mes mains dans les poches d'aujourd'hui – ça ne pèserait pas plus lourd que la poussière que cet homme soulevait en marchant. mais ai-je perdu la nouille ou quoi ! qu'est-ce que je suis en train de vivre, mon Dieu ! Babanya ! et je me suis arrêté. j'en pouvais plus. et lui, il a continué. plus loin… encore. et encore. et puis je l'ai jamais revu. je ne sais pas ce que j'ai vu, mais – je l'ai vu. croire ou pas croire ! moi – j'ai cru ! toute ma vie j'essayais de voir ce que l'homme peut-être ne doit pas regarder, ça – oui ! et chaque fois je fermais les portes ! mais là – c'était différent. là – les portes de la vision se sont ouvertes trop. c'était trop pour moi ! et juste ! et personne ne pouvait les fermer. personne. et je suis resté devant. et ça a duré…

Tout était compté. mon temps était compté. et mon âme était pesée. ha ! enfin l'ange a pesé mon âme ! oui. sur le pèse-lapin le plus juste !

Dimitrius ! faut que tu manges. même une croquette, mais mange ! tu ne bouffes que des visions, toi ! bide aux visions, toi ! il fallait que je rentre, ça oui, mais je me suis aperçu que je ne reconnaissais plus rien autour ! ni à gauche ni en bas ! et pourtant je connaissais bien ce quartier ! et je m'y suis perdu ! en gargouille en vadrouille j'errais, et voilà – perdu dans la doublure de ce manteau pourri ! Saint-Ouen…

Mais je sais qui je suis, moi ! nom et prénom et tout ! qu'il y a un cimetière à trois pas de ma piaule ! cimetière parisien ! mais je tourne, tourne et enfin – pattes molles je tombe tête au mur ! ouf ! le cimetière ! j'ai jamais été aussi content de retrouver un cimetière, moi ! maintenant – c'est pas loin de chez moi. à une cigarette de ces murs calmes ! de ces gros arbres qui me regardent comme mes parents d'une photo… Dimitrius ! respire et rentre ! tout doux, en limace ! et mange.

24

Et Pharaon, le Héros de la Guerre ! Nabucco ! je le vois chaque semaine ! deux fois ! il me raconte, j'enregistre. Babyl m'a filé un dictaphone de Fevro ! c'est fou, ça… ça réveille des choses ! et j'arrive jamais à appuyer là où il faut ! il parle, j'écoute comme une taupe devant la cloche et puis à la fin – je vois – il est mort ce truc.

Déchargé ! sans loucher un chouïa je dis « Oui, oui, reprenons… » « Ça marche, votre engin ? » il est suspicieux, lui. il sent les choses, le maréchal ! mais je le rassure – « Ça va très bien… » et puis rien ne marche ! même les mouches n'arrivent pas à baiser dans mes mains ! à la fin de la séance je rentre et je note ! parfois même dans le métro ! j'ai un gros carnet, moi ! faut pas croire !

Et puis je lui lis ce que j'ai noté. mais il n'est pas content, le vieil Achille ! pas content ! « C'est pas ça ! » il gueule – « pas ça du tout ! » un jour il donnera l'ordre de me fusiller, cet Agamemnon ! il n'est pas satisfait de son scribe ! il lui faut une Iliade bien ficelée ou quoi ?! hallucinée par Ulysse, ou non ! voyage d'Ulysse narré par Polyphème ?! mais non ! il ne veut pas être Personne, lui ! tout mais pas ça, lui ! et moi – j'ai déjà un titre ! « Cul au Styx, queue – au Paradis » ! c'est merveilleux ! un diamant fraîchement pondu ! ça – c'est un vrai œuf de Fabergé, ça ! rien que pour lui ! je l'ai gardé pour moi ! sous la langue ! pour mes vieux jours ! mais je vous l'offre ! pépé Jo aurait apprécié, lui !

Pour un cadeau pareil Sancho aurait égorgé son âne ! mais non ! il veut rien de moi ! ses yeux perdent l'orbite comme si on avait foutu Göring dans son lit ! joue à joue ! et pourtant Babyl rigole ! « Déconne pas ! c'est trop… personnel, mon ami. trop métaphysique… trop ce que tu veux ! trop tout ! pour tes dimitreries – c'est la peau de ta main en guise de gant. tu vois ? tu es né dedans ! mais pas pour lui… remets-le là d'où tu l'as pondu ! » je comprends. mais dommage, n'empêche… ce titre ! je pourrais me dégourdir comme une jeune pieuvre dedans ! mais d'accord, d'accord ! je vois… il veut genre « Quand tout le pays a dit "oui" »… pourquoi pas. tout ce que Monsieur voudra ! il veut la vie d'un saint, lui ? je suis son homme ! Dimitrius de Voragine ! Voraginov, quoi !

Il me faut juste une nuit bien noire. nuit bien longue et une femme qui me suivrait. femme muette qui serait là, à droite dans le porche de mes visions…

Et en une nuit, elle-moi, on pourrait déboucher le Styx ! et après s'allonger dans son lit sec ! tous les deux ! et Charon serait au chômage ! pas pour longtemps, mais quand même ! et personne ne mourrait cette nuit-là. mais non ! Pharaon tient à ramper quand il pourrait voler ! pas longtemps, mais s'envoler de son lit ! et voir… avec les yeux de mon âme, mais – voir ! les villes en ruine à venir ! villes nocturnes… et puis et puis en rentrant, juste avant de fermer ses yeux pour de bon – voir le dieu de la guerre s'assoupir sur son oreiller.

Mais ça – archi-non ! il ne veut que rafles et pogroms bien rangés ! et que tout soit bien plié, enterré et cloué ! et toi – tu ouvres les kourganes ! tombes et fosses ! gueule poudrée de chaux vive !

Punaise et tique ! ça me fait pousser la barbe jusqu'au sol, tout ça ! je sens, à la fin je vais faire pour lui une épopée à remourir à perpète !

Seule certitude que la joie existe – c'est Miaou. Le Kot ! joie à coussinets forts ! il s'adapte bien ici. les Arabes aiment les chats. ça grouille de moustaches ici ! à chaque étage !

Il paraît, le Prophète avait un matou noir, lui aussi ! il le suivait partout. une fois, dans les montagnes, le chat s'est endormi sur son manteau. Mahomet est resté comme ça, des heures… assis, sans bouger ! et puis le jour est devenu la nuit. il fallait rentrer. alors le Prophète a tranché avec une dague un pan de son manteau pour ne pas le réveiller ! il était noir comme la nuit, son tigrou.

Premier soir sans *rrr* ni *mrr,* il est parti à la chasse. j'étais sur des clous, moi ! je l'ai appelé comme un con « *Miaou ! Miaou !* » les Arabes me regardaient comme un derviche qui tourne pas dans le bon sens ! et puis il est revenu, canaille ! vers 5 heures ! par la porte ! comme il faut ! ébouriffé comme un valet de chambre ! et plus affamé qu'en partant ! pirate joyeux il a bouffé la pâtée pour tout un équipage et puis s'est endormi sur l'étagère ! tout en haut ! dans la journée je n'ai vu que ses grosses pattes sales ! et puis encore la chasse et encore et enfin il a trouvé de quoi se mettre sous les crocs, lui ! plumes, et puis queues bizarres des bêtes inconnues... j'ai vu tout passer !

Il n'est pas câlin, lui. pas de raspapouilles entre nous ! tant mieux ! j'aime pas trop ! juste un ronron en passant et c'est tout. mais je vois encore et encore la main de Fevro plongée dans sa fourrure. quand elle est venue en taxi chez Madame Dedovitch... une fois. pour une nuit. quelle époque... elle le caressait mais ce monstre ronronnait pas, mais du tout, l'œil ouvert, Attila qui médite, il attendait que ça passe, lui ! tu te souviens, Miaou ? et toi, Fevro ? tu devrais. à jamais te souvenir du seul être vivant que t'as pas réussi à ensorceler, toi ! ça marchait pas ! et tu souriais, toi ! lui – pas. moi – non plus ! ça serait peut-être fou et refou de ma part d'avouer – que j'étais plus reconnaissant cette nuit-là à mon Attila qu'à mon propre cœur, sage pour les autres et vide là... je le témoigne car j'ai vu. en un coup de cils, mais – vu et puis – redevenu aveugle. mais cette nuit-là j'aurais découpé moi aussi un morceau de ma veste du Goulag pour toi, même si après je me serais mis le cul à l'air ! et alors !

Il faut qu'on trouve une femme, Miaou ! il faut qu'on retrouve la joie, mon sage. juste la joie ! cette falaise ! et qu'on ne regarde pas en bas. surtout pas ! sinon – on y tombe. même les yeux ouverts – mais tombe ! car la joie – est une montagne ! et une femme – un profond abîme. et ça se termine toujours dans une rigole.

Et puis ce Chéops ! j'en peux plus, moi ! mais vraiment ! à ras de mille calices ! trois fois je viens au rendez-vous, mais lui, il peut pas ! il veut plus me voir. bien ! plus de dictée ! parfait ! il veut changer de scribe !? re-parfait ! le seul clou c'est la piaule ! y a de quoi donner des rototos à des rouges-gorges ! m'expulser ? il n'a qu'à dire juste – « Bon, foutez ce… j'ai oublié, mais ce type… oui, ce Russe, foutez-le dehors ! et nettoyez-moi tout… ces ours sont des vrais Mongols ! » et ils viendront. je ne sais pas… flics !? peut-être pas. d'autres… qui vous font sortir. papiers à signer et tout. ça se pourrait. qu'ils viennent alors ! et puis on verra comme disent les aveugles ! qu'ils essayent d'aboyer près de la tanière ! le Mongol sera prêt !

Eh bah, ils sont venus ! une dizaine ! dix voix ! j'ai bien compté à l'oreille ! dans le lit, tout ouïe ! sont là pour moi ?! et puis – non. ils se sont arrêtés juste à côté. c'est chez la vieille alors… la voisine. gentille dame. je l'ai vue deux fois dans la salle d'attente chez Monsieur Nabucco ! si maigre… si frêle, elle était avec un bébé ! « Mon petit-fils » – elle m'a dit en souriant. ce sourire angoissé comme je le connaissais, moi ! je l'ai vu sur le visage de Babanya, et ça me faisait mal, mais mal ! et je le sentais sur ma propre tronche, ce sourire… combien de milliers de fois ! ce sourire qui vous dit tout ! ne me touchez pas…

Et le bébé, tout emmailloté, dormait. et puis ce Nabuchodonosor l'a pas reçue ! l'a renvoyée carrément ! elle savait pas quoi faire ! elle regardait autour ! elle comprenait pas ! elle voulait lui parler ! mais non, Madame ! mais vous allez recevoir une lettre ! elle clignait des yeux ! et la conne en tailleur s'est mise à parler plus fort ! pour réveiller le bébé ! j'en suis archi-sûr ! mais il dormait bien ! à triple bourdon ! mais la vache en tailleur ne manquait pas de gorge ! « Non, Madame ! non ! je vous ai déjà dit ! je vous ai déjà expliqué la dernière fois ! c'est pas la peine de revenir ! » et puis elle a réussi ! et l'enfant s'est réveillé. et puis il fallait descendre… la vieille nous regardait tous, oui, dans nos yeux baissés, bien cachés, et puis elle pouvait pas toute seule… la poussette et le bébé ! je me suis dit – vas-y et comme ça tu vas pouvoir fumer. j'ai descendu la poussette, elle pouvait pas y mettre le bébé, il criait, se débattait, Hercule ! je l'ai pris un moment, pour qu'elle arrange un peu la poussette, les draps dedans, mille et un. elle n'arrêtait pas de répéter « C'est mon petit-fils, c'est mon petit-fils… » dix fois, pas moins ! je le tenais et il est devenu tranquille. il m'a observé, lui… avec son air de cosmonaute ! et puis on l'a mis dans sa fusée et elle est partie derrière. en courant presque ! puis s'est arrêtée, s'est retournée et m'a fait un signe avec sa main. c'était peut-être « merci ». ou « bon courage »…

Et voilà, ils sont venus pour elle. il y a quelques jours je l'ai entendue parler au téléphone. elle a chantonné même ! mais c'est bizarre, ça fait des jours que j'ai pas entendu le bébé. surtout les nuits. il pleurait souvent la nuit. et là – non. trois nuits, je crois.

Je me suis levé, et j'ai mis ma gamelle contre le mur pour écouter ce qui se passe. froid au cul, j'ai écouté un peu, mais rien. les voix, c'est tout. je suis resté encore un moment comme ça, mais juste les voix qui bourdonnent. et puis toute la foule est repartie. elle aussi ? je crois. plus rien à écouter. silence total.

C'est par les voisins que j'ai appris la chose. c'était aussi dans la feuille locale. elle était albanaise. et comme toujours elle gardait son petit-fils. sa fille, mariée à un Français, voulait pas, mais la vieille insistait ! elle voulait être avec son petit ! son premier petit-fils ! je suis encore forte ! elle disait… et un jour le bébé tombe malade. elle s'occupe bien de lui ! elle le tient dans les bras toute la journée ! elle tombe de fatigue mais elle le tient ! elle tient bon ! il pleurait pas avant… je suis témoin ! elle lui parlait, et puis les chansons ! les berceuses ! les biberons et tout… et puis la diarrhée ! et ça dure ! et là – il se met à pleurer, le pauvre. elle voulait pas l'amener chez le toubib ! et quand sa fille a appelé pour savoir comment ça se passe, elle a dit « Non, non, tout va bien, oui, ma fille, c'est une petite fièvre de moineau… oui, je le change, oui, j'ai des couches… »

Et puis elle n'a plus décroché le téléphone.

Quinze fois par jour elle le changeait ! la nuit – c'est un autre chapitre ! il n'arrêtait pas de crier, le gosse. et puis juste piaulait à la fin. et voilà – plus de couches. alors – des serviettes… à l'ancienne ! il avait dû avoir les fesses comme le Vésuve, lui ! et elle, avec ses serviettes ! autant battre un tank avec un cheveu ! il pleurnichait encore un peu, pignait mais devenait de plus en plus calme. elle chantait. il se réveillait à peine, entendait sa voix et se rendormait. elle chantait, elle n'arrêtait pas. elle a mangé des biscottes. elle les a trempées dans l'eau, voilà tout. et un matin elle l'a pris dans son lit. tout chaud, le garçon… ils se sont endormis comme ça.

Quand elle s'est réveillée, il dormait encore… elle a regardé son visage et puis elle s'est rendormie. et quand elle s'est réveillée pour de bon – le petit dormait toujours. il n'a pas bougé. elle le regardait… tout près elle le regardait. il était mort.

Voilà comment. et comme ça – une semaine. et puis – ils l'ont emmenée.

Il y a une heure – Babyl m'a appelé. voix brisée, lointaine, enrouée. celui qui vient de pleurer. il veut qu'on se voie. j'ai envie de voir personne, moi ! cette tour en flammes me fatigue ! et puis plus de piaule bientôt ! mais Babylos sait y faire avec moi ! il suffit qu'il me glisse « Fevro ceci, Fevro cela » et je suis sur le dos ! je fais le toutou ! bichon donne la patte ! « Tu descends, j'arrive, là, on va marcher un peu dans ton Samarkand… »

Et c'est vrai, il arrive. en taxi ! Haroun al-Rachid déchaîné ! il me prend à l'assaut ! il m'embrasse ! il me serre ! il sent bon, n'empêche… il sent le Sud. « Je reviens de Nice », il dit. et puis il se lance dans une de ses babyliades à faire péter les rossignols ! ce que j'ai compris c'est qu'il y était avec son blondinet, avec son Hadrien, et il l'a perdu là-bas et c'est fini entre eux ! l'acteur l'a largué ! Blondinet est parti ! avec ? avec… un Tchétchène ! ça a été vraiment à transformer toutes les roses du quartier en gratte-culs ! j'ai failli tomber de rire, moi ! mais il était si triste, lui ! si fou. les billes dans les ténèbres ! et son chagrin était vrai. et sa rage…

Mais oui, son ange est parti avec un Tchétchène ! c'est fou ça, mais c'est vrai. beau garçon, ce bandit… vrai bandit ! il sent la poudre, lui ! Babyl n'arrêtait pas de le dire ! ça lui plaît la trouvaille ! « Il sent la poudre ! » ça doit être un gars bizarre, je me suis dit. pour un Tchétchène… rouler des pelles à un mec ! c'est du jamais vu, ça ! peine de mort antique et tout ! toute la famille bannie ! tout le taïp ! sans feu ni eau ! et personne ne trouvera leur tombe ! mais c'est ça, justement ça, qui enrage Babyl ! exactement ça qui met en branle cette tour ! ce Tchétchène joue le tout pour le tout ! héros mythique ! tabou, sang et massacre !

« .... Il s'appelle Tamerlan. Vois ! c'est pas vrai ! TAMERLAN ! mais c'est pas fou, ça !? on appelle comme ça les chiens ! César ! Rex ! toi, appellerais-tu ton fils – Gengis Khan, toi ?! ou comme ton tsar… Ivan le Sanglant !? et Hadrien ! il voulait que je gambade avec eux ! en vieux chaperon ! que je bouffe les restes, moi !? que je partage Hadrien avec ce Tamerlan ! mais, sache ! je suis comme toi ! je partage pas ! je – donne ! »

Je vois. je comprends… mais oui ! et puis je vois que ça l'excite, mais à mort ! il aimerait faire pareil, lui ! miser sa peau ! enlever sa peau et couvrir la table des tabous avec sa peau vivante en guise de nappe ! au fond il ne veut que ça ! les retrouver… son Ange et le Bandit et faire trois avec ! et puis finir, épuisé sur l'autel, en taureau ! n'importe ! ou supplier à genoux ! sans honte, ni genoux, ni sol !

Je l'entends encore !

« .... Toute cette belle racaille venue du Sud au Nord ! elle veut manger, jouir ! baiser ! elle veut de la place ! des chaises longues ! pourquoi tsar Vladimir ne les a pas noyés tous dans les chiottes ?! ne les a pas poursuivis plus loin !? dans toute la canalisation de la sainte Russie ! et là – victimes ! ils veulent leur vengeance ! et puis on arrive ! drogue, putes, kalachnikovs, vengeance de sang ! Nice, Marseille – voilà les tranchées ! marchandise vivante ! ils l'ont contrebandée, leur vengeance de sang ! leur bronzage, leurs barbes, et là – les quartiers de Nice sont en guerre !

Et c'est pas tout ! il respire un bon coup ! il continue ! il voit large lui !

« .... Faudrait des siècles et des siècles de débauche pour qu'ils deviennent comme nous ! pour que leurs gosses disent au concierge bonjour sans accent ! pour qu'ils sourient quand ils n'ont pas envie de sourire ! il va falloir débaucher leurs gosses ! qu'ils aient honte de leurs père et mère ! de leur accent et de leurs fringues ! qu'ils deviennent bons esclaves à la fin ! et pas de bataille ! non ! en douceur ! que ça se passe en murmures, en berceuse… papa Noël et patati ! je te dis ça, tchétchènement ! »

Il voit ma tronche. et déjà calme il dit « Tu penses que *c'est* vraiment sérieux ? je veux dire pour Hadrien… faut que je contacte les gens ? les services de renseignement, je ne sais pas ! tu crois qu'il est en danger, lui ? » je ne sais pas – je lui dis. faut voir. Babyl descend sur terre. je le regarde. je vois. oh, les amoureux ! toujours pareils ! au lieu de s'avouer largués tout bêtement, on se couvre la tête avec une peau maudite à travers laquelle notre âme distingue parfois la lumière, oui. je comprends. je ne sais pas, mais je vois… comme une sorte de léger mouvement à l'extérieur, comme une voile lointaine qui pourrait nous sauver… mais on veut pas être sauvé ! c'est ça le truc ! surtout pas ! Dieu, pas maintenant !

On marche plus, ça fait un moment. il est debout, lui, plus grand que jamais ! et ses yeux ! jettent des flammes ! et son doigt vers le ciel ! dans le nez du ciel ! il hurle ! les gens commencent à nous encercler ! ours et blaireau font leur spectacle ! et gratos ! et puis Babyl s'arrête. regarde autour. puis – à gauche… je suis ses yeux. une fille en jupette. très courte ! à ras de tout ! et Babyl, tout bas, souriant comme un diable lui dit « Mademoiselle ! *ça* – s'aère pas, demoiselle ! *ça* – se lave ! » et fier comme une armée de pères du désert se met en marche ! les mecs rigolent, et on passe, et les badauds s'écartent ! font le corridor ! on traverse la mer Rouge ! Babyl l'évêque et son sacristain ! grande sortie ! encore un peu et il se mettra à les bénir ! à droite, à gauche ! tous les bedeaux ! mais ça dure pas, la grâce ! ils nous lâchent, enfin…

Il se calme un peu. puis ricane. « Même si là je me mords la langue – je ne crèverai pas ! »

Il perd le fil, lui ! il le rattrape ! on continue ! il tire, il file, il parle ! grosse Parque qui a perdu la boule ! « Tout ça… et dans les montagnes ! Irak, Syrie ! toute cette pétaudière ! marmite de merde ! faut une vraie guerre de propagande ! l'Amérique a perdu les dents de la vraie guerre de propagande ! après la chute de l'URSS – plus de crocs ! il a gagné, Oncle Sam ! et ensuite il a perdu son dentier ! rangé quelque part ! Dimitrius ! je te dis et tu peux tatouer ça sur chaque cul splendide qui n'est qu'un mur des Lamentations pour un homme ! "La propagande doit mentir. la propagande qui dit la vérité – perd la guerre !" alors regarde ces filles qui montrent leur croupion maigre sur la place Rouge ! Vladimir le Tsar aurait dû leur donner des médailles ! c'est comme ça qu'on règne ! discréditer les croupions ! des médailles en chocolat ! grosses ! et pas à toutes ! elles sont cinq – faut n'en donner qu'à trois ! c'est comme ça qu'on sème la pagaille ! Cadmos a jeté une pierre au milieu d'une armée terrible et les guerriers se sont massacrés entre eux ! en un rien de temps ! là – faut jeter les médailles à la foule ! l'homme est faible ! la femme est forte ! mais elle aime le chocolat !

Et les autres dans les montagnes ! terroristes ! bouquetins d'Allah et califat des boucs ! il faut les pervertir ! qu'ils fourbissent leur arme barbue au lieu de caresser la kalachnikov ! l'homme qui se paluche n'est plus fou ! il tient le monde sur sa bite ! et après – il est triste au carré ! même ayant mille yeux – il les ferme ! et au bout de la guerre – ils seront comme nous ! mais tout doux... sans brusquer la chose ! faut huiler la pente ! les grands changements dans ce monde viendront par la chatière ! et les meneurs, les vrais excités – on les discrédite ! ridiculise à faire rire les chameaux ! mais doucement, ah oui ! sinon il nous faut un miracle... oui et re-oui comme tu dis ! j'ai la clairvoyance d'un vieux rabbin qui sent le Grand Pogrom ! la guerre est proche...

Et puis les gosses ! les nôtres ! t'as un fils, toi ?! non ?! si ?! on leur apprend à se servir de leur langue ! des fourchettes ! des couverts à poisson et tout... à bonjourer tout ce qui est bipède ! à se sauver derrière un sourire ! on leur apprend les différences ! ah oui ! entre fourchettes à escargots et fourchettes à poisson ! quelle connerie ! et la guerre est proche !

Qu'on leur apprenne à monter une mémé kalachnikov ! les yeux bandés ! ouverts ! idem à démonter ! comme vous, les Soviétiques ! tu m'en avais parlé, toi ! et tu regrettes pas, non ?! t'étais pas le meilleur ! tu démontais une kalach en cinquante secondes ! et c'était long ! long ! il fallait plus de nerf ! quarante-cinq secondes pile, tu disais ! le temps qu'une allumette brûle ! jusqu'aux doigts ! et tu pourrais le refaire, là ?! démonter, remonter et tirer ?! oui ? bien ! tu vois ! c'est comme à respirer ! on ne désapprend à respirer que dans le cercueil !

Les gosses ! qu'on leur apprenne l'acier ! à le toucher. à dormir avec ! le réchauffer contre le corps.

dormir avec sa kalach… les femmes, les mecs, dans le pubis de l'Afrique, roupillent bien avec ! et rêvent !

Dimitrius, je te parle ! il faut qu'on soit prêts car ils viendront ! la violence se rajeunit ! regard aux anges des nouveaux-nés… ce vague regard ! mais ils apprennent vite à détourner les yeux, les gosses ! ils saccageront leurs mères et on lira la mort sur les murs des salles d'accouchement.

Ce jour viendra. les fils soldats l'apporteront, ce jour ! sur leurs épaules ! écoute ! d'abord – ils tuent leur père, puis viendront ! et on regrettera les prophéties d'avant ! nos pires anciens, on les verra comme des heures de bonheur ! on enviera les avortés !

Je te dis – que nos enfants se préparent à la guerre ! elle est à venir. la guerre de nos enfants… on la verra peut-être pas, nous ! on sera déjà dans la terre, nous ! et dedans on pleurera nos fils ! c'est ça le pire ! quand les morts pleurent les vivants. moi – j'ai pas de gosses, moi !

Plus tôt l'enfant apprend à jouer avec une kalach comme avec sa zigounette – plus il tuera ! de ses petits ongles ! de dix ans, oui ! les gosses du Sud, de tout ce qui est au-dessous de la ceinture du globe – mûrissent vite ! et à vingt ans ils passent la queue à gauche ! et puis tant pis. et puis pas grave ! vraiment pas ! un gosse tué ?! il y en a d'autres dans les couilles !

On apprend à nos gosses à se servir des fourchettes… quelle rigolade ! mais ceux d'Afrique bouffent avec leurs mains ! et d'ailleurs ils n'ont rien à bouffer ! mais ils ont la faim ! et quelle faim !

Je divague ?! mais à peine ! je yoyote de la touffe ?! pas encore ! pas si vite ! pas d'alarme ! j'appelle pas aux armes ! je délire pas ! je transe ! je compte pas les coups ! je les pèse ! j'ai le sang qui danse… j'ai pas de fils, moi ! voilà pourquoi je piaffe ! toi – t'as un fils, toi… t'as le sel de ton sang, toi. t'as le rouge de ton sang, toi ! ton fils. mais pas moi… voilà pourquoi je n'ai plus de plafond ! »

25

Babyl est presque mort. il expire « Tu promènes un cadavre, toi… » on coule vers Belleville. les rues sont bouchées ! prière de rue ! il s'anime, démon ! une bonne prière – c'est le meilleur réveil pour les goules, il paraît ! il roule les billes. « Tiens ! attends ! on va voir ça ! on va prier nous aussi ! miches en prière ! c'est pas la première fois qu'il fugue… Hadrien ! ce n'est pas la première fois que je vois ça ! et ça a toujours marché, la prière ! il revenait chaque fois ! alors, viens vite ! » il court presque ! s'arrête devant la foule… comme l'enfant s'arrête net émerveillé devant la mer, tout yeux, tout loin ! et puis m'attrape par la main « Chut ! on va prier. qui sait ! peut-être que comme ça – il reviendra… »

Il me tire vers la foule qui bourdonne. je nous vois déjà en train de prier ! tête au caniveau ! gueules glabres tous les deux ! humbles d'un coup ! sans défense ! faut marmonner alors ! lui : « Qu'il revienne, mon ange Gabriel… » sa psalmodie habituelle ! moi – je ne sais pas… pour une crèche alors ! mais non ! il se redresse. tel Midas condamné à la soif éternelle devant le ruisseau qui échappe à ses lèvres. « Quelle connerie ! mais quels cons ! horde de culs ! vers le ciel ! orgues de Staline attendant le "feu" ! milliers de dos ! attendant qu'on leur donne le numéro de téléphone de Monsieur Kalach ! mais chuuuut ! Allah est plus jaloux que dix matous ! ils n'oseront pas alors ! dommage ! sinon – je leur fournirais la ferraille ! en gros, comme Victor Bout ! mais d'abord, très d'abord – je leur glisserais à ceux-là, oui, à tous – dans la poche de derrière pendant qu'ils marmonnent – sa carte, Monsieur Kalachnikov ! son portable, son fixe et tout ! Allah – créa les hommes tous inégaux, lui, rabbi Kalachnikov – les égalise ! n'est-ce pas, mon cher Russkof ! regarde un peu ceux-là... quelle force, bon sang ! toute l'âme du quartier est là ! tous les djinns et les shaitans ! démons chauves et barbus ! d'ici – gaulent grave dur vers La Mecque ! quelle armée ! que des mecs et puis que des jeunes ! assoiffés à laper la Seine, la Marne et la Bièvre même ! à sucer son bras mort, souterrain ! et à tout repisser ! burnes hors des gonds ! à quatre pattes est leur soif ! cul au ciel ça lape déjà ! Halllla ! Hallla... ça psalmodie, langues roses aux caniveaux ! faut qu'on passe en chat, toi-moi ! discrets ! en serpenteaux ! mais imagine ! si on leur fournit des mitraillettes ! oui, à tous ! quelle armée ça serait ! à ébouriffer tous les chauves de l'Europe ! l'échelle de Jacob sera par terre ! qui la redressera ?! »

Ses yeux, mon Dieu... à faire frire les saucisses sous les paupières ! il est jobard au carré, c'est sûr. « Même sans moi – ils se redresseront un jour – ces dos courbés ! même d'y penser – j'ai envie de laisser pousser mes cils jusqu'à la terre pour n'y voir que dalle quand ce jour viendra ! ho ! mais regarde ! regarde ! pourquoi il n'est pas là, Hadrien ! il suffit qu'il montre là son cul par la fenêtre ! son cul ! aussi maigre que les joues de Marlène Dietrich ! hé ! il faut bien diriger la prière ! alors là ! il y aura de quoi s'enterrer vivant ! là – ça sera le vrai djihad ! djihad du cul ! mais toi, t'es plutôt dans la croisade pour la chatte, toi ! pour la plaie, toi ! »

Et puis Babyl se tait. fixe quelqu'un dans la foule ! l'abandonne. cherche un autre. il cherche son Hadrien, peut-être ! l'ange ! ou le Tchétchène…

Puis reprend… mais plus tranquille. « Prier comme ça… je suis partant. pourquoi pas ! d'accord pour tout ! laisser pousser la barbe ! gauler dans la terre ! ici, parmi ceux-là, qui appellent Allah avec leur iPhone ! je suis tout – oui, moi ! mille oui et un ! peut-être ça marchera avec Allah… au fond, c'est pas si mal tout ça ! miches au ciel délirer tout doux ! marmonner billes décousues ! et au bout, tout au bout, que chacun reçoive ce qu'il désire ! faut prier alors… par tous les trous et les plaies qui nous lient au monde ! que les clodos aient leurs kebabs par dizaine dans chaque main ! hot-dogs et sandwichs grecs ! que tous ceux qui ont faim bouffent autant qu'ils respirent ! Dieu, ouvre leurs bouches à tous ! que tous ceux qui n'ont point de bras en aient trois de rechange ! que tous ceux qui respirent par l'oreille bandent enfin comme il faut ! que les infirmes sautent tous de leurs fauteuils roulants et s'embrassent ! et chantent Ta gloire ! que les violées violent leur violeur et se marient avec ! que tous soient heureux du matin au soir et au goûter ! je m'en fous ! qu'ils chient de bonheur dans mes bottes – je vais danser ! je promets ! sinon – pas la peine de se foutre à genoux, non ? c'est à genoux qu'on danse le mieux ! que les morts enterrent les vivants ! on a besoin de rien !

Toi ! qui prétends avoir écrit dans nos reins ! dans nos cœurs et utérus ! alors tu reconnais plus ton écriture, Toi ?! allez, Dimitrius ! yalla ! on se casse d'ici ! yalla, Dim-Dim ! mille culs comme mille enclumes ! et pas un seul marteau ! »

Les mecs commencent à nous regarder. l'œil mauvais se réveille ! ils n'entendent plus que Babyl ! il se rend pas compte, lui ! Azazel en chaleur, il pourrait regueuler cinq muezzins, lui ! « On se sauve ! » – il murmure. dis donc, pas trop tôt ! il est con ou quoi ! « Allez ! darum-darum, Dimitrius ! faut se replier ! mais j'y reviendrai ! le temps de rafistoler ma foudre ! Allah ! il doit être bien loin de cette prière du cul, lui ! prière ! c'est un message qu'on laisse à Dieu sur son portable ! moi – je veux son fixe ! »

Et on court ! puis on s'arrête. il reprend son souffle. « T'es vraiment bizarre – je lui dis. quand même ! arrête un peu ! merguez folle tu es ! ceux-là, ça rigole pas ! ils te boufferont casher pas casher ! »

J'ai envie de fumer, mais il me laisse pas sortir le briquet. me prend la main. son visage se dégonfle. il va pleurer ! c'est pas vrai ! il se retient. et puis se détourne de moi. « Je pensais qu'on était amis, toi-moi. j'avais l'impression avant. et là, j'ai l'impression, moi ? l'air d'avoir l'impression, moi ?! na ! je n'ai plus d'encre dans ma tête pour pouvoir imprimer quoi que ce soit ! rien ! feuille blanche qui sort ! feuille vierge recto verso ! c'est ça la chose, mon petit Russe ! ami, pas ami… ça ne me fait plus mal. mais tout ça, c'est si long… » il regarde la ville. il la voit pas. il cherche les murs. les trouve pas. puis pose ses yeux sur moi. « Tout ça, c'est insupportable à la fin… » et puis il m'ouvre les bras. il me prend. je le laisse faire. il sent le cuir. c'est sa veste. il me repousse, prend l'air hautain ! susurre ! « Si tu veux pas… je peux faire comme tout le monde ! être distant, froid et mystérieux comme le cul du père Noël ! » et puis il me serre fort contre lui, au point que je me mets à loucher, moi !

Il tient à me ramener à Saint-Ouen. en taxi. et dedans il parle pas, renfrogné comme un Churchill ! et puis dit tout bas « Il faut que je me marie peut-être… il avait raison, ce vieil Aristote ! ne vivent seuls que les monstres et les dieux ! » et puis se met à chevroter ! « Tous les arbres aux prières se valent, mais pas leurs fruits ! tous les baisers se valent mais pas toutes les lèvres. tous les appétits se valent mais pas les désirs. tous les culs se valent mais pas les bidets ! tous les bénitiers se valent mais pas les doigts ! toutes les extases, mais pas toutes les chutes ! tous les océans, mais pas toutes les larmes. tous les rêves, mais pas toutes les nuits ! » le chauffeur ne sait plus par quel trou roter ! il se retourne ! angoisse ! et là – Babyl lui tire la langue ! ça n'arrange pas les choses !

Dieu soit loué, on arrive. Babyl lui file trois fois trop et on descend. je trépigne. Babyl piétine. mais il n'arrive pas à partir. « Tiens, on pourrait marcher encore un peu. au fond j'aime ton quartier… tout ça ! » et il fait un geste large. et on marche encore. on sort de la terre comme des gargouilles de la pierre ! on chavire ! pire que des bateliers ivres ! halage à la bricole ! encore un peu et je vais chanter, moi ! on tourne à droite. passage Biron.

Ce passage, mon Dieu… comme taillé dans la glace, ce passage. glace hallucinée, glace aux crépuscules, glace que je reconnaîtrais parmi mille glaces, mille hivers et printemps, comme je reconnaîtrai un jour mes propres yeux dans la foule des yeux mourants... glace de mars quand l'hiver est à bout ! et plus fort que jamais ! et la Volga est morte et les enfants noyés devenus ses enfants à jamais, transformés en poissons, dorment dans sa bouche tels des pépins dans le grain de raisin blond... glace de l'hiver éternel. couleur de ses yeux. oui.

Cette glace du fleuve d'Hadès que voyait Dante. et là dans ce passage je pouvais même distinguer les suppliciés figés dans les murs et leurs cris et leurs plaintes... leurs entrailles suspendues dans la glace comme des guirlandes.

Mais Babyl voit rien ! on tourne en rond ! chenilles processionnaires en pélerinage ! *toum-touroum-poum-poum !* deux nains égarés en marche ! perdus sur la route ! *toum-tou roum-toum-toum !* main dans la main ! les billes écarquillées ! ho ! il n'écoute rien, lui ! entend rien, ce Babylos ! téléguidé comme un drone de Belzébuth ! et puis il s'arrête, Babyl, et je vois ses yeux... bon sang ! prunelles d'un puits ! les yeux d'une femme qui a été violée dans son sommeil par un être surnaturel et au réveil ne comprend pas ce qui lui arrive !

Il savait pas quoi faire, Babyl. il savait plus ni quoi ni comment ! il tenait pas en place ! épuisé il pouvait plus bouger ! il voulait s'asseoir ! n'importe où ! un malaise ! il a fallu que je le traîne vers un hangar ! et puis là, au milieu des fauteuils, chaises, scribans de tous les empires, il s'est écroulé ! sur un fauteuil doré et haut ! au cul large comme un trône ! comme une reine enceinte ! il roulait ses yeux ! comprenait pas où il était ! et puis il a demandé que je lui roule une cigarette ! il fumait jamais, lui ! il savait pas fumer, lui !

les vendeuses effrayées voulaient appeler les pompiers ! il rugissait « Pas la peine ! je vais bien ! une cigarette ! » et je lui en ai roulé une ! et il l'a prise et la fumée sortait de sa bouche comme d'un samovar ! et il parlait, parlait… et puis j'ai attrapé le mégot et je l'ai porté dehors lentement comme on porte l'urine d'un mourant ! ce liquide devenu sacré… à mon retour il était redevenu Babyl ! il plaisantait avec un garçon ! fils d'une des vendeuses, je crois.

Il se réveille à ma vue comme un chien pif devant un os qu'il a perdu ! tibia de mammouth ! « Hé, attends ! où on est ?! » et puis cligne des yeux et dit « J'ai failli oublier… Fevro. sa mère est décédée hier. je voulais te dire, mais avec tout ça… appelle-la. ou comme tu veux ! »

Je voulais lui poser mille questions, et je n'en ai posé aucune. je ne sais pas si je vais l'appeler, Fevro. je me suis mis à rouler une cigarette et j'arrivais pas. mes mains tremblaient. et pourtant j'ai mangé ! hier, je crois… et là – je voyais plus ni Babyl ni mes mains… pauvre fou ! tête fertile ! âme en friche ! et Babyl y a mis une bonne graine ! je ne sais pas pour une autre guerre, mais dans la guerre de propagande avec moi – il est le maréchal Hannibal, lui ! et il parlait, n'arrêtait pas, mais j'entendais plus rien. s'il s'était arrêté un peu, ne serait-ce qu'une minute, deux ! j'aurais pu entendre… mon cœur et voir dedans. mais rien. j'entendais rien ! et pourtant il parlait de la mère de Fevro ! il déroulait un peu le tapis de sa vie devant moi… et je marchais dessus, aveugle. dans le silence total. sourd du cœur ! sourd de tout ! comme nulle part. sans chagrin pour sa mère ni rien. ni avec les vivants ni avec les morts. je ne sais même pas comment je me suis retrouvé dans mon trou après !

Il m'a appelé encore ! il en pouvait plus, Babyl ! il voulait savoir quoi faire ! il voulait appeler les flics pour Hadrien ! et même plus haut ! DGSI ! mais non, je marmonnais, mais arrête… « Tu crois ?! mais tu crois vraiment ! tu dis ça pas juste pour me rassurer ! » j'étais épuisé, moi. je lui ai dit qu'il faut rien faire. trop tôt pour agiter le tocsin. qu'il reviendra, son ange Gabriel. faut attendre… « Tu penses ? vraiment ?! » oui. je dis. oui et re-oui. il était perdu. il croyait à tout. crédule comme seule une femme enceinte peut l'être. et l'homme jaloux.

Et puis je me suis allongé enfin. jamais je fais ça. jamais de sieste ! une seule sieste peut me bousiller la tête pour une semaine ! ça va pas fort déjà ! mais il faisait si froid… j'avais mis le radiateur à fond ! je l'ai trouvé avant-hier, dans la rue, comme ça. mais il marche encore ! et puis j'avais amassé toutes les couvertures sur moi. c'était bien ! Job sous son fumier… je tremblais mais c'était bien. l'hiver sera rude, je me suis dit ! voilà… l'hiver sans neige. c'est pire que tout ! et t'y es. soudainement j'ai vu ma veste à côté, et je l'ai tirée sur moi. et c'était encore mieux comme ça.

Mon ami bien-aimé… mon Gibbeux. je ne sais pas aimer, dis-moi, oui, dis-moi comment ! apprends-moi, mon fidèle compagnon. mon Bossu… je sais le chaud et je sais le froid. bande-moi les yeux et on va jouer ! on va voir… dis – quand je chauffe ! quand je refroidis… montre-moi comment aimer ! le vieux corbeau de Roméo est docile ! mais dis-moi ! j'abandonne, enfin ! je m'allonge et finie la valse ! la danse aux pieds liés ! c'est fini, ça ! ma danse est fatiguée.

plus de musique dans le robinet… mais tu te tortilles encore, le pauvre ! le vieux rossignol de Sibérie gigote encore ! et toi, Fevro, toi, à qui je disais – « mon âme », toi, en ce moment tu danses plus peut-être. si ! parfois dans le chagrin on danse aussi… c'est bien le vrai chagrin. un moment de répit. et on n'est jamais seul avec. on devient soi-même d'un coup. oui. j'aimerais avoir un vrai bon chagrin… quand Babanya est morte, quelque chose comme ça. retrouver la vraie douleur et être dedans. y rester. mais qui sait, peut-être, tu trépignes, pareil, ma dame ! qu'est-ce qui nous fait danser… c'est quoi cette musique ! d'où vient-elle !? comme des petits, on continue de danser en rond… vieux enfants devenus. sans musique, sans rien, marionnettes folles, bouts de chiffon dans le vent.

Oui. non, Dim ! il faut pas que tu survives à tout ça… pourquoi tu tombes toujours sur des sorcières, toi ! *befane* hystériques, lubriques, tragiques, qui te font monter sur les arbres ! et comiques ! chambrières à la main ! et tu baises les poteaux, toi ! Jésus des taupes ! il faut pas survivre, Roméo des groins comme aurait dit pépé Jo ! mais oui ! mais non ! et là – on s'allonge. on appelle le rideau… qu'il descende doux comme un chat. que la fatigue vienne par la chatière ! enfin ! dernière fatigue. toutes les vraies danses au fond – c'est l'agonie. regarde les chats ! comment ils font avec leurs pattes, leur toilette, longuement. c'est une danse aussi ! un ballet. lent ballet… comme Norma avant. elle a dansé, elle aussi ! et comment ! et puis elle a fait sa toilette, et elle est partie…

Toutes ces agonies, toutes ces danses ! tant de choses déjà vues ! pour dix milles tarentelles à venir ! mais j'en peux plus, moi ! polkas des crottes de nez perdues d'un dieu qui danse ! mais là – plus de plaisanteries. là – on ferme les yeux et la boutique des yeux ! là – on fait passer quelque chose de doux, oui, comme avant de s'endormir... quelque chose qui nous fera sourire les yeux fermés. et puis on part.

Quand j'ai ouvert les yeux – il faisait noir. et ma tête était claire comme le jour. j'ai pris mon portable et j'ai fait son numéro et mes mains tremblaient pas.

Elle a décroché et c'est sa voix qui m'a achevé. je l'ai pas reconnue sa voix ! et je lui ai dit que c'est Babyl qui m'avait appris pour « ta maman » et que je suis désolé... je me sentais bien, et triste à la fois, juste l'humain qui parle à l'autre humain qui pleure. oui, elle pleurait. tout doucement comme un enfant malade... pouvait pas répondre. c'est moi qui parlais. et après ça a coupé, je n'avais plus d'unités ! je ne savais pas si elle allait me rappeler, mais j'attendais. l'entendre pleurer me faisait du bien ! je sentais un sourire bizarre passer sur ma gueule ! mais elle me rappelle ou pas !? et elle m'a rappelé. et ça durait encore... et la force a été de mon côté. avant de raccrocher, elle a dit « Tu n'es pas fâché contre moi ? » pourquoi je le serais – je réponds. « Pour tout ce qui s'est passé entre nous. pour tout... »

Et toute ma force m'a quitté. avec ses lèvres elle a détruit toute ma forteresse ! elle me parlait comme on parle à un AMI. moi ! vraiment comme à un GRAND AMI ! je ne voulais pas de son amitié, moi ! ah non ! un cul-de-jatte a-t-il besoin de godasses, lui ! amitié ! elle-moi ! ah non ! commerce de merde ! « T'es triste, toi ? ça va pour toi ? » elle s'intéressait à moi ! tenait à savoir comment j'allais ! j'étais sur la pente de devenir un ami ! bichon frisé ! ami à quatre pattes ! qui comprend tout ! qui est sage ! et qui parle même !

non. pas ça ! diable m'en garde ! tout, mais pas ami ! et j'ai répondu « Ça va. oui, je suis un peu tristounet, pire qu'une colombe couronnée d'une fiente, moi ! triste contre toi. mais ça passera... » j'ai pas reconnu ma voix non plus ! j'ai senti les serpents se dresser dans mes cheveux. j'ai fini par siffler, presque ! elle riait un peu... puis a dit quelque chose, mais je voulais plus rien. pas de dessert ! et j'ai raccroché.

Quoi qu'on fasse là, elle-moi... quoi qu'on dise – ça n'apportera que des souffrances, oui, je le sais, sinon – des emmerdes ! rien à faire alors. se cacher. et rester comme ça... immobile comme ces catatoniques du périf !

Il faut que quelque chose arrive... c'est le moment ! il faut qu'il m'arrive une chose qui soit irréparable. irréversible ! qui me brise. qui coupe le réel de ce cauchemar en deux ! que ça soit – avant et après ! que la plaie s'ouvre d'avant jusque – là ! une chose qui change tout...

Devant ma vie, dans le même noir que sous le lit de mort de Babanya, je m'endormais devant mon cœur, devant ce puits inconnu, puits sans écho ni fond tel mourant de soif s'endort devant un fleuve et rêve... rêve.

Je me suis levé en un saut ! comme celui qui n'en peut plus et s'allonge dans la neige, ferme les yeux en pleine steppe, et avant de s'endormir pour de bon, quand la mort douce lui caresse les paupières – se réveille à ses caresses ! et voit ! distingue au loin la petite lumière qu'il n'avait pas vue avant et se lève ! et marche encore.

Quelque chose a changé dehors. les bruits, oui... devenus sourds, comme cachés, comme si une main magique s'était posée sur la terre. comme on pose la main sur le combiné du téléphone.

C'était la neige… oui. et le silence. le silence qui précède cette force qui m'a visité déjà… silence d'un dieu qui prie. et j'avais les larmes aux yeux. il neigeait comme jamais avant ! et je me suis retrouvé dans mon élément. et même si la neige me rend toujours plus lucide, plus joyeux que trente démons, là, dans cette neige, il n'y avait pas de joie. face à cette danse des flocons j'étais au fond d'une caverne. cette nuit est devenue le puits où il neige. et comme un homme ensorcelé je me suis penché dedans pour retrouver mon vrai visage.

Dans ma folie je pensais que je pourrais tout endurer. tout ! quel orgueil… chute d'un flocon de neige… éternelle chute de l'âme. il y a des choses qu'on peut pas endurer en étant vivant. il fallait se rendre, Dim. oui.

Noël était proche. et la neige, plus fine que l'égrisée et plus rare que la manne, s'était mise à voler. comme un signe. un présage qui annonce la venue d'une force bienveillante, celle dont je sentais déjà la présence quand Fevro dormait, visage d'icône, et un nuage s'était arrêté. et tout s'était arrêté avec lui. et là – c'était comme si je l'avais appelée, cette force, et elle était venue dans la neige. et le rideau de la vision s'était ouvert.

Rompre avec tout ça… rompre les cordes sacrées que ce monde tripote et qui nous rend tous fous. couper les liens avec tout ça. peurs, espoirs… bouches et mots dedans ! se rendre pour accueillir cette force une fois pour de bon et vivre avec. vivre dans sa Visitation perpétuelle. vivre ! ne serait-ce qu'une fois… mais vivre ! reconnaître cette force sous tous les visages qui ne sont que les masques de la vie… comme la grâce. tel un enfant reconnaît sa mère sous les masques les plus effrayants, et au bout de la peur – sent tout et pardonne et vient dans ses bras et se calme. oui. et même si on a peur de ne plus pouvoir la reconnaître, elle – nous reconnaîtra toujours.

Et je l'ai appelée encore. j'ai rechargé mon pauvre portable. le bureau de tabac était ouvert ! miracle ! sois béni, le buraliste, et ta famille et tes gosses déjà nés ! et les gosses dans tes burnes ! trois pas sous la neige m'ont rendu le vrai froid. je me suis mis à sourire, même ! et après – je l'ai appelée. elle a décroché. et j'ai dit « Tu vois comme il neige ? » et tout a changé. j'ai été libre. elle a dit « Oui, c'est étrange, la neige. j'arrive pas à me décoller de la fenêtre… et j'ai pensé à toi, toi, qui l'aimes tant, la neige… comme maman l'aimait. elle aussi. » et j'ai répondu « Et c'est toujours réciproque entre la neige et moi… » sa respiration, son rire triste et vrai, sa voix – tout était différent, pur, sans tache ni passé. comme si on venait de se rencontrer… oui. trois fois oui ! comme si on avait complètement perdu la mémoire dans cette tourmente de neige. et on s'y est retrouvés.

« Tu veux pas qu'on se balade ? – j'ai dit – un peu… sous la neige. l'air est pur, bien peigné… mieux qu'un chérubin à sa première messe ! » elle souriait. je le sentais ! et j'ai ajouté. « Sinon, regarde la nuit, comme ça, comme maintenant… regarde la neige et tu sauras où est ta mère. mets ton GPS du cœur en rut ! » pauvre drille ! briscard des burnes ! je voulais dire « en route ! » j'ai failli m'écrouler dans mille pardons ! mais j'ai entendu son rire ! oui ! rire ! j'ai pas halluciné, moi ! c'était son rire ! et j'ai été sauvé ! elle riait et ce chérubin peigné comme pour un mariage pesait les flocons dans ses mains et il ne trouvait rien qui ne soit pas blanc.

« D'accord – elle a dit. donne-moi deux heures. Clémence est là... elle est sortie. elle a mis la machine à laver en rut, comme tu dis ! il faut que je sorte le linge... je vais me préparer. quand tu seras en bas, mets-moi un texto... »

« *Da*, j'ai répondu. très da ! archi-da ! mets ton col roulé. il fait froid... » ho ! Dimitrius ! une mémé russe ! t'es une vieille qui picole, fume, mange pas, sinon les croquettes de son chat, se suicide à la petite cuillère, mais qui dit – « mets ton pull ! »

« Et toi, mets ta veuve ! – elle a dit. oups ! pardon ! ta veste du Goulag, je voulais dire ! t'as mangé un peu ? »

Dis donc, elle se souvient de ma veste ! de ma veuve ! elle se soucie ! si j'ai mangé ! si j'ai froid ! c'est fou ça ! même si elle avait dit « Mets ton linceul et tes clous et viens avec moi ! » – j'aurais pris sur mon dos tous les poteaux d'ici ! y en a pas mal là ! avenue Michelet ! pour un millier de bonnes croix ! bien solides en plus ! du béton ! et je serais venu ! « Mais oui – je dis – je mettrai tout, mais tout ! t'inquiète ! culotte en fourrure ! avec une capuche, et tout... Chalamov disait "Ce n'est pas le froid qui nous tue. c'est le mauvais vêtement..." »

Et me voilà – sous la neige. cette neige qui est venue en démon et qui reste en messie...

Elle est sortie, et s'est arrêtée un moment. elle me voyait pas. je l'attendais, caché dans l'ombre. et je l'ai vue tout entière un moment. comme on regarde un cadeau, et on sait, on devine ce que c'est, mais on tarde à l'ouvrir... oui, elle m'était comme offerte. sa mère, cette femme que j'ai pas connue, jamais vue – m'a rendu sa fille. gentille dame… venue ici, à Paris sous la neige qu'elle aimait tant, revenue en fantôme pour m'apporter le cœur de sa fille, oui, sur un plateau couvert d'un drap silencieux comme la steppe enneigée.

Elle me cherchait des yeux et je la buvais elle, et son attente était mon miel. mais j'ai pas pu tenir plus longtemps. je suis sorti de l'ombre.

Ses joues sentaient la pomme. et ses yeux si près, et puis – fermés, et puis ses cheveux, et son cou… je ne savais pas ce que je marmonnais, moi.

« Ta maman est venue dans la neige… » je répétais ça, je m'en souviens encore ! « Tu me fais du bien », elle a dit. « Mais oui – je réponds – toubib raté, je sais faire du bouche-à-oreille encore… »

Et puis c'était trop pour elle. trop pour tout. elle s'est mise à pleurer. « Ne me dis rien ! ne me dis rien ! » elle savait pleurer ! si humaine… comme tout le monde dans un vrai chagrin ! si proche ! si faible ! elle a posé sa tête entre mes mains. « Pleure… – j'ai dit – pleure. ta maman, elle est revenue dans la neige, ta maman ! » j'ai répété ça comme un bègue fou qui a recouvré la parole ! j'étais en train de la torturer ! oui, tout doucement lui murmurer à l'oreille tout ce qui va lui arriver… pour qu'elle pleure encore ! pleure de l'or pur pour pouvoir frapper après les pièces avec lesquelles elle achetera son âme.

On a eu chaud comme sous une aile vermeille, sous la voile enflammée d'un bateau qui est venu, exprès, pour nous emmener loin d'ici ! oui.

On a mis du temps pour traverser la rue… notre café béni. caverne sous la neige. rue d'Odessa ! mes orteils étaient en flammes. surtout deux ! comme mâchés par dix démons ! orteils gelés au pôle, mais sauvés. depuis, chaque hiver ça me fait un mal de chien ! mais là – le mal était le bien.

Et notre serveur, vieux gardien de notre temple, était là, toujours vivant, et tout était comme avant. il savait déjà pour sa mère et la consolait avec ses yeux et nous servait comme un ange aveugle aurait servi les martyrs qui se croyaient graciés, mais qui demain seraient jetés dans l'arène… pour finir par tout renier. tout. et s'entre-dévorer, peut-être !

Elle a posé sa tête sur mon épaule, et ça m'est revenu, ce rêve. « C'est fou ça, Fevro… tout à l'heure j'ai fait un rêve avant de t'appeler. je me suis endormi pire qu'une pierre, et ce rêve, c'est lui qui m'a réveillé. juste avant que tombe la neige. oui, y a deux heures… et je l'ai oublié. tout. complètement. tu sais, comme on oublie celui qui nous annonce une visite mystérieuse, longtemps attendue. et quand tout est fini, il revient et balaie derrière la vision. j'ai rêvé que j'étais dans une foule et quelqu'un m'a dit “Allez, viens ! c'est ta mère ! viens la voir ! elle t'appelle…” je regarde partout, mille visages autour, des femmes, que des femmes dans un sauna froid, toutes habillées, et je ne reconnais aucun visage. une dame arrive et mon cœur bondit ! elle dit “C'est moi, Mitinka” et je sais que c'est elle. elle ! et j'ai le cœur serré, mais je ne la reconnais pas.

Fevro m'écoutait silencieuse, comme si elle voyait à ce moment-là ce que moi j'ai vu dans ce rêve, et puis elle a bougé un peu. elle est revenue. tout doucement sa main a effleuré ses cheveux et j'ai vu la bague. serpent autour de son doigt. serpent d'acier. d'argent… je ne sais pas. jamais vu cette chose. j'ai rien dit, moi. mais elle a senti. « C'est un dragon » elle a dit. c'était à ma mère… avant il avait deux yeux, deux diamants, et là il a perdu un œil… » « Oui, – j'ai dit – il est beau, lui. » j'aimais bien ce dragon. c'est vrai, il était borgne. et j'étais comme lui. un peu… beaucoup ! autour de son doigt comme lui. s'il pouvait parler, lui ! passer d'une main à l'autre et parler ! il aurait pu me dire des choses !

J'ai demandé si c'était sa mère qui lui avait donné ce prénom. Fevronia. « Oui – elle a répondu. c'est maman. c'est elle… » quel prénom, je me suis dit. en elle doit bien couler le sang des brebis du Péloponnèse ! comme en moi coule celui des bouquetins des steppes chevauchés par les Vikings.

Et tout d'un coup elle s'est blottie contre moi, fort-fort, effrayée, comme si elle voyait un fantôme, et j'ai senti son odeur sous le pull, et ça… ça m'a rendu encore plus fou qu'avant ! plus malade encore. je me suis mis à ricaner ! délirant comme seule une colombe russe sous la neige peut l'être !

C'est Clémence. elle l'a vue revenir. passer devant le café. lente comme une vieille sorcière qui revient de la chasse. « Il faut que je rentre » – dit Fevro.

« Mais bien sûr… oui. il faut que tu rentres. il faut que nous rentrions tous au bercail ! il faut que la fumée rentre dans la cheminée. faut que les larmes pleurées remontent vers les billes ! que les vieillards rentrent dans leurs berceaux… que les mort-nés retournent au ventre de leurs mères ! archi-oui… » et là – elle a pris ma tête et lentement, un par un, embrassé mes yeux. l'œil gauche. l'œil droit. et puis encore. et puis toujours. l'œil vivant. l'œil crevé… et puis elle s'est levée et est sortie, sans se retourner.

Elle pouvait tout faire. tout.

26

J'avais raison, moi… groin prophétique ! comme pour ce qui concerne les autres. Hadrien est rentré. on finit tous par rentrer dans notre écurie. mais oui, y a pas de quoi moucher la Sybille !

Babyl danse ! ça l'a rajeuni de trente ans, lui ! ses sourcils tanguent ! plus de philippiques, ni diatribes, ni babylliques à exhorter les Nif-Nif de la vengeance ! il passe aux murmures ! tout est cool ! et tout coule ! l'ange Gabriel lui a apporté son bouquet le plus beau ! [sex and love] ! et plus frais qu'avant !

Il me raconte et il rit ! bien seul… on rit mieux seul, il paraît. mais oui, on s'en fout au fond ! quand on est bien – on se fout de tout ! c'est ça le signe ! il me montre même les traces ! les textos de son archange !

… « *Viens* – il m'avait écrit. *viens* ! » regarde un peu ! quel culot ! et puis deuxième texto ! *« Ça fait longtemps… viens ce soir. je suis à Paris. chez moi.* » et puis le troisième ! « *Viens, mon beau satyre ! j'ai les burnes à pousser dans une brouette, moi !* » t'imagine, Tolstoï ?! mais il sait parler aux hommes, lui ! il sait que tout est pardonné déjà ! tout et depuis toujours ! à la carte et au menu ! et le temps s'est arrêté, Dimitrius. combien de cafés j'ai engloutis… je ne savais plus. je les gobais l'un après l'autre ! à courir sur le plafond ! je fumais même ! grillais l'une, puis l'autre, à péter de la fumée ! face à la ville nocturne ! tu sais bien comment je suis ! tu sais bien ce que je vois de ma terrasse, moi ! mais je voyais pas la ville. deux heures à passer… j'ai tout compté, moi ! ah oui ! comptable fou avec son boulier en fleur ! partout, mais partout – il y avait décembre et moi – j'avais les pieds dans les fleurs jusqu'aux genoux, moi ! mais vraiment ! ces deux heures – j'étais l'homme le plus heureux de ce quartier ! pas difficile, tu diras… vu la pourriture ! larve heureuse ! mais bon – ces heures-ci j'étais cul au Styx et queue au paradis comme tu dis ! je me suis lavé trois fois ! les vraies ablutions ! coupé les ongles, rasé, bien longuement mais le temps roulait encore moins vite ! il s'arrêtait à chaque poteau, le temps ! en chien ! à la fin j'ai couru avant le métro… gare de l'Est ! Dieu Sabaoth !

Je voulais mettre mes grolles neuves. je les avais achetées comme ça, sur un coup de tête, c'est plus cher que ces deux Mistral en détail à Saint-Nazaire ! je les ai mises une fois… pour sortir la poubelle ! pour les faire ! ça marchait à merveille, ces grolles ! mais tu me connais, toi… j'aime pas ce qui est neuf ! je suis ascète, tu sais… ne ris pas ! ris ! les bourges, ce sont eux – les vrais ascètes ! cachemire troué mais c'est du cachemire ! godasses pourries mais ce sont des godasses anglaises ! grolles à vie ! même au-delà ! linceul de merde mais les pompes ! les pompes ! à abriter les noces des asticots aristos !

Et puis je les ai mises quand même ! grolles bénites du printemps ! c'est gênant un peu… au début ! toujours pareil avec les grolles neuves ! on a l'impression que tous les yeux s'ouvrent sur nous ! bottes magiques ! et on marche et le monde nous voit danser, nous ! et le monde frappe des cils ! et on passe sur le pont d'arc-en-ciel et puis et puis d'un coup de cils – c'est fini ! valse et tout. plus de musique ni printemps aux semelles ! et on retombe sur nos pattes sans sentir nos godasses. je comprends, et comment, certaines folles qui achètent mille chaussures ! pour cette danse… pour une heure ou même pas ! on sait rien… je les comprends !

Tout allait bien… mais ! quel démon ! quel diable à zappette a changé le programme ?! m'a poussé à sortir « Saint-Michel » !? en zombie je me suis tapé trente mille marches ! pourquoi ?! à quatre pattes à la fin, mais heureux ! et puis une fois dehors, sous les platanes, joyeux, en vrai trisomique qui a vu passer un cul de Pégase ! cul magnifique à écraser les hérissons, aurait dit ton pépé – je me suis mis à fumer ! en mijotant ma joie ! en bavant dans la casserole d'espoir ! oh ho ! j'avais faim de lui… sacrée dalle ! et tout ça – sous un platane ! mais qui se met sous un platane dans cette ville !? qui ! quand les pigeons sont en chaleur ! quand chaque bête à plumes a les boyaux bourrés d'hiver ! dis-moi qui !? soit – un martyr, soit – un saint ! même les oufs les plus cavés évitent ce genre d'oufferie ! tu sais comme je les déteste, les pigeons ! ces fabriques de merde ! et c'est réciproque entre nous ! à jamais !

Il valait mieux que je me suicide, là ! me mettre carrément sur la route d'une escadrille de vaches qui chient en vol ! qui larguent ! et qui repassent ! mais j'ai rien entendu ! ces trois gros pigeons ! des tourterelles lubriques ! trois trous de Moscou ! corbeaux nazis ! des espions du pépé Sam ! je suis aussi sûr que je sens encore la merde ! pas fiente, ah non ! *niet* ! tu dis – fiente, toi ! ho ! t'as rien vu alors ! trois salves à foutre par terre un père blaireau ! les poules de Tchernobyl ! nourries comme des porcs ! poules couvées dans l'encrier de Gogol ! je ne demande même pas comment ni pourquoi elles n'ont pas désappris à voler ! sacré saint Michel ! elles doivent avoir des ailes d'ange ! culs aussi ! en bourrelets ! et voilà, moi, cible immobile… un cerf qui bouge pas ! qui sait pas fumer, mais qui fume, narines tremblantes ! sourcils dansant ! qui va aller chez son Bambi tout chaud… eh bah – ils ont largué le paquet, les chérubins ! bonne soirée, merdouille ! quand ils ont tiré la première fois – ça a enterré ma chaussure gauche jusqu'aux nœuds ! quand ils ont tiré la deuxième – ma droite est devenue aussi fournie que celle d'un fermier ivre ! et la troisième fois – ça a achevé ma grolle gauche ! enterrée vivante ! plus immobile que saint Siméon sur sa colonne – j'ai juste levé les mains vers le ciel ! et tout était fini en trois salves et j'ai dit juste « oh merde ! ». j'ai regardé en haut et j'ai vu trois culs ténébreux qui rechargeaient !

Je les entends encore, cette bande ! ils parlaient, mais je te jure ! ces trois oiseaux de la paix ! ils m'ont guetté ! je te rejure ! ils roucoulaient en chœur de fesses ! « Tiens ! t'as vu ! il a changé de tronche celui-là… regarde-le ! il a la gueule à venir demain avec une carabine ! ha ha ! » et croassant ils rechargeaient les boyaux ! quelle Coventry c'était ! Britten est mort ! dommage !

Et saint Michel et le maigre Satan de la fontaine ont ri, mais ri ! j'ai lavé mes godasses dedans ! l'archange a fait tomber son glaive aussi tordu de rire que son maître ! ils riaient tous les deux, ceux-là… le général de toute l'armée céleste et Satan ! et la paix régnait sur la place ! ah oui. la paix qu'ils ont eue sur mon dos ! sur mes grolles en peau de dragon ! c'est toujours comme ça ! mais la fontaine était glaciale, bon dieu ! deux baptêmes dans la même soirée ! deux ! à la merde et à l'eau ! et puis c'était pas fini ! et puis – j'ai pas pu voir ni laver mes godasses de tous mes péchés ! dans le noir – pas facile ! et je suis venu comme ça, en cerf, bois bas, aux sabots peints de vert fluo ! mais qu'est ce qu'on donne aux pigeons à bouffer !

Et puis Babyl me demande me demande comment je vais, moi. comment va « notre » papy Khéops ! et ses mémoires ?! « Ça va – je réponds… ça boite un peu, mais ça va… » et je tourne vers l'autre chose. comme si j'avais déjà mon plan pour Pharaon. peut-être bien… il s'en fout de toute façon, ce Babyleus ! il a récupéré son Ange et le cul de l'Ange ! le reste – c'est pour finir la bière ! plus on est content, plus on est égoïste, il paraît… et puis si ça dure trop – on finit con. con content. en cage on bouffe notre propre merde et on chante – « Ah que c'est bon, la pizza ! » mais lui, il n'est pas comme ça, lui ! il sent la chose, lui ! il voit ce que je mâche, moi… sous quelle enseigne je dors, moi. oui, il voit. mais au fond on n'aime que ceux qu'on a sauvés, non ? et moi – je ne veux pas qu'on me sauve ! et puis quoi encore ! *brrr ! mrrr !* lui – non plus je crois… enfin, j'espère ! juste – soyons polis les uns avec les autres. et puis que personne ne me touche ! et même si je suis en flammes – que personne ne me pisse dessus ! même pas Fevro !

La dernière fois qu'on s'est vus – c'était chez Babyl. il y a deux jours. il était joyeux, distrait et imbu de lui-même ! mais ça allait, Fevro était là… mais j'ai vu qu'elle évitait qu'on soit tous les deux dans la même pièce. et puis une fois sur la terrasse, coincée, puisque Babyl s'est enfui pour appeler Hadrien, elle a dit enfin… qu'elle s'est déshabituée de moi. qu'elle avait peur de rester toute seule avec moi ! et ses yeux fuyaient. ses mains ! tout… elle avait peur de moi. ou d'elle-même, mais en ma présence ! je ne sais rien ! et pourtant j'étais léger, là ! archi-agneau, moi ! je dansais aussi… même sans la joie sur mon épaule ! même comme ça ! c'est trop facile sinon ! mais essayez quand c'est vraiment lourd ! essayez, la tombe creusée dans l'âme ! et sans médaille ni croix ! juste comme ça… quand c'est le noir total ! après tout ce qu'elle m'a dit ! tout en vrac ! peur de moi ! déshabituée de moi, comme si j'étais une jupette, moi ! ou – une de ses mille Repetto, moi ! mais je voulais pas être lourd. cul de bronze, gueule de plomb, sourire sous la réserve, tout ça… non ! à la rigueur – tout seul. dans ma tanière, à la marmotte délirante, mais pas devant elle ! qu'on me coupe l'oreille là – je vais la saler, poivrer et servir sur un plateau à côté de ma tête ! et tout ça en valsant ! fredonnant ! on me ligote mains aux pieds – je vais danser avec mes yeux ! on me murmure des choses atroces – je fais l'écho sourd, moi… le cœur sous les semelles – je fais mes pas de biche ! puis un saut de chat ! encore ! et quarante gargouillades !

Et elle rit toujours. seule chose bizarre, c'est qu'à un moment Babyl est devenu comme un gros chat qui voit un écureuil ! en pleine rigolade – il s'est arrêté, pétrifié ! yeux rivés sur la main gauche de Fevro ! comme si elle tenait une souris dans le creux ! et puis il est parti dans la cuisine et elle… elle a retiré sa bague. son dragon ! et l'a cachée dans sa poche. c'était vite, très, mais j'ai vu, je comprenais pas et puis ça a passé. juste Babyl, devenu pensif, comme un homme qui se réveille. oui. les yeux d'aveugle, s'efforce de se rappeler son rêve, arrive presque, touche déjà et puis n'arrive pas et puis laisse tomber.

Elle devait partir ! comme toujours. dès que ça commence à chauffer – les sorcières partent ! mais elle me l'a dit déjà… oui. et puis j'ai oublié, tête en passoire ! « J'ai mon train dans deux heures – elle m'a dit tout bas – je vais appeler un taxi. viens sur la terrasse. ici, ça capte mal. » et puis – me prend carrément par la main. et me mène ! et dehors… dehors ! s'est blottie contre moi ! collée à ne plus rien voir ! mais elle a trouvé mes yeux ! toute tremblante ! « Quoi qu'on te raconte – ne crois pas… je suis pas comme ça ! s'il te plaît… » et ses yeux, mon sang ! toutes les prières depuis trois mille ans !

Et puis elle se décolle aussi sec ! « Faut que j'appelle un taxi… rentre ! il fait pas chaud… » sonné comme un billot je rentre. peluche téléguidée !

Babyl est dans la cuisine. il chantonne ! je m'écroule et je vois à peine Fevro qui revient de la terrasse. et puis passe vers la porte ! comme ça ! et puis *clac* ! partie !

J'ai pas pu soupirer une seule fois que Babyl déboule de la cuisine ! en deux sauts ! gros lion en robe de chambre ! tourne autour de moi comme si j'étais un steak, moi ! « Ça me turlupine tout de même, ce truc ! il m'a dit t'as vu, toi aussi ! qu'est-ce qu'elle avait à son doigt ? ah ?! tout à l'heure ! une bague, non ! si ! vas-y ! je vais pas dormir sinon ! c'était quoi ? une bague ! mais quelle bague ! un dragon, non ?! un serpent, non ?! allez, fais pas semblant, t'as vu aussi, toi ! tout vu ! un serpent qui n'a qu'un œil ! c'est ça ?! quel con je suis ! mais quel fou ! et l'autre ! vraie pute au carré ! Hadrien ! je lui ai offert cette bague ! y a pas des siècles… je ne sais plus ! deux mois, trois ! n'importe ! et lui – il l'a refilée à cette !… » il respire plus ! encore un mot et il va s'effondrer ! exploser et tout tapisser avec tout ce qu'il a avalé depuis une année ! tous les mensonges qu'il a bus et mangés de la bouche de son Ange de merde !

« Mais non, mais non » – je le rassure. je lui parle. moi – c'est pas grave, moi. je vais m'ausculter après, moi… tout seul. « Mais c'est pas un serpent, ça, allons, j'ai vu, c'est une bague toute bête… et c'est moi, mais oui, je la lui ai donnée. ma mère avait quelques bijoux, et après sa mort mon vieux savait pas quoi en faire, alors j'ai apporté ses trucs de mes steppes, c'est tout. et puis un jour, quand Fevro est venue chez Madame Dedovitch, je t'avais parlé d'elle, non ? là-bas, je lui ai filé cette bague. bague toute simple… ma mère l'aimait bien. et je voulais qu'elle la porte, pour voir cette bague sur elle. ça me calmait toujours ce truc… petit rubis. diamant des paysans. »

Il m'écoute ! la Gestapo est de retour ! bras dessous bras dessus avec NKVD ! il ne me quitte pas des yeux. me voit ! me devine ! comme dans un rêve ! comme à travers un rideau ! me voit pas. me cherche ! mais il veut croire… oui. de toutes ses forces – croire. pas savoir ! si ! mais le savoir, ça fait mal, ça ! et comment ! alors un peu d'anesthésie ! et puis en douceur… et puis je mens si bien, moi ! et puis la mère – c'est sacré ! surtout inconnue ! et peut-être je sens vraiment rien, moi… à force de tout ça ! mais là – regarde ! je n'ai plus de douleur. regarde ! plus de joie ni honte… j'ai plus de magie, moi. mais son rouge à lèvres dans ma bouche – je le sens encore.

Il sourit. il est exsangue. et puis tout doucement, du fond d'un volcan il me parle… je sais tout ça. oui, même avant de naître, on sait tous ce genre de choses… il a pitié de moi. bonne vieille pitié. la dernière. il me dit des choses vraies. choses justes. choses lourdes. inutiles. la seule écharde qui m'est restée dans la tête c'est quand il a dit « Pauvre fille… pauvre Rousskof. tu l'aimes comme si tu ne méritais pas de vivre, toi… » voilà, tout. et à la fin. et gentiment… c'est bien dit, n'empêche ! à éborgner Polyphème ! quelle sagesse ! je vais peut-être tatouer ça sur mon cul ! mais qui sait aimer comme il faut !

« C'est pas si tragique – je réponds. voyons ! je veux juste être là quand elle jouit, c'est tout… » Babyl écarquille les yeux ! une chouette à midi ! il rit un coup. je ne sais pas si les chouettes rigolent comme ça à midi.

Aimer comme il faut ! ho ! sinon – à la cul-de-jatte sur la piste de tango ! infirmes comme nous sommes ! et jaloux et lourds et mortels ! jaloux comme seuls les infirmes peuvent l'être ! muets – jaloux des culs-de-jatte bavards ! sourds – des aveugles ! fous malheureux – des oufs joyeux ! de vrais camions de plumes noires de jalousie à décharger encore dix siècles ! et une par une, chaque plume… oui.

Merde, alors ! jusqu'au plafond, alors ! aimer ! c'est peut-être la même chose que savoir souffrir… oui. et puis souffrir comme il faut ! en chier comme un Russe, aurait dit pépé Jo. lui ! qui misait sur la joie, lui ! il pissait sa joie sur l'amour et tout autour !

« Amourrr ! – il rugissait – ah oui ! très bien tout ça ! même trop ! et l'âme montre sa culotte ! et puis on se mouche dedans ! » il hurle encore ! il feule toujours, pépé ! il a survécu à deux guerres et mille emmerdes, lui ! et survivre c'était déjà le comble du comble ! « Ceux qui ont souffert des hommes – il répétait – s'en foutent de la santé ! de la tête ! de la beauté... de tout ça ! c'est la bonté qui compte ! je peux te dire, moi... la bonté, mon têtardeau ! ça – oui... » et hop – un autre verre ! l'œil gauche – lavé ! le droit est à rincer dans le lacryma christi ! et vite ! le gauche est déjà sec !

Il pissait dans le trou et baisait la plaie, lui ! voilà le Cantique des Cantiques ! bien bref, mais sain ! rien à perdre ! que l'appétit ! et ce désir ?! il s'en foutait ! pépé joyeusement ! le désir vient quand tu n'as plus d'appétit ! il rampe pour des miettes, le désir ! et ses miettes sont plus grosses que ses yeux ! plus grosses que le bide du monde ! que tout ! mais quand la vie bande en toi ! en trompette de Jéricho bande... « Je pète pas la forme, mon petit – il disait à la fin – je tiens pas à crever d'effort, moi ! tu verras ! c'est en pétant la forme qu'on crève ! faut aller doucement ! mais jusqu'au bout ! »

Quelle époque ! je ne connaissais pas une seule sorcière, moi ! l'âge d'or ! cœur tendre, burnes d'acier ! et là je suis satyre tragique !

Il avait de l'appétit, pépé ! pour neuf vies ! et une joie ! celle-là... peut-être elle n'est pas d'ici, papy ! ni d'ailleurs non plus. mais la sienne – nichait parfois sur ma tête ! encore hier son nid était chaud.

Là – je veux m'en aller. je veux rester seul un peu. mais Babyl ne veut pas que je parte ! « Reste encore un peu… je vais te dire une chose, moi ! avant que tu te tires. petite-petite chose, mais faut que je te la dise ! » il me pousse dans le fauteuil presque ! et puis s'assoit sur le tapis à côté. soupire. et encore. et puis les yeux dans le tapis il me dit « Je sais que je peux compter sur toi. sur personne, mais sur toi – si. tout ce que se passe ici – reste ici. les seuls yeux que je voudrais avoir là – ce sont les tiens. pour voir et garder le secret. là, tout à l'heure, j'ai déliré un peu. bague ou pas, n'importe. mais je veux que tu gardes tout ça comme un muet sous la langue ! fais-le pour moi… rien à personne. » et puis il se tait. rien à dire moi non plus. mais oui, je serai discret comme un appel du pied d'un cul-de-jatte, moi ! je suis une tombe, moi ?! mieux ! là – il peut y aller ! là – il parle comme dans le cul d'un cadavre, lui ! comme à l'oreille d'un mourant parfois… pour que tout s'oublie. mais j'oublie rien, moi.

Et puis – ça commence encore, mais cette fois sa transe – est plus écrémée ! il regarde le tapis toujours ! « Je suis peut-être salaud, moi. méchant parfois. vraiment méchant. mais – je t'ai choisi, moi. il faut pas me décevoir. oui, je suis bizarre, et alors ! bizarre, c'est rien ! pervers et tout ! quelle connerie… les dissimulés, tout ça, toute cette Légion je connais bien moi – il ajoute rêveur – c'est ce que je connais le mieux, peut-être… c'est pour ça que je t'en parle. ne me déçoit pas ! la déception d'un tordu c'est plus haut et pire qu'une tour Eiffel de rêve ! chaque mauvais a son juste ! » et il se met à rire ! puis rugit !

Il me lâche pas. il tient à m'accompagner. jusqu'à Stalingrad du moins ! cette bague ! une vraie bombe ! ça a creusé un gros trou en lui ! Vésuve ambulant…

il parle pas. mais c'est pire ! ça bouillonne ! ça soupire ! « Dis donc, – il marmonne – il fait si beau. ça fait mal aux yeux… insupportable ! » il s'arrête. fouille dans ses poches. « Merde ! mes lunettes de soleil ! » puis les trouve. les met et on repart. « Non… c'est pire ! – on s'arrête encore – c'est fou, mais je peux pas comme ça ! c'est trop pour moi… j'ai pas de lunettes pour tout ça ! » il les jette sur le macadam ! elle font *toc-toc* ! « Merde de Dieu ! ça fait un mal d'avorton tout ça ! » il me regarde pas. ses yeux coulent… il pleure ! il ne manquait plus que ça ! mais non. mais si. « S'il te plaît… si je pouvais fermer les yeux et toi, tu me prendrais comme ça… bras dessous bras dessus ! ça pourrait marcher… » il pleure, lui ?! pire. il jérémie !

Je lui donne mon coude, il s'accroche et ferme les yeux. on fait quelques pas comme ça. les gens se retournent. il sourit ! et s'accroche pour de bon. il est lourd ! faut trouver un rythme ! la cadence ! on n'arrive pas ! on piétine ! je vois sur le trottoir une mouche qui nous dépasse ! et à pied ! et puis j'ai mal aux yeux, moi, aussi ! mais… mais, ça me fait du bien ce mal. et on marche quand même ! yeux à terre, on bouge ! et puis l'un contre l'autre – on a chaud ! à côté d'un volcan pareil ! mais oui, je promène un Etna, moi ! comme avant, toi-moi, mon ami bien-aimé… mon Bossu. mon enfance. je nous vois encore. je nous vois toujours. on marche, toi-moi, et soleil, et ombre, et encore soleil et puis ombre longue… dans les flaques de soleil ! aveuglés tous les deux ! dans les flaques de mercure !

Et c'est si fort que je m'arrête. « Ça va pas ?! t'as mal ?! » Babyl m'attrape. son visage si près… « Ça va… attends un peu. ça va aller. je viens de voir quelqu'un. on marchait pareil, lui-moi. et j'ai pensé à lui. et je l'ai vu… » mais il s'inquiète ! il veut qu'on s'assoit ! ai-je mangé aujourd'hui ?! faut qu'on trouve un café ! non-non, je lui dis, vraiment, ça va aller ! d'accord, mais juste un peu et puis il y a un bon café sur le canal, je le connais – dit Babyl – c'est calme… allons tout doux !

Et on marche. il me tire. « On peut couper par là. » faut qu'on traverse l'avenue de Flandres, alors. « Merde ! dit Babyl, on a rien entendu ! c'est la manif ! mmmm… alors faut attendre qu'ils passent ! merdasse ! mais pourquoi ils se sentent obligés de brailler comme des circoncis à la hache ! »

On attend.

Impossible de passer. il trépigne ! grogne ! un ours aveugle face à une rivière qui grouille de saumons ahuris qui remontent le courant ! pour frayer et mourir, il paraît ! il tient plus en place ! « Tu vois ! trouve le gué, toi ! le rusé ! mariage pour tous ! quelle rigolade ! et dire que tous ces consomme bio en colère veulent être aimés ! tous ! ils le seront ! amour pour tous ! recto verso ! et leurs tribuns… courageux comme des poux face à un peigne édenté ! les uns cherchent le salut dans le trou de balle ! les autres dans la plaie ! tu vois la distance ! à prendre un hélico ! du trou à la plaie ! et tous gueulent comme des sourds dans l'ouragan ! les uns – dans le fion ! les autres – dans la chatte ! mais au fond, bien au fond – ils ne veulent que baiser ! bouffer, roter et rire ! tous ! rire et péter dans le Styx ! comme tu le dis ! et rire encore ! mais oui – j'aime pas la foule… à moi seul – je suis la foule ! » il rit, lui. il rit pas. encore un peu et il se jettera dans la foule ! ses yeux sont dedans déjà ! à la cheville ! en train de dévorer les saumons !

Mais c'est pas fini ! il respire un coup ! puis expire ! « Tous pareils ! tous ! mariage pour tous, manif pour tous ! les clodos qui se battent pour la même pièce ! les uns – pour pile, les autres – pour face ! quels cons splendides ! mais j'ai honte, moi ! les homos ! tous devenus – conformistes à péter en chœur ! et fermer la porte de l'intérieur ! hé ! ça me peine tout ça… mais j'ai vu autre chose, moi ! l'autre époque ! l'âge héroïque ! quand les homos avaient la mort dans le cul ! quand ils portaient leur destin sur la queue ! et là – ils veulent se marier ? où va le monde ! houououou… j'en ai à ras le nif-nif de tout ça ! tu te souviens, tu m'as parlé d'un Russe ? vieil homo qui a passé vingt-cinq ans au Goulag ? bah, il a raison, lui ! il est comme moi, lui ! on dirait moi dans trente ans ! l'homo le plus vieux de toutes les Russies ! et vivant ! il disait quoi, lui ?! qu'il a débourré vingt directeurs de prison, lui ! qu'il a dévergondé autant de matons qu'il y a de poissons dans le lac Baïkal ! il sait de quoi il parle, lui ! il lèche pas l'iceberg, lui ! il le baise ! il ne regrette pas, mais du tout, que la moitié des camps de Sibérie, policiers inclus, loups et zibelines, ours, blaireaux et fouines, toute la faune sauvage – se soient battus pour son cul ! ha ! l'amour entre les hommes n'a pas besoin de salut ! pas par le mariage ! surtout pas !… »

Mais on traverse enfin. on rampe encore un peu et voici – le canal. on s'effondre dans un café face à l'eau. le soleil s'est voilé la face. tout est gris. il commence à pleuvoir. on se retrouve dans une ville inconnue. toutes les villes sont des sœurs quand il pleut. canal est vide. pas une ride sur les eaux. « Pas une âme à pêcher – Babyl dit tout bas – regarde ! plus de voile. c'est comme ça… »

Oui. pas un souffle. peut-être c'est comme ça qu'on voit le monde quand on naît. c'est exactement comme ça qu'on apprend à respirer quand on sort de notre mère… avant je pensais que l'enfant qui naît voit le monde comme un ouragan, mais – non. il voit comme ça… comme un canal et il pleut tout doucement. et de l'autre côté de la cuisse de notre mère – est le monde.

Et toi, mon Gibbeux, mon Bossu bien-aimé, tu viens. tu es là, avec nous, et personne ne te voit. tu es troisième à notre table.

Babyl me demande « C'était quoi tout à l'heure ? t'as vu quoi ? »

« Mon ami – je réponds – celui que j'aimais. » et puis je lui parle un peu de toi. mon Gibbeux. il m'écoute gentiment. demande rien. il voit ce que j'ai vu. ce que je vois… TOI. j'en suis sûr. tous les deux face au coucher de soleil. rien à dire… et c'est lent. je lui raconte. comme ça vient, par les vagues. et puis ta mort. légèrement. et puis ton visage après. au cimetière juste avant qu'on te descende dans la tombe. t'es devenu si petit, mon dieu ! tout emmailloté ! un bébé ! un alevin dans une barque ! et ton visage, ramassé dans le blanc du drap comme un point. point qui se repose… point à tout. plus intense que nous tous, vivants et muets, penchés sur toi. et ton sourire, tel un nid d'oiseaux du ciel. nid caché, nid vide dans le buisson de l'hiver…

« Ah oui, ah oui – murmure Babyl. c'est exactement ça ! les visages des morts, je les ai toujours vus comme ça aussi ! ce sont des nids. oui mille fois ! nids vides… et puis les morts n'ont jamais l'air crevés. jamais. c'est nous plutôt qui avons une tête de zombie en permission ! zombies sans maître ! hyènes en sueur ! c'est ça qui est fou… et eux – sont toujours paisibles. ils ont enfin posé leur sac. » et puis il s'arrête. il regarde au loin. aucun vent ne ride le canal. aucun souffle. il regarde… il s'envole de son visage… de son nid. grand oiseau. magnifique. oiseau fatigué. oiseau qui parle et dit :

« Faut que je sois enfin seul. faut que tout s'arrête. il a peur de moi, mon pauvre Hadrien. parfois je le sens. il a vraiment peur… c'est trop pour lui. mais je sais comprendre. je comprends tout, moi, mais j'oublie rien. c'est ça l'écharde… seule chose que j'arrive pas à voir – c'est – pourquoi il a peur, lui. mais tout ça… ce n'est qu'une dernière saignée. une extrême-onction ! oui et puis… et puis on nous laisse seul. vraiment seul. plus seul que jamais. à fermer nous-même nos yeux en mourant… il faut qu'on apprenne ça. se fermer les yeux une dernière fois. et embrasser notre propre front. » il sourit, Babyl. « Je voulais te demander une chose, puis-je ? comment ta mère t'appelait ? c'était comment ? c'est quoi ton vrai nom… »

La question, dis donc ! je ne sais plus vraiment. comment ma mère m'appelait ! ça dépend… parfois – mon renardeau. parfois – mon groinceau. enfin, mille noms !

« Je vais t'appeler – Mitia, veux-tu ? non ? c'est bien, Mitia. et ça sera à vie ! je sais que ta mère est morte. c'est Fevro… elle m'a raconté un peu. tes steppes, tes forêts, tes vadrouilles et pépé Jo… »

Ah oui ! ah bon ! mais je dis rien, moi. il voit tout seul ma tronche fleurir de mille questions ! un sapin aux questions, moi ! il sourit, lui. encore et encore ! dit rien, mais quel sourire ! et puis juste un écho de sourire… juste les yeux ! « Ce n'est pas un secret tout ça… non ? de toute façon, tout le monde s'en fout de tout le monde, hein !? si. » et puis il se tait pour un moment. mais pas moi. une conférence de presse de Hitler ressuscité ne ferait bonder la salle plus que ses mots versés dans ma tête ! je vais lui demander dix mille choses, moi ! mais je dis rien. j'ose pas. il faut pas. si, justement ! mais j'arrive pas.

Ils ont parlé de moi ! bien bien… « Enfin – célèbre ! – je dis – on lave mes os de mon vivant ! » « Mais oui, et alors ! tu étais toujours célèbre, toi ! seul Russkov dans la bande ! une effraie blanche parmi les paysans ivres ! t'aimes Bruegel, toi ? non ? moi aussi, je l'aime… alors regarde bien. à quoi ils jouaient, les paysans, après avoir capturé une effraie, ah ? ils la crucifiaient sur la porte d'une grange ! et vivante ! l'oiseau de malheur crucifié – apporte la chance ! tu vois ? » oui, je vois. belle perspective ! on rit et puis on parle un peu de Bruegel. Bruegel le fou. Bruegel le joyeux… « Il faut qu'on aille tous les deux à Anvers pour voir tout ça… un jour peut-être – il dit. et puis il lève la main et fait un mouvement rond comme pour me présenter l'horizon. « Regarde ça… regarde cette ville. Paris est une tombe. dans un ouragan – faut être plume. plus de force ni faiblesse. juste – plume. ça serait bien ! légèreté dans la mort. dans un blizzard – devenir plume. laisser faire le vent. lâcher prise… » il est vraiment fou, celui-là, je me suis dit. bruegélique ou pas, mais c'est un vrai fou. il sera capable de t'égorger tout doucement dans le train vers Anvers et puis, Dimitrius, il va asseoir ton macchab et te parlera de Raphaël…

C'est la deuxième fois que je voyais qu'il était tout bonnement fou. un fou aussi réel que le quignon de pain que je mange là. et puis on a parlé d'autres choses. de rien. à un moment, je ne sais pas comment, on en est arrivés à Clémence. il voit ma tête et rit comme un malade ! « Oh je vois ! oh tu l'aimes, Clémence ! oh comment tu l'aimes, la sœur de ta bien-aimée ! mais tu sais pas grand-chose, toi… c'est elle, elle et elle, qui s'occupait de leur mère ! Fevro ? toujours en vadrouille ! aussi présente qu'une icône, et plus absente à l'œil que le sel dans la mer ! festivals, foires de scribouillards ! d'une montagne des bousiers à l'autre ! journalistes, acteurs, présentateurs de météo ! en passant par des gratte-culs inconnus et célèbres ! même un joueur de rugby ! tout y passait ! quel fourneau ! et jamais chez sa mère ! pauvre dame… un AVC sur l'autre ! trois fois ! et c'est Clémence… que t'aimes tant, qui s'occupait d'elle ! elle m'en a parlé de leur mère. elle m'a tout raconté après ! Dieu que c'est simple et déchirant ! la dernière attaque c'était la nuit, et elle est tombée du lit, leur mère ! elle criait, elle appelait ses filles ! Clémence ! Fevro !… et Clémence entendait, oui, mais de loin, elle pensait que c'était dehors, dans la rue ! cri bizarre. comme une bête ! et puis elle s'est rendormie et puis plus personne ne criait. le matin elle a vu. le matin elle a tout compris. c'était sa mère qui criait ! sa pauvre mère, qui avait rampé toute la nuit ! autour de son lit, mon Dieu… toute la nuit ! et le trouvait pas, le lit. se perdait. criait ! appelait ses filles ! pour finir sous le lit… sous le lit ! comme ça ! » Babyl se détourne, regarde à gauche, puis à droite. puis se calme. « Ta mère aussi a eu un AVC, non… » il demande pas. il constate. c'est Fevro… « Oui – je réponds – on peut dire pareil. elle est morte dans la rue. d'abord tombée, mais pas morte sur le coup. c'était le soir, l'hiver… elle a rampé aussi la nuit. mais pas loin. il y a des chiens errants… mais ils l'ont pas touchée. ils l'ont épargnée, il paraît. j'étais en France, déjà. je l'ai jamais vue morte, ma mère. je suis pas venu pour l'enterrement. plus jamais revue, ma mère… j'ai vu l'endroit après. on m'a raconté mille choses après. autour de tout ça… cette nuit. mille et une. »

Il marmonne quelque chose, mais j'écoute pas. un couple passe. ils s'embrassent longuement ! et puis le garçon nous regarde. me voit pas. ne voit que Babyl ! la fille, jolie comme une petite casserole toute neuve, verse un peu de miel de ses yeux sur moi et puis sur Babyl et puis l'air inquiet s'accroche au garçon. fait pivoter sa tête et l'embrasse sur la bouche comme une bouteille ! le fait pencher ! le boit ! Babyl est furax ! et le couple est aux anges !

Il se lève, Babylos ! « Regardez-moi ça ! des caniches sur le paillasson de Notre-Dame-lèche-moi-le-trou-de-balle ! allez ! du balai ! » et il se met à siffler ! « Allez ! on rentre à la niche ! » le garçon incendie Babyl avec ses yeux de bébé ! mon cul ! on ne tue pas du regard Babylosse le magnifique ! « Pauvre con » – crie la fille et ils quittent la scène ! « Hé oh ! – Babyl n'a pas fini – vous ! deux berceaux de solitude ! faites gaffe, la petite ! vous n'êtes tout de même pas un bidet d'hôtel, vous ! pour accueillir n'importe qui ! votre bichonnet vous quittera pour un mec ! ha ! c'est déjà fait !… » ils se retournent… vraiment deux gosses. mais leur mépris est adulte ! très vieux même.

« T'as vu ?! mais t'as vu comment il m'a dévisagé, celui-là ! – il se calme pas, lui ! il s'échauffe à peine, Babyl ! – et t'as vu quelle tronche ils se sont arrangés ! en se roulant une pelle ! exprès devant ! comme si – on n'existait pas ! ou pire ! comme devant deux pots de fleurs ! pire encore ! comme devant un aveugle qui crotte ! archi-pire ! devant un mourant ! oh c'est bien ça ! et quel dédain ! quelle gueule ! mais tout ça c'est feint ! c'est exprès ! ils sont plus seuls que deux kopecks dans ma poche ! ça fait *ding-ding*, c'est tout ! et tu verras, toi ! » et puis il sort des pièces... compte. sourit comme un diable. et puis et puis les jette très loin ! carrément dans l'eau ! et s'assoit. lanceur de dés ! « T'as vu ?! mon Dieu, mais pourquoi l'homme chaque fois doit inventer de nouvelles solitudes ! encore et encore ! comme si elle lui suffisait pas la vieille ! l'antique ! mais non ! l'homme se voit chaque fois unique ! mais en vérité, en vérité, Mitia – il est aussi unique qu'une sardine dans une boîte de sardines ! aussi solitaire ! aussi con ! sardines sans tête, ni cœur, ni tripes ! sardines qui en boîte se sentent seules ! faut le faire ! faut vraiment oublier par quel trou on merde ! c'est ça l'homme moderne et la foule en lui ! »

« Il faut que je te le dise enfin – il se penche vers moi – chez moi, tout à l'heure, j'ai pas pu. » il me regarde, chien triste, gros chien triste... « J'ai vu cette maudite bague ! tout de suite vu ce que c'est. serpent et diamant à l'œil. je l'ai reconnue ! c'est moi qui l'ai offerte à Hadrien. moi ! il n'y a plus d'autres serpents comme ça. et le père reconnaît son fils ! et lui... et elle ! tu vois pas, toi ? derrière mon dos ! derrière ton dos... je suis peut-être fou, mais je veux savoir. je veux voir jusqu'au bout, moi ! je veux comprendre, mon Dieu ! une fois pour toutes ! et point ! je peux être seul, moi. j'ai pas peur d'être seul... mais je veux savoir. sinon – à quoi bon tout ça. sinon on est tous fous. moi-elle-lui-toi… tous. et ce monde avec ! »

Oui. je vois. je dis rien. juste avec ma tête je dis « Oui. oui… » je veux aussi savoir. regarder ce rêve jusqu'au bout. je suis certain que c'est un rêve… bon ou mauvais, ça m'importe plus. j'arrive pas à me réveiller. voilà la chose. ni à m'endormir pour de bon.

Il pleut fort sur le canal. on voit plus rien. juste les gouttes qui tombent sur les eaux noires. notre table c'est un seul îlot de lumière. autour et loin devant – la pluie noire. Babyl se recroqueville. tête rentrée, yeux fermés, grand oiseau sur la branche. on peut pas parler. sinon – murmurer. c'est la nuit autour qui parle. se lamente. sans lumière, ni mots. « Tu vois ce qui nous arrive !? tu vois ? » – il dit soudain, tout bas. il est effrayé, on dirait ! il a vu quelque chose dans le noir ! « C'est le noir qui nous arrive. chut ! la lumière est fausse, notre lumière ! seule la nuit est vraie… et seule chose qui peut encore nous sauver – c'est apprendre à voir dans le noir. là ! maintenant ! sinon – il faut devenir tout ça… » et il me montre, juste avec ses yeux, la nuit autour. « Je vais rentrer quand même » – je dis. « Attends un peu, tu vois comme ça flotte – Babyl soupire – enfin, comme tu veux. »

Je sors mon parapluie. c'est un corbeau à l'aile cassée, mais il m'a sauvé de mille déluges. il plane encore sur moi. Babyl, étonné, se met à rire ! « Ah t'es bien équipé, toi ! contre la pluie ! ha ! mais ton truc peut rien contre le noir ! ha ha ! vas-y ! à bientôt alors ! dans un autre monde ! dans la lumière, peut-être ! »

Je marche un peu, je contourne un réverbère. et là – je vois mon ombre se briser en trois. cloué au sol j'arrive plus à détacher mes yeux de mes trois ombres. comme Perceval le niais s'arrête et voit dans la neige, devant lui, les gouttes de sang tombées du ciel, le sang des oies sauvages qui passent, qui crient tout en haut, et à la troisième goutte il se réveille de sa longue nuit.

Je me retourne. il me voit plus, Babyl. toujours là, un amas noir sur l'îlot éclairé. tête posée dans le creux du coude. les yeux fermés. un tigre qui regarde la jungle dans la nuit.

27

Je trotte vers mon trou. et là ma poche se met à vibrer ! et fort ! j'ai un truc vivant dans mon vieux pantalon ! dis donc ! je pensais que tout était mort dedans…

C'est Fevro. elle veut qu'on se voie. sur-le-champ ! elle est libre ! elle veut savoir comment ça s'est passé… pour la bague, je suppose. elle n'est pas partie. « Je veux te voir » – elle dit. « Je voulais pas partir comme ça… viens ! » mais non. pas cette fois. trop cassé ce soir. trop. je ne peux pas. vraiment. je suis désolé, mais non. elle supplie, mais ça me fait rien. sa voix est à genoux, mais comme un perroquet sourd je répète – désolé. désolé… « D'accord – elle dit. comme tu veux… » et elle raccroche.

Ah c'est bien comme ça ! elle coupe… la femme qui s'amuse sait filer nos nerfs comme il faut. sans rompre, tout doucement. ça – oui ! la femme qui ne s'amuse plus avec nous – coupe net ! et laisse tomber la pelote, et nous, en chatons, on continue de jouer avec ! comme avant, à ses pieds ! mais ses yeux sont ailleurs. tout est là. la femme sait couper. l'homme ne fait que des nœuds, lui ! pour faire durer le fil.

Je vais m'asseoir sur ma foutue chaise et je vais examiner ma vie. cette chose. ausculter ce tissu, fil par fil, comme ça, à l'ancienne. plaie par plaie. nom par nom… de A à Z. et à l'envers. et encore. je vais plus ni manger ni boire ni fumer ni me branler ni mordre ma bite avant que je comprenne. avant que je voie. où je suis ! je vais enfoncer deux clous dans mes pieds, oui, pour rester en place ! deux grands clous. douleur ou pas, gueuler ou pas – je m'en fous. mais ça serait bien de gueuler une fois pour de bon. et que tout s'écroule ! gueuler un grand coup ! mais on ne change jamais. ni la douleur ni la mort ne changent rien. on meurt comme on a vécu. merde ! même si dans chaque vie il y a des moments de sobriété extrême et on voit tout. et puis on retombe dans la bouse et ça repart de plus belle la bouserie !

Alors…

Tout ce que j'ai vu et touché et senti. tout ce qui est mort en moi. tout ce qui vit encore. que ça sorte… et ne bouge plus. vraiment clouer les pattes au sol. que seule ma tête bouge ! me trouve enfin.

Oui.

Et au bout de tout je verrai. j'en suis sûr ! je ne suis bon qu'à ça ! voir. accueillir le vivant. être avec. mais jamais jusqu'au bout. jamais pu tenir ! accueillir la vision, ça – oui ! mais entrer dedans… non. faut du courage pour ! dernier courage. et c'est ça qui me manque. j'ai eu mille aplombs, moi ! trente tonnes d'audace, moi ! mais pas de vrai courage. c'est pour ça – perdre et le manger et le boire et le rire et les larmes – pour vivre enfin. simplement – vivre. ou crever. mais voir. ouvrir la porte à la faiblesse ultime et témoigner. ne serait-ce qu'avec mes billes mourantes !

Oui. l'âme de l'homme s'est foulé la cheville dans le sommeil… allongée dans la forêt ensorcelée du temps. forêt étrange. hostile, et… dès qu'elle se réveille, elle essaie de se mettre debout – elle s'écroule ! elle voit ce qui lui arrive ! elle voit ses chevilles – brisées. elle rampe mais il n'y aura plus de médecins pour elle. chamans, mages – oui ! voyants, marabouts – oui, aussi ! elle aura tout, mais pas le vrai médecin pour elle. pas celui qui sauve.

Et là – il faut tenir jusqu'au bout. car là où je commence – je suis seul, et vous, vous êtes – tous.

Me voilà, sur le dos de ma vie quand elle est devenue folle, la bête… elle s'emballe et – s'arrête effrayée. tel un cheval devant l'océan ! et voit et renâcle avant de s'y jeter… et s'y jette.

Dans mon trou, oui, ici, comme au bord de l'océan un amphibie au bord d'une falaise, j'attends ma délivrance. dos tourné à la terre. c'est fini la terre. tout ce qu'elle porte dans ses mains, dans son ventre. morts, vivants… il n'y a que l'océan devant. la terre… elle vagabonde, elle aussi. elle n'a pas de chez-elle non plus. toi ! toute ta vie tu ne faisais que regarder l'océan, et tu n'as jamais essayé de voir ce que lui voit quand on le regarde. jamais !

Faire de la femme – une icône, et rester devant, à genoux, les yeux dans les yeux, toute une vie… sans jamais voir ce que cette icône voit quand on la regarde. mais on ne peut pas, mon sang… ça se couvre, la vraie chose. elle se cache, elle. elle a une paupière comme notre œil, elle aussi !

C'est exactement ça. avec elles, avec toutes ! et Damiane. et Fevro… ce visage qui exerce un pouvoir infini sur moi. d'une icône à l'autre – même visage.

même posture. même regard. même intensité. une certaine indifférence, petite sœur de la méchanceté… je ne sais si ce visage que j'ai en moi est beau ou pas. ça ne doit pas être dans mon œil, ça… je n'ai qu'une poussière dedans !

Mais une fois – j'ai vu la chose. il y a pas longtemps. ça n'a duré qu'un coup de cil ! mais ça dure… ce que j'ai vu – j'ai vu.

C'était l'autre temps. dans une autre vie. Fevro et moi… quand elle s'amusait. quand elle filait la laine de mes nerfs et je riais ! quand elle a mis les lentilles de couleur. un jour. et j'ai – vu…

Quel dibbouk lui a soufflé « Fais-le, mets ces lentilles ! » quel incube s'est habillé en elle ! oui, elle a mis ces foutues lentilles ! c'est ça ! les yeux bleus ! les ophtalmos les donnent gratos, il paraît ! l'œil de Parque ! c'était pire que bizarre ! une inconnue ! pas que ses yeux, non ! le regard. c'était pas elle… les yeux vides ! elle tournait lentement la tête ! à la tigresse ! encore un peu et elle se serait léchée ! on était deux dans la pièce, mais elle a pris toute la place, elle ! tout l'espace ! si seule… et au centre ! comme la statuette de la déesse Ishtar sur laquelle je suis tombé par hasard, au Louvre, au sous-sol, dans la salle de Mésopotamie bourrée de pierres mortes et très mortes, sans bras ni têtes, mais – je n'ai vu qu'elle ! oui, cette statuette qui était vivante. plus vivante que tout ce que j'ai vu. plus que tout ce qu'on peut sentir, voir, toucher. elle roulait vers moi ! tout lentement et très vite… elle se rapprochait de plus en plus ! toute petite ! vingt doigts, pas plus, et – je ne voyais rien qu'elle ! devenue immense ! c'était elle ! Ishtar ! la déesse. et la lune était sa couronne. et les yeux ! rien que ses yeux ! deux rubis, ses yeux ! et son nombril.

une petite pierre dedans. et elle était nue et le soleil touchait ses yeux et retirait les doigts ! et c'était le soir et ces yeux étaient – feu. feu ancien. et j'étais épouvanté, moi ! mais j'ai pas pu partir… pas pu lui tourner le dos. j'ai failli me mettre à genoux ! je ne sais pas, je l'ai fait peut-être ! je ne sais plus comment je me suis retrouvé dehors.

Et là, elle s'est levée sans un mot. s'est redressée au centre de la chambre, immobile, et je voyais plus ni murs ni sol. j'ai frémi. j'ai voulu bouger, reculer, ah oui ! je me suis retrouvé trop près de la vision… trop près de la force ! j'ai même pas pu tourner la tête ! elle disait toujours rien. me regardait pas. mais du tout ! elle n'avait plus d'yeux ! mais – le regard ! elle est devenue – regard ! elle était vraiment seule dans cette chambre et puis et puis elle s'est mise à se déshabiller. et d'un coup elle est redevenue elle-même. vivante. supportablement ! juste son regard gardait encore cette lumière étrange. et c'était le soir et la lumière de son regard… lumière douce de Babylone. et puis nue – elle a tourné la tête vers moi et les yeux que j'ai vus n'étaient pas doux ! ah que non, mon Dieu ! elle m'a cherché avec ces yeux vides ! elle m'a trouvé. sans un mot, elle a juste levé sa main, une déesse qui appelle son faucon, et moi ! âme oiseau ! sifflant de joie ! je suis venu au gant !

Cette nuit, en m'endormant, j'ai vu comme un nœud dans le ciel. je me suis dit – tu rêves déjà… tu es sur la route… et la route de l'esclave est dans l'autre lumière. tu peux pas chercher la lumière ailleurs. tu es né dedans.

Me voilà dans mon trou. enfin seul. j'y allume la lumière, je mets le chauffage et j'ouvre la fenêtre.

je sors sur les toits. Miaou aime revenir la nuit. un moment je me retourne et – cette chambre, éclairée doucement, devient une crèche… j'ai pas envie d'y rentrer. j'attends mes rois mages ici. près de la crèche ! elle est comme un four, cette tanière, oui, un petit four où la vie se mijote ! elle se prépare à petit feu, ma vie. mais je n'ai plus faim. et même si – je toucherai plus aux mets.

Le ciel est sage tel un enfant qui vient de pleurer un coup. il se dilate, le ciel. je cherche Orion. je le retrouve pas, ce chasseur mythique. c'est l'hiver. il chasse pas l'hiver… je te cherche, mon ami, je te trouve, mon gibbeux. et toi, Nina, et toi – Babanya. et la Voie lactée. oui, comme avant, Babanya – tu as encore renversé le lait…

Et puis Miaou arrive de nulle part, saute de la nuit, pirate sérieux. messager des rois mages qui viendront pas. il est si noir là qu'en le caressant j'ai les doigts noirs, moi ! on se met à quatre pattes au bord de la Voie lactée et. je lave mes mains dedans et puis on lape ce lait, Babanya. ton lait… on tète, lui-moi, tes seins bien morts. tu nous nourris sans chagrin, sans mots, sans terre, ni temps. yeux hauts je suis, yeux fermés je suis, tel un enfant qui s'endort contre un sein, bouche ouverte à la nuit. et le lait nocturne coule de sa bouche… le chat glisse vers mes grolles, touche mes mains, et son museau – est le museau de la nuit. je regarde le ciel et mon tigre – me regarde, et ses yeux sont le feu. et puis juste un moment, nos yeux se rencontrent… il se frotte à mes mains. et le museau de vie me touche. il se love sur mes genoux, il est lourd comme une cloche. cloche vivante. ronronnant tout doucement. cloche qui vibre…

Je regrette d'avoir connu la femme. d'avoir regardé la femme et pas avec les yeux d'un mort-né. ma gorge est amère après avoir vu son corps. de m'allonger avec. d'avoir fait l'amour, mais pas avec les yeux. à ce moment-là – la foule est entrée en moi et – je me suis perdu dans la foule. quand j'ai connu la femme pour la première fois – j'ai ouvert les portes et la foule est entrée en nous. on était vierges, elle-moi. mais on n'était pas innocents. c'était dans le noir. dans le noir aussi noir que quand je suis né.

Et puis il a fallu que l'innocence soit perdue, oubliée. mais d'abord – qu'elle soit jetée par terre et meure ! tels un homme et une femme qui se déshabillent, se déchirent leurs habits comme s'ils étaient en flammes ! les foulent aux pieds en se jetant l'un sur l'autre pour faire – un ! et n'arrivent pas, toujours pas ! et puis cherchent après, yeux à terre, leurs fringues brûlées ! et ne trouvent plus leurs oripeaux ! ne trouvent que la nudité. et deviennent l'habit l'un pour l'autre. et puis se déchirent encore. et encore. et sans fin… merde et merde ! quelle découverte ! quelle sagesse, Dimitrius ! faut se faire le baluchon déjà, dire bien au revoir ! tout gentiment se mettre en position de « départ » ! au lieu de bonjourer ! mais non… ouffon ridé ! – je me réchauffe sur une banquise ! je me rafraîchis au feu ! le pire ! meilleur de tous les pires – c'est que je n'arrive toujours pas à me décoller du paillasson de ce monde ! quel pitre ! je vous serre encore les mains au lieu de vous bécoter le cul en guise d'adieu !

Mais j'ai été enfant…

Oui. l'enfant. il est traqué, le gosse. c'est une chasse à courre ! et le désir est le chasseur magique ! chasseur aveugle ! et l'enfant est poursuivi de l'aube jusqu'au coucher ! et la nuit ! et ça dure, la chasse… toute la nuit noire jusqu'au lever à langue rose ! jours et nuits jusqu'au moment où l'enfant n'en peut plus et s'allonge par terre. épuisé. et là – le chasseur aux yeux crevés enfonce le pieu dans la terre ! l'enfonce fort, le retire et l'enfant se cache dans le trou. en bête s'y glisse. et le chasseur reste à côté. guette l'enfant. attend que la proie sorte… calmé, tranquille, les yeux vides… et à ce moment-là, le chasseur lui prend ses yeux. les yeux d'enfant. et l'enfant aveugle apprend à chasser dans sa suite.

Quand les bêtes ne sortent plus de leur trou, quand elles ne mangent plus, boivent plus – le chasseur ne peut pas les retrouver. il rôde, mais ne les retrouve plus.

Ni boire ni manger – et la bête aux yeux humains peut-être dans la mort, enfin, sera délivrée.

Oui.

L'innocence d'un mort-né, ça suffit plus. voir avec les yeux d'un enfant mort-né le corps d'une femme splendide… ça ne suffit plus.

Mais le monde gronde – « Il faut vivre ! » mais non. justement. faut pas vouloir. tout est là. tout. clouer le bec du monde. et le tuer comme ça. juste avec les yeux. faire le désert autour de soi avec les yeux… oui, et puis après tout gentiment dire bonjour aux mirages. et puis tout léger bonjourer les femmes, qui ne sont que des fantômes et tenir la porte aux chameaux, poliment, et puis ressortir et ne plus y rentrer. le plus dur c'est ça. toute la mystiquerie est là ! voir tout ça comme un mirage – c'est une chose, mais comprendre à quel point ces mirages sont réels – en est une autre ! faut une âme plus musclée que la paupière d'Hercule ! voir les femmes comme des mirages, sinon – comme des dunes chantantes ! bonjourer les dunes et tenir les portes aux mirages…

Y a encore trois heures Babyl m'a demandé « Dimitrius, depuis quand tu ne fais plus l'amour ? ça date de quand ta dernière fois ?! d'avant Jésus-Christ ou d'après ?! » je ne sais plus, vraiment. avant peut-être… quand je l'ai vue – la déesse. déesse sans yeux. c'était quand ? je ne sais plus le temps. et pourtant le temps, c'est le chien le plus fidèle… avec sa langue il ferme les plaies les plus profondes. et sa maîtresse est la mort. mais les miennes s'ouvrent chaque nuit. l'homme ne recherche que les plaies, il paraît. troué à la fin comme une passoire.

Oui.

Mais avant, bien avant, peut-être hier même… elle passait sa langue comme le glaive entre mon corps et l'âme, et retranchait l'un de l'autre.

Et tu plongeais tes mains entre tes cuisses, comme en prière, et tes doigts rentraient dans la plaie et tes yeux mouraient et les miens – étaient vivants. à la Tartare captif je regardais comment tu plongeais tes mains dans les eaux brûlantes, comment tes doigts ouvraient la plaie et. comment ta plaie se lavait dans le sang de ta mer. oui. oui. et encore. et la lumière rouge venait à mes pieds et montait lentement en nuage qui cache le soleil… et mes yeux s'abreuvaient à tes yeux, mais la soif était là, toujours là. encore plus. et ta bouche ouverte devenait une trouée où la lumière criait avant de jouir, et tu te raidissais, tremblais tel un avion sur la piste avant le décollage, et tes orteils se mettaient à bouger ! de vrais ailerons ! et au bout tout au bout d'un long vide, la chaîne du corps se rompait et la plaie se contractait comme une gorge qui boit. et la lumière criait dans ta bouche. dans la mienne – le silence.

Et après on écoutait ce silence pousser, une étrange plainte, comme une mandragore – pousser à nos pieds et crier sous terre, déchirée.

Et puis, diablesse, tu me murmures ! « Tes yeux si clairs dans le noir… quand tu jouis ! tout de suite – très clairs… si clairs que ça pourrait faire peur même ! » il y a combien de semaines ? c'est bizarre comme je compte… en semaines ! comme pour une femme enceinte. mais elle me parle encore, la goule ! toute murmure ! dans ma tête !

Je ne saurai jamais ce que t'en penses, Fevro… mais tes mains et tes cheveux font le lit de mon âme comme avant. j'aimerais que ça ne soit pas la dernière fois. que tu puisses encore fendre le mur en moi… oui. avec tes lèvres. que tu passes encore ta langue dans cette brisure lumineuse entre ma chair et mon âme. que je me voie encore et encore – corps à terre, âme perchée sur lui en corbeau qui attend, bien muet et plein d'yeux. et même si ça fait mal – soit !

Oui, avant… une cloche magique on était. cloche à deux langues on était. voilà nos matines, et là – muette est ma cloche. vide je suis. cloche châtrée !

Et là faut que je continue. comme ça… seul. il faut aller plus loin, alors. monter plus bas. oui, que ma descente devienne – ascension. quand l'âme se met sur les pointes de pied… et ses yeux s'ouvrent ! et elle voit des choses. et ses yeux ne se ferment plus jamais.

Je voudrais prendre ce siècle à la gorge, à la fin ! mes mains liées dans le dos ! mais je vais plutôt traîner d'un festin à l'autre… garder la chose sous la langue, bien muet à travers toutes les cariatides dégonflées de ce palais, en Samson nain, en pique-assiette aux mains attachées. et puis et puis – à reculons m'approcher de la table la plus haute et saisir tout doucement, mais à mort, le bout de la nappe ! et tenir ! voilà le plan ! tenir jusqu'au bout ! et puis – au moment de crever – tirer comme un malade, tirer tout et emporter – nappe, mets, tout dans ma tombe !

Mais tout ça… en vérité il n'y a pas de quoi désapprendre à se curer le nez ! vivre, survivre. continuer. chercher du boulot. moi – je vais mendier, moi. la plupart des mendiants ne savent pas faire la manche, eux ! moi – si ! né de ta manche, Babanya… sorti tout armé du manche de pépé Jo ! ils savent pas mendier, ici ! têtes couvertes, gueules de Bosch, mains tendues ! rien de tout ça ! mendier la tête haute ! fardé et délirant comme une sibylle après une fausse couche ! sinon à la Cassandre myope ! en bouffant sa propre prophétie ! et puis crever comme elle… avec cette ville, au milieu de la vision ! t'as raison, Babanya – c'est toujours les pauvres qui donnent. c'est leur bonté… pour ne pas se retrouver à notre place.

Travail ! *Rabota* ! le Pharaon hurle ! et Babyl m'enchante aussi ! au téléphone ! en sourdine ! si t'es pas content – trouve-toi un autre maître, Dim-Dim ! ça change les idées aux esclaves, Mitia ! je l'entends même dans mon trou ! il rit, lui, mais ça rigole pas, tout ça. c'est à faire pleureur les crocodiles, tout ça… même les oufs ont leur niche ! mais oui… même les tarés ont leurs boutons à tripoter ! même les tarettes ! les ateliers protégés et tout ! infirmes de tous les bords ! handicapés de tous les vents ! schtroumpfs de la tête ! même les becs-de-lièvre ! même les nains de jardin ont leur place ! et les chapons – leur épinette !

mais pas moi ! même pas dans le jardin d'un curé pour séparer les feuilles mortes des vivantes ! même les mort-nés sont prévus et comptés ! mais y a rien pour des cons comme moi ! rien prévu pour le bec-de-lièvre de l'esprit que je suis ! *nada* et re-*nada* ! rien pour un pied-plat des baloches comme moi ! pour le droitier du cœur que je suis – rien ! et pourtant, rien qu'avec la paille dans l'œil d'un cardinal je pourrais bâtir une cathédrale, moi ! et puis avec la poutre dans le mien je ferais une cabane à côté ! et puis pension à vie ! à méditer le soir, croupion dans les roses ! mon cul et l'œil ! pension à mort plutôt ! à tout ! hé ! même un barje a son salaire de barje ! son barjodrome et tout ! mais le scarabée attardé que je suis – n'a qu'une vieille crotte pour épouse ! et encore ! je vais écrire au pape, moi ! une bonne anti-bulle à lui faire perdre ses babouches !

Dimitrius ! tu peux encore bosser, toi ! et cotiser et tout ! tout le bazar ! mais pas comme avant ! *brrr ! mrrr !* et *frrr !* aurait dit mon tigre sage ! Miaou ! plus avec des vieux ! jamais plus ! à remettre les crabes perdus sur la voie vers l'océan ! archi-non ! même si on se met à chier des œufs de Fabergé dans le creux de ma main – c'est non ! même si c'est un vioc qui pisse du pétrole et chie de l'or – c'est archi-non ! et là, mon « non » reste « *niet* », il ne sera jamais ni « oui », ni « peut-être » ! mais qui je suis pour être avec les mourants ?! faut mériter ça ! je n'ai plus de silence pour accueillir leurs derniers mots, moi ! quand la mort ouvre toutes les portes… quand elle entre et regarde et voit ! elle fait pas *Am, stram, gram*, elle ! elle voit et elle prend ! mais qui je suis pour voir tout ça ?! ni poisson ni écrevisse, ni couilles ni utérus ! Rien que soixante kilos de grimaces ! plusieurs générations de vacherie massive, moi !

J'ai rien ! je vois rien. même pas mon nez ! je trouverais plus le sol même en tombant ! quel boulot alors ? quelque chose de bien plus simple. et honnête ! balayer les rues, je ne sais pas ! mais non ! l'époque qu'on chevauche ! faut avoir un doctorat ès poubelles ! même pour trier les cuisses de poulets – faut un concours ! et c'est pas tout ! ensuite – l'agreg des pots de yaourt !

Mais oui ! à la fin, on me pousse vers le shit ! vers la came et tout ce qui roule avec ! j'ai bac plus cinq et deux couloirs, moi ! longs de deux ans ! au pôle ! leur shit de merde ! crottes d'œil du Prophète ! bave des derviches ! avec talkie-walkie alors ! sinon pas de business ! je vais rajeunir les cadres ! des gosses de dix ans ! rive gauche ! des familles gauche tarama ! et que ça coure ! jardin du Luxembourg ! et plus vite que ça !

Sinon je pourrais ouvrir un casino ! au sous-sol ! mais oui, un sous-sol au-dessous de tout ! archiclandestin ! la roulette russe au féminin ! on distribue des capotes venues par les cargos russes ! capotes déchargées à la grosse fourchette ! c'est ça le hic ! et puis c'est parti pour la besogne ! capotes percées, comme une carte de visite envoyée à la reine Sida ! cervelle criminelle, toi ! mais oui, et alors !

Je tourne en rond tout doucement... caniche en rogne ! autour de sa niche ! il pleut un peu. dans la tanière je me mets en position pâquerette et je médite la chose ! lotus – y en a pas pour tout le monde !

Samouraï ! je pense à toi ! si j'étais fou – ça serait réglé jusqu'au dernier clou dans le cercueil du bouffon et *basta* ! pension d'invalidité et tutti chianti… mais je n'ai même pas ce refuge, moi ! ventouse des chagrins que je suis ! bidet taré !

Bon, d'accord… mais ce carrefour ! Avenue Michelet et Docteur-Bauer ! il est maudit ou quoi ! y a des bagarres ! jour et nuit ! tant de haine ! et pas une femme à l'horizon ! rien à foutre ! ils se battent ! même pour un poil du Prophète ils ne se battraient pas tous les jours ! pas comme ça ! alors c'est quoi ?! c'est donc ici que Mohamed Ali a enterré ses burnes ?! bande d'onagres ! ils seront toujours là ! après trente siècles – toujours les mêmes ! en train de vérifier qui pète plus basse ! ho !

Mais Dieu, que c'est bête ! faut pas chercher ! ils vous aiment pas, les Français. il y a pas de quoi se gratter les couilles ni la tête ! ils vous aimeront jamais ! intégrés ou pas – jamais ! ni leurs filles, ni leur mère, ni leur chien non plus ! vous n'êtes pas leur genre, leur gendre idéal quoi… n'insistez pas ! c'est bon ! c'est adjugé ! vendu et emballé ! mais non ! mais comment ! battez-vous alors ! sans quand ni comment ! plus le gratte-cul pousse – plus les roses se tordent le nez !

Et toi, alors ?! Rousskof, Popov et Stolinov ! toi ?! il faut juste que je passe ! oui. que j'aille plus loin ! de plus en plus loin et de plus en plus seul. jusqu'au bout, jusqu'à la sortie de ce monde, là où on cuit l'agneau dans le sang du loup ! et voilà, sur le seuil – le faire pencher, le monde ! d'abord tout légèrement… et puis encore plus ! et chaque jour encore plus ! quel culbuto ! chaque matin encore plus et puis le relâcher ! et jouer de la flûte tout doucement et tout entraîner hors de la ville.

Mais d'abord je vais prendre mon thé, moi ! bataille des Thermopyles ! la mort des Empires ?! c'est déjà fait ! quand les esclaves se guerroient entre eux ! il est déjà mort, l'Empire ! et ça pue déjà ! ouvrez le nez !

Guerre ou pas – il faut que je passe, moi ! c'est plus facile pour un hippopo de passer par une serrure sans se savonner le bide que de couper cette foule en rut ! qu'ils se calment un peu ! soufflent un coup ! je m'en archi-fous autour de quel clitoris ils se chamaillent, je veux juste passer, moi ! rentrer ! qu'ils s'entre-lèchent les roubignoles autant qu'ils veulent ! c'est pas ma guerre ! je veux juste mon thé, moi ! c'est l'heure !

Et puis qu'ils crèvent tous, enfin ! comme ils veulent ! j'ai rien contre ni pour ! là, chez eux, en Afrique, dans le désert, au Pakistan, sur les rives de la mer Rouge ou Morte ! qu'ils la re-tuent encore et encore ! j'ai pas d'avis à avoir, moi ! je veux juste boire mon thé, moi ! tranquille… breuvage de pope ! qu'ils s'entre-tuent, se crucifient, s'enculent recto verso !

Moi, je rampe juste sur la scène, moi ! alors qu'ils finissent enfin ! que le rideau tombe ! oh, Palestine-Jérusalem ! moi, en pute je pleure mes utérus ! tout ça, que ça s'écroule ! qu'ils s'endorment enfin ! comme ils préfèrent ! la liberté totale ! les mahomet, david aussi, et toutes les bandes avec ! ça va ! qu'ils se suicident sinon ! mais entre eux ! en gros et en détail ! en foule et en solo ! mais je veux passer, moi ! étoile jaune au front, rouge – au cul, en pute de Babylone, je mettrai tout ce que vous voulez pour pouvoir passer ! fermer ma porte, kalachnikov sous l'oreiller, et roupiller… mais oui ! sous cette musique de fond ! c'est ça le Dieu qui danse ?! flûte de Pan dans le cul, lui ! qu'ils se salomonisent enfin, se mahométisent, se comparent la bite – je m'en fous ! à ras de nouf-nouf, moi ! je vais assister aux émeutes de mon pigeonnier ! amie kalachnikov entre les jambes ! dormir d'un demi-œil ! mais oui, on est jamais à l'abri ! même dans l'utérus d'une femme stérile !

Je me mets en branle ! faut que je passe, moi ! la ruse ! pépé est de retour ! la seule chose qu'ils respectent encore – c'est la ruse ! parfait alors ! et la seule chose qui les fait flipper – c'est la folie ! oufferie sacrée ! utiliser la main de ton adversaire pour saisir un serpent ! ça – c'est dans mes cordes, ça ! et je me mets à hurler ! chant russe ! *Katiouchka* ! à réveiller les morts de faim de Leningrad !

Ils s'arrêtent ! et silence ! silence à entendre les roses péter ! ils me laissent passer ! me suivent des yeux ! ébahis comme s'ils voyaient une moule qui parle ! qui prophétise en orgasme ! et qui rit ! et qui chante ! mais fais gaffe, Dim-Dim ! trois rots de travers et tout est foutu ! tu marches sur des murènes !

28

Hier j'ai reçu une lettre. Monsieur Nabucco le rescapé veut vendre la tanière ! Dimitrius ! trois mois pour qu'une puce trouve un autre cul ! quelle nouvelle ! la joie ! mes punaises ont envie de lui sauter au cou ! et moi – à la gorge !

Mais c'est pas mortel, ça ! si ! mais j'ai vu la chose venir. j'ai prévu la chute. c'est lui qui va partir. les pieds devant ! j'ai tout mijoté, moi ! il n'expulsera plus personne, ce vieux Caligula ! sinon – les asticots dans son caveau ! qu'il essaye ! je convoquerai tous les macchabées du Père-Lachaise, moi ! exprès, pour mieux voir !

On appelle tous « la Paix ! » mais c'est la guerre qui vient…

Maréchal Paulus ! Wehrmacht et Stalingrad ! la Fosse commune ! Volga ! canal de l'Ourcq ! je mets ma veste ! truc légendaire ! veste du Goulag ! veste grise ! et par-dessus l'étoile rouge sur le dos ! le rouge sur le gris ! du pire Vélasquez ! Raphaël du pire que je suis ! ah ça – ça plairait à Babyl, ça ! que ça soit visible pour les archanges ! pas d'équivoque ! que ça saute aux yeux ! qu'ils me bombardent là ! les angelots sans couches ! sauver ma peau ?! mais du tout ! d'abord je vais sauver une fillette ! sauver deux peaux – c'est plus facile qu'une ! c'est ça la magie ! cacher une fille ! par les temps qui courent ! je veux moi aussi en avoir une sous mes combles ! une Bambi du coin ! et bien maigre ! il y en a sûrement ! à la pépé Jo ! mais pas trois ! une ça me suffit ! je vais la cacher chez moi ! sinon dans la cave ! qu'elle ait une jolie bouche, cette Bambi ! ah ça ! même une pierre au lieu du cœur, ça fait rien ! j'en suis pas à une pierre près, moi ! et puis après, gueulades finies, pétoche retombée, cadavres ramassés, soldat inconnu flambé – ils me donneront une médaille ! en chocolat ! joli collier ! Légion d'honneur ! les allocations ! tous les grigris ! même une bagnole ! et puis, oh mon rêve – une chambre de bonne ! je serai un des leurs ! à la couille gauche des pères ! et j'aurai cinq femelles à mamelles à la crème fraîche pour que je puisse chier allongé ! pour me curer les oreilles ! par tous les trous qui me lient au monde ! et puis les sourires ! les petites plaisanteries du matin… et puis les quatre-heures ! et puis me retourner quatre fois dans mon lit pour que je rote tout droit ! enfin je serai un des leurs ! le rescapé ! de plein droit ! juste des nations et peuplades ! et je serai tranquille ! un juste tranquille ! et c'est rare ! cochon d'Inde plus sage que la rate de Socrate, je sortirai plus de ma cage, moi ! les siècles à venir ! *niet-niet* ! plus jamais ! et pas de journaux ! plus de nouvelles ! pas d'embêtements ! la paix à l'œil cousu ! sourire collé aux fesses ! et le thé fumant… et puis les voyages ! mais doucement ! en bonne compagnie ! les infirmières post-pubères ! post-tout ! la jeunesse à la langue rose ! qu'elles m'amènent à Saint-Malo ! et puis me laissent tranquille… gueule à la mer je regarderai toute cette flotte, je humerai l'odeur, et que tout s'écroule ! tsunami ! toute la smala ! qu'elle saute et sursaute, la terre, je m'en fous ! pas con ! je suis pas conçu par un doigt, moi ! non non non ! je sortirai pas de ma cage ! et pas de mémoires ! surtout pas ! pas une ligne. ni un mot !

Mais là tout le monde hurle « Pogrom ! ».

Mon étoile rouge ! j'ai tout ce qu'il faut, moi ! toutes les étoiles, moi ! rouges ! jaunes ! arc-en-ciel ! et puis les croix ! de toutes les formes aussi ! avec tout ça – je suis en règle ! je sais de quoi on peut et on peut pas se marrer ! alors je colle tout ça au cul, au front, au dos, partout ! qu'ils me laissent dans ma cage ! dans cette tanière ! j'ai juste envie de thé, moi, mais de tous les côtés – « Pogrom ! Loup ! Pooogrom ! » merde alors ! je rampe ! ça braille partout – Loup ! et bah – il viendra ! paillassons-nous à l'intérieur, Dim-Dim ! puis – silence de l'herbe !

Et c'est la guerre qui arrive. j'ai envie de faire du feu parfois… j'ai froid. toujours malade ici. mes yeux coulent. je pleurniche comme une pleureuse licenciée, moi ! mais là – elle n'a plus de larmes. ni pour vous ni contre ! j'ai envie d'un feu vivant… mes yeux, mes mains en ont envie. rester devant… regarder dans le feu. que d'autres arrivent, comme moi, ça me gêne pas, on a pas besoin de parler devant le feu. mais on n'apprend le vrai silence que sous les bombes, il paraît ! les murs, tout s'écroule, crève, brait, se cabre, là – on a la trouille magnifique à coudre l'oreille ! la calpette dans le cul !

Et chaque rue, qu'elle soit réelle ! chaque boutique ! Arabes, Chinois, Noirs, Barbès, la Chapelle, toutes les Goutte-d'Or et taudis ! et faubourgs et cités ! et banlieues et ghettos ! et chaque hutte dedans ! réelle et pas googlique ! pas de cartes là ! qu'à pied ! oui. à pied à Babylone ! et je m'affole pas du tout ! au contraire ! je flegmatise.

Je suis entré dans cette ville par le soupirail, tout doucement, en rat, par la petite porte. et chaque ville, bourgade, village, bourg et faubourg, et les plus vrais des bourgs, patelins, chaque trou du cul a sa chatière ! chaque trou de souris a sa chatière comme chaque trou à sourire a ses ténèbres…

Voilà comment j'y suis venu ! et même comme ça, surtout comme ça une mouche peut provoquer une avalanche ! un rien, un pet furtif ! hé ! et puis parfois un murmure contrebande l'ouragan sous ses ongles ! c'est comme ça, l'air de rien, de chute de neige on devient une chute de pierres pour les grenouilles ! quand les plaies bien cachées de ce monde s'ouvrent, se mettent à saigner, respirent, se réveillent et par elles – l'ouragan se met à souffler. malheureux est ce sourd qui se retrouve en train de siffloter avec. oui.

Chevilles ailées, je vais lentement, je descends dans la ville, en drapeau vaincu, tel un drapeau du soir je flotte sur cette ville comme un tigre qui descend des montagnes dans la ville qui festoie.

Oui, je suis une île. devenue une. sans ports ni voiles… et mer lisse, mer à marcher, mer aux âmes errantes… *stille leben.* je transe…

Dimitrius, ça fait combien de jours que t'as pas mangé, toi !? deux, je crois. alors tiens bon encore un jour ! c'est les trois premiers qui comptent ! les plus durs. jours à la gorge étroite ! et après – on arrive vers l'immense chute d'eau, chute de l'âme et on tombe dans l'océan. et on a plus faim. on flotte. et ce sont les visions qui arrivent. sirènes sourdes t'accueillent et se mettent à chanter tout doucement.

J'ai envie de mettre cette ville à sac, moi ! j'ai assez reculé, moi ! non, encore un jour… et puis et puis vous serez tous avec moi. je vous ferai tous sortir de la ville. je vais vous attirer tous vers mes steppes ! tous ! à l'ancienne ! à la balalaïka ! et là-bas, loin à perdre l'œil on va en finir ! oui. car l'esprit mène dans le désert. ensuite je reviendrai vers tes remparts, Paris… seul, sans mon armée. je vais faire un tour du périf, et à pied, sifflotant, clope au bec, à la Flavius Josèphe !

Guerre de grimaces ! ah ça ! c'est fini, ça ! là – c'est bon ! plus de tire-gueules ! trêve de conneries ! fin des dimitreries ! là – trêve de tout ! on me pétera plus dans l'œil ! – aurait dit pépé Jo ! ma joie sera sans pitié ! et chaque chauve dans cette ville aura son peigne ! chaque mendiant arrogant – une pierre chauffée à blanc en guise de pain ! j'ai planté ici ton chicot, pépé ! et là – l'arbre aux griffes de sagesse sort enfin ! là – l'icône de la colère est terminée ! prête à porter ! un miroir ?! pire ! le livre de la vie que le dernier homme rampant lira en braille ! à voix haute ! amourrr ?! même si c'est lui qui danse, saute, se tortille face à nous et cul au dernier rideau, c'est la mort qui tient ce théâtre ! et c'est elle qui déchire le voile ! et moi, j'ai toujours vénéré cette Muse ! Dimitrius ! même si là – tu parles dans le cul d'un cadavre – que la chose soit dite ! la voix est semée… et l'écho viendra !

Mais avant – faut bien disposer mes troupes. mes tribus ! et puis – propagande ! Babyl a raison ! tout est là ! dès le début ! tout est dans le nœud du commencement ! dans la guerre de propagande celui qui dit la vérité – perd toujours ! le vainqueur est celui qui profère les mensonges ! les plus terribles, de préférence ! c'est ça le vrai Kâmasûtra de la guerre ! c'est pour ça que les Soviets ont perdu la guerre froide ! le régime ne doit jamais ouvrir le poing ! le peuple – c'est un moineau dedans… si on serre trop le poing – on le tue ! si on l'ouvre – le peuple s'envole ! et les emmerdes arrivent en bouquet !

Alors mes armées ! comment les disposer ! voilà la chose ! comment ! mes tribus – face à l'Europe ! à ces bons Aryens ! mes peuplades de la Volga ! troupes auxiliaires ! mes Kirghizes ! mes Kazakhs ! mes Tchouvaches ! et puis – l'élite de la steppe ! l'étoile polaire de ma steppe – les Tatars ! perles des perles ! y a aussi les Allemands ! boches du coin, Hans de la Volga ! puces des tapis de Catherine II ! pas sûre comme armée ! choucroute russe contre saucisse bavaroise ! choucroute nostalgique ! choucroute traître ! la question – est-ce que c'est possible de vaincre sans avoir un traître dans l'assiette… et pourtant – faut être trahi ! la sagesse est là. l'histoire nous le montre bien ! juste un peu ! un chouïa de trahison ! mais faut tout prévoir ! pas la peine d'écarquiller les billes ! faut prévoir à l'œil fermé. c'est la magie, ça. parler au traître… vivre avec lui. être avec jusqu'au bout. jusqu'à ce que le dernier clou chasse le premier ! jusqu'au bout, quoi. pour que tout soit vu ! accompli !

Les Kazakhs au centre, alors ! oui, je les mettrai au milieu ! ça va les débrider un peu ! l'aile gauche – les Mordves. tenaces comme les poux de Verdun ! la crème des matons du Goulag – ceux-là ! sourds-muets en temps de paix, sinon – plus déchaînés que trois rois en chaleur ! parfait ! l'aile droite – les Tchouvaches !

nains géants au jardin d'enfer ! ces gnomes valent chacun deux percherons en gaule ! puis – Tatars ! Aryens de la Grande steppe ! mais archi-chut ! ceux-là, c'est le clou de tout ! le clou caché dans ta botte, ma steppe ! ma Grande ! tu les prendras dans ta bouche, ma steppe. toi, aux yeux avides, couleur de glace de mars ! tu mettras bien la table ! la table immense ! de Samara aux monts Oural ! tu les cacheras jusqu'à ce qu'il s'installe, cet équilibre de sang qui ne demande qu'une goutte encore et. là – ils sortiront de la terre. en dents de dragons bien semées. mais avant je les planquerai, les Tatars ! sous un kourgane ! j'en connais pas mal, moi ! près de Samara ! et Kouroumotch ! à trois clopes à pied de l'aéroport ! rive gauche de la Volga… rive de la steppe. immense kourgane ! et la verdure là-bas… verdure ! les herbes hautes comme les églises ! et ce vert émeraude ! ce vert de steppe ! à rendre daltonien ! rivage qui chante ! grillons de steppe, sauterelles, abeilles et bourdons ivres ! midi – rive calme. tant arrosée de sang… Tatars et Russes et tout.

Les Tatars ! c'est ça le clou de tout ! le clou caché à la tête d'or ! planqués sous terre ! ils rongent les brides de leurs chevaux ! les tigres entre les cuisses ! et ça miaule de rage sous terre ! je vois comment ça se passera ! comme je vois mes grolles, là ! l'Occident s'attaque toujours aux plus petits ! aux plus faiblards ! tribus des Tchouvaches ! la chose c'est qu'il faut que les gnomes tiennent bon ! bandent tous en gros et tiennent ! bander – c'est dur, mais soutenir la gaule, ça – c'est exploit d'Hercule ! c'est vrai ! c'est plus facile de mettre un Hercule à la quenouille que de forcer une jolie femme à bosser dans le noir ! sans un miroir ! mais qu'ils tiennent une heure, des

Tchouvaches ! tribu des nains ! s'accrochent ! les ongles de pied dans la terre !

Dans une guerre la victoire vient caresser le visage de celui qui sait souffrir un quart d'heure de plus que l'ennemi! voilà la sagesse à broder sur les draps des vaincus ! pour essuyer la sueur des vainqueurs…

Et là, au sommet de l'équilibre parfait, sang contre sang, feux contre feux, gorges contre gorges, hourra contre hourra – déchaîner la magie ! faire tomber cette dernière goutte qui renverse le calice de la guerre. cavalerie céleste cachée… qu'elle charge là !

Toutes les brigades, lourdes et légères ! dragons. hussards. cuirassiers. lanciers et cieux ! dimaques d'Alexandre le Grand ! les Alamans. les Scythes. au pas ! au trot ! et au galop ! sous Dimitri Chostakovitch ! dix mille cosaques en brame ! quelle charge ! trois mille chevau-légers fiévreux ! à la moustache rabattue ! modèle Borodino !

Et puis – lever la main, et la faire tomber. la ville est à vous ! juste pour trois jours ! ville jetée aux troupes tatares ! tous affamés ! lubriques comme des Mongoliens ! ville à sac ! ville à feu et à sève ! à dégoûter les charognards ! toutes qui n'osaient jamais rêver de se marier – seront fécondées trois fois !

Je m'arrête tel un funambule avant de tomber, funambule qui perd l'équilibre et – au moment de tomber – voit le boyau, la corde tendue mais à mort sur laquelle le monde danse. et c'est lent la chute… je vois la rue, je la regarde… chaque mouvement. fleurs et feuilles. gens qui passent. leur allure… et motos, et enfants et pigeons… et tout ça à la même vitesse. je regarde comme une danse, comme un ballet. il y a une harmonie, un rythme… oui. je peux voir comment tout concorde, voir comment et faire à mon tour, et entrer dans la danse pour ensuite en sortir, briser le ballet et tomber. et tout entraîner avec.

Ne me dites rien ! vous ne connaissez pas cette ville. vous y vivez et vous ne voyez que dalle ! un cul-de-jatte connaît le macadam bien autrement que celui qui marche sur des échasses ! cette ville ! un arbre émondé se transforme en potence ici ! une branche tombée peut devenir un serpent ici ! et hop là – partir, se tortiller et plus rien ! et dans le parc des Batignolles les gosses jouent avec ! et le serpent ne mord pas… ouf je suis ?! peut-être bien… voir dans une branche – un serpent ! mais l'Everest de dinguerie, ce serait de regarder un cobra et le prendre pour une branche et mordu au cul hurler – « C'est bizarre ! une branche qui mord ! » cette ville ! ne touchez à rien ici ! ne mangez rien. passez et vite ! ne vous retournez pas. sans merde ni adieu ! comme ça – peut-être on survivra là… je ne dis pas – vivre… ah c'est loin encore ! pour – il faut un miracle ! oui – il nous en faut un ! et très grand et très fort ! un miracle jamais vu ! marcher sur les eaux – ce serait aller chercher le pain – à côté ! oui et re-oui ! un miracle ! un changement. l'âme ?! on verra pour l'âme ! c'est pour une autre vie – l'âme ! là – il nous faut le miracle du corps ! que le corps change… et que ce soit pour de bon !

Transfiguration ! c'est ça ! et c'est une bidoche orthodoxe qui parle ! grison mystique, je sais de quelle cuisse je suis né, moi ! j'ai dans mes doigts, tout ça ! dans mes cordes ! cette musique ! vous dites – mais quel lieu choisir ?! montagne, colline ou bosse – peu importe ! – que le corps change et l'âme tombe par-dessus bord ! et comme toujours l'âme suivra. tel un homme tombé du navire la nuit – nage, crie, tout gorge, tout yeux et enfin se noie et devient un dauphin et suit le bateau…

Et j'entends pépé Jo ! « Fais gaffe – il dit – toi ! tu veux être mage, toi ?! fais archi-gaffe, alors ! les mages, ça chute comme des poires ! tu peux tout savoir ! tout ! faire tout tourner ! marcher sur l'eau – ça suffit plus, têtardeau ! il faut que l'eau marche ! eau, bière et toute gnôle ! tu veux tout transformer en tout, toi ?! et savoir tomber sans sol ! jamais tomber ! montrer le serpent là où il n'y a qu'une crotte de chien ! oui ! mais vas-y tout doux ! qu'elle te morde pas, la crotte ! » ça me faisait rire avant… ce manuel des prophètes.

Me voilà retrouvé sur la montagne de la faim. deux jours sans bouffer… c'est rien encore ! mais ça vient… tel un aveugle voit avec ses pieds – je sens une sorte de kourgane. très loin dans les steppes. et la steppe met la table ! comme toujours et je sens le kourgane se réveiller sous mes pieds ! ça gronde… trente mille cavaliers, trente mille Russes et Tartares se réveillent ! enterrés avec leurs chevaux il y a six siècles ! tous en selle ! sabre à la main ! après la bataille de deux géants ! Timour le Boiteux et Tokhtamych ! on jouait ici avec mon ami, le Bossu ! les crânes sortaient parfois dans les ravins ! roulaient emportés par les eaux au printemps ! encore un peu et les cavaliers seraient sortis ! on les attendait tellement ! et le kourgane bougeait, comme un ventre enceint ! et non. l'hiver venait vite. et la steppe met la nappe blanche et c'est fini ! le temps des renards ! des perdus dans les blizzards…

Combien de temps encore ! combien d'années ! mon Dieu ! jour après jour un serpent fait des nœuds en moi… il faut que je me décide ! sur-le-champ ! pourquoi pas là ! c'est tout. et tout est là ! dernier clou arraché – et tout s'écroulera ! faut que je me lance. et surtout, très surtout, faut parler à personne ! et pourtant j'en ai tellement envie… Babyl ? Samouraï ?! elle est partie, pauvre folle ! j'ai oublié. complètement ! et pourtant je pense souvent à elle ! mais comme à n'importe qui ! c'est ça le pire ! même dans la rue ! parfois c'est vraiment plus fort que moi ! dès que je vois un visage gentil, j'ai envie de parler, de rire, l'air de rien… les gens pensent que je suis un peu dérangé, moi. un solitaire. un peu malade de maladie urbaine. oui. et alors !? et c'est vrai en plus…

Même avec Fevro je ne pourrai plus m'oublier. et pourtant la femme nous a été donnée pour oublier, non ? qui a dit ça ? je ne sais plus. une femme pour tout oublier, sinon – une page blanche pour se venger… Khéops ?! lui !? j'ai pas oublié ! je ne peux pas parler à Fevro. surtout pas ! elle serait effrayée ! faut aimer pour se mettre entre un meurtrier et le soleil qui l'aveugle ! oui, aimer ! mais qui peut aimer comme ça ?! personne ne s'aime dans cette ville. ni ici ni ailleurs. personne n'est chez soi ici. personne n'a de chez-soi dans cette ville.

Il faut que je le fasse. mais il faut se calmer d'abord ! se concentrer. et j'arrive pas. mais c'est trop, tout ça, trop laborieux… laborieux comme coudre mille boutons pour le vieil Hercule ! et avant j'étais léger, moi ! une fermeture éclair à la Ulysse ! et maintenant j'arrive à rien. seule chose que je sais – si j'échoue – c'est fini. si je me fais prendre – c'est la fin de tout. le reste de ma vie – au gnouf ! et j'ai horreur de la prison ! peut-être je veux pas le tuer vraiment… Nabucco ! et je cherche quelqu'un qui m'en empêcherait. oui. non. alors – renonce ! coupe et bouffe tes couilles et on n'en parle plus ! mais se faire prendre – c'est archi-non ! plutôt crever. je veux pas aller en prison ! je sais, je sais ! la vie est partout et l'esprit chante même parmi les sourds ! je connais ce genre de conneries ! mais c'est non. je veux pas me transformer. je n'ai vraiment peur que de cela. transformation et souffrance qui va avec. plutôt ne plus vivre ! mais t'appelles ça – vivre ?!

Si j'arrive à entrer dans un état où je pourrais le tuer comme on tourne la page… oui, c'est ça ! tourner la page du livre de la vie ! ou prendre un autre livre ! ou… carrément changer cette bibliothèque de merde ! tout – mais rester soi-même ! après avoir tué – rester soi-même. avec Babanya… mon Bossu, Damiane, pépé Jo, Nina… avec tout ce qui était vrai et vivant dans ma vie. mais pourquoi personne ne me parle plus ! pourquoi personne ne me dit la chose la plus simple ! on m'en dit trente mille ! et jamais la bonne ! il suffit juste d'un mot… souffle et regard ! « Tu es égaré… reviens. il est temps de rentrer… » et j'abandonnerai tout, moi ! je couperai ma tête s'il le faut ! je suivrai partout jusqu'au bout des bouts celui qui me dirait « Viens ! on rentre ! » et personne. et silence à la ronde à mille milles !

Juste parfois cette fillette qui tousse. je l'écoute. je ne sais pas pourquoi mais cette petite m'apaise. même sa toux. oui. j'oublie tout… et puis elle s'endort. et tout recommence.

Ah oui, une chose encore… la lettre. j'en ai reçu encore une. lettre signée du syndic. c'est ça qui me tue. l'indifférence. syndic ! c'est quoi ça ?! un parfum bizarre ! antique ! synédrin presque ! ah, cela me plaît ! ah, ça me réjouit ! la chambre doit être libérée et tout et tout ! bon, d'accord, si ça avait été signé « Pharaon » – ça serait pareil et pas pareil ! je voudrais un face à face, moi ! briser cette indifférence, voilà – tout. voilà la corde et le nœud ! et pourtant je sais, je sais – le monde se fout du monde ! depuis sa fondation ! depuis que les hommes ont appris à se regarder dans les yeux ! mais oui, et alors ?! le monde… je vais te briser ta cheville, le monde ! et ton indifférence ! on verra comment tu danses la cheville brisée !

Et puis je m'en fous ! mais à six pieds sous terre ! ils menacent de couper l'électricité dans la tanière ?! ha ! c'est classique, ils procèdent comme ça ! bien ! l'ours va pisser assis, alors ! à la lueur d'une bougie ! puis une équipe viendra… ils pensent que c'est fini la fête ?! on va bien s'amuser, je sens ! ils veulent du classique, eux ? ils tiennent à calmer le jeu, eux !? à moliériser la fin, eux ?! moi – je la shakespearise !

Et puis cette petite. j'ai cru d'abord qu'elle habite un peu plus loin dans le couloir. mais non, elle n'est pas d'ici. tout au fond il y a deux chambres vides. avant c'était des Africains. ils fermaient jamais la porte. j'y suis venu, quand Miaou avait disparu. eh oui, je l'ai trouvé ici ! léopard comme ça ! une fois je l'ai attendu sur l'escalier, je l'ai aperçu, je l'ai appelé ! et puis rien. je suis descendu un peu et – quel tableau ! trois Noirs en extase devant mon chat ! l'ont encerclé ! à genoux devant l'idole ! et lui – tranquille, les yeux étincelants, moustaches en flammes ! panthère de l'Apocalypse des Noirs, quoi ! ronronne !

depuis dans ses vadrouilles il faisait un détour chez ses tribus, leur faisait son *Miaou* et *Mrrr* et *Rrrr,* puis repartait ! ventre plein, félin content ! il mange à tous les râteliers, pirate ! et un jour plus rien. ils ont disparu. plus de tribus ! les flics sont venus, et toute la chambrée – dehors.

Cette fillette, je la vois de plus en plus dans les couloirs. elle joue avec Miaou. seul être humain qui peut le caresser ! elle a six ans peut-être, je ne sais pas. museau rond, tout en mouvement ! et les yeux… ils rient tout le temps, ses yeux ! comme deux chats ils courent dans le couloir, elle et mon tigre ! pattes légères tous les deux ! elle rigole « *Cotoi ! cotoi !* » et Miaou est là ! la suit comme une plume ! il parle toutes les langues, lui ! je crois, ça veut dire chat en roumain. *cotoi…*

Elle parle pas français. elle sourit quand je lui parle… elle est moldave. elle s'appelle Anca. c'est elle qui me l'a dit. Anca. elle a un père et trois frères, je crois, ou quatre, je ne sais plus, ils sont toujours en foule ! elle a aussi sa grand-mère. ils ont une bagnole. ils dormaient dedans. d'abord ils n'osaient pas venir dans l'immeuble, juste elle, délurée, et puis quelle rencontre ! le chat ! ensuite tout doucement ils sont entrés, tous ! sur la queue de Miaou ! ils dorment au fond du couloir, par terre, juste sur le seuil de l'ex-chambre des Noirs. la grand-mère dort dans la voiture. elle bouge pas beaucoup, elle ! et puis l'hiver est venu et ça caille dans les couloirs, courants d'air glacial, mais oui ! les fenêtres ici ont le décembre en guise de carreaux ! et Pharaon veut vendre ça ?!

La fillette dormait dans un sac de couchage. père et frères à côté. et puis elle a commencé à tousser… elle joue plus avec Miaou ! il parle pas français, le père.

il comprend un peu. un jour je lui ai dit – « Venez dormir dans la chambre ! à côté ! elle est vide ! » merde ! il a hoché la tête ! d'accord ! et alors ! ça n'a rien donné. la fille – toujours par terre ! avec ses frères ! elle dort plus, de toute façon… tousse ! toute la nuit… j'ai défoncé la porte, moi ! alors tu seras jamais naturalisé, Dimitrius ! toi ! Russkof qui défonce les portes ! et les frères ! ils m'ont pas aidé, eux ! sont restés derrière, eux ! et puis quand même sont entrés, et les y voilà… maintenant ils y vivent. et la fille ? ça fait longtemps que je l'ai pas entendue tousser. personne ne joue avec mon chat. personne ne lui parle comme elle ! accroupie, elle marmonnait, mots gentils, je suppose, et toujours *cotoi… cotoi* ! et puis le caressait, tête penchée, et le matou était aux anges, lui. *cotoi…*

Une semaine ou deux passent, je les ai pas vus, la famille. je me suis dit – repartis au pays. peut-être en Angleterre. ou vers l'Italie, vers le soleil, ça serait bien… la fillette en a besoin.

Mais non. toujours là. tous, mais pas la petite. pas Anca. même leur voiture est là. l'intérieur complètement caché. comme une petite maison que les gosses font avec des couvertures.

J'ai essayé en français, le père comprend rien ! hoche la tête comme un fou. puis j'ai sorti mon russe ! il est moldave, lui ! il doit comprendre quand même ! ils étaient d'une république de l'Empire ! oui, il a compris… oui. mais il s'est mis à pleurer ! et puis a craché par terre et puis frappé son genou ! mais quoi ?! quoi ? parle, bon sang ! mais il n'arrêtait pas de frapper son genou, lui ! puis m'a attrapé par l'épaule et m'a poussé dans la chambre ! la grand-mère parlait mieux le russe ! la fillette est tombée malade. ils savaient pas quoi faire ! la grand-mère a écarté les bras… puis avec la bagnole ils l'ont amenée à l'hôpital ! le plus proche ! Bichat ?! je ne sais pas ! et puis ils ont attendu et la fillette ne toussait plus. respirait plus. et la vieille lui a fermé les yeux. la grand-mère m'a parlé et le père nous regardait, tournait la tête, comprenait rien, et puis et puis quand j'ai demandé où elle est la petite, où est-elle maintenant – il a mis ses mains en amande, comme pour une prière, et puis les a glissées sous l'oreille et penché la tête, pour me dire qu'elle dort. je comprenais que dalle et là – il a mis ses mains en croix sur la poitrine. et fermé les yeux. la vieille lui a dit quelque chose en roumain et il s'est tourné vers le mur et ses épaules se sont mises à trembler.

« Elle est où, maintenant… » – j'ai demandé à la vieille. elle a montré la fenêtre et a dit en français « Voiture ».

Les trois frères étaient dehors, tout noirs comme les jeunes corbeaux. peureux. muets. je leur ai filé une clope à chacun. enfin le père est descendu. ils se sont mis à parler tous en même temps ! s'engueulaient ! les frères montraient avec leurs mains à gauche. tous ! j'ai regardé. c'était le cimetière. mais le père ne voulait pas regarder ! « *Nu* ! *Nu* ! – il répétait ! *Nu* ! » il voulait pas l'enterrer. il pouvait pas… il en pouvait plus. et puis il est parti. en courant ! remonté dans la chambre, qui sait… le plus petit des trois m'a ouvert la portière arrière de la bagnole. et a détourné les yeux.

Elle était là. allongée sur la banquette arrière. tranquille. les yeux fermés. et les mains… petites mains sur la poitrine. comme a montré son père tout à l'heure. toujours son pull. ce col roulé gris. et son jean. et ses baskets roses. et ses bras sur la poitrine en croix. j'ai voulu me pencher plus près, et j'ai reculé. sa bouche était ouverte légèrement. j'ai vu ses dents.

J'ai fermé la portière et la terre s'est penchée à gauche. le plus jeune des frères m'a soutenu, et puis il a mis ses doigts comme pour faire un signe de croix, et s'est mis à les embrasser, les doigts. ah oui… je comprends ! je vois ! mais j'avais pas de fric sur moi ! j'ai sorti mon paquet de cigarettes et puis tout ce que j'avais dans les poches. ils ont partagé tout. et puis il a hoché la tête, il n'arrêtait pas, oui, comme son père tout à l'heure. et là je suis rentré.

Miaou est venu. me regarde. je n'ai qu'à m'allonger moi aussi, comme la petite et il vient. *cotoi… cotoi.*

29

La bagnole a disparu. les frères aussi. ils sont en train d'enterrer la petite, peut-être. la cacher quelque part, je ne sais pas. en face même… il se ferme ce cimetière, mais c'est rien les portes, un coup de pied et c'est bon, et puis ils sont trois ! qu'ils se débrouillent enfin ! elle sera là, Anca. quelque part dans ces terres. pour toujours. papiers, tout ça, à six pieds sous terre on s'en fout. qui peut nous reconnaître ?

Et puis le dimanche. ce dimanche éternel à déculotter l'âme ! rien n'y résiste. rien ! aucun esprit ne peut rien contre cette tristesse du ghetto un dimanche. quand le Styx sort de son lit et inonde tout ici ! et nous avec.

Oui, je me suis dit… partir d'ici. doucement, à plat ventre, partir de ce continent pourri à mille kilomètres de profondeur. vivants sur des vivants, debouts et allongés ! partir enfin ! déguerpir là, au débotté – sortir de mon tombeau ouvert ! et secouer tout ce qui s'accroche aux bottes, bien secouer et voilà, vivant… vivant – partir ! loin et hors de tout !

C'est décidé pour le Pharaon. j'y vais aujourd'hui. j'ai tout préparé. j'ai rien prévu. faut faire comme ça… dans le noir, oui, et sans boussole ! en courant. et vite ! faut en finir, c'est tout ! au fond ce n'est pas le sang-froid, c'est le sang versé qui compte ! c'est ça, et c'est tout ! et puis la prison… faut pas y penser ! sinon en braille ! pas regarder de ce côté ! sinon en morse ! en phoque ! en tout ! et faire ! de toute façon il est déjà mort, lui. Ramsès de mes deux ! il schlingue le sapin à planer, lui ! depuis des années ! depuis toujours ! la guerre, tout ça… il pue des narines, lui ! les chiottes de Babylone sentent la rose à côté ! les cadavres pètent de sa bouche ! même si la vie c'est le meilleur tueur à gages – elle a besoin d'un coup de main, parfois !

J'ai appelé son bureau. trois fois ! toujours la même chose. une connasse huileuse me répond « Il va mal, Monsieur… et puis il y a des travaux dans l'immeuble. il ne peut pas vous recevoir. vraiment pas. après les fêtes, peut-être… essayez après. bonne journée. » eh oui. et tout. merde et nouille ! attendre deux semaines ?! mais je vais pas tenir deux semaines, moi ! je vais crever, moi ! sans blague ! elle se rend pas compte, elle ! deux semaines de tension comme ça ! elle aurait accouché trois fois, elle ! « Mais c'est juste pour déposer ma carte de vœux, Madame ! et puis lui présenter mes respects ! j'y tiens comme à mes prunelles ! » mais elle veut rien écouter ! mais elle écoute ! payée pour ! avec son oreille en une heure elle gagne plus qu'un ouvrier en Chine en une année, elle ! et avec sa bouche – plus que toi ce que tu touches avec ton RSA de merde, Dimitrius ! elle n'a qu'à psalmodier « Je suis désolée, Monsieur… désolée », et la thune coule ! tout doux mais coule !

Et j'y suis venu quand même. d'abord ça allait. il y avait quelques personnes dans la salle d'attente. la grognasse à l'oreille en or m'a dit bonjour, l'air de rien, et c'est parfait comme ça, merci, merci, et je me suis assis. elle pensait que j'avais un rendez-vous, moi ! avec le gérant ! ou avec les plombiers ! une conférence de presse avec les robinets qui coulent ! question importante ! des bidets volants, je ne sais pas ! eh oui, j'ai l'air… et puis j'ai fermé les yeux, pour mieux voir la chose. comment faire. je connais bien les couloirs ici. sa chambre et tout et comment. mais d'ici – c'est trop long pour y aller. il vaut mieux que je ressorte, descende un étage et passe par l'escalier de service. à la bonne ! tablier et tout ! sur la pointe des pieds ! si la porte est ouverte… je me lève. tout le monde est content que je parte. toujours pareil ! même si on fait la queue pour que la mort nous encule, il suffit que quelqu'un abandonne la queue – on est content !

Je souris à gauche, à droite, et je sors. la belle à la bouche aussi jolie qu'un cul à faire de l'or – me sourit aussi « Au revoir… » je réponds – « à bientôt ». elle pense que je pars. c'est bien comme ça.

Je descends. une porte. je la pousse. les toilettes. oh c'est parfait ! j'avais envie, justement ! il paraît que les martyrs et les bêtes avant de sauter dans l'arène avaient droit de pisser un bon coup ! je bois tellement de thé, moi… samovar sur pattes ! je pleure du Darjeeling, moi ! je pisse du Lipton ! et parfois c'est si long que je suis obligé de m'asseoir ! et lui ! Pharaon ! assis sur ses couilles de Fabergé, il m'attendra !

Alors… en blaireau déchaîné, calmement, je vais faire pleurer la gamine, moi. je ferme la porte et la lumière luit ! c'est une minuterie ! et puis d'un coup – le noir ! noir total ! noir de la création ! je tire la chasse ! je tripote les murs ! j'allume mon briquet. mort. mon portable ! je cherche la poignée ! je la trouve ! rien ! ça tourne pas ! bloqué ! dans les chiottes ! dans le noir ! cagoinces nouvelle génération ! chiottes de merde ! et le pire – c'est qu'il n'y a de lumière nulle part ! pas un cheveu ! pas un poil ! coupure générale… quel désastre, mon dieu ! guigne au cube ! et la honte. la honte…

J'entends les ouvriers qui passent. rient. je frappe ! encore. puis on bavarde… gentiment. « Faut attendre, mon ami… on peut pas vous faire sortir ! Monsieur… et pas de courant pour l'instant. coupure partout dans l'immeuble. » bien, je réponds. très bien. et j'ai attendu. pas longtemps. une heure peut-être. je me disais, faut faire dans le noir et tout et voilà – j'en suis servi du noir ! à ras le groin ! abruti des Nouf-Nouf ! honte ambulante… « Tout est de la merde, sinon – de la pisse ! » j'entendais pépé Jo ricaner ! et puis ils sont venus. ils m'ont pas oublié, les gars…

Je vais rentrer. me faire la gueule dans la glace… oui ! un bon coup ! je vais cracher dans le miroir et puis m'écrouler et puis dormir. mais avant un petit coloriage antistress, et puis c'est bon ! le bouchon est en place ! et puis roupiller jusqu'au jour du Jugement ! bon à rien ! rien à foutre !

Trois jours passent, et dans *Paris-Matin* que je ramasse dans le métro j'ai lu qu'un Juste parmi les justes s'est éteint tranquillement dans son lit. à la suite d'une longue maladie. et rien sur la coupure de courant. rien.

30

Toute la bande est partie. et maîtres et valetaille. toute la clique ! vers Marseille ! sous l'aisselle du Sud ! tous envolés ! Fevro, Hadrien, Babyl. Clémence aussi, peut-être. festival, foire aux bousiers, je ne sais pas quoi ! pour se regarder dans la mer, dans cette flaque où toute l'Afrique lave ses pieds.

À Paris – c'est Noël et j'ai faim. quatre jours sans bouffer… je ne sais plus rien ! quatre nuits – pas une graine de pavot sous le chicot ! dans cette ville où tout bouffe tout ! je ne sais pas si Noël est partout, mais ici – des odeurs et des gens qui rotent, mâchent, pètent en chœur ! faut s'accrocher ! et puis tenir et puis parfois – j'arrive, parfois – j'en peux plus ! et je tiens encore… il faut que je me brise. il faut que j'oublie tout ça… le Vieux et mon délire autour c'est parti, c'est fini, plus d'odeur. calme comme après le passage d'un faux messie ! mais Fevro… j'ai même peur de prononcer son prénom ! ah oui, surtout elle. j'ai envie d'elle. faut que je rompe la corde ! homme malade je suis. malade de tout ça. je n'ai plus aucune honte.

Je vais pas bouffer tant qu'elle est en moi, la sorcière. voilà – l'ascèse et puis j'arrive pas et je pense à elle. je dors mais mon borgne veille ! voilà le Cantique des Cantiques ! bien moderne ! mise à jour ! à nuit !

Agneau nocturne devenu… qu'elle me rende mon corps ! une brebis égarée, mon corps ! chienne en rage est mon corps, et moi – un enfant je suis devant elle et la nuit s'approche !

Donner le corps contre une nuit ! que ça soit comme avant. oui. juste une nuit. voilà le pari ! et que ça soit fini après, et très fini ! que je devienne une ombre, après… soit ! je m'arrangerai. je sais comment ça se passe ! mais j'en peux plus de continuer comme ça… concierge en chaleur ! Babyl dirait – « Ho ho ! tu vends ta carcasse, toi !? » mais oui, et alors ! bah oui, ami, mais je ne l'ai plus déjà… ou presque ! ça fait longtemps ! et là – ce presque – est pire que tout.

Et alors… si Fevro revient, si elle vient, si elle frappe à la porte, gratte doucement avec ses griffes cette porte-là – tu feras quoi, toi !? mais vraiment ! eh bien ! je lui ferai un dîner. un bon dîner sans bougies ni allumées ni enfoncées dans le cul du cœur ! non. tout lentement je ferai la cuistance, je pourrais pas faire vite, moi ! quatre jours sans bouffer – tu marches avec des nouilles en guise de béquilles ! bah oui, sacrée tombe ! faut aller en souriceau ! et puis on grignote et on les pose tout doux, les béquilles… faut faire gaffe, archi-oui ! monter sur les échasses de cette ascèse bien folle – c'est une chose, mais savoir descendre dans le vertige de la faim… c'est un autre chapitre ! à la main tremblante je ferai le dîner, et puis calme, de plus en plus, je serai face à elle aussi cool que la mer Morte ! faut pas me réanimer ! pas cette fois-là ! tu pourras juste laver tes serres vermeilleuses dans mes yeux et puis on passe à table !

Toi, tu – passeras, chevilles ailées, comme toujours, et moi – je ramperai. je coulerai à côté en ruisseau bien sage, bien vieux. le dîner à la russe comme tu aimes, toi. oui. mais – sans *Kalinka*. pas d'*Otchi tchernyia* non plus, ni danse ni sur ni sous les tables, plus d'ouffonneries, ni « Staline endormi », ni « la nouille amoureuse »… plus de joie mort-née. on réanime plus rien. plus de bouche-à-bouche ! juste les yeux. je vais te regarder manger… la cuistance sera bonne. je ne serai que les yeux et sourire dedans. je n'ai pas faim. plus du tout. là – juste les yeux d'un mourant qui te regardent ! oui, comme ça… c'est bon ça ! et après ? tu pourras t'allonger en moi comme dans une mer tranquille. tu as l'air fatiguée, toi aussi. viens… pas de coucherie ni gaule en bronze ! ah non, c'était trop cette fois ! trop fatigué. trop exsangue. trop tout. je voudrais juste dormir à côté. fermer les yeux à côté. l'homme, pauvre bête, il passe la queue à gauche de son vivant, l'homme ! et puis on s'en fout et re-fout ! et puis, putain et cieux ! c'est pas grand-chose ! juste m'étendre à côté… et rester comme ça. deux flèches on sera, toi-moi, les flèches à terre, comme j'en ai vu sur une icône – martyr à genoux, tenant sa tête dans ses mains, sa tête coupée et puis ces deux flèches à côté, dans l'herbe, comme endormies, oui – deux flèches aux yeux fermés, et je me suis dit – voilà c'est nous ! j'aimerais bien. reviens vite, alors… je ferai mes meilleurs yeux ! viens ! allez… pas la peine de tourner à vide ta langue dix fois dans ta bouche ! viens ! on va manger mon cœur ! un repas de rêve ! même Nabucco serait jaloux… ah oui. je concocte déjà des choses ! j'entame mon cœur et je le mange tout seul et je farcis les coquillettes très longues de mes prières avec ma bouche ! ça promet, tu verras !

Il y a comme un lieu, en elle. oui. lieu caché. lieu secret. qui m'apaise, qui m'inquiète. comme un arbre solitaire dans la steppe à midi… comme un sommeil qui te prend à l'ombre de cet arbre. oui, mon ami, elle était ma magie, elle était mon ravin… ravin d'une année ! presque quatre saisons ! c'est beaucoup, ça ! même là – je ne vois pas l'autre rive de ce ravin. et elle demeure sur la berge de cet hiver ! me regarde ! s'y promène… tu me dis – pas de retour, après tout – plus de retour. oui et re-oui, mon ami. mais – il y a des retours, contre tout, et toujours, car – il y a de l'eau encore dans ce ravin ! faut la boire, cette eau, jusqu'à voir le fond et – les bêtes bizarres qui le peuplent. mais qui a dit ça !? « On n'entre jamais deux fois dans la même rivière » ! ho et mon cul ! les sorcières, avec une larme – elles gèlent les chutes du Niagara, et puis y patinent comme si de rien n'était ! voilà – comment, voilà – pourquoi y a toujours des retours !

Ah oui – désert de cette année… tant qu'il y a de l'eau salée dans cette fosse – il y a le retour. oui, pour les bateaux partis depuis des siècles – il y a toujours les yeux ! et on s'arrange même dans l'au-delà de la mer Morte ! tuée dix mille fois ! on s'arrange pour se voir dedans, quand même… on se reconnaîtra, qu'importe – yeux et masques ! mon ami, mon Gibbeux, mon Bossu bien-aimé – sache et viens et vois avec moi – mon vieux bateau viendra, qu'importe la voile. celle de la joie, ou – du malheur… je l'attends ! je la verrai.

Et voilà la faim. les plus durs sont les premiers trois jours. tu t'effondres en restant debout, vertiges et tout, et l'odeur d'acétone… les choses changent leur visage, les murs se mettent à bouger, tu veux ouvrir la porte, voilà – la poignée, tu la vois et tiens, c'est bizarre – tu n'arrives pas à la saisir, d'un coup de cils – elle s'éloigne ! tes bras deviennent si longs que tu pourrais presque attraper la cheville d'une fille qui passe de l'autre côté de la rue. chemin de halage, oui – c'est ça et puis… mais le plus dur c'est l'odeur, ton odeur… tu te bouffes toi-même et tout cru. ton haleine tue ! elle te tue et suicide tout autour… y a un moment – tout s'arrête. soleil et feuilles, et tu n'entends que ta respiration, oui, souffle lourd d'une bête. rien ne bouge. les parcs, les jardins – tout devient flou. le troisième jour c'est le pire de tous les pires sur la montagne de la faim ! tu as envie de mettre quelque chose dans ta bouche ! n'importe quoi ! petite pierre, morceau de bois ou feuille morte, ou le bouton de ta veste, et sucer ! sucer… et tu ramasses une pierre et tu souffles dessus tout doucement, juste un peu… et puis tu la mets dans la bouche. ta langue joue avec. et elle est si bonne, ta trouvaille ! ton pain ! petite pierre…

Que dieu te garde des glaces ! qu'il couvre ta tronche avec un voile ! qu'il couvre aussi miroirs et vitres et vitrines ! pour que tu te reconnaisses plus…

Avec ta pierre que tu roules tout doucement, en bonbon – tu te vois marcher, les rues, les visages, mais tout ça sans bruit, sans le moindre, parce qu'en vérité – t'as pas bougé de ton banc. tu t'endors, tu te réveilles, mais tu te réveilles dans ton rêve et tu sais plus où tu es. et tes yeux sont si secs, si collés, que tu les ouvres avec tes doigts ! et tes lèvres aussi sèches que l'écorce ! juste la salive coule un peu et puis un mouvement, juste une grimace et – tes perlèches craquent ! coulent et tu les lèches comme des plaies, et c'est bon, ça, mon sang… et puis cinquième jour. si t'as réussi à revenir chez toi, là – tu sors plus. et là les visions commencent.

J'ouvre l'œil et vois – moi, en train de sucer ma main gauche. trois doigts… les ongles en flammes ! et je cherche ma petite pierre ramassée hier et je la trouve pas ! je rampe partout et non ! je trouve ni ma pierre, ni mon hier, ni rien, et je pleure avec la gorge, comme une bête sauvage peut pleurer, et appeler, sans yeux ni larmes… on m'a volé ma pierre ! plus rien maintenant ! rien ! je l'appelle fort, mais j'ai plus de voix ! et puis tout doucement, de plus en plus, je respire et je me rendors par terre. les heures passent et j'oublie ma petite pierre. et c'est long, ça, très. et ça use ! et comment ! mon ami bien-aimé… tu me vois ! plus usé que le cure-dent de Job je suis !

Deux jours comme ça – c'est à couper les mains ! oui. jusqu'aux oreilles ! je ris ?! je grimace à provoquer une fausse couche à la femelle de King Kong ! deux jours et deux nuits comme ça me font tomber des mains les choses les plus précieuses ! même ma gamelle volée au Ritz ! puis – mon verre très cher aux lèvres, verre russe piqué dans le Transsibérien ! mais le pire est à venir ! toujours si près !

Et puis mon icône en bronze ! Jean le Baptiste, la tête penchée, le calice dans ses mains, et enfant dedans… et voilà, ça tombe ! eh non ! *babannn* ! et Jean-Baptiste renverse son calice et le gosse qui est dedans ! tout est par terre dans ma tanière ! l'enfant et l'eau et le maigre saint ! et ça coule ! et je ramasse à quatre pattes puis Jean-Baptiste se met debout comme une faux ! tête haute ! mouille à peine sa longue barbe ! mais l'enfant ne dit rien… il est par terre, lui. mais il ne pleure pas, lui. il regarde autour… juste ça, oui. il me regarde ! longuement.

Les mouches baisent dans tes mains ! m'aurait engueulé, mon pépé ! c'est loin tout ça… et tes yeux délavés, pépé Jo, et ta bouche aux injures, mais j'entends ta voix dans ma gorge ! je marmonne… j'agonis sol et murs et plafond ! tes leçons, tes printemps – j'en ai rien oublié ! ni tes Pâques, ni les branches des bouleaux !

C'est ça – la montagne de la Faim. dans une ville inconnue – j'oserais jamais ça, ah non. j'aurais la trouille, moi ! une bonne vieille peur de crever ! mourir réellement ! à Paris – j'ai pas peur ! à Paris – j'ai peur de rien ! comme un fossoyeur dans son cimetière j'y suis ! Minotaure dans son labyrinthe !

Et ce n'est pas la première fois que ça t'arrive, mon pauvre ! j'ai rencontré la bête de la faim au cercle polaire ! deux mois sans bouffer ! vraie famine. ! juste la neige et sa mère, l'eau ! et la neige encore… et les genoux qui tremblent et deux mois – sans chier ! ou juste deux petites crottes… M&M's ! parfois rouges ! mais on se forçait quand même ! on poussait mais debout ! sans s'accroupir, ah non – tu n'arrives plus à te relever, mon vieux ! tu rampes cul à l'air et autour – moins 40 ! tu craches et ça sonne ! soixante jours, mon sang ! la famine – c'est une vallée… vallée sans fin où tu rôdes et tu cherches. mais là – c'est une montagne, ami ! montagne de la faim, mon aimé ! vois-moi… ne me quitte pas des yeux !

Et puis un moment arrive – et tu n'as plus faim. tu ne veux plus bouffer. plus de douleur. tu vois plus la bouffe. tu regardes ailleurs. et là, ce sont les visions qui débarquent. quand on est à bout, vraiment au bout du scotch, on se met à voir des choses… la vision s'ouvre. et je sais ce qui m'attend au tournant. et j'ai peur… je panique ! pour nous tous il arrive une heure et une minute, au milieu de la vie, à la fin, qu'importe… « Et voilà… » on se dit. on voit. et on sait. dans une sombre forêt des âmes humaines on se réveille et notre être muet, notre fidèle compagnon qu'on a jamais vu, là – nous regarde… nous cherche dans la foule que nous sommes et notre âme se met sur la pointe des pieds ! s'étire tel mourant qui s'étire sur le lit, voit et entre dans la paix. et lui, notre être muet, il meurt pas, lui, c'est nous qui mourons à sa place… mais avant il nous prend par la main, encore une fois, la dernière, toujours calme, les yeux pleins de silence nous regarde, comme lit en nous ! oui. livre caché, livre secret dont on est pas l'auteur… il dit rien, lui, c'est nos lèvres qui bougent. demandent ! qui je suis !? qui !

Et tous ceux qu'on a aimés, vraiment aimés comme une mère aime son enfant, jusqu'à accepter de mourir à sa place – viennent, nous entourent… il n'y en aurait pas des régiments, eh non ! mais quand même ! un seul peut-être… oui. et puis il nous promène, celui-là, dans les ruines de notre vie, et on n'a plus besoin d'yeux. plus de magie… là – on devrait tous payer, tous donner l'œil pour avoir le regard…

Et là – on sait – la fin est proche. et quoi faire ! mon Dieu, comment revenir en arrière ?! comme un aveugle égaré on s'est retrouvé sur une montagne et le vide – à gauche ! à droite ! et le vent très haut se lève ! vent étrange ! mais comment on y est arrivé ! comment descendre ?! et on veut rentrer dans la vie d'avant ! même par la mort, mais que tout soit – comme avant…

Et puis septième jour… et mon chat devient fou ! et pourtant il chasse, lui ! il bouffe, lui ! je sais ce qui se passe, moi ! Miaou a peur ! les bêtes sentent la chose ! c'est toi qui arrives ! toi, mon ami ! mon Bossu… je te vois chaque fois avant que quelque chose ne m'arrive. en messager qui porte le signe tu viens. comme pour me prévenir… telle une flèche tu tombes du ciel et – je suis saisi devant.

Ne t'inquiète pas, mon chat, arrête ! saute pas partout ! mais il a peur, le pauvre ! il tremble ! il se croit en enfer des chats, lui ! là où il y a mille chiens et pas un seul poteau ! allez ! je suis là… regarde ! viens… viens ! je le caresse, doucement. la gorge, les oreilles… je le rassure. j'arrive à le calmer pour l'instant.

Il y a l'heure et la minute… le crépuscule surtout. et voilà, lui, mon bien-aimé… mon Bossu ! il porte le soleil couchant sur sa bosse.

Mon chat le voit pas, mais il s'inquiète. il rôde, autour de moi, se frotte. piaule. je reconnais plus mon pirate ! il cherche quelque chose et trouve pas…

Et toi – tu es là. quand le chat se met à errer – je sais – tu viendras. tu es là déjà… oui ! et je te vois. suis face à la chaise vide, où le chat dort d'habitude, et. maintenant – c'est toi, mon ami. je te vois et le calme descend dans mon âme.

Il ne me parle pas… il me regarde, tout yeux, tout bonté, mon ami, mon Gibbeux. plus de mots, là. car les mots d'un muet seule sa mère les entend.

Il reste une heure, peut-être. je ne sais pas. j'oublie de lire l'heure. je me dis chaque fois – dès qu'il vient – regarde le portable ! dès qu'il part – aussi !

et chaque fois la même chose, j'oublie tout. le temps passe, le chat se calme lové comme mort dans mes bras et – mon ami disparaît. je le vois plus. parti… qui me dira ce qui m'arrive ? qui ?

Tu te souviens, ce film, mon ami ? on l'avait vu ensemble. vieux-vieux film, *Don Quichotte*. ah lui ! les yeux écarquillés, hidalgo exsangue, et puis sa voix… oui, rien que ça ! sa voix et ses yeux – « Sancho… Sancho… » sa voix si douce et Sancho, tête basse, comprend rien. comprend tout ! en pleurs presque, cœur à genoux… puis encore « Sancho, mon ami. dis-moi pourquoi… pourquoi tu m'as pas arrêté ? pourquoi tu m'as pas réveillé, mon ami si fidèle ?! pourquoi tu m'as pas dit "vous êtes malade. vous êtes fou." pourquoi, mon ami ! »

Et Sancho répond, voix rauque de douleur « Mon seigneur… mon gentil ! je vous ai dit, tout dit, moi ! tout ! mille fois et encore ! mais c'était le vent… je parlais à l'ouragan ! »

« Alors ! pourquoi et comment tu es là ? encore là, mon ami ?! pourquoi tu restes dans l'ouragan, mon fidèle Sancho ?! il te parle, l'ouragan, et tu l'écoutes ! pourquoi ?!… »

« Parce que je vous aime… »

« Non, mon Sancho ! non ! on était aveugles, sourds tous les deux ! nous ! toi et moi ! quel malheur, Sancho… mais pleure pas, mon ami, faut pas pleurer ! ni pleurer ni frémir. même ton âne, Sancho, se met à genoux ! lui aussi… devant tout ce qui nous arrive ! oui. devant moi, pauvre fou crucifié sur les ailes des moulins ! mais l'enfer – faut pas avoir peur, ami ! l'enfer de celui qui s'était réveillé – ce n'est pas la fin ! là, mon ami, là où je te parle, là d'où je te vois

– ce n'est pas la fin. oh non ! tout commence là, mon brave ! voilà, mon fidèle ! voilà, ma sagesse folle… ma vie commence là et. je meurs avec elle dans mes bras ! pardonne-moi, mon fidèle compagnon. devant tout ce qui nous arrive… pardonne-moi… »

Moi, je me souviens… ce film ! comme si c'était hier. vraiment. oui. si hier… si près ! devant Don Quichotte, devant cet homme décharné, devant cette folie maigre – mon enfant se réveille. il est vivant ! et puis je le vois encore, vieux Don, je vois d'ici ses yeux qui nous regardaient de l'écran, toi-moi ! je le voyais lui, et là – je vois ce qu'il voyait quand il nous regardait, lui ! vieillard ensorcelé ! c'est fou, ça, tu dirais, mais tu dis rien, là. tu souris pas. pourtant il y a de quoi ! quelle dinguerie… que si je pisse sur les pavés – les vers de terre se mettront au garde-à-vous !

Non, c'est pas encore la fin, mon ami ! pas encore ! et même – si oui, si je meurs là, dans la rue je m'allonge, tel un serf affranchi, ivre, égaré – ça ne sera pas la mort. Le dos aux rossignols, la gueule à terre – non, ça ne sera pas la fin !

« L'enfer, Sancho !? il est là, mon ami. très là ! c'est mon cœur… c'est dedans, l'enfer ! c'est d'avoir entraîné dans la folie les plus petits que toi… ceux qui t'aimaient ici ! ceux qui te regardaient ! ceux qui te suivaient ! l'enfer ! c'est de voir double et – charger vers l'horizon ! charger vers les criques ! entraîner tous ceux qui t'aiment vers l'abîme ! oui, Sancho, et. se réveiller au moment où ils sautent… »

De drôles de choses t'arrivent, Dimitrius. voir les étoiles en plein midi… j'avoue. mais ça passe. et puis je ne fais du mal à personne. oui, je bouffe plus. mon tigrou joyeux mange plus que moi. et alors ?! et puis lui, il me laisse toujours ses croquettes, lui ! je vis ici, parmi vous… je n'écume pas. je ne mousse pas. je ne compte pas les petits pois de chewing-gum sur les trottoirs. je ne saute pas en les évitant. je ne mange pas le savon, moi ! pas encore ! je ne montre à personne mon ciel… là où je vois Bételgeuse lointaine, si brillante ! si vivante. diamant dans ta bouche, mon Bossu ! oui, je délire un peu… et alors ! en vieux fakir mi-fou, mi-nu, je chamanise !

Il faut que je sois immobile. faut pas que je bouge. faut que tout s'arrête en moi. faut pas que je sorte. non. faut que je m'épuise à ne plus bouger. et après… il n'y a plus d'après. ton après – tu l'as ! il faut que tu te brises. ça va finir comme ça… ça roule tout droit vers !

Je suis à bout ? pire ! plus loin que Don Quichotte ! vraiment au point de bouffer ma Rossinante ! il faut que je sorte un peu, peut-être.

Mais j'ai la tête qui tourne. c'est l'odeur ! la bouffe ! ça monte de *chez Marie* ! et comment ! couscous et tout ce qui est dedans ! merguez et smala ! le ventre nous mène toujours par les narines ! mais je tiens bon ! même si mon bide a perdu la tête ! combien de jours encore… deux jours ! trois ?

Voilà – encerclé ! de gauche – les voisins avec leur soupe, en bas – Marie ! semoule et compagnie ! pris en tenailles comme Paulus ! attaqué à la merguez ! puis boulettes ! assaut ultime ! combien je peux tenir encore !

Va doucement ! et puis tout s'arrête… ça me prend une heure ou deux pour traverser la petite rue. mais je ne sais plus ni heure ni minute. plus d'heures pour moi… c'est juste très long, tout ça. très ! et puis je vois le dos d'une femme, elle marche vite, elle a le dos de la joie, et les cheveux lourds de la joie, et cothurnes et chevilles ailées ! comme un mur couvert de trompettes, elle ! un mur vivant, comme une vague elle passe ! mur plein d'abeilles… et l'odeur des fleurs jusqu'à prendre l'âme à la gorge ! c'est Fevro ! c'est elle ! mais qu'est-ce qu'elle fait là ?! j'essaye de suivre cette femme mais c'est trop ! elle vole presque ! j'arrive pas, et puis – j'abandonne… encore un peu, des yeux, et cette odeur encore un peu me mène, et puis et c'est fini. et puis c'est pas elle. je ralentis… je tourne en rond dans le quartier. Saint-Ouen. église du Sacré-Cœur… jardin. encore église… canal. l'église encore. et puis je m'assois sur un banc, oui, il y a des parcs même aux enfers ! faut pas croire ! et je m'endors tout confiant, tout gosse. quand je me réveille je vois un buisson aux fleurs blanches. c'est bizarre quand même ! Noël au nez, mais il fleurit, ce buisson !

Je veux savoir ce que c'est, moi ! les yeux comme une chouette, je rôde autour ! fou à piquer comme ce prince qui voulait regarder derrière le rideau et puis – regardait, et puis – voyait, et puis – est devenu fou ! je crois – y a une légende comme ça… une légende arabe. ça se passe dans le désert ! et un prince voit un buisson en fleur ! faut que je la retrouve, cette histoire. ça peut être bien de la relire… y a un moment où le prince donne son cœur à une lionne, il le partage… et ils le mangent à deux ! oui. je m'en souviens maintenant.

Encore hier j'ai suivi une femme. elle pleurait, la pauvre. gros chagrin ! vrai chagrin. je voulais voir son visage, moi, c'est pour ça que j'arrivais pas à la lâcher. c'était plus fort que moi ! je marchais derrière, elle tremblait, elle pleurait en marchant ! et très fort ! et ça me faisait du bien de la voir pleurer, de sentir le grand chagrin qui la courbait, et ses épaules tremblaient et je marchais derrière, si près si près que je sentais son odeur, odeur d'une femme que le malheur inonde, et cette odeur du chagrin pour moi était plus agréable que la fumée d'un holocauste aux narines d'un dieu fou.

Elle s'est retournée un moment et puis s'est mise à courir ! et j'ai pas pu continuer. je l'ai laissée filer. elle a dû dire après qu'elle avait été suivie par un fou furieux, elle !

Et puis autre chose. les gens mangent dans la rue ! l'air de rien ! surtout les femmes ! et jolies ! vous avez vu le visage d'une jolie femme qui enfonce ses crocs dans un sandwich !? et ses yeux ! surtout ses yeux ! pas fait attention ?! alors – vous n'avez rien vu ! quel spectacle ! imaginez qu'elle tombe crocs et mirettes comme ça sur votre manche ! telle la misère qui s'abat sur la terre ! ça fera dégauler trente Dracula ! en un clin d'œil fera sécher leur draculine ! eh bien, en vérité, en vérité – je vous dis, faut interdire aux femmes de manger dehors ! avant l'âge canonique !

S'il y avait une ville peuplée que de femmes laides ! vraiment moches à laisser pousser les cils jusqu'au sol ! pour qu'enfin je puisse me reposer sur elles ! poser mes yeux sur elles ! sans cils, ni peur de les regarder… ça serait bien ! je serais en paix, enfin. il doit en exister, des villes comme ça… pour une tirelire cassée comme moi. et pourtant je trouverai toujours quelque chose. un grain de beauté qui sauve tout…

Je m'assois par terre, tout doucement. je me repose gentiment, sage comme une punaise de La Fontaine. si je veux tenir jusqu'au bout…

J'ai encore jamais été à terre comme ça. j'ai jamais été assis comme ça ! par terre, dans une ville ! sur le macadam… merde, qu'elle est lourde, la terre ! de plus en plus ! surtout dans une ville ! et j'ai peur. tout à l'heure j'ai rôdé comme une pie tarée autour de l'église, et la terre était un immense boulet. et la voix m'a dit juste « Si tu t'assois par terre, ça sera dur de te relever. mais n'aie pas peur… » oui. comme ça. mais j'ai peur quand même.

J'ai cherché la vie. oui. un peu plus de vie, et – j'ai trouvé la terre. elle est sous l'asphalte froid, la terre… c'est peut-être ce que trouvent ceux qui cherchent un peu plus de vie. un dé à coudre de poussière.

31

Je me réveille aux corbeaux et je sors. plus faim du tout. il pleut, oui, et je fais comme tout le monde. j'ouvre mon parapluie, et j'entends Babyl rire « Avec ton parapluie, t'es comme le prophète Élie et son corbeau ! »

Elle est vraiment bizarre, cette ville. un désert sans soleil. un désert où il pleut. et rien ne pousse. j'arrive plus à parler. je vais pas loin. j'ai peur de me perdre. je vais à notre église. Sacré-Cœur de Saint-Ouen ! on se prend pas pour de la merde ici ! oui, Sacré-Cœur de tous les chiens galeux, petite église, une grande niche, quoi. elle est vide. elle est fermée. je m'assois sur les marches du parvis, bien au sec, gentiment. ici – j'ai pas à payer. je consomme rien, moi ! sinon – la pluie ! et voilà, une limace se repose. et regarde. et voit. rien ne change. la folie est le plus parfait de tous les équilibres. les trois copains catatoniques sont toujours là. si immobiles, si poteaux ! pas étonnant si un bichon le marque ! ces trois calvaires… je les évite pas ni des pieds ni des yeux, je les lis gentiment, comme un livre secret, ces crucifix immobiles ! je les lis avec les lèvres de mes yeux, ces crucifiés qui bandent dur, gaulent fer contre ce monde ! je vois leurs mères mortes qui viennent tous les jours à leurs pieds, pleurent noir sur la terre jusqu'à ce qu'une nuit des fleurs étranges poussent entre leurs orteils. je les regarde, ces stylites, ces statues sans mains ni tête, que tous les enfants avortés de cette ville depuis sa première pierre masturbent les soirs d'hiver quand les parcs se ferment pour les gosses vivants. oui.

Je pense à Babyl. il me manque, cette gargouille amoureuse ! gargouille assoiffée… je me souviens, la dernière fois chez lui, de ses hauteurs on regardait le jour s'éteindre et la ville s'allumer telle une fosse aux vers luisants… au-dessus du fossé commun on était. et il a dit tout doucement, sans jérémir… « Regarde. du vingt-septième étage de cette tour – regarde ! toi-moi, on traînait d'un siècle à l'autre… regarde ce siècle où on va mourir tous et toutes les amours passées, amitiés et puis la ville, cette ville entière, toutes ces fenêtres allumées vont mourir, tous ceux qui sont là, tous ceux qui sont sur terre à peine nés, vont mourir ce siècle… »

Et puis il dérape, légèrement, comme toujours. « Tu vois les tours de Dubaï ? tours de Babylone ! je les vois d'ici, moi ! les hauteurs d'où crachent les prophètes sur nos têtes basses ! ébouriffés, les fous de nos chambres de bonne qui chient sur nous – voilà les prophètes de nos jours ! j'aimerais habiter l'hôtel le plus haut du monde, moi ! à Dubaï ! sur une île artificielle, tu sais… mais le prophète ne doit pas crécher dans des tours ! y jamais mettre son pied ! c'est aux rois, ça ! donc, Dimitrius, faut y être masqués… mais d'abord, bien d'abord, sache ! – un faux roi, un imposteur, est plus près d'un prophète qu'un roi légitime ! »

Pauvre gargouille de Babyl ! là, il doit baluchonner à Marseille, lui ! une gargouille à la recherche de sa cathédrale, lui ! et puis une fois trouvée, il s'allongera sur le toit avec son Ange Gabriel, tranquilles comme deux démons en attendant la chute. même le poison le plus mortel ne leur fera rien du tout. « Un noyé – ne sera jamais fouetté », aurait dit pépé Jo en vidant d'un seul *glou* sa bibine.

Y a rien de vraiment méchant ni magique, ici. même le dimanche. un faubourg c'est une rive, et le dimanche – c'est une marée basse. qu'importe la banlieue, c'est juste le vide-poches d'une ville océan.

Je vois des choses folles parfois. c'est la faim, sûrement. et puis l'odeur… ça m'arrive et ça part comme l'ombre d'un cil, cette odeur. je sens ma mère… son odeur sur moi. elle est morte, la pauvre, et elle vit en moi, et je suis cet enfant que j'étais. que je ne suis plus. enfant mort et vivant…

On dirait que je poursuis un esprit, et j'arrive toujours pas. mais toi, mon Bossu, mon ami, tu sais tout, mon aimé ! tu vois mon cœur et la nuit dedans ! tu vois mieux que mille chats dans ma nuit, ami ! tu me connais… tu me manques ! mort tu me manques et vivant ! tu me prends par la main, tu me montres des choses étranges, lieux cachés, lieux secrets. je n'ai même pas à fermer les yeux… et comme l'odeur débuche les bêtes magiques du souvenir, tu me rapportes des nouvelles de ma mère de l'autre côté de la vie. de l'autre côté de tout.

Je me suis rendu compte que j'ai oublié sa voix. c'est tout bête… oui. les voix des morts, on les oublie plus vite que tout, et puis un jour, une nuit, les voix de l'autre côté se mettent à parler ! carrément dans notre gorge !

J'ai beaucoup marché tout à l'heure, et puis les pattes coupées je me suis assis sur un banc, et je ne sais pas ce qui m'a pris, mais j'ai toussé, comme ça, en plein milieu de rien ! et j'ai dit « Ouf ! oh, mes pieds… » et c'était la voix de ma mère. elle disait toujours ça quand elle était fatiguée. fatiguée des avortements du matin et des accouchements du soir. d'accueillir une vie et d'en repousser une autre. et à la fin, tout à la fin, épuisée à mort de vivre. c'était sa voix dans ma gorge. elle était si près, maman, si là… en moi et. elle était vivante. ça fait des siècles que j'avais pas pensé à elle ! et là elle surgit dans ma gorge ! c'est pas vrai… et c'est vrai ! et tout me revient, là ! jusqu'à ce que la gorge m'inonde…

Mais je suis pas fou, maman. ton Mitenka est pas fou ! ton renardeau n'est pas foutu, Babanya… tout ce que vous avez pas pu pleurer à voix haute – je le bois et je dis ! j'ouvre les plaies et elles parlent ! et c'est trop pour un homme. il est au bout, ton groinceau, pépé Jo ! il ne peut plus soûler son groin à trois trous, ton cochonnet ! groin magique ! et pourtant – il pleut des perles !

Et toi, maman, et toi, Babanya, n'ayez pas peur pour moi. je dis ce que j'ai à dire et c'est bon, ça sera le terminus. j'ai pas envie de crever. pas comme ça, non ! j'ai envie de vivre. mais pas comme ça non plus. et il faut que j'aille plus loin. oui. et que personne ne se mette entre moi et la vision !

Tu te souviens, Babanya, tout en haut de la montagne – il y avait un jardin. on y allait, toi-moi, tout doucement, on montait, et dans ce jardin il y avait une tombe, vieille tombe vide, et toi, un jour si fatiguée, t'as voulu t'y allonger. t'as même essayé ! et moi – effrayé, je t'en ai empêchée ! et tu m'as supplié. « Laisse, laisse-moi descendre… » mais j'ai pas pu, Babanya, et tu te débattais quand je t'ai prise sur mon dos, et c'était pas facile ! mais j'ai eu une telle peur, un tel chagrin, que j'aurais pu maîtriser trente Samson, moi ! et je t'ai portée un peu, on descendait la montagne très doucement… et tu t'es calmée, tu devenais plus légère à chaque pas, et puis t'as voulu marcher toute seule.

Là, Babanya, tu ne peux plus me suivre… ni toi ni personne. sur la montagne de la Faim – y a un jardin. jardin de la vie. je le cherchais partout, ici et en Russie. je sais qu'il est là quelque part, ce jardin caché, je sais aussi – dans ce jardin il y a un arbre. l'arbre vivant mais il bouge plus, plein de fleurs, mille et une – blanches et rouges, et sous l'arbre – y a comme un tertre. et je sais, tranquillement – c'est ma tombe. c'est moi qui suis dedans. sur ma tombe, bien à l'ombre, une lionne est couchée. elle la garde, ma tombe. elle a les yeux fermés, la lionne. elle respire. se réveille. lève la tête. telle une danseuse elle s'étire… toute – crépuscule. toute – ailes. et lèche sa plaie éteinte comme ce coucher du soleil par lequel ses lionceaux aveugles verront le jour.

Je vois comme toi, Babanya… ce sourire énigmatique des aveugles – je le sens sur moi et je monte. l'arbre – je le vois déjà et voilà – la lionne, mais je monte encore un peu. un pas, deux… encore un jour. encore deux et j'arrive. j'y arriverai…

Mais non, je me perds pas dans cette ville. juste parfois je reconnais plus rien – ni rues, ni places, ni stations de métro. et puis je m'en fous tout doucement…

je me détourne de la ville et j'erre et puis je me réveille face au canal. dis donc ! c'est là que j'habite. bien… je vois l'immeuble, ma fenêtre que j'ai oubliée de fermer et puis le rideau, ce morceau de vieux tissu rouge bouge, oui, tout lentement, comme un poisson qui se balade dans un bocal… comme une voile de la joie timide. comme une aile d'une joie qui n'est pas encore née mais que je sens bouger dans mon ventre… mais c'est le vent, mon ami ! il se lève et passe en long souffle sur le canal, et l'eau a la chair de poule ! moi aussi – sur le crâne ! j'ai les cheveux dressés, moi ! quelque chose va arriver ! quelque chose vient vers moi sur les eaux ! je vois mes mains qui se mettent à trembler et puis j'ouvre la bouche comme pour crier, mais c'est le vent qui entre dedans ! ça me calme tout de suite et puis ça passe. je reste un petit moment comme ça et. je vois un homme assis dans la poussière près du canal et sa tête entre ses mains comme un ballon tombé de nulle part et il sait pas quoi faire avec… et cet homme c'est – moi. je le regarde un peu et puis et puis – j'entends ta voix, mon ami bien-aimé, tu me dis « Faut rentrer ». oui – je réponds, oui, et tu me prends par la main, je titube, et on rentre. je sens mes larmes couler sur ma tronche, comme de la sueur. et c'est long… ne t'en vas pas tout de suite, mon ami ! reste un peu ! encore… reste !

Je tremble, faiblard… et j'ai peur. je te demande – « Reste avec moi ! reste ! » et tes yeux, comme un souffle, viennent vers moi, et tu me parles enfin ! tu me dis pas grand-chose…

Mon ami, n'ayons plus peur, car – tout le monde a peur. oui. qu'il ait peur pour nous, le monde ! mon ami bien-aimé ! asseyons-nous, enfin, là où notre cœur est enterré vivant…

C'est moi qui parle, car je veux vivre. et là où je vais, tu ne peux pas me suivre. c'est pour ça que je transe pour deux gorges.

Je ne sais plus comment je m'y suis retrouvé. boulevard Saint-Germain. c'était le soir. et Noël était aux portes.

J'ai dû divaguer, mais je me perds pas. c'est la lumière, peut-être, qui me fait perdre la boule. surtout les vitrines ici, oui, les vitrines et les mannequins dedans, debout, assis… vitrines éclairées telles des cavernes où des prophètes ouvrent le livre de la vie.

Il y a personne. minuit passé. je ne sais pas comment je vais rentrer. plus de touristes, et les Parisiens sont chez eux, déjà en train de bouffer les bougies et sucer la nappe ! je m'arrête devant les vitrines. la lumière est bizarre. je pense à la guerre qui est proche. je la sens dans cette lumière. ces boutiques éclairées… cette lueur du tombeau et les fringues et le luxe des sanctuaires ! et cette lumière, bon sang ! vraie lumière des veilles de guerre. Babyl le fou a raison, lui ! la guerre est proche…

Je traverse le boulevard et je claudique vers l'église. y a une crèche. ça m'attire toujours comme une ruche fascine un frelon SDF. cette crèche illuminée comme une fenêtre, et chaque Noël comme un clou je m'enfonce devant, tel un aveugle qui sent la lumière d'une maison, mais n'ose pas y entrer. et pourtant je voulais y entrer, moi ! me mettre parmi les bêtes. bœuf, âne, vache… dans la petite lumière. il doit y faire bon dans l'étable… je connais la chaleur des bêtes. chaleur paisible… la respiration. quand elles sont seules. quand elles dorment. sans nous, sans rien attendre.

Je ne sais pas combien de temps je suis resté comme ça, sans bouger, mais tout d'un coup – tout s'est arrêté. si quelqu'un m'avait demandé du feu – je ne sais pas si j'aurais su lui répondre. et puis j'ai voulu allumer une cigarette. dans la vitre j'ai vu un visage, visage rapide, et j'ai pas pu le reconnaître. puis j'ai réessayé encore et encore avec mon briquet, comme si j'étais en train d'invoquer un djinn, et puis je l'ai reconnu enfin. il n'y avait pas de quoi se scalper… c'était ma tronche. « La mort t'a laissé sortir fumer, mon pauvre… faut que tu rentres ! » aurait dit pépé Jo, bien sérieux cette fois.

Combien de jours que j'ai pas bouffé… je compte plus. il faut pas que je sorte. souvent j'ai envie de m'allonger dans la rue. comme dans la neige, oui. et finie la marche. fini tout. on ferme les yeux, Dimitrius. on part. tout est parti. les choses, les gens, les odeurs… faut partir aussi.

Neuf jours… oui, neuf jours que mon bavard tournait à vide. mais c'était pas la fin. je savais que je pouvais tenir encore. aller plus loin ! encore plus ! le temps n'existe que pour ceux qui mangent et dorment cul au Styx, queue au paradis !

J'entends mon pépé, là ! il me gueule dans l'oreille ! « Holà, pauvre demeuré… cochon efflanqué, c'est à toi que je parle ! c'est bon, là ! arrête ! mange enfin ! pourquoi tu fais ça ?! pour pouvoir tatouer sur ton maigre croupion *Dimitrius, vixit famen ! Dimitrius, qui a vaincu la faim*, ou quoi ! »

Tu peux ricaner, papynou ! « Hé hé ! voilà, un groinceau errant devant l'étable ! ho ! t'y seras aussi bienvenu qu'un groin tombé dans un couscous, toi ! arrête tes groineries ! » Vas-y, pépé, rigole à pleins chicots ! là où tu es ! goulot dans le nez, chupetas dans le cul ! n'empêche que t'as vu juste… la guerre des colombes, c'est fini, ça ! bataille des couches de mages ! ce sont les tigres qui se battent en moi !

Même toi, mon pépé joyeux, mon Falstaff bien-aimé, même toi – tu ne peux plus me suivre.

Je voulais me réchauffer les mains dans cette crèche. enfin, ce n'était pas un grand pas à faire ! juste j'ai le vertige, oui, devant ce calme, devant cette caverne cachée dans le cœur de ce monde comme un œuf encore vivant dans la gueule d'un monstre. je suis dehors, j'y serai pour toujours. et pourtant ça serait bien d'entrer. de se réchauffer avec les bêtes, et les mages… mais c'est trop tard, je ne sens plus ni froid ni rien, mais pas du tout. je pouvais plus bouger mes pouces… c'était comme ça au Pôle ! la fin de ceux qui s'endorment dans la neige ! sommeil léger ! ah, je connais bien ça ! j'ai senti le sourire sur ma tronche, une grimace qui passe comme un vieux chien… j'ai vu ça, ce masque fixé à jamais sur les visages gelés là-bas ! chez les Yakoutes ! et là – je suis comme un poteau de glace, moi ! oui, dressé droit face à la crèche.

Et là, deux clodos… non, trois ! ils débarquent comme des mages avec leur doudou ! ils se mettent à chanter même ! chœur de la cour des miracles ! des tunnels bouchés ! échos puants ! ils sautillent autour de moi ! des gosses autour d'un sapin en flammes ! et ils rient ! rient ! chiaient de rire ! et puis la haine… j'ai senti leur haine monter ! et là – elle a pris l'ascenseur, la dame ! voilà, elle arrive ! la haine chaude ! je me suis retourné pour les regarder, pour leurs yeux, regarder tout droit dans leurs billes folles ! mais ils s'en foutaient de moi ! grandement ! tout le monde s'en foutait de moi ! recto verso ! aller et retour ! et ils dansaient, ces trois ! leur sirtaki des dératés ! plus beaux que des boucs de Babylone ! ah ça, c'était trop ! ça m'a toujours effrayé, les joies des infirmes, mais là – c'était la vraie fête ! vraiment trop ! leurs gueules ! à faire frémir Bosch et ses mille petits-fils ! et puis la pluie ! je m'en souviens de cette pluie… elle est devenue bleue, la pluie ! et ça tournait, j'avais le feu aux yeux ! j'étais bien malade peut-être… épuisé.

Ils voulaient pas me lâcher, ces trois ! il faut que je trouve un mur. pour les avoir tous devant ! alors, si vous voulez me faire chier – allons ! et j'ai dit ça. ils se sont mis à se tordre de rire ! « Mais non ! mais non ! viens boire un coup ! c'est Noël ! » mais leur regard étaient bizarres. « D'accord, j'ai dit. » j'étais trop faible pour me battre. je voulais pas. c'était trop. et eux – ils étaient pas si saouls, eux ! ils jouaient les saouls ! « Allez, viens, ici, il y a un jardin, on sera tranquilles… » et le plus gros m'a pris par le bras. fortement ! « T'es qui, toi ?! » il rigolait dans le noir, ce taré ! « Je suis russe », j'ai répondu. « Ho ! merde alors ! un tsar alors ! ouvrez la route au tsar ! à genoux, tous ! » et il m'a poussé vers la petite porte, vers la grille ! ils se sont tous retrouvés derrière moi. c'est pas bien… et là j'ai reçu le premier coup sur la tête ! et après – un deuxième sur la gueule, quand la terre m'a frappé.

C'était pas rapide et très sale. Dieu, que c'était sale ! ils m'ont tabassé, mais avec ma veste – je ressentais pas grand-chose ! juste le goût de cuivre dans la bouche ! le sang ! je me suis recroquevillé, moi, comme il faut, oui, et puis il fallait protéger la tête. ils rigolaient plus ! se déchaînaient vraiment ! j'ai bougé encore… et puis un coup sur la tête et c'était fini.

Je ne savais plus rien. mais à un moment j'ai senti qu'on me traînait par terre. et puis j'ai ouvert les yeux. ils m'ont traîné, puis m'ont fait asseoir le dos contre le mur. j'ai voulu me lever, mais j'ai pas pu, je voyais rien, j'ai pas vu un poing venir et ils m'ont débranché pour un moment. « Hé, oh ! le tsar ! réveille-toi… faut boire ! une gorgée ! » j'ai ouvert tout ce qui me restait des yeux. j'ai pas pu bouger mes mains. ils se sont assis sur mes bras. l'un à gauche, l'autre à droite ! et celui, le gros – sur mes pieds ! il avait une bouteille, lui ! il a bu, et puis s'est penché vers moi, et avec ses deux mains il a pris ma bouche et m'a embrassé et j'ai senti le vin s'écouler en moi. « Arrête de gigoter ! bois, tsar ! on va te faire ta Pâque à Noël ! » et ils ne rigolaient plus ! et puis l'un des trois m'a frappé au visage. et puis à un moment j'ai senti quelque chose dans ma bouche. comme une deuxième langue. c'était salé et mou. et puis plein de poils.

Il gueulait « Bouge pas ! » il braillait « Je te tue ! » et tout ça… j'ai voulu mordre dedans. de toutes mes forces mordre. serrer mes chicots à pouvoir mâcher l'acier, et là – je ne me souviens plus de rien.

Quand je me suis réveillé, ils étaient toujours là. j'avais froid. ils m'ont déshabillé. il faut pas ouvrir les yeux. reste comme ça. de toute façon j'ai pas pu ouvrir mes billes collées. c'est le sang. oui. c'est ça. écoute. et j'ai écouté. « Il n'a rien ! mais rien ! » ils étaient en train de fouiller dans mon sac. « Alors toi – prends sa veste ! j'ai ses pompes ! Doc Martens ! les vraies ! elles me vont bien, tu vois ! » et puis j'ai entendu un bruit bizarre. comme un rugissement. puis encore. plus fort ! et puis ils se sont mis à hurler « Merde ! c'est quoi, ça ! putain, c'est pas vrai ! une lionne ! cours, merde ! »

Sur le coup je pouvais pas ouvrir les yeux, et puis j'ai réussi à les décoller, et j'ai vu quelque chose… pas grand-chose. j'étais content. j'étais pas aveugle.

Personne. ils ont tous déguerpi. j'ai voulu me retourner sur le côté, mais j'ai pas pu. bras gauche bloqué. comme un poids là-dessus. j'ai tourné la tête et je l'ai vue. elle était là, la lionne ! tranquille. et sa tête sur mon bras. et ses yeux étaient ouverts. elle ronronnait tout doucement. et ses yeux étaient cristallins. elle est venue, enfin. alors c'est ça… c'est comme ça, alors. laisse-toi aller. lâche prise… c'est fini, là. et puis la lionne s'est redressée. a commencé à flairer. elle sentait comme une autre présence. elle s'est mise à rugir ! fort ! tous crocs, toutes griffes ! devant quelque chose ! et puis d'un bond elle est partie.

J'ai pas pu bouger tout de suite. juste sentir mon corps revenir. et soudain un vent est passé dans l'arbre, une fois, deux… trois. comme un souffle chaud. et j'ai frémi. j'étais vivant.

Tout est calme. et la lumière, et la terre et l'arbre au-dessus de moi. plus de souffle. je regarde un peu autour. café en face, bien éclairé, et puis la place devant l'église, et les pavés brillants comme s'ils avaient été posés dans la nuit. j'ai envie de les embrasser, même ! caresser la terre ! elle est neuve, elle aussi… elle sent bon. elle est chaude.

Je me réveille comme dans un autre monde. et personne. personne. pas une bagnole. silence d'un sourd. oui. silence après la chute des anges. et surtout cette lumière, oui, la lumière bienveillante. qui te caresse. qui se penche vers toi. qui te regarde dans les yeux. lumière devenue – yeux. j'ai envie de rester comme ça. là – c'est bon. plus bouger d'ici. rester avec cette lumière. m'y recroqueviller. bien au fond. dans ces yeux sans visage qui me regardent…

J'ai chaud là. très chaud. mais je pleure ? je ne sais pas. j'ai vu le masque de la vie qui se penche vers moi.

Le vent se lève. il faut partir, il me dit… il me pousse. je m'ausculte. tête, visage, ventre, nez. j'essaye de m'asseoir. j'arrive. mais j'ai du mal à respirer. c'est les côtes ! une ou deux fêlées peut-être. je crois que je peux me relever ! j'essaie et je hurle ! une côte cassée, c'est sûr. mais il faut marcher. tout remballer et partir. le portable est là, dans la poche de mon jean. faut trouver le reste. veste, sac et godasses. je la vois, ma veuve ! dans une flaque. je m'assois et puis je la ramasse lentement. elle est lourde. pleine de pluie. c'est rien… je l'essore. j'arrive pas à la mettre ! je tremble. merde ! je trouve pas les manches ! puis ça y est ! je serre les dents et je l'enfile. faut la réchauffer, cette putain de veuve ! elle dégouline d'eau glacée ! dans les poches – un paquet de cigarettes. et dedans – une bouillie de tabac ! faut retrouver mon sac et mes pompes. mon sac est un peu plus loin. aussi vide qu'avant ! très bien. mais les chaussures… disparues. je les vois nulle part, mes pompes. le vent siffle, il me pousse dans le dos. pars ! et je me mets à marcher. ça fait un mal de chien, mais je bouge. je claudique, et bien vite, il me pousse dans le dos, le vent ! mais vraiment ! et je me mets à trotter, ça fait mal, mais je cours, oui, plus vite, encore plus, et j'ai chaud, je m'arrête, j'enlève ma veste, je la laisse tomber ! plus de veuve ! je reprends ma course, je n'ai plus mal, ni aux pieds ni aux côtes ! je dois avoir les pattes en sang, mais j'ai rien ! je cours vers Raspail, et toujours personne ! pas une bagnole, ni chat, ni corbeau ! je cours encore, je prends Raspail, j'ai trouvé le rythme ! ça fait des siècles que j'ai pas galopé comme ça ! Rossinante enragée ! j'arrive pas à m'arrêter ! je grille tous les feux ! j'évite les vitrines, j'ai peur de plus me refléter dedans ! et je m'en fous ! et même s'il me faut la galerie des Glaces pour voir entièrement ma tronche enflée – je m'en archi-fous ! j'ai mon pull couvert de sang ! et alors ?! et voilà, le Dôme. je suis dans son quartier. Fevro… encore un pas ! je m'arrête. plus de vent. plus rien ne me pousse. je peux plus courir. je marche. et c'est trop lent, comme si je sortais d'un tapis roulant. le cœur fait du yo-yo dans mon ventre.

Il pleut encore. il pleut toujours… pas de lumière à ses fenêtres. j'ai la clef. le double. avant je n'osais pas. là – j'ai pas le choix. je me rends compte combien cet immeuble me manque. même le judas sur sa porte me manque.

Mais qui je vois ! c'est le clodo russe ! Ivanovitch ! et toutes ses valoches ! mon miroir, lui ! triste miroir ! Ivan Ivanovitch chante plus ! mon miroir me reconnaît plus ! eh bien… j'ai une tronche, moi ! même un chauffe-cul de Job est plus beau ! et tous les deux on a les pieds nus sous cette pluie arctique. tous les deux – effrayants comme Basil le Bienheureux ! les yeux en braises, lui-moi !

Je veux entrer vite, je fais le code et je pousse la porte. rien ! merde ! j'ai oublié le code. et lui, il ronchonne à côté ! à triple bourdon ! vocifère à enflammer sa barbe ! « Nom de couilles ! barbe du cul ! c'est pas vrai cet hiver de merde ! foufoune crevée ! hiver sans neige ! c'est pire que tout ! trou du cul de nouilles ! douche de Dieu de merde ! s'il pleut encore une minute – on finira tous par boire dans les bidets ! » et puis il respire un bon coup. et puis ajoute, satisfait « Que personne ne pleure dans mon bortch ! je m'en charge, moi-même ! »

Oh, les Russkofs, les Russkofs… il suffit qu'on picole un peu plus et bouffe moins – on se met à prophétiser ! c'est comme ça ! notre sport national…

Je me souviens pourtant de ce maudit code ! quatre chiffres, sans lettres ! oui. c'est très facile ! voilà, enfin… c'est le jour et le mois de la mort de ma mère ! et puis – l'année de ma mobilisation ! bien. très bien ! et le sésame ouvre les portes ! « Hé – j'entends Ivan Ivanovitch derrière – je peux entrer, moi ?! » il me demande ça en russe ! je me retourne. « Oui » – je réponds en russkof. il entre. « Dieu témoin – il ricane – on t'a bien amoché… quelle bouillie ! on dirait que ta mère a baisé avec Judas ! »

« Alors salut papa ! » je lui dis et j'attrape ses yeux fous et je les lâche pas ! qu'il baisse les siens, lui ! s'il faut se battre – il faut que je le tue, celui-là ! il pèse dix fois plus que moi ! et là – ange ou démon, je m'en fous de son matricule, il m'a retenu. il baisse ses yeux, le géant ! « Allez, fous pas le bordel – je passe au français – réchauffe-toi, mais chie pas, compris !? et chante pas surtout ! » il hoche la tête. « Tiens – il continue en russe. il insiste ! – c'est pas neuf, mais c'est chaud… j'en ai une autre » il enlève sa doudoune. doudoune rose. « Prends-la ! »

« Non, ça va aller – je réponds en russe. ça va aller… » et j'appelle l'ascenseur. « Comme tu veux… comme tu veux… » il marmonne. puis s'assoit sur le carrelage. se couvre avec sa doudoune. il a une chemise. chemise chaude, genre flanelle, carreaux rouges et noirs. drôle de chemise… mon père avait la même. oui. il l'a encore, peut-être. et puis l'ascenseur arrive.

Rien n'a changé là. même couloir, la porte. tout ! combien de fois j'y suis venu… avec elle et sans elle. combien de fois j'y suis monté juste pour écouter à sa porte ! c'est peut-être cette porte et ce judas qui me manquent le plus ! mais oui, et alors !? même les portes de l'Éden ont leur judas ! j'y venais et j'écoutais… eh oui, cette porte ! elle a vu des choses ! elle parle pas, eh dommage. et tant mieux ! et tant pis. avant je sonnais d'abord, et puis je frappais tout doucement, et puis je la grattais, cette porte, en chat errant ! je miaulais même ! et toujours rien ! et silence ! et j'embrassais cette porte ! j'embrassais tendrement le judas ! je léchais son œil et je descendais en piaulant…

Deux tours de clef et la porte s'ouvre. j'allume pas la lumière. d'abord, je vais voir comme ça… j'écoute. et puis j'avance. personne dans la chambre. je vais dans la cuisine. il fait frais ici. le chauffage est coupé. je glisse dans la salle de bains. tout est comme avant. mais je me sens comme un type qui rentre d'un putain de long voyage, moi ! elle a dû partir vite, elle. son pull est encore accroché.

Je reviens dans la chambre. faut que je prenne une douche. faut que je voie enfin si ma tronche me ressemble ou pas. faut enlever mon pull mais ça fait mal. côtes cassées, c'est sûr. je vais dans la cuisine, voilà un couteau. un bon. je coupe le pull, d'un trait ! de la gorge vers le bas ! comme on ouvre un poisson. il tombe comme une vieille peau.

Je m'assois doucement, très doucement sur le lit. son lit. notre lit. dis donc, il est devenu plus petit ou quoi ! vraiment ça me paraît très petit. j'entends pépé Jo. « T'as grandi, mon petit ! et puis il ajoute – l'amour, et toutes ses mour-mour ! c'est un petit pays, mon groinceau ! faut ramper en limace ! un accès de vitesse et on sort du pays ! »

Je le caresse, ce lit. je le regarde avec mes doigts. combien de fois on mourait et on renaissait ici... combien de fois on a volé l'éternité dedans ! on la cambriolait, l'éternité, elle-moi... elle y laissait ses cils, la dame ! et là, il est où le butin ?! le temps, mon sang ! où il est ton cil ?!

Je hume l'oreiller... ça sent elle encore ! cet oreiller que Pétrarque et compagnie auraient dû mordre le jour et baiser la nuit ! et je ferme les yeux. tous mes yeux...

J'ouvre les rideaux. puis les volets. le jour se lève. jour au ventre gris.

Je vois mieux comme ça. et ses bas oubliés, en mue de serpent ! et ses chaussures dans le coin. ses escarpins ! toutes sortes de cothurnes ! ses Repetto préférées ! elle en a à chausser TOUT le Bolchoï ! et puis ses espadrilles, en vrac ! départ précipité ?! feu à bord, fête devant ! ces espadrilles compensées... cothurnes fatigués. elles ont plus de compassion pour moi que leur maîtresse. je les quitte pas des yeux ! on se comprend, nous. elles me disent bien de choses, elles ! ah oui, l'âme des femmes habite leurs souliers ! se cache dedans... mais faut pas les toucher ! ah non, juste les regarder et tout vient ! et on voit celle qui les porte. moi – je devine même son âge ! à deux mois près ! montrez-moi ses chaussures – je dirai tout sur elle ! tout ou presque ! je vois des trucs, et son âme et l'allure de son âme !

Je médite sur ses deux Repetto rouges. frère-sœur… museaux chafouins ! truffes tristes ! ça me fait voir des choses… tout calmement ! en sieste hors temps !

Là – ses cothurnes sont vides. plus de Gorgone ni de Persée ! son théâtre est ailleurs ! une femme, c'est une scène ambulante ! elle ne descend de ses cothurnes que dans la tombe !

Dans les chaussures d'une femme, il y a mille fois plus d'elle que dans toutes ses photos prises depuis sa naissance. depuis que petite fille, elle a mis les talons hauts de sa mère… et puis, elle devient femme. et puis foule le sol… et puis part. mais la chose reste ! ce pli, comme l'empreinte du pied d'une déesse où l'homme pourrait s'allonger et y mourir tout doucement toute une vie ! en l'attendant…

Ce lit, mon Dieu ! même pas plus grand que le paillasson qu'on met aux chiens en chaleur pour qu'ils s'y frottent, frénétiques, à faire de la fumée ! se soulagent et se calment enfin. ça me suffirait comme lit ! ce paillasson d'éternité !

32

J'ai pris une douche. c'était pas si terrible que ça. oui, côté gauche enflé, ça passera, mais ma tête… devant la petite glace je me suis pas reconnu la première fois. un oreiller de Dante ! voilà ma tronche ! à faire pleurer Virgile d'un œil et rire de l'autre ! et mes pommettes… les collines de Mandchourie ! et le nez dedans comme une crotte de bouc ! et puis tout le reste… pastèque ouverte au mariage des melons ! il ne manque que des mouches ! et tout ça – va changer de couleur demain. bleu d'abord ! puis jaune ! tout l'arc-en-ciel sur la trogne ! aurore boréale vingt-quatre heures sur vingt-quatre ! un mois, peut-être plus ! l'œil gauche s'ouvrait pas. et mon œil droit me regardait. curieux. tranquille.

Je suis retourné dans la chambre, faut dormir un peu. mais j'arriverai peut-être pas. allonge-toi et ferme les yeux, c'est pas compliqué… mais avant – mange. juste un peu, trouve dans le frigo quelque chose et mange, mâche très lentement, très, et puis ça va t'enivrer, et c'est bien pour dormir.

J'ai trouvé des yaourts et j'en ai mangé un. avec mes doigts. avec une cuillère – j'ai pas pu, ça tremblait trop mes mains. faut réapprendre à bouffer comme un humain, toi… ça m'a tourné la tête, mais vraiment, comme le vin le plus ivre, vin vivant, et je me suis allongé. j'ai senti un sourire passer sur ma tronche. mon masque grimaçait… pas de panique ! au Pôle t'en as vu des gars comme ça ! déserteurs. qu'on amenait à l'hôpital après un mois dans la toundra… un mois ! ils souriaient comme des fous, et puis riaient même ! euphoriques ! en train de sucer un bout de torchon qu'on a trempé dans du lait concentré. on les attachait à leur lit. lit ! sinon ils rôdaient dans les couloirs ! pleuraient ! suppliaient ! et à genoux ! « Encore un peu ! encore ! encore ! » je vois encore les yeux celui que j'attachais et qui chaque fois arrêtait de crier. il me regardait ! de ses yeux immenses… il me mangeait avec. « Stop ! – disait le toubib – ne le regarde pas dans les yeux ! tu vois ?! tu es pour lui rien qu'une saucisse ! il te voit même pas ! » il riait pas, lui. moi – non plus. et je l'attachais bien.

Je voulais me lever pour reprendre un yaourt. il y en avait encore trois. faut boire surtout. et j'ai bu un verre d'eau, très lentement, et puis je me suis allongé de nouveau. l'immeuble se réveille. l'eau coule dans les chiottes. et Fevro qui chante dans la douche. oui. elle chantait sous la douche parfois. elle n'entend rien et chante fort. « *Otchi tchernyé ! Otchi strasnyé ! Otchi jgoutchié ! et prékrassnié !* » elle s'asperge et chante plus ! et puis encore, mais doucement. fée heureuse…

Je souris dans mon noir. quelle berceuse… je bouge pas. elle chante, chante… et je m'endors.

Bientôt c'est mon anniversaire. je suis hiver, moi. la terre qui bâille, pète en sommeil – c'est pour les autres. le printemps, tout ça… tu m'as bien fait chier, le printemps ! même au pôle ! c'était l'hiver aussi ! et quel hiver ! pas comme ici ! l'hiver morveux !

Ah ça ! ma mission de merde ! tâche héroïque. boulot exaltant ! tous ceux qui chiaient au pôle ! tout ce qui était bouffé englouti et puis rechié ici depuis le premier jour de notre régiment ! dans nos chiottes à dix trous ! en plein air ! cul à cul !

Mais d'abord, très d'abord – c'est la pisse ! vider le seau ! chaque matin ! trente bidasses – voilà la chambrée ! trente troufions qui pissent ! et en chœur ! dans trois seaux ! pas trop réveillés ! c'était comme à la maternelle ! ah oui, c'était comme ça après la sieste ! on vidait nos pots de chambre nous-mêmes ! on voulait pas dormir, marmots ! on était pas fatigués, nous ! éternelle ritournelle des tout-petits ! mais à la fin on s'endormait… la dame entrait et c'était fini ! tout le monde debout ! on vide les pots ! on bouscule pas les filles ! chacun tient son pot ! et on faisait la queue vers les chiottes ! les yeux encore collés… guibolles faibles ! tous en pyjama gris ! filles, garçons ! petits revenants… faut que je raconte ça à Babyl ! ça va lui faire voir des choses ! Babyl ! je vais percer ce sac aux larmes ! je souris dans le lit… ivre un peu. pépé Jo junior ! tu parles ! toi, allongé dans ta tombe, je ne t'arrive même pas à la cheville, pépé !

J'étais chargé de briser la merde gelée, moi ! détruire, casser et puis ramasser ces dix Chomolungma de merde qui sortaient chaque matin des trous ! chaque hiver ! tâche d'Hercule – réduire un Everest de la merde en mont Blanc ! et puis en monts Oural et puis à plat de steppe ! et on bouffait bien au début !

Tous les jours à l'aube noire, avant que les autres soldats sortent en courant couler leur bronze – j'étais là déjà ! moins 30 au réveil ! bonjour merdouille ! à transformer les roubignoles en petits grelots ! mais d'abord – ma barre à mine ! crayon géant en fonte ! puis – pic à glace ! ils caguaient comme dix aigles ! aigles à deux culs ! je marnais comme un fou pour me réchauffer, mais eux ! mais eux ! ils ne chômaient pas non plus ! ils coulaient des tonnes ! les plus maigrichons – chiaient le plus ! et puis partaient en courant ! et puis d'autres sortaient ! toute la chambrée ! les plus lunaires – à la fin ! j'ai trop merdé d'abord ! ho ho ! manque d'expérience ! mais ensuite je coiffais les trente sur le poteau !

M'appuyant sur mon pic, en Hercule gadouard j'attendais la suite ! encore deux livraisons et c'est fait ! j'étais prêt ! plus humble des schnocks ! Nif-Nif sonné, en gloire ! bottes dans la gadoue – j'attendais le bronze frais ! des années de merde… des siècles de chiasse épique !

Et puis un jour – plus rien dans nos assiettes ! rien à lécher ! pas la peine de les laver ! là – c'était la fin ! bout de la queue de la belle époque ! la famine nous guettait ! un responsable a oublié de remplir quelque chose, couillon ! feuille de merde ! juste une signature ! on savait pas encore, mais on sentait… le souffle de la faim ! et on bouffait comme des louves enceintes ! on s'empiffrait ! on stockait pour demain, pour toujours ! pour les années à venir ! on sait jamais ! comme des loups ! crocs maigres ! nos guibolles dans les bottes… et elle est venue, la faim ! louve polaire ! mais c'était juste le début ! préliminaires ! et la lumière ! elle n'est pas venue, elle ! eh oui ! on entrait dans la nuit interminable ! polaire ! on sortait de table et on avait faim pire qu'avant ! la faim des siècles et des siècles ! enfants de la faim ! louveteaux de la louve ! gouffres sur pattes ! fabriques de merde et de poux ! oui, ça marchait encore ! on bouffait comme des fiancés et on caguait comme des princes ! et on en était contents ! Petrov, Popov, et Bortnikov ! Russkofs de souche ! de tronc ! Tadjiks, Ouzbeks ! goules du désert ! du Karakoum ! et Moscovites frileux ! et Azéris ! tous les Nouf-Nouf de Sibérie ! Nif-Nif de Novgorod ! et Schtroumpfs des steppes ! Kazakhs !

Et puis notre faf au train ! papier cul ! les journaux de merde ! bouts gelés dedans ! montagnes aux nouvelles ! *Pravda* ! *Rabota* et tout ! on les lisait par le trou de balle, les journaux ! et les nouvelles étaient bonnes ! encore deux ans dans la gueule de l'hiver éternel !

J'ai jamais pensé qu'un homme peut avoir faim comme ça ! dalle du matin au soir ! faim de punaise ! ah oui ! mille tiques ! on bouffait comme si on avait le bide troué ! toujours prêts à mordre la semelle du copain ! et on pouvait encore faire un tas de merde !

J'étais effrayé ! combien de bronze un homme peut contenir ! ça n'arrêtait pas de sortir ! et en été – de couler ! sous l'œil du soleil ! de serpenter !

Mais en novembre, mon Dieu ! miches gelées ! il faisait déjà moins 35 ! et cette Loire de merde s'arrêtait enfin ! j'étais en train de ramasser la merde de ceux qui ont été démobilisés y a des années ! de ceux qui ont fondé une famille depuis ! divorcé ! refondé une autre ! et même qui ont eu le temps de passer la langue à gauche ! on sait jamais ! ho ! et c'est pas tout ! ceux qui étaient là, ils n'arrêtaient pas d'en rajouter ! ils se méfiaient de moi d'abord ! gueule souriante ! sentinelle des Everest ! on est obligé de chier devant cette larve !? va-t'en, toi !

Et je m'en allais, moi ! plus discret que l'ombre de ma pelle, moi ! et puis le bronze coulé – je m'y plantais de nouveau ! tenace ! après la cargaison, ça devenait calme ! alors… c'était à moi de jouer de la lance ! briser ! creuser ! gratter… la deuxième livraison était plus courte ! deuxième coulée, c'étaient les timides ! un par un ! en lunettes et souriants ! quelques crottes en passant ! sans s'accroupir ! et de nouveau – personne ! j'avais de l'affection surtout pour un ! il s'asseyait gentiment, lui ! sans soupirs ! mais rien ! on attendait tous les deux ! les yeux dans les yeux ! lui – assis, moi – debout ! toujours appuyé sur ma lance ! dix minutes ! quinze ! et puis il partait en souriceau. il était fils de prof, lui. et puis ses lunettes ! il avait du style, lui… il était constipé. vrai intello, quoi !

À la cantine je lorgnais tout ce qui deviendrait la merde de demain ! j'en étais horrifié ! ce qu'ils pouvaient engloutir ! et moi, demain – à la lance ! bottes et lance dans la merde – laboure !

Et la fumée montait… je creusais la merde ancienne en attendant que la fraîche coulée gèle ! j'aime construire, moi ! et creuser c'est construire en profondeur ! voilà la danse ! et je valsais ! et comment ! avec ma barre à mine ! ça coulait, la merde ! de toutes les couleurs, la gadoue ! et puis l'après-midi le soleil réchauffait cette palette et je me dandinais déjà avec ma pelle ! j'étais débordé, moi ! je courais ! mais elle était trouée, ma pelle ! ça dégoulinait sur les godasses ! par terre ! marron ! ocre ! ambre ! or ! il fallait que j'invente quelque chose ! oui ! je pouvais pas continuer comme ça ! ça pouvait plus durer ! un barrage ! muraille de Chine ! et puis l'ouvrir ! que ça coule dans l'océan !

J'avais beau réfléchir ! prier ! pester ! jurer de ne plus jamais bouffer ! mais ça recommençait ! chaque matin ! Chomolungma de merde devenait Canigou ! puis un mont Oural l'après-midi… mais le soir je voyais de nouveau l'Everest au milieu du Titicaca ! voilà le paysage ! c'était le printemps. toi, printemps, je te hais, toi !

Mais l'hiver, mais l'hiver ! la nuit, devant l'aurore boréale, face à ce vent venu d'un autre monde… vent silencieux ! et nous… bêtes muettes aux yeux humains, tels des compagnons d'Ulysse sans maître ni déesse, on regardait le rideau du ciel bouger tout doucement, puis s'ouvrir, et le chœur des siècles et des siècles de lumière se mettait à chanter.

Oui.

Et puis quand les emmerdes tombent, c'est toujours en cascade ! et puis des grosses ! la mutinerie ! le régiment voisin a déconné ! et pas à demi-tube ! c'est la faim ! ah oui ! ça commence toujours chez les voisins, les emmerdes ! et puis – ça déborde ! et puis quand on ouvre l'œil – on en est déjà à la lèvre inférieure ! d'abord ils faisaient la gueule, les troufions ! mais gentiment ! à la russe ! et puis se sont mis à gronder ! et puis à gueuler ! et rien à foutre ! les officiers bouffaient comme des bûcherons ! sans se gêner ! même devant les bidasses ! j'y ai pas cru, moi ! quels nases ! et puis et puis les soudrilles n'en pouvaient plus… ils ont attrapé deux sous-lieutenants ! en otage ! belle jambe ! les officiers se sont retranchés chez eux ! en rotant en duo avec leurs femmes ! et puis les plus sages des bidasses ont essayé de calmer la chose ! il y en a toujours comme ça… des Talleyrand ! un ou deux… ils y passent les premiers, d'ailleurs ! la paix ?! et puis quoi encore ! à ventre vide comme le ciel d'un sourd ! et puis plus rien à branler ! revenir en arrière ?! mais c'est trop loin déjà ! c'est plus facile de faire rentrer dans le cul un pet une fois sorti ! et puis ils se sont mis à bousiller toutes les radios ! plus de liens avec la terre ! ni ondes, ni morse, ni tripotage en braille, ni GPS des yeux ! rien ! silence total ! sinon *piu-piu* sur les radars ! et l'hiver – devant… la nuit polaire devant ! et les bidasses ont affûté les pelles ! en guise de haches !

Et le bordel pareil – partout ! comme la neige en janvier ! Ouzbeks contre Tadjiks ! Azéris contre Arméniens ! Tchétchènes contre Géorgiens ! Kazakhs contre Kirghizes ! Toungouses contre Nenets ! les vieilles haines ! et à ventre vide ! et ça se réveille plus vite que Lazare ! steppe contre forêt ! montagne contre vallée ! village contre ville ! taïga contre toundra ! et les officiers ?! mais ils étaient contents, eux ! ils n'avaient rien à faire, eux ! juste choisir le plus fort ! la communauté la plus nombreuse ! le colonel venait, ivre et parfumé comme le père Noël qui sort enfin se dégourdir après avoir enculé son troupeau de rennes et puis – « Régiment ! garde-à-vous ! » et puis « Qui est le plus fort, parmi vous, soldats !? » trois fois ! et notre lieutenant finissait par pousser un Tatar géant, taré et sourd comme un billot ! et son ombre était plus balèse que le Kremlin de Novgorod ! et le colonel admiratif lui tripotait le cou ! et puis sans péter ni roter il lui donnait un coup de poing ! en plein front ! à foutre à genoux un taureau ! mais il en fallait plus pour ce Goliath sans plafond ! encore un ! il clignait même pas des yeux, lui ! juste soupirait ! *houououf ! houf !* et encore un !

ho ! c'est comme frapper avec un cheveu le mur de Berlin ! en sueur le colonel râlait « Voilà un troufion ! je te nomme lieutenant ! » et repartait ! sans merde ni coucou ! et le nouveau gradé, tête baissée, s'en allait, lui aussi, oui, pensif, curant sa narine gauche.

Et voilà, dix janissaires, envoyés sur un bateau, barge pourrie, on remontait la Léna ! coupés du monde ! plus de cordon ! avortons dans l'espace ! plus solitaires que dix Hamlet ! et notre sergent, Ouzbek ahuri, savait pas où trouver de l'eau sinon – en tombant dedans ! une fois sorti de son village pour chercher le sel et hop ! attrapé et enrôlé au pôle ! la neige ?! jamais vu ! quand ça se mettait à voler, les mouches blanches, il se foutait à genoux, lui, et Allah, « sauve-moi » ! et puis Allah en avait rien à branler ! mais l'autre insistait ! lourdement ! et des heures ! et tout ça sur le pont ! une barge qui dérive ! barge des barjos ! on s'ennuyait à crever cinq fois et à renaître dix ! deux civils censés s'occuper de notre arche picolaient comme pépé Jo au carré ! et la gabare dérivait… sagement comme une vache qui broute ! heureusement on avait de la bouffe ! mais l'eau, l'eau ! et pourtant Zacharie le Yakoute nous avait dit ! mais à tous ! mais dans chaque oreille ! faut pas boire cette eau ! et il pointait le fleuve du doigt ! son doigt tordu… « Il faut pas ! il faut pas ! sucez la langue ! lapez la pluie ! mais pas cette eau ! »

C'est vrai, elle était bizarre cette eau ! très ! je transe encore ! noire et plus grasse que du pétrole ! et ils l'ont bue… tous dans le même seau ! comme des frères ! et là – ça a commencé à déconner.

On dérivait déjà sur le Vilyuy ! taïga à bâbord, à tribord – taïga, comme miroir, et puis silence… oui.

j'ai jamais entendu un silence pareil ! le silence des cloches sous l'eau ! et puis les eaux noires du fleuve et désolation totale… rives enchantées ! rivages aux âmes égarées… et surtout ce silence ! le silence qui sortait des forêts aux âmes perdues pour s'abreuver à ces eaux.

Pas un feu. ni âme, ni fumée. « On approche d'une mauvaise île… très mauvaise île », marmonnait Zacharie. et alors, c'est quoi cette île et pourquoi, on avait beau lui curer le nombril avec le canon d'une kalach – il disait plus rien ! « C'est – l'île – il disait. l'île méchante… » voilà, tout.

Mais qui écoute un Yakoute ! qui croit ces bougnoules de Sibérie ! ils ont désappris à chier debout sous les Soviets, eux ! y a un siècle à peine ils baisaient encore les phoques, eux !

Et ils ont bu cette eau. se sont tous abreuvés au même seau ! et nous ? Zacharie et moi !? on n'y pouvait rien. sinon – sucer notre langue et attendre la pluie ! et attendre que ça passe…

Taïga, taïga… et les étés ici ! les fleurs… je me souviens, ah oui, l'été, on est déjà passé par là, vers l'océan. vers Tiksi ! il y a même pas un an ! pareil, sur un bateau ! et j'ai vu ces rives ! et ces fleurs immenses… les yeux d'un fou ! et puis les couchers de soleil ! Sibérie ! je louche encore ! tes couchers de soleil comme un cri d'un dieu muet ! nuages égorgés ! et ça se propage, le rouge ! se répand, le vermeil ! coule des ventres des nuages ! et les monts ! deviennent pourpres ! je voyais les bêtes qui nous guettaient ! les bêtes anciennes qui se réveillent ! et les collines se mettent à bouger ! la taïga ouvre l'œil !

et ses esprits… lynx silencieux et grand ours et loup maigre !

Et puis le vert dans le ciel ! ce vert féerique qu'on ne voit qu'ici ! et les portes de l'océan Arctique ! et on entre… lentement, et il nous regarde droit dans les yeux, l'océan ! son œil vert ! le vert mystérieux ! ce vert qui indique la sortie de la vie ! pendant une seconde… y a de quoi mettre la mort au chômage ! et puis ça passe et voilà tout devient gris. et puis le temps d'éternuer – t'es dans le noir ! fini ! la nuit vient vite ici… et ne dure que deux heures ! et voilà le jour qui se lève ! et silence ! oh, je m'en souviens ! ce silence d'une corde d'harpe-en-ciel rompue ! Mon Dieu… et on en est toujours là ! on dérive. comme avant !

Je ne savais pas si un jour je reverrais mes terres. ma steppe… je pensais pas qu'on reviendrait de cette vadrouille. c'était vraiment trop ! et puis pourquoi tout ça ! chercher les déserteurs ! morts ou vifs ! et puis les ramener ! c'est pour ça ?! oui. trouver leurs corps ! bon sang ! mais c'est fou ça ! tout ça, c'est à se flinguer trente fois dans l'œil ! les trouver vivants, bon, d'accord ! mais leurs cadavres ! ici ! taïga et monts et fleuve ! et les bêtes qui rôdent ! et les Toungouses qui rampent un fusil derrière l'oreille ! et ils se tirent pas dans la narine, eux ! tous méchants comme un Nenets ! et les femmes dans les villages qui bouffent les ours tout crus ! les gosses qui éborgnent un écureuil avec un gland ! les déserteurs ! qu'ils vivent ici ! si ça leur chante ! qu'ils crèvent ici si ça leur parle ! mais non ! faut les trouver ! et les punir ! vifs ou bien morts, n'importe ! les transporter en vrac ! ne serait-ce que les têtes ! les trouver tous ! et tous les ramener ! même les têtes ! les yeux ouverts ! fermés ! et tout ça ici ! dans ces forêts comme un tsunami de l'âme !

Mon Dieu, quel périple ! pauvres gars ! il fallait être fou ! s'évader en novembre ! vers la neige ! elle sera encore plus blanche ! vers le blanc qui couvrira leurs yeux ouverts ! qui bâchera leurs cadavres… bien au chaud ! avant que les loups polaires arrivent ! vers ce garde-manger ! un périple vers la mort. cinq soldats évadés ! leurs esprits errent encore dans la toundra ! noms de lieux, villages minuscules, petites rivières qui ne sont pas sur les cartes… si je les cite – vous allez zozoter le reste de la journée ! j'en ai encore un cheveu sur la langue, moi ! juste goûtez à ces terres… l'île de la Solitude ! Siktiakh ! Nouvelle-Sibérie ! et puis Terre de Sannikov au loin ! et la Léna endormie comme une fiancée ivre… et son delta immense ! main coupée d'un titan ! la terre promise des morts… et puis terminus ! terminus de tout ! Tiksi.

C'était le matin. encore hier on dérivait gentiment, comme la merde. je dormais comme une pierre ! bien bercée ! et puis stop. on bouge plus. Zacharie me réveille, avec les billes d'un phoque qui entend venir un ours ! « Chuuut ! bouge pas ! écoute… » j'ai écouté. rien ! mais il a vraiment peur, lui ! « C'est rien – j'ai dit. rien. » on était seuls en bas. et c'est ça qui était bizarre. « Les autres ? on est seuls, toi-moi ! tu vois ? » – il a dit tout bas et puis il se met carrément à murmurer ! juste les lèvres ! il panique ! je l'ai jamais vu comme ça ! « Déshabille-toi ! jette l'uniforme ! mets tout ce que tu trouves ! » et sans attendre il enlève le sien. « Elles arrivent ! elles arrivent ! » et là – notre bateau s'est mis à trembler ! elle a eu comme la chair de poule, notre barge ! on entendait des voix sur le pont ! ça gueulait de partout ! ça courait sur nos têtes ! mais Zacharie m'a retenu ! il m'a juste regardé dans les yeux ! et puis il a mis une veste sur sa tête et la veste a glissé et j'ai cru voir – la bosse sur son dos ! et ses yeux – dans les miens ! et j'ai vu – mon Gibbeux… c'était lui ! et Zacharie m'a parlé. et je l'ai écouté.

« T'étais toujours bon avec moi – il a dit. on va attendre que ça commence vraiment… les secousses. quoi que t'entendes – faut pas sortir. quoi qu'il arrive – faut pas monter. je vais nous enfermer là… au cas où ! »

Il parlait tendrement. souriant presque. « Je vais verrouiller cette porte et je vais bouffer la clef ! » – il parlait vraiment comme toi, mon Anton ! c'était toi, mon ami bien-aimé ! et à peine il a fini que le bateau se met à gémir. comme si on le cassait en deux ! ça a duré peut-être une seconde ! et puis tout est redevenu calme. Zacharie a levé le doigt ! silence ! j'entendais rien, moi. vraiment rien. et pourtant j'ai l'oreille d'un bouquetin, moi ! mais rien. et lui, il bougeait pas ! toujours avec son doigt ! tout yeux, tout dehors… et puis il a lancé « C'est bon. on va rester encore un peu… on est seuls maintenant. mais il faut attendre pour sortir. »

Et puis il m'a regardé dans les yeux encore une fois. il n'était plus toi, mon ami.

Quand on est sorti – le pont était vide et net comme le lit d'une vieille nonne. et on était toujours le nez dans le sable. et le soir descendait sur le Vilyuy.

« C'est fini – il a dit mon Yakoute. encore une nuit à passer ici et on peut repartir. ne demande pas où sont les autres… » j'ai rien demandé, moi ! j'avais juste faim ! il a regardé longuement vers la forêt. comme s'il voulait regarder chaque arbre dans les yeux ! et puis il a dit. « Il faut pas quitter cette forêt des yeux. on va se relayer toute la nuit. on pourrait jamais entrer vivants dans cette forêt, sinon – avec les yeux… faut la regarder toute la nuit ! » et puis il a murmuré le nom de cette île. « *L'Île aux yeux.* »

Et on est restés sur le pont. le soir. la nuit… je suis descendu pour chercher à manger et lui – il tenait à l'œil la forêt. on a mangé face à elle et la nuit était si calme, si ciel, si paix, que je me suis retrouvé comme avant, oui, sur notre toit, mon ami… et toi – tu étais à côté, comme avant. face au ciel on était. les yeux dans les yeux… et le ciel pleurait de toutes ses étoiles dans nos yeux grands ouverts.

Et Zacharie s'est mis à parler. « C'est une île maudite. c'est mon père qui m'a raconté tout ça. il est chaman, lui. tu crois ou tu crois pas – mais il m'a raconté ce qu'il a vu, lui. quand il était soldat comme nous…

« …Il n'y a pas de bêtes ici. pas une seule. rien. ni ours, ni loups, ni renards. pas d'oiseaux, ni taupes, ni écureuils. et pourquoi ? et je vais te dire pourquoi. avant – il y avait un hôpital. pour les malades étranges. comment ça s'appelle cette maladie… qui te fait un visage que personne ne veut voir. visage comme un miracle que tout le monde a peur de regarder. j'ai oublié ! attends ! mais ne dis rien ! » ça lui arrivait parfois, de perdre son russe. mais j'ai toujours aimé écouter. silence quand il cherchait un mot qui était tombé dans les plis de la langue – c'était – encore le russe. sa langue était simple comme la neige. russe perfide comme la steppe. et il finissait toujours par le trouver, le mot. tout seul. *Prokaza* ! « lèpre » en russe.

« Et mon père était troufion ici. comme nous. mais avant il y avait une ladrerie. et personne n'en savait rien dans tout le pays. c'était la zone interdite. avant il y en avait pas mal des gens là, malades, des vieux… et puis tous sont morts, à part trois vieilles. il n'a vu qu'elles mon père. et elles avaient le visage voilé. parce que leur visage était – lion. la gueule d'un lion. c'est ce qu'il disait… maintenant il boit, mon père. il boit dur, à mort, mais avant – ni-ni ! jamais ! il m'a raconté tout ça et je le croyais et je le crois toujours. mais à présent – s'il me dit que je m'appelle Zacharie – je ne le croirai pas. il me dira – voici – le soleil et la lune – je ne le croirai pas ! mais avant – oui.

« … Et un jour dix soldats viennent ici. et trouvent l'hôpital. il était vide. une vieille et sa fille, voilà tout et la fille soignait sa mère. elle était muette, la fille. les soldats mangent, boivent, dorment. et puis l'un d'eux voit la fille et la viole. et puis d'autres aussi. neuf en tout. sauf un… la fille veut crier, appeler, mais sa mère n'entend pas. et la fille râle, rugit et rien ! et puis ça dure. et puis elle est morte à la fin. et les soldats prennent peur, ils voient ce qu'ils ont fait et ils savent pas où courir et celui qui n'a pas violé leur dit qu'il faut couper la tête de la fille et l'enterrer sur l'autre rive. le corps – là, et la tête – là-bas… » Zacharie fait un mouvement lent avec sa main, comme pour ouvrir le rideau.

« Et ils coupent la tête et l'enterrent dans la taïga d'un côté. et le corps – de l'autre. et repartent. et depuis – la mère erre ici, à la recherche de la tête de sa fille. une femme au visage de lion se réveille chaque fois quand un soldat passe ici. et elle prend l'apparence d'une jeune mère et supplie le soldat de l'aider à trouver son enfant. et le soldat disparaît. mon père disait qu'il disparaissait pas complètement, mais devenait comme une fumée, comme un esprit qui rode dans la taïga, comme s'il cherchait quelque chose qu'il n'a même pas eu… »

Mes yeux se fermaient. il avait un don pour bercer, Zacharie ! « D'accord – il a dit. tu vas dormir un peu. et moi je vais regarder la forêt. après – ça sera à toi… »

Je me suis endormi. et puis Zacharie m'a réveillé. « C'est ton tour. c'est l'heure la plus traître dans la taïga. tiens une heure. après ce sera plus facile… et tu me réveilleras. »

Il était quatre heures du matin. et j'ai plongé mes yeux dans cette forêt. ça a été l'heure la plus longue de ma vie. rien ne bougeait. de temps en temps je regardais ma montre. pas un mouvement ! je l'écoutais ! et rien ! pas un tic ni tac ! puis la forêt… un moment j'ai vu qu'elle s'est mise à bouger, la forêt ! avancer un peu ! et puis le vent ! souffle chaud venu de nulle part ! on était en novembre mais ce vent était chaud ! oui ! comme une expiration ! il passait sur les arbres… ça faisait comme si on venait de me parler à l'oreille ! une fois… et puis encore ! et ces mélèzes ! et sapins… devenus vivants ! et plus grands que des colonnes immenses ! ils se penchaient comme pour marcher ! faut pas dormir ! ouvre les yeux ! et j'ai vu Babanya, et toi, mon ami, et pépé Jo, et d'autres… beaucoup d'autres sortant de la forêt, lentement avancer, très lentement, ramper vers moi comme la brume, et cette brume était chaude.

« C'est l'heure – j'ai entendu une voix. c'est l'heure… » et j'ai sursauté. vigile de merde ! je m'étais encore endormi !

Zacharie, déjà assis, était à côté. les yeux dans la forêt. les montagnes étaient nimbées d'or insupportable ! le jour se levait. il a dit simplement « T'as failli tout foutre en l'air… je suis arrivé à temps. sinon tu te serais réveillé dans cette forêt. et personne n'aurait pu venir te chercher. » j'avais honte ! pire que quand je pissais au lit ! j'ai mordu ma main, à la pépé Jo ! pour me réveiller complètement ! il disait que ça marche. et ça marche ! et là – le soleil m'a mordu les yeux.

Il faut rentrer… il faut qu'on s'arrache d'ici ! il se mettra à neiger d'une minute à l'autre ! quand même ! on va pas hiverner sur cette gabare pourrie ! Mathusalem avait plus de chicots dans sa gueule que ce radeau a de bois pour flotter ! une fois dans la glace il sera écrasé comme un œuf ! sous la botte de l'hiver ! et pire – rien ne marche ! ni moteur ni radio ! le générateur est très mort ! rien ! silence galactique !

Mais qui nous croirait !? cette histoire ! deux troufions qui arrivent en lambeaux et puis racontent ! c'est à bercer les cannibales ! il faut être Baba Yaga repentie pour gober ça ! mais si on laisse tout tomber – c'est pire ! pire des pires ! c'est même pas à jeter un coup d'œil ! déserter ! et finir par se faire prendre ! être mis dans une cage d'abord ! une forteresse militaire ensuite ! mais avant, bien avant – un hôpital, ah oui ! où on te rafistole un peu ! la tronche, les pattes ! on t'ampute ce qui est pourri et voilà – emballé – devant le tribunal militaire ! et puis la forteresse ! six ans minimum ! à trier les flocons de neige avec tes moignons !

Et puis Zacharie voulait pas rentrer, lui ! il connaît bien ce coin, lui ! il est chez lui un peu ! il veut une échappée ! seul ou pas – mais plus de cette armée de ventriloques affamés ! non ! plus de faim ! plus de kalachnikov ! plus de moquerie ! plus de ventre qui hurle en toutes les langues ! « Je connais un passage de rennes ici – il a dit – chaque année les troupeaux migrent. je les trouverai. je n'aurai plus jamais faim. je serai avec les miens. yeux bridés avec yeux bridés, comme vous dites, vous ! les Russes… tous démons ! bons ou méchants – mais tous démons ! » ça rigolait pas… il croyait vraiment qu'il pouvait partir comme ça et vivre, l'air de rien, en décrottant les pifs des rennes !

J'ai parlé une heure ! j'ai parlé deux. rien à faire ! il part tout seul, lui ! c'est décidé ! et moi ?! rester seul ! rentrer seul ! et encore si j'arrive… je savais plus quoi chanter ! et puis je ne sais pas pourquoi mais je me suis mis à parler de toi, mon ami. mon Bossu ! toi ! et notre ciel ! et nos yeux dedans. et ton frère. et les nuits sur notre toit. un poisson hors de l'eau – parle pas mieux ! une sirène prise dans des filets – chante pas mieux ! une chouette crucifiée vivante sur la porte d'une maison – n'implore pas la foule avec ses yeux autant que moi. je priais – reste, Zacharie ! reste ! et puis et puis – je te protégerai… une fois rentré – je te laisserai pas seul ! jamais ! et mille signes de croix ! dans tous les sens ! et trois crachats par terre ! et trois gouttes de ton sang sur mes paupières et trois gouttes du mien sur tes paupières ! coutume yakoute ! oui – pour tout !

Alors il a dit – d'accord. « *haracho* ». et il a ajouté – « Pourquoi il s'est pendu, ton ami ? il avait – toi. et toi – t'avais lui. pourquoi ? » et je ne savais pas quoi lui répondre. il m'a regardé tout droit dans les yeux. il y a rien trouvé.

Et pourtant je cogite ! s'il me quitte ! me lâche là ! ce bateau collé aux miches, mes yeux courent sur les pins déjà ! partir vers le sud ?! vers Ienisseï ! et puis vers lac bleu ! le Baïkal ! faut être mort et très mort pour ça ! mais non ! tu pourrais y arriver ! t'y connais des gars, là-bas ! près de Tchita ! démobilisés l'année dernière ! les veinards ! au sud-est de Tchita ! ah c'est bien, ça ! sinon ramper vers Zagoustaï ! y a encore deux ex-bidasses à Djida ! ils pourront me guider ! on peut toujours trouver un Bouriate qui a des fourmis dans les pattes ! et puis en serpent descendre vers la Mongolie ! tout doux ! la nuit ! et puis passer la frontière ! près de Kiakhta ! sur le dos d'un bouquetin ! et embrasser la grande steppe ! bonjour de Gengis Khan ! la route du soja est ouverte ! je vais pêcher le taïmen à main nue, moi ! je délire !

Mais pire qu'un Nenets en enfer, moi ! Zacharie est pragmatique comme un tabouret ! « Écoute, si tu veux rentrer au plus vite et les oreilles en place – faut qu'on trouve une route. c'est tout. puis – soit un autre camp ! la région grouille de militaires… soit – une poste. un télégraphe. et puis on voit. »

Mais oui, tout simplement ! oui, il a raison. et on a pris tout ce qu'on pouvait porter. et nos kalach. et les boîtes de conserve. on les a bien triées ! celles, bombées – par-dessus bord. et encore – de quoi faire la kacha ! sarrasin éternel ! et du sel ! et des boîtes d'allumettes ! chacun en a pris deux ! on les a enveloppées séparément dans des sacs en plastique ! aucune mère n'emmaillote son petit avec autant de soin ! la taïga est humide ici ! la brume sur la brume ! la nuit le brouillard couvre la brume et les noces tiennent jusqu'à midi ! le pire du hic – on n'avait pas de carte.

Et puis – il fallait sauter dans l'eau. et on a sauté. c'était froid et peu profond. une fois sur la rive – il fallait se dégourdir ! et comment ! j'avais les burnes à sortir avec une fourchette à escargot ! et Zacharie ?! il a jamais froid, lui ! les Yakoutes, ça se réchauffe dans les frigos ! une heure de marche, de sauts, de glissades, de montées, et on a trouvé une grotte. pleine de… merde d'ours ! et ça puait le Polyphème ! Zacharie a examiné chaque crotte ! il les a regardées chacune dans les yeux ! et puis, souriant, il a lâché « C'est frais… c'est juste un blaireau. mais très gros… » et on est partis, becs tordus ! et puis vite ! et puis très ! sans demander nos ombres ! plus vite qu'un lapin qui en détalant se dédouble ! pif d'un chien au cul !

Une fois grimpé sur la crête, on a aperçu la route. bien loin – mais la route ! juste un fil perdu dans le pelage de cette bête immense – mais la route ! taïga et route dedans ! quel pot ! et on a dévalé la montagne. un œil sur la route ! comme si elle pouvait disparaître ! l'autre œil sous les pieds… ce fut long.

33

Quelle forêt… elle a dû entendre la hache de Noé chanter, cette taïga ! on l'entend encore ! à jamais égarée dans les pins ! forêt préhistorique ! plus vieille que le premier flocon de neige ! aussi ancienne que les forêts de l'Oural, j'en suis sûr…

On parlait pas. on murmurait pas. et puis il a remis son père sur le tapis. il a dit tout bas « Oui, mon père aussi. il a violé aussi. qu'est-ce que tu veux qu'il fasse, lui ?! »

Moi ? je voulais rien, moi ! que tout le monde fasse ce qu'il veut – je m'en foutais ! je voulais sortir vivant de ce pétrin ! balade à la con ! j'étais partant pour ramasser les crottes de tout notre régiment encore une année ! mais que cette mission se termine ! voilà mes souhaits pour mille Noëls à venir ! son père ! et puis quoi encore ! mais ça le chiffonnait ! on a marché et lui marmonnait et puis il a dit tout haut « Et alors, entre crever et violer – je ne sais pas ce que j'aurais fait, moi ! il voulait pas mourir, mon père ! les autres le regardaient bizarrement ! et alors il s'est allongé sur cette fille. et il l'a fait… et ça l'a rendu dingue ! »

Je répondais rien. on marchait. je pensais à mille trucs, à ce que j'allais bouffer en rentrant dans mes steppes, et aux filles aussi, mais surtout à la bouffe. et je me suis rappelé trois ivrognes qui couraient un jour, pétés et fous comme seuls peuvent l'être des Russes et gueulaient « Christ est crucifié ! Christ est crucifié ! » dans la rue, comme ça ! comme des bêtes sauvages ! c'était Pâque, et avec Babanya on se traînait vers notre église, et là – on a eu peur, devant ces ours déchaînés ! « Christos est crucifié ! joie ! » et ils attrapaient les passants et les embrassaient ! et puis un mec leur a dit, « Ah non, les gars... aujourd'hui on dit pas "Christos est crucifié", c'est la Pâque, les gars, faut dire "Christos est ressuscité" », mais ils entendaient que dalle ! et puis se sont arrêtés... avec Babanya on s'était cachés, mais on a tout vu ! les trois Oursikofs ont bondi, écume sur la gueule ! ils ont failli tuer, le pauvre mec ! et puis à un moment ils ont compris ou je sais pas... mais ils se sont ébroués comme des chiens, et puis sont partis sans rien dire ! muets ! je ne sais pas pourquoi, mais ça m'est venu dans la tête. ça me trotte parfois, ces types. je ne sais pas si j'aurais eu le cran de leur dire – vous vous êtes trompés, les gars, ou si j'aurais crié avec eux « Joie ! Christos est crucifié ! » et même plus fort que tous les trois ! et sobre ! ivre de peur ! hurlé avec les loups... « Crucifiez-le ! Crucifiez-le ! »

Le soir tombé on est enfin au bord de la route. on attend... pas un feu. pas un phare qui bouge ! pas un *rrr* ! ni camion ni tracteur. on décide d'y camper. on avait tout. juste il faut creuser un peu pour faire le feu et puis le surveiller. Zacharie a reniflé l'air et dit qu'il allait neiger cette nuit.

Dès que les flammes sont sorties du bois – tout autour est devenu hostile. mais le feu était joyeux, bois – sec, et puis on avait chaud enfin. il fallait sécher nos pieds et nos bottes. « Sinon – t'auras les pieds des tranchées », disait pépé Jo. il savait, lui… de Stalingrad à Varsovie ! et à pied ! jusqu'au pif dans la neige ! sinon dans la boue ! parfois – sur le cou d'un T-34… mais c'était rare. « C'était la fête ! » – il disait. j'imagine !

On a vérifié nos AK. détaché le « cornet », chargeur, puis baïonnette. sécurité et tout… culasse. pas d'eau. c'est risqué de vadrouiller dans la forêt, kalach sur l'épaule et baïonnette comme ça. surtout à deux ! on s'éborgne ! on se coupe la narine ! canon en bas – on se perce le mollet ! faut choisir !

Et puis on s'était endormis tous les deux, sur le côté, face au feu, la crosse entre les cuisses. et je peux vous dire – j'ai jamais dormi aussi bien.

Je me suis réveillé avec un « *rrr* » qui devenait plus fort, et puis s'éloignait. Zacharie était déjà debout. il a réchauffé les boîtes. camions, chenillettes, ça allait dans tous les sens ! on était sauvés… on bouffait joyeusement, mais sans se dépêcher. et puis Zacharie a fait un miracle, lui ! il a sorti une cigarette ! et on l'a fumée, lentement, ivres de joie comme Moïse sur les rives du Jourdain !

Et puis d'un camion à l'autre, d'une chenillette à l'autre… on dormait, serrés l'un contre l'autre, on se réveillait, et on voyait la neige voler, et puis encore et la terre devenait blanche et on s'endormait… AK-47 sous les pieds. les mecs étaient gentils, bavards, ils parlaient de leur service militaire, des enfants aussi, de leur terre, de tout ça… les voix bourdonnaient et la vie coulait dans mes oreilles comme du miel. miel lent. miel chaud qui coule de notre bouche quand on parle de nos morts. on se sent si vivant comme ça… c'est si doux.

On remontait la Léna. et puis les hivernages, les yourtes, les troupeaux de rennes… terre de Zacharie. toundra ! et encore d'autres terres. terres désolées. anciens Goulags sous la neige… cimetière à côté. et les corbeaux d'un noir magnifique nous observent, l'œil brillant. puis s'envolent sans cris… royaume des morts qui dorment là, toujours là, dans leurs larmes gelées. on s'arrêtait. on sortait et les chauffeurs faisaient le signe de croix… je nous vois encore. et Chalamov, et le chœur des morts me touche les lèvres et je vole comme avant au-dessus de ces terres des morts, au-dessus des villes nocturnes, et les villages sur le drap d'hiver et mes lèvres bougent encore… il faut pardonner à ses frères, il paraît. oui. mais d'abord, très d'abord – faut boire dans leurs crânes le vin ivre et attendre ! devenir ivre vivant et attendre encore… jusqu'à ce que les enfants de ces camps enterrés dans les glaces éternelles ouvrent les yeux, jusqu'à ce que leur langue devienne chaude, jusqu'à ce que leurs lèvres se mettent à bouger et disent… tout doucement disent « pardonne-les »… il faut s'y allonger pour entendre ! et encore ! mais avant – faut boire le vin vermeil du cœur des bourreaux ! oui. en attendant de le boire bouche à bouche.

On roulait le jour. on roulait la nuit. les gars mettaient la radio. crépitements des voix lointaines, nouvelles du monde, mélodies inconnues… chants, airs d'opéra et pianos. j'ai chaud… et mon âme se recroqueville. bête en boule, bête sans rêves. oui. dans ces terres désolées.

Mais tout ça n'était qu'un voyage de noces autour d'un clitoris ! ah oui ! à côté de ce qui nous attendait…

Sortis d'une merde, on est tombé dans une autre jusqu'au cou ! vrai chaos ! quand on est rentrés – tout de suite – la chambre d'isolement ! pour chacun ! bienvenue au bercail ! les gars appelaient ça – la cage à dessaouler ! et c'étaient de vraies cages ! à ciel ouvert ! conçues pour les oursons perdus ! eh oui, il y en avait un, juste avant nous ! un ourson blanc ! les Yakoutes avaient tué sa mère ! elle déconnait, madame ! elle bouffait les rennes, *lady* ! et puis chatouillait les yourtes ! eh ben, ils discutaient pas beaucoup, les Yakoutes ! et puis son ourson a atterri chez les bidasses. à cette époque il y avait pas mal de phoques en vadrouille et les soldats les ramassaient et les jetaient dans les cages. mais l'ourson ne mangeait pas encore le dur, lui ! il voulait du lait, l'ourson. sa mère ! et le soir, affamé, il criait… il appelait sa mère ! humait l'air ! museau vers le ciel ! il grognait, le pataud ! toute la nuit ! et puis enfin épuisé, regardait juste vers l'étoile polaire ! si loin et debout ! sa mère ! la grande ourse…

Et puis il est mort. on l'a retrouvé tranquille dans la cage. on aurait dit une petite congère. bébé congère… museau caché sous les pattes. endormi. on voulait l'enterrer, mais les officiers ont dit « c'est pour le colonel ». et le colonel est venu lui-même pour la peau.

Il y avait deux cages comme ça. à défaut d'ours, on y mettait les bidasses ivres ! ça picolait dur un moment ! mais à moins 30, ça dessaoule en un clin d'œil ! pour que tu t'endormes pas – il y avait un troufion qui était chargé de te tenir éveillé ! un cadavre – c'est une emmerde ! tout de même ! on n'est pas à la guerre ! et le gardien rôdait autour de la cage et tirait dedans ! pour que tu t'allonges pas ! ça marchait bien ! ça dansait même ! on disait que c'étaient des cartouches à blanc ! tirer à blanc ! ha ! on n'allait pas vérifier ! ah non ! surtout pas sur sa propre bidoche !

J'ai bouffé la neige ! on n'est pas saoul ! j'ai hurlé ! on est sobre comme la Vierge Marie ! mais le lieutenant disait « Mais si, mais si ! vous êtes ivres ! » Zacharie disait rien. regardait autour… et au loin. là d'où on était venus. peut-être bien.

Quand le monde se saoule, celui qui ne boit pas l'insulte.

On nous a déshabillés ! on nous a autorisés à garder quand même sous-vêtements et chaussettes. et je suis entré dans ma cage. Zacharie dans la sienne. pas loin… je pouvais encore le voir ! il m'a regardé aussi. et puis s'est détourné. puis le soleil s'est couché derrière la caserne ! le soir… il était long comme le « Notre Père » d'un bègue, notre soir ! le lieutenant sortait de temps en temps, parlait, musardait autour des cages, rotant le steak, et puis partait. et puis la nuit… au sommet de novembre ! on se tortillait sur le paillasson glacé de la nuit polaire ! déjà ! et la neige couvrait tout pour de bon ! la terre était fer ! et je voyais plus Zacharie.

C'était pas la peine de tirer dans mes pieds ! je les sentais plus ! on pouvait les scier – j'aurais fumé une clope ! mais il fallait pas que je m'allonge ! pas ça… je voulais pas crever ! ici… comme ça ! en charogne de phoque ! et puis pourquoi pas ! une heure, deux ! je sentais vraiment plus mes pieds. il fallait que je bouge ! et vite ! je voulais m'allonger pour faire des pompes, me réchauffer ! merde ! mais le gardien ! il s'est mis à tirer ! à droite ! à gauche ! même en haut ! il comprenait que dalle, lui ! Tadjik de mauvais cru, lui ! il a jamais vu un AK 47 ! conçu par une pioche ! le perroquet d'un muet c'est Démosthène à côté ! quelle biquette ! il chevrotait « *Niet* ! pas terre ! *niet* ! » et puis tirait ! et puis l'autre qui veillait sur Zacharie s'est mis à tirer lui aussi ! et je me suis allongé vite fait ! ah oui ! d'un coup j'ai épousé le sol ! ça a tiré de partout ! ça a pué la poudre ! ça fume trop kalach ! le lieutenant a eu la trouille de sortir ! mais enfin ils ont vidé leur chargeur… j'étais vivant ! je me rendais pas compte ! et l'autre s'est mis à hurler « Sang ! sang ! » quoi ?! il a touché Zacharie ! j'ai hurlé dans la fumée ! Zacharie ! il a répondu « Ça va… je suis entier. » et puis le lieutenant est arrivé. et on nous a fait rentrer.

Il s'est ouvert les veines, lui… il s'est ouvert le sang ! voilà – d'où il vient, le vermeil sur la neige. « Il a pissé sur sa main, et puis il s'est ouvert les veines, ton camarade – m'a dit le lieutenant, après, – avec quoi, je n'en sais rien ! avec un clou, avec ses dents !? remercie-le ! sinon – je ne vous aurais pas fait rentrer au chaud si vite ! »

On nous a interrogés après. séparément. j'ai répété toujours la même chose. « Quand on s'est réveillés sur le bateau – il y avait que nous. lui-moi. les autres – disparus. » pour cette nuit on m'a mis dans la caserne voisine. avec les Tadjiks qui comprenaient rien ! qui me regardaient, ahuris ! ah oui ! il y avait de quoi… et puis le lieutenant a fermé la caserne à clef. j'ai trouvé un lit vide. les doigts et les orteils en feu ! mes oreilles – je n'osais même pas les écouter ! mais les doigts ! cinq boudins blancs ! et ça brûlait ! ça risquait de devenir du boudin noir ! et le terminus – amputation ! les orteils étaient moins touchés, je crois. mais les doigts, mon Dieu ! j'ai passé la nuit à bercer ma main gauche ! je hurlais comme un dingue ! les Tadjiks étaient calmes. ils en avaient vu des oufs comme ça… pire encore !

Et puis c'était l'hôpital. au début j'ai pas vu Zacharie. je ne voyais que ma main ! je n'avais d'yeux que pour elle ! le toubib l'a sauvée. piqûre de novocaïne, une piqûre sur l'autre, et voilà, je sentais plus rien, et je me suis endormi. et encore une piqûre au réveil. et encore. et la peau commençait à partir. les nerfs n'étaient pas touchés. à la fin la peau morte est partie toute seule, oui, comme un gant pourri ! ma main, rose, était comme un serpent tout neuf ! c'était vraiment bizarre…

J'ai cherché Zacharie dans tout l'hôpital et rien. j'ai parlé au médecin. il avait l'air bien, parlait pas trop, les yeux gris. il m'a dit « Ton copain, il faut le laisser tranquille pour l'instant. » c'est tout.

J'ai pas eu de nouvelles de Zacharie toute une semaine. peut-être plus. et un jour un infirmier vient et me dit que le médecin voudrait me voir. et je viens. je me présente comme il faut. « C'est bon, c'est bon, rompez » – il a dit et puis il sort une cigarette, me la file. « Écoute, soldat… ton ami m'a demandé de ne rien te dire, mais je vais te dire. à ma façon. sa main est dans un sale état. mais je peux la sauver. s'il garde sa main – il sera jugé, devant la cour martiale, puis envoyé à la forteresse pour mutilation volontaire… » et puis il s'est arrêté. juste ses yeux gris ! me regardaient à travers la fumée. et puis il a repris. « S'il perd sa main – il sera démobilisé. il voulait pas que je t'en parle… et voilà – c'est fait. maintenant – pars. » et je suis parti. les mains dans les poches… mon pyjama tombait ! trop large ! ma main neuve était comme un gosse qui ressuscite ! et le toubib ! il a même pas jeté un coup d'œil sur la ressuscitée… rien !

Et puis on s'emmerdait à mort ici… sous les paupières de la nuit polaire ! bidasses ahuris ! tristes drilles ! déserteurs, sans nez, ni oreilles, ni orteils ! qui voulaient mourir, crever dans la neige ! et puis pris, et puis transférés ici ! guérir avant de passer devant le tribunal militaire ! avoir la bonne tronche ! rafistolée ! doigts, oreilles et nez amputés ! tous emmaillotés ! ils voulaient tous vivre ! moi aussi, dis donc !

Et puis on était tristes à la fin… tristes et jaloux ! certains partaient. leurs parents les attendaient, déjà ! oui ! en bas ! dans la cour ! certains venus même de l'Ukraine ! et voilà, leurs fils ! chacun à son tour ils s'embarquaient dans un bus ! et partaient… enfin démobilisés. à Tchita, à Irkoutsk… pour prendre un train ! oui, long train… pour revenir dans leur terre. mais avant de se quitter ils s'embrassaient ! timides ! visages sans nez, ni oreilles ! tout doucement ! il fallait être Bosch qui a gobé son œil pour voir ça !

Et les officiers ?! toute cette bande de porcs qu'on dit être les pères des bidasses ! ça fait longtemps qu'ils ont bouffé et leur propre œil et couilles ! le cœur ?! j'en parle même pas !

La veille du départ on s'entassait tous dans une chambre. pour le dernier repas. un seau de bouillie et une boîte de sardines avec de l'alcool, juste un pétale. pépé Jo m'avait raconté comment ils faisaient dans les tranchées. mais on était pas dans les tranchées, nous ! pas à Stalingrad, nous ! ni à Breslau !

les guerres – étaient finies ! mon cul ! c'est toujours à venir ! comme un train ! et on trempait le pain dans l'alcool à 96°, comme dans une soupe ! et comme ça on était ivres comme il faut ! tous ! c'est vrai, ce que tu disais, pépé… c'était suffisant pour tout le monde ! il en est même resté ! on était tous bourrés ! et les élus et les invités !

Je l'ai revu qu'une fois, mon Zacharie. au bout du couloir. il était avec un civil. un Yakoute. c'était son père, j'en suis sûr ! ou son grand frère… je ne sais pas ! mais ils se ressemblaient tellement ! ils parlaient tranquilles. je me suis caché, moi ! je voulais pas déranger… il voulait pas me voir, lui ! d'accord ! moi – je voulais juste voir sa main ! il parlait, et puis un moment j'ai vu son bras emmailloté. oui. il était plus court. trop court ! oui.

Et alors… et après ? le médecin qui m'a sauvé la patte, avant que je sorte de l'hôpital, m'a fait venir, et il m'a remis une lettre. « C'est ton ami – il a dit – c'est pour toi… » c'est tout ce qu'il a dit.

Et j'ai lu. écriture bizarre, fluide, trop pour lui, c'était pas la sienne… écriture qui court ! ça doit être le toubib ! Zacharie a dû lui dicter ! « *Je ne sais pas écrire comme je veux. Comme je vois. Pour que toi – tu voies ce que je vois. Ne me cherche pas. Tu me trouveras pas. Tu peux me chercher – tu me trouveras plus. Et pourtant j'étais avec toi. Je t'ai raconté là-bas, souviens-toi. D'abord sur le bateau. Et après – dans la forêt. L'histoire de mon père. Oublie ça. Oublie tout. La vraie histoire – voilà. Oui, les soldats démobilisés ont violé une fille. Une Toungouse. Sept soldats. Mais mon père – non. Il l'a pas touchée. Elle voulait se pendre – il a coupé la corde. Elle voulait se noyer – il l'a sortie de l'eau. Elle voulait pas vivre. Il voulait pas qu'elle meure. Il a retiré la viande de la bouche de la Mort. Mais elle pouvait plus rentrer dans son village. Mon père l'a emmenée chez lui. Dans ses terres. Elle était enceinte. Ils se sont mariés. Et puis moi – je suis né. C'est moi – l'enfant... Ne me cherche pas. Si tu veux me voir – va chez le médecin, dis-lui de te montrer.* » et son nom plus bas. tout petit. sans majuscule. zacharie.

Et quand je suis venu – le toubib m'a donné un bocal. il était lourd ce bocal, et dedans – une main. dans le formol. elle était si petite, la main... toute recroquevillée. la main droite de Zacharie. j'ai regardé le toubib. il a hoché la tête.

Quand c'était ? en 1988. l'Armée rouge se retire d'Afghanistan. tout craquait ! l'Empire agonisait ! et pas en douceur ! ah non ! à la russe ! tout s'est déchaîné ! j'avais encore une année à tirer là... au pôle ! deuxième hiver ! je transe encore...

Je me suis bien engraissé avant de sortir de l'hôpital. j'ai pensé – « C'est fini ! oh ho ho ! finie la faim ! » la joie ! à me rouler dans la neige comme un corbeau fou ! jusqu'à ce que je devienne un corbeau blanc ! quel maboul ! même un ouflon aguerri reste ouflon ! et puis tous ici, on se voyait gros malins, nous ! on pensait pouvoir raser la mort avec sa propre faux, nous ! cons aguerris ! groins gelés, on reniflait le pire ! et on a eu raison ! eh bien... il valait mieux que je me roule dans le sang d'abord ! dans la merde ensuite ! pour me faire peur dans la glace ! pour m'habituer un peu... à ce qui m'attendait.

Mon dernier dîner à l'hôpital n'est pas encore passé que les merdes arrivent déjà ! mauvaises nouvelles !

Le régiment a déménagé. presque tous les anciens – partis vers le sud. et voilà, les bidasses du Sud – débarquent ! pas un seul Russkof ! pas un ! tout le Caucase était là ! Géorgiens, Arméniens, Azéris ! mais pas un Tchétchène cette fois ! et puis toute l'Asie centrale ! et quels spécimens ! du désert Kyzylkoum ! des sables noirs du Karakoum ! venus du sud de tous les suds ! ici au pôle, bronzés comme les manches des vieux balais de Baba Yaga ! démons débarquées d'Azerbaïdjan ! des vallées du feu humide ! pétrole qui brûle sous les semelles ! Zippo de Zoroastre ! les djinns des grottes du Karabakh ! incubes sur les chevaux nocturnes, crânes humains aux selles en guise de pots de chambre ! tous venus ! du désert de sable au désert de glace ! des mille et une nuits jusqu'à la nuit polaire ! face à face on était ! ils étaient quarante ! mais oui ! quarante diables ! soudés comme les narines d'un nez ! tous ! et nous – on était sept ! et trois des sept étaient affamés à lécher la crasse entre leurs orteils ! mais à la fin… on n'était pas à un Azraël près ! vivants demi-morts, et un mort congelé – contre tous. voilà l'armée !

Mais d'abord – pourquoi. parce que les officiers en avaient rien à branler ! ils bouffaient et puis – rien à cirer ! quand l'Empire penche – faut pas rester dans son ombre ! à la fin ils ont tous déguerpi !

Ils nous ont bien fait chier, n'empêche ! les Sudistes ! à ras le nif-nif ! une nuit ils débarquent comme des diables dans notre chambrée ! et depuis – je suis dur de la feuille ! l'oreille gauche ! un coup de tabouret ! mais on survit à tout ! ils ont fait un massacre…

Et nous ?! écroués dans notre caserne ! portes clouées des deux côtés ! et les Ouzbeks rôdent autour ! ahuris comme des cannibales !

Il fallait qu'on s'organise ! il fallait ruser ! et on n'était que sept ! Petrov, Smirnov, Popov, Fedorov, Bortnikov, Stepanov et Mamedov ! ah oui, on avait notre David ! notre joker ! un Tchétchène ! Habib Mamedov ! à lui, seul il valait le bataillon ! petit mais enragé comme trente furets ! dans le civil il bouffait quatre Géorgiens par jour ! et là – ils lui ont cassé le nez ! il hurlait la vengeance ! jusqu'à la troisième génération ! on pouvait pas l'arrêter, ça – non ! alors il fallait le guider !

On a fait une sortie. il nous fallait un des leurs ! vivant ! et le pot ! on en a chopé un ! un gros Azéri ! leur Napoléon ! otage de rêve ! il tremblait tout le temps, le guerrier ! il avait la trouille, lui ! et je le comprends ! il pensait qu'on allait bouffer ses couilles au barbecue ! il s'ébrouait ! il voyait déjà sa mort trotter sur un âne dans la neige ! dans ce désert de la farine glacée ! ça l'a marqué pour dix vies à venir ! je l'espère !

Ils voulaient le libérer ! il fallait négocier ! Habib voulait rien entendre ! il voulait sortir et seul les bouffer tous ! il hurlait, nasillard ! « Qu'ils en trouvent un, le plus grand, le plus fort dans leur troupeau ! pour que je lui pète les genoux ! et quand il sera à genoux ! comme il faut ! à ma taille ! – je vais sucer son œil gauche ! » et puis il ajoutait chaque fois, rêveur ! « Dommage que notre Tatar géant soit parti… je l'aurais bien raccourci ! » il nous manquait, ce Tatar sourd ! avoir ce titan de notre côté… il tordait les clous entre ses dents, lui ! et après, c'est moi-même qui détordais ces clous sur sa tête avec un marteau ! et lui, il ricanait, lui !

Mais là… on était mais vraiment à quatre doigts du massacre ! bataille dans la nuit polaire ! près de l'océan Arctique ! trente-neuf barbares, djinns, et dibbouks enfouraillés comme des archanges en rut ! haches d'incendie entre les chicots ! piolets et *tutti chianti* ! Iblis ! Shaytans ! Marids ! Efrits d'Ouzbékistan ! Oupires du Kazakhstan ! et nous – sept bons louveteaux ! blottis l'un contre l'autre dans une niche de paille !

Putain et barbe ! je m'en souviens, comme d'hier ! pas besoin d'une mémoire de djinn ! en me rasant, je tremble encore !

J'ai eu un plan, moi ! pépé Jo me l'a murmuré dans l'oreille gauche ! notre caserne était flanquée d'une chambre froide. on y gardait de la viande ! belle époque ! et là – il y en avait aussi, mais une autre viande. deux gars, deux déserteurs qu'on avait retrouvés dans la toundra… déjà gelés. durs comme du bois. et aussi légers ! en attendant leurs costumes en zinc et le dernier retour au pays, ils se reposaient là… pas loin. bien au frais à l'abri des loups et d'autres bêtes à crocs ! Popov et moi, deux haches, en chœur, on a vite fait un grand trou dans le mur de la chambre et on a sorti le premier macchabée. c'était pas facile… il avait les mains levées lui ! comme pour faire un plongeon ! ils ont prévu de le décongeler avant de le mettre dans le cercueil, ça – oui, mais personne n'a prévu ce bordel ! avant de lui couvrir le visage – j'ai jeté un coup d'œil… quand même ! ils lui avaient même pas fermé les yeux ! le gars nous fixait ! cils givrés ! bouche ouverte légèrement ! sourire du Nord ! il fallait lui sourire aussi… et j'ai couvert sa tête. il y a des choses devant lesquelles même les dieux banderaient en berne…

Il fallait attendre qu'il se décongèle un peu. surtout les bras et les doigts ! une heure passée a fait une flaque ! il était bon ! on s'est penché sur lui, moi et Petrov. « Pardonne-nous, mon vieux » – a dit Petrov, et moi – j'ai commencé à lui couper les doigts. main droite. avec la hache. heureusement il avait le visage couvert, lui.

On a placé leur gros Führer tronche à la fenêtre, attaché sur une chaise, et Habib commençait à lui couper le nez ! juste un peu ! histoire d'agrandir les narines ! l'Azéri grognait comme un porc qu'on étripe ! qui se met à parler presque ! j'ai ouvert la fenêtre pour que sa meute le voie ! en grand ! qu'elle en boive à pleins yeux ! en 3D ! et ils ont regardé ! oui, tous ! et puis, les mains dans les poches, sifflotant, sont partis ! un à un ! pas du tout convaincus !

Smirnov gardait la porte. j'ai sorti ma tête. j'ai dit « Tenez ! qui va maintenant curer le nez à votre Ahmed !? » et je les ai jetés, un par un, les quatre doigts. premier, deuxième, troisième… puis – quatrième ! dans la foule ! à la Cadmos ! ils les ont ramassés… incubes curieux ! puis effrayés ont tout laissé tomber ! les quatre doigts ! un par un ! se sont mis à hurler ! en géorgien, en arménien, en azéri et puis d'autres langues ! mort-nées dans leur gueule !

Ils hurlaient, billes rivées à la porte ! mon Dieu ! c'était Habib ! notre David déchaîné ! il est sorti, lui ! sans ordre ! tronche en sang, il balançait le bras coupé du macchabée ! oh, j'espérais ! il jouait avec comme Hercule avec sa massue ! il allait pas dans la douceur, lui ! j'avais prévu ça pour la suite ! quel con, il a sorti tous nos rossignols de guerre d'un coup !

Ça aurait pu se passer autrement ! mais je voulais pas le massacre entre nous ! pas comme ça… sinon à la fin ! tout peut arriver à la fin… tout ! ce bortch bien russe ! bien connu ! concocté par un Géorgien, d'ailleurs ! qui disait « Massacrez les vôtres pour que les étrangers aient peur de vous ! ».

C'est vrai, Habib est allé un peu plus fort que prévu ! mais le gros Ahmed était intact ! presque ! juste saignait du nez ! on l'a pas laissé partir ! ah non ! il fallait voir la situation… la suite et tout ! fraternisation ?! baïonnettes dans la terre ?! dans le cul plutôt ! ça viendra ! oui ! mais à la fin… faire des raspapouilles en plein massacre – je passe !

Ergo – fallait faire gaffe ! on l'a gardé encore, le gros ! il avait le hoquet ! le pauvre ! et trois trous dans le nez ! et Habib est revenu avec le bras. et on est tous sortis pour retrouver les doigts. on a enterré le soldat derrière la caserne, la nuit. je lui ai remis ses doigts dans sa poche de pantalon. les gars étaient d'accord. et Habib, déjà calme, a posé le bras sur sa poitrine. et puis on a creusé le lit le plus profond pour lui. bidasses Petrov, Smirnov et Bortnikov… le sol était comme pierre. mais on a fait son lit quand même. comme il faut. et on l'a mis dedans. il doit être encore là… en attendant le grand déménagement… dégel total ! résurrection des morts sur les plages de l'Arctique ! je n'ai pas intérêt à me retrouver dans le même régiment là-haut, moi ! nous tous… soldats Petrov, Popov et Bortnikov…

Eh oui, ça s'est passé comme ça.

34

Je n'ai dormi qu'une heure chez Fevro. et là – il faut que je bouge. il faut que je rentre. il faut toujours que je parte ! toute ma vie ! c'est dingue quand même… j'ai fouillé un peu, il me faut un pull. je vais l'appeler, Fevro. je vais tout lui expliquer.

J'ai cherché et j'en ai trouvé. tout un lot de pulls. tout ce qu'il faut ! col roulé, col en V, en O, en tout l'alphabet ! surtout un ! gris comme j'aime ! et en cachemire ! à torcher la déesse ! mais le pire – c'est que je l'ai déjà vu. sur Hadrien. sur lui. son pull. et puis il y a d'autres choses… les caleçons d'un homme. ses chaussettes. il a vécu ici, l'ange Gabriel ! et toute une smala d'archanges ! d'accord… d'accord ! dommage que ça se termine comme ça. dans les chaussettes d'un ange. sous un tas de… caleçons… faut que tu partes, mon vieux. t'as tout vu. alors, plus rien à faire ici.

J'ai mis le pull d'Hadrien. puis ses chaussettes. parmi les godasses j'ai trouvé une espadrille rouge, j'ai cherché l'autre, mais rien ! alors j'en ai mis une noire. pourrie, mais ça ira jusqu'à la tanière. un peu grande, mais ça va.

J'ai laissé mon pull par terre. ma vieille peau, telle quelle, comme elle est tombée, deux grosses taches de mon sang. déjà sec. pas la peine d'appeler Fevro. elle verra elle-même. rien à expliquer. rien à dire… pour comprendre, qu'elle le mette, elle ! si elle veut. et puis comme elle voudra ! et puis rien à comprendre.

Cette chambre… ce lit. ça se termine comme ça. oui. et avant on remonte le fleuve du désir, on suit le ruisseau, on ne le quitte pas des yeux comme un serpent magnifique qui nous fuit et puis et puis disparaît dans le sable. oui. toute une vie s'évanouit comme ça. et on se réveille déjà vieux… et toi ? toute ma vie, mes extases aux dos maigres, mes chutes et chevauchées, mes dimitreries, mes hivers et printemps, mes mystiqueries et mes pogroms de l'âme, tout ça… n'était que recherche d'un état, oui, d'un être humain, homme-femme, n'importe, un être magique, une prophétesse qui me dirait – qui je suis. et la femme – c'est un état. une Cassandre qui nous montre notre vrai visage. voilà tout. une femme qui m'aurait dit le nom de ma cité. qui aurait été avec moi jusqu'à la fin. qui, même si la cité s'écroule sur nous – serait restée dedans. avec moi, avec sa cité en flammes…

Et maintenant plus d'extase ! plus de pet haut ni gros rot ! plus de montagne pour moi. juste une longue vallée… jusqu'au bout. jour après jour. d'un Noël à l'autre, mon Dieu ! d'une Pâque à l'autre, merde ! jusqu'à ce qu'enfin la pleureuse te crache dans les yeux et que la mort t'embrasse le front ! toujours tu chercheras ton vrai visage. ayant la tronche d'un vieux nasique déjà ! mon sang ! ton vrai visage… celui que Babanya tenait dans ses mains, celui qu'elle regardait avec ses doigts. celui que pépé Jo avait vu au moment de mourir, endormi sous un arbre. celui que ton Bossu bien-aimé avait vu sur votre toit… oui. ce visage que toi, Zacharie, t'avais vu dans ta cage et pour lequel t'avais donné ta main. ce visage que ton fils, ton Ourson, avait vu le premier au moment de naître.

Ce visage que je perdais chaque fois ! d'une caverne à l'autre, d'une femme à l'autre, comme d'une mort à l'autre… ce visage de l'homme tombé hors du monde, hors de la vie. visage de l'homme qui nage, nage encore, d'un chagrin à l'autre, d'une vague à l'autre, et se noie à la fin, et au moment de plonger pour de bon, sur la crête du chagrin – il voit le rivage… une île. l'île humaine. oui. et son propre visage l'accueille.

J'ai offert mon visage et j'ai reçu un masque.

Plus de miroir pour, toi, Blaireau Blairovitch… mais, j'aimerais prendre encore quelque chose ! un fétiche en guise de point d'exclamation ! une pierre, je ne sais pas… une culotte de la sorcière ! et un yaourt ! oui ! et puis descendre comme ça ! un yaourt et sa petite culotte ! voilà – le butin ! ça va m'aider à redescendre de mon Everest de la faim. de mon Canigou du cœur ! oui, j'aimerais descendre comme ça ! plus déchaîné qu'un David avec sa fronde ! et ma tête dedans !

J'ai fait mon sac. c'est léger comme le parachute d'un apôtre. sa petite culotte et un yaourt dedans. ma fronde est armée ! j'ai laissé tomber la clef dans les chiottes ! je la plante et je l'arrose ! chasse d'eau… tout ce qu'il faut. et je sors. et je ferme la porte. je ferme tout ! adieu judas.

Ivan Ivanovitch, la basse, est encore là, roupille sur le dos, la barbe au garde-à-vous. je l'enjambe.

il marmonne dans son sommeil. je sors. personne dehors. mais oui, le lendemain de Noël ! toujours pareil, le lendemain de la naissance d'un dieu. je vais rue d'Odessa, il doit y avoir un kebab. j'ai un peu d'argent, moi ! un billet de cinq euros, moi ! oui. c'est pour Ivan Ivanovitch. mais qu'est-ce qui m'a pris ! je n'en sais rien. ma tête ne sait plus ce que mes pieds font, ça – c'est sûr.

Ça caille un peu. quand même ! moins 5, je crois… la pisse de chiens est gelée joliment. j'ai froid.

T'es vraiment un vrai Russe, toi !? à moins 5, pépé Jo se mettait en t-shirt, lui ! et toi, tu te gèles ! mais oui, j'ai froid aux gencives, moi ! et les orteils… encore une heure – et les bichons pourront venir mâchouiller mes pattes ! je miaulerai pas ! mais c'est n'importe quoi ! dans ce pays où les concombres fleurissent deux fois dans l'année ! survivre au pôle Nord, cul à l'océan Arctique, et perdre ses orteils à Paris ! en France ! le Sud ! mais l'hiver du Sud – c'est hammam où il neige !

J'en ai vu des sans-orteils là-bas, au Pôle ! avant je pensais, les orteils – c'est pas si grave ! on crève pas quand même ! et puis les gars ont ricané – t'es fou, toi ! essaie ! vas-y ! tu peux plus marcher après ! et ils me montraient et c'était, mais à pleurer… comme un bébé qui apprend à marcher, juste apprend, tout au début du rouleau ! sous la table encore… et puis le bébé marchera un soir, courra un jour mais eux – non ! plus jamais sans prothèses ! en canard ils marchaient ! très lentement ! bras écartés, en funambules ! et puis tombaient ! les yeux énormes – cherchaient l'appui ! les mains de leur mère ! j'en sais rien ! et puis les prothèses à l'époque – rêve toujours ! c'est même pas à fermer les billes pour voir !

Et puis ma veste ! ma veuve bien-aimée ! veste du Goulag ! quel débile ! la jeter comme ça ! je l'ai cherchée ! je l'ai pas trouvée. je la cherche toujours… je la trouve pas.

Je reviens, je pose le kebab sur le drap d'Ivan. il est chaud, ce truc. la viande… c'est dur de partir comme ça ! j'ai la tête qui tourne ! ça sent bon, mon sang ! d'accord, mais juste un morceau ! juste une lichette du porc ! je m'accroupis, j'ouvre le sac, et le démon de la faim m'embrasse fort ! je m'assois à côté. je pêche une frite. ma main tremble, folle. mais non ! Ivanovitch se réveille ! ouvre l'œil comme une goule ! « *Mmm*, ça sent bon ! » je réponds – « C'est pour toi… » je veux partir, mais il dit – non ! stop ! attends ! « On va bouffer comme il faut ! au Dôme ! du poisson ! » mon cul ! mais je le connais pas, lui ! il est sérieux, lui ! il se lève d'un bond ! « On y va ! tu verras ! » et puis il enlève sa doudoune ! doudoune rose ! aussi mythique que ma veste du Goulag ! « Tiens ! il fait frisquet dehors… vas-y, mets-la, ça mord pas ! j'ai pas de poux, je voulais dire ! et la couleur, ça t'ira bien. couleur d'aurore ! »

Couleur d'aurore ! c'est bien ça ! ce qu'il me faut là ! je m'en fous du reste ! et je m'habille en aurore ! c'est vrai, c'est chaud. j'ai mis mes mains dans les poches. un truc bizarre ! je les sors. merde, c'est quoi ça ! pleines de poils ! deux grosses boules ! « Ah, oui, ah oui, c'est bien ça, contre l'otite ! des poils de chien dans l'oreille – c'est souverain ! » – il en prend un peu dans ma main et j'en enfonce dans son oreille. puis dans l'autre. « Essaye… ça protège bien du froid » – il me dit gentiment, sans insister. oui, c'est vrai, Zacharie faisait pareil, lui ! alors, j'en tire un peu et j'en fourre dans mes deux oreilles. il rit, lui ! « Mais quelle tronche t'as ! » ah oui, je vois ! les poils de chien qui sortent des oreilles ! doudoune rose ! horreur boréale, quoi ! mais c'est bien, ça ! veste, tête et grimaces !

Et on sort. et on se met en branle, comme une légion ! vers « Odessa » ! deux sorciers pélerins ! un chaman gueule cassée ! le chaman sans tribu ! et puis l'autre… fakir de la voix ! et les corbeaux du quartier nous suivent ! et à pied !

Nous voilà – Jean de Patmos et Dimitrius de Montpornos ! bras dessus bras dessous ! Ivan la basse va chanter, lui ! le grand retour ! la tournée du tsar ! *Boris Godounov* ! et voilà « Odessa »… oh, notre caverne ! et le gardien est déjà là… toujours là, lui ! il nous salue ! de loin ! et son sourire ! un drapeau si fidèle ! toujours ! je suis en larmes presque !

On arrive même pas jusqu'au café – il s'arrête. carrément au carrefour ! bien au cœur ! dans une flaque gelée ! pieds nus ! et se met à chanter ! et la glace fond sous ses pieds ! il se réchauffe d'abord ! *Otchi tchernyé* ! et puis *« le Corbeau »* ! chant populaire ! chant de guerre ! préféré de pépé Jo ! les gens sortent des cafés ! s'attroupent ! des émeutes ! mais il n'a pas sorti son meilleur corbeau, lui ! pas encore ! *Boris Godounov* ! « Venez… Venez ! – chuchotent les gens – quelle voix ! » ah oui, venez ! vous avez encore rien entendu ! et là – il se tait. avant d'attaquer le ciel, il recule ! avant d'attaquer tsar Boris ! et puis et puis je vois un corbeau s'envoler de son épaule ! et là – il attaque ! et la voix vient de loin… lentement vole, au-dessus du quartier, de nos têtes, fait un tour, et repart, on entend presque rien, juste le vent, juste un souffle, il chante plus et puis – ça revient. on voit tsar Boris ! bien débout ! très debout ! sur les remparts du Kremlin ! et ses yeux ! et un dieu fou dedans ! tsar regarde au loin… il voit un fantôme ! il délire ! on voit ce qu'il voit ! tsarevitch Dimitri ! tsarevitch tué ! il arrive, le garçon ! il s'approche ! sous les murs déjà ! aux pieds du tsar meurtrier ! il monte ! et tsar ! lui ! yeux fermés, supplie ! *« Toute la Russie pour une heure de sommeil… Oh garçon ! garçon ! t'es en sang ! et mes mains ! et ton sang sur mes mains crie – le sang ! »* et puis plus bas, oui, la voix descend ! encore plus ! toujours plus ! vers les caves du Kremlin, vers la tombe cachée ! tombeau jeune… tsar murmure ! on entend rien ! c'est la terre qui parle ! juste les lèvres de son cœur qui bougent *« J'ai voulu tuer le destin… et j'ai tué le sommeil… »* et le garçon s'assoit à ses pieds. le regarde d'en bas ! *« Ne me regarde pas ! ne me touche pas… c'est trop tôt encore ! pour que l'agneau et le loup s'allongent ensemble ! les temps sont encore obscurs ! je vois rien dans les temps ! mais dans mes yeux, toi – tu vois ! comme dans les yeux d'un noyé, on voit ce qu'il a vu… comme dans les yeux d'un tsar qui tombe, on voit le royaume à venir… époque obscure comme la nuit du cœur humain où l'homme cuit l'agneau dans le sang du loup ! vois… »*

Il s'arrête pour de bon. mais la voix – vit encore… vole encore comme la neige ! couvre nos âmes. tel le silence après une prière – prie encore… et notre âme sur la pointe des pieds se redresse dans la foule que nous sommes et nous cherche et nous trouve.

Il a chaud, lui ! se déshabille, lui ! ses couvertures, il les jette par terre ! à ses pieds ! dans la flaque ! et ses yeux reviennent vers nous. en sueur, immobile, ce colosse nous regarde ! nous voit pas ! pas encore ! et respire. et la vapeur monte… telle une nuée qui couronne une bête qui sort de sa grotte pour accueillir le prince de ce monde…

Et puis il s'incline. oui, une fois. profondément. à la russe. et reste comme ça. puis se redresse. les gens arrivent. frappent des mains ! « Quelle voix ! quelle beauté ! » une fille me tend deux tickets de restaurant. « Tenez, tenez, ils sont encore valables… jusqu'à la fin du mois ! » je prends. je remercie. je prends tout, moi ! j'ai pas de chapeau ni de gobelet. j'ai rien prévu ! juste ma main. mais ça les rebute pas trop, les gens… ils y mettent des pièces. « Ah ! beau travail ! » – me dit un vieux. il est en extase encore ! « Vraiment ! votre père ! quel chant ! et voix ! c'est la grande Russie, ça ! » et il met deux euros dans ma main. j'en vois d'autres, ils n'osent pas. peur de toucher, oui, je comprends. vu ma dégaine… j'entends pépé Jo ! il m'appelle ! « Dimitrius ! groin en berne ! souris enfin ! triste grumeau ! la mort t'a laissé sortir pisser au quoi ?! ris un bon coup ! sinon tu trimbales ta bouille comme un cul de la cellulite ! »

Et pourtant je suis joyeux presque ! je souris comme un peigne édenté ! aussi beau qu'un radis en fleur ! pour la suite – faudra prévoir un gobelet !

On a essayé d'entrer au Dôme, mais on nous a pas laissé ! ni au petit Dôme, ni au grand ! Ivan Ivanovitch ricane… « Ça va… je suis habitué, moi ! aujourd'hui je dois puer plus que jamais ! et toi, la prochaine fois, mets ta cravate ! »

Je laisse tomber, mais il tient à ce que je mange ! on revient vers « Odessa ». on nous laisse entrer ! mais je vois que ça les gêne qu'on s'assoie dans la salle. je pousse Ivan vers la terrasse. « C'est bien ici

– il marmonne – c'est bien chauffé… comme chez moi à Voronège ! »

On commande du poisson. les odeurs de cuisine. la bouffe ! la bouffe… ça m'attaque au cœur, tout ça ! mon estomac bat la chamade ! ils apportent du pain ! je vais rompre le pain, moi ! et je vais dire le bénédicité ! bègue comme je suis ! mais d'abord l'eau ! la soif, je te bénis ! et je bois un verre ! puis deux ! ça muselle le feu dans le ventre. et puis j'ai demandé un thé. ça me manque plus que tout, le thé ! Ivan Ivanovitch en veut aussi ! alors, deux thés…

Il est pas bon, du tout, mais pas grave ! je boirais même s'ils mettaient un vieux Tampax dans mon verre ! pourvu que la soif soit bénite…

Lape lentement ! réchauffe-toi. très lentement ! sinon… si tu bouffes trop vite – tu vas tout vomir ! mâche bien ! très lentement… plisse tes billes et compte tes cils ! n'oublie pas ce que disait toujours pépé Jo ! une miette après l'autre ! à la piaf ! et bouge pas surtout ! tes côtes…

J'ai du mal à respirer.

Ivan Ivanovitch parle, mais j'ai la tête qui tourne. je l'entends de loin. je l'entends pas. et puis – si. il commande un verre de vin. moi – je veux pas. « Un Russe qui refuse un verre ! du jamais vu ! » il rit et puis se calme, parle doucement. et boit. demande un autre verre. parle fort. les gens partent. « Ivan Ivanovitch, parle moins fort, s'il te plaît » je lui dis. « Ah oui, ah oui, pardon ! je m'entends pas ! » enfin notre bouffe arrive. il touche même pas. il voit même pas l'assiette, lui ! il me parle de la Russie ! la philharmonie de Voronège ! de sa gloire passée ! et puis de sa femme, de son fils, et puis de la guerre de Tchétchénie… première guerre. et encore de son fils. je dis rien. il s'en fout. rigole « Tu te souviens, comme on dit en Russie… "*Quand je mange – je suis sourd-muet !*" » je hoche la tête. oui, c'est vrai… je mange lentement. et lui – il parle… parle… de son fils surtout. c'est sa plaie. c'est son cœur. il a fait la première guerre de Tchétchénie. et ça a été la dernière pour lui. on l'a trouvé dans les montagnes, on l'a mis dans le cercueil et on l'a envoyé à la maison. à Voronège. à sa mère. à son père. tenez ! prenez votre fils ! un héros ! dans une boîte ! Ivan Ivanovitch agite ses mains ! j'arrive pas à tout suivre, je suis comme saoul. c'est la bouffe ! ça doit être le poisson ! le saint-pierre ! ivre apôtre !

« Il doit être un homme maintenant. mon fils ! je le reconnaîtrai, si un jour je le vois ici ? tu penses ? non ? » il se tait. puis reprend « Quand je chante comme ça, dans la rue, je me dis, c'est pour qu'il m'entende… même mort ! j'aimerais juste le voir, c'est tout ! le voir comme avant. juste le voir… merde ! c'est quand même pas grand-chose ! »

Il me demande si j'ai des gosses. où je vis et tout ça… qui je suis. où j'habite ? j'explique la situation. oui, j'ai un fils. un fils français. né ici. il me pose mille questions, sur lui, sur ma vie, mais pour remuer toute cette polenta de plomb – il faut de la force ! sinon de la rage ! et j'ai rien de tout ça. la seule chose que je veux, c'est dormir. faire l'horizon, quoi.

Il voit. il comprend. on se tait un moment. ça fait longtemps que je n'ai pas parlé russe autant. et de me taire en russe, ça ne m'était pas arrivé depuis des siècles.

Il marmonne quelque chose. il fredonne ! éternel *Corbeau*… tout doucement. de ses terres noires de

Voronège… il chante. « *Couvre-moi de la mort, mon corbeau… je te donnerai mon œil. je te donnerai mon cœur. mais pas encore… pas tout de suite !* » et puis « Tiens – il dit – c'est mon numéro, j'ai un portable, moi ! vas-y, note ! au cas où ! et puis et puis… si tu le rencontres ! mon fils ! si tu le vois… un grand brun ! plus grand que moi ! préviens-moi. appelle… d'accord ? »

Da – je réponds. *Da*…

« Il est grand. grand brun. et les yeux ! il a mes yeux, lui… »

Oui – je dis. Oui.

Il sourit. « Tu sais, si t'as un pépin – je vis dans un garage… tu peux venir ! »

Oui – je dis. je suis vraiment une pie qui ouiouine. je me lève lentement. faut pas que je m'écroule ! ça y est, c'est bon. enfin debout et droit comme un Z ! et lui ? il y reste. même pas touché à son saint-pierre, lui ! je cherche Jean. il arrive. il dit que mon ami a tout réglé déjà. je dis « Ivan Ivanovitch – voici Jean. Jean – voici Ivan Ivanovitch… » et tous les deux rient… se serrent la main ! Ivan Ivanovitch et Jean Jeanovitch.

J'arrive pas à pousser la porte du resto. Ivan se lève, ce colosse la pousse comme le tulle d'un temple ! « Merci pour ton sandwich… ton kebab ! je le mangerai ! promis ! » et il me fait un signe, oui, avec sa main, et ses yeux. signes que les hommes font quand un navire emporte d'autres hommes au loin.

35

Je dors un jour. je dors deux. ma tronche dégonfle tout doucement. devenue bleu-jaune. les côtes me font mal encore, il faut que je roupille sur le dos.

Plus d'électricité dans la tanière. je me lave plus. ils ont coupé l'eau. avec trois couvertures je me suis fait un trou, une tanière dans la tanière. aucun appel. je mange et je dors.

Miaou vient quand il veut. saute dans le lit, je dors et je le sens, il est lourd. ronronne, me piétine, me pétrit et puis se calme. se love sur mon ventre. parfois je pense que je suis en train de mourir. comme ça, avec un chat dans le lit. ça arrive souvent, je pense. et puis les bêtes parlent pas… et puis il repart chasser. tout est ouvert.

C'était la nuit je crois, il faisait déjà noir en tout cas, quand mon portable s'est mis à vibrer. numéro inconnu. long. numéro d'un portable russe.

Je décroche pas. les bonnes nouvelles ne viennent jamais la nuit. c'est sûrement mon père… les emmerdes m'arrivent toujours de l'Est ! il est mort peut-être… c'est pas son portable. ça fait un moment que je n'ai pas eu de ses nouvelles. rien depuis deux ans peut-être. je ne sais plus. depuis que ma tante, cette Baba Yaga, a vendu notre appart pour payer sa maison de retraite !

J'ai appelé mon père sur son portable. personne. et puis j'ai rappelé ce numéro. et j'ai reconnu la voix. c'est son copain de chasse. « Oui, c'est moi… » j'ai dit. j'ai rien pu dire d'autre, et lui, il se déchaîne, lui ! « Merde ! merde ! nom d'une pute ! où tu es ?! ton père ! non, il n'est pas mort, lui ! mieux ! pire ! à l'hospice il est… oui. depuis six mois ! on lui a coupé une jambe ! à ton père ! comment ?! appelle-moi demain, je te donnerai le numéro de l'hospice. moi ? ça va, moi ! j'ai toutes mes jambes, moi ! et toi ? aussi ? très bien ! pauvre con ! » et il raccroche. voilà la conversation. il était toujours comme ça, lui… s'il pouvait pisser sur la France – Notre-Dame serait inondée jusqu'à sa plus belle gargouille ! s'il pouvait maudire Paris en profondeur – jusqu'aux canalisations – les Français me jetteraient en Jonas par-dessus la frontière allemande !

Celui-là ! toujours pareil… et pourtant c'est un miraculé, lui ! un vrai ! et agressif comme seul un miraculé peut l'être ! les miraculés doivent être gentils, non ?! se pencher vers nous en pot de miel, non ?! mon cul ! ils se voient immortels, eux ! pires que les reporters de guerre ! mais oui ! les miraculés pensent que la mort ne pisse pas deux fois dans le même bénitier ! comme l'homme n'éternue pas deux fois dans le même sac !

Celui-là… il a vécu des choses ! six le tâtaient yeux et mains ! à tour de rôle ! soupiraient ! en chœur et en solo ! « Vous n'avez plus de poumons… cinq mois. bon. six – à vivre… » merde alors ! parfois ils tournent pas autour du trou, les toubibs ! ils disent la chose… cancer ! mot magique !

Et puis – faux bond ! ouf… la mort lui a posé un lapin ! les toubibs se trompent ! et en bien ! ça arrive ! et puis ils crèvent, eux aussi ! ça me rassure un peu ! pour celui-là ils ont mis leurs doigts dans la rose des vents ! tous les six ! dans leur propre cul ! il a dépassé six mois, lui ! puis huit ! puis onze ! en vitesse il a sifflé deux ans ! sans plus compter les jours ! même sa vieille les comptait plus ! « Je t'emmerde, boulier dingue ! » disait-elle en tripotant le calendrier !

Mon père… mais oui, je pourrais rentrer, moi. rentrer pour de bon… aller te prendre à l'hosto, et puis on pourrait vivre comme ça. tous les deux ! continuer jusqu'au bout, oui, j'ai ce qu'il faut pour être un fils, moi ! bosser normalement et louer une bicoque, et puis voilà – comme ça, juste le reste du rouleau – vivre… la soupe et tout ! t'aider tranquillement à sortir, père, tout doucement, tu me connais ! sortir tous les deux humer dehors. je divague ? c'est trop tard pour toi pour réapprendre à marcher ? trop pour tout ? trop ?! c'est foutu !? celui qui disait que le corps est une fête ! mais quel pitre sinistre ! quel couillon ! si on savait tout ça, toi-moi ! et alors ?! et puis quoi encore ?! tout resterait pareil… tout, père. corps… quel traquenard ! Dieu, quel fardeau ! sac pourri !

Mais oui, il faut que j'aille voir mon père. c'est comme ça… et je me suis rendormi comme une pierre.

Le lendemain – c'est le matin d'un ministre ! j'ai appelé mon fils d'abord. Ourson… je laisse un message. il est à l'école. c'est lundi. puis il faut que j'appelle Ivan Ivanovitch. pour Miaou Tsé Dong. il pourrait le garder un peu… Miaou est sage ! il mange de tout, lui ! chasse tout seul ! et puis il pourra participer, lui ! tsar Boris avec son chat ! Miaou aime la musique ! et puis indépendant ! et puis affectueux comme il est – il peut apporter un verre d'eau, lui !

Je l'ai appelé. pas de réponse ni répondeur. encore une fois ! il décroche ! « Allô ! Allô ! c'est qui ?! » il est angoissé ! je l'entends mal… il est dans son garage, peut-être. « C'est moi – je dis – Dimitrius, doudoune rose et tout ! »

Il est déçu un peu. et puis je lui explique la situation. il est déçu encore plus. il pensait que j'avais vu son fils, peut-être. mais il rugit « D'accord… amène ton tigre. » voilà tout. je m'étais préparé à une longue prière, moi ! à une supplique d'une heure !

Après – la question d'argent. j'ai appelé ma banque. j'ai besoin de tout mon fric. pas des masses, mais quand même ! oui, tout ! pourquoi ?! et j'ai dit carrément « Mon père est mort. » comme ça – ça coupe tout ! « Et puis il est mort loin, Madame… en Russie, Madame. et là-bas les distributeurs ne prennent plus les cartes ! avec tout ce qui se passe, Madame ! sanctions et tout ! et puis il est mort, mon père… » c'est un coup de grâce. elle dit – « Oui. Oui. »

Ça marche toujours bien la mort ! tu voyais juste, pépé Jo ! tu jettes la mort sur le comptoir et les gens sont tous « OUI » ! « oui » pour tout !

Le malheur c'est un crédit ! la mort nous ouvre les portes ! elle ouvre les cœurs les plus – pierres ! utérus les plus cousus ! tronches les plus – murs ! mais ça dure pas… oh, t'as raison, pépé. il faut user cette clef ! manier comme un ver de terre du printemps ! et surtout, très surtout – savoir annoncer le malheur ! QUAND ! la mort d'un proche… père-mère-frère-fils ! et puis tu verras les soupiraux des cœurs s'ouvrir ! alors – glisse vite dedans ! l'annonce d'une mort – c'est la bonne clef ! et c'est rare ! cette porte humaine, qui s'ouvre enfin, bien basse, juste pour que deux âmes puissent passer sans se toucher des yeux. quelle misère…

Et on devient tout sucre ! on pleure par tous les trous ! on se penche un peu ! on descend pour jeter un coup d'œil sur le malheur d'autrui ! et puis cul sucré, on lave joyeusement sa culotte dans les larmes d'autrui ! la mort… c'est un crédit ! faut sauter sur l'occase ! pour que le monde s'écarte ! se foute à genoux et te laisse passer… mais ça dure pas ! faut aller vite !

Et puis celui qui nous ouvre la porte… il reste après, yeux à terre. car nous tous, on recherche cette douleur qui nous brisera sans tuer et nous fera devenir nous-mêmes… juste un peu. pour un battement de cœur.

Mais il faut faire gaffe, tu disais, mon pépé ! archigaffe ! si tu tombes sur un type qui a tout perdu ! un Job de chez Job ! ou un Job imaginaire ! tu lui dis « Hier, j'ai perdu mon petit… encore hier il était si vivant, il jouait tout confiant… et là ! » il te regarde « Et alors !? » t'as beau te couronner de toute la misère du monde – il en a rien à branler ! impassible à culbuter mille sphinx ! il faut vraiment faire gaffe ! c'est la guerre des victimes les plus parfaites ! souffrance contre souffrance ! culpa contre culpa ! rien contre rien ! c'est à se foutre par terre et ne plus se relever !

Mais c'est rare ! d'habitude ça marche bien, la mort. un seul mot et l'autre est tout gâteau ! tout fraise Tagada ! comprend tout ! quelle magie… passe-passe de merde !

Bah oui, j'ai un peu d'argent, et alors ?! j'ai jamais dit que je suis pauvre, moi ! j'ai juste dit que je suis aussi riche qu'un rat d'église ! c'est pas la même chose ! faut pas pousser ! et puis on est dans un pays catholique ! on parle pas de fric, là ! ni-ni ! saint François et toute la remorque ! argent ! tout le monde en est constipé ! groin bas on chevrote ! on bat la dèche à triple carillon ! et on est toujours là ! en train de pleurnicher comme un vieux bidet ! tourner autour d'un morlingue comme autour d'un clitoris plus gros qu'un Everest ! on finit sur la paille ?! mon cul ! on est toujours là ! sur le cachemire en solde ! et personne ne crève de faim, ici ! paille des vrais pauvres, c'est pas la même paille ! alors comme ça on voltige dans ce cirque ! koalas déprimés, mais vivants ! même miteux, mais vivants ! au-dessus du filet de protection ! et ça roule encore ! ça vole bas mais ça vole ! de plus en plus bas, mais ça vole ! quel trampoline ! une fois tombé on s'envole et nos puces avec ! et puis à terre on rampe en sursautant encore dix ans ! mais oui, je suis richard, moi ! et alors ! même un phoque maigrichon a sa peau pour se couvrir, enfin ! j'ai même deux comptes, moi ! voilà ! et deux gouttes dedans ! et je me lave avec ! mieux qu'un fakir efflanqué qui recueille la pluie dans les creux de ses clavicules et s'en fait une soupe ! il a de la pluie, lui ! et moi – je n'ai que mes deux mains pour boucher les trous de mes deux passoires ! faut jongler ! eh oui… et je jongle ! je bouffe des macaronis et l'air dedans !

Mais là, j'ai soif, mon lecteur ! je te quitte pas… ah non ! je vais juste me faire un thé et je reviens. et puis il faut que je fasse ma valise.

Pas grand-chose… un pou qui déménage a plus de bagages, lui ! même si je prends tout ! tous mes fétiches ! mon icône en bronze ! tous mes grigris et vêtements et livres – ça fait juste un sac ! sac à dos ! ma bosse à moi ! et bien lourde ! déjà la Bible en slavon ! c'est une brique de Babylone, ça !

Il faut que j'appelle deux, trois personnes à Saint-Pétersbourg. je vais passer par la vieille capitale, moi ! par le Nord ! pas à la Napoléon ! et puis encore mille verstes jusqu'à ma steppe. je ne sais pas, peut-être je vais prendre un train… c'est cher, l'avion ! qui vole à un prix pareil ! ils transportent la poussière, alors ! le kérosène coule à flots ! et moi j'ai pas de pétrole, moi ! pas un verre ! faut voir pour le prix… la nuit – ça coûte moins, je crois. c'est bien de voler la nuit… avec les oies qui migrent vers le Sud du pôle Nord ! avec elles, alors ! la nuit alors ! tranquillement…

Faut que j'appelle Violette. on s'est pas vus depuis trois siècles, pas moins ! mais peut-être qu'elle m'a pas oublié. elle était chic avec moi… ça date d'avant Jésus, mais quand même ! et puis j'étais en forme à l'époque ! jeune bouffon et tout ! mais oui, je nous faisais rire avant, elle-moi, même quand elle a acheté une paire de charentaises pour moi ! j'ai même pas roulé l'œil, moi ! j'ai admiré le cadeau ! je les ai mises aux mains ! sur la tête ! j'ai dansé avec comme un pape élu ! et puis elle voulait qu'on se marie ! carrément ! le lendemain ! romantique comme seule une Russe peut l'être ! même là – j'ai pas tourné l'œil ! enfin pourquoi pas ?! elle, une bonne mémé ! et moi – un pépé de rêve ! j'avais déjà mes babouches ! et puis ça s'est pas fait… et puis là – je reviens. je rentre au bercail. bien plus lourd. drôle autant que Lazare en goguette ! mais c'est juste pour une nuit. Dimitrius !

tu pourrais faire un effort, toi ! c'est pas drôle pour personne tout ça ! l'âge nubile vite passé, c'est l'âge canonique qui arrive… pauvre femme ! avec un géranium dans son pot pour fiancé ! fais un geste, toi ! elle était gentille avec toi ! on nous a fourgué la vie, alors fais-la durer un peu ! fais pas chier ! même un drame – faut que ça dure ! ne crève pas tes cothurnes avant l'heure ! pense aux babouches !

Je l'ai appelée. c'est un mec qui répond. « Bien », je me suis dit. je demande Violette. je m'excuse et tout et tout, politesse, et toute la mazurka ! il me la passe. je ne sais pas quoi dire ! et puis je marmonne… mon Dieu, elle me reconnaît ! elle rit ! très contente de m'entendre ! « T'es où ?! » elle est vraiment heureuse… je dis que je suis en bas de chez elle ! « Viens, alors ! monte ! justement Vassili est en train de faire des raviolis ! monte vite ! » ah, c'est bien, ça ! des raviolis russes ! je sens l'odeur déjà ! et puis je lui explique, légèrement, où je suis. où j'en suis. que je vais bientôt passer par Saint-Pétersbourg… bientôt ! « Mais oui ! mais oui ! attends, petit Vanucha se réveille… » j'attends. Vanucha gazouille ! Violette ronronne comme une lionne ! je les vois d'ici… et puis il fait bon chez eux. ça chauffe fort chez les Russes ! ça me réchauffe l'oreille même ! je suis content pour elle. pour eux. content de loin, mais content.

Alors ça sera dans un hôtel. j'en connais un, pourri, mais beau, comme une femme qui a tout un passé derrière ! belle ruine, quoi ! plein centre… pas cher, hauts plafonds ! et puis il a son histoire cet hôtel. il s'appelait Babylone avant ! ce qu'il me faut ! bordel qui a survécu à tout ! traversé deux siècles ! qui a vu les grand-ducs, puis Raspoutine, puis Lénine et toute l'équipe et puis d'autres aussi… des géants plus petits ! et puis des grands nains ! poètes ! bousiers célèbres ! scribouillards ivrognes et tout et tout ! l'un, il s'y est pendu même ! deux fois la même nuit, je crois ! c'est dans ce palais qu'Okhrana a enfin trouvé Raspoutine !

C'était l'hiver et, Okhrana le suivait depuis l'automne ! la guerre se déchaînait ! tel un cosaque ivre mort pisse sur le cadavre de son cheval ! ils le traquaient comme une bête, Raspoutine ! le poursuivaient dans chaque hôtel ! chaque trou et caniveau ! plus pourri était le bordel – mieux c'était ! « La Bête change toutes les heures de bordel ! on le perd ! » et puis et puis ils chopent enfin une maquerelle, la reine de tous les utérus fripés et voilà – « Madame… si vous ne nous montrez pas la chambre où la Bête baise – on ferme ta boutique ! on la ferme jusqu'à ce que tes arrière-petits-fils apprennent à pisser debout, vieille crotte de Satan ! » et voilà – la Crotte les conduit… toute souriante, tripotant ses verrues, dans une chambre avec un judas dans le mur et puis et puis – ils se collent au judas… il était là, la Bête et. il était à genoux ! trois putes, toutes nues, toutes debout et lui – ensoutané comme un pape frileux – à genoux devant elles – en train de prier ! il priait, priait… alors ils sont partis en courant ! chacun chez soi ! une semaine on les a cherchés partout ! et rien ! ni bottes ni moustaches ! meilleurs agents ! mon cul ! disparus dans l'herbe ?! ho ! pas si vite ! l'un s'est pendu dans un train qui roulait vers l'Oural. l'autre a pris l'habit dans un monastère chez les Serbes ! et le troisième ?! lui… en taupe éblouie il a rampé jusqu'à la mer Morte ! et sous terre ! à ras des graines de blé fraîchement semées ! à ras des mirages ! et en reptile enfin avait glissé sous le lit de la mer Morte et ! quelques jours après, la mer l'avait vomi sur le rivage d'Ein Gedi en homme bien sage, courbé et humble ! il a écrit ses Mémoires, lui ! ah oui ! écrit avec les cils… il y raconte tout, ou presque ! mais faut voir sa main ! oui, elle ! quand elle se met à bégayer ! tremblante en morse ! quand il décrit le fameux soir ! ce que son œil a vu dans l'œil du judas ! au glory hole de la Bête ! à Saint-Pete… très grande ville… rue Rubinstein. oui. anciennement rue de la Trinité. à une clope de Nevski.

Mais d'abord il faut que je trouve un cyber-café. faut réserver l'avion. puis – déposer Tigrou Tigrovitch aux pieds du tsar Boris et c'est bon. plus tôt je pars – mieux c'est. plus rien à foutre là ! mais avant je vous embrasse tous, moi ! trois fois ! à la Gagarine ! à la russe quoi.

Ils coupent la lumière dans l'avion. la nuit totale. et dehors et dedans. pas mal de Russes dans l'avion. ça roupille fort ! ronflent bien ! les oiseaux reviennent au bercail… mais pas une seule oie ! quelques Allemands par contre ! et ça papote à me faire aboyer ! pépé Jo aurait sauté de l'avion, lui ! un couple devant parle français… se moque des têtes russes. c'est vrai, il y en a des belles ! ivres à dessoûler trente diables le jour de la fête des Morts ! « Regarde – murmure le mec – regarde les bolcheviks ! les têtes ! quel peuple ! et c'est eux qui ont fait la Ré-vo-lu-tion ! » la femme est prudente « Arrête ! parle moins fort… c'est un grand peuple ! même s'ils ont déliré – ils ont déliré pour nous… » ah, c'est bien dit ! merci, Madame ! merci !

Ah oui, les Russes ont eu leur délire. et même deux ! et pas n'importe lesquels ! délire messianique à la barbe fourchue ! après la Première Guerre, la Russie a pris un train mystique ! à deux wagons ! et ça roulait mais vite, mon Dieu ! puis – *boum ! bam ! crac patatrac* ! méga-choc ! et les wagons se séparent ! déraillent, mais roulent ! mais volent presque sans toucher ni fer ni terre ! l'un file à l'ouest, l'autre à l'est ! l'un est bondé de bolcheviks à n'y pouvoir s'y gratter le cul, l'autre – est presque vide ! juste – trois hommes à barbes ! les yeux hallucinés collés au ciel ! le wagon est sans toit ! mais j'aimerais bien y être ! voir ces trois barbes qui vont changer le monde ! faire péter et soupape et couvercle ! je donnerais l'oreille gauche pour y être ! écouter leur délire ! transe unique à trois – sans murs ni plafond – transe qui a déjà entrebâillé le couvercle du ciel nocturne ! ils ont eu froid, ces trois-là ! et quel froid ! mais là – regardons bien quels hommes c'étaient ! j'ai dit – trois barbes ! l'un, le plus vieux, avait quatre-vingts ans – Nicolas Fedorov. pour que sa barbe ne balaie pas le sol – il la mettait dans sa botte ! l'autre – vingt ans, Constantin Tsiolkovski, barbe toute jeune, barbe en brosse, mais combien prometteuse ! il buvait chaque mot de Fedorov ! et le troisième – Serge Korolev, encore bébé, duvet d'oisillon mais – il tripotait déjà la barbe de Fedorov ! le vieux tenait sur ses genoux Constantin, qui berçait dans ses bras bébé Serge, emmailloté dans la vieille barbe plus chaude que la Voix lactée ! voilà le tableau ! sainte famille ! quelle icône !

Il était philosophe, Fedorov. fils bâtard du prince Gagarine il était ! un parmi des centaines ! il y a donc double Gagarine ! puis – une autre trinité, troïka de Pégase de neige – Dostoïevski, Tolstoï, Tourgueniev ! tous viennent à manger ses mains ! ils l'appelaient

Socrate de Moscou ! et seulement trois ans d'études ! et quelle vie… mais avant, très avant – il part de son bled ! il marche marche et arrive à Moscou à pied !

Il était méconnu. occulté par l'Église, méprisé par d'autres barbes bien soignées ! il croyait à la résurrection, lui ! et pas que celle des âmes ! des corps aussi ! en veste du Goulag, sacs à dos et tout ! vous pouviez le voir le « Socrate de Moscou » dans une petite bibliothèque ! il y bossait en CDI, lui ! juste il vous faut vous mettre à quatre pattes ! il bossait dans la cave, lui ! sous terre, lui ! vous pouvez le voir même là… son ombre ! il aimait les chats ! on pourrait dire, oui, mais tout bas – que l'ouragan qui change le visage du monde – vienne en chat et par la chatière ! en chat lent, chat enceint d'une colombe…

Il rêvait, lui. dans cette cave aux livres – ils ont rêvé à deux têtes ! en dragon ! Fedorov et Tsiolkovski ! buvant le thé ! le thé le thé ! à assécher la Volga ! Tsiolkovski, de son côté, rêvait aussi et pas qu'à l'oral ! sur le papier aussi ! et comment ! à chauffer à blanc son pince-nez ! du temps où les fusées voleraient au-delà du bleu et du noir ! ça faisait dix ans qu'il dormait moins qu'une souris d'église de Saint-Matou ! on se moquait de lui ! eh combien ! dix ans de moqueries ! de folie ! ho ! à la fin il reconnaissait plus ni ses propres mains ni sa femme ! et pourquoi tout ça !? juste parce qu'il disait « Quand tous les morts ressusciteront, se mettront debout, tous – depuis Adam Cadmos – va falloir les loger ! les mettre quelque part ! les nourrir ! donc – faut concocter des fusées ! ça pourrait être une solution… les envoyer dans l'espace ! il y a de la place ! » voilà comment. voilà pourquoi. et puis et puis quand Gagarine est rentré – dans les rues les gens murmuraient, index levé « voici – celui qui était là-bas ». à l'Orphée il passait… mais souriant, petit, lacet de godasse gauche dénoué ! joyeux ! oui – il avait été là-bas et il était revenu, comme ressuscité…

L'ère cosmique ! mais je délire, ou quoi ! Amos le prophète en parle tout clair ! « Un homme naîtra dans un peuple qui mange – marteau dans la main gauche, faucille dans la droite ! et marchant sur sa barbe, il sortira avec une chienne nommée Laïka d'une ville aussi immense que Garges-lès-Gonesse ! et ensuite il réunira les dix tribus perdues et les enverra tous là-bas où les crottes des patriarches flottent bras dessus bras dessous avec celles de Lénine ! mais avant que tout soit accompli – il faudra que la chienne fasse le toutou ! danse debout pour le peuple après avoir visité l'espace ! après avoir humé ce noir de sous les aisselles de Yahvé ! c'est Lui qui parle ! pas moi ! mais moi – je jure sur tous les cloportes de l'arche de Noé que ma vision est vraie ! »

D'accord ! alors Moscou devient le Vatican des bolcheviks ! et le petit bourg, Kalouga, cette larme perdue dans un berceau immense ! Russie… oh ville de Kalouga ! t'es devenue la Jérusalem de l'espace !

36

Voilà enfin, je suis sur les terres fermes. les vôtres Fédor Mikhaïlovitch et chez vous Nicolas Vassilievitch… Saint-Pétersbourg. et la Néva gelée dans son lit… la Néva et je suis en balade, et j'ai pas froid. c'est tôt. c'est le matin. les chiens promènent leur maître dans la neige. pas de vent… et c'est rare ici ! et les fumées d'usines sont debout. caressent le ventre du ciel. oui, jusqu'à ce qu'il devienne rose… la journée sera glaciale. les boulangeries ouvrent. ça sent le pain, ça sent comme avant, comme toujours, comme avant que je sois né, ça sent l'homme et la vie, et j'achète un pain, gros pain, rond… je le serre contre moi comme un gosse ! et l'odeur, mon Dieu ! à foutre à genoux tous les anorexiques de ce monde ! tous ces Hitler du bide ! tous les tyrans de la crotte ! juste sentir ! vraiment, la vie nous mène par le nez…

Je déchire le pain d'orge et je mords dedans. ah oui. ça fait longtemps.

J'ai oublié le chemin. je demande à une vieille. « Il faut traverser… c'est en face, tu prends ce pont, mon petit… » ça fait longtemps qu'on m'a pas parlé comme ça. je suis pas difficile, moi ! et je fonce vers le pont. plus personne là. plus de chiens, ni Dieu ni maître, plus de serfs ni barines, plus d'avions en stase, ni troïka du délire ! mais à pied… qu'à pied et pas loin !

Je me souviens. ça y est, je m'y retrouve. une rhumerie à côté de l'hôtel, caverne crade ! comme il faut ! comme j'aime ! dans une cave ! pas de chaises, tout le monde bouffe debout, raviolis et lacryma christi à flots, et puis on peut y fumer ! c'est déjà ouvert ! des nuages de vapeur sortent des soupiraux ! roulent sur le trottoir et je marche dedans comme un Hermès en vacances ! j'entrerai dans cette caverne, mais d'abord – l'hôtel.

Toujours là, lui ! toujours ruine. aussi belle et pourrie qu'avant. je pousse la porte. c'est très chaud dedans. mais l'odeur…

Ça pue ?! mais c'est rien dire ! même les chiottes du Transsibérien troisième classe au septième jour – un bouquet de muguet à côté ! ho ! et je sais de quoi je parle ! cagon que je suis ! le veilleur m'avertit « Les chiottes sont bouchées… on crotte dans les casseroles ! » et puis ajoute « Bienvenue ! » quand même ! je réponds « Je me sens déjà comme chez moi ! comme Job sur son fumier ! » il rit. « Pire c'est, mieux c'est ! » j'ajoute en ventriloque et je monte.

En vérité – j'aime pas les hôtels. je m'y sens bizarre ?! pire ! je pense que la mort viendra me prendre dans un hôtel. surtout les crépuscules dans une chambre d'hôtel. juste avant que la ville allume ses feux… je me retrouve dans des lieux inconnus et si seul que chaque fois j'ai ce sentiment du surnaturel ! et puis les réverbères ouvrent l'œil ! et ça passe.

Je m'écroule sur le lit comme je suis. et je me couvre avec la doudoune. mes côtes sont tranquilles.

bien… la douche, tout ça, ce sera après. je pense à Fevro… juste elle. rien autour d'elle. pas un visage à côté. et je m'endors à la fin en chiffre quatre renversé, comme en saut, comme avec elle avant, et de cette position elle naît et je rêve d'elle. c'est dingue quand même ! il suffit que je bouffe – je bande ! il suffit que je bande, même un peu, ne serait-ce qu'à gauler les fraises – je me renverse ! ou peut-être c'est à cause du chiffre quatre, qui sait…

Après une rafale comme ça – il faut que je mange, quand même. je descends. la rhumerie est ouverte, grandement, comme l'enfer. je descends encore, dans son ventre. dans la vapeur. deux mecs se chamaillent. je les vois pas dans la vapeur, et puis je les vois. deux estropiés ! après chaque guerre il y en a… ceux-là, c'est une portion de Tchétchénie. ils me voient aussi, et puis l'un des deux approche. « Salut, camarade – pourrais-tu m'offrir une cigarette ? » je lui en donne une. Winston. « Fumer tue », en français. je me penche un peu. comme pour parler à un enfant. « Merci, camarade ! aide-moi à sortir, j'arrive pas, moi ! l'escalier et tout !… » et il me tend la main. je la prends et tout lentement, on monte vers le haut. c'est pénible, il n'arrive pas ! il marmonne ! mais veut pas que je le porte ! « Ça va, ça va, capitaine ! faut que j'arrive tout seul, moi ! pour monter sur une chatte – j'arrive bien ! alors – patience ! » et on monte ! les marches sont trop hautes pour lui.

Enfin on sort. il allume sa clope et puis dit « Tu sais, je suis comme toi… j'aime pas Moscou. je vais te dire un truc ! sache qu'elle sera détruite ! bientôt ! oh bientôt ! » je hoche la tête. « N'y viens pas au printemps – il ajoute – je te dis, reste en dehors du pays… tu verras ! » comme s'il savait, ce prophète quignon, d'où je viens. et puis part. ses bras longs ! tout pataud… vraiment un gosse qui vient juste d'apprendre à marcher.

Je redescends. l'autre cul-de-jatte est plus chanceux, lui ! le cuisinier le porte vers la sortie dans ses bras ! carrément ! puis je commande une grosse portion, raviolis, crème fraîche et puis le bortch. une grosse vieille qui passe la serpillière m'admire ! je bouffe comme quatre forgerons, moi ! les femmes aiment ça… quand on a la vraie faim ! elle me tend encore une assiette… « Tiens, petit, encore un peu… c'est gratos. mange ! » et je mange ! je vide tout ce qui est plein ! la vieille est aux anges !

Je m'incline à droite, à gauche, devant elle, devant le cuisinier, et je me remonte, lourd ! pire qu'une baignoire en fonte ! faut appeler le copain de mon père pour lui dire que j'arrive. si je prends un avion demain matin – j'arriverai vers 11 heures. c'est pas loin… cinq doigts sur une carte. deux heures de vol. oui, ça sera mieux comme ça. demain je serai dans mes steppes.

Samara… quand je suis sorti de l'aéroport, le copain de mon vieux m'attendait déjà. il a reculé ! « Mais t'es maigre comme un démon ! » et puis dans la voiture il m'a demandé où j'allais dormir. il doit y avoir un hôtel, ici aussi !? chambre d'hôtes, je ne sais pas ! c'est bizarre quand même dans ta propre ville de chercher un hôtel. ça fait combien !? quatre ans… cinq, que je ne suis pas venu.

Encore cent verstes et je serai chez moi. ça roule bien son 4 × 4. la steppe est blanche. il bougonne

« C'est pas mal tombé cette année… » oui, une bonne couche. un mètre peut-être.

Je voudrais savoir pour mon père. pour sa jambe. mais je dis rien. j'ai peur… c'est pas vrai, ça ! ça ne peut pas arriver, ce truc ! c'est trop ! couper la jambe ! c'est dans les cauchemars, ça… dans les films ! il faut que je voie de mes propres yeux ! et puis j'en peux plus et je demande. « Mais oui – il répond – ils l'ont bien raccourci, ton père ! il y a un mois, je crois. mais avant il a dégusté, lui… il a eu une attaque sur l'autre ! et puis cette chose, je ne sais plus ! j'ai noté pourtant ! oui. *thrombophlébite.* il hurlait tellement ! ça lui faisait mal, la jambe ! c'est fou quand même, j'ai parlé avec son toubib, et tu sais ce qu'il m'a dit ? que tout ça – c'est le tabac ! quelle connerie ! c'est vrai, ton vieux fumait beaucoup, tu le connais, toi, mais perdre une jambe à cause de la clope ! et pourtant… tu verras toi-même ! toi, tu fumes ?! comme avant ?! comme lui… fais gaffe ! et puis ils pouvaient pas le garder à l'hosto, ton père. qui s'occuperait de lui !? du coup, ils l'ont transféré à l'hospice. il tiendra pas longtemps… il me reconnaît plus déjà ! c'est un bon hospice… tu verras ! »

Trois toutes petites maisons. un seul étage. quelques bagnoles garées. il me laisse. il doit aller chercher son petit-fils à l'école.

Dans la salle d'attente quelques vieillards m'ont bonjouré avec leur tête. moi aussi je hoche la mienne aux quatre coins, à la russe. et puis – plus rien. pendant une heure, peut-être, pas un mot, ni souffle, ni coup de cils. voilà, Dim, c'est comme ça, la fin, peut-être… terminus. tranquilles, on attendra notre tour.

Et puis l'infirmière arrive. me regarde longuement. demande rien… et pourtant on se ressemble pas trop mon père et moi. et puis me dit « Venez » et elle me mène à sa chambre. « C'est là – elle dit – c'est là. il est tout seul. il vous attendait… il voulait pas dormir ! et puis – s'est endormi, je crois. » oui, je dis, oui.

Il était si petit sous la couette ! chut ! plus petit que mon fils ! mon Ourson ! un amas sous une bâche ! les toubibs l'ont emballé déjà ! l'ont mis de côté pour la mort ! et rien ne bougeait ! rien ! personne n'a bronché ! ni médecin, ni rat, ni pou ! un vieillard ! tout est dit. allongé au bout de ses forces ! la mort l'a touché, ah oui, mais il était vivant. encore vivant ! je le voyais à travers ce rideau que la mort a fermé après avoir ausculté la marchandise… mon sang ! quel rideau ! et pourtant il était là ! il dormait ! il fallait déchirer ce rideau ! il me fallait un mouvement ! juste un mouvement ! qu'il bouge un peu ! même un doigt, un cil !

Je me suis assis sur son lit, près de cet amas, petit-petit, et j'ai revu – mon Ourson, quand il avait une angine. gorge en sang ! et j'étais à côté ! fou d'inquiétude ! et lui sous la couette, sans vie, yeux fermés… mon Dieu, mon Dieu, je suis resté trois nuits à ses pieds ! je les tenais ! ça le chatouillait même pas ! je les lâchais pas ! sinon pour lui faire des piqûres ! il avait même pas peur… je réchauffais ses pattounes et puis j'ai juré – pas bouffer ni dormir ni fumer avant qu'il soit guéri ! et sur pieds ! comme avant ! et je l'ai fait. trois jours et ! un jour il s'est réveillé souriant, comme si de rien n'était ! il toussait encore un peu ! et puis il s'est mis à jouer ! dans le lit… sur le drap. avec ses mains. sa bouille de vie… il avait trois ans ! quelle trouille biblique il m'a foutue ! et voilà

– encore – ce silence ! pareil… on le reconnaît entre mille ! toujours ce rideau immobile ! je ne sais pas comment, mais – faut le déchirer !

J'ai écouté ce rideau et là – j'ai senti sa respiration. je l'ai entendue ! un signe ! je me suis mis à frotter mes mains ! comme un pithécanthrope qui cherche le feu ! et puis je les ai glissées sous la couverture ! la gauche et puis la droite ! et je me suis mis à chercher ses pieds ! père ! il adorait quand je le réveillais comme ça ! là – il saura que c'est moi ! n'importe, mais déchirer ! trouer ce silence ! à mains nues déchirer ! et puis il a ouvert les yeux. et tout est redevenu comme avant. tout est revenu. lui-moi… c'était nous ! il m'a reconnu ! c'est toi ! oui, c'est moi. c'est moi ! et il a refermé les yeux.

J'ai cherché ses pieds, tout doucement j'ai fouillé dans le lit. et j'en ai trouvé un. oui. je me suis mis à chercher l'autre ! et puis j'ai compris ! mais j'ai cherché encore et encore, et puis pas la peine. plus la peine…

Il dormait si bien, mon père… tout est possible pour celui qui dort. toi ! ne le réveille pas ! même l'homme le plus malheureux l'est moins quand il dort.

Je le regardais… assis près de son berceau. et puis et puis il a ouvert les yeux pour de bon. comme s'il me sentait là ! mais il m'a pas reconnu ! « Qui tu es !? qui ! » « C'est moi – j'ai dit… c'est moi. »

Il a marmonné quelque chose. puis il s'est mis à sourire ! et puis – comme effrayé – il s'est mis à cligner les yeux ! « C'est vrai ?… t'es Dim ? » et puis il est redevenu – la joie. « Mais c'est toi ! toi ! » oui, oui, c'est moi, père, je bredouillais… y a pas de quoi se foutre par terre, je me suis dit. mais il était si heureux ! tout joie ! il voulait m'embrasser même ! mais il n'a pas pu. « Ah, tu es rentré, enfin… et moi, tu vois – je crève tout doucement ! et toi ? comment vas-tu, toi ?! » et il souriait… souriait ! j'aurais préféré qu'il soit triste ! mon Dieu ! son fils prodigue est de retour ! tout ira bien désormais ! mon cul ! fils prodigue… plus lourd que trente bidets bourrés de merde ! mais vraiment j'aurais préféré qu'il me foute dehors, mon père ! dégage, la crotte ! eh bah, non… tout sourire, tout yeux pleins de moi – il cherchait mes mains ! fils prodigue est de retour ! on égorge le dernier rat ! pour lui ! exprès ! on soigne le rat ! on l'engraisse avec notre propre chair, sang et os ! et on le tue ! on jette tout sur la table ! père… je voulais dire quelque chose, moi ! oui, mais je n'ai pas pu, comme un corbeau je croassais ! en oiseau ensorcelé je m'efforçais de dire, oui, parler ! et rien… bec foutu ! et toi – tu m'embrassais fort-fort avec tes yeux… tu me mangeais, tu me buvais de tes yeux assoiffés ! joie ! ton fils est là ! oui, père. oui. les fils prodigues… c'est justement les fils perdus et retrouvés qui ramènent la peste dans leur maison ! oui, père, je disais rien pendant que tu buvais ta joie bien salée… me dévorais avec tes yeux ! et puis il me regarda bizarrement comme s'il y avait quelqu'un derrière moi.

L'infirmière est entrée. une autre. « Il faut que je vous parle… » bien. elle est grande, dis donc ! une colonne de muscles ! on dirait la fille cachée d'Hercule ! je suis sûr que dans la douche elle se frotte avec une crinière de lion en guise de gant de bain ! papa peut en être fier ! je la suis. mais quelle dégaine ! et ses godasses ! j'en ai jamais vu de pareilles ! 47 pas moins ! mais c'est vrai ! Babyl est un Babyleau à côté ! elle peut en porter quatre comme lui dans sa poche ! et moi !? j'en parle même pas !

« Alors – la première chose. pas d'alcool ni médocs. deuxième – pas de vadrouille. c'est pas un moulin ici. troisième – si vous avez besoin, on peut vous loger trois, quatre jours, dans une maison à côté, y a des chambres. pas de filles, ni alcool ni java. »

Je me mets au garde-à-vous, moi ! oui – pour tout ! « Trois jours… j'espère qu'il arrivera à mourir – je dis tout bas – trois jours – ça devrait suffire ! » elle me regarde. me pèse ! trouve pas la tare. et sourit enfin… « Plaisantez… dans trois jours on verra par quel trou vous allez vous curer le nez ! » joliment envoyé, n'empêche ! « Je m'appelle Valentine » – elle dit. et puis me serre la main.

« Votre père est très gentil. je le connais bien, mon père et lui étaient copains. là, il faut que je vous laisse. ne le dérangez pas trop. qu'il se repose. allez vous installer dans une maison à côté. demain on le lavera. » non, je dis. non. demain je le laverai moi-même.

« Comme vous voulez. il est très pudique, c'est vrai. il veut pas que je le lave… »

Et puis elle est partie. et puis c'est tout. c'était le premier jour.

Jours, nuits, tout ça, je comptais plus rien après.

Il y a un chiot ici, maigre comme moi. chiot ado et errant. vrai de vrai. il vient de temps en temps à l'intérieur. puis trotte, visite les chambres… les vieux sont contents ! un museau passe, les regarde… ils l'appellent, il vient, hume un peu et repart… aboie pas. il vient voir mon père aussi. s'installe sous la chaise… et puis se met à le regarder dormir. le fixe ! l'hypnotise ! et puis repart. il n'a pas de nom, ce chien. chacun l'appelle comme il veut. chiot de tous…

Et puis il a eu encore une attaque, mon père. la nuit, dans le sommeil. quand il s'est réveillé il ne voyait plus rien ! puis – un peu flou ! et de nouveau rien. tout le monde dormait. il voulait réveiller personne ! il attendait ! il voyait toujours pas. ça lui est déjà arrivé une fois ! il a perdu l'œil gauche et puis c'est revenu tout doucement. mais là – noir total ! se réveiller aveugle et rester comme ça. seul dans son noir tout nouveau… il savait pas. premier matin d'un aveugle !

Je dormais dans une chambre à côté. je me suis levé et là il m'a appelé. il voulait pas me dire tout de suite ! j'étais devant, debout, mais lui – il m'a cherché ! des yeux ! paniqué ! j'ai pas compris ! et puis il s'est redressé un peu dans le lit ! les yeux écarquillés il cherchait quelque chose ! et puis il a dit « Le chien ! où il est, lui ?! » le chiot ?! mais il est là, lui ! sur la chaise, papa ! en boule discrète ! et là j'ai compris. il est aveugle. il reste calme pourtant… ce calme ! d'un homme très colérique qui se protège dans ce calme, qui nous protège, nous, contre la peur qui l'inonde jusqu'à la gorge.

Et puis il a sombré.

J'ai pris sa tension. soit c'est l'appareil qui déconne, soit – mon père est en train d'y passer ! 20-10 ! j'ai refait. 20-8 ! et puis il en peut plus, ça lui fait mal, le brassard ! je suis allé chercher Valentine. elle arrive. refait la même chose. comprend pas ! puis lui fait une piqûre… je tiens mon père. il se débat ! les yeux fermés, il délire ! « Qui es-tu !? qui ! » il crie ! je réponds. il n'entend pas ! il n'arrête pas de crier ! et les yeux ! toujours fermés ! on le perd ! il part… il crie plus. n'entend pas… je lui parle. là où il est – il m'entend pas. puis se calme. revient tout doucement. et s'endort.

Il a chaud… tout le temps ! les draps le brûlent ! j'ouvre la fenêtre et la neige s'engouffre dans la chambre… je pousse son lit vers la fenêtre. encore plus près ! la neige tombe sur lui ! sur le visage… il ouvre la bouche ! il happe les flocons ! ça le calme, la neige ! les flocons se posent sur son visage tout lentement. l'apaisent. disparaissent. il respire… on reste comme ça un petit moment. puis je referme la fenêtre et il se réveille. il veut de l'eau ! encore et encore ! boire ! il boit ! il veut que j'en verse sur lui ! sur les draps ! sur la couverture ! il est sur un bûcher, lui ! et puis il s'endort. et je vois son moignon sortir ! emmailloté… ça dure pas, le sommeil ! une minute ! il se réveille ! et le moignon se retire comme un dard ! il est en flammes, mon père ! je le touche. il est brûlant ! il est dans le feu. « Oh que c'est long… » il dit. il ouvre les yeux. me cherche. me trouve pas. et puis – « Boire ! » boire… encore ! éteindre ce feu !

Il bouge tellement… veut plus de couverture ! la pousse avec sa jambe et puis réussit et la couverture tombe ! ce rideau en flammes s'écroule enfin ! et son corps s'ouvre… il est nu, lui ! sur le dos, lui. je ne le recouvre plus. il s'endort… je le couvre juste avec un drap. et ça recommence.

Valentine lui fait une piqûre de morphine. il sent plus le feu. il est sur le bûcher mais il sent rien ! même il ouvre les yeux ! il se sent bien ! il veut nager ! je lui explique, mais rien ! il veut aller se baigner, lui ! Volga ! l'eau doit être bonne ! lait frais !

Valentine me dit qu'il y a des baignoires… trois. ça va le soulager ! bonne idée…

Je fais couler le bain et je démaillote son genou. ce moignon… et la peau au bout. toute neuve. toute fine. agréable à toucher. le genou est gonflé légèrement, mais ça va. c'est fou, ça ! un mourant et son moignon neuf et la peau de bébé du moignon ! je me demande – où ils ont mis son pied mort ! l'ont jeté ? quand même pas !

Pas facile à soulever, lui. tout lui fait mal. il veut pas que je le touche ! je fais tout doucement, étape par étape, je glisse mes mains sous son dos, je les plonge jusqu'aux coudes sous lui et comme ça je le soulève. il est si léger, si léger… là – j'ai les larmes qui me brûlent les billes. je vois rien. je m'arrête. je le tiens bien. il enroule ses bras autour de mon cou. accroche-toi, tiens bon… je marmonne, pauvre grumeau ! mais j'ai envie de crier, moi ! hurler fort ! plus fort que jamais ! que tout s'effondre ! comme s'il était lourd ! plus lourd qu'un volcan ! mais je hurle pas… il est si plume, lui ! corps – c'est rien. l'agonie, ça c'est – tout… qui peut la soulever ! le cri rentre dans mes yeux. se recroqueville dedans. et mes yeux hurlent… un moment. mais je le tiens bien ! et puis ça passe. et puis faut bouger.

La baignoire est remplie à ras bord. cette Volga du mourant ! je le pose dedans et plonge mes mains. j'ai plongé mes bras et je les ai vus – se briser. mes avant-bras ! ulna et radius ! regarde papa… et il regardait ! souriant, sans dents, il rigolait même ! devenu nourrisson… il cachait même pas son sexe, lui !

Il n'arrête plus de crier. je lui fais une piqûre, il s'évanouit. une heure tranquille, et puis ça recommence.

mais quand j'ai vu qu'il commence à tirer la couverture, l'amasser, la pétrir… ce geste des mourants. « C'est ça – je me suis dit – c'est ça. » la fin est proche.

Il ouvre les yeux. ils ont changé de couleur. comme à travers la brume ils me regardent. cherchent quelque chose. trouvent pas et se ferment.

Je le reconnais à peine. il a changé en une seule nuit. comme ça… il a quitté son visage. peau grise. hors de la race… comme tous les mourants. juste ses mains, et les yeux. édenté, il a avalé sa bouche. il mange plus depuis une semaine. il boit en oiseau. c'est une autre faim… une autre soif.

La vie est courte et l'agonie est sans fin.

Et quand la mort l'a touché pour la troisième fois – il a ouvert les yeux ! tel un vent venu de l'autre côté de la vie – ouvre la porte de notre âme et elle a froid, l'âme, et personne ne peut refermer cette porte.

C'était la troisième attaque. l'assaut ultime. il s'était pas rendu, mon père… il était encore vivant ! j'ai dû m'endormir sur le tabouret, et j'ai sursauté ! c'était une voix ! forte comme le tonnerre – « Qui es-tu ! qui es-tu !? » c'était mon père qui parlait ! oui ! c'était lui ! mais non ! mon Dieu, c'était pas sa voix ! il avait les yeux grands ouverts ! en colère ! je l'avais jamais vu dans une colère pareille ! il cherchait quelqu'un ! ses yeux cherchaient quelqu'un derrière moi ! « C'est moi, c'est moi – je lui ai dit – tu veux boire, dis-moi… »

« Qui es-tu !? » encore et encore ! cette voix qui sortait de sa gorge ! pas la sienne, mon sang ! je me suis approché pour qu'il me voie ! « Fais un signe, P'pa, si tu m'entends ! serre ma main ! » mais rien. « Qui es-tu !? ton nom !? » comme un cri de guerre ! et puis il a poussé un râlement ! « Non ! c'est pas toi ! va-t'en ! t'es pas Mitia ! » il essayait de me repousser ! il était effrayé ! qu'est-ce qu'il voyait, lui ?! avec ce don surnaturel des mourants de voir en nous ! qui voyait-il ?!

Mon père ! il a vu l'ange de la mort, l'adversaire indicible, s'approcher…

Et encore cette voix ! voix terrible ! à réveiller tous les gisants ici ! depuis que la steppe est steppe !

Une autre infirmière arrive ! ébouriffée de peur ! elle a aussi entendu ! voix de tonnerre ! elle tenait une seringue. « C'est la fin – elle a dit – quand il va crier encore comme ça – appelez-moi pour ça » et elle a levé la seringue. mais j'ai dit – non. je le ferais moi-même… elle s'est arrêtée, sérieuse. « Vous êtes sûr ? vous y arriverez ? »

Oui – j'ai répondu, et j'ai pas reconnu ma voix.

« Qui es-tu ! qui !? » tonnait mon père, et ce fut la dernière fois. puis il a marmonné quelque chose, j'ai pas compris, je me suis penché vers lui, mais c'était trop tard. j'ai juste entendu « Voilà… voilà… il arrive ! mets-moi contre le mur ! » et puis plus rien. et puis jusqu'à la fin c'était la lutte.

Il voulait se lever ! il cherchait l'appui ! oui ! pour se redresser ! je pouvais pas l'allonger ! il rugissait ! « Debout ! debout… et dis ton nom, toi ! » il était debout mon père. il était allongé et debout, lui ! debout dans ce combat. je le voyais se tortiller sur le lit. mais il était debout, là ! dos contre le mur ! il luttait avec l'ange et personne n'avait le dessus. les yeux écarquillés il me voyait plus ! il voyait l'autre ! il n'avait d'yeux que pour lui ! il regardait l'adversaire inconnu ! sans nom – s'approcher… dos contre le mur il l'attendait ! l'ange de la mort…

Il voyait l'autre monde.

Son regard ! il se dresse, mon père, raide comme pour un appel ! on l'a appelé ! et ses yeux, mon Dieu ! ses yeux ! il me regarde de loin ! mon Dieu ! d'une autre rive de la vie... on est séparés par un fleuve ! ce regard... je l'ai vu déjà ! de la même rive Babanya me regardait quelques jours avant sa mort, et là – c'est mon père. bientôt – ça sera fini... tous mes morts seront sur cette rive lointaine et. on sera face à face, deux armées amoureuses à attendre le passeur.

C'était si irréel ! et pourtant si là... moi-même et mes yeux et mes mains, tout était rien ! rien ! face à cette lutte ! celui qui a vu – sait !

On a perdu ce qu'est jour, ce qu'est nuit. il criait le jour. il hurlait la nuit... de douleur il déchirait son drap. calmement. tout lentement. toute la nuit...

Ça serait bien si on mettait autant de temps à mourir qu'on en a mis pour naître. ah oui, ça serait peut-être juste. je ne sais pas. et lui ! mais il a pris tout son temps, le pauvre.

Et puis il a déchiré sa couche ! toute la nuit ! patiemment ! il voulait pas de ce machin ! il a marné toute la nuit... et c'était pas facile ! et puis le matin, la ouate, les bouts, ça volait, épais comme dehors cette nuit ! il neigeait fort cette nuit-là ! quand je suis entré – il était nu et heureux. il dormait. il avait réussi à tout déchirer. il avait pissé partout, cette nuit-là... se réveillait et pissait et se rendormait.

Mais dans l'agonie il entendait tout, lui ! il m'a appelé cette nuit-là, sûrement ! et j'ai rien entendu ! il a dû m'appeler mille fois ! crier ! Mitia ! Dim ! faible qu'il était... et Dim dormait comme une pierre.

Il m'a entendu là. il entendait tout, lui ! l'agonie le rendait plus clairvoyant que mille prophètes ! il voulait me dire quelque chose. dire ! il a ouvert les yeux, il me cherchait ! il m'a trouvé. mais il n'arrivait pas… il grognait. et puis j'ai pris sa tête dans mes bras et j'ai entendu – « Je suis vivant ! » et puis encore – « Je suis vivant ! » et plus rien après. vraiment rien. ni signes ni ondes. et les yeux fermés. c'est fini, je me suis dit. c'est bon. voilà comment… et puis – non.

Il se tordait, mon père, se tournait de plus en plus vite dans son lit ! fiévreux ! respirant fort comme luttant avec l'adversaire. un lutteur indicible ! et comme deux lutteurs ils se roulaient par terre, eux ! oui – mais l'un des deux est invisible ! l'un qui est l'ange de la mort… lutte longue ! du coucher au lever du soleil. au matin – tout est calme… voilà, je me disais, tout est fini. mais non ! ça reprend le soir. pour l'instant l'ange de la mort le quitte, l'abandonne et vaincu se retire.

Devant la douleur – on devient la douleur. ni moi ni personne, rien ne pouvait le faire sortir de son corps. que celui qui sauve dans les lieux du péril nous chasse de nos corps !

Il se calme un peu. l'ange l'abandonne. laisse tomber… il n'y arrive pas, l'ange ! il est si fort, mon père ! même sur les ruines de la vie – il est fort encore ! quel lutteur ! je peux fumer là. je sors pas, non… s'il revient, l'ange ! s'il m'appelle, mon père ! je couvre mon mourant jusqu'aux yeux et ouvre la fenêtre.

La nuit quitte la terre comme une voleuse. et la lumière… cette lumière qui promet de la neige. lumière qui accouche de la journée douce. cette lumière que les orphelins connaissent si bien… lumière mère qui ferme les yeux des mourants. cette lumière silencieuse pour laquelle les vivants n'ont pas d'yeux. pas encore, mais qui un jour viendra, lumière mère, nous accueillir pour de bon.

Encore un peu et notre village sera – jour. ce village, tel un grain de pavot dans la neige. un grain perdu dans l'amas d'égrisée et nous dedans, moi et le mourant, au cœur de l'hiver. j'ai jamais été aussi calme que dans cette chambre avec un mourant. et son agonie nue, sans honte ni fin…

La fin est proche, je me suis dit. il n'arrive plus à se battre.

Mais non. ce n'était même pas le début de grandes ténèbres. et puis j'avais entendu les râles… un, puis encore, et puis ces glouglous terrifiants et profonds. il était en train de se noyer, mon père ! ce truc qu'on entend quand l'ange de la mort verse son vin noir dans les gorges mourantes.

Il était là, l'ange ! et avant de lutter la dernière fois il a versé du vin de l'autre monde à mon père. carrément dans sa gorge ! pour être sûr de vaincre cette fois… je sais pas. ou pour lui donner des forces, peut-être.

Et ça a duré encore.

Sur le mur écroulé ils luttaient, sur les ruines de sa vie il luttait avec l'ange de la mort. estropié par lui bien avant… il avait déjà pris sa jambe, l'ange ! jusqu'au genou !

Sept nuits… je peux mordre mes paluches devant tout ça. et Valentine me dit « Tiens. la morphine. ça va le soulager, mais… mais après il te reconnaîtra plus. » oui, je réponds, oui. mais je m'en fous ! moi – je le reconnaîtrai toujours, moi ! et c'est tout. alors – je vais le faire, moi ! que ça s'arrête ! père !

Et j'ai fait la piqûre. et mon père a ouvert les yeux. mais il me voyait pas. son visage a changé.

j'ai cherché, j'ai cherché les traits pour m'accrocher, mais tout doucement son visage est sorti de la vie. la mer se retire et on voit le fond… marée basse de la vie. il s'est détourné de moi, mon père. il voulait plus rien, lui. ni dire ni voir ni rien. ce moment quand un mourant nous tourne le dos. pour de bon. on voit son visage encore, mais en vérité on ne voit que son dos et lui – voit le mystère.

Et la vie se déshabille devant ce qu'il voit… et la solitude du mourant ne peut être recueillie que par un ressuscité.

Il a frémi. c'était la dernière fois. tel un drapeau en hiver, un drapeau non vaincu… oui – juste avant que le vent de l'autre monde le maîtrise, l'ange de la mort s'est allongé sur mon père et. le drapeau est mort à midi.

L'agonie est lourde, mais la mort est légère. là – tout est dit.

Je bouge pas. j'arrive pas. je crois pas encore. et la mort est là. cette calme présence… serpent dans les herbes qui fait des nœuds tout doucement. elle est là la mort… cette présence qui s'accroît… tel un immense bateau dans un port nocturne et on le sent, ce bateau. sans toucher ni voir. et le port ! il n'est sur aucune carte, ce port ! tout ce qui se passe dans cette chambre, lui-moi et les murs – tout, oui, devenu notre navire maintenant.

C'est fini, là. mais je suis pas seul. j'ai vérifié, comme il faut. deux fois… j'ai attendu, j'ai écouté s'il respire, mais – non. c'est moi qui respire. il est mort. c'est fini pour lui… fini. mais j'arrive pas à bouger. il faut appeler quelqu'un ! un homme est mort !

Et la lumière inonde la chambre. journée pour renaître, tu disais, père. journée diamant que t'as prise dans les yeux. et c'est moi qui te les ferme. bien, comme il faut. là – il faut que j'appelle Valentine. quelqu'un.

Mais j'ai peur de le laisser comme ça… seul. mort et nu. l'homme ne doit pas être tout seul. même mort… même le temps de dire « oui » – c'est trop déjà ! faut pas laisser l'homme seul.

Je sors ma tête dans le couloir et j'appelle Valentine. quelqu'un ! venez… je me retourne et tout a déjà changé. et pourtant il est là ! toujours là ! oui, il est là, si calme, si détendu. tout retour. tout arrivé. et ni son visage ni ce calme n'avaient rien à voir avec tout autour. ni avec moi, ni avec la nuit la plus calme, ni avec le plus grand repos qui existe dans ce monde. sa lutte était l'agonie et l'agonie était elle-même la mort… et puis il n'était plus. il ne sera plus jamais… c'est ça la fin de tout. disparition parfaite. et je revois tout, et sa lutte, et la dernière nuit, et puis ses ablutions.

Il faut le laver. l'habiller. faut faire vite ! faut couper le chauffage et tout ouvrir… faut appeler la police, la morgue ! tout ça…

Quand Valentine est venue – j'ai commencé à enlever la porte de ses gonds. elle a dit – « Bien ». et puis elle l'a ausculté encore une fois. et puis est repartie passer les coups de fil. je suis sorti moi aussi. il fallait deux tabourets pour mettre la porte dessus. on fait toujours comme ça… et j'en ai lavé des morts. mais pour habiller – c'est toujours les femmes, les vieilles, les voisines qui s'en occupent. c'est pas facile d'habiller un mort. du tout ! et voilà, j'ai enlevé la porte, je l'ai mise sur deux tabourets et ça a commencé. et je l'ai pris dans mes bras, et je l'ai posé sur la porte. il était chaud encore. et puis plus grand. il s'était détendu ! toujours comme ça. et puis Valentine est revenue et on l'a lavé tous les deux, à quatre mains…

Et puis le toubib est venu aussi. a regardé un peu le corps nu sur la porte. corps de mon père. corps hors des gonds… puis a ouvert la fenêtre, s'est ébroué de froid, et puis a sorti une grosse seringue. ah oui, c'est ça… formol ! et puis six aiguilles ! et des grosses ! oh, mon père ! toi, qui avais peur des piqûres ! et puis le toubib a enfoncé deux tiges et profond, oui, au-dessous de chaque clavicule. et puis sous les côtes de chaque côté et puis – deux autres aiguilles longues comme des rayons de vélo – dans les narines ! dans les narines, mon Dieu… pauvre père !

Te voilà propre – il faut qu'on t'habille. ça caille dans la chambre, moins 20 dehors et toi t'es nu… et t'as pas froid. l'ange de la mort t'a fait la courte échelle et tu es passé de l'autre côté de l'hiver. de l'autre côté de la lutte. de tout…

Ça y est. il est prêt… je l'ai rasé. je recule. son visage, immobile, nu et calme qui était si vivant encore hier. et ce matin… et là – sa bouche avalée, comme un nid d'oiseaux du ciel. piafs, qu'il avait tant aimés.

Valentine est partie chercher de quoi l'habiller. ils ont des trucs ici. choses simples, mais bien. ce que les gens donnent. les Russes aiment les morts.

On a encore le temps, père. on est encore tous les deux. toi, lutteur seul et vaincu, et c'est ce vaincu qui nous reste… son visage détendu, presque malicieux, est devenu le visage d'une femme. de ma mère, peut-être, qui vient l'accueillir dans son visage. morte depuis des années, elle est venue quand même ! et elle reste auprès de ton corps, père. un homme. un vaincu. et les femmes aiment les vaincus… oui…

Valentine revient. tout ce qu'il faut. même les godasses ! plus grandes, oui, il va nager dedans ! mais non, les pieds gonflent ! justement – c'est bien.

La porte s'ouvre. trois têtes. trois vieux ! évidemment ! la mort c'est une nouvelle ! et quelle nouvelle ! ça court et vite ! en un clin d'œil elle enjambe le mur du son, la nouvelle ! son âme n'a pas encore nettoyé ses pieds devant saint Pierre et ! tout le monde est au courant déjà ! trois vieillards, les trois têtes entrent ! un vrai dragon, quoi ! une tête sur l'autre et une encore ! l'œil ahuri ! « Ça y est ?! est mort ?! » et chaque tête de ce dragon se met à pleurer ! l'œil gauche – de tristesse, l'œil droit de joie ! quel malheur, merde et cieux ! quelle joie, l'œil bleu de Dieu ! la mort a fauché tellement près ! *hououououou* !

« Laisse-les – dit Valentine tout bas – laisse… »

« D'accord – je dis – entrez… regardez » et ils regardent. regardent… signe de croix et tout. soupirs. yeux à terre.

Eh oui, sans fard, bien peignée, elle fauche bien aux racines, la mort. les vivants, ils adorent tous sentir la faux chaude de la mort ! qui vient juste de siffler tout près tout près ! c'est excitant, ça, la mort ? pire ! c'est – le mystère, ça ! la mort siffle là. tout là, tout près est sa faux et ! c'est pas moi qui tombe ! c'est ça, le truc ! ça donne envie de vivre, il paraît ! tant mieux, alors. tant mieux…

37

Et puis – les coutumes. surtout une, mystérieuse. après la mort d'un proche, on sort dans les rues les poches pleines de gâteries et on en offre à chaque passant, aux gosses, à tout-va, à outrance… et on dit « Souvenez-vous de… » et on dit le nom de celui qui est mort. eh oui, je vais sortir demain. et très tôt ! les poches de ma doudoune bourrées de bonbons et je vais en donner aux gosses. à tout ce qui respire encore dans cette ville ! et je vais dire tout ce qu'il faut ! comme il faut ! c'est l'hiver et l'hiver est noir le matin, faut pas que je fasse peur aux gens, moi ! que tous sachent que celui qu'ils n'ont peut-être jamais connu – est mort. qu'ils se souviennent de celui dont ils ont ignoré l'existence… et comme ça dans les bouches d'enfant son agonie sera douce. c'est terrible, tout ça… coutume dingue, oui, comme la vie ici. comme l'agonie ici. mais il aimait les gosses, mon père. il savait les protéger, lui ! ils n'avaient pas peur de lui ! l'homme que les gens disaient être « le plus violent de cette ville » ! et même – si !

Lui, l'homme le plus violent que j'aie vu, et moi j'en ai vu des hommes violents… en me regardant dans la glace, en me rasant, mais celui-là ! à la fin devenu agneau de lait, tout tremblant ! encore hier je le portais dans la salle d'eau… et mes bras que j'ai vus – se briser – s'en souviennent ! je le lavais. et mes mains n'ont rien oublié ! et mes côtes – non plus.

Et puis le pardon ! la pierre du pardon, il faut la sortir de sa chaussure, ce caillou ! la pierre du pardon, faut la prendre dans la bouche ! tel un diamant nu, il doit être caché, pardon ! enterré ! l'homme le garde sous la langue jusqu'à la fin et puis mis sous terre, sa bouche ouverte devient le chaton de ce diamant. c'est à l'autre de venir le chercher, pardon ! c'est la chose à apporter dans la tombe ! oui, même dans la bouche, si le linceul n'a pas de poches.

Deux copains de mon père sont venus. tête nue, sont restés un peu… « Il me faut un pope – j'ai dit – il y en avait un, mon père l'aimait bien… il habite où ? il faut que je le trouve… » un pope ?! ils se sont regardés ! connaissent pas !

Valentine m'a sauvé. elle le connaît, le pope. l'adresse et comment y aller. drôle de prêtre… et puis elle m'a filé un pull, bon pull. quelqu'un l'a donné pour les vieux ici, mais il est trop grand, « On peut en mettre deux comme toi ! » elle rit. « Mets-le par-dessous – elle dit – ta doudoune ridicule ! la fourrure du poisson ! »

Comme ça je suis bien équipé. tel un cosmonaute je sors dehors ! il fait moins 30, peut-être bien ! je vois la vie sortir de ma bouche ! nuage blanc… neige crisse ! et soleil ! à coudre l'œil, le soleil ! encore hier il neigeait… ou avant-hier. je ne sais plus. il neige tout le temps ici ! on en est servi à ras les narines ! et l'air, oui, surtout l'air… bien peigné chaque fois ! et la forêt de bouleaux que la neige peigne… ils sont calmes les bouleaux, tels des fiancées qui attendent leur printemps dans la neige, mais ça va se déchaîner, l'hiver, encore et encore. il souffle sur les braises, l'hiver, comme une promise devenue folle ! une nuit et puis – tout est calme d'un coup... elle se laisse coiffer, la fiancée ! résignée...

J'ai trouvé ce pope. toujours pareil. toujours pas chez lui ! tel un matou il vit chez les uns, chez les autres ! il y a quelques années il a créché chez une famille nombreuse, cinq gosses, tous en petits pois, qui couraient partout et lui derrière ! baby-sitter ! pope défroqué ! ivrogne, il a été excommunié par le métropolite de tous les Russes ! mais il reste avec lui en correspondance « spirituelle » ! il m'a montré ses lettres ! juste des bouts ! l'hiver – il les garde dans son oreiller ! l'été – dans un poêle ! il vivait dans un sauna tapissé d'icônes ! se baladait nu dedans en chantant des psaumes ! il désapprend aux enfants à manger avec une fourchette ! avec lui ils mangent à la sauvage ! avec les mains ! j'y ai assisté, ah oui, et c'était dégueulasse et joyeux.

Et voilà, toujours le même, lui ! demi-écrémé, mais gras quand même ! yeux malins d'un blaireau savant ! costaud comme une vieille commode ! et hors d'âge ! il a participé à tous les portements de la croix, lui ! trois mille kilomètres ! et à pied ! très à pied ! pluie, sans pluie, neige, blizzard, tout ! les portements contre les Tchétchènes ! contre Poutine ! pour Raspoutine ! contre le pape ! contre le fisc ! contre l'impôt sur les poules ! sur les oies ! contre tout et pour rien ! mais là – il garde les lardons d'un autre pope ! plus riche ! mondain à mort ! les gosses s'empiffrent avec les mains, fourchettes par terre ! « C'est très dégueu, ça ? mais regarde au fond ! c'est joyeux, mon Dieu ! » et il danse devant ! oui, c'est joyeux… il chantonne « Laisser les fils de riches se barbouiller la bouille ! juste pour voir ! ho ho ! oui, juste pour voir… »

Il radote ! raconte encore et encore… tourne en rond comme une poule ! excommuniée du poulailler ! pourquoi ?! « Parce que bidoche, ivrogneries, filles, vieilles… tout ce qui fait grossir quoi ! » puis – le clou ! le clou du clou ! « Je reste tout de même en bon contact avec l'ecclésia ! » il insiste ! « Je suis en longue correspondance avec le métropolite de Kazan ! lui… plus sage qu'un vieux hibou – il m'écrit plus souvent qu'il pisse, le bienheureux ! » il veut me montrer les lettres ! me tire dans sa chambre ! « Je n'ai plus le droit ni de prêcher ni de confesser même les fouines dans les forêts ici ! si je parle de bonnes nouvelles aux moustiques… même si je chuchote plus bas qu'un pet d'évêque – je serai puni ! et comment ! concile de Moscou ! exprès pour me faire la peau ! maudit, rôti vif et bouffé je serai ! sur la place Rouge ! pas de rigolade ! tu verras ! » et sur ce – il me montre les bulles… furtivement. correspondance spirituelle ! je l'envie presque ! « Ivrogne fini je suis… fini, rayé, gommé et exalté je suis ! »

Il a une vieille qui s'occupe de lui. il lui lit ses épîtres ! qu'à elle ! à voix haute ! toute la nuit ! la vieille boit ses paroles ! à voir double ! toute la nuit ils picolent Logos ! et mâchouillent la Bonne Nouvelle ! quelle dévotion ! pour lui elle péterait trois fois à la messe, elle !

Je lui dis pour mon père. « Paix à son âme ! » il murmure et se signe trois fois. il est d'accord pour dire la messe ! petite ! sur la tombe ! incognito !

bien… je ne demande que ça. trois mots… deux. juste la présence. mon père l'aimait bien.

Il me propose une crêpe. en plein Carême ! la Grande ! la dernière crêpe. grosse et ridée ! brouillon d'une crêpe, quoi ! il pourrait écrire son ultime épître sur cette crêpe ! « Non, merci – je dis. finissez-la… » l'air pensif il marmonne « Si je mange la dernière – elle poussera la première ! c'est pas bon, ça… »

Et puis l'enterrement… et puis le froid. à bouffer la neige, le froid ! et toi, père, juste une veste, et tes mains sur ta poitrine… et ça me fait froid double ! trop de matière là, trop ! et c'est dur de lever la tête. il faut que la terre devienne pierre… faut que l'homme pose une pierre sur l'autre pour que l'esprit grimpe en lierre… vers là-haut ! mais là – trop de matière ! trop de tout ! merde, il avait raison Cartésius ! le froid est sans raison ! le froid n'est ni fou ni raison !

Et pourtant… tout se passait sans clou tordu ni écharde ! *toc toc toc* ! et sans hâte ! on a fermé son costard en bois vite fait. six clous, six boutons. le mec tenait les clous dans sa bouche ! il a dû habiller des bataillons comme ça ! rien à signaler ! ni corbeaux, ni colombes, ni chérubins déchus ! quelques moineaux que tu aimais tant… pelotes de vie.

Et pourtant – je n'arrêtais pas de bouffer de la neige, moi ! j'avais soif ! j'avais la mer d'Aral en moi ! je l'ai attrapée main gauche, droite, j'en bouffais comme un aspirateur ! telle soif ! j'ai voulu la manger toute ! et que ce soit le printemps ! ce printemps même mort-né, mais ce printemps ! on s'agitait comme des taupes près de ta tombe, et toi ! toi… tu étais enfin tranquille. j'étais content pour toi. tu déchireras plus les couches ! c'était fini pour toi.

printemps, hiver, été, bouffe, dents, bouche et autres trous, et puis plaies, et la plaie par laquelle on est né, toute cette machinerie sans joie ! plus rien.

Tranquille. là – vraiment. ni soif ni eau salée des yeux. le temps de faire un long *ouououf* pour de bon. avant de nous tourner le dos. sans merde ni adieu ! bien à la russe ! à la cosaque qui s'en va à la guerre ! et la guerre est partout ! comme toujours… alors – ne reviens plus, père. c'est que l'ennui et la neige, là… que le chant d'un cocher ivre sourd ! voilà – la vie ! qu'il crève enfin, ce monde. reviens plus là ! t'inquiète pas pour moi ! je me débrouillerai ! va en paix. sans apparition, ni mandorle, ni doigt tordu dans le ciel, ni culpa !

Pifs aux cieux on s'agite autour de ta tombe, père ! tu nous vois ?! tronches noires de chagrin ! on se trémousse comme une bande de singes dansant le sacre de l'hiver ! eh oui, c'était ça… le sacre de l'hiver ! neuf mois de neige et le reste – l'ennui ! des congères d'ennui ! à remplir la casserole de la Grande Ourse ! à faire de bortch dedans pour mille ans à venir ! reviens plus ici, père !

N'empêche que j'ai bouffé quand même quelques bonnes congères autour de ta tombe ! pour mieux voir… jusqu'au bout !

Encore un peu… mais les gens partent déjà ! je reste encore. un chaton fasciné par le vol d'un flocon de neige au-dessus du Styx – je reste. et puis et puis je me détournerai pour de bon.

Hé oh ! pas si vite ! et le pope ?! il arrive ! il a bu déjà ! mais il est là quand même ! il tient à dire des choses !

Il a grimpé sur le tertre ! carrément ! le cadavre de mon père sous ses pieds ! et puis l'oraison ! mais d'abord il a bu ! puis a toussé un bon coup ! puis s'est raclé la gorge ! je cite ! et je cite par cœur ! ça mérite d'être tatoué sur le cul de chaque macchabée ! « Celui qui est né pour vivre au soleil, juste, bon, aimant – devrait vivre, mais vivre ! jusqu'à ce que sa barbe se love à ses pieds comme un chat – il devrait vivre et – il meurt là ! et celui qui devrait mourir, crever, être enterré dans le ventre de sa mère, brrr, qui ne vaut ni une goutte de son lait, ni la larme d'un œil, ni le sourire d'un autre – celui-là – il vit ! voilà le nœud coulant ! la hache à la main, qui ne sera pas tenté de le trancher !? qui ?! *brrr* ! ça caille ! encore une goutte ! et puis que personne ne rigole sans Christ et que personne ne pleurniche avec lui ! et hop ! Dieu ! tu nous as donné combien d'oreilles, Toi ?! deux ! et c'est pas par hasard ! pas comme ça ! dites-moi, vous, âmes vivantes, là ! *rrr* ! pourquoi on a deux oreilles ?! pour écouter deux fois plus ! voilà pourquoi ! et la bouche !? une seule ! pour parler deux fois moins ! » et puis il a rugi un long coup et puis il a rebu ! putain et tournevis ! il était beurré, ce Mathusalem ! comateux de Salam à Shalom ! mais l'oraison était bonne ! j'ai vu les asticots se nouer de chagrin ! lacets vivants ! comme nos tripes ! et mon père riait bien sous nos pieds ! il trinquait déjà avec pépé Jo ! pépé et son gendre ! et ma mère ! elle n'était pas loin, j'en suis sûr… comme toujours ! c'était comme ça ici. là-bas c'est peut-être pareil…

Et ça a dû sentir la gnôle sous terre ! et puis le pope narinant la vodka à mille verstes ! même dans l'au-delà ! et il en a réclamé encore ! un chouïa ! il voulait pas descendre du tertre, lui ! eh bien – je lui ai versé une larmiche dans son verre ! larmichette d'un ours ! et ça – il n'a pas pu ! l'ours a pleuré dans son verre !

et ça a été trop pour lui ! ça l'a bloqué, lui ! mains en croix, roulant ses billes ! il devait voir les anges, lui ! et c'est rare, il paraît ! pope comme ça ! plus rare qu'un vieux jean dans lequel on a jamais pété !

Ça t'écœure tout ça, père… alors détourne-toi aussi. c'est fini la fête. reviens plus. plus de remous, ni ondes ni pensées.

38

Et après ? il fallait un repas, après… oui, un repas funéraire. c'était le dimanche. dimanche froid à geler le Styx ! et j'ai patiné jusqu'au marché.

Je rôdais d'une rangée de têtes de porc à l'autre. et quelles têtes ! et puis à un moment j'ai senti que quelqu'un me regardait. pas étonnant ! toute une armée de tronches de porc ! les yeux riants ! mais non ! c'était un jeune garçon ! je l'ai aperçu juste. un regard… une seconde, j'ai vu ses yeux. si beaux ! pire que beaux ! des yeux que je connaissais ! que j'avais vus mille fois. et plus ! et incapable de reconnaître ! impossible ! il m'a regardé vite et puis est parti comme pour se cacher. comme s'il me suivait ! mais je vais t'attraper, moi ! et puis il a disparu ! dans la foule comme un grain de sel dans l'eau ! mais je le sentais ! il était pas loin ! je sentais sa présence ! et j'ai couru vers les étals aux poissons et puis – rien. et puis je l'ai aperçu encore, et puis je l'ai perdu ! je le retrouvais et je le perdais ! je ne sais pas, une heure ça a duré, deux… une fois je l'ai touché presque ! mais j'arrivais pas à l'attraper et pourtant si près… je voulais juste voir son visage ! le retourner et voir son visage ! ses yeux. m'y plonger ! m'y retrouver.

le reconnaître ! et la foule ! la foule ! trop serrée ! compacte comme un pâté en croûte ! à un moment je suis tombé ! et le troupeau a failli passer sur moi ! les saumons qui remontent pour frayer sont moins moutons ! j'ai réussi à me mettre à genoux et puis en me redressant, j'ai fait tomber un enfant ! il ne manquait que ça ! quel débile ce gosse ! traîner comme ça ! je l'ai poussé à gauche, je l'ai poussé fort. il est tombé encore… et moi – j'ai continué ! et là – plus rien… je suis retourné là où j'avais renversé l'enfant, mais il avait disparu aussi ! il n'y avait plus personne ! pas une âme ! silence et bouillie de neige fondue ! alors je me suis mis à chercher l'enfant bousculé, partout, mais partout, et puis et puis je me suis retrouvé assis dans une congère sombre ! il faisait déjà noir… soir profond et moi – dedans ! je comprenais rien ! je m'étais égaré dans ma propre ville ! terrifié comme jamais ! à l'idée de plus pouvoir retrouver la route pour rentrer à l'hospice !

C'était le début de la fièvre. oui. au début c'était la chaleur.

Quelqu'un m'aide à me relever. c'est lui ! c'est cette casquette ! ce sont ces yeux ! yeux immenses ! il me quitte pas du regard, lui ! et son sourire ! oui, quel sourire ! Damiane !… ce pourrait être le petit frère de Damiane ! quels yeux, mon sang ! et la bouche ! sa bouche. elle s'est mise à porter des casquettes, Damiane ! c'est fou, ça ! il faisait moins 30 !

Damiane ! c'est toi… c'est pas vrai ! je voyais un fantôme ! « Mais si, mais si, c'est moi » – elle a dit. et son sourire. et ses yeux. Damiane…

Mais qu'est-ce qui t'arrive ! si émaciée… et tes yeux souriaient ! comme avant ! comme toujours… tu riais le monde ! tu lui riais dans la gueule, au monde ! il t'a baisé, ce monde, dix ans, vingt ans… il t'a sabré en cosaque fou, le monde ! il a touillé son borgne dans ta plaie, et toi !? tu disais rien, toi ! ni mal ni même pas mal ! ou – riais quand c'était trop. et là – c'est fini, là – tu souris. souris comme avant ! mon dieu, quelle compassion immense… cinq Everest superposés ! Damiane ! et les yeux de plus en plus grands ! mais j'ai pas encore tout vu ! c'est après – que j'ai vu sa bouche vide. elle n'avait presque plus de dents ! presque ! mon Dieu ! et puis quand elle a retiré sa casquette… plus de cheveux.

Damiane ! de Damiane ne restaient que ses yeux… on a marché un peu, il faisait nuit déjà, je voyais rien, moi ! comme ivre ! et j'avais chaud ! une bonne grippe, je n'en sais rien, j'ai dû trimbaler quelque chose depuis Paris… et les yeux qui coulent tout le temps ! c'est pas normal ! et toi, Damiane… oui. c'était elle qui me guidait ! je reconnaissais rien du tout ! on n'a pas parlé, ou presque. je lui ai dit pour mon père. je lui ai dit qu'il fallait que je retourne à l'hospice. j'évitais de la regarder ! je n'osais pas ! elle m'a dit qu'elle chantait à l'église ! elle avait encore sa voix, elle… elle n'a rien mis de côté, je me suis dit. et puis pour les autres, pour Victor, Valérie – j'ai rien demandé. rien ! Valérie, Victorius ! toute l'équipe ! ma petite famille…

Je lui ai dit que j'allais rentrer seul. « Ça va, Damiane, je peux marcher quand même ! » mais non ! elle tenait à aller jusqu'au bout ! jusqu'à l'hospice ! et on marchait en chavirant, et la neige me portait ! si douce pour les ivrognes…

Je me vois encore sur le seuil de l'hospice. et Damiane a dit quelque chose à Valentine. et là – je me suis écroulé et plus rien.

Je me suis réveillé un moment, on me faisait une piqûre. quelle rigolade ! piquer un si maigre croupion ! et puis j'ai dormi. oui, beaucoup. dans le lit de mon père… là où il agonisait. et j'y étais si bien…

Valentine venait, me regardait, repartait. une fois elle a juste dit « Dans deux jours tu seras sur pattes, mais… ne tire pas trop sur la bête ! sinon un jour ça sera trop tard. trop bête ! faut manger ! s'habiller quand il fait froid. » tout ça… et puis, je m'en souviens, elle a dit « Il faut vivre… » elle connaît tout le monde, Valentine ! mieux renseignée que Charon, elle ! elle m'a dit que Damiane est venue pour me voir. qu'elle reviendra. c'est tout ce qu'elle a dit.

On m'apporte à manger. ça me réveille, la bouffe, et je mange. je me sens bien. tout neuf comme un concombre ressuscité ! tout frais comme la première neige. je me réveille tôt maintenant, très, avec les corbeaux. avec ces coqs de Sibérie qui perchent la nuit sur notre bouleau. il y a des bouvreuils aussi, bande à part, sur l'érable. trois femelles, grises, magnifiques et déchirantes, comme les prières sincères. et un mâle, plumage rouge, seul et plus beau qu'un faux prophète. l'aurore l'embrasse sur la poitrine… chaque matin.

Et puis Damiane est venue. elle s'assoit pas loin, sur le tabouret, comme moi avant face à mon père. elle garde sa casquette. un garçon ! je sens son odeur venir vers moi. elle sent la neige. elle sent si bon ! c'est comme ça peut-être l'odeur d'une jeune mère et l'enfant la reconnaît, même dans le sommeil la sent et se réveille et la retrouve. Damiane… je sens tes mains. je m'en souviens, oui. c'est même pas à fermer les yeux ! tout me revient… cette odeur ! et la vision qu'elle précède. et l'été. notre été. et cette chambre n'a plus de murs, Damiane.

Elle me parle en sibylle, sibylle calme, gentiment, toute détachée, en prophétesse qui juste porte le message. j'ai toujours aimé ce ton… et sa voix qui vient de loin. les anges doivent se pencher bien bas vers elle quand elle chante à l'église ! à laisser tomber glaive et fourreau ! se pencher vers sa voix dans le chœur… oui.

« Faut que tu viennes à l'église – elle a dit – juste pour voir. tu sais – on allume jamais la lumière dedans. y a toujours du soleil ! et l'église est toute neuve ! c'est calme ! tu peux pas savoir ! notre pope est gentil et plus maigre que toi ! à foutre la trouille au Diable ! » plus maigre que moi ! « Mais si, mais c'est différent – elle sourit – toi, tu fais rire Satan, toi. et lui – il lui fait peur ! » et on rit, elle-moi ! comme avant. oui, mon Dieu ! oui.

C'était dimanche. dimanche du Fils Prodigue et les bouleaux étaient nus. vieilles, grabataires, ivrognes mourants, culs-de-jatte du cœur, de jambes, de tête, tous sont venus à l'église. bien au chaud ! toussant, pleurant, priant…

J'ai déjà parlé au pope. il m'a pas fait peur, lui. plutôt drôle, lui ! et d'accord pour la messe des morts. pour mon père.

Et voilà, chargé comme un ânon je suis arrivé – dix kilos d'oranges, trois kilos de koulibiak ! trente mille pirojkis ! sucrés, à la viande, au chou ! puis les sucreries ! plein les poches ! pour les gamins… gâteries et pommes ! une bonne orange éclaire le cœur si sombre de cet hiver ! petit soleil réjouit fort, mais fort les bottes en feutre ! n'empêche – ça caillait... à l'intérieur j'ai choisi les plus vieilles, les plus à genoux, les plus poussière, les plus délirantes, les plus bruegéliques, les plus amas, les plus Cassandre et – en me prosternant devant, je leur tendais : orange. pirojok. et morceau de koulibiak ! à chacune ! le kit de la grâce ! en donnant tout – je leur marmonnais à l'oreille... « Mais parle fort ! » – elles me gueulaient dans le nez ! – « Plus fort, encore ! » alors là j'ai pris mon pied dans le gosier ! à rendre sourd une taupe ! « Priez pour mon père ! il est mort, Sviatoslav ! rabbe de Dieu ! pour la paix de son âme – priez ! » et ces sibylles, aux yeux bleus, cristallins, aux yeux aveugles – souriaient, posaient les oranges sur le sol et faisant le signe de croix ! signe lent ! et de nouveau entraient en prière. et les oranges, bébés soleils par terre, tout parfaits, tout sages ! tout attente ! comme des enfants dont le père viendra. patience...

Et puis – l'autel. je regardais le chœur. je cherchais Damiane... je l'ai trouvée. elle était bien au fond. j'ai trouvé ses yeux. elle a trouvé les miens, et le soleil, oui, juste un dard perçant et silencieux, nous a transpercés, elle-moi. et là – Damiane a attaqué les Béatitudes ! d'abord toute seule... tout doucement. et ses yeux dans les miens. elle chantait seule, le chœur se préparait pour l'assaut et puis deux basses ont attaqué « *la Route du retour* » et leurs voix montaient, montaient ! nous inondaient jusqu'à la gorge ! jusqu'aux yeux ! leurs voix nous inondaient et trois autres femmes se sont mises à chanter et le soleil a retiré son dard de la plaie de mes yeux, et dans le noir du cœur de l'hiver éternel – le prêtre est sorti ! plus maigre qu'un vieux loup ! et le silence. oui. silence ancien... silence du chœur invisible, du chœur caché des morts. et neige, glace et lumière toute petite, et froid et chaleur de nos mains, tout – a retenu son souffle. et puis et puis quand l'homme ne peut plus mourir – il vit. et il chante. et le chœur des vivants se réveille ! et soleil poignarde l'église en plein cœur ! pour que le chœur se réveille ! le vendredi saint au milieu de l'hiver ! quand le prêtre sort, pain et couteau ! lève les mains ! et très haut ! et puis perce le pain innocent avec son dard ! couteau d'argent et. coupe le souffle aux fidèles et. l'âme perd pied mais le chœur ! il se met à chanter, le chœur ! « *Que toute chair vivante se taise* » d'abord – les basses. oui. et ça vibre sous nos pieds ! et très fort ! le sol se met à chanter ! la voix vient d'en bas ! et ça soulève la coupole ! ça fait dresser les cheveux… « *que se taise toute chair humaine !* » et ça met l'âme sur la pointe des pieds ! encore et encore ! chaque fois ! et chaque Pâque est printemps ! et printemps – est Passion… et ensuite – les femmes, les yeux par-delà la mort, chantent… chantent. leurs voix viennent de loin, de très, du désert, voix chaudes, voix comme les yeux du médecin qui vient voir un mourant et. le Sauveur nous regarde. à fondre le cœur immortel de cet hiver sans fin. et le couteau froid… mince lame qui perce le pain – c'est la promesse de Pâques… « *Printemps des innocents viendra, quand le Gibet fleurit…* » chante le sol.

Ah oui, ah oui, à quatre pattes, je suis sorti de l'église ! je me suis retrouvé assis dans une congère, comme un ivrogne qui se réveille, secoue sa tête et marche sans où ni d'où comme dans un rêve ! et puis ouvre les yeux ! et regarde et voit ! et la steppe à mes pieds était – neige. et la steppe de mes yeux était – Pâques…

39

Je ne peux plus dormir à l'hospice. il y a un nouveau vieux qui arrive. faut que sa chambre soit nickel. faut que je trouve autre chose. il doit y avoir un autre trou pour moi. pour une semaine ! deux ! c'est tout. et puis il fera moins froid… et puis il y a des caves ici. caves ouvertes et c'est chaud dedans. vapeur et chats et rats ! ce qu'il faut ! pauvre ablué ! si ta mère sort de sa tombe, juste pour un coup d'œil, et te voit comme ça ! rat du Goulag en vadrouille ! poule de Soutine ! il peut se cacher derrière une corde, ton fils ! cheveux longs, et puis barbe ! et le froid à transformer la merde en marbre ! et puis les caves et les rats et la vapeur qui monte ! vaut mieux pas…

Je rôde autour de l'église. j'ai fait cinq messes déjà ! suis le premier à l'ouverture, moi ! je piétine derrière le pope, moi ! je me réchauffe dedans comme une saucisse dans une fournaise ! cinq messes ! l'une sur l'autre ! tant qu'il neige pas dedans… à la fin de la messe je tiens plus debout. je m'assois. j'attends Damiane. comme avant. il y a cinq ans… comme toujours ! et je me réveille en larmes, mes billes coulent, c'est l'odeur des cierges, peut-être… une vieille termine sa ronde. elle mouche les cierges.

Damiane habite une cabane à côté. pas plus grande qu'un dé à coudre, mais une vraie cabane. avec un poêle à bois ! j'y ai dormi la nuit où elle est partie à l'hôpital. je voulais l'accompagner, mais elle a dit « Non », je comprends, je comprends, Damiane, si tu veux je vais marcher derrière, j'ai du mal à rester seul… elle a dit « D'accord ». elle a dit « Oui ». elle était faible…

Et puis devant l'hôpital on s'est arrêtés. elle était épuisée. elle voulait s'asseoir un peu ! et puis assise, elle a vu une branche, branche morte de bouleau, et j'ai vu qu'elle la voulait, cette branche et je la lui ai apportée. elle l'a prise, a réfléchi un moment, puis elle s'est mise à gratter avec la branche la neige, tout lentement, et j'ai vu sortir dans la neige douce, dans la neige fraîche le mot – « SIDA ».

C'était le soir quand elle est rentrée. elle était noire de fatigue… noire ! juste les yeux ! toujours ces yeux qui brillaient ! elle s'est allongée. elle s'est tournée vers le mur. s'est détournée de tout. je me suis dit – elle va s'endormir là. qu'elle se repose… fais le chat, toi ! pas de parlote ! mais elle dormait pas. elle s'est mise à parler. elle m'a dit des choses, elle… tout doucement. elle voulait pas dormir ! elle a dit qu'elle aura tout le temps dans le cercueil ! dormir ! je regardais son dos. elle parlait au mur… tout bas, comme dans une forêt nocturne, l'homme parle.

« Je voudrais prier mais je ne sais pas prier. je fais comme je peux… je chante avec les autres femmes. si je savais prier ! et puis et puis y a de la lumière dans l'église. beaucoup beaucoup… c'est pour ça que j'y viens. c'est pour ça que j'y chante ! ça me manque la lumière. j'ai froid ! toujours froid. même en été – j'ai mon pull ! ma tête aussi va pas ! ça me manque cette lumière. c'est pour ça que j'y viens. je ferme les yeux et je chante. c'est tout ! c'est comme ça. je me réchauffe... j'y chante et la lumière... lumière ! »

Jamais elle m'a parlé comme ça. elle parlait pas du tout avant... elle souriait. on faisait l'amour, et mourante – elle souriait et la mort se tenait à l'écart. c'était l'été... y a des siècles. et après tu te baladais nue, Damiane, tu me regardais de temps en temps comme une colombe, tête penchée, et j'étais prêt à donner ma main et mon œil pour pouvoir briser ta légèreté, ta joie silencieuse, et trouver enfin ta vraie plaie, par laquelle tu respirais et voir ce que toi, la figure de proue de mon âme, tu voyais quand tu regardais au loin...maintenant c'est une autre Damiane.

En cinq ans ! tout ça en cinq ans ! plus vieille que ma mère morte ! plus vieille que toi, Babanya... plus vieille que vous tous ! je vous ai vues vieillir ! elle – non ! j'ai rien vu... je suis venu et elle était déjà en ruine. du milieu du Styx elle me regardait...

Où j'étais toutes ces années, moi ?! où est passée ma vie !? là – je pouvais pas bouger. je la regardais dormir, cette femme que j'avais cru aimer, et là – ce visage inconnu me faisait peur. il était partout, ce visage, comme si toute ma vie m'avait pris en chasse. une chasse à courre ! ces cinq ans ! d'une connerie à l'autre ! d'un délire à l'autre ! sans relâche ! dents serrées ! et elle... elle était là, si calme. si fatiguée. mourante au compte-goutte. et tranquille, comme un sac que le réel pose devant nos yeux. sac percé... et le réel s'écoule, enfin libre.

Là – je pouvais toucher ton visage, Damiane. et tes cheveux. et j'ai pas pu. si près tu étais ! si près et loin... comme son propre cœur que l'homme lui-même ne verra jamais.

Et puis le Nord s'est mis à souffler sur la steppe. le diable pleure de froid – disent les Tatares ! mais là – il aurait pu apprendre à pleurer aux orphelins, le diable ! vraiment ! et puis avant la fête du Grand Pardon – trois jours de neige ! jour et nuit ! et ce n'était qu'un prélude ! ouverture ! et ensuite – plus un flocon. la nuit – le mercure a chuté ! devenu plomb ! chute libre ! moins 25 dans la journée en plein soleil ! la nuit – j'en parle même pas ! rien qu'à en parler – j'ai froid à la langue ! dans la nuit on entendait les arbres de la forêt craquer ! et les bouleaux de la ville leur répondaient ! gémissant !

Damiane sortait plus. chantait plus. elle dormait. elle dort encore…

Hier j'ai fait les courses. ça caille ! à faire geler la mer Morte ! d'une rive à l'autre ! oui ! à patiner aller et retour ! glisser, l'œil ahuri… quel patinage ! quel saut de valse ! lutz ! flip ! et demi-lutz ! je parle même pas d'axel ! salt chow à dévisser les chevilles et les yeux ! les Russes sont encore forts !

Je sentais plus mes mains ! surtout – la gauche, que le Pôle a déjà bien sucée ! il y a des siècles ! et là – le pôle était partout ! j'ai acheté trois fois rien et retour au galop ! « Viens – elle m'a dit – viens… mets tes mains là, oui, entre mes cuisses, réchauffe-toi… allez ! j'ai très chaud ! je brûle. » oui, elle a dit ça et j'ai mis mes mains, en noix d'amande, comme en prière – entre ses cuisses et – j'avais chaud, Damiane ! chaud ! tu étais comme un four, toi ! et tes cuisses maigres, et tes seins malades et ton odeur et tes mots brûlants comme une fournaise… et puis tes collants troués – tu m'en as filé deux, les plus chauds, en laine, ceux que les vieilles portent ici ! je me vois encore – les enfiler et tout le tableau ! moi – sérieux comme un vieux castor, et toi – riante, et ces collants riaient aussi et même les trous dedans étaient chauds, mon Dieu !

Et puis c'est fini, le Nord ! plus de souffle. et on est sortis, tous les deux.

Oui, Damiane. je nous vois encore, accroupis, en train de fouiller la neige fraîche. neige douce comme du duvet. on a trouvé un bouvreuil mort de froid. déjà dur, et léger comme un petit morceau de bois, il était intact. poitrine toujours rouge. toujours vermeille ! toujours joie ! oui, joie gelée, mais pas morte… comme nos mains, Damiane. pareil ! rouges gelées ! on l'a passé, de toi à moi, d'une main à l'autre… bouvreuil mort. boule de vie. et puis on a creusé un trou pour lui. la terre voulait pas, mais du tout, elle était dure, la terre. avec mes godasses, j'en ai fait un, tout petit trou, avec les talons, comme un âne fou je battais la terre ! et puis tu l'as pris et as fait avec tes mains une amande, et il était dedans, telle une noix, bien caché, bien au chaud et t'as porté l'amande vers ta bouche comme pour réchauffer le bouvreuil et puis t'as murmuré quelque chose… j'ai pas pu lire sur tes lèvres. et, toi, tu étais toute – lèvres, toi. comme pour l'embrasser ! tu voulais pas le mettre dans la terre ! tu voulais lui parler ! encore et encore… et t'as dit haut « Souvenez-vous de moi, petits oiseaux, autant que je me souviendrai de vous. alors que tous m'auront oubliée. un jour de neige, neige que j'ai tant aimée – pensez à moi… »

Et on l'a mis dans le creux et on a recouvert sa petite tombe avec deux planches. une petite, et une grosse, avec un clou tordu. et je t'ai dit « C'est bien comme ça. les chats le trouveront pas… » on est rentrés après, les mains dans les manches, comme les gosses. tu nous vois, Dami ? moi – oui. ça serait bien que le printemps puisse le trouver, notre bouvreuil. qu'il se penche vers lui, le printemps. comme toi-moi qu'il s'accroupisse vers lui et souffle tout doucement sur la petite âme. souffle sur la joie gelée… respire.

Il faut qu'on balaie l'église. c'est son tour. elle l'ouvre, s'assoit, et moi, j'enfourche le balai ! je survole le sol, moi ! en sorcière ! c'est vite fait ! le sol est tout propre ! vierge et neuf ! ni pou, ni mouche, ni moucheron ne restent en piste ! et puis elle veut me montrer un truc. « Tu verras… tu verras. viens… » et je viens. je la suis dans une chambre. cellule cachée. et rien. la pénombre… rien à voir ! « Mais où il est ?! encore hier il y était… » Damiane cherche, mais il y a rien à chercher ! cinq mètres carrés ! loi Carrez ! et tout vide ! rien ! « Il était là, hier ! je l'ai vu ! » elle insiste ! et puis elle lève le doigt. « Il est là » – elle murmure. et on se retourne vers la porte. elle me montre la porte. « Derrière… voilà. il est derrière. » et je vois derrière la porte ouverte, qu'on venait de pousser – quelque chose, comme une porte aussi, mais plus grande. et je recule !

C'est une icône. immense ! « Regarde… c'est lui ! – dit Damiane – le crucifié à gauche du Seigneur ! » je vois pas bien, mais j'allume pas la lumière. c'est justement comme ça qu'il faut le voir ! dans la pénombre. oui. et je le vois. c'était lui ! le fameux Mauvais Larron ! lui, dont Babyl m'avait parlé. j'y croyais pas, moi ! et là – il est devant ! et très grand, mon Dieu ! comme tu disais, Babyl ! et je te reconnais, Babylos ! oui, c'est bien lui ! lui ! deux mètres, sinon plus ! comme tu me le décrivais ! exactement ! un brigand nu. juste une vigne rouge, vigne vermeille, court sur lui ! comme un serpent glisse sur la honte ! c'est donc lui… et ces yeux ! les yeux d'un cheval mourant ! t'as raison, Babyl ! c'est exactement ça ! et puis Babyl disait « Il est comme moi, lui ! et moi – comme lui, moi ! et je sens la vigne ! je voudrais l'avoir ici, cette icône ! chez moi ! là ! pour toujours ! et moi – devant ! je donnerais tout pour qu'il soit là… même Hadrien ! même lui – pour l'avoir près de moi ! tout donner ! tous mes printemps à venir, mais vraiment tout ! tout ce qui est bon en moi ! tout ce qui est danse. la seule fois que je l'ai vue… dans ce monastère pourri dans le trou du cul des Carpates ! et j'ai pas osé le voler, le Larron ! pas osé ! j'étais pas assez mauvais, moi ! ha ! et pourtant j'étais prêt à prendre l'habit, moi ! pour rester avec lui ! et j'ai pas pu… les moines rigolaient ! mais j'ai été bon pour tout ! oui pour tout ! à laver leurs frocs et à ne bouffer que du chou ! pour pouvoir être avec lui… et ensuite le sortir dans le monde ! Larron… » et puis Babyl a ajouté. l'air archi-sûr. « Je le verrai un jour. à la fin… »

Oui, Babyl. c'est lui. maintenant je l'ai vu. il était devant ! et je t'ai reconnu. si tu es encore vivant et tu le veux toujours – viens… il est là ton double ! je l'ai vu ! immense et nu et la vigne, vigne vermeille, et ses yeux… yeux mourants. viens, alors ! peut-être face à une icône, même si c'est juste un morceau du bois, bois de dix siècles, bois qui a tant vu – on verra vraiment ce que l'icône voit quand on la regarde… ce serait bien. ah oui. on ne peut pas toute la vie chercher la porte et une fois – trouvée – ne pas la pousser !

Et puis on a fermé la porte. mais – ce que j'ai vu – j'ai vu.

Et puis on est partis, je disais rien, c'est après que j'ai parlé un peu de Babyl. et puis un fil tiré – la pelote défilait, et j'ai parlé de Marquise, de Nina, de mon fils, de tout ça. mais pas de Fevro, pas un mot. ça venait pas le fil. j'ai pas trouvé le bout. j'ai pas cherché… elle est comme disparue de ma pelote. même son visage ! je me suis efforcé de le retrouver, son visage, mais – rien. ni odeur, ni goût, ni toucher… c'était vraiment bizarre, tel un blessé qui regarde sa blessure profonde, la voit, la regarde, lui parle et la berce et puis qui soudain – ne la voit plus. il n'en croit pas ses yeux, la cherche et ne la trouve plus ! devient l'œil du corps et la cherche et ne la retrouve pas ! plus de douleur, ni cicatrice, ni rien. peut-être comme mon père juste avant de mourir, quand l'ange de la mort le laissait, à la fenêtre de son agonie, voyait passer, son propre corps passer.

Elle marche mal. se fatigue vite. on sort presque plus. j'aimerais marcher, il fait presque doux… la neige ne brille pas. elle me regarde plus dans les yeux, la neige ! et j'ai moins mal. je sors tout seul… elle s'endort et je sors comme un voleur.

Tu pourrais rester avec elle. là. coup de tête ! et vivre là… et même chanter dans son église ! avec ta voix !? bonne à hurler dans les chiottes de la gare « Occupé ! » c'est pépé Jo qui ricane ! et alors ?! tu pourrais rester quand même ! avec ta Damiane ! et vivre ! parler de choses. de Dieu… de trucs de ce genre ! de grandes choses… choses calmes. jusqu'à ce que tout soit terminé. jusqu'au matin sans réveil. oui, comme ça.

On aurait pu vieillir très vite, toi-moi, et mourir en limaces… le restant de la pelote, on aurait pu le faire à quatre mains, non ? on s'arrange toujours. et puis on continue. et puis quand tu mourras – il va falloir vieillir pour nous deux.

Je reviens dans la cabane. je la regarde dormir. cinq ans, ce sont – des siècles. oui, Damiane. ce dimanche quand t'es partie. te souviens-tu de ce matin ?! t'as pris mes frocs, et – m'as laissé tes fringues. ton jean, tee-shirt. et je me suis réveillé en plomb ! plomb coulant de douleur ! pas en aile de douleur, ah non ! trois tonnes de merde qui pleure, j'étais ! un oiseau qui bat des ailes ? mon cul ! pigeon qui chie des balles ! j'ai déliré à chaud ! on se retrouvera, nous ! je marmonnais ! toi-moi ! d'une vie à l'autre, d'une ville à l'autre – on se cherchera, nous ! j'ai tellement voulu te retrouver sur l'autre rive. tellement ! et voilà – on s'y retrouve, toi-moi ! cette autre vie – est là ! c'est fait… Dimitrius ! t'as demandé – et on t'a donné ! sur l'autre rive nous sommes. tout est là ! tout.

Elle se plaint jamais. elle sourit dans le sommeil. long sourire. et c'est trop. je vois la grimace de la mort sans le masque de la vie ! et je transe… c'est la bonté, Damiane. tu m'as quitté et c'était la bonté. tu es partie et c'était la bonté… quelle science ! je sens mes dents de sagesse pousser ! quel ahuri ! les dents de sagesse poussent déjà pourries ! mais dans quel Styx on se baigne !

Le silence de son visage… elle se réveille. elle bouge pas. juste ouvre les yeux ! et me voit. me regarde. me cherche. me reconnaît pas et puis sourit. et le silence dure… je suis là, Damiane ! et tes yeux me sourient. me parlent. me disent des choses ! peut-être, quand ta mort viendra, elle aura mon visage… j'espère pas ! quelle tronche ! ah oui. et puis – la fin. et puis – le silence.

Oui, Damiane. réveille-toi doucement.

Dans les villes de la paix, faut chercher Cassandre. et l'emporter sur le dos… la faire sortir de la ville.

C'est toi, Damiane… c'est toi qui m'as dit y a très longtemps – toute la vie on cherche l'être, celui qui accueillerait notre mort. celui qui se pencherait vers nous et nous dirait « Là – c'est fini. repose-toi. ne reviens plus ici. » oui, Damiane. et là – c'est toi. voilà la chose… et maintenant et maintenant – plus rien ne peut t'arriver. tu dors, tranquille. dans ce sillon que la mort a tracé avec sa faux autour. bien autour et profond. et ton lit – très au centre et toi dedans… un pas à faire ! un demi-pas… juste m'allonger avec toi. et attendre. où il est mon courage ?! merde ! toute ma vie ne chercher que ce qui est inconsolable… n'aimer que l'inconsolable ! ce dernier chagrin qui nous brise tel un prêtre qui bénit et rompt le pain de la Pâque, ce pain pour lequel la mort affamée n'a pas de bouche. et là – je recule ! voir la fenêtre, là où les autres ne voient que le mur – c'est une chose, mais sortir, sortir par cette fenêtre en est une autre, mon sang ! juste un pas ! un vrai pas ! un saut à faire ! mais pas avec les yeux ! on s'en fout des yeux ! un vrai pas ! et enfin devenir la vision… au cœur du chagrin devenir soi-même. c'est le courage qui me manque. le courage ! comme toujours !

Encore hier elle riait, Damiane… me charriait ! gentiment. comme elle seule peut le faire. dans la glace je fais toujours des grimaces ! et alors !

« T'es drôle, quand tu te rases, toi ! les mecs sont si sérieux quand ils se rasent – et elle rit. tu changes jamais, toi. comme il y a cinq ans – pareil… quand tu venais nous voir ! nous toutes, nous – les putes, nous – ta famille ! et tu cachais ton fric… on savait toutes, Valérie, moi, où tu le cachais et on rigolait ! même Victor, même lui – il savait ! et – pareil maintenant !

dans ta doudoune, dans la doublure ! tu viens encore voir une pute !? ça me fait plaisir ! vraiment… » et elle rit moins fort. « Viens t'allonger là… » elle dit. sérieuse. juste ses yeux qui rient. telle une mère qui regarde son enfant se redressant pour marcher. n'arrive pas et tombe. et la mère lui tend les bras…

Elle dormait sur le côté, dos à moi. elle sentait bon. elle sentait l'enfant ! tout petit, tout nouveau-né qui a fait pipi. je l'ai serrée contre moi ! on était chauds tous les deux… ça me faisait du bien pas permis – la serrer comme ça. d'être au chaud avec une vivante, et. dehors le vent soufflait ! hou-ou-ou-ou… février ! la fin ! le temps des grands blizzards. le temps des renards ! je les voyais faire la noce ! dans les forêts lointaines, enneigées – crier ! sauter ! se mordre et s'aimer…

Deux pulls ! elle a tout le temps froid ! deux couettes à étouffer vingt-cinq boyards ! et le poêle ! je le nourris à faire des couilles brouillées là-dessus ! mais Damiane grelotte ! elle dormait jamais habillée avant ! jamais ! elle se baladait nue, avant ! aussi pudique qu'une chatte qui se lèche et ! là – si frileuse… emmitouflée ! deux fichus sur la tête ! elle dort. pauvre chat. os et yeux…

« Tu te souviens de Victor bébé… tu le faisais rire, mais rire ! tu faisais la "flèche enceinte" et il rigolait, et puis encore le "dragon triste", oui, avec la fumée et tes narines, et tu roulais tes yeux, et il mangeait bien avec toi et nous on riait, Valérie-moi, tu te souviens de nous ?… tu nous vois encore !? il faisait si chaud et aussi tu faisais la "nouille amoureuse" et c'était ta meilleure dimitrerie, ça ! ah oui – moi je m'en souviens ! » et moi… si je m'en souviens ! et comment ! et là elle me dit « Allez, refais-moi la nouille amoureuse ! » mais non, Damiane ! ça fait des siècles que je n'ai pas fait la nouille, moi ! ni triste ni rien ni amoureuse ! si tu veux, je te fais « Staline endormi » ! j'étais toujours bon dedans ! ou la « limace en chaleur » ! je la faisais toujours bien ! mais elle insiste ! « Mais non ! fais la nouille amoureuse ! » et elle rit déjà ! bon, je me suis mis en position, et je l'ai fait et j'ai réussi du premier coup et elle riait « Oui, c'est ça ! » et tout m'est revenu… tout ! cet été et elle, et Victorius et moi, Dimitrius, et toi, Damiane, toi-moi, et j'ai terminé en nouille soupirante ! mais elle riait, bouche et yeux et mains, tout en chœur ! et moi aussi et puis elle s'est arrêtée et a dit tout doucement, voix enrouée, toute gorge « Fais-moi un truc nouveau… fais-moi la mort. comment elle sera… » oui, elle a dit ça et je l'ai prise dans mes bras. elle voulait pas ! et puis je l'ai prise quand même… comme un enfant ! mon fils, il était aussi comme ça, parfois et. là – on était comme deux poneys, elle-moi, tête à l'épaule, sans respirer presque. deux poneys dans la neige ! je ne sais pas si tes yeux étaient fermés… je le saurai jamais. les miens – non. juste ton odeur et on était si seuls, si bien, sans corps ni nous-mêmes. oui, Damiane. j'aimerais que la mort vienne comme ça… comme l'ivresse. enfin on sera loin de nous-mêmes, mais vraiment. pour de bon. loin de nos misères… loin des douleurs. loin de nos visages, de tout ça. comme ivres… loin de tout comme dans la neige qui tombe.

Oui, Damiane, ça serait bien.

40

Elle n'a plus beaucoup de médocs à prendre. avant – si, deux poignées par jour ! maintenant elle ne doit en prendre que cinq. un mauvais signe… mais elle s'en fout des signes ! elle oublie de les prendre ! elle veut plus… elle mange peu. je fais la soupe, pas de viande, c'est trop lourd pour elle, et puis c'est cher ! un kilo de porc coûte les couilles d'un tigre de Mandchourie ! j'achète des os. c'est bien, il y a ce qu'il faut dedans ! protéines et tout… on va finir pas aboyer ! et alors ! je les fais bouillir des heures, je mijote ! à la sorcière, jusqu'à ce que ce bouillon devienne épais et trouble comme l'œil de Polyphème ! des heures ! bien… faut qu'elle mange chaud, elle. mais voilà – deux cuillerées et c'est fini ! je tourne autour, à la mémé, je pleurniche, je supplie – encore une ! et puis j'abandonne ce menuet à la con. et puis le reste de la semaine – c'est moi qui lape la soupe ! à la maudire le samedi ! à lui parler le dimanche ! et puis le soir je jette les os aux chiens ! toute une meute ! quasi sauvages ! pire que les Nenets ivres ! ils crèchent à côté ! en grande meute ! chiots et tout ! des os – il y en a pour toute la bande, mais ils se chamaillent quand même ! se bagarrent ! et très fort ! hurlent ! à foutre le hoquet aux morts ! mais pas aux loups ! ils sont sourds ou quoi, les pirates gris ?! je sors, je leur parle. en russe et en français ! « Arrêtez de vous battre… il y en a pour tout le monde ! » rien à foutre ! je vais finir par apprendre à hurler comme un loup ! sûr ! par les temps qui courent ! par les vents qui soufflent ! les gens disent que les meilleurs bergers sont les loups ! mais ils se déchaînent, ces clébards ! faut faire gaffe avec ! la nuit surtout ! j'ai encore un peu de viande sur mes os, moi ! je montre mes crocs, alors ! ha ! mes chicots à faire rire les vieux singes édentés ! inutile ! je rentre.

Au printemps ils seront tous abattus par les chasseurs soûls qui rentrent au bercail… il leur reste des balles ! et puis les burnes les plus pourries ça gratte toujours ! c'est fou quand même ! toujours pareil.

Mais demain – il faut qu'on sorte. lions blessés ! loups sourds ! mammouths en vadrouille ! ours mal réveillés ! blaireaux qui cauchemardent ! cyclopes errants ! chasseurs à trois têtes ! il faut qu'on sorte ! coûte que coûte ! faut qu'elle aille à l'hôpital ! encore une fois. même s'il fait froid à rendre les roubignoles plus dures qu'une Chupa Chups de Yakoute !

Le matin, Damiane m'a filé un de ses fichus. je l'ai mis sur la tête, comme il faut, comme Babanya, et je suis sorti le premier, et ça caillait ! encore ! putain et cieux ! je trépignais ! je l'attendais, et puis elle est sortie. enfin ! pas trop tôt ! mais avec un châle ! pour moi ! sinon le lendemain – j'aurais été Van Gogh double ! et puis j'ai perdu mon briquet ! je me suis mis à quatre pattes pour fouiller dans la neige ! une vieille qui a perdu son œil ! sibylle bien rasée !

cul au ciel ! merde ! je marmonnais en français ! bon Dieu de merde ! Damiane comprenait pas ! j'ai perdu le feu ! et je l'ai cherché, cherché… tronche dans la neige ! plus de feu, moi !

On se met en marche enfin… elle a son manteau gris, chapka, écharpe, bottes en feutre. c'est bien ça ! ça sent le Stalingrad, ça ! et moi – fichu sur la tête ! doudoune rose ! je suis venu dans mes steppes vêtu comme un rossignol français de la Grande Armée ! mains dans les poches, sifflotant ! et là – je siffle plus ! quel con ! dans les pays comme ça – c'est la femme qui sàuve ! la femme ici – c'est l'abri ! bouffe, chaleur, tout… il n'y a pas de Gandhi dans ce pays-là ! même les saints s'y habillent en ours !

On marche très doucement. le vent nous pousse et la meute nous suit. même les chiots ! ils mordillent mes godasses ! je vois maintenant d'où viennent les bleus sur tes mollets, Damiane ! deux gosses arrivent. on s'arrête. Damiane veut contourner l'école. je comprends pas. c'est plus court par ici ?! on campe ici ? et puis c'est trop tard ! et puis merde ! une foule de gosses ! ils nous encerclent ! marmots ! ils font déguerpir la meute ! une meute sur l'autre ! une meute chasse l'autre ! c'est la sortie ! ils jouent aux boules de neige ! vraie bataille ! ils pourraient renverser un camion ! ouvrir les cages comme ça ! et puis ils sont bien nourris, les oursons ! ils se jettent même des pierres, les sauvages ! et puis ils nous ont vus… tous en même temps ! et ils se mettent à hurler « Vieille suceuse avec son bouc ! suceuse et son bouc ! » et ils jettent des boules de neige avec des pierres dedans ! j'en reçois une dans la tronche ! je vois rien ! j'ai pas envie de rigoler, moi ! Damiane non plus ! une pierre dans le dos ! elle tombe à genoux ! une grosse pierre ! et puis ils s'écartent ! se dispersent… c'est fini, la récré ! faut rentrer dans les cages ! il en reste quand même quelques-uns ! petite troupe ! les plus grands ! « Salope ! suce ton bouc ! » ils s'éloignent ! puis se rapprochent ! puis d'autres pierres ! et encore « Putain avec son bouc ! »

Allez, Damiane ! viens sur mon dos ! et je me mets à quatre pattes et je la prends ! et ils se mettent à hurler, eux ! elle est si légère… je cours presque ! vieille suceuse ! elle ! adorée par leurs grands frères ! elle, qui leur offrait quand ils étaient petits-petits des ballons ! et des tours de manège… et des tours de poney ! je m'en souviens moi ! je les revois, ces vieux poneys ! sages et souriants… immobiles dans l'herbe haute ! offrant leur dos ! petits chevaux… ils doivent être morts maintenant. partis tous dans les herbes bien plus hautes.

Merde ! vieille suceuse et son bouc ! bon sang de merde de marbre ! toute ma vie, mais toute, depuis que j'ai appris à pisser debout – j'ai voulu être comme tout le monde ! comme vous tous ! avec vous ! et je n'arrive pas. je suis seul, moi ! et je vous emmerde !

Ah, les gosses pourris ! ils sentent tout, les lardons ! Dimitrius ! t'es pas d'ici, toi…

Et pourtant elle m'a déjà dit des choses ! « Parfois les gosses me charrient. pas méchants, non. crient des conneries. ils me jettent des trucs quand je passe, mais pas des pierres ! non ! peaux de banane. épluchures de patate. pots de yaourt parfois. vides ! ça vole pas loin… » elle sourit. et puis c'est tout.

Je la porte et les serpents dans mes poches se réveillent ! ce sont les gosses qui les ont réveillés ! fallait pas… il fallait pas réveiller le loup qui dort avec l'agneau côte à côte ! joue à joue ! fallait pas ! on était tranquilles, toi-moi ! on faisait de mal à personne ! on voulait juste passer ! yeux à terre !

Je la porte et je marmonne. elle m'a dit quelque chose, j'ai pas compris. « Quoi ?! » et elle a répété plus fort « Ton fils… il a quel âge, lui ? » « Il a huit ans » – je réponds. « Comme eux… » elle a dit, et puis elle a posé sa tête sur mon cou. elle était vraiment légère, Damiane. un oiseau dans la cage. et c'est la cage qui pèse ! les gosses étaient derrière, déjà loin. et je me suis retourné pour les voir. puis souffler un peu. et je ne t'ai pas vu parmi eux, mon Ourson. et j'ai été content. tout doucement. tout bas.

Elle dort peu. elle dort mal. elle rêve bien. on a loupé un autre rendez-vous à l'hosto. elle dormait. elle rêvait… du coup j'y suis allé tout seul. et puis j'ai trotté jusqu'à l'hospice. « Il faut qu'elle y rentre – m'a dit Valentine – c'est bon, vous vous êtes bien amusés, elle-toi ! maintenant c'est là qu'elle doit être… elle n'en a pas pour longtemps. » oui, oui, je hoche la tête, oui. mais elle veut pas, elle ! « Et toi ?! à quoi tu sers, toi ?! elle n'a pas encore de douleurs, mais ça va pas tarder ! et puis et puis – vois un peu ! tu vas pas rester éternellement ici, non !? tu partiras, non !? alors imagine… si elle meurt comme ça ! dans combien de jours on va la retrouver !? dans sa cabane ?! ah ?! et qui la retrouvera !? et si elle sort et tombe !? et la meute est pas loin ?! ah ?! faut même pas imaginer ça ?! à la trouver après ! dans la neige ! sinon au printemps ! » non, non, il faut pas… eh, oui… faut que Damiane entre à l'hospice ! Je peux rester, moi, ça – oui, mais quand les douleurs viendront…

Mais Damiane veut pas. elle a perdu la tête, je crois. elle me regarde, mais parle par-dessus mon épaule. et puis revient, et puis cherche ma main. et voilà – de nouveau – Damiane. elle sourit, elle me parle. me raconte ses rêves… j'écoute. demain, si elle veut pas – je vais la porter ! de force s'il faut ! et puis elle touche mes cheveux… « Tu n'as pas changé… toi. juste les yeux. un peu plus clairs. délavés un peu… » et puis elle a voulu toucher mon visage, et j'ai frémi ! comme si elle allait le retirer, mon visage ! elle a murmuré quelque chose ! « Quel joli masque », peut-être…

« Viens ici, viens ! » elle murmure. elle me regarde et voit autre chose… « Viens… » et on s'allonge. « Réchauffe-moi – elle dit – peigne-moi un peu. j'ai des nœuds dans les cheveux… demain – c'est la fête. c'est le dimanche du Grand Pardon ! et je vais chanter… »

Et elle retire son fichu, et je trouve un peigne, et je commence. elle n'a plus de cheveux. juste du duvet, comme le frimas sur l'herbe endormie. comme une nuée d'or qui couronne un mimosa… cet or nouveau-né, comme un nimbe. et je la peigne, tout doucement, et son visage et ses yeux comme le visage d'un enfant qui fait hououououou devant la fusée d'artifice qui siffle et puis s'ouvre. s'ouvre haut et lentement ! et j'arrête pas, je passe le peigne, j'effleure même pas son nimbe. et je sens qu'elle est très chaude, elle ! et que ma main est mouillée ! elle pleure… et j'arrête. mais elle dit « Non ! » elle veut que je continue ! que je la peigne encore… que je la peigne bien ! demain – c'est le dimanche du Pardon ! la grande fête…

Elle a chaud. « Retire tout ça » – elle dit. juste des lèvres. j'entends pas. je devine. et je retire d'un coup ses deux pulls. et elle se serre contre moi. dos contre moi. si maigre… mon Dieu ! à faire peur ! elle n'a plus de seins. que des côtes ! garçon efflanqué. « Parle-moi, parle ! n'aie pas peur de moi… c'est rien tout ça… dis quelque chose ! »

Et je parle, je marmonne. en français, en russe, délirant et plus lourd qu'une carpette arrosée par une vache ! je vois une ourse qui a perdu son ourson, oui – j'en ai vu une ! c'était l'hiver, en février – je venais d'avoir dix ans et. elle était plus grande que tout ce que j'avais vu, l'ourse ! elle était debout dans sa cage ! haute comme une église en ruine ! elle pleurait ! j'ai vu ses yeux et les larmes, oui, chaudes elles coulaient ! coulaient… c'était l'hiver et ses larmes étaient brûlantes ! elle respirait fort, mais fort ! et la fumée montait ! elle était debout comme pas possible, l'ourse ! grognait tout doucement graah graaah… pattes sur les grilles, les yeux flous dans la foule ! devant ! elle y cherchait son ourson et ! il n'était plus. il était mort, son enfant. on lui avait enlevé son ourson ! mais elle le cherchait toujours. elle humait… elle n'arrêtait pas de le chercher, son ourson ! et elle n'y voyait plus que la mort.

Damiane dit rien. elle s'est tournée vers moi. j'ai même pas vu ! elle caresse mes cheveux, l'œil sec déjà. elle touche mes cheveux ! trop sales pour que même un pou chauve y fasse sa danse du scalp ! et puis ma tronche… mon masque de merde ! je recule pas ! elle est si près ! si près… et touche ma tête de si loin ! elle a déjà un pied dans le noir… elle pourrait me dire des choses ! mille et une ! et puis la plus grande ! mais elle est toute silence. toute caresse… mon front. puis encore les cheveux, tout doucement. ils tremblent pas, ses doigts ! ils caressent les cordes ! j'entends encore cette musique… dans les villes des vivants je vais chercher ces doigts. je vais chercher ces yeux. et je vois ce visage… pas souvent, mais je le vois. et la paix est tout près. toute là d'un coup de cils…

Elle s'endort enfin. tête sur mon bras, tranquille. je ne peux plus bouger. Dieu que sa tête est lourde ! et pourtant, elle si légère, Damiane ! encore hier ! une plume sur mon dos ! et ton père ? et ta mère ? ta famille, Damiane ? rien de tout ça ! rien. que toi sur mon bras. que ta tête endormie… et la légèreté de celui qui n'a plus personne – ça pèse…

Ses yeux bougent sous ses paupières. comme le ventre d'une femme enceinte bouge. comme le rideau ondule quand la vision passe.

Et puis elle se réveille. ouvre les yeux. voit rien. voit encore… je lui apporte de l'eau. elle boit et puis me parle. me raconte ce qu'elle a vu de l'autre côté du rideau. rêve rapide…

Et puis le dimanche. dimanche du Grand Pardon ! dimanche à genoux, tout ça… mais elle ! elle ne peut plus chanter ! j'ai voulu l'amener à l'hospice, mais – non ! pas question ! non de pierre ! pas ce soir ! elle veut y assister ! à la liturgie, à la fête ! à tout ! juste être dans le chœur ! toutes ces fêtes et pardons ! toute cette polka dans la neige jusqu'à ras du cul ! mazurka de merde ! j'en avais plein les narines ! elle ne peut presque plus marcher toute seule ! mais elle s'en fout de ce presque ! s'il le faut – elle va ramper ! têtue comme trente ânes ! pire que moi !

Elle chantait pas, mais elle était encore debout. oui, soutenue pas deux femmes, les yeux baissés, elle écoutait… la liturgie était longue.

À la fin je suis sorti, j'ai voulu fumer. deux vieillards, pelle en bois dans les mains, étaient en train de dégager la neige de l'allée vers l'église. il faisait plus doux ce soir-là, mais bizarrement j'avais froid. et pourtant trois paires de collants ! chapka de Damiane ! doudoune ! tout l'attelage… mais j'avais froid à hurler avec la meute de chiens ! à défaut de loups ! j'ai pris une pelle et je me suis bien réchauffé ! la neige était lourde ! les vagues de tout l'hiver ! dans une pelle ! c'est bien, justement ! plus commode à attraper.

La messe dite, Damiane est sortie aussi. et toute seule, même ! lente, emmitouflée comme une tsarine en exil ! et la neige s'était mise à voler. elle est devenue bleue, la neige ! oui, comme le soir d'enfance quand elle tournoie autour des réverbères ! la jeune neige… comme un rêve c'était. elle a glissé – « Tiens-moi ! » et je la tiens ! « Cette allée, je tombe chaque fois ! vraie patinoire ! prends-moi et tiens-moi bien ! » elle a dit. et puis bras dessous bras dessus on glissait tous les deux. « Regarde où tu marches » – elle a murmuré… et puis s'est mise à rire « Mais regarde ! on est comme reine et roi ! »

On contournait l'église. plus de lampadaires, là ! je voyais rien ! il faisait nuit déjà ! la nuit ! et quelle nuit ! devant moi et à gauche ! à droite et sous les pieds ! et puis j'ai regardé en bas et c'était la glace, et sous la glace – j'ai vu comme un vitrail ! c'était des tapis ! des dizaines de tapis ! de toutes les couleurs ! rouge vermeil, bleu et vert ! sous la glace… ça m'a foutu à quatre pattes ! je voulais le toucher, ce vitrail ! ces tapis ! les caresser ! sentir le chaud ! et je touchais, et c'était la glace et le froid. « Arrête ! » elle m'a dit en me tirant par le col, comme un gosse ! j'ai embrassé sa main, et elle était chaude comme un chaton, sa main. « C'est les vieilles qui apportent à Noël les tapis pour la grande sortie du prêtre avec la croix et tout et puis ça reste là jusqu'aux Pâques, les tapis… et là, sous la glace, c'est beau, regarde… comme dans vos églises là-bas, non ? les vitraux ! en France… » et je pouvais ni parler ni marcher, moi. et ça durait, la vision. ça s'arrêtait pas… on était debout sur un immense vitrail à terre ! et la neige et la nuit… et puis on s'est mis à glisser tout lentement, tous les deux, comme de jeunes fiancés, et on avait chaud ! et on souriait comme ceux qui viennent d'apprendre à pleurer de joie. oui. elle-moi ! l'âme sur la pointe des pieds on glissait, et si seuls, sans personne ni musique… jusqu'au bout du vitrail ! jusqu'au bout du vermeil ! jusqu'au bout du bleu ! du rouge écarlate et vermeil… quel vermeil, Damiane ! et le bleu ! et quel bleu… exalté ! ce bleu en extase à travers lequel le printemps éternel nous regarde ! et les morts se mettent à sourire dans leur terre ! et le vert Damiane… délirant tout doucement, telle une feuille morte oui. et quel oui ! j'ai froid et je transe…

Ces tapis et la glace, Damiane ! comme notre joie gelée… et sous nos pieds ! et on glissait sur nos larmes jamais pleurées. on a marché sur les larmes gelées de la joie ! on glisse jamais sur les larmes de la joie, Damiane ! mon cul ! on glisse et on tombe ! et on casse tout ! la joie ! toute la joie de notre vie

– était bien là ! et gelée… inaccessible ! et pour ne pas glisser j'ai retiré mes bottes ! j'avais chaud à la fin ! vas-y pieds nus, Dimitrius ! retrouver la joie et la vie et leur suite ! tout, mais tout ! comme avant ! et comme toujours Babanya m'a dit – « Non ». « Il faut glisser » – elle disait. aveugle et souriante, tu m'as dit comme avant « Vois et glisse… »

Elle va pas plus loin, Damiane. reste au bord de ce vitrail. « Je peux pas… vas-y, toi, je t'attends ici. ça glisse trop. tu reviens ? passe de l'autre côté… »

Ange ou démon, peu importe, c'est moi qui paye la facture – me pousse et je marche ! tout doucement je glisse ! mais je tombe pas ! je vois avec les pieds ! et toi, mon ami, mon ami bien-aimé, tu me mènes… comme notre être muet qui nous prend par la main et nous montre des choses ! bien des choses ! choses cachées. lieux secrets. et on voit parfois ce que l'homme ne peut pas voir en restant en vie… cette chose-là, oui, la seule, qui mérite d'être vue.

Je me retourne, je regarde Damiane. la femme au bord de la vision. et la lune sort. me regarde dans les yeux telle la petite fenêtre dans une maison noire, et je vois Damiane se lever et venir vers moi, marcher sur la glace, marcher dans cette allée, et ses pieds foulent les tapis ! le vermeil de la vision et le bleu. et là – tout s'arrête en moi. et quelqu'un couvre ma tête.

Et je vois enfin. une femme au milieu d'une icône. petite petite. pas plus grande qu'une meurtrière. et cette silhouette éclairée par l'œil de la lune, et la glace vermillon, et le bleu et le vert, et silence d'une icône… et j'entre dedans. je me retourne. fais un pas vers la femme immobile. et son manteau qui encore hier était vert, là – devient bleu ! et ton fichu gris – est vermeil, Damiane ! icône de martyr.

Peu importe, homme-femme – tant que le sang coule du bon côté ! oui. et ta tête, yeux bandés, tombe tout lentement, toute souriante sous le glaive ! Damiane ! tête coupée de la paix – roule dans la guerre ! et ton corps est à genoux ! l'âme debout, très debout – tient encore ! ne tombe pas ! et puis et puis tu te penches vers la terre… et terre mère t'ouvre ses bras et te recueille. Damiane…

Et je n'ai plus ni genoux ni âme. que celui qui me regarde tout le temps sans arrêt, jour-nuit – ne me cache plus son visage ! toi, qui as vu – tu sais et vois ce que j'ai vu… tête coupée de la guerre – tombe en paix.

C'était la nuit, le milieu. et je voyais la neige voler dans cette petite fenêtre… au bord de la vision.

Et puis le lendemain… quand je me suis réveillé, elle était déjà prête. habillée. assise face à la petite fenêtre. « Il fait très froid – elle dit – faut que tu te couvres. l'hiver est au bout… c'est pour ça qu'il est en rogne ! »

Elle a préparé son sac. vêtements propres. je demande rien. je devine. mais elle ne veut pas que je devine ! elle veut que je sache ! « C'est pour la fin… quand ils vont me porter. » elle me regarde pas. et puis trouve mes yeux. maintenant – je sais. et puis je m'habille. faut faire vite, la voiture de l'hospice va arriver.

Elle est là déjà ! je l'entends ronronner ! « Viens t'asseoir – elle dit – ils attendront… » et puis me regarde et met la clef dans ma main. puis regarde la fenêtre. longuement. « Il faut que tu partes d'ici…

promis ? t'as tout vu… » et elle plonge ses yeux dans les miens, et je plonge dans son visage comme sous la mer, sans souffle, les yeux ouverts, je tombe dans ce calme du fond, là où on voit ce paysage du silence, et – juste avant de comprendre vraiment – on étouffe et en bouchon de liège on remonte ! tel Jonas recraché, ahuri et muet pour toujours – de ce qu'il a vu. et on veut vivre…

Et puis elle a encore regardé la fenêtre et on est sortis.

J'y suis resté encore une semaine, peut-être. je ne sais plus… j'appelle l'hospice. Valentine me dit – c'est la fin. « Elle reconnaît plus personne – elle a dit. mais elle est calme… » et puis elle ajoute je ne sais pas pourquoi « La fin sera douce. » oui, Damiane, ça serait bien comme ça. en douceur… et même si dans tous ces chagrins, Damiane, tout s'émousse, je me balade à la fin comme un poisson dans le creux de la main d'un enfant noyé, et là – j'ai envie de sauter hors de l'eau. oui. une fois pour de bon ! bien loin !

Et puis mon fils m'a rappelé. mon Ourson ! il s'inquiète pour moi ! l'hiver, et la steppe, la guerre qui couve ! il veut que je rentre ! je lui manque… et puis il répète encore. et encore… je dis – oui ! bientôt. « Mais quand ? quand… reviens ! » j'ai rien dit pour mon père. ça peut attendre, la nouvelle comme ça.

Et j'y reste encore. jours, nuits… le temps m'a perdu. je ne sais plus si je mange ou pas, me lave ou pas, me rase ou non. comme ça – Damiane, tu me reconnaîtras là où tu seras bientôt. oui. quand mon tour viendra. tu vas me reconnaître ! maigre, doudoune rose et tout… une femme, même morte, peut rendre un homme sage. surtout ça, surtout morte…

celle qui ne le couvrira plus jamais de son ombre. et juste avant de mourir à son tour, l'homme deviendra lui-même, celui qu'elle seule avait vu en lui et aimé et pour qui elle avait donné et sa vie et sa mort. et peut-être la mort de cet homme – sera vie…

La nuit, les trains passent loin dans la steppe… ils roulent à travers l'hiver, très longs trains, ils percent la nuit de la steppe où aucune âme ne traîne… cela me calme, et je vole au-dessus de la steppe, au-dessus de l'hiver vers toi, Babanya, vers toi mon ami bien-aimé, vers toi, Nina, vers vous… et dans la nuit je rencontre personne. vers vous mon âme regarde dans la nuit, comme les bêtes emprisonnées dans les villes, certaines nuits, regardent vers leur forêt, museau vers leur steppe.

Dors bien, toi, mon Ourson. la nuit aime les petits. et la Russie est si grande. si longue à traverser… mais pour l'âme c'est un regard et le temps d'un sourire.

Et puis Valentine a appelé. elle n'a pas eu à dire… c'est fini alors. bien fini… tu es remontée, Damiane. c'est bon pour toi. un obus tombe jamais deux fois dans le même trou. c'est papy Jo qui parle. il a connu bien des cratères, lui. et des plaies béantes comme des seaux, lui ! Stalingrad et Kiev ! Varsovie… et Breslau ! et puis terminus ! Berlin ! il a pissé sur les ruines fumantes et il est rentré en chantant. aussi sage et fou qu'avant.

Une journée. deux… assis devant ta fenêtre, Damiane. je regarde… comme toi avant de partir. fenêtre basse.

La terre doit être gelée, Damiane. le printemps, Pâque et l'herbe, c'est encore loin. il faudra des siècles des siècles de soleil pour que germe une graine dans la bouche des morts… en Russie il arrive par les toits, le printemps ! le soleil allume son chalumeau – et ça goutte ! et puis ça coule ! piafs et mésanges et corbeaux se mettent en chœur céleste ! il arrive sur le dos d'un chat, le printemps ! un matou efflanqué qui traverse la route, tout lentement, plus maigre qu'une girouette, chavirant… ivre de faim ! c'est lui – le printemps ! et puis la Pâque… même pour les chats ! errants mais orthodoxes ! se lavent le museau à l'orthodoxe, croix et tout ! les vieux leur apporteront des petits poissons, les premiers de l'année, et ça sera le festin ! même Salomon après le jeûne – n'aura pas eu de mets pareils ! je les vois d'ici – trois petits frères, trois tigrous faméliques, nés cet hiver, dévorant les poissons aux pieds d'un pope ! en plein milieu de la messe ! voilà comment le printemps débarque ici.

Mais là – c'est l'hiver encore. partout encore…

Et voilà la fin. voilà la chose. et on est bien seuls, Damiane. je vais rester encore un peu et puis je vais partir. d'un hiver à l'autre… dans l'autre hiver bien pluvieux. dans l'évier, où l'hiver pisse. mais ce soir je suis au sec, tête, pieds et tout. je pense à toi, Damiane. je te vois – sourire. tes yeux – si clairs. si matin… je vois enfin ta bonté. la bonté jusqu'à la terre. jusqu'à la pelle…

Je regarde dehors. pas un chien, pas une ombre de chien. et la neige brille. dans la neige de mille feux je vois la bonté passer… ni homme ni femme, la bonté passe dehors, tout lentement, avec nos yeux – passe, comme une folle aux piafs, la bonté passe. voilà une mendiante sans mains. voilà – la poutre de ce monde hors des murs. la bonté couronnée par les chats errants. la bonté… d'un quartier à l'autre, parlant toute seule – elle passe… bien sourde. pleine d'yeux.

Et je ferme la porte à clef. deux tours. et tout prêt, habillé, j'ouvre la fenêtre. je jette mon sac à dos devant et puis et puis j'enjambe le rebord. je respire un bon coup et je saute dans la neige. dans la vision… et la fenêtre, je la ferme bien derrière.

41

Je suis rentré enrhumé comme une gerboise ! je n'arrêtais pas ! il paraît qu'une gerboise qui éternue dans son terrier fait fuir dix lions en rut ! moi – je pourrai ! la tronche d'un vieux nasique !

J'ai passé deux nuits à Charles-de-Gaulle. il y a ce qu'il faut, chiottes, sandwiches, banquettes pour dormir. les gens n'existent déjà plus avant de s'envoler. pas encore avant d'arriver. les yeux ailleurs… c'est peut-être pour ça qu'ils sont gentils. je dormais, je me réveillais, je comptais les avions…

J'ai appelé mon fils. « Oh papa ! » il est content, Ourson ! que je sois en France, moi ! on se verra quand ?! – il demande… « Tu me manques » – il dit.

J'appelle Babyl. il est furax, lui ! il m'engueule à triple gorge, lui ! « Mais pourquoi t'as disparu comme ça ! je t'ai cherché partout ! je t'appelais ! et ton portable ! c'est un bègue sourd, lui ! vraiment, vous les Russes – vous crevez et vous ressuscitez comme ça ! sans merde ni bonjour !… » et puis encore dix mille choses ! et puis je lui explique pour mon père. il se calme. on arrive avec un cadavre dans les bras et ça calme les foules ! ça apaise toutes les mers, la mort !

et on peut même marcher dessus… pas longtemps mais quand même.

Il me demande où je suis. je dis où je suis. « T'es arrivé quand ?! » je lui réponds. « Il y a deux jours ?! » mais oui, et je dors ici, et alors ? il y a pas de quoi se mordre les joues…

« Viens ! – il dit – viens ! » et puis il me demande si j'ai de quoi payer un taxi. je dis – non. peu importe ! il va m'attendre en bas de chez lui. il va payer, lui ! il est gentil, Babyl… il a faim de mes oreilles, le monstre.

Il a une idée. mille ruses dans sa tirelire, lui ! il veut m'aider… mais plus d'écriture ! ça – non ! c'est fini, ça ! scribouillardise et la pisse dans l'encrier ! gribouiller avec le sang des martyrs – c'est que ça qui compte ! alors plus de martyrs – plus d'encre ! et là – l'encrier est à sec… et puis tant mieux ! et puis merde !

Il a un ami qui ouvre un hôtel. je pourrais être veilleur ? je parle l'anglais ? pas bien ? un peu ? je pourrais indiquer où sont les cagoinces ? alors – ça ira ! c'est surtout pour les Russes ! Russkofs en vadrouille ! hôtel pourri mais quartier chic ! ce qu'il te faut, non ? oui, je réponds. oui. et comme ça – je n'aurai pas à chercher un truc pour la nuit. et puis même je pourrai louer un trou à moi… ça sera bien ! pour moi et Ourson. on aura où dormir ! quel projet ! mais sans blague, ça sera merveilleux… il est joyeux, Babylos ! tout excité ! comme tous ceux qui viennent de sauver quelqu'un ! les gens aiment ceux qu'ils ont sauvés ! plus fort que tout ! surtout si ça coûte rien ! et Babyl ! pour avoir mes oreilles ! ça mange pas de pain, mes oreilles ! pas beaucoup…

J'ai commencé y a trois semaines pile. je vois les gens passer. foules de solitudes qui touristent. se déplacent. font des trous dans l'air. parlent... yeux bridés, yeux bleus, yeux fatigués, yeux affamés, yeux qui mouillent, yeux qui coulent, yeux fous, yeux vides...

Ni ange ni démon, ni toi, mon ami bien-aimé, ne me parlent plus. ne me disent plus – « ouvre l'œil » ! elles sont cousues mes billes. bien cousues et tant pis, et puis – j'ai appris tout ce qu'il faut comme ça... l'œil cousu.

Je les vois venir. je les vois partir. je visite leurs yeux. tel un homme abruti par l'ennui, muet de solitude, va visiter une expo... les masques, les testiboules desséchées des Pharaons, les momies des chats ou les arts et métiers d'autrefois. la vie s'est arrêtée. hiver, printemps... dans cet Orly de poche. tranquille, sans saisons. rien à dire, sinon indiquer les chiottes. juste ça. rien à rajouter. ni « non » à la vie, ni – « oui » ni « peut-être »... c'est ça – le « non » total. méga *niet*. voilà comment. voilà – moi...

Peut-être que le reste de ma vie, je vais le passer dans cet hôtel. ça serait bien, ça. finir ma valse comme ça... plus de musique mais continuer quand même, glisser encore, oui, comme les gosses qui dansent quand il n'y a plus de musique. plus de flûte mais ils sautillent encore ! un peu... et puis c'est fini.

Et puis au fond c'est pas si mal, ça – devenir une machine. on met une pièce et ça repart ! sourire, parlote et tout ! et pas de fatigue, ni cœur palpitant, ni crise cardiaque ni burnes gonflées de larmes, mais – j'ai peur. j'ai vraiment la trouille. l'homme dans la solitude devient une machine, sinon un monstre. Babyl a raison ! et puis Aristote, et puis tout le monde a raison, fou comme il est, le monde… ne vivent seuls que les monstres ou les dieux. et puis, c'est lourd tout ça, pour ne pas chialer de temps en temps ! et c'est long surtout.

Et puis je vois Babanya, je la vois de loin. et puis ça passe, passe… elle disait – « Y a toujours quelqu'un dont les yeux seront attristés par ta mort. » c'est rassurant, dis donc ! mais je veux croire que c'est vrai…

Et puis j'ai pas le temps. les foules arrivent ! femmes, hommes, enfants… et puis des couples ! comme dans un tango de merde ! restent un peu et puis payent et partent, et j'accroche les clefs.

Et puis les femmes seules, mal élevées et sans âge, sans cheveux, sinon en toile d'araignée à faire frémir les tarentules ! aussi alléchantes qu'un tréponème pâle ! et souvent folles à péter dix barjomètres ! et toujours en train de renifler l'amour ! et au-dessous de la ceinture du globe !

Il y en a une qui parle fort ! mais vraiment ! à faire débander mille sourds ! et les couples se plaignent. je monte la voir ! je lui parle. mon cul ! elle veut croquer la vie ! et à pleines dents ! mon Dieu… si j'étais la vie, moi – j'aurais fait le mort ! et puis ça pue bizarrement dans sa chambre ! on dirait qu'elle a déterré la jambe gangrénée d'Arthur Rimbaud ! les chiottes du Transsibérien en troisième classe schlinguent le Chanel à côté ! et puis elle m'engueule ! et comment ! et puis elle attend ma colère ! je reste calme, froid et anonyme comme le cul de l'iceberg que le Titanic a embrassé !

Qu'elle hurle, celle-là… je l'écoute sagement, à la chaton d'un calendrier des postes. ah oui, aussi cool que le canapé d'un vieux gynéco, moi ! un mur sourd, moi. foncez tout droit alors… je mettrai pas un oreiller entre vous et moi !

Cet hiver… après Damiane, et mon père et la steppe et leurs tombes dans la steppe – je suis glace. pas de réchauffement pour moi. je suis content presque. comme si j'avais expulsé mon gros rhume avec un cancer… c'est vrai, n'empêche. ou quelque chose comme ça.

Elle écrit, en plus ! elle en est fière ! son dernier roman est prophétique ! et le titre ! *L'Indifférence du monde* ! mais ça marche pas ! jamais marché ses bouquins ! dix ! et pas un qui roule ! j'ai beau lui dire – les roues carrées roulent pas ! elle s'en fout ! elle siffle « J'en ai rien à branler ! » mais oui, Madame. et je la comprends, moi ! et elle et le monde… mais perdre mon boulot – ça c'est – *niet* ! elle veut se pendre ? se tirer une balle en silicone dans le cul ? oui – pour tout, mais pas dans l'hôtel ! le gérant veut y voir ni police ni pompiers dans l'hôtel ! et puis elle n'a pas payé encore ! demain ça fera une semaine ! et puis elle a fermé sa porte ! barricades de Paris ! contre le monde ! mais elle miaule de sa fenêtre ! « Je vous emmerde tous ! vous – le monde ! » mais le gérant veut pas de vagues ! ni-ni ! je comprends ! pas de flics, alors ! pas de pompiers ! pas de porte défoncée ! alors faut aller en douceur… en serpent. je suis d'accord, Monsieur. oui, Monsieur. entendu, Monsieur… putain et cieux ! toutes les hystériques, clitoriques, fontainiques, anorexiques, mallarmiques et baudelairiques – en une seule ! casse-tête d'Œdipe ! je ne peux pas perdre ce boulot…

Mais oui, naître femme, c'est déjà dramatique et comment ! faut être vicieuse, mais vraiment, pour survivre ! naître femme et écrivesse – c'est tragique, dis donc ! périnée qui parle à votre place ! utérus qui prophétise ! et puis picoler ! c'est vraiment à la Sophocle, ça ! et puis la solitude… cette solitude aussi vieille que la peste bubonique ! la solitude d'une Bovary qui bientôt n'aura même plus ses ours ! je compatis, moi…

L'homme c'est simple, très ! surtout maintenant ! une page blanche pour se venger, une femme pour s'oublier, un congé parental et tout… pas d'histoires, pas de guerres, sinon des batailles de cuillères, mais toujours poliment, pour une cuillerée de pouvoir, et puis sucer le bout de la nappe brodée, et puis cordialement égorger sa femme, puis les gosses, c'est tout, et puis une fois que le démon se retire, on redevient citoyen, on parle comme il faut, les subjonctifs, les avocats et tout, puis on baisse la tête, on se purge, puis on recommence, puis on vieillit et puis c'est tout.

Je médite la chose…

Alors – trouve, Dimitrius ! cherche la faille ! la chatière ! le courant d'air…

Je monte écouter ce qu'elle fait, la Gorgone. silence. elle dort. bien ! je descends. le gérant est là. me guette comme un chat guette une mite ! je lui fais signe. c'est midi et des poussières. sur le tableau – vingt clefs. presque tous sont sortis manger. sauf les Russes ! c'est pas grave… ils se foutent de tout, les Russes ! tsunami, tempête et Co ! tant qu'ils sont à Paris…

Je déclenche l'alarme incendie. ça se met à hurler à réveiller les ours en Sibérie ! gérant hurle aussi !

j'entends rien ! mais je compte ! jusqu'à cinq ! et je l'arrête… ça a dû la réveiller, l'alarme.

Je trouve son numéro de portable sur la fiche de réservation et j'appelle. elle décroche. ça a marché.

Je parle français, mais je fais l'otarie à la fin de chaque mot. c'est comme ça que les Français entendent les Américains qui parlent français. et je dois rire fort ! je me présente. « Richard Foley. correspondant du *New York Times*, bureau français. j'ai cherché à vous joindre ! c'est un journaliste français qui m'a donné votre numéro ! quelle chance ! ah oui, non, oui… mais je suis de passage ! j'ai un avion à prendre ! mais je voudrais vous rencontrer avant ! quand même ! vous êtes introuvable ! femme mystérieuse… je suis dans un bar, dans le XIVe. le Dôme ! vous connaissez !? oui, c'est ça… très bien ! dans une heure ? O.K. ! je suis ravi ! »

Ça a l'air d'aller mieux tout de suite, la Gorgone ! le *New York Times*, quand même ! ça aurait fait sortir de leur tombe trente-cinq Lazare scribouillards ! elle n'est pas aux anges, elle ! non ! ce sont les anges qui sont à elle ! ils doivent en ce moment voir passer son cul, les anges ! sans se voiler la face !

Je rentre vite à l'intérieur et je coupe le wifi. au cas où elle voudrait vérifier. on sait jamais ! je m'assois derrière le comptoir. j'attends. gérant soupire… il veut savoir ce qui se passe, lui ! je réponds – elle va sortir. faut attendre. elle va sortir, sinon – je démissionne ! il lève ses yeux vers le ciel. normalement, il doit déjà voir passer les miches de Gorgone, lui aussi ! on attend. dix minutes ! encore… elle se fait désirer, ou quoi ! et puis j'entends des pas dans l'escalier. c'est elle ! oui. elle descend ! elle nous regarde comme si on était un évier plein d'assiettes sales !

elle va s'occuper de nous en rentrant ! elle a à faire ! maquillée, ébouriffée comme une doublure nocturne de sibylle – elle passe et sort de l'hôtel ! c'était midi et des poussières.

J'ai de la peine pour elle. oui. même mort on sort... même pas né – on sort ! une voix forte nous appelle et on sort. moi – je sortirai...

Le gérant ferme la porte derrière elle. tout sourire ! « Faut monter dans sa chambre ! vite ! – il murmure – sortir vite ses affaires ! allez ! » je bouge pas... « Merde ! il faut que je fasse tout moi-même... » il dit et puis monte en courant.

En vérité on n'a pas les couilles de Judas. sinon – à la gorge ! sous la langue... mais pour se laver les mains, ça – oui. autant qu'on veut et partout et même à sec ! et on les pilate bien ! en artiste !

Et puis on m'a mis de nuit. ça doit être le gérant qui a soufflé un mot au patron. c'est pas grave. c'est même mieux ! je suis mille fois plus tranquille. je n'ai qu'à attendre ! vers deux heures du matin, au plus tard... pour les brebis égarés ! et puis je ferme la bergerie ! il y a des loups qui rôdent ! mais les enfants de la nuit sont aussi bien perdus, ce sont les loups édentés souvent ! ivrognes ! mi-fous ! et clodos ! et barjos qui se réveillent la nuit ! qui errent ! savent plus s'ils sont morts déjà... se perdent ! et puis hurlent dans la nuit ! crient des choses dans l'oreille du monde sourd ! je les écoute parfois... ils écument des perles parfois ! des choses sages, des choses drôles et puis plus de mur entre nous... écouter le délire des sages d'ici – ça me suffit plus. et montrer leur folie – non plus... c'est écœurant leur folie ! ça court les rues, la folie ! là – il est peut-être temps de débusquer la sagesse des fous… tout doucement ! à l'oreille ! c'est leur bouche que ce siècle habite.

Et puis je m'allonge sur le canapé, jambes pendantes, comme un bidasse. et je somnole en mercenaire et je rêve, mais pas très fort, en sourdine.

Dans une semaine, mon fils doit venir. le gérant se tord le nez, mais il n'est pas le patron, lui ! et il ne l'oublie jamais, ça ! et c'est rare ! il est d'accord. pour deux nuits – pas de problème. on a deux chambres vides pour l'instant. alors, qu'il vienne, ton fils, il dit.

Et puis Babyl me rend visite de temps en temps. le soir. on achète des trucs chez le Chinois à côté et on mange à l'hôtel. il me donne des nouvelles. ça m'intéresse pas, mais j'écoute, et puis je fais exprès, je mange avec les baguettes, et Babyl rigole. « Quelle dextérité ! t'es comme un pianiste paralysé, toi… tout est dans le visage ! toute la musique ! » mais oui, je dois faire des grimaces, moi ! tel un gosse qui dessine, complètement absorbé – sort la langue !

Babyl raconte, et puis se tait et on mange en silence. ça me fait du bien. je nous vois encore Fevro-moi à table. ah oui ! quand elle mange… et quand une jolie fille mange – on ouvre l'œil ! faut la divertir ! à la perroquet amoureux ! plus joyeux que la perruche de Spinoza ! ça marche pas ?! faut traduire, alors ! de la perruche au rossignol ! traduction simultanée ! bec vide ! plein de mots d'esprit ! et puis pas trop ! l'esprit doit se pencher tout seul vers ses lèvres ! même si la princesse au bout d'une semaine finit par roter ! furtivement, mais – roter ! un rototo d'ange ! n'importe ! sois à la hauteur, porcher ! et chante ! même si elle déchire un poulet à mains nues – c'est une fée, porcher !

Ça serait bien de garder le silence sans perdre la femme, n'empêche… femme et silence sont en guerre ! duel bavard ! depuis qu'une femme dans la première caverne avait appris à éteindre toute seule le feu humide entre ses cuisses ! guerre de tranchées qui chantent ! mais je dis rien, moi… je déserte pas, moi ! les Russes tiennent bon ! pas de mutinerie ! je fais le corbeau ténor ! je pousse des trilles dans mes redoutes !

Dieu, que c'est loin déjà.

Et je ricane tout seul. et la dernière nouille dans mon assiette, l'inattrapable, la nouille éternelle rigole aussi… et puis je parle du Larron. cette icône dans mes steppes. pas de Damiane ni de mon père, rien de tout ça. que de l'icône. je la décris ! je la vois ! je lui donne mes yeux ! il voit aussi… il hoche la tête. ne dit rien.

Et pourtant ! il veut me dire quelque chose, mais n'arrive pas, et ça le travaille ! ça doit être encore Hadrien ! son Persée qui l'a largué !? une fois de plus ! Hadrien… mais j'ai pas envie d'écouter ce vieux chant, et puis j'ai fini mes nouilles, moi ! et puis il sort pour acheter des cafés, il tient à ce que j'aie un repas complet, moi ! « Faut que tu manges – il dit – dessert et tout… c'est vraiment con de mourir de faim ici ! faut être taré pour crever de faim à un mariage ! » c'est gentil… personne ne s'est occupé de mon ventre comme ça ! et puis il revient, deux gobelets et du sucre, comme il faut, bien touillé, je le regarde marcher, tout lentement traverser la rue, comme un funambule, il regarde ailleurs, et puis il me voit moi et me fait un clin d'œil.

« Tu me demandes rien, toi, ni pour Fevro ni rien… t'as pas envie de savoir !? vraiment ? » mais il s'en fout un peu au fond. quand même il veut me dire ! il tourne autour ! il tente ! c'est plus fort que lui !

« Je ne sais pas – je réponds – alors, dis-moi… » et il me dit, tout content, tout fleuve qui brise le barrage ! il parle d'elle, d'abord ! oui, elle va bien, toujours pareille ! la coiffure et tout ! puis il passe à Hadrien ! ça va lui aussi, juste un hic ! ah oui, son ange est devenu son démon ! « Mais pas grave – il ajoute – on a avalé déjà mille serpents comme ça ! et puis les hommes comme le vent – n'ouvrent que des portes mal fermées ! ce n'est pas une grande science, ami ! sinon l'algèbre des cons ! ils sont ensemble maintenant. elle-lui… »

C'est mon tour de hocher la tête. je vois la chose. la même chose. toujours la même… il est pas content, Babyl ! ouvrir son cœur devant un âne qui hoche la tête ! il en veut plus !

Et puis il va plus loin. il me dit pour l'enfant. « C'était celui d'Hadrien – il dit – et elle a avorté. l'enfant. leur enfant. mais tu savais ça… » et tout ça en aparté, comme le « bonjour ».

« Voilà le mystère ! l'homme le plus fini, le plus bas de cette ville mais qui aime vraiment une femme, qui l'aime plus fort que tout – devient meilleur. cette chose le change. une femme reste toujours pareille. toujours la même… la graine ne meurt jamais, elle ! c'est l'enfant qui change la femme. l'enfant… » et puis il dit encore une autre chose, mais là – j'ai soif ! je veux boire ! de la vraie eau ! je veux de l'eau vive, moi ! plus de cette eau dont il m'abreuve ! mais mon eau vive est gelée dans mes steppes… mon eau vive est devenue la neige ! et la neige sale ta jeune tombe… Damiane ! et puis plus loin encore… les vieilles tombes ! de Babanya… et la tienne, mon ami bien-aimé. l'eau vivante tombe du ciel, et voltige tout doucement, au-dessus de la bouche de ma steppe et se pose jour-nuit sur les lèvres de la terre. et le silence couvre tout. et nos pas et tapis, et le vermeil des tapis, et le bleu des tapis, le grenat de l'aurore et le saphir du coucher, et la joie demeure. sous la glace, mais demeure. hors des yeux. hors de nous. dans le silence qui précède la vision… dans le silence qui la brise, la glace.

42

Il tient à rester à l'hôtel cette nuit. d'accord. on a deux chambres vides. « Je suis spartiate, moi ! un vrai ! » Babyl est content qu'il y ait une chambre pour lui… il veut pas rester seul. je vois… je comprends, moi. la nuit c'est dur. tout le monde roupille pendant que tu agonises, toi ! il attrape ma main ! la serre, puis la lâche, puis l'attrape encore, un sourire large coule sur son visage ! « Merci ! t'es un ami ! je sais être reconnaissant, moi ! tu le sais ! tu le sais !… » et puis l'air normal, demande si on a ici des trucs de toilette, brosse à dents, dentifrice, tout ça. « La brosse, ça, oui, j'en ai une neuve – je réponds – mais du dentifrice, je crois pas… » je lui dis pas que parfois on se partage avec la femme de chambre ce qu'elle trouve après le départ des clients. ils s'en foutent. c'est fini la fête. adieu Paris.

Il va sortir alors, il y a un Monop', pas loin. je lui explique où. et puis il veut retirer du liquide.

Quand il revient, les gens commencent à sortir. la nuit est douceâtre, comme il faut ! pour marcher, pour pisser dans la Seine ! ce soir ils tiennent à sortir, tous ! c'est bien pour le tourisme, mais pour moi – ce sera long, ils vont rentrer tard ! le pasteur doit veiller !

compter les brebis ! quand il pleut, elles rentrent vite ! broutent un peu et puis rentrent ! tout le troupeau en même temps, parfois ! bien mouillé ! bien groupé !

J'accroche les clefs et je monte voir la chambre où mon gros ascète va dormir. tout est en ordre. la chambre la plus chère ! douche, toilette et deux fenêtres ! un vrai palais d'hiver, édition de poche ! et sans une seule punaise !

Mais il tient pas à dormir, lui ! il m'a filé du liquide, bien plus que le prix de la chambre ! et puis on bavarde en bas… la télé, les gens, ça circule, la porte s'ouvre, fait *glin-glin*. il est content, Babyl, il observe, fébrile, s'intéresse à tout, l'œil brillant, un vrai enfant à sa première foire…

Et puis ça commence ! il se met à parler, enfin. de Marseille, d'Hadrien… il fait des tours et des cercles ! encore et encore ! et puis descend dans la chose ! comme un oiseau bizarre il se pose lourdement sur un lac en feu ! c'était terrible, Marseille ! terrible ! vraiment terrible. il baisse la tête. encore un peu et il la cacherait sous l'aile ! j'ai vu des oiseaux malades faire ça.

« … J'ai honte. j'ai honte ! tu peux pas savoir ! mais au fond j'ai aucune honte ! j'ai voulu être avec eux. s'il fallait passer par la honte pour le voir, Hadrien, pour marcher avec lui, de temps en temps, comme ça… pour que tout ça – soit comme avant – je suis – tout oui ! s'il faut le partager avec Fevro ! je voulais juste que ça dure… encore un peu ! tu comprends ? et puis si c'est le destin, que ça se termine comme ça – d'accord ! oui – au destin ! oui – à tout ! sinon – quoi faire ?! pisser autour de la statue pour la protéger ?! pour qu'elle sorte pas du cercle magique !

mon cul ! de toute façon la meilleure poire de cette taïga de merde, c'est toujours l'ours qui la bouffe ! et son nom est destin ! et pourtant, le fils de l'homme a l'esprit large, lui ! surtout quand il a le foutre à l'étroit !

Tout, mais pas couper... pas comme ça ! que ça dure encore un peu ! et puis je suis pas chiant, moi ! on pourrait marcher tous les trois ! il y a de belles choses à voir à Marseille ! les jardins ! et puis la mer ! et puis le soir – on pourrait, elle-moi, aller le voir au théâtre ! sur la scène ! bonne pièce ! très bonne ! tirée de Tchekhov ! *Le Duel* ! tu connais ? oui, le voir, le regarder jouer ! tous les deux ! elle-moi ! à quatre yeux, de notre noir – l'aimer ! et puis je comptais bien prendre une chambre à part, moi ! évidemment ! et leur payer une grande ! pour eux ! elle-lui... mais qu'on se retrouve le matin ! ensemble ! sur la terrasse d'un café, tu sais, cours Julien, il y en a et des beaux, et les platanes là-bas et le vent passe et l'ombre couvre mon visage et même là je sens l'ombre passer comme une main. et puis on pourrait descendre vers le port ! tout ça, quoi... mon Dieu, mon Dieu, que j'ai honte !

Mais oui, il m'a largué, tout bêtement ! et Fevro ? elle le suit ! je te parle pas d'amour ! quelle merdasse ! rien du tout ! rien de tout ça ! c'est autre chose ! l'autre face lunaire de cette connerie, l'amour ! et cette face est toujours cachée ! mais c'est elle qui fait tout bouger ! tout !

Ils m'ont dit l'heure de leur train, ça – oui. mais ils sont partis avant ! le quai est vide ! et je suis comme un con de l'opéra ! à la gare de Lyon ! en train de courir dans tous les sens ! et rien ! d'accord !

j'embrasse le cul du train qui les emmène et j'attends le suivant ! et puis le temps passe et puis il m'a écrit qu'il est désolé... oui ! il est désolé, lui ! et tout et tout ! et regrette et toute cette merde jusqu'à faire déborder n'importe quelle patience ! et tu me connais, toi ! tu sais très bien le puits de ma patience ! énorme ! à noyer trois mammouths dedans sans qu'ils s'emmêlent les trompes ! mais là... c'était bon ! et j'ai pas rappelé. j'ai rien répondu. j'ai juste pris mon train. et je suis parti... »

Il regarde par la fenêtre un moment. et puis demande si on peut éteindre la lumière. baisser un peu... « Je vois ma tronche dans la fenêtre ! je préfère pas la voir... » je coupe la lumière dans le hall, mais je laisse allumé le couloir. un clodo frappe à la fenêtre. ivre, il sourit, il veut une cigarette. j'ouvre, je lui en donne une. un veilleur, polonais, a été viré à cause de ce type... il bossait et il était content, et puis une fois viré – il l'était toujours ! et ça s'est passé comment !? un soir le Polonais l'a laissé entrer dans le hall et puis ils ont bu une bière, et puis le gérant a débarqué et finie la bombance ! depuis – plus de Polonais. il était gentil, ce gars. il faisait bien le ménage. j'étais de jour et tout était impeccable quand j'arrivais le matin.

Le clodo s'installe en face. s'assoit par terre, comme un chien. il attend un os. il nous quitte pas des yeux ! Babyl le regarde, et puis sourit, bizarrement, yeux plissés, malicieux presque ! ils se regardent, ces deux-là ! et puis le clodo baisse les yeux. Babyl marmonne quelque chose... tout satisfait ! et ce sourire, ça rôde encore sur son visage ! puis disparaît. et le clodo se lève. se met en marche ! et puis part. je ne sais pas s'il reviendra cette nuit ou non... Babyl soupire. « Plus de luxe ni demi-luxe ici… pourquoi tous ces gens viennent visiter Paris ?! il n'y a que les impôts ici ! liberté, égalité, fraternité, maternité pour tous mais point de luxe ! le vrai luxe, c'est au-dessous de la ceinture du globe ! il faut descendre plus bas ! dans le pubis du globe ! là-bas – oui ! l'âme peut se dégourdir, elle… je vais te dire, mon ami – le vrai luxe ! c'est la différence extrême ! voilà ! c'est quand tu es dans un hôtel et que de ta fenêtre tu peux voir les gosses ramper à ras des barbelés ! ramper de faim ! leurs yeux – c'est ça le luxe ! ici – pas d'yeux comme ça ! là-bas, de ta fenêtre tu leur jettes un hot-dog et – ils se massacrent à mains nues pour une saucisse ! et toi, tu regardes, toi… c'est ça le luxe ! quand tu n'arrives plus à ne plus regarder… »

« …Peu importe ! poursuit Babyl, ce qui compte c'est – *Le Duel* ! c'est moi, encore un type qui avons bossé sur la pièce ! et je me suis battu pour garder le titre. c'est un merveilleux titre, non !? comme tout ce qui est profond, comme tout ce qui touche le réel. comme le doigt qui entre dans la plaie du réel et le réel se déchaîne ! c'est une nouvelle de Tchekhov, pas longue du tout ! et c'est du boulot de la détordre et puis de la retordre pour le théâtre. ils voulaient changer le titre ! ils ont rien compris ! que dalle ! ils pensaient que c'était une histoire d'amour ! encore une ! encore une qui tourne mal ! rien de tout ça ! rien ! c'est plus fort mille fois ! et j'ai gagné ! j'ai vaincu ! ils devaient jouer là-bas, à Marseille… dès qu'il a su qu'il allait jouer dans *Le Duel* on s'est mis au boulot ! il répétait, il est bosseur, mais il fallait aller plus loin ! et dans un duel – aller plus loin – c'est revenir en arrière… ah oui ! car le vrai duel commence avant le duel ! longtemps avant ! ce n'est pas pour une femme qu'on s'éborgne, l'un l'autre ! c'est pour autre chose… l'honneur ! voilà – la poutre dans l'œil ! ce n'est plus à la Hemingway ! genre "Femme, la vraie c'est toujours en récompense d'une lutte acharnée. sinon – elle vaut rien. vous – non plus…" c'est fini ces icebergs à trois balles ! ça vaut même pas un verre de sang du taureau crevé ! mais ce qui nous reste après la fonte des glaces – c'est l'honneur ! la femme c'est – un duel ! mais ce n'est plus au fusil qu'on vainc ! c'est les mains dans les poches qu'on vainc ! c'est en se foutant de tout qu'on domine ! celui qui a peur de perdre – perdra tout ! archi-tout ! et même ce qu'il n'a pas eu ! voilà sous quel drapeau on danse tous ! le démon parle l'algèbre, lui !

Il se déchaîne, Babylos ! « Le duel… normal – c'est ça ! et c'est partout là où deux êtres se retrouvent, se rencontrent, même juste des yeux ! les rues, les places ! dans les foules, dans les cafés ! partout dans les villes ! tu comprends alors pourquoi les gens qui se rencontrent dans une forêt se disent bonjour de loin ! sur les routes désertes… de loin, ils se bonjourent ! mais ça – c'est rien, ça ! rien à comprendre, on fait ça – tous ! ce qu'il faut vraiment creuser – c'est comment arrêter le duel ! là – c'est le cœur de la chose ! le trou du trou, aurait dit ton pépé ! mais c'est bien plus facile d'ouvrir le coffre-fort d'un Shylock parano avec un ver de terre que d'étouffer le serpenteau du vrai duel ! on peut pas tuer le serpent du vrai duel mais – on peut le faire muer… je méditais là-dessus jour et nuit ! un mois de jours et un mois de nuits ! et j'ai vu comment… oui. je ne suis jamais allé aussi loin ! et j'ai vu ! d'abord – faut reculer ! et attendre que l'adversaire t'attaque… passe à l'acte et t'envoie ses témoins ! c'est là – la gorge de la chose ! et c'est là qu'il faut prendre le duel à la gorge ! c'est lui qui doit commencer ! c'est l'autre ! pour pouvoir choisir le lieu du duel et les armes ! c'est toujours – l'autre qui commence, et toi – tu ne fais que te défendre ! regarde Socrate ! lui, il a transformé le duel ! il a fait en sorte qu'il soit seul face à ces cons d'Athènes ! seul face à tous ! et ce n'est plus un duel, ça ! ah non ! c'est un tribunal… c'est pas par hasard que les termes du duel viennent de la jurisprudence ! les témoins, tout ça… c'est réglementé au cordeau, le duel ! le duel – c'est un procès !

Il y a un autre moyen ! humain ! et terrible ! mais il faut payer… tu changes la donne du duel ! tu ruses ! et tu perds l'honneur. et l'homme sans honneur n'a plus peur de l'homme… »

Dis donc, quelle découverte ! mais on connaît tout ça comme l'œil de bronze son cul ! duel ! infirmes que nous sommes ! quelle misère…

Et puis Babyl sort un tube. et hop ! avale deux cachets ! plus petits qu'un plomb pour les canards. « C'est quoi », je demande. « Ah, c'est rien ! rien… somnifères ! mais ça marche pas sur moi. il faut que j'en prenne encore une paire dans une heure ! pour faire coucher un Canigou comme moi – il en faut six normalement ! t'inquiète pas… dosage – c'est rien ! c'est la foi qui compte !… » il soupire.

43

Il en peut plus, Babyl ! il étouffe ! c'est vrai, il a pris dix ans, lui ! son pèlerinage à Marseille ! il a même maigri ! je vois son vrai nez ! et les pommettes ! il est un peu tatar, lui !

« .... Et pourtant ! malgré tout ! c'est une belle ville, ça ! Marseille ! c'est un bout du rouleau, Marseille ! terminus en fleurs, Marseille ! plus hystérique qu'une fourmilière sur laquelle un ours ivre pisserait ! et si calme au fond ! t'as vu un cimetière en feu, toi ?! non ? t'as rien vu, alors ! t'as pas vu Marseille ! platanes nus… c'était février ! mais bientôt, très bientôt les tilleuls là-bas vont fleurir, tout doucement écumer… cours Julien ! même d'ici je les sens ! et comment ! ça me rendait fou là-bas ! pour dix vies à venir !

Deux jours sans nouvelles d'Hadrien ! deux nuits ! vois un peu ! je tournais en rond ! même la nuit ! lentement ! en limace ! je le cherchais ! et puis rien ! ni Fevro ni lui ! mais je traînais quand même ! à la boule perdue ! et je me perdais dix fois et rien à foutre ! je me retrouvais dans des quartiers bizarres ! franchement ! même une louve ne laisserait pas sortir seul son loup-garou ! rien à curer ! moi – j'y promenais ma bave ! de la draculine pur jus ! les rues cachées des grandes villes ! où la nuit promène ses bâtards ! où Bosch balade son sperme ! rues cariées, rues bien chaudes, immobiles et noires telles des fournaises ouvertes ! et la pourriture dedans ! les choses pourrissent à feu lent… et moi j'y rampais… tu me vois ?! aux aguets ! à la fin à genoux même ! les pavés ! ils doivent être encore chauds de mes genoux ! »

« ....Je les ai cherchés et je les ai pas trouvés. mais deux serpents dans le désert se rencontrent tôt ou tard ! deux plaies les plus cachées se touchent un jour ! même les regards des aveugles se croisent ! une fois par siècle mais ils se croisent ! et je les ai trouvés à la fin. c'était le troisième jour ! vers midi. j'ai trouvé le théâtre. et pas un seul ! deux ! face à face ! je mens pas ! viens et vois toi-même ! dans une petite rue qui darde la Canebière au flanc gauche !

Mais, oui, c'était là ! une affiche ! *Le Duel* de Tchekhov et puis les comédiens ! et lui, surtout ! lui ! ça m'a bien calmé… lire son nom ! c'est ça la vraie magie ! à trois balles – mais magie ! un simple nom et prénom ! il fallait juste attendre. c'était midi ! encore sept heures à passer ! j'ai traversé la Canebière, j'avais faim, j'ai pas vraiment bouffé, et puis je me suis écroulé dans un café et tiens-toi bien ! je me suis endormi ! comme une carpe ! et puis quand j'ai ouvert les yeux – c'était le soir ! et on m'avait volé mon sac et tout avec ! tout ! papiers et tout… portefeuille, et portable et clefs de chez moi ! tout raclé ! juste un verre d'eau sur la table et un café froid !

Malheur ! la troupe était déjà dedans ! bien avant ! ils répétaient ! je me suis assis, et j'ai respiré l'odeur du théâtre… j'aime pas trop ça, mais le silence, oui, surtout le silence et la pénombre m'ont calmé. j'ai attendu je ne sais combien de temps, et les gens commençaient à entrer, pas des foules, mais venaient par deux, par trois… les portes claquaient ! et puis je vois Fevro ! elle arrive tout droit vers moi ! me regarde pas ! ni sourire ni bonjour ! et puis s'arrête ! je me lève ! je veux l'embrasser ! je suis content de la voir ! vraiment ! après tout ! malgré tout ! visage familier ! eh combien ! mais elle me regarde même pas ! puis recule ! et dit tout bas "Si tu veux voir la pièce – viens, mais Hadrien est occupé, là ! laisse-le tranquille…" parle comme une machine ! puis se détourne ! et se met à marcher ! et moi ! j'arrive pas à la suivre, moi ! mais je trotte ! et j'arrive pas ! et j'ai peur de la perdre ! des couloirs ! encore et encore ! et pas de lumière ! je vois rien, juste son dos, et il s'éloigne ! je l'appelle ! arrête ! pas si vite ! mais elle continue ! sur ses cothurnes ! Repetto rouges ! écoute rien, entend pas ! veut pas entendre ! et puis plus vite encore ! et je trotte derrière ! Dieu, j'ai dû même sursauter comme un bouc ! »

« …On arrive enfin. *hououou !* la salle est vide. parfait ! je vais me mettre au premier rang ! rien du tout ! Fevro veut pas ! elle me montre… tout en haut ! les gradins ! pour les piafs ! "C'est lui qui veut que tu sois là-bas", elle dit ça ! ah oui ! il a peur que je fasse des grimaces ou quoi ! que je crache !? pète à voix haute ?! elle veut rien entendre ! "C'est là-bas… là-haut." et me pousse même ! gentiment, mais me guide, comme un cancre ! et puis les portes s'ouvrent ! merde ! c'est pas trop tôt ! elle me pousse un bon coup ! puis me lâche !

Je m'assois ! épuisé de tout ça ! quelle connerie ! j'ai même envie de partir ! si je pouvais rouler comme ça, sur mon siège – je serais sorti ! et vite fait ! tout ça c'est à débecter ! mais je reste ! et puis la salle ! elle est pleine ! c'est bien pour lui… je suis content pour lui ! ça va commencer ou merde !? je sens Hadrien ! il est là ! dans les coulisses ! rideau bouge ! une vague passe… encore une ! il arrive ! et je transpire comme un onagre !

Mon Dieu, mon Dieu, qu'il était mauvais ! tout faux ! tout ! faux et triste ! tarte ! et il n'avait même pas la rage pour piétiner la tarte ! il déambulait sur la scène pire qu'un jeune plombier au Sénat ! il n'osait rien, lui ! il valait mieux qu'il se cure le cul, lui ! qu'il éternue dix fois, lui ! n'importe quoi, mais qu'il fasse quelque chose ! rien ! archi-rien ! pire que vide ! à mourir de honte ! mais il tenait à renaître dans le second acte, lui ! et c'était pire que tout ! et pourtant et pourtant on a bossé comme des malades, nous ! mais autour ! les gens applaudissent ! je suis sourd, ou quoi ?! ils pleurent de joie ! c'est un triomphe ! c'est pas vrai ! mais si mais si ! ils pleurent tous ! ah ! c'est parfait alors ! ils pisseront moins alors ! et puis toute la troupe sort ! et la salle explose ! debout tous ! délire monumental ! et une grosse vague me soulève ! me met debout ! et je frappe des mains ! comme un Yakoute qui se les caille ! ma voisine à droite hurle ! *braaavo !* puis se tourne vers moi ! elle a bouffé de l'ail à culbuter un mammouth, elle ! et un vieux à gauche ! lui ! il se déchaîne, lui ! il va accoucher d'extase, lui ! et je sens les larmes couler sur ma tronche ! c'est pas vrai, ça ! mais si ! et combien ! et j'applaudis ! avec tous ! et en chœur ! et plus fort ! et puis les gens déposent des fleurs ! les fleurs ! et des tonnes ! et les roses ! oui ! et les roses pètent avant de mourir… mais moi – je préfère qu'elles éternuent dans le sac, moi ! »

« …Je trotte vers lui ! tu parles ! il y a déjà une foule ! on s'attroupe autour de lui ! on s'en fout des autres ! que lui ! vraie émeute ! théâtre vacille ! séisme ! glissement de terrain ! les vieilles surtout ! l'encerclent ! utérus en pleurs ! devenues intenables ! un cordon sanitaire ! j'arrive pas à percer ! je cherche ses yeux ! je hurle ! avec eux ! avec elles ! et puis plus fort ! je suis là ! je l'appelle ! mon cul ! je pourrais hurler des heures comme ça ! je change de tactique ! mais oui ! je vous emmerde ! à ma façon ! et je hurle à droite ! *au feu !* puis à gauche *! au feu !* je ne suis pas conçu par un doigt, moi ! sinon – par un vingt et unième ! je rassemble pas les foules, moi ! je les disperse !

La panique ! shabbat ! et les vieilles ! Vénus désorbitées ! elles veulent pas mourir, elles ! courent au plafond, elles ! leurs maris rampent en rond ! yeux fermés ! piaulent ! déboussolés comme des chiots ! elles se couvrent la tête ! avec leur jupe ! je crie plus fort ! *au feu ! tous vers la sortie ! pissez dans le feu ! si vous avez encore des larmes !* rien à faire ! ça court dans tous les sens ! blattes en plein midi ! je cherche lui ! je le trouve ! Hadrien ! il est à quatre pattes, archange ! aile dans le cul ! mon dieu ! je trouve ses yeux ! mon cœur ! il yoyote ! oh, ses yeux ! deux trous noirs ! et la peur danse dedans ! j'arrive vers lui ! tiens bon ! je vais te sortir d'ici ! tout va bien ! il tremble ! me reconnaît pas ! s'accroche comme s'il se noyait ! merde ! c'est vrai ! impossible de nager à côté d'un qui se noie ! mais je le tiens ! on va sortir d'ici ! et je ris même pas ! et le théâtre se vide ! on sort aussi ! tous les deux ! sur mes jambes ! je tiens un enfant dans les bras ! et mes cheveux se dressent ! je vois les flammes moi ! elles lèchent mes pieds ! voilà le vrai théâtre ! ça va chauffer ! écartez-vous ! laissez passer !

Il m'a jamais pardonné ça. jamais ! mais quel spectacle ! avoue ! quelle catharsis ! et puis c'est fini. ça ne dure même pas le temps de dire Oui ! et la souffrance nous attend dehors. revenue en force. rôde autour… affamée comme jamais ! et bien vieille. elle nous reconnaît, elle ! comme une mère ! on déconne pas avec…

Il voulait même pas me prêter de l'argent pour que je rentre à Paris. pour que je dégage ! ah non ! tu vois… on prête pas toujours aux riches ! mère de merde ! c'est fini, alors !? c'est comme ça, alors ?! il s'en branlait, lui ! que je disparaisse, moi ! plus vite c'est – mieux c'est ! bien… alors c'était fini. et je suis parti à la gare. tête entre les jambes ! et l'hôtel ?! pas la peine… j'ai pris le train, oui, le dernier ! la nuit ! comme un voleur ! les mains vides ! j'étais en colère ? c'est rien dire, la colère !

Sortir du sac la tête de la Méduse ! la sortir et que tout s'arrête ! tout ! c'est toujours facile ! la tête est toujours là ! toujours et re-toujours ! juste mettre la main dans le sac ! et on touche la tête miraculeuse ! faut respirer avant ! un bon coup ! même deux ! et puis qu'on la sorte, la tête ! et rien ! rien ne se passe ! cligne-cligne pas des yeux – tout roule comme avant ! et puis – effrayé on regarde la Méduse et. on voit les larmes sortir de ses yeux éternels… Dieu, que c'est lourd !

Je vais te dire, je vais te dire ! nous sommes tous devenus – la tête de Méduse – les uns pour les autres ! tous et toutes ! nés avec cette bouille magique comme jouet ! quelle peluche ! et toute la vie on la porte, cette tête effrayante ! et puis on la montre… la dégaine ! de temps en temps ! à droite ! à gauche ! au sud et à l'est ! oui – pour bien fasciner ! pauvres Persée demi-nés ! avec une énigme de la mort comme doudou… la tête de Méduse ! qu'elle ouvre l'œil enfin ! et puis quoi dire… et puis rien à dire. » il se tait.

Les derniers touristes rentrent. c'est la nuit profonde déjà. boucs égarés et brebis, et bouquetines solitaires. c'est bien. je ferme tout, et je verrouille le bercail. « Il est temps de monter dans ma chambre ? » – se demande Babyl. je ne sais pas, comme tu veux – je réponds… « Et toi ? pas trop fatigué, toi ? je voudrais rester un peu ici… pas seul. avec toi ! » « Mais oui – je dis – reste… »

« .... Tu sais, après tout je comprends qu'il ne veuille plus me voir, Hadrien. qu'il m'en veuille à mort, mon ange ! il doit être en rage ! ça bouille encore ! ça me rassure ! ça me plaît même ! qu'il crache sur son coccyx ! qu'il pisse sur son ombre ! je le comprends ! et pourtant ! je voulais juste qu'on soit ensemble, c'est tout ! peut-être c'est trop… s'accrocher comme ça ! la honte ? aucune honte ! pourquoi en avoir ! j'ai pas violé ma grand-mère ! Hadrien ! dans deux jours cela fera trois ans qu'on se connaît, lui-moi ! trois ans ! et ça se termine comme ça !

Mais je voulais pas de mal, moi. c'était plus fort que moi ! je savais que ça allait se terminer dans une drôlerie pareille !… à Marseille j'ai perdu et la tête et la terre, ça – oui. je voulais aller dans une onglerie !

rue Fontange, je me souviens ! je voulais me faire coller des ongles ! à la Merlin… et des cils à balayer la terre ! quoi d'autre à faire ! et puis – regarder dans mon cœur… une fois pour de bon ! et trouver cette corde magique qui m'étrangle ! la toucher et méditer la chose ! en tripotant la quenouille, toucher le pire ! le meilleur pire ! tu vois ? non ?! oui ! le tuer… et pourtant ! très pourtant j'ai voulu être une trompette du matin pour lui ! oui ! et me voilà une calebasse à pets ! pipeau à rots ! cithare ! sambuque et psaltérion ! je ne sais rien, ami ! je sais tout… comme toi, comme vous tous, je ne cherchais que la vie, merde ! la vie !

Mais qui peut résister tout seul !? qui ?! le monde est un ouragan ! et le désir c'est son clairon ! il vient à pas de lynx, le monde ! et de très loin ! il te brise les genoux, le monde ! en douceur ! t'arrache la langue ! vole ton ombre ! tes mots ! ta respiration ! si tu décides de lui résister un jour… là – tu verras ! qui est le maître ! si tu ne mens plus au monde – la vie te mentira plus non plus ! elle te dira la vérité, elle ! elle enlèvera son masque ! et tu verras le vrai visage de ce monde ! et puis – tu seras mal ! mais mal ! très ! et – à la fin, mais bien à la fin, à la fin des fins – il t'enroulera dans ta propre peau, le désir ! moignon que tu es ! pour que tu voies enfin l'envers de la peau du monde ! et même si face à ça tu résistes encore… devant ton propre cœur fumant dans ta gamelle ! là – ta douleur sera vie ! ta vérité sera – vie. si tu résistes ! mais qui résisterait… »

Il se tait. un moment. long moment. le chagrin nous fait taire en toutes les langues. je reste, j'écoute gentiment ce silence. pourquoi, je me dis, pourquoi on retourne dans les lieux des souffrances… on ranime la chose. pourquoi. on rouvre la plaie. on fait du bouche-à-bouche à la plaie. pour qu'elle parle, la plaie. pour qu'elle accouche de la vision, la plaie ! mais on sait tous ou pas, peu importe, on saura tous un jour, mais vraiment, même les morts – la vraie plaie est ailleurs. la vraie plaie est muette. là où il n'y a rien et personne. oui. et personne n'aime personne. ni ici ni ailleurs. rien, mais rien depuis toujours… depuis jamais. à jamais. juste les langues enfoncées dans les nombrils, en serpents, on se tortille. et c'est long ! fatigant ! mais pas assez. il nous faut un bon coup de fatigue… c'est peut-être ce qu'on cherche tous. un coup de grâce. et puis on s'allonge enfin dans le nombril du monde… et on y crève.

Il aimerait boire du thé, lui. oui, je vais le faire. il me retient ! et puis parle ! s'en fout du thé !

« … Et puis le retour et le train ! merde, que c'était dur ! il y avait des gens, un peu… mais ils dormaient tous ! je voulais être seul et je ne pouvais pas ! et eux, ils dormaient ! roupillaient ! gueules fermées ! comme si de rien n'était ! pendant que j'agonisais, moi ! il fallait les réveiller ! tous ! dormez pas ! comment vous pouvez ronfler ?! vous ! pendant qu'un parmi vous crève ! tout doucement ! sans piauler ! et combien encore ! trois heures et demie ! dieu, que c'était long !

Un cauchemar, tu dis ?! ris alors ! Dimitrius, voilà, encore un ! "cœur mis à nu !" pire que ça ! couilles rasées et hors des gonds ! dans cette course des cœurs à poil, je dépasse Baudelaire de trois burnes, moi !

Cauchemar ?! pire ! trois heures et demie dans ce train ! un train vers la solitude cosmique… *Hic incipit pestis* !

Prodiges, épidémies ! à la Tacite ! avec sa main bien lente, vieille main que plus rien n'effraie, je l'invite, la peste ! toutes les pestes ! inondations ! et miracles ! j'annonce leur entrée ! voici ! Madame Ebola et ses filles ! et Madame fièvre de Lhassa ! bras dessus bras dessous ! bien lentement ! à l'entrée !

Et moi… me voilà un, qui a enfin sa coupe ! trouée, jetée à la mer, et maintenant elle est pleine ! de l'eau du Pacifique ! ho ! et là le Pacifique se met debout dans ma gorge !

Vous, les vieux Tristan en chaleur – trois crevés, vingt-deux de rechange ! vous, les inspecteurs des impôts pétant à table ! vous, les scribes en chiffres ! vous, les chauves ébouriffés à queue-de-cheval ! vous, les bousiers des lettres, vous, les miteux, piteux, honteux, et moi avec ! vous, sortant de la fange, victimes de l'alphabétisation ! bêtes d'alpha à oméga ! vous, les mandarins desséchés des lettres françaises qui pensez posséder et le papier cul et l'alphabet, vous qui à 80 ans beuglez encore "amourrr" et bandez depuis vingt siècles en bonsaï ! je vous emmerde, vous ! recto verso ! et je repasserai ! là – vous avez acheté le forfait de la haine, ladres ! – alors je vais l'user à faire des trous dans vos agendas où la mort prend tous les rendez-vous ! vous, les bio véreux – je vais vous apprendre à tirer la chasse d'eau derrière ! vous, la jeunesse dorée à la graine pourrie qui baise, roucoule par vos smartphones, en braille – votre heure est venue ! vous, les beautés ! vous les jeunes utérus, vos hublots sont borgnes de naissance ! vous, les vierges aux cornichons, vous aurez votre fiancé ! votre repas est prêt ! vous allez vous régaler à vous faire péter le col de l'utérus ! les temps sont proches ! deux mille ans de promesses ! de lapins posés ! de faux bonds ! et là enfin – vous serez tire-bouchonnées par tous les goulots ! à ras du cul de l'éternité ! vous, les tristounets, qui regardez les burnes des autres au télescope, et les vôtres – au microscope, en soupirant ! vous recevrez des prépuces magiques au lieu de vos paupières ! pour vraiment ne voir que le foutre ! sinon – rien à foutre ! vous, oufs des culs et fous du cœur et moi avec… le forfait de la patience est épuisé ! vous, qui apprenez aux autres à se curer le nez en curant le vôtre par l'anus ! – vous aurez votre cure ! vous, les malins qui gardez l'appétit pour vous protéger du désir ! vous, les mourants de soif près de la fontaine depuis des siècles – vous allez-y crever enfin ! vous, burnes de bronze, cœur de bois – tous passerez au chalumeau de la bouche d'or et serez tous fondus dans la bouche de colère ! on lapera la soupe de nos tripes et on dira “ah c'est bon” ! vous, les sages qui savez trouer les calices ! – le mien est plein ! et la fête est proche ! lèpre, gale, paludisme ! toutes les grippes sœurs ! toute la clique et leur père, choléra ! peste bubonique jouant du pipeau ! la vieille peste, celle qui faisait frémir Job et cieux ! peste céleste qui rajeunit les cadavres des vieux et fait vieillir les jeunes morts ! celle qui ronronne sous la langue des crapauds dans la fange ! oh, la vieille ! la marâtre ! nez pourri… pas la peine de la présenter !… »

Ça y est. c'est fini je crois. il carbure à l'héroïne, ou quoi ?! mais là – il est à sec, Babyl. il respire juste… et pourtant ! tout à l'heure ! une Chinoise est venue même ! en robe de chambre ! pour savoir ce qui se passe ! il se calme… bout encore mais crache plus autour. et puis il veut monter enfin. pas trop tôt… moi – je suis cuit, moi. je ne sais pas comment il tient, lui.

Il marmonne quelque chose, je comprends rien. je vais l'accompagner, moi… il monte lentement. il rit comme un vieux. tourne la tête. regarde partout. je crois qu'il n'est pas encore bien arrivé de Marseille. pas entièrement. « Voilà – un vrai hôtel ! » et puis je lui montre la chambre. il fait un tour. puis s'assoit sur le lit. bouche ouverte, tourne la tête à droite, à gauche, puis regarde le plafond. je revois Marquise… sur son lit. elle ne reconnaissait plus sa chambre, elle ! il ne va pas quand même passer sa langue à gauche, lui ! pas ici quand même ! il tourne sa tête vers moi. « Ça fait longtemps que tu n'as pas vu ton fils ? » je réponds – Oui. « Mais là, il peut venir. vous serez tranquilles, là… » je dis – Oui. il viendra. « Il pourra dormir dans cette chambre, lui… dans ce lit. » je dis rien. « Tu me le présenteras ? j'aimerais le connaître. à quoi ressemble un Ourson demi-russe ! » et puis il s'allonge. il commence à pleuvoir tout doucement. ça fait *tik-tik-tik* sur les carreaux. « Enfin – Paris – il dit. reste encore un peu, s'il te plaît. je vais éteindre la lumière, mais tu restes… » je m'assois. je vois pas son visage. les réverbères se sont penchés vers sa chambre, mais je vois pas son masque. il parle encore un peu, presque parti, endormi d'un œil déjà comme un enfant épuisé. « Cette ville. quelle ville. mon Dieu, c'est mon père – Paris, mon vrai père, triste mais – vrai… » à qui il parle ? à personne. et puis plus rien. j'écoute encore un moment. juste sa respiration. faut le laisser dormir. qu'il se repose. demain peut-être tu reconnaîtras plus ni cette chambre ni moi, Babyl. moi – je te reconnaîtrai. là – je te laisse. mais je vais revenir.

Et puis – non, mon ami. pardonne-moi, Babyl. je n'ai plus de cartouches, moi. combien encore j'ai de respirations dans le chargeur… on sait jamais ! alors – tel un vieux Yakoute je ne sème plus mes balles ! je les plante. je compte plus mes respirations. je les pèse.

44

Je ne vous ai pas dit que Samouraï m'a appelé ? j'ai oublié, alors. oui, ils sont rentrés de Thaïlande, tous les deux. les martinets sont de retour… ça fait un moment déjà ! et plus fous qu'avant ! mais bien calmes. en tout cas la voix de Samouraï était calme. c'est pour ça que je l'ai pas reconnue sur le coup. et puis j'étais content, et depuis on se revoit souvent, elle-moi. mais sans Cowboy.

Elle s'est rasé la tête, Samouraï ! ça lui va à merveille ! crâne parfait ! et toujours aussi grande et droite ! elle me dit bien des choses. des nouvelles. surtout une. pour Cowboy. il a eu un AVC, lui ! merde ! c'est pas vrai ! on a le même âge, lui-moi ! là-bas, en Thaïlande ! un matin – dans les W.-C. ! bouche à gauche, les yeux qui louchent ! il a fallu défoncer la porte ! ah oui, je vois. et puis il a fallu le rapatrier ! en Russie ! chez lui ! il pouvait même plus avaler sa salive tout seul, lui ! « Mais, oui – elle dit – il fallait un fauteuil et puis les papiers… et puis parler, montrer, expliquer, remplir… mais j'ai tout fait ! tout ! il avait peur, tu peux pas imaginer ! tétanisé ! » j'imagine bien ! mais il s'en est sorti, lui ! plus ou moins… tout doucement ! d'abord Moscou, l'hôpital et puis il a voulu vendre son appart ! il fallait du fric ! ah oui, je vois ! ils ont dû se marier pour vendre ! il pouvait même pas dire – ni Oui ni *Niet*, lui ! il s'est entraîné ! et puis à la mairie, dans son fauteuil, les yeux écarquillés, il a pu extirper son *Da*. il l'a hurlé même ! et là – ils sont mari et femme ! lui, seul au monde… et elle. plus seule encore. et puis elle a dit encore une chose. elle me regarde pas, dit comme ça… comme elle respire. « Je peux être lui. je peux être tout le monde. mais toi – tu peux pas être moi. lui, tu comprends – il le peut. un peu. personne. personne d'autre que lui ne peut être moi… »

Et puis elle s'arrête, allume une cigarette. « Tu sais, j'ai même appris un peu le russe… je me débrouille ! » et elle dit quelque chose. je comprends rien ! elle rit ! « Et là, où il est ? » – je demande. « À Moscou encore. à l'hôpital. c'est un bon hôpital. je suis rentrée pour ma mère. la pauvre, elle était inquiète pour moi, pour tout ça… »

Et toi, Samouraï ? comment vas-tu, Tomo ? je la regarde. je dis rien. pas la peine. elle voit tout. elle sourit. « Mes voix… tu vas rire ! ça me manque parfois. les voix… j'étais jamais seule avec. et puis c'est fini… je vais te dire un truc. les fous et leurs maîtres, les toubibs ! ils sont aussi fous, mais ils ont des lampes de poche dans cette forêt nocturne. toute la différence ! ris alors… » et puis je lui parle un peu de moi, mes vadrouilles, la Russie et la steppe et mon père. je touche pas la chose, je survole un peu, et puis à quoi bon. « Et cette fille… » elle demande. « Ça va, elle ? avec elle – ça va ?

Fevro ? « Oui – je dis – ça va, je crois… » Tomo connaît notre histoire. je lui ai raconté pas mal, mais bien avant, d'un épisode à l'autre, notre série, choses drôles, oui, pour la faire sourire, pour retrouver l'humain pris en otage en elle. les démons, eux, rient, et comment ! mais sourient jamais ! ils ricanent, ça oui, ils s'amusent ! je voulais juste voir un sourire humain passer sur son visage… juste ça. furtivement ! voilà pourquoi. voilà comment.

Elle est contente pour moi. que je sois vivant. rien que ça. avant elle se foutait de tout, mais gentiment, juste écoutait ses voix, ses démons, elle glissait d'un pire à l'autre… désormais – c'est fini !

Et puis mon fils, elle me demande comment il va, lui. s'il vient à Paris, l'école, tout ça… les vacances de Pâques. les œufs, les poules, les cloches ! c'est bizarre quand même que les gens soient si gentils. me parlent de mon fils. mon Ourson ! d'abord Babyl, à présent elle… le nom de notre cœur, comme le nom de notre solitude, il est peut-être écrit sur notre front. ça doit être ça. oui. et on peut le lire, et la Pâque est proche.

On marche bien, tranquillement, elle a chaud, le soleil dans le dos, elle sourit « T'as pas chaud, toi ? de porter le soleil sur le dos… » et puis elle enlève sa veste. on parle de tout, surtout elle. de tout en vrac. et moi j'écoute. j'aime écouter, moi. au fond je suis peut-être une femme, moi. comme une femme je bande par l'oreille ! et puis l'air de rien, je m'amuse gentiment avec trois miettes dans ma poche.

Elle me parle de son père, là. jamais avant ! je sais qu'il est japonais, sinon rien.

Elle est allée le voir, même ! jamais vu avant ! une fois… c'était la première ! et la dernière. là-bas ! au Japon ! Sapporo ! il neige fort là-bas ! il était à l'hôpital… il a fini comme ça. comme le mien. elle parle et je vois les îles sous la neige et son père, grand, oui, comme sa fille, rôder dans un jardin, vieux samouraï. « Il est né le jour de Nagasaki – elle me dit – c'est pour ça qu'il était malade. là-bas ils les appellent hibakusha… ceux qui ont connu la chose. et puis il était fier, lui ! fier comme un vaincu ! et personne ne pouvait le maîtriser ! personne ne pouvait lutter avec lui ! c'est ce qu'une infirmière m'a dit. et c'est elle qui l'a pointé avec son index. "C'est cet homme. c'est lui…" il était dehors, dans un jardin. debout. "Il est fort fort !" – répétait la dame, et elle tordait ses mains, et son anglais était bizarre ! je le regardais dans ce jardin, mon père. il marchait, marchait… et j'ai pas osé aller vers lui. j'ai pas pu… j'ai laissé mon adresse au médecin. il a dit qu'il m'écrirait, quand ça serait la fin. depuis, exactement après, les voix ont commencé à disparaître. dans l'avion je me suis endormie et je me suis réveillée parce que je ne les entendais plus, les voix ! je me rappelle parfaitement ! et c'était très bizarre ! et lui, je le vois toujours comme ça. il marche, mon père, grand, très grand, il erre dans ce jardin, et personne ne peut l'attacher. personne ne peut l'enchaîner… et puis il lève les mains ! comme s'il agitait un drapeau ! et puis il agite ce drapeau ! il a perdu la tête, le médecin nous a dit, mais c'était pas la peine… ça se voyait. je me suis dit c'est peut-être ça – mes voix ? ça vient de ça ma maladie ? ce drapeau du père vaincu… elle sourit, et ses yeux cherchent le lointain. mais il y a pas de loin à Paris. elle le cherche et le trouve. et le loin la trouve aussi.

On s'arrête. on va prendre un café. elle a soif. elle n'a plus de bouteille dans son parachute. elle n'a plus de parachute, elle ! et puis elle dit qu'elle a reçu la carte de l'hôpital. le médecin lui annonçait la mort de son père. c'était cet hiver. « Il écrivait qu'il est devenu calme avant de mourir. qu'il souriait à la fin… tu crois que c'est possible de sourire comme ça quand tu es encore vivant ? je ne sais pas… mais ça serait bien. »

Je la vois de profil, je la regarde, son visage, c'est peut-être celui de son père. de Babanya. de Damiane… je ne sais pas. les visages – on en a vu, on en a vu des mille et un ! j'en sais rien.

Il y a ceux pour qui la délivrance arrive dans l'ouragan, dans la tempête, et ceux pour qui la fin vient dans la neige silencieuse. avec la neige qui tombe, vole tout doucement… et couvre l'agonie, telle une mère, debout, presque morte de froid, la cheville dans le Styx qui monte, elle couvre son enfant… elle chante et le berce. qui osera venir le prendre ?

Elle me regarde, mon amie silencieuse. me voit pas. elle regarde au loin. et il neige tout doucement sur les îles, il neige à Sapporo, et l'homme dans le jardin de sa mort, devant cette féerie silencieuse, cligne les yeux. il voit… et nos démons nous quittent et on accueille la terre comme on accueille notre vraie maison et enfin notre mort.

Je vois encore le bouvreuil immobile sur notre bouleau, après la mort de mon père… poitrine vermillon que l'hiver a touché avec son ongle. il venait tous les jours, lui. sept jours et puis – disparu. l'âme solitaire. boule de vie… Pâques de mes yeux il était. en plein hiver. Et puis – disparu.

Et voilà – on est comme hors de tout, Samouraï. ma compagne silencieuse. faut attendre, alors. tout s'écroulera tout seul. on va sortir d'ici, et puis s'asseoir hors des murs et attendre. bien à l'ombre. et puis on verra peut-être, la bonté passer… mais elle ne peut rien, la bonté. ni ici ni ailleurs. elle ne fait que passer.

Et puis – Ourson arrive. je le récupère gare Montparnasse. je contourne la rue Delambre, Odessa, tout ça… ce coin de ma tête ! je l'évite aussi soigneusement qu'un vampire fuit un cosaque ivre qui rote l'ail ! mais j'ai oublié cette fois ! et puis on y est. Ourson-moi. et puis rien. vraiment plus rien. ni Ivan Ivanovitch, ni Jean. pas un chat ni tigre. pas un battement de cœur.

Et puis c'est une belle journée. ensoleillée à coudre l'œil, mais vraiment ! les piafs claironnent le printemps ! mille moineaux se sont mis à pépier comme des fous ! mais quel chœur ! et quelle église céleste ! ça se déchaîne ! même les vieux cornichons se cabrent dans les bocaux ! se mettent debout ! ça bande de tous les côtés ! printemps ! encore un !

Il me demande comment c'était, la Russie. c'était froid, je réponds. c'était froid et long… Dieu que c'était long ! et puis il me demande pour mon père. il insiste ! je dis « C'était dur pour lui. dur et long… mais là – c'est fini pour lui. là – il est tranquille, ton grand-père. » mais c'est rien pour Ourson ! c'est une goutte pour lui ! il veut savoir comment il était son grand-père ! mon père… il l'a vu une fois. il était encore petit ! ah oui, il courait sous la table sans se pencher, lui ! je lui dis qu'il était un homme bizarre, mon père. l'homme secret. l'homme violent. c'était un grand lutteur, ton grand-père. il a lutté avec l'ange de la mort. trois semaines. jour et nuit. et l'ange l'a vaincu. mais lui, il a continué de lutter jusqu'au bout, ton grand-père. et il est mort.

Et puis je dis rien.

Ça le rend pensif, tout ça. il regarde pas où il va, lui ! il regarde avec ses pieds ! les bagnoles sifflent comme des flèches ! attention ! il lève ses yeux ! me regarde ! et puis dit un truc et j'en ai la chair de poule sur la tronche, moi !

« Tu sais, il me protège, mon grand-père »... ah oui, ah oui... il te protège, fils !

Mais mon père ! lui... l'homme violent, après son agonie, après toutes les luttes dans les décombres, et après sa mort – est devenu ton protecteur. il te protège. oui. le mystère est là. et puis pas de mystère.

Mais là – parlons d'autres choses ! tu me demandes pas comment c'était Saint-Pétersbourg ! ville des nez qui vadrouillent tout seuls ! et vous, Fédor Mikhaïlovitch ! et vous, Nicolas Vassilievitch ! bras dessus bras dessous ! faut qu'on y aille, un jour ! tu verras, Ourson ! et les Auchan là-bas ! à dévisser la tête ! chacun plus grand que trois Ermitage, l'un sur l'autre ! et leur ombre couvre la Néva ! et dedans ! fringues ! amas de culottes ! strings ! lunettes de soleil ! oh mon Dieu ! même si on fait sortir de leur tombe tous les morts depuis Salomon, si on leur met les culottes, même trois à la fois, et des strings pardessus, il en restera encore des tonnes ! même les bêtes d'avant le déluge, si on leur met à chacune une paire de lunettes – on en aura encore pour dix mille ans à venir ! et les couches ! pour vingt mille ans de ventres pleins de gosses ! mais c'est pas vrai ! si on habille tous les guerriers tués depuis Goliath, les armées de Gengis Khan, les hordes de Tamerlan de trois tangas et puis sur les chevaux aussi, et qu'on équipe chaque guerrier de deux T-shirts – on en aura encore pour trente mille ans à venir !

Il veut qu'on aille à Saint-Sulpice. son prof leur a dit qu'il y a des choses à voir. Delacroix ! il leur a raconté des choses, lui ! j'en suis jaloux, presque ! mais il veut y aller, Ourson. il y tient ! d'accord ! très bien !

Et avant, bien avant, j'ai eu ma propre famille, ici, à Paris, ma femme, et mon fils, et on vadrouillait lui-moi, on faisait toutes les églises de la rive droite, nous ! dans le XVIIe surtout ! toutes les crèches du quartier ! il était drôle, Ourson ! avec ses boucles ! un chérubin déchu dans une église ! il savait à peine marcher, lui ! mais il tenait à prier ! faire comme les vieilles Portugaises ! il était très dévot, lui ! pire que le Kid ! je le vois encore ! accroupi ! en pantacourts ! couche qui déborde ! les yeux ronds ! il prie ! il pousse ! tout rouge ! merde ! pas dans une église, quand même ! mais si ! mais si ! et puis il courait ! riant ! pas une dent encore ! et ses joues ! quand il riait, on les voyait par-derrière ! et j'arrivais pas à l'attraper ! oh, je nous vois ! et comment !

Et puis plus de famille. plus de femme. mais on venait ici quand même. en été, bien au frais ! avec Jésus et ses veuves ! les Portugaises toutes noires ! ces fiancées des morts ! c'est chaleureux l'hiver et frais l'été ! je le coiffais bien, Ourson, ses boucles, c'est du boulot, ça ! les bouclettes chérubiniques ! je le préparais comme un appât ! la pêche aux filles ! mais il n'y avait que des vieilles, hélas ! moi je rêvais de dames, moi ! femmes émues ! femmes pécheresses ! pas les vieilles souffle-bougies ! et Ourson, il se tortillait, lui ! un ange qui a envie de pisser ! il pouvait pas se retenir ! et je lui ai dit « Fais ! mais fais vite ! » et il a fait ! longuement ! en homme ! sur ce parvis des Gentils ! oh, Jérusalem, toi, avec tes sept portes de pureté ! jet d'or ! on riait ! en courant ! j'imaginais les veuves noires nous poursuivre ! mais non ! personne ! et puis en marchant vers le pont Cardinet…

Et tu m'as montré les martyrs et « m'sieur sur la croix » et je t'avais expliqué la chose. toute l'affaire ! et j'en ai pris mon pied ! ah oui ! en russe et en français ! quatre évangiles en deux registres ! paraboles et miracles, et puis la suite. la mise à mort… la Passion ! ça nous coupait la langue, tout ça, et on sortait en silence.

Mon Ourson ! cœur d'un chérubin comme ça ! ça fait fondre n'importe quel acier ! surtout des Portugaiches ! cœurs en miche ! pauvre Nif-Nif, je misais toujours sur les femmes, moi ! *da* ! j'ai toujours louché sur la femme ! le cœur d'une femme, c'est puissant, ça ! endurant comme un jeune âne qui sent la fumée de la cheminée et avance ! jusqu'au bout du rouleau et au-delà ! je rêvais de pouvoir inventer une charrette pour le cœur d'une femme, moi ! un bon léger sulky ! et puis l'art du cocher ! ça attend encore son Shakespeare, ça… sinon son pépé Jo !

Oh, les églises ici ! hauts tombeaux de murmures ! immenses pièges à écho ! sinon – les tempêtes figées ! bien debout et hostiles ! mais j'y entre quand même ! dans tous les ouragans de cette ville ! et les églises russes sont la chute de neige…

Et puis je lui ai montré un truc. « Lève la tête… vois le plafond. ne regarde que ça ! et marchons très lentement… très ! »

Têtes levées, et c'est parti. le plafond qui défile… comme si on était dans une barque, Ourson ! on dérive… Saint-Sulpice est inondée ! et les voûtes, et les arcs, et le ciel gris de la cathédrale – ça déroule ! comme un rêve ! on glisse en funambules, par les yeux, toi-moi, comme un homme qui s'endort dans une gabare à la dérive et rame dans son sommeil, rame lourdement, mais n'arrive pas et se réveille perdu, mais égaré, mais complètement, et ne reconnaît plus rien autour. et l'œil erre…

Et tu me reviens, Babanya. je te vois. j'étais tes yeux et je te vois. on marchait sur un pont, toi-moi… ce pont au-dessus d'un ravin, et d'un gros ! tu regardais devant, et tu m'as dit – « Regarde pas en bas… regarde le ravin avec tes pieds. comme moi. et tu n'auras jamais le vertige… ce sont les yeux qui nous font tomber. »

Et j'ai regardé le ravin. c'était plus fort que tout ! et il était plein de fleurs. inondé de fleurs ! et j'y suis tombé, Babanya. j'ai fini par tomber ! et depuis j'y suis, seul ou pas, en foule ou à deux, je regarde autour, je lève le groin, je te cherche, je te trouve pas, pire qu'un aveugle, je me vois parfois dans une cité céleste qui, en vérité, n'est qu'un souterrain, Babanya. le souterrain de tous les Mitia ! de tous les fils et filles de l'homme, des petits-fils, morts, vivants et pas encore nés.

C'était Pâques et le printemps était précoce. comme ici, Babanya. et la semaine sainte sentait la terre. on mendiait à côté des ruines. les gens reviennent toujours vers les ruines ! et ceux qui donnent et ceux qui demandent ! tu trouvais ma main, et tu m'as montré comment il faut l'ouvrir. dieu, que la tienne était petite-petite ! même dans ma main d'enfant ! comme dans un étui ! et elle était tendre, ta main… un vieux gant en peau d'agneau ! c'était le soir et c'était Pâques. et j'étais déjà méchant… mais mon loup et l'agneau dormaient encore ensemble ! oreille contre oreille. oui.

On mange vite fait et en avant ! on rôde… on regarde les filles. moi surtout. lui – pas encore, mon Dieu ! parfois il me tend même sa main avant de traverser la rue !

Et comme avant je vois la mer ici. chaque fois c'est pareil… le printemps me rend crabe ! je la sens derrière les immeubles, la mer. encore un pas et – elle brillera au loin… les devantures bleues des magasins au bout de la rue et ça me suffit ! je l'entends, la mer et ses criques cachées, et ses falaises, et marées…

Les mouettes ! Ourson sait très bien les imiter ! il pousse des cris ! il devient une mouette, lui ! et les mouettes répondent ! vraiment ! comme s'il était l'une des leurs ! quand il me manque trop, il se passe un truc… dans les jardins parfois j'écoute les gosses crier et j'entends les mouettes ! je les vois ! et je vois lui surtout ! mon Ourson ! lui, transformé en mouette ! je le cherche des yeux et comme les aveugles j'entends avec mes yeux. et mes yeux entendent la mer. oui… ici, à Paris. mer calme, aux pas lents… comme au début d'une danse.

45

On flane. il fait trop chaud. c'est bizarre ce soleil ! en juin on aura plus rien à enlever sinon la peau !

La Croix Rouge rôde aussi. dis donc, les templiers sont de retour ! Dieu enfin a reconnu les siens ! surtout les siennes ! surtout une ! celle-là, mon sang ! je louche comme un pope ! harnachée comme Artémise en chaleur ! et les yeux ! et les cuisses ! à mettre au clou l'œil droit ! gauche ensuite ! pour pouvoir la regarder en braille ! quelles fesses ! coulées dans une canonnerie d'Hadès ! à faire écarquiller les yeux à toute la Chine ! à débrider toutes les mirettes de Tartarie ! et même aux aveugles ! et les courbes ! paratonnerres des yeux ! à recycler le manche de Zeus en lampadaire ! à faire bander à mort et Prométhée sur son rocher ! et l'aigle avec ! les pigeons et les pies ! et ses chevilles mon Dieu ! cantique des aveugles ! et j'en ai vu des chevilles ! et des tas ! et toutes sortes ! Louvre des chevilles ! Ermitage et le Prado ! chevilles hystériques sur cothurnes ! rabbiniques talonnées ! sabbatiques en vadrouille ! chevilles hypnotiques, maléfiques et doriques ! chevilles variqueuses hors temps ! chevilles asthmatiques ! romantiques ! chevilles sèches de macchabées ! chevilles mâles et femelles ! chevilles-mères ! chevilles filles ! chevilles folles bien couvertes ! et chevilles baudelairiques ! flaubériques ! celles de marbre tatouées comme les chiottes d'une école de redressement ! chevilles – vomitives ! laxatives et soporifiques à la fois ! bourratives et ponyques ! et même – chevilles de culs-de-jatte ! ah oui, en Russie ! dans les gares... ça rampait encore tout doucement, en chantant ! à la Bruegel ! les restes de la guerre ! bouffés à moitié, et puis recyclés et puis rebouffés ! demi-portions ! chevilles poignets... cure-dents de la guerre.

Mais chevilles pareilles – non ! des comme ça jamais ! et voilà et ça vole et voltige et j'oublie de respirer.

Dieu, quelle poupe ! à rendre fous tous les bichons ici ! et tétons ! regardez ! deux groins magnifiques ! deux Nif-Nif joyeux sous son pull ! et ça bouge ! et ronronne ! j'en ai vu comme ça ! une fois ! pas loin d'ici – en Ukraine ! une douanière ! mais celle-là – c'est le sommet ! visions comme ça ! ça vous laisse des traces sur la rétine ! on les lape à pleins yeux ! à cils rabattus ! et on en redemande encore ! que la vision s'ouvre ! encore un peu ! le reste – je m'en occupe !

Je vais tout donner aux templiers, moi ! rien que pour elle ! si réelle ! pas une fée ! en chair et en sang ! à vendre l'âme dix fois, aurait dit pépé Jo ! et en plus elle rit ! comme un petit feu, rit ! elle crépite ! elle pétille à faire gauler les pendus ! à faire fleurir les potences même juste pour un temps de dire « non » mais – fleurir !

C'est vrai ! tout balancer dans ce feu ! tout ce qui n'est pas donné est perdu ! Gandhi bandait dans le mille, lui ! pour voir ce qu'on a vraiment – faut tout donner ! mais quelle rubensette en vadrouille ! plus nue habillée que les autres quand elles se déshabillent ! et les yeux… elle vous fait coucher au sol à un-deux-trois ! à l'Armée rouge ! juste avec ses yeux ! à l'œil nu ! yo ! autour de cette Suzanne je tourne en vieux bourdon ! et le soleil se voile la face ! quelle femme ! à me recycler en berger des abeilles et à traire les mouches ! qui la voit – respire plus ! caniches et vieilles inclus !

Mais archi-gaffe ! ça se termine dans les émeutes ! dans les bagarres ! déjà les courgettes du Franprix à côté se mettent à bouger ! les caissières sont aux anges ! miaulent ! que c'est dur !

Et toi, Dimitrius ! pour toi ça se termine là ! godasses à gauche, œil à droite ! et impossible à décoller ! dans les soupirs jusqu'au nombril, tu vas traîner ailleurs ! pour ces Jeux olympiques faut de la santé ! des tonnes et des tonnes ! c'était bien n'empêche… j'aurai de quoi cligner les yeux le reste de ma vie !

Et puis on passe tout sagement, moi-Ourson. Tobie et Tobit ! bras dessous bras dessus ! sagement ! tu parles ! il n'y a pas un sage dans cette ville ! pas un ni un demi ! qui émettrait un dé à coudre de son eau-de-vie dans la plaie de ce monde au lieu de sucer son lait ! pas un qui serait en paix devant la plaie. c'est très bien ça ! ça me rassure…

Faut rentrer, il fait trop chaud. peut-être c'est à cause de cette comète… Tchouri, Furie ou Manchourie, je sais pas quoi ! ils ont même envoyé un robot là-dessus ! tâter cet hôte ! il vient sans être invité, lui ! faut le mater un peu ! j'ai vu à la télé, ça ! le monde retient son souffle ! comme toujours avant que ça pète ! Ourson me parle un peu de cette comète. il suit la chose, lui ! il me renseigne ! mais on a toujours chaud ! tout le monde ! et les bêtes comme moi et les savants comme lui ! la douche trois fois par jour… et la nuit comme un four ouvert ! et on est deux poulets dedans ! sinon on est bien, ensemble. la montagne et la vallée, nous ! et puis j'ai pris trois jours de vacances, moi ! j'ai trop veillé ! le gérant m'a dit que là – je peux me mettre en veilleuse ! il est content de moi. content de sa blague ! content de tout ! et puis Ourson est poli, gentil avec tout le monde. bouille à mandorle, sinon à lauriers ! toujours souriant ! il ouvre les portes pour les vieilles, les bonjoure en premier, enlève sa casquette là où il faut ! et puis pas de crise, ni soupirs ! ours léché franco-russe, quoi !

Pas beaucoup de touristes ces jours-ci. trop chaud, peut-être. dix chambres vides ! juste un hic – ce type, le clodo, il est toujours là, lui. il fait 35 le matin mais lui – emmitouflé comme un singe malade. et toujours à l'entrée ! un amas de poussière à la porte de notre hôtel pourri ! Ivan Ivanovitch, la gaffe, c'est un prince à côté ! un oligarque, à côté ! celui-là chante pas ! il manquerait que ça ! le gérant lui a parlé déjà… pour qu'il parte ! dégage ! et le clodo l'a même pas regardé… tête couverte ! bizarre ! il demande rien ! il attend quoi, lui ! et personne n'ose le toucher ! ni flics ni pompiers ! le gérant mijote un truc, lui ! ça se sent ! un poison à rats ! j'en suis archi-sûr ! il lui apporte à bouffer ! mais le clodo n'y touche pas ! regarde même pas ! regarde personne… c'est vraiment dingue ! mais de quoi tu te mêles, Dimitrius ! il ne fait de mal à personne, lui ! il est là, c'est tout…

C'est toi qui les attires, peut-être ?! un cul qui recherche des punaises ! mais vraiment, pourquoi tous les miséreux, les piteux, les larveux, les miteux se pointent toujours quand t'es là ?! quand t'es tranquille, toi ! chaque fois n'importe quel ongle pourri se sent obliger de gratter l'horizon devant toi ! on était gentils, moi-Ourson ! gambadant tout sagement dans les parcs… et là ! tout d'un coup *tra-ta-ta* ! tous les lambeaux du quartier, tous les vermisseaux arrivent ! s'amassent ! et tambour battant ! et puis sautent sur les épaules l'un de l'autre pour nous saluer ! hé ! voilà ! Dim-Ourson ! ça fait un bail !

Dis donc, mais je vous connais tous ! on s'était vus et revus ! à Moscou ! à Saint Péte ! Samara ! toutes les villes de la Russie éternelle ! d'Europe et d'Asie ! Turkestan ! Kazakhstan ! et Paris ! dix mains ne couvriront pas le globe de nos rencontres ! juste un point aveugle ! juste un ! le pôle Nord ! pas là-bas. pisse se gèle en jet là-bas ! ce sont les renards clodos, là-bas ! et les ours polaires, ça lâche rien en aumône, là-bas ! le rideau de misère ça bouge pas tous les jours, là-bas ! ça s'ouvre pas comme ça ! rien à bouffer là-bas ! rien à mâcher ! tout là-bas – grince, crisse, sonne et crac ! pas de mou là-bas ! et puis que de la glace en dessert ! pour mille ans à lécher !

Il faisait trop chaud pour dormir. pour rêver. pour tout ! dehors les gens se saoulent, gueulent ! les filles couinent comme des lapines écrasées ! viande saoule ! et les rues sont trop étroites pour ! fermer les fenêtres ?! pour finir en barbecue dans la chambre ?! on mouille les draps, et alors ?! c'est sec à vue d'œil ! il n'arrive pas à s'endormir, Ourson… il veut sortir ! marcher un peu ! c'est plus frais dehors, papa ! d'accord ! on s'habille alors, on descend. faut que je retire un peu d'argent, y a un trou dans le mur à côté.

Le clodo est là. toujours par terre, allongé presque. même position. visage caché… on le contourne, j'ai dit à Ourson d'attendre, je vais juste retirer du fric et il s'arrête, lui. m'attend. obéissant ! je me détourne, je vais vers le distributeur et j'entends « Papa ! », il crie ! « Papa ! » et je vois ! ce clodo ! ce Cerbère est debout ! il a mis la main sur Ourson ! j'ai rien vu venir ! il le tient ! et Ourson m'appelle ! « Papa ! » et encore quelque chose ! j'ai pas entendu ! je fonce sur lui ! il était lent, lui… bizarrement lent ! comme s'il attendait que je vienne ! il se détourne, même ! il s'en fout ! et là – je lui tombe dessus… de tout mon poids ! de toute ma hauteur d'un nain géant ! tel un hoche-queue déchaîné qui pique sur le renard fouillant trop près de son nid ! et moi – je pèse trente mille hoche-queues en rage ! il est à terre, lui ! K.-O. ! mais je m'assois sur lui ! je l'enfourche ! je le plaque au sol ! gueule à terre ! qu'il bouffe la poussière, lui ! et sa puanteur me rend encore plus dingue ! ses cheveux ! des cordes graisseuses ! je les saisis ! longs ! c'est bien ça ! je les empoigne à merveille, ça ! coupez moi la main ! et puis j'entends Ourson – crier ! quelque chose… il m'appelle ! je me retourne, je le cherche, je regarde autour, je le trouve pas ! je lâche tout ! je me relève… « Je suis là ! papa ! » je tourne la tête ! je vois rien ! merde, je vois rien ! Ourson ! t'es où ?! je suis aveugle ! et puis quelqu'un me touche le dos ! c'est lui ! c'est Ourson ! je vois ! et l'autre ?!

Il voulait se relever, lui aussi ! patiemment, il essaie ! « À terre ! – je hurle – reste à terre ! » j'ai la gueule ouverte comme un seau ! et les dents qui dansent dedans ! mais il veut se redresser, lui ! têtu ! et pas un mot ! ni cri ! pas un seul ! Ourson me retient ! s'accroche ! « Viens, papa ! viens ! » il a réussi, Ourson ! il se met entre moi et l'autre ! et l'autre est debout ! et tout lentement il se retourne… oui. et puis son visage. et la terre s'ouvre sous mes pieds. j'ai vu le visage de mon père. c'était lui… mon père mort. je délire pas ! je délire encore ! j'ai toujours la chair de poule sur la tronche ! et son visage ! je le vois toujours ! mon père enterré dans la steppe ! c'était lui… et il me regardait, mon père ! il me regarde encore…

Et après… je vais vous dire notre après. j'ai insisté après ! plus calme mais aussi fou ! « Qu'est-ce qu'il t'a dit, lui ?! » je lâche pas ! « Dis-moi tout, Ourson ! » il me faut tout ! c'est plus fort que moi ! je lui fais peur ?! oui… tant pis ! mais, mon Dieu, Ourson, qu'est-ce qu'il te voulait, ce mec ?!

« Mais rien, papa… rien. il m'a juste demandé nom prénom, comment je m'appelle, et puis je lui ai dit, et il m'a dit de t'appeler ! c'est pour ça que je t'ai appelé… et il s'est appuyé sur moi pour se mettre debout. c'est tout, papa ! »

Comment on est remontés dans la chambre, tout ça, je ne sais plus… j'ai sué comme un porc. j'ai voulu prendre une douche, oui, abondante comme la Volga et puis m'écrouler et puis fermer les yeux. Ourson dit rien. et pas un regard. tout ce qu'il a vu, toute cette nuit, et moi dans la nuit, il garde tout sous la langue…

« Je vais prendre une douche », je lui dis. je reconnais plus ma voix. presque tranquille. juste les mains, oui, elles tremblent. « D'accord, papa… »

Il est effrayé. quand je sors de la douche il n'a pas bougé. respire à peine ! et toujours sur le lit. « Si tu veux, papa, je vais lire quelque chose… je ferai pas de bruit » – il me dit. sa voix est sourde. « Oui – je hoche la tête – oui »… gentil, Ourson. courageux, Ourson. il a peur, lui. de moi ? peut-être bien. je dis rien et puis rien à dire. juste les mains qui tremblent. encore, mais moins… il me regarde pas, Ourson, et puis me regarde et puis baisse les yeux, et puis prend un livre. « C'est pour les adultes » – je dis. « Mais y a des dessins – il répond – pas grave, papa. je vais regarder les dessins… » sa voix est tranquille. sa voix me fuit. je fais un pas vers lui. je veux sentir son odeur. là, sur la nuque. mais je sens rien. je le touche pas. pas maintenant. mon Ourson…

On a encore deux jours lui-moi, mais il veut rentrer chez sa mère. il dit rien. mais on a pas besoin de dire ce genre de choses… c'est bon. on voit.

Il ne veut plus de moi. il ne veut plus jouer au foot avec moi ! il dit – « Arrête, papa… c'est pas la peine. je sais que tu n'aimes pas le foot, toi… ça va aller. je vais faire des dribbles comme ça, tout seul. » et il joue tout seul. devant l'hôtel. puis s'arrête. s'assoit sur le ballon, et puis regarde. me regarde pas. regarde au loin. m'attend sagement. j'ai préparé son sac à dos. petit sac… tout y est. faut descendre alors. j'aimerais garder quelque chose de lui, moi ! je ne sais, une chaussette ! une seule ! orpheline ! mais sa mère va le gronder ! encore une chaussette perdue ! Dieu que c'est lourd ce sac ! je voudrais prendre Ourson sur mon dos ! comme avant ! et qu'il prenne dix sacs comme ça ! ça serait rien ! ça serait plume ! prendre tous les gosses sur mon dos – ça serait moins lourd ! finir en père des bâtards, de tous les orphelins ! oui ! les adopter tous ! bien certifier, et puis disparaître gentiment, piétiné, en vieux chien. ça serait moins dur ! mais le voir sur le quai, avec son sac à dos, seul… dans ce cercle que mes yeux feront autour ! et puis il me fera un signe avant de monter ! et puis dans le train ! si seul… il regarde toujours par la fenêtre, lui ! parle à personne, lui ! regard perdu ! Dieu qu'il est lourd ce sac…

Parce que tu es mauvais. tout ce que tu vois – devient mauvais. tout ce que t'as fait est mauvais. et tout ce que tu feras – sera pire. quoi que tu fasses.

« Faut y aller, papa, sinon je vais rater le train. » oui. t'as raison ! t'as raison… faut qu'on se magne.

Il me prend par la main et – je frémis. j'ai froid. je fume et ma main tremble. je la regarde trembler… Ourson me lâche pas. il me mène à travers la foule. je suis devenu l'enfant ! plus faible qu'un nourrisson, moi… il m'aide à traverser la rue ! si sérieux, Ourson ! il me protège, lui ! quelle charge ! père pareil ! il sent tout, lui ! l'enfant mène son père ! quel équilibre ! quelle corde ! sur quoi ça tient tout ça…

D'abord le métro. beaucoup de gens en détresse. ça se voit dans leurs yeux. ils sentent quelque chose, tous en même temps. comme les bêtes pressentent un ouragan. leurs yeux – des chevaux enfermés dans les cales. bien enfermés au fond d'un bateau qui coule.

Et puis la gare et le train… je me fous à genoux ! il est si grand, Ourson ! il se penche vers moi, me prend dans ses bras, me serre. dit rien… son odeur me couvre. il se détache, plonge ses yeux dans les miens, puis les retire. et puis part et tout part avec.

J'arrive plus à dormir. je dors debout. il fait trop chaud, et le vent surtout ! toute une bande ! vents des déserts ! le khamsin souffle quand l'harmattan se repose ! et puis le chammal d'Irak qui se déchaîne ! même le matin ! à déplacer Bagdad à Nogent ! et puis le pire ! le simoun ! narines de peste ! quand le désert tousse à faire hurler les dunes chantantes ! et puis ceux de Gobi ! à raser les chameaux ! à se foutre la tête sous sable ! et encore ceux du Karakoum ! vents aux poches pleines de sable rouge !

Et à l'aube ? c'est pire ! je vois la vapeur monter de mon lit ! et puis le soleil arrive et puis c'est reparti pour un tour. je suis même allé dormir dans un parc. avec une couverture et tout… parc de la Villette, je me suis dit, ça pourrait être bien, il y a de l'eau et beaucoup, et puis l'ombre, c'est tranquille, je pourrais peut-être fermer l'œil. mais rien ! même l'herbe est dégoûtée par cette chaleur ! devenue la perruque de la terre.

Et puis le proprio ferme l'hôtel. pour une semaine au moins, puis il verra. pas un touriste, ni chien ni moineau ! je suis seul ici. ils sont tous partis. je peux prendre n'importe quelle chambre, moi. la nuit, je me balade d'une chambre à l'autre. un mort-né qui teste un nouveau cimetière…

Ce printemps-là est franchement bizarre. il charge ses canons à murmures, ce printemps ! comme toujours ! mais il ne sort que des vents !

Pour m'endormir je tripote mes fétiches. ça marche plus, mais je continue, chaque soir. et puis je tombe sur un bout de papier. je ne sais plus ni d'où ni comment ce truc s'est trouvé dans ma Bible. je l'ai toujours. et c'est rien ! un morceau aussi grand qu'un marque-page, reproduction d'une estampe japonaise. mais quel rien ! un démon nippon, ébouriffé, barbe au vent, grand classique, quoi, mais – effaré de trouille ! ho ! sur l'escabeau, billes écarquillées, telle une chouette effarée et devant – une souris ! oui, tout en bas de l'escabeau ! et la souris met ses pattes sur la première marche ! *hououou !* elle va monter, elle ! et chaque fois je glousse de joie… pareil chaque fois ! drôlerie irrésistible ! et le peintre ! lui ! sa joie… elle me mettait chaque fois en transe ! oui ! devant une meurtrière pas plus grande qu'un marque-page et j'ai ri tout seul comme un démon !

La joie… ah oui. c'est ça. je ne voulais que ça ! pauvre taré ! toute ma vie, je ne cherchais que ça ! blaireau en extase je voulais être un chaton aux pieds de la Parque qui file ! ce chaton qui joue avec ses doigts…

Et voilà la fin du haricot ! et même si notre joie – telle une Hérodiade danse encore, danse, comme une possédée, à la fin elle passe toujours avec son plateau. oui. faut payer… et chacun y met son œil, son cœur, sa tête.

Je voulais juste un peu de joie, c'est tout. mais au fond on s'en fout de la joie. les gens n'en veulent pas ! pas comme ça ! en Rouskoff qui bénit les poux à tour de bras ! qui lave agneau et loup dans le même bénitier ! je ne sais pas ce que vous voulez, vous, mais pas de la joie ! ah non. rigoler – oui ! se frapper les cuisses ! bouffer – oui, et comment ! jouir – oui et re-oui ! mais pas la joie. pas les yeux d'enfant le jour de neige… pas ça ! ah c'est trop ! et bien ! très bien. que chacun se cure le nez comme il veut ! tant que c'est pas le mien… allons, Dimitrius ! il n'y a pas de joie ici, ni dehors ni dedans ! elle n'est pas dans les rues éclairées. pas dans les lumières ! pas dans le crépuscule ! et rien dans les ténèbres… mais, toi ! quel obtus ! on te pisse dans les yeux et tu dis – eau bénite ! pas de joie dans ce monde ! ta joie… personne n'en veut !

Parce que t'es mauvais. vraiment mauvais. tes yeux et ton cœur et la nuit dedans. tout ça… mauvais d'un bout à l'autre. et tu sais ce que tu fais. voilà pourquoi.

Je me suis enfin endormi. là, près du canal. c'est la fatigue qui nous manque. la dernière fatigue… pour ne plus avoir peur de rien. mais vraiment. ni de la vie ni de la mort. enfin je sais ce qu'il faut rechercher. la grande fatigue. c'est ça…

J'ai envie qu'on me lave comme on lave un enfant. c'est que quand on est mort qu'on nous lave comme ça. tout lentement, sans mots, ni honte…

Ils annoncent un ouragan. ça fait une semaine déjà ! mais ils connaissent pas son nom ! ils nous assurent ! pas de panique ! mon cul ! évacuation et tout ! il ne manque qu'un couvre-feu ! mais ça va venir ! tous les vents se sont mis en foule ! et ça ne sera pas qu'un petit courant d'air, ça ! qu'un petit pet du printemps, ça ! les oiseaux s'affolent déjà ! à peine posés, ils – se préparent à partir !

Étourneaux ! en immense drapeau sur la ville ! se déchaînent ! partent loin ! et reviennent ! je les suis… je vois des choses ! la dernière fois peut-être ! et toi, Damiane, et toi, Babanya, et toi, Nina, et moi dedans – je nous vois ! et toi, mon ami bien-aimé, et toi, Tomo, Samouraï silencieuse, et Babyl, toi… et toi, pépé Jo, tout sourire, tout ouvert ! bras, cœur et bouteille, tu m'attends ! et mon père, et ma mère… je nous vois tous, et les morts et les vivants et les pas encore nés, et les morts à naître. vous allez me reconnaître… suis maigre comme une ombre à midi ! les pas de doudoune rose, mais j'ai une couverture de l'hôtel, moi ! linceul gris ! rien marqué dessus. l'hôtel sans nom ni étoile ! hôtel pourri, quartier chic…

Et les choses, les démons et les anges nous quittent. le ciel est vide enfin ! juste ce drapeau aux âmes… oui, Damiane. oui, Babanya. je nous vois tous et c'est loin ! si loin déjà ! mais on se voit quand même ! la dernière fois ! on fait un tour du ciel ! et elle bouge, la bannière géante ! bouge ! regardez ! plus tendue qu'un drap de l'agonie avant que tout craque… elle s'envole ! emportée vers Pantin… des oiseaux tombent comme des pierres dans les canaux et becotent, boivent en vol et puis – partent, quittent la ville et le ciel de la ville ! et l'étendard vole plus loin… vers les collines, et revient, et très haut ! se suspend pour la chute. oui. et je vois la couronne que la ville apporte à l'ouragan juste avant de se rendre. non ! pas encore ! et toi, Nina, et toi, mon bien-aimé, mon bossu, vous tous, pendus et debout et très grands, mon Dieu, combien grands, les poteaux dans l'œil de ce monde ! restez encore ! partez pas. pas encore…

Et voilà enfin, il arrive, l'ouragan… il est debout, lui ! une colonne de colère, lui ! gibet du titan ! il Dieu, qu'il est grand… c'est peut-être comme ça la fin du monde. tout bête ! et sans Bête. sans anges, ni pute ni rien…

Et la vision s'ouvre. et avant qu'elle s'habille en mots – on se tait. sans bouche, ni yeux, ni gorge. juste témoignage. sans nom, ni martyrs, ni croix… grand pogrom de l'âme. rapt de la vie.

Oui.

pca
cmb
édition pré-presse
livres numériques

44400 Rezé

Imprimé par CPI (Barcelona)
en juillet 2018

Imprimé en Espagne